mapas para amantes perdidos

NADEEM ASLAM

mapas para amantes perdidos

Tradução de
RENATO AGUIAR

EDITORA RECORD
RIO DE JANEIRO • SÃO PAULO

2009

CIP-Brasil. Catalogação-na-fonte
Sindicato Nacional dos Editores de Livros, RJ.

Aslam, Nadeem
A858m Mapas para amantes perdidos / Nadeem Aslam; tradução de Renato Aguiar. – Rio de Janeiro: Record, 2009

Tradução de: Maps for lost lovers
ISBN 978-85-01-08113-1

1. Muçulmanas – Ficção. 2. Mulheres casadas – Ficção. 3. Romance paquistanês (Inglês). I. Aguiar, Renato. II. Título.

08-4773 CDD – 828.9954913
CDU – 821.111(549.1)-3

Título original inglês:
MAPS FOR LOST LOVERS

Foto: Vassiliki Koutsothanasi
Capa: Leonardo Iaccarino
Editoração eletrônica: Abreu's System

Impresso no Brasil

ISBN 978-85-01-08113-1

PEDIDOS PELO REEMBOLSO POSTAL
Caixa Postal 23.052
Rio de Janeiro, RJ – 20922-970

a meu pai,
que me aconselhou no princípio, tantos anos atrás,
a sempre escrever sobre o amor,
e a
Faiz Ahmed Faiz
(1911-1984)
e
Abdur Rahman Chughtai
(1897-1975),
dois mestres que me ensinaram, cada um a seu modo,
sobre o que ademais vale amar

Nota

DURANTE OS 11 LONGOS ANOS QUE passei trabalhando neste romance, fui grato à assistência que recebi do Arts Council of Great Britain, da Author's Foundation e do Royal Literary Fund.

Ao escrever *Mapas para amantes perdidos*, um livro em que elementos de numerosos mitos e lendas se entrelaçam, eu tive, com muita pertinência, anjos da guarda e mentores espirituais próprios: Nicholas Pearson, Richard Beswick, Esther Whitby e Alexandra Pringle — obrigado.

Sou grato a Arif Rahman Chughtai — do Chughtai Museum Trust, em Lahore — por me permitir usar na edição inglesa a ilustração com o veado e o cipreste da sobrecapa do álbum de fotografias de seu pai, *Naqsh-e-Chughtai* (Aivan-e-Ishaaat Press, Lahore), de 1934. O poema na página 327 é de Abid Tamini. Os versos na página 180 são de John Berger. As passagens em itálico nas páginas 99 e 100 são adaptadas de *The Proudest Days*, de Anthony Read e David Fisher (Cape Cod). O capítulo intitulado "Você esquecerá o amor, como outros desastres" toma seu título de uma água-forte de Anwar Seed; o de nome "De quantas mãos necessito para declarar meu amor por você?", de um quadro de Bhupen Khakar.

Pela ajuda e aconselhamento com o manuscrito e por sua gentileza e generosidade, eu também devo agradecer a Sara Fisher, Kathy Anderson, Anjali Singh, Vrinda Condillac, Riaz Ahmed, Haneef Ramay, Salman Rashid, Martijn David, Ulrike Kloepfer e todos aqueles que também fazem parte da família Faber and Faber: Walter Donohue, Stephen Page, Noel Murphy, Rachel Alexander,

Charles Boyle, Helen Francis, Angus Cargill, Kate Burton, Will Atkinson. Obrigado a Tim Pears pela amizade e cuidado de uma década.

Um agradecimento especial a Jon Riley, em Londres, e Sonny Mehta, em Nova York por acreditarem em meu livro.

A mais sincera e profundamente sentida dívida é para com Victoria Hobbs: querida Victoria, faltando-me minhas próprias palavras, devo apelar a Ghalib:

Aisa kahan se laoon ke tujh sa kahen jise

Um ser humano nunca é o que é, mas o eu que ele busca.
Octavio Paz

Sumário

INVERNO

PRIMAVERA

VERÃO

OUTONO

Inverno

A noite das mariposas Grande Pavão Noturno*[1]

De pé no vão da porta aberta, Shamas observa atentamente a terra, o ímã que ela é, atraindo para si flocos de neve do céu. Em seu passo deliberado quase protelado, eles caem como penas que afundam na água. A tempestade de neve enxaguou da atmosfera o incenso que se insinua nas casas vizinhas desde o lago com o píer em forma de xilofone, mas o aroma está presente mesmo quando ausente, chamando a atenção para seu desaparecimento.

É a primeira neve da estação, e hoje as crianças do bairro estarão nas encostas o dia todo, acendendo velas para aquecer os trilhos dos trenós e fazê-los deslizar com mais fluência, desafiando umas as outras a lamber as barras das grades em volta da igreja e em volta da mesquita, contrabandeando cortadores de queijo das cozinhas para refinar a simetria dos bonecos de neve que iam construir, esquecidas do frio porque nessa idade tudo é uma aventura sublime; a ostra tolera a pérola incrustada na sua carne, e assim os seixos da margem do lago não parecem machucar as solas dos pés descalços das crianças.

Um pingente de gelo se rompe e cai como uma adaga radiante perto de Shamas, despedaçando-se no degrau de pedra em que ele está, transformando-se em pó branco assim como o açúcar cristal perde a sua transparência quando esmagado. Com um movimento do pé, Shamas joga o temporário escombro no jardim nevado onde em maio e junho haverá botões de rosas do tamanho e da solidez de

* A fim de preservar o fluxo da presente narrativa poética, esta e as demais Notas de Tradução que se fizeram necessárias encontram-se no final do volume. (*N. do T.*)

morangos, no canto onde um de seus filhos enterrou um tentilhão há muitos anos, sem permitir que ninguém pusesse ali os pés posteriormente, com receio de que os delicados ossos estalassem sob o peso, o minúsculo crânio tão frágil quanto a casca do ovo em que ele se havia formado na primavera anterior.

A casa fica numa rua que se estende ao longo da base de uma colina. Essa rua se liga por uma rua lateral a uma estrada cortada em prateleira na subida da colina e, no fim do verão, quando os abundantes frutos caídos das cerejeiras selvagens são pisoteados, as trilhas tingem-se de espessas manchas vermelhas e azul-escuras.

De manhã, os adolescentes daqui debaixo podem ser vistos de olho na estrada elevada, esperando o ônibus que os leva à escola, tomando o café-da-manhã nos degraus da porta se os pais e o clima permitem, correndo rua lateral acima ao vislumbrar o veículo baunilha e verde chegando entre as cerejeiras — lá no alto, no espaço entre os troncos onde agora há um pequeno vulto andando através da neve. Pescando carpas uma noite, o filho caçula de Shamas tinha lançado no lago uma massa de flores daquelas árvores, esperando que se mostrassem uma alternativa aos caros jacintos, que atraíam os peixes à superfície em questão de instantes, mas as flores de cerejeira foram um fracasso, como foram os dentes-de-leão que iluminaram a água escura na noite seguinte, com uma centena de vívidos sóis; o perfume era a chave e só os maços de lilases davam certo, mas a estação deles logo passou.

Segundo as crianças, o lago — tão deslumbrante quanto um espelho e com a forma de uma letra X — foi criado nos primeiros dias da Terra, quando um gigante muito grande caiu do céu; e ele continua lá, ainda vivo, o fluxo e refluxo das marés sendo o ritmo suave do seu coração que ainda bate, as ondas quebrando em outubro, suas tentativas convulsas de libertar-se. Bem na beirinha da água, as pedras são encobertas em tufos de musgo molhado, trazendo à mente a polpa rebentada de um limão espremido, e ficar de pé até a cintura na água calma do verão é tornar-se ambilateral como os valetes e as damas do baralho, o lado certo sempre para cima. À margem, os ventos sopram forte em todas as direções durante os meses de inverno para enredar-se em volta do corpo como um sári, e ele se lembra de um dos seus filhos dizendo que seu professor de biologia despachava dois garotos com sacos de celofane para o lago sempre que precisava de um sapo para dissecação. Muito ocasionalmente no passado, o lago congelou e as crianças andaram sobre ele, "brincando de Jesus".

Mesmo que ainda não seja o amanhecer, a translucidez auroral da neve caída lhe possibilita ver claramente a pessoa andando na estrada lá em cima, e ele decide que é alguém a caminho da mesquita para a primeira oração do dia.

Ou podia ser a rainha Elizabeth II. Shamas sorri, apesar de si. Outrora, cismando na prosperidade da Inglaterra, um visitante do Paquistão tinha comentado que era quase como se a rainha se disfarçasse todas as noites e saísse nas ruas do seu país para descobrir pessoalmente o que seus súditos necessitavam e desejavam na vida, de modo a poder arranjar para que seus desejos fossem realizados no dia seguinte; era o que fazia o califa Harun al-Rashid, segundo a história de *As mil e uma noites*, com o resultado de que sua perfumada Bagdá se tornou o lugar mais sossegado e próspero imaginável.

A perspectiva engana os olhos e faz parecer que os flocos de neve que caem a distância estão caindo mais devagar que os que estão perto, e ele fica de pé à porta aberta com um braço esticado para receber os leves fragmentos em sua mão. Um hábito tão velho quanto a sua chegada neste país, ele sempre saudou a primeira neve da estação desse jeito, os flocos perdendo a sua brancura na palma da sua mão para se transformar em hóstias de gelo antes de fundir-se em água — cristais de neve transformados em pingos de chuva de monção. Entre as inumeráveis outras perdas, vir para a Inglaterra era perder uma estação, porque, na parte do Paquistão de onde ele vem, há cinco estações por ano, e não quatro, as crianças aprendem seu nome e seqüência em canções de sala de aula: *Mausam-e-Sarma, Bahar, Mausam-e-Garma, Barsat, Khizan*. Inverno, primavera, verão, monção, outono.

A neve cai e, sim, a mão estendida no caminho dos flocos é a mão que pede de volta a estação agora perdida.

A pessoa na colina é certamente uma mulher e, quem quer que seja, saiu da prateleira alta da estrada e está descendo a rua lateral na direção dele, um braço carregando um guarda-chuva, o outro firmando a descida segurando-se nos bordos-campestres que crescem a intervalos regulares ao longo da beira da rua inclinada. Com aquele guarda-chuva, ela é uma charada personificada: e a resposta é *um feto ligado a uma placenta pelo cordão umbilical*. Ela logo estaria perto e sem dúvida consideraria o homem falto de bom senso: um homem de quase 65 anos aqui de pé com a mão enfiada no trajeto da neve — e por isso ele se retira, entrando em casa.

A porta da frente dá direto na cozinha. Uma azul, uma rosa-morango, uma do amarelo de certos exteriores de Leningrado: essas eram as cores dos três cômodos da casa verde-oliva em Sohni Dharti — o lugarejo em que ele nasceu e tinha vivido permanentemente no Paquistão até meados dos seus 20 anos —, e há poucos anos, misturando greda moída e cola de pele de coelho com os pigmentos apropriados, ele tinha pintado essa casa com as mesmas três cores, surpreendendo-se de reproduzir com os três tons precisamente. É quase como se, ao ficar de frente para um canto na brincadeira de esconde-esconde de criança, fosse com o único propósito de gravar a sua cor na memória para ser capaz de evocá-la nos anos de exílio e desterro.

Durante as férias escolares, ele se aproximaria da estante de livros na sala cor-de-rosa e ficaria de pé diante dela, a mão pousando nesse ou naquele volume com a arbitrariedade de uma mariposa, quase chegando a uma decisão antes de escorregar de volta em vez de prosseguir, como se experimentasse as teclas de um piano, todo livro brevemente aberto sequioso de cativar seu olhar, cada parágrafo adejantemente relanceado a seduzi-lo apressadamente com seu segredo; e, tendo feito a escolha, ele vaguearia pela casa à procura do lugar mais fresco para ler durante as tardes quentes do verão, que para ele tinham um toque de eternidade, alternando o arranjo de seus membros tanto por conforto quanto por medo de que sua sombra imperturbada deixasse uma mancha na parede.

Há alguém à porta. Três batidinhas informais no painel de vidro da porta em vez de tocar a campainha, campainha que tem uma luzinha âmbar acesa, as mariposas dançando em volta durante as infindáveis noites de verão. Como se tivesse sugado um canudo de papel com força bastante para fechá-lo, ele inala mas não consegue achar o fôlego, o peito solidificando-se como uma pesada pedra, aterrorizado. Quem podia ser? Por mais enriquecida de luz que seja a hora — a pausa entre a noite e o dia —, é cedo demais para ser uma coisa corriqueira. Mas ele tem consciência de que teria reagido de maneira semelhante se tivesse acontecido em pleno dia, aprisionado que tem estado há quase cinco meses numa área sombria entre o sono e o despertar — desde que seu irmão mais novo, Jugnu, e a namorada dele, Chanda, desapareceram de casa, na porta ao lado.

Quase cinco meses sem saber quando o tempo se agitaria novamente e em que direção se moveria, se mergulhando-o nas trevas ou libertando-o na luz.

Ele não sabe o que fazer quanto às batidas.

E lá estão de novo, as batidas, o ruído de nó dos dedos sobre o vidro, mais alto dessa vez, mas ele está num transe paralisado, o crânio cheio de mariposas. Tigre de Jardim. Cinábrio. Espinho da Manhã. Marca de Prego. Ele gosta dos nomes de mariposa que Jugnu lhe ensinou. Mariposa Fantasma.

O toque da campainha o atravessa como uma corrente elétrica, arrancando-o de seu pânico.

"Desculpe-me por incomodá-lo tão cedo, Shamas... Bom dia. É que meu pai teve de passar a noite inteira no chão porque não consigo levantá-lo de volta para a cama. — É Kiran. Um raio de luz. — Você pode vir comigo um minutinho, por favor? — Ela indica a direção de sua casa com uma virada da cabeça — subindo a encosta da rua lateral com seus vinte bordos, e então ao longo da estrada com as cerejeiras onde ele a vira mais cedo, sem reconhecê-la.

Ele abre um pouco mais a porta para ela entrar e, numa lufada de vento, punhados de neve investem inquisitivamente de cada lado de Kiran e passam por ele entrando na casa, grudando suavemente no linóleo em cujo motivo de rosas marfim e verdes é difícil achar uma amêndoa descascada uma vez que tenha escorregado dos dedos, ou do qual, como se uma das rosas verdes tivesse posto uma pétala, surgisse estranhamente uma folha de hortelã ou de coentro torcida nas extremidades quando o chão fosse varrido ao fim do dia, tendo jazido despercebida contra o motivo desde o almoço.

— Você devia ter telefonado, Kiran.

Ela não entrou na casa — sem graça, sem dúvida, de encontrar a esposa de Shamas, Kaukab. Kiran é sique e três décadas atrás tinha querido esposar o irmão de Kaukab, um muçulmano. Os dois estavam apaixonados. Ele era um trabalhador imigrante aqui na Inglaterra, e, quando durante uma visita ao Paquistão contou à família as suas intenções de casar-se com Kiran, eles ficaram horrorizados e se recusaram a permitir que voltasse para a Inglaterra. Kiran tomou um avião em Londres e chegou ao aeroporto de Karachi para ficar com ele, mas seu telegrama havia sido interceptado e o irmão mais velho do jovem estava esperando por ela no aeroporto a fim de dizer-lhe para pegar o vôo seguinte de volta à Inglaterra, qualquer encontro — ou união — entre seu irmão e ela sendo uma impossibilidade. Um casamento foi arranjado às pressas para ele, em poucos dias.

Shamas a convida a entrar, então.

— Saia da chuva, quer dizer, da neve, enquanto calço minhas Wellingtons. Kaukab ainda está na cama.

É uma casa pequena em que todas as portas desaparecem nas paredes, exceto as duas que dão para o mundo exterior, na frente e nos fundos; ele abre o espaço sob a escada para procurar os calçados, guardados nalgum lugar aqui ao fim do último inverno, no meio de toda aquela confusão. Há varas de pescar encostadas no canto parecendo bicho-pau. Gaiolas macias para os pés, há um par de sandálias plásticas transparentes que pertencera à filha dele, jazendo uma à frente da outra como se as houvesse surpreendido no ato de dar um passo, as correias espiraladas como casca de maçã.

— Peço desculpas mais uma vez por incomodar a esta hora da manhã. Eu estava com esperanças de que um dos seus filhos estivesse de visita, aí eu o levaria comigo.

— Os três estão longe, os meninos e a menina — diz ele enquanto vasculha. Há uma bóia de pescar lagosta, do Maine, Estados

Unidos, que é usada como peso para a porta dos fundos nas manhãs quentes, para deixar entrar o sol e a música que escorre do riacho que corre ao lado da viela estreita; riacho que é mais pedras do que água ao avançar o verão, mas um grande captador de pólen, as pedras brancas como giz ao sol, pretas debaixo d'água. Durante o outono, a velocidade da água é tão grande que a gente fica com medo de o pé ser cortado instantaneamente se entrar.

Do lado de fora, ao andar atrás de Kiran na monção abaixo de zero, há suaves escaramuças entre os flocos de neve que caem, agora que o vento aumentou um pouco.

Dois conjuntos de pegadas de Kiran jazem diante dele ao segui-la até a casa dela. Cada cilindro perfeito socado na neve espessa tem uma fina lâmina de gelo prensado no fundo, através da qual é possível ver as folhas secas dos bordos-campestres como se estivessem encerradas no vidro. Elas são tão intricadas quanto as jóias de ouro do subcontinente — tesouros enterrados sob a neve até um próximo dia chuvoso.

Plantado entre dois bordos-campestres, o poste telefônico teve vários de seus fios partidos durante a noite e, encerrados em cilindros de gelo, eles jazem rompidos na neve como velas. O ar enregelado é penetrante como uma agulha na pele, e a subida o está obrigando a trezentas respirações de beija-flor por minuto. Um torrão congelado de grama rompe sob seu peso e o estalido é o mesmo que Kaukab faz na cozinha quando parte a canela em pau em pedaços cada vez menores.

— Fiquei deitada ao lado dele a noite toda, distraindo-o com conversas — disse Kiran sobre o ombro. — Mas, quando ele começou a ficar desesperado, eu saí para procurá-lo. Ele disse: "Eu quero deixar esta vida. Minhas malas estão prontas, mas o mundo não quer me deixar partir: tem medo do relatório que vou fazer a Ele quando chegar."

Shamas quer dizer alguma coisa em resposta, mas um floco de neve entra em sua boca e ele quase sufoca.

Agora Kiran está à frente dele uns poucos metros. O progresso dele também é decidido, mas cheio de movimentos imprecisos.

Kiran nunca mais viu seu amor — até talvez o ano passado, quando, agora viúvo, ele visitou a Inglaterra; Kaukab ficou apreensiva, achando que os amantes de outrora não deviam encontrar-se novamente, e até onde Shamas sabe ela conseguiu mantê-los separados, mas — disso ele tem certeza — Kiran deve tê-lo visto de relance.

A rua sobe. De um lado está a igreja paroquial centenária de São Eustáquio, aninhada numa cunha aberta na montanha, cercada de tílias e de teixos. Desaparecida desde quando ele podia lembrar-se, a grimpa do cata-vento reapareceu há dois meses quando o lago foi dragado infrutiferamente em busca dos corpos de Jugnu e Chanda. E do outro lado da rua fica a mesquita. O crescente defronta com a cruz bem do outro lado da rua.

O Paquistão é um país pobre, uma terra áspera e desastrosamente injusta, a sua história, um livro repleto de narrativas tristes, e a vida, uma provação ou mesmo uma punição para a maioria das pessoas que nascem lá: milhões dos seus filhos e filhas deram um jeito de encontrar pontos de apoio em toda parte do globo, em busca de subsistência e de uma certa dignidade. Perambulando pelo mundo à procura de conforto, eles se estabeleceram em pequenas cidades que os fazem sentir-se ainda menores e em cidades que têm edifícios altos e uma solidão maior ainda. E assim o clérigo dessa mesquita podia receber um telefonema, digamos, da Noruega, de alguém que era do mesmo povoado no Paquistão, perguntando se era permitido tomar um copinho ocasional de uísque ou vodca, considerando que a Noruega era um país extremamente frio; o clérigo disse para desistir dessa prática pecaminosa, esbravejando pela linha telefônica que Alá estava perfeitamente consciente do clima da Noruega quando Ele proibiu os humanos de beber álcool; por que não podia ele, perguntara o clérigo, simplesmente carregar um cesta de folhas de bordo incandescentes sob o capote, como faziam os bons muçulmanos da Caxemira para manter-se aquecidos?

O telefonema também podia vir no meio da noite da Austrália, de um pai desesperado pedindo ao clérigo que voasse imediatamente para Sydney, todas as despesas pagas, para exorcizar os *djinns* que tinham possuído a filha adolescente logo depois que eles acabaram com seu caso amoroso com um colega de escola branco e a casaram com um primo trazido às pressas do Paquistão.

Ao chegar ao alto da rua, Kiran olha para a encosta abaixo, esperando que ele a alcance. Ele chega e eles ficam lado a lado, imóveis por um breve instante, olhando a casa dele.

A cidade jaz ao fundo de um vale como umas poucas colheradas de açúcar numa tigela. Na cumeeira há os vestígios de um forte da Idade do Ferro, ao qual foi acrescentada uma torre para marcar o Jubileu de Ouro da rainha Vitória.

— A noite inteira eu tentei erguê-lo e colocá-lo de volta na cama — diz Kiran —, mas não consegui. — Seus cabelos pratearam com a idade, mas sua pele ainda tem a cor acobreada de fatias de maçã. As contas que pendem nos seus lóbulos são minúsculas e claras, como se ela tivesse dado um jeito de abrir um peso de papel como se fosse uma noz e de algum modo conseguido pegar todas as bolhas de ar suspensas dentro dele. — Eu tentei a noite inteira.

— Você devia ter me procurado imediatamente. — Cobertos por uma crosta de neve, os pilriteiros atrás da casa dele pareciam estar em flor naquela manhã.

— Seu filho mais velho está casado agora, não é? Com aquela moça branca do Fusca verde?

— Eles chamavam o carro de 'pulgão'. *Foram* casados, mas agora estão divorciados. — E partiram outra vez, ao longo da estrada entre as cerejeiras rumo à casa de Kiran. — Nem me lembro da última vez que vi meu neto.

Sete anos de idade, o garotinho é "metade paquistanês e metade... hã... hã... hã... humano" — ou algo parecido, conta-se que assim uma criança do lado inglês da mãe o teria descrito em sua inocência perplexa tateante.

Ao andar, seu pé rompe a crosta de gelo de uma poça (ele não é nem uma criança nem Jesus); a fina folha rebenta, soltando o som alto que jazia preso abaixo dela, saindo a água para misturar-se com a neve numa lama safira.

A casa de Kiran é a metade de uma caixa de pedra assentada na beira da estrada, interrompendo as cerejeiras. Ele acha que a mulher da porta ao lado é uma prostituta. Nos anos 1950, quando Shamas chegou do Paquistão, Kiran era uma moça de 13 anos. Seu pai tinha perdido todos os outros membros da família durante os massacres que acompanharam a partilha da Índia em 1947, então ele a trouxera consigo ao emigrar da Índia para a Inglaterra. Ela era uma criatura misteriosa e retraída: olhar nos seus olhos era perguntar-se imediatamente que mito continha um ser com poderes mágicos idênticos, o sangue congelado por um pulso ou dois.

Criança numa casa cheia de trabalhadores migrantes solitários, ela era o foco do carinho de todos. Era uma época em que a atitude dos brancos em relação a estrangeiros de pele escura estava apenas começando a ir do *eu não quero vê-los ou trabalhar com eles* para *eu não me importo de trabalhar com eles se for obrigado, desde que não tenha de falar com eles*, atitude que mudaria nos dez anos seguintes para *eu não me importo de falar com eles quando é necessário no ambiente de trabalho, desde que não seja necessário falar com eles fora dos horários de trabalho*, e depois, em mais dez anos, para *não me importo de conviver com eles no mesmo lugar que eu se eles precisarem, mas desde que eu não tenha de morar perto deles*. Eram os anos 1970, e, como as famílias imigrantes tinham de viver *em algum lugar* e estavam se mudando para a vizinhança dos brancos, houve apelos à proibição da imigração e à repatriação dos imigrantes que já estavam lá.

Houve ataques físicos violentos. À noite, os gerânios-cheirosos eram arrastados até o centro das cômodas no andar inferior, na esperança de que a brisa densa dos frutos de roseira-brava e limão-galego maduro chegasse aos que dormiam no andar de cima antes dos invasores brancos que a tinham suscitado ao roçarem a folhagem no escuro, depois de terem invadido. Algo morreu nas crianças durante aqueles anos — e então, uma noite, Jugnu chegou, seu passaporte inchado de flores silvestres da Nova Inglaterra que ele colhera no último minuto antes de embarcar no avião, as páginas umedecidas de seiva e orvalho — ele logo preencheu os dias e as noites da sobrinha e dos dois sobrinhos com uma admiração inesperada.

Eles chegaram à casa de Kiran, e ele entra atrás dela.

O vaso de rosas deixara cair umas poucas notas carmesim sobre as teclas do piano.

O calor da peça salta às partes sensíveis do rosto de Shamas: a testa, os olhos e maçãs do rosto — a área em cujo inverso sonhos são projetados durante o sono. O pai de Kiran, deitado onde havia caído perto da cama, acusa a entrada deles com um leve movimento do corpo, movimento que lhe foi possível pela flexibilidade da pele; exceto isso, ele está pregado ao chão por seu grande volume e pelo peso de sua doença, que é ainda maior. Por ser sique, ele nunca corta os cabelos, e a cabeleira é presa num coque no alto da cabeça.

— Shamas? Sinto desapontá-lo, mas continuo vivo. Sei que você mal pode esperar que eu morra para pôr as mãos nos meus discos de jazz.

A madeira de que essas paredes são feitas embebeu-se em mais música do que o canto dos pássaros que absorveu enquanto árvore da floresta.

Shamas aproxima-se, abaixando-se a seu lado.

— Eu rezo por isso todos os dias, mas você é teimoso. — Vasos sanguíneos rastejavam junto à superfície das faces do homem como nos corpos dos camarões. Juntos no arnês dos seus braços, ele e Kiran ergueram o velho, tão pesado quanto um Buda de pedra, para a cama.

— Obrigado, *sohnia*. — Seus olhos se fecharam enquanto Shamas arruma o acolchoado em volta dele. *Sohnia*: a Bela. — Eu quero ir embora, subir. A tentação é grande de chegar lá em cima e ver com estes olhos todos os grandes tocando juntos.

— A banda do próprio Deus! — Shamas sorri. Através das meias ele pode sentir uma área mais quente no tapete, o lugar onde estava o corpo que jazeu junto da cama a noite inteira.

— A banda do próprio Deus. É. — Fios soltos da sua barba desgrenhada eriçam-se suavemente a uma distância da pele, alguns mais curtos, outros mais longos, da cor da névoa numa manhã de primavera, boiando sobre seu rosto como se ele estivesse debaixo d'água. A peça se expande e contrai com o excesso fora de foco da luz das migalhas brancas caindo diante da janela. Carinhosamente, o ancião põe uma das mãos na manga de Shamas e sussurra: — Obrigado por vir, meu amigo. — E então, malicioso outra vez, ele grita: — É preciso vigiá-lo quando sair, Kiran. Não o deixe roubar. Eu vou contar os discos hoje à tarde, só para conferir. — Ele fecha os olhos, os lábios conservando o formato da última palavra.

Shamas fecha a porta devagar atrás de si ao deixar o aposento.

— Elas já têm três semanas. — Kiran, que estivera na cozinha, surge no corredor e pára, olhando as rosas sobre o piano. — Duke Ellington me ensinou a pôr uma aspirina na água para fazê-las durar. — Ela aperta uma tecla sem fazê-la soar, expondo o amarelo baço da madeira da tecla adjacente sob o revestimento brilhante. — Ele menciona isso em algum lugar na "auto-entrevista".

— Sidney Bechet usa a palavra "musicante" em seu livro. É muito boa. Não acho que a tenha visto em nenhum outro lugar, mas "um praticante de música" tem mesmo de ser chamado de "musicante".

— Venha, estou fazendo um chá. — O apito da chaleira lá dentro lembra o de um trenzinho de brinquedo. Em volta do punho, ela tem uma pulseira de ouro que parece composta por uma série de ponto-e-vírgulas —

;;;;;;;;;;;;;;;;;;;;;;;;;;;;;;;;;;;;;;;

Ele não aceita o convite. Ela não sabe, mas seu amado deu finalmente à sua filhinha o nome dela — Kiran, um nome aceitável tanto para siques como para muçulmanos.

Ela lhe abre a porta da rua:

— Vou dizer a ele que você não conseguiu roubar nada.

Foram eles, pai e filha, que apresentaram Shamas e outros trabalhadores migrantes ao jazz na casa que todos haviam partilhado tantos anos atrás. Ela parava de repente no meio da rua ao ouvir a batida que vinha da loja de música Woods. — Salvo engano, isso é Ben Webster.

Em casa, ela tiraria da capa o disco novo, que pareceria dolorosamente vulnerável assim exposto, e o examinaria cuidadosamente à procura de imperfeições, assoprando-o silenciosamente como se estivesse quente, e então o colocaria no prato do toca-disco com o cuidado de uma mãe que põe o bebê no berço, enquanto, um livro aberto de expressões faciais, os outros estariam sentados em semicírculo em volta do gramofone, esperando começar — Louis Armstrong "chamando seus filhos" com seu trompete, ou o gênio de Count Basie, tão inconfundível que a agulha pareceria estar viajando pelos próprios sulcos das suas impressões digitais.

O disco começaria e logo os ouvintes seriam tomados por aqueles músicos que pareciam saber como juntar tudo o que a vida contém, a verdadeira verdade, a última palavra inapelável, o núcleo mais recôndito de tudo o que é insuportavelmente doloroso no coração e de tudo o que é alegre, tudo o que é amado e tudo o que merece ser amado mas resta sem o ser, sujeito a mentiras e objeto de mentiras, as profundezas inimagináveis da alma onde ninguém mais é capaz de suportar as nostalgias e ansiedades e poucos têm a convicção de explorar, os pesares e as iras inquestionáveis — tão tomados ficariam os ouvintes que, ao final da peça, o espaço entre eles estaria contraído, as cabeças encostadas como se estivessem dividindo um espelho. Todo grande artista sabe que parte de seu serviço é elucidar a distância entre dois seres humanos.

— Obrigado — diz Kiran no umbral da porta. — Eu tinha passado na mesquita mais cedo — sabendo que ia ter gente lá, na esperança de trazer alguém comigo, mas eles têm seus próprios problemas.

— Problemas?

— Alguém deixou — Kiran hesita — uma cabeça de porco do lado de fora da porta durante a noite. Muito barulho e gritos na frente do prédio quando descobriram.

Um bafejo de vapor emerge da boca de Shamas. Ele acaba de estar na mesquita para tomar pé da situação. A construção era uma casa comum até uma década atrás, quando foi comprada para ser convertida em mesquita. A viúva que morara lá tinha perdido pouco a pouco a razão depois da morte do marido. Ela estava só: o marido tinha trazido dois de seus sobrinhos para a Inglaterra nos anos 1960, declarando às autoridades que eram filhos seus, e, quando ela teve sérias complicações e abortou cinco vezes nos anos 1970, os médicos não viram por que não sugerir a histerectomia, considerando que o casal já tivera dois filhos. O marido concordou e a convenceu a concordar: sabendo muito pouco inglês e nada sobre como funcionava a lei neste país, ele teve medo de que sua recusa de fazer a operação pudesse de algum modo resultar em alerta dos médicos às autoridades migratórias, todos os quatro indo parar na prisão.

Uma vez crescidos, os sobrinhos de fato acabaram presos. Eles foram trazidos brevemente ao funeral do tio, algemados; um estava cumprindo pena por arrombamento e invasão, o outro, por porte para tráfico. Ela partiu para cima deles com as garras de fora e depois entrou em convulsões, e as mulheres tiveram de abrir seus dentes à força com uma colher para poder desenrolar sua língua.

Perdendo peso rapidamente nos meses seguintes — houve rumores de que havia teias de aranha nas bocas do seu fogão —, ela andava de um lado para outro aos farrapos, o véu amassado como uma papoula, tendo trancado todas as suas outras roupas e as jóias num baú e jogado a chave no lago. No mesmo ano ela ficou convencida de que alguém estava mexendo no sol: "Não consigo achá-lo em parte alguma, e se de repente eu consigo é no lugar errado." Foi então que os irmãos vieram e a levaram de volta ao Paquistão, colocando a casa à venda.

Shamas pára fora da mesquita, tendo ido lá para procurar o clérigo. Ele tinha de oferecer ajuda, falar com o clérigo — mesmo que inicialmente não quisesse. Depois que o clérigo anterior morreu no ano passado, o pai da namorada de Jugnu, Chanda, tinha assumido as rédeas da mesquita. A família de Chanda tinha desaprovado o fato de ela "viver em pecado" com Jugnu, e assim Shamas teria preferido não ter de encarar o pai da desaparecida.

Mas então ele lembrou que Kaukab lhe tinha dito na semana anterior que o pai da moça desaparecida não era mais o chefe da mesquita: ele havia saído recentemente, incapaz de fazer alguma coisa quanto aos comentários sobre sua filha "imoral", "desviante" e "desprezível", que não passava de uma prostituta devassa aos olhos da maioria da gente da mesquita — bem como àqueles de Alá — por ter ido morar com um homem com quem não era casada.

E assim Shamas tinha ido até lá e encontrado os fiéis chorando. Eles estavam aos prantos porque se tinham dado conta de que Alá não os considerava dignos o bastante para colocá-los numa posição em que pudessem ter impedido o insulto à Sua casa.

Diretor do Conselho de Relações Comunitárias, Shamas é a pessoa que a vizinhança procura quando não é capaz de lidar com o mundo dos brancos por si mesma, visitando seu escritório no centro da cidade ou trazendo o problema à porta da sua casa, que se abre diretamente para a cozinha com suas paredes azuis e as cadeiras amarelas.

Existisse o CRC naquela época, os medos que levaram a mulher a concordar com a histerectomia teriam sido mitigados.

Exalando baforadas de vapor, ele está de pé diante do imóvel onde sacos plásticos contendo a cabeça do animal e cristais de neve empapados de sangue jazem encostados ao cepo de uma macieira que fora cortada, pois, segundo o clérigo, servia de abrigo para 360 *djinns* cuja influência maligna fora responsável pelo extravio desolado da viúva.

Ele precisa partir e verificar se algo aconteceu no templo hindu — impelido pela responsabilidade para com os vizinhos.

A neve chia sob os passos na direção da casa de Kiran novamente. Páginas arrancadas em cestas de papel, novos flocos tinham preenchido parcialmente os cilindros oblongos que seus pés tinham cavado anteriormente na neve. É janeiro na Inglaterra, e é janeiro no Paquistão também. Ao chegarem na Inglaterra, alguns dos migrantes ficavam confusos com o conceito de fuso horário, e se perguntavam se os meses também seriam os mesmos a qualquer momento dado nos vários continentes. Sim, é janeiro no Paquistão também. Janeiro — o mês de Jano, o deus de duas cabeças, uma olhando para o futuro enquanto a outra olha para trás.

Seu pai trabalhava em Lahore e só voltava para casa em Sohni Dharti, às margens do rio Chenab — o rio enluarado do Paquistão —, aos sábados à noite, levando os filhos para a escola nas segundas-feiras de manhã antes de pegar o trem para Lahore, onde era editor assistente de *As primeiras crianças na lua*, uma revista mensal em urdu para crianças, que tinha uma publicação irmã bengali em Calcutá e uma outra em híndi em Delhi. Shamas tem dois irmãos — um mais velho, outro mais novo, Jugnu —, mas Jugnu era 15 anos mais jovem que Shamas, de modo que ele só tinha um parente durante seus dias de escola. "Resolvam essa charada", dizia o pai aos meninos enquanto andavam: "*Cerca de uma dúzia de princesas mergulhadas numa conversação, amontoadas em círculo.*" Qual a solução? Ele ainda se lembra de seu prazer quando o pai propunha aqueles enigmas. O olho que no adulto vê matéria-prima para metáforas e sorrisos em toda a volta, comparando uma coisa com a outra, esse olho já estava entreaberto na criança. "Uma laranja!"

Shamas queria chegar ao templo hindu assim que pudesse, mas a neve dificulta a caminhada, o próprio ar sendo um obstáculo a transpor, e ele tem medo de estar pegando um resfriado, tendo-se ouvido tossir durante a noite. Uma massa de neve deslocada desliza rapidamente sobre as telhas do telhado da São Eustáquio, enterrando com um baque abafado as colméias que estão separadas das demais, talvez à espera de conserto. Durante os meses de junho e de julho, as abelhas exploram os muitos milhares de flores das tílias que semeiam o pátio da igreja, sob cujas cascas fendidas mariposas Falcão-Beija-Flor podem estar hibernando agora — imigrantes da Europa meridional que chegam em enxames vibrantes a cada verão para procriar aqui; dizem que a batida de suas asas produz um som agudo só perceptível pelas crianças, cujos ouvidos ainda podem registrar os diapasões mais altos.

Ele passa pela casa de Kiran e pela casa que pertence à mulher que pode ser uma prostituta, continuando pela estrada das cerejeiras selvagens, rumo ao rio onde o templo hindu é situado. Uma vez alguém lhe perguntou se a prostituta era indiana ou paquistanesa. Ela é branca: se fosse indiana ou paquistanesa, teria sido agredida e expulsa da área dias depois de mudar-se para cá e trazer vergonha para seu povo. Foi por isso que Chanda envergonhou sua família ao morar com Jugnu: Chanda e Jugnu — os dois corpos desaparecidos que não foram encontrados no lago quando ele foi dragado, o lago onde os muitos corações gravados nos mastros do píer em xilofone encerram iniciais em urdu, híndi e bengali, assim como em inglês, e onde a cor das ondas tem aquele verde-cinza azulado particular que a gente vê no corte de uma lâmina de vidro, aquela faixa luzente imprensada entre as superfícies superior e inferior.

Em mais algumas horas, a superfície da neve endureceria numa frágil camada que, ao ser pisada, faria barulho de faca raspando na torrada, mas por enquanto ainda estava pulverulenta.

Ele chega ao fim da rua entre as cerejeiras selvagens e começa a caminhar ao longo da estrada mais ampla em que ela desemboca. Em seu caminho para o centro da cidade, a estrada — plantada de ponderosos castanheiros-da-índia de ambos os lados, o pavimento remendado como calça de brim de adolescente com triângulos e quadrados de macadame aqui mais claro, acolá mais escuro — salta por sobre o rio. O templo, dedicado a Lama e Sita, situa-se na margem onde, no começo do verão, juncos e íris-azuis emergem da água em fardos apertados como se punhos os segurassem logo abaixo da superfície.

Bem no lugar onde a estrada se torna brevemente uma ponte, a dupla hélice de uma escada de metal desce do caminho para dar acesso à margem do rio dez metros abaixo. Lepdopterólogo de profissão, Jugnu, mantendo-se alerta com um frasco do café ao qual ele adicionara uma espiral de casca de laranja e dois grãos de cardamomo verde, tinha passado muitas noites aqui, de pé à margem com margaridas até a cintura, atraindo as mariposas do escuro com a mão levantada, os dedos se fechando em volta da criatura como as pétalas retráteis de uma flor. Elas não eram capazes de resistir à atração da sua mão levantada e mais e mais chegariam voando do escuro para girar em torno dela como planetas ligados a um sol pela gravidade. Às vezes, as três crianças o acompanhavam nessas excursões de coleta noturna; e durante o dia eram amiúde enviadas a coletar espécimes de todos os pontos da cidade e dos campos circundantes, guiadas por mapas esboçados com exatidão, as instruções precisamente formuladas, afastando qualquer possibilidade de erro.

... Os ramos cinza-esverdeados da rosa-de-gueldres são angulosos e suaves, e as folhas são encobertas por uma penugenzinha prateada. Eu mostrei uma no passeio que fizemos no ano passado para ver a baleia-mirim encalhada na praia, de modo que vocês vão se lembrar da inflorescência...

... Não se deixem levar pela tentação de ajudar a borboleta a sair do casulo, se encontrarem uma que estiver quase saindo. Se ajudarem, ela fica cinza. O esforço para abrir a crisálida empurra o sangue para as asas, o que lhes dá a cor e o formato...

Uma vez por semana, as informações sobre as borboletas e mariposas da região eram batidas à máquina e um dos meninos partia de bicicleta com as páginas para as redações do jornal vespertino local — *The Afternoon* —, onde eram publicadas como coluna com ilustrações em tinta nanquim do menino mais velho. A máquina de escrever — as teclas arranjadas em filas uma acima da outra sempre lembravam Shamas de rostos em fotografias de escola — tinha sido trazida por Shamas quando chegou à Inglaterra tantos anos atrás, com o pensamento de que logo estaria escrevendo poesia outra vez, mas ela ficou totalmente sem uso até Jugnu chegar dos Estados Unidos e começar a escrever seus artigos para o *The Afternoon*.

O rio é negro como alcatrão contra a neve circundante, um rasgo na seda branca jogada pelo céu. Milhas rio abaixo, além dos limites da cidade, a corrente passa pela ruína tomada de heras do mosteiro onde os siques jogam cerimonialmente as cinzas dos seus mortos na água; quando a prática começou há cerca de uma década, os habitantes dos subúrbios brancos próximos ficaram ultrajados, mas o bispo resolveu a questão dizendo que estava encantado de o lugar ter ganho um uso espiritual, em vez do lavatório a céu aberto de cachorros em que, ele sentia dizer, os que estavam agora reclamando o tinham transformado.

Cheia e oculta pela neve, uma depressão no terreno engoliu sua perna esquerda até a altura do joelho, e ao puxá-la para cima ele desenterra segmentos de folhas de sorveira-dos-passarinhos e bagas vermelhas, o membro trazendo-os à superfície ao emergir do solo, e há algumas escamas azuis, cada qual lembrando uma bala chupada entre a língua e o céu da boca até virar uma fina lasca.

Shamas pode ver a grande cabana verde-ervilha que é o templo hindu, uma estrutura simples assentada ao lado do rio como uma coisa qualquer de um livro de juntar os pontos e colorir de uma criança bem novinha, os pinheiros alçando-se ao céu por detrás. Degraus de madeira levavam à beira da água a partir da porta.

Nada adverso parecia ter acontecido aqui.

Pingentes de gelo pingam cheios de brilho à beirada do telhado, perfurando buracos na neve do tamanho de moedas de meio centavo. Os canos devem ter congelado durante a noite, pois Poorab-*ji* está pegando água do rio para lavar as mãos, curvando-se do último degrau e escolhendo a onda antes de segurar a borda do vaso *garvi* de latão lustroso em seu caminho para que se enchesse em remoinho. Trata-se mais de um caminho de madeira até a beira do rio do que de uma sucessão de degraus: amplas lâminas quadradas de piso com eretores bem curtos de permeio. De lá Poorab-*ji* ergue a mão coberta de terra para saudá-lo.

— Acabo de enterrar um pintassilgo, Shamas-*ji*. Ele quebrou o pescoço naquele vidro da janela. Veja se consegue enxergar. — De rosto delicado, ele tem lábios suaves e pescoço longo, e como muitos homens de meia-idade do subcontinente pinta o cabelo de um preto retinto surpreendente.

A copa de cada sorveira-dos-passarinhos que medra ao longo do rio é perfeitamente esférica, como fogo de artifício ao explodir no céu.

— Aqui. — Poorab-*ji* aproximara-se e apontava o minúsculo entalhe que o bico do pássaro tinha deixado no vidro. Ele tira do bolso uma tosca pedrinha brilhante e a encaixa no local, mantendo a mão espalmada por baixo, caso ela caísse. — Eu a encontrei no bico do bicho.

Para explicar sua visita incomum, Shamas conta tudo o que havia transpirado na mesquita, mas Poorab-*ji* diz que por lá não tinha havido nenhum incidente desde o vandalismo de outubro, de que

Shamas já estava informado. Os conflitos do mundo. Os conflitos do mundo.

E então, inesperadamente, num gesto de intimidade para o qual Shamas não está preparado, Poorab-*ji* põe a mão em seu ombro delicadamente:

— Hoje de manhã, eu vi um bloco de neve que tinha deslizado de um telhado e jazia amontoado no chão, a distância eu pensei que eram os corpos de Chanda e Jugnu. Você não tem idéia de quanto sinto, mas pelo menos agora nós sabemos a verdade sobre o que aconteceu com eles.

— A verdade? — A prisão de aço em volta de seu coração fechou-se imediatamente.

— Você ainda não sabe, Shamas-*ji*? — Nos instantes seguintes, o rosto de Poorab-*ji* é um espelho que reflete a sua própria confusão e medo. — Serei o primeiro a lhe dizer? A polícia obviamente não o informou.

Shamas olha para baixo e seus pés parecem muito distantes.

— As linhas telefônicas estão quebradas. — Ele sente um desejo específico de estender-se na neve branca.

Poorab-*ji* fala depressa: parece que a polícia prendeu os dois irmãos de Chanda, acusando-os pelo duplo assassinato da irmã e de Jugnu.

Os quase cinco meses depois que os amantes desapareceram foram meses de um luto contido para Shamas — mas agora a dor pode sair. Ele não é crente, e portanto sabe que o universo não tem salvadores: a superfície da terra é uma grande mortalha cujos mortos não serão ressuscitados.

As codornizes feridas nas brigas clandestinas organizadas por alguns imigrantes paquistaneses e indianos da vizinhança são trazidas regularmente para Poorab-*ji*, que, ameaçando denunciar a atividade ilegal a cada vez que recebe os pássaros feridos, as recolhe e cuida até ficarem boas, o pó de açafrão-da-índia em suas feridas fazendo parecer que se lançaram entre massas de açucenas-brancas e palmas-de-são-josé, o fino pólen cor de manga das flores trazido nas penas ao saírem.

— Estou com dois pássaros de briga lá dentro, e, quando começou a nevar às duas da manhã na noite passada, vim aqui para ver se estavam bem aquecidos... Passei pela casa da família... Havia policiais em toda parte...

A confirmação oficial do desastre deixou Shamas nauseado.

A mente rejeita a idéia e o corpo adere de tal modo que o estômago entra em contrações como se também lhe houvessem administrado uma substância venenosa que tivesse de ser vomitada. Sua carne está couraçada em placas de ardor cauterizante e as mãos queimam através da neve como ferros de marcar. Não há muito no estômago a ser expelido, pois ele não tomou café-da-manhã, mas o corpo insiste nos espasmos da náusea, cada contração repulsiva um prolongado soluço retardado. *Vamos beber seu sangue*. Quando Chanda se mudou com Jugnu para a porta ao lado — deixando para trás o lar que partilhava com a família em cima da loja que possuíam —, os irmãos ameaçaram vingança para preservar sua honra. *Vocês hão de lamber nossas feridas*. Eles invadiram a casa e apagaram um cigarro na cama do casal.

Depois do desaparecimento deles, porém, eles negaram qualquer conhecimento.

Shamas agora se encontra de quatro, procurando algo, removendo punhados de neve, sulcando e revolvendo a área em volta da cabana de madeira até resultar um tom azul-violeta claro, produto, dir-se-ia, das estocadas de algum ancinho desatinado. O vento agita uma pena presa na brancura, um pequeno feixe de filamentos — tão brilhante quanto algo a ser encontrado num bazar — que pertencera ao pássaro que tinha morrido com um diamante em seu bico. Ao derreterem-se, cada pingente perfura um buraco na neve do tamanho de moedas de meio centavo, moeda tirada de circulação, e que tanta falta faz a Shamas naquele momento de loucura, pois agora representa tudo o que desapareceu para jamais retornar, seu ânimo a convencer-se de que ser capaz de encontrar apenas um daqueles discos de cobre pequeninos o bastante para caber numa bolsa de boneca resolveria todas as dificuldades da vida. A pele descasca dos seus dedos em tiras sanfonadas de papel arroz à medida que as mãos cavam o solo na sua busca urgente de um pedaço sem valor de metal que se tornara subitamente o preço da razão.

— Eu não podia tê-lo perdido de vista — ele se ouve dizer; foram essas as palavras de Kiran ao retornar estupefata do Paquistão há tantos e tantos anos, tendo sido repelida no aeroporto de Karachi. — Eu não podia tê-lo perdido de vista — repete ele.

Poorab-*ji* o convence a aquietar-se, e ele fecha os olhos a fim de dominar a comoção; exausto, encosta a cabeça na parede do templo, pensando inexplicavelmente na noite em que as mariposas Grande Pavão eclodiram na cozinha de paredes azuis, deixando imaginar a seqüência provável dos acontecimentos depois que emergiram dos seus casulos. A busca de um caminho para fora de si mesmos finalmente acabada, os 19 machos emergiram na cozinha azul durante a noite e, ainda úmidos da crisálida, adejaram até a sala de estar contígua onde o vaso que Shamas trouxera do Paquistão nos anos 1950 — como lembrança de casa — repousava na mesa de vidro com um arranjo de ramos miúdos de mimosa, a fina camada de pó de onde ele o retirara há todos aqueles anos ainda gritando através dos anos, com um torturado O, para que o vaso fosse devolvido exatamente onde havia sido colocado pelas mãos de sua mãe.

Tão grandes quanto um morcego, com asas feitas em veludo vermelho-escuro e uma gravata de peliça branca, uma mariposa volteou até os globos filamentosos da mimosa, mas, como não tinha boca e nascera para morrer, não era comida o que procurava; ele pousou numa goiaba que mantinha folhas e caule presos à coroa, como se tivesse sido arrancada às pressas, e então voou para fora da sala de estar rosa-morango com seus oito companheiros, chegando novamente na cozinha.

A escuridão absoluta era luz bastante para as mariposas, e com impaciência apaixonada elas flutuaram escada acima até o cômodo amarelo-leningrado em que Shamas dormia ao lado de Kaukab.

Suas antenas peludas interrogando o ar, elas pairaram indecisas acima de Kaukab — dela que se lembra até hoje da manhã em que uma borboleta tentou botar ovos em sua trança, atraída pelo aroma do óleo que ela passa nos cabelos — e ela abriu os olhos na escuridão um instante ou dois, mais dormindo que desperta, e ativamente expeliu ar três vezes pelas narinas, pois o Profeta disse: "Se qualquer de vós acordar durante a noite, que expulse três vezes o ar pelo nariz, pois Satanás passa a noite nas narinas dos homens."

Ela caiu no sono de novo quase imediatamente e as mariposas saíram para o quarto do menino mais velho, assegurando-se antes, à janela aberta, de que não era de lá que vinham os chamados.

Os 38 olhos pintados nas 38 asas vermelhas piscaram na escuridão ao adejar dos insetos rumo ao quarto compartilhado pelas duas crianças menores, e foi aí que elas tentaram atravessar uma abertura circular, mas só para descobrir que outras, igualmente frenéticas, dela tentavam emergir — tratava-se de um espelho.

Revistas indianas de cinema jaziam jogadas em confusão ao pé da cama da menina.

Através do alçapão aberto no teto desse cômodo, as mariposas Grande Pavão penetraram no sótão, que era cingido no exterior pelas faias roxas do quintal, e numa indefinição de quase erros adentraram o espaço por sobre a casa contígua, recém-comprada por Jugnu, os dois alçapões abertos para que seus pertences estocados fossem ziguezagueados daqui para lá e depois baixados. Uma parte das suas coisas ainda continuou espalhada pela casa: entre elas, uma chapeleira contendo as 19 crisálidas. Ela fora deixada na cozinha azul até o dia seguinte, porque todos tinham decidido deixar tudo como estava quando caiu a noite e se deram conta de que estavam trabalhando sem descanso havia dez horas, ajudando Jugnu na mudança.

Como pipas cujos fios foram cortados, as mariposas arremeteram do sótão entrando no cômodo com papel de parede de folhas retorcidas e pequeninas bagas índigo.

Ali, as Grande Pavão Noturno ignoraram Jugnu dormindo, mesmo as suas mãos não estando cobertas pela manta, mãos que possuíam a habilidade de brilhar no escuro. Nenhuma mariposa podia resistir à atração das suas mãos, mas naquela noite o interior estava vibrante de um outro chamado que só elas podiam ouvir — de uma mariposa fêmea. Ela havia eclodido na véspera e estava numa jaula que Jugnu tinha construído, tecendo fios de cobre em torno de uma garrafa e depois quebrando-a.

A fêmea ficava parada, exceto quando suavemente fazia sibilar as asas para dispersar o odor que gradualmente inundou as duas casas com a tênue eletricidade de um anelo de outro modo inexprimível, indetectado por humanos mas capaz de atrair 19 machos para a sua fonte, primeiro lentamente, mas logo continuamente, adiantando-se um ao outro, passo a passo, à medida que aprendiam a distinguir a mentira da verdade e chegavam para cobrir completamente a jaula de um veludo que reverberava.

Um café-da-manhã de ovos de borboleta

CAMINHANDO PARA CASA DO TRABALHO AO final do dia, com o *The Afternoon* debaixo do braço, Shamas ouve o eco de seus passos na neve como se estivesse sendo seguido.

Já há quase uma semana, a região tem estado coberta de margaridas nos mapas de tempo da televisão. Durante as noites, a condensação na vidraça das janelas congelou em motivos cintilantes de penas de pássaros, asas de insetos e esqueletos de folhas, como se cada casa contivesse dentro de si uma floresta mágica, a folhagem resplandecente crescendo contra o vidro. Cada rua se tornou uma fileira de livros numa prateleira.

Shamas já não sente mais a dor nos dedos que havia machucado na outra manhã, cavando na neve atrás de meio centavo na margem do rio. Ele não sente mais a queimação de ferroada de vespa. A pele está se restabelecendo rápido. Sob a casca da ferida em seus dedos, a nova pele tem o lustro nacarado da madre-pérola. Cor-de-rosa claro. Jugnu — o lepdopterólogo — disse que, como não há borboletas cor-de-rosa na natureza, as que soltaram no concerto dos Rolling Stones no Hyde Park em julho de 1969 eram na verdade brancas tingidas de rosa.

Shamas não sabe o que levou os detetives de polícia a chamar sua investigação sobre o desaparecimento de Jugnu e Chanda de "Operação Marfim".

Os policiais que vieram à sua casa naquela manhã para informá-lo oficialmente das prisões disseram que os dois homens estavam detidos separadamente — para realçar incoerências nas suas histórias —, e ele visitou a delegacia de polícia duas vezes, falando primeiro com o detetive inspetor chefe e depois com o detetive superintendente, ambos encarregados do caso. O detetive superintendente afirmou que a ausência dos corpos é um obstáculo sério, mas não ia impedir a equipe de continuar lutando para garantir uma condenação. Informaram-lhe que o processo ia ocorrer em dezembro. Há numerosos precedentes legais nos quais assassinos, pensando que tinham apagado suas pegadas, foram julgados. Já em 1884 houve casos em que os tribunais se mostraram aptos a produzir condenações mesmo sem o corpo: naquele ano, dois marinheiros que tinham comido taifeiros enquanto à deriva por centenas de milhas no mar num barco aberto foram considerados culpados de assassinato. Um caso mais recente dizia respeito a uma mulher rica seqüestrada para fins de resgate; embora ela jamais tenha sido encontrada, a polícia acusou dois irmãos por seu assassinato. O tribunal foi informado de que provavelmente ela fora servida a porcos.

Subitamente, ele compreende por que a investigação foi chamada "Operação Marfim": a polícia sabia que havia possibilidades de haver ossos a serem encontrados.

A linguagem pode prover algum refúgio do terror, como quando palavras como injeção letal são empregadas para referir "envenenamento"; enviar alguém para a cadeira elétrica significa "queimá-lo vivo"; e enforcar é "estrangular".

Os rumores relativos ao casal desaparecido — ele deve tentar pensar neles como mortos agora — são muitos (eles se transformaram em dois pavões!), mas eis os fatos. No último verão, Chanda e Jugnu foram ao Paquistão passar quatro semanas. Era a última semana de julho e eles eram esperados de volta em agosto. Chanda — filha do proprietário de uma mercearia próxima — tinha se mudado para a casa de Jugnu em maio, contra a vontade da família. Eles retornaram do Paquistão — os passaportes e as bagagens foram encontrados na casa, os documentos mostrando que tinham voltado uma semana antes do esperado — e foram mortos em algum momento nas poucas horas ou dias seguintes. Nem Shamas nem Kaukab os viram chegar, tampouco estavam cientes da sua presença na Inglaterra — bem na porta ao lado.

Dentro da casa de Jugnu e Chanda, havia numerosas caixas com tampa de vidro contendo borboletas de todas as cores, das mais baças e sem interesse até as mais brilhosamente enriquecidas, equivalentes visuais de uma nota vibrante do rouxinol, o longo alfinete a empalar cada corpo evocando a haste que passa verticalmente através do cavalo de madeira de um carrossel.

Em forma de botão ou parecendo uma garrafa, cones ou esferas truncados cheios de espinhas como ouriços do mar ou cupuliformes como se fossem servir para a menor mesquita imaginável: às vezes os ovos de borboletas são postos em cascas de árvores, em grupos distintos como vasos no pátio de um oleiro, e às vezes são colocados na superfície de uma folha, tão distantes um do outro quanto as papilas gustativas o são na língua humana, ou podem correr em torno de um galho como uma escada espiral. Eles têm tantas cores quanto as lentes de contato, os isqueiros descartáveis, e possuem uma translucidez semelhante. Podem ser deixados expostos, colados à base selecionada, enquanto as fêmeas de algumas espécies cobrem os seus com uma manta de pêlos que elas liberam da sua superfície abdominal.

E se Kaukab ficou perplexa numa quente e radiante manhã de verão ao encontrar seus três filhos lambendo intencionalmente minúsculas contas de seus braços e mãos, ela tomou um susto ao ser informada de que eram ovos de borboleta, seus olhos cerradamente críticos, sua paciência chegando ao limite quando Jugnu lhe disse, com toda seriedade, que não havia motivos para ansiedade, pois ele tinha verificado que os ovos eram seguros.

— Alguns ovos de borboleta de fato contêm substâncias químicas venenosas para se proteger de predadores, especialmente as espécies que põem ovos em cachos e produzem ovos coloridos e brilhantes... — Essas informações eram uma segunda natureza para ele, e freqüentemente ele esquecia que não podia supor um conhecimento semelhante nos outros... — E também não precisa se preocupar que as crianças possam estar pondo espécies em risco ao comer seus ovos: esses são de borboletas que os espalham durante o vôo, as Saltadoras e Pardas... De todo jeito, eles não tinham mesmo chance de vingar. Não se preocupe...

Ele parou ali, notando a expressão no rosto da cunhada.

Uma das crianças disse:

— Elas pousaram na gente quando estávamos no lago.

Depois daquela manhã, Kaukab tentou impedir as crianças de ir para as montanhas com Jugnu caçar borboletas e mariposas, mas seu desejo mostrou-se uma rede de fios fracos.

O papel fica amarelo com o tempo porque está queimando muito lentamente em contato com o ar. Arranjadas cronologicamente, as fotografias de Jugnu nas várias caixas encontradas na casa que a polícia chamou de "a casa do óbito" formariam um espectro de castanho-claros.

A fotografia mais antiga, mostrando um delicado rapaz de 19 anos, que a mãe deles sempre dizia ter sido a maneira que Alá encontrou de compensá-la pela filha que ela sempre quisera ter, data de 1966, o ano em que ele chegou a Moscou para estudar na Universidade da Amizade entre os Povos Patrice Lumumba. Aprender o russo e obter sua licenciatura lhe tomaria cinco anos; e depois ele retornaria brevemente ao Paquistão, pouco antes de o pai deles falecer. Seguiram-se uns poucos meses numa casa úmida e fria na Inglaterra com Shamas e Kaukab, e depois ele se mudou para os Estados Unidos.

— Quem é essa mulher verde usando sári? — Kaukab segurava o cartão-postal que ele havia mandado de Nova York, uma breve nota informando a sua chegada em segurança e perguntando sobre a tuberculose do sobrinho de 7 anos, com amor para a pequenina sobrinha — a menina que tentaria conter a risada uma década mais tarde, quando ele já tiver retornado à Inglaterra, ao pedir-lhe que explicasse a foto em que aparecia com o grande bigode que deixava crescer durante seus seis anos nos Estados Unidos.

No dia em que viu uma garrafa de uísque numa delas, Kaukab mandou todas as fotografias para o sótão, longe dos olhos impressionáveis das crianças da casa, e lá elas permaneceriam até Jugnu se mudar para viver na casa vizinha.

Na estrada com os castanheiros, ele escuta passos na neve atrás de si, mas não há ninguém. Houve momentos nos últimos dias em que sentiu que era ele quem tinha morrido e sido enterrado — e ele escuta seus próprios passos como se alguém viesse para encontrá-lo e desenterrá-lo.

Dois meses depois do desaparecimento de Jugnu e Chanda, a polícia tinha considerado a hipótese de estender a investigação aos Estados Unidos, mas os passaportes dos dois amantes estavam na Inglaterra, na casa vizinha à de Shamas.

De Tucson aos pomares de laranja da Califórnia e de lá, através do Oregon, para Washington, a jornada de Jugnu durante seus três primeiros verões nos Estados Unidos com apicultores migratórios tomou dois meses inteiros, parando ao longo do caminho para deixar as abelhas polinizar as colheitas. O caminhão ia zumbindo com os três milhões de abelhas na traseira, e ele ficava fedendo a óleo de banana por um bom tempo ano adentro. Ele pintou os mostradores de um relógio de fábrica com tinta à base de rádio num inverno, e foi então que uma derramada da tinta deu a suas mãos a capacidade de brilhar no escuro, tornando-as irresistíveis para as mariposas.

Ele se casou brevemente com uma mulher americana cujo negócio era casar-se com imigrantes ilegais e divorciar-se deles depois que obtivessem situação legal. Ele nunca soube o quanto estivera só durante aqueles seis anos nos Estados Unidos, até a notícia da morte de sua mãe chegar em Boston, onde ele estava trabalhando num doutorado. No ano seguinte, foi para a Inglaterra.

Era 1978, e o grito na Inglaterra era que os imigrantes deviam ser enviados de volta aos países de onde vieram: *Dê só uma olhada no guia telefônico: há milhares deles agora*. Ele tinha 31 anos de idade; as crianças, cujo espírito ele começou a avivar imediatamente após a chegada, tinham 13, 8 e 4.

— Os excrementos do alce são parecidos e têm o mesmo cheiro que os excrementos do veado — contou-lhes ele —, e, se provarem, vocês vão ver que têm o mesmo gosto também.

Talvez a fotografia mais recente no pacote que fora guardado no sótão seja a que mostra as três crianças sentadas de pernas cruzadas ao lado de uma baleia-mirim sem cabeça, o veludo cor-de-rosa de sua barriga repousando sobre a areia molhada comprimida, o reflexo do sol poente estendendo-se como um caminho de ouro da beira do mar ao horizonte, o céu acima deles uma combustão de penas esmeraldas que talvez fossem os contornos esfarrapados do temporal de relâmpagos e trovões que se tinha abatido sobre o vale interior da cidade naquela tarde. Com o fim da tarde e o cair da noite, Shamas e Kaukab olharam para fora das janelas batidas pela chuva da casa com pânico crescente:

O raio cai sem se preocupar com que ninho irá queimar: Shamas e Kaukab estavam apavorados de os quatro não conseguirem chegar em casa antes de os bares fecharem e as ruas ficarem cheias de brancos embriagados.

Na estrada através das cerejeiras, Shamas entra numa esfera de luz clara como o dia e emerge dela como se entrasse na noite, e de novo, e de novo. Ele dobra no declive da rua lateral entre a igreja e a mesquita. Versos da Bíblia traduzidos em urdu, em especial os que exaltam as virtudes de Cristo como salvador, são regularmente afixados no quadro de avisos no pátio da igreja, e são arrancados no meio da noite com igual regularidade.

Do plano inclinado entre a igreja e a mesquita, Shamas vê o tênue mormaço que se agarra ao telhado de todas as casas da rua, exceto uma — a de Jugnu. *The Darwin* — o bote Sheridan Multi-Cruiser de Jugnu — continua no seu jardim à frente da casa, coberto por um encerado desbotado.

Como em Lahore, a estrada nessa cidade foi batizada em homenagem a Goethe. Há uma Park Street aqui como em Calcutá, uma Malabar Hill, como em Bombaim, e uma Naag Tolla Hill, como em Dhaka. Como era difícil pronunciar os nomes ingleses, os homens que chegaram à cidade nos anos 1950 rebatizaram tudo o que encontraram pela frente. Eles tinham vindo do subcontinente, viviam juntos em número de dez num quarto só e o nome que um dava por acaso a uma rua ou marco de referência qualquer era assumido pelos outros, independentemente do lugar de origem de cada um. Com o passar das décadas, porém, à medida que mais e mais pessoas vieram, as várias nacionalidades do subcontinente mudaram os nomes segundo o país específico de onde eram — indianos, paquistaneses, bangladeshianos, cingaleses. Só um nome foi aceito por todos os grupos, permanecendo inalterado. O nome da própria cidade. Dasht-e-Tanhaii.

A Selva da Desolação.

O Deserto da Solidão.

Na escuridão

KAUKAB OLHA PELA JANELA E OBSERVA um garotinho subindo a rua inclinada flanqueada pelos vinte bordos. De 6 anos de idade, o menino está a caminho da mesquita e sua avó acaba de telefonar para Kaukab de casa, a três ruas de distância:

— Dê só uma olhada para mim, irmã-*ji*. Ele não quer mais que eu o leve para a mesquita. Está ficando independente e quer ir sozinho. Estou telefonando para todo mundo que conheço ao longo do caminho porque a gente precisa ter cuidado — todos os dias a gente ouve falar de algum branco depravado fazendo coisas terríveis com crianças pequenas. — E a mulher desligou com um suspiro: — A gente nunca deveria ter vindo para este país, irmã-*ji*, este ninho diabólico de onde Deus foi exilado. Não, exilado não: renegado e morto. É ainda pior.

Kaukab fica na janela depois de o menino desaparecer da vista e tapa os olhos com seu véu. Já faz sete anos e um mês desde que ela e Shamas receberam a notícia sobre o filho caçula, o seu amado Ujala. Ela pega uma pequena fotografia emoldurada na prateleira e olha para ele, os cabelos caindo até os ombros, o corpo começando a espichar-se em adolescência, a boca sorrindo, e ela se lembra de que o Profeta, que a paz esteja com ele, havia dito que Alá revelara-se a ele sob a bela aparência de um menino de cabelos longos de 14 anos. Ela aperta a fotografia contra o colo. Ele sempre foi recalcitrante — tudo o que ela fazia parecia desagradá-lo — e saiu de casa assim que pôde. A filha Mah-Jabin telefona todo mês ou quase, e uma ou duas vezes por ano faz uma visita. Charag, o filho mais velho, o pintor, veio no verão do ano passado e desde então não telefonou nem visitou. Ele é divorciado de uma moça branca — o que significa que Kaukab não vê o neto há dois anos e sete meses.

Seus filhos eram tudo o que ela tinha, mas ela própria era apenas uma parte da vida deles, uma parte muito pequena, o que ficou cada vez mais claro para ela ao longo desses últimos anos.

Sozinha na casa, ela olha para fora meio entorpecida. Começou a nevar outra vez.

Kaukab sabe que sua insatisfação com a Inglaterra é uma ninharia para Alá, porque Ele é o criador e o soberano de toda a terra — como o entalhe de pedra no aeroporto de Islamabad lembra e conforta a gente aflita que está tendo de deixar o Paquistão —, mas ela não pode conter a sua saudade e pede constantemente coragem para enfrentar aquela provação solitária que Ele, em Sua sabedoria, escolheu para ela.

Ela se lembra freqüentemente de que Alá tinha dado a Adão seu nome segundo a palavra árabe *adim*, que quer dizer "a superfície da terra"; ele — e conseqüentemente todo o gênero humano, seus descendentes — foi criado da terra recolhida em diferentes partes do mundo. Sua cabeça foi feita do solo do Oriente, seu peito do solo de Meca e seus pés do Ocidente.

Ela se abaixa, sentando-se numa cadeira, o véu apertado contra os olhos, lembrando-se de como a porta da geladeira está mais leve esses dias, já que não suporta mais o peso de tantas garrafas de leite no interior, como outrora, quando as crianças estavam aqui e Jugnu continuava a fazer as suas refeições com a família, como continuaria a fazer mesmo depois que foi morar na casa ao lado. Como ela ficou grata no começo pelo fato de Jugnu estar aqui na Inglaterra! Quando ele estava na América, ele costumava mandar cartões-postais que faziam vezes de moedas e, como uma *jukebox*, ela cantava longas canções em retorno, página após página detalhando a vida da família, perguntando quando ele voltaria, dizendo que as circunstâncias tinham melhorado um pouco desde a sua primeira curta visita à Inglaterra. Ele de fato retornou e Kaukab achou difícil controlar seu orgulho quando as mulheres da vizinhança quiseram saber quem era aquele Taj Mahal em carne e osso que elas tinham visto ontem sentado no jardim. Ela as recrutou em sua busca de uma noiva, mas ele disse que primeiro precisava assentar sua situação na Inglaterra. Ela lhe era grata por estar aqui em Dasht-e-Tanhaii, pois a mudança para a Inglaterra a privara do afeto luminoso que as pessoas que nasceram uma das outras irradiam, o calor e a luz de uma família estendida. Ela preparou para ele todas as comidas de que ele sentiu falta durante seus anos longe. Conserva picante de brotos de bambu no óleo de linhaça, inhames viscosos que chegam a colar os dedos quando a gente come, pão *naan* em forma de sapatilha de balé, sementes de papoula mais ásperas que grãos de areia mas que ainda assim deslizavam como uma duna quando o pote é inclinado, sementes secas de romã para espetar no bolo de batatas como pedras num broche, pétalas comestíveis de flor de abobrinha embrulhadas dentro dos botões como echarpes brancas em mochilas verdes, sementes de pimenta-malagueta que tinham volts de eletricidade, pimentões cujos caules eram curvos como cabos de guarda-chuva, manteiga a ser cortada em cubinhos que relutavam em separar-se, ervilhas grudadas no interior da vagem aberta como uma fileira de filhotinhos bebendo na barriga da mãe: ela andou entre as gôndolas da Chanda Food and Convenience Store e escolheu as comidas prediletas dele. O coentro era abundante nas hortas da vizinhança, e só era preciso abaixar-se sobre uma cerca com um par de tesouras de costura. Se os ingredientes eram pesados como granito em bolsa de carregador, os pratos finais eram leves como flocos de neve, tão delicados e fugazes era o equilíbrio dos condimentos e a interação dos sabores. Ela temia que seus sucessos fossem acidentais, mas com a ajuda de Alá ela repetia seus desempenhos sem erros, e os convivas a proclamavam oitava, nona *e* décima maravilhas do mundo.

Ele era o irmão do seu marido, o tio dos seus filhos, seu próprio cunhado. Diária e profundamente, ela amava essas palavras e o que significavam. Era como se, fechadas as portas do Paquistão para ela, as suas mãos tivessem esquecido a arte de cozinhar; ela fizera amizade com algumas mulheres da área, mas mal conhecia o que havia além da vizinhança e não sabia como lidar com estrangeiros, cheia de apreensões no que dizia respeito à raça branca e pouco à vontade com outras religiões e grupos subcontinentais.

Ela não tinha escolaridade além dos 13 anos de idade, mas ao chegar na Inglaterra há todos aqueles anos, brilhante de otimismo, ela dissera a Shamas que estava pensando em entrar para um curso de inglês assim que as circunstâncias materiais melhorassem e, a título de antecipação, ela preencheu todo um caderno com coisas que tinha entreouvido, palavras cujo significado ela não conhecia, provérbios misturados sem critério, ditos colados erradamente em outros ditos:

A grama é sempre verde com inveja do outro lado.
O amor está no ar, mas é mais cego que uma toupeira.
O sangue é mais grosso que água, faça chuva ou faça sol.
No dia de São Nunca vai chover canivete.
Um amigo certo é um amigo, certo.
O paraíso são os outros.

Este último ela tinha ouvido e recordado corretamente, *O inferno são os outros*, mas depois começou a duvidar de si mesma: com certeza, ninguém — nenhuma pessoa, nenhuma civilização — ia pensar que os outros eram o Inferno. O que mais havia senão o outro?

Ela nunca fez o curso de língua. Mas, quando eles compraram uma televisão nos anos 1970 — era uma Philips porque o pai dela tinha tido um rádio fabricado por essa companhia lá no Paquistão, e então ela achou que era uma garantia e soube que podia confiar —, ela começou a ver programas infantis com os filhos, mas cada um deles finalmente seguiu adiante, deixando-a para trás com sua compreensão rudimentar do inglês.

Então ela se levanta e anda até o telefone. Discando cuidadosamente, espera a chamada se completar e então desliga após o primeiro toque, faltando-lhe a coragem. Um minuto depois, ela liga de novo e, corajosamente, não se permite fugir. A secretária eletrônica na outra ponta tem uma mensagem com a voz de Ujala. Ele se tem recusado a falar pessoalmente com ela já há anos, mas ela disca o seu número a intervalos de poucos dias para ouvir sua voz, sempre com medo de que o próprio garoto ele mesmo atenda o telefone e lhe diga algo desagradável, alguma coisa abusiva, que ela não tem coração, que é parcial ou totalmente responsável pela morte de Jugnu e Chanda, tendo ficado indignada quando eles decidiram morar juntos.

Sobrepujada pelo medo, ela desliga uma segunda vez.

Sim, tinha feito objeção a Chanda mudar-se para morar com Jugnu, mas não era uma pessoa sem coração e não tinha desaprovado o amor entre eles. Quando ouviu os primeiros rumores sobre o casal, ela se lembra de ter ficado aliviada porque Jugnu tinha escolhido uma muçulmana dessa vez, todas as suas mulheres anteriores tendo sido brancas. Jugnu ia avançado em seus 40 anos, e Kaukab sabia que ele precisava casar-se com aquela moça e sossegar. Mas então eles começaram a viver juntos em pecado, e Jugnu se recusou a ouvi-la, não importa quão razoável ou apaixonadamente ela tentasse fazê-lo ver o erro que estava cometendo.

Ela já estava ansiosa para ver Jugnu sossegar e criar uma família muito antes de Chanda aparecer. Shamas — sem querer pensar nessas coisas espontaneamente — concordava com ela todas as vezes em que ela insistia em tocar no assunto. Eles falariam juntos com Jugnu. A última vez que os dois trouxeram o assunto à baila com ele, havia cerca de sete anos, ele os desconcertou, ambos, respondendo: "Meu Deus. Eu tenho sugerido que vocês a conheçam." Ele se referia então à mulher branca que Kaukab tinha visto com ele no centro da cidade em duas ocasiões no mês anterior.

Era o alto verão e, no dia do jantar, Kaukab trabalhou a manhã inteira na cozinha. Ela foi sentar-se ao sol por uns minutos no final da tarde, toda aquela folhagem de verão dando um matiz marítimo à luz em Dasht-e-Tanhaii, como se uma echarpe verde tivesse sido colocada em torno do sol. Foi então que Charag chegou em casa para uma visita inesperada: Charag — o filho que ela havia enviado para uma universidade em Londres para ter uma educação — viera para informar que tinha uma *namorada* que não só era *branca* como também estava *grávida*. A notícia atordoou e desgostou Kaukab, e ela atribuiu a Jugnu a responsabilidade por sua infelicidade. Uma vez, ao ver um diagrama das vísceras de uma mariposa numa das revistas de Jugnu, Kaukab se perguntou como podia haver espaço numa criatura tão pequena para abrigar tantos mecanismos, e naquele verão sete anos antes seu desespero foi imenso, embora ela fosse pequenina: ela acusou Jugnu de desencaminhar seus filhos. Depois de Jugnu, seu espírito, repleto de amargura e tristeza, voltara-se para Shamas, porque o próprio Shamas tinha confundido as crianças com suas idéias ímpias, minando a autoridade dela e desvalorizando o seu comportamento como se não passasse de neurótico e tolo — Jugnu teria apenas terminado o trabalho que Shamas havia iniciado anos antes.

E depois ela culpou seu próprio pai por lhe ter escolhido um marido irreligioso, o pai em cujo discernimento irrepreensível — dissera ela em outras ocasiões — se podia confiar, contar que permaneceria desanuviado e sereno em todas as circunstâncias, sem deixar-se intimidar mesmo pelos mais monumentais acontecimentos do mundo, tanto que enviara um telegrama de nove páginas ao aiatolá Khomeini depois da Revolução Iraniana, pedindo-lhe que reconsiderasse seu fervor, citando passagens do Alcorão e ditos do Profeta, que a paz esteja com ele, contra seus excessos.

Ela acusou o pai de não verificar o tipo de pessoa a quem estava entregando a filha: certamente, havia indicações em toda parte, se ele se tivesse preocupado em olhar. Logo após o noivado, a mãe de Shamas tinha perguntado se Kaukab não gostaria de esfregar bosta de passarinho no rosto, afirmando que isso melhoraria a sua pele, enviando-lhe uma gaiola de rouxinóis japoneses que Kaukab só guardou por causa do canto!

Charag, depois de lhe dar a notícia devastadora, ficou por menos de uma hora, deixando-a só com sua dor e suas lágrimas.

Ela chorava enquanto preparava a comida em homenagem à mulher branca de Jugnu — um banquete para celebrar o fato de eles serem uns pecadores! Os dois convidados chegariam depois das oito, por volta da mesma hora que Shamas, que tinha uma reunião do Partido Comunista naquela noite; e, como Ujala estava na casa de um amigo, Kaukab estava sozinha na casa, sozinha na casa exatamente como estava sozinha no mundo, só a ponto de deixar escapar um soluço alto toda vez que sentia a necessidade; e, como se estivesse em harmonia com aquele seu estado, o céu escureceu por volta das seis e começou a chover ruidosamente. Foi pouco depois das sete que aconteceu de ela se ver num espelho: o branco dos seus olhos estava injetado de sangue, o seu rosto estava vermelho, as pálpebras estavam inchadas e seus cabelos estavam desmazelados (ela havia batido com as mãos na cabeça várias vezes para extravasar seu pesar dez minutos antes).

Não tinha energias para arrumar-se — que Shamas chegasse em casa e visse o que ele e sua família e seus filhos tinham feito com ela —, mas lavou o rosto, passou óleo e penteou os cabelos por causa da vinda da mulher branca.

Ela aspergiu perfume nas axilas e passou creme hidratante nos cotovelos um pouco escamosos. Ela nunca tinha se encontrado com uma pessoa branca em tal nível de intimidade, como era o caso naquela noite, e já há vários dias vinha pensando que *shalwar-kameez* iria vestir, tendo-se decidido pelo azul, que tinha uma estampa de flores brancas de maçã. Com um clique, ela abriu a tampa do seu estojo de pó-de-arroz pela primeira vez em dez anos, e o cheiro desprendido pelos pedaços quebradiços do pó a transportou de volta aos dias da sua juventude. Delicadamente, aplicou o pó castanho-amarelado sobre as pálpebras, para esconder os círculos escuros e as rugas e trazer à tona os olhos que haviam afundado em seu crânio ao longo dos anos. Por Alá, os poros em cada lado de seu nariz eram grandes o bastante para neles perderem-se moedas. Ela arrancou pêlos da sobrancelha. (É preciso lembrar-se de tirar o mesmo número da outra.) Cismou com os brincos que deveria usar enquanto pintava a boca com batom castanho-avermelhado-claro. Demasiado? Ela limpou e começou outra vez, e se perguntou se devia ou não tentar o delineador e apenas uma suspeita de rímel, desejando que a filha ainda morasse em casa para orientá-la nesses assuntos. Ela lutou um bocado para não chorar ao pensar nela, mas não conseguiu; no final, teve de conter-se, pois afinal também tinha de praticar seu inglês diante do espelho. E isso também foi desesperador:

o que uma pessoa tem de fazer quando as coisas na Inglaterra falam uma língua diferente daquela que falavam no Paquistão? Na Ingla terra, o coração diz *bum, bum, bum*, em vez de *dhak, dhak*; um revólver faz *bangue!*, em vez de *thah!*; as coisas caem com um "baque", e não como um *dharam*; sininhos "retinem" em vez de fazer *chaan-chaan*; os trens dizem *piuí* em vez de *chuk, chuk*... As sobrancelhas ainda estavam um pouco rebeldes, decidiu-se ela quase ao termo da operação, e fez uma busca minuciosa no armário em que Ujala guardava suas coisas: conseguiu encontrar o pote de gel fixador para cabelos e passou um pouquinho de cada lado, para domesticar os pêlos. Será que devia remover um pouco de pó do seu rosto? As camadas estavam tão espessas que dava para riscar uma mensagem em sua testa com um prego. Depois que estava pronta, finalmente, mal havia tempo para cuidar dos últimos detalhes da refeição: ela foi até o quintal com as tesouras colher folhas de coentro para espalhar sobre o *mung dahl*. E foi então que uma menina de 10 anos da vizinhança a viu do outro lado da rua, atravessou, olhou para ela contemplativamente uns segundos e então disse, calmamente, no tom neutro de quem está fazendo uma observação inocente:

— Sim, tia-*ji*, com certeza, você está parecendo um eunuco.

Enxotando a criança, que deve ter visto eunucos dançando num casamento durante uma visita ao Paquistão ou à Índia, Kaukab entrou cheia de pressa queimando de vergonha e humilhação, perguntando-se se não havia de fato exagerado nos cosméticos, e pediu a ajuda de Alá, pois já não havia mais tempo para corrigir sua aparência: a campainha tocou para anunciar a chegada de Jugnu e da mulher branca, ela que sem dúvida teria o rosto perfeitamente maquiado, emoldurado por cabelos perfeitamente arranjados. Ela ficou paralisada no meio da sala e ouviu a chave deslizar na fechadura da porta: Shamas deve estar com Jugnu e sua convidada.

— Meu bom Alá, venha ajudar-me! Salve a honra de sua serva, Ô *Parvardigar* — sussurrou para si mesma porque a porta estava prestes a abrir-se a qualquer segundo e desgraçá-la. Mas havia ela esquecido que o Todo-Poderoso só tinha compaixão para com as

Suas criaturas? No momento em que a porta da frente se abriu, a eletricidade de toda a rua acabou e — louvado seja Alá — a casa mergulhou na escuridão. Kaukab deu um jeito de mover-se e subiu com dificuldade para o andar superior a fim de lavar o rosto enquanto Shamas recebia Jugnu e a mulher branca.

A maior parte da refeição foi feita à luz de velas, a marca úmida impressa pelos sapatos de salto alto brancos da mulher no linóleo do chão da cozinha brilhando como pontos de exclamação na luz amarela. A mesa da cozinha foi colocada na sala cor-de-rosa contígua e havia um vaso de flores ao centro. As colheres haviam sido polidas e a refeição estava entre as melhores que Kaukab já havia preparado. A mulher branca usava uma blusa lilás de seda brilhante e Kaukab não pôde resistir ao impulso de tocar com a ponta dos dedos, só pelo prazer de fazê-lo — parecia um tecido conhecido no Paquistão como *Aab-e-Ravan*, a Água Corrente —, mas apesar de tudo a noite não deu certo: o que aconteceu durante a reunião acabaria levando ao fim do relacionamento entre Jugnu e a mulher branca.

Tentando manter as revelações da tarde de Charag longe da mente, e tentando não prolongar-se demasiado sobre o fato de as pernas da mulher branca estarem despidas abaixo da saia à altura dos joelhos (feita, falando nisso, de um tecido xadrezado que lembrou Kaukab de *Bulbul Chasm*, o Olho do Pássaro Canoro), Kaukab ocupou-se com a comida e estava relutante em sentar-se à mesa com os outros três, dizendo que precisava assar o *chappati* bem fresquinho, que o *aloo bhurta* tinha de ser *turkado* pouco antes de ser servido, que tinha de continuar a cuidar do arroz-doce *zarda* para ficar pronto bem no finzinho do jantar. A chama das velas ondulava cada vez que ela entrava na sala com outra travessa, outra tigela, outra terrina. A mulher branca elogiava as habilidades de cozinheira de Kaukab toda vez que provava um bocado de algo novo da mesa, a luz de vela projetando sombras escuras sob seus seios, enfatizando-os obscenamente. O estômago de Kaukab deu um nó quando Jugnu plantou desavergonhadamente um beijinho na face da mulher ao passar, e ela rilhou os dentes para o comportamento expansivo de Shamas em relação à mulher branca e a ela própria:

— Venha sentar-se conosco, Kaukab, e conversar. Vamos provar para nossa convidada que os paquistaneses são o povo mais falante da terra. Meu Deus, nós usamos sete sílabas só para dizer um oi: *Assalamaulaikum.*

Kaukab sentiu-se grata de Ujala não estar em casa: ela não queria que ele pensasse haver algo de normal num homem paquistanês trazer uma mulher branca para casa a fim de conhecer a sua família.

E foi então que ela entrou em pânico. Ujala! Ela já perdera um filho para uma mulher branca, não estaria Jugnu, casando-se com essa mulher branca, tornando possível que Ujala se casasse com uma branca um dia também? Lá fora a chuva se intensificou, e ela tremeu de medo ao ouvir os sons da conversação à mesa, o tinido dos copos, os talheres contra a louça: soava como uma reunião normal de família, sim, mas ela — e tudo o que ela representava — estava excluída. Eles estavam conversando em inglês e o medo dela começou a transformar-se em raiva.

— Eu nasci numa família muçulmana, mas contesto a idéia de que automaticamente isso faça de mim um muçulmano — disse Jugnu. — A verdade é que, se eu tivesse vivido no tempo de Maomé e ele viesse a mim com sua mensagem divina, eu teria ido embora... — Atordoada, Kaukab sabia que era a presença da mulher branca a realmente responsável por essa declaração de Jugnu (ela que nada acrescentou de desrespeitoso, que apenas ouviu atenciosamente): ele se sentia encorajado a dizer coisas desse tipo a seu lado — ele pode ter pensado essas coisas antes, mas a pessoa branca lhe transmitia o poder de dizê-lo em voz alta. E, com toda a certeza, logo Shamas também estaria dançando na mesma direção:

Enquanto Kaukab estava na cozinha — acrescentando ao saladeiro reabastecido os rabanetes que ela esculpira em rosas de vinte pétalas com a ponta de uma faca —, Shamas gargalhou acima da conversação na sala cor-de-rosa e, levantando a voz, dirigiu-se a ela em punjabi.

— Kaukab, você devia mesmo vir para cá e conversar com nossa hóspede: ela acaba de dizer algo que freqüentemente eu ouvi você dizer: "Com certeza as explicações de como o universo começou são igualmente questionáveis. Todos os dias os cientistas nos dizem que alguma teoria longamente defendida por eles sobre este ou aquele assunto se mostrou incorreta." — Sim, Kaukab de fato fizera aquela observação para defender a religião, e agora estava tentando acompanhar as palavras de Shamas que mudara para o inglês e estava dizendo para a mulher branca:

— Continuo disposto a acreditar nos cientistas, pois à diferença dos profetas, eles admitem prontamente que estão trabalhando *rumo* a uma resposta, eles não têm uma resposta *final* e absoluta. — Kaukab ainda não tinha se recuperado quando Jugnu acrescentou (para Shamas, em punjabi, prova mais uma vez de que a presença da mulher branca era apenas um catalisador para os dois irmãos propalarem suas blasfêmias):

— E, de qualquer modo, os procedimentos e o rigor intelectual e analítico que entraram na produção do carro que estávamos dirigindo agora à tarde, do telefone pelo qual falamos, dos aviões em que voamos, da eletricidade que usamos são os mesmos que estão sendo usados para sondar o universo. Eu confio no que a ciência diz sobre o universo porque posso *ver* o resultado dos métodos científicos em toda parte à minha volta. Não se pode esperar que eu acredite no que um mercador-dublê-de-pregador-oportunista do deserto árabe no século VII — pois ele não era nenhum teólogo sistemático — tinha a dizer sobre a origem da vida.

Kaukab levou vários minutos para entender o que tinha acabado de ouvir, e teve então de firmar-se contra a parede porque compreendeu que era Maomé, que a paz esteja com ele, que a paz esteja com ele, que estava sendo mencionado.

"Louvar uma coisa como a eletricidade: a própria coisa que falhou esta noite", encolerizou-se ela intimamente, "deixando todos vocês sentados no escuro!"

Logo seus filhos seriam ainda mais estimulados rumo ao ateísmo.

O que ela diria a seu pai-*ji*? Ele se lembra o quanto toda a sua família tinha ficado horrorizada quando seu irmão quis casar-se com uma sique nos anos 1950, a despeito de os siques serem um povo do subcontinente, um povo cujos hábitos, a língua, a cor da pele e a cultura eram algo semelhantes. Quem era aquela mulher branca? Até que ponto era limpa, por exemplo: sabia ela que uma pessoa deve banhar-se após o intercurso sexual, ou então permanece poluída, contaminando tudo com que entrasse em contato? Ela se fez uma imagem de Jugnu e da mulher dando uma paradinha na casa ao lado para fornicar antes de chegarem ao jantar aqui: sentiu náusea. E tudo isso também tem se passado com seu filho, Charag. Kaukab tinha tocado na mulher branca e teria de banhar-se e trocar de roupa para poder dizer as próximas orações. Ela reabasteceu a tigela de *raita* e a levou para a mesa na sala cor-de-rosa, e tinha acabado de colocá-la ao lado do vaso de rosas quando a eletricidade voltou. A claridade abrupta surpreendeu Shamas de tal modo que ele deixou cair a garrafa de vinho que estava segurando: o líquido esparramou-se pelo tapete e Kaukab deu um passo atrás para evitar ser tocada pela substância repulsiva.

Então eles estavam bebendo vinho na escuridão. Kaukab teve uma iluminação repentina: ela estava esperando angariar alguma solidariedade de Jugnu e Shamas mais tarde naquela noite, relativamente às notícias de Charag, mas subitamente percebeu o quanto essa esperança era insensata — eles não veriam nenhuma devassidão. Ela era a única que pensava haver alguma coisa errada com a gravidez, e por isso eles a acusariam silenciosamente de ser desumana, de estar moribunda, sem vida. Não seria surpresa se estivessem todos secretamente ansiando que ela morresse para poderem "desfrutar" suas vidas.

A garrafa rolou pelo assoalho e parou. Houve um silêncio e então Jugnu levantou-se e disse:

— É de sal que a gente precisa para as manchas de vinho tinto, não é?

— Eu não saberia dizer, nunca tendo permitido que essa coisa abominável entrasse na minha casa — disse Kaukab, tentando controlar sua raiva e desgosto. — O que mais você aprendeu com ela e a gente dela? — ela queria perguntar a ele. — O que mais planeja transmitir para meus filhos?

Jugnu permaneceu onde estava, mas Shamas se levantou para reaver a garrafa de vinho, apesar da encarada de Kaukab. A mulher branca se inclinou e tentou pôr a mão no braço de Kaukab, mas ela se afastou. — Não me toque, por favor. Que Alá possa me perdoar, mas não sei onde a senhora esteve. — Ela permaneceu de pé onde estava, agora prestes a entrar em crise e chorar, agora pronta a jogar tudo da mesa no chão e começar a gritar, mas então virou-se para voltar para a cozinha. — Vou buscar o *dahl*. Esqueci-me completamente de servi-lo. — Ela levantou a tampa do *dahl* e experimentou um grão entre os dedos para ver se estava cozido perfeitamente; estava, e então ela pegou a concha e procurou alguma coisa para servi-lo.

Shamas entrou e ficou atrás dela.

— Eu achei que eles gostariam de vinho para o jantar.

— *Hã-hã!* — Kaukab maneou a cabeça. *"Gostariam", só mais uma palavra para as obras de Satanás, o Apedrejado!*

— Eu não queria chateá-la!

— Você, você parece estar gostando um bocado desta noite — disse Kaukab, servindo o *dahl* de costas para Shamas. — Conversando todo animado, usando palavras complicadas para se mostrar para a mulher branca.

— Me mostrar? Que idade você acha que tenho? — Ele suspirou, e ao ouvir os soluços de Kaukab aproximou-se dela. — O que você quer que lhe diga?

— Nada. O que quero é que me escute.

— Certo. Por que não me deixa ajudar com a comida? Vá sentar-se. — E quando ela o empurrou ele acrescentou: — Por favor, veja se não tem um ataque.

— Quem é que está tratando o outro como criança agora? Não estou tendo um ataque: Estou *zangada*. Faça o favor de me levar a sério.

— O que você está fazendo? Pelo amor de Deus?

Kaukab tinha disposto quatro sapatos numa bandeja e estava pondo o *dahl* dentro deles como se fossem pratos.

Shamas não conseguiu detê-la quando se esquivou do seu repulsivo alcance contaminado de vinho, levou a bandeja para a sala cor-de-rosa e colocou-a na mesa diante de Jugnu e da mulher branca com um forte baque — *dharam!*

Kaukab disca o número de Ujala e fica na linha até a secretária eletrônica repetir as duas frases ditas por ele e em seguida pousa silenciosamente o fone. A campainha toca exatamente então.

— Jugnu? — sussurra Kaukab para si mesma e corre através da sala, as pernas tremendo pela excitação de deixá-lo entrar. *Ujala? Charag e seu filhinho? Mah-Jabin?*, mas é uma mulher da vizinhança, a casamenteira, que veio perguntar a Kaukab se tinha um véu que combinasse com o *shalwar-kameez* mostarda que trouxera consigo.

— Eu só preciso pegar emprestado por um dia, Kaukab. As mariposas fizeram buracos do tamanho de bolachas no meu véu mostarda e não consegui encontrar outro no mesmo tom — explicou-se ela.

— Acho que *tenho* um véu dessa cor lá em cima. Mas as bordas são de crochê. Não tem problema, tem? Uma fileira de pequenas flores de cinco pétalas. Muito discreto.

Ficando ao pé da escada, a casamenteira fala enquanto Kaukab sobe a seu quarto, levando o *kameez* mostarda com ela. É claro que a mulher quer falar da prisão dos irmãos lojistas de Chanda.

Dos degraus, Kaukab diz:

— Estão dizendo, irmã-*ji*, que a polícia chegou a eles completamente por acaso. Eles tinham passado centenas de horas investigando o caso, mas a principal informação não surgiu na Inglaterra, mas no povoado paquistanês de onde vieram os pais de Chanda. Um sargento detetive branco daqui de Dasht-e-Tanhaii voou até o povoado para investigar uma suspeita de fraude — um caso sem nenhuma relação com o *suposto* assassinato dos amantes, e se digo "suposto" é porque *eu* não acredito que Jugnu e Chanda estejam mortos —, e lá ele ouviu um comentário ao acaso: aparentemente, os irmãos de Chanda tinham confessado tudo aos parentes do povoado. O sargento detetive voou para a Inglaterra e passou a informação aos colegas, que foram ao Paquistão colher testemunhos. Irmã-*ji*, a polícia branca só se interessa por nós, paquistaneses, quando há uma chance de provar que somos selvagens, que matamos nossos filhos e filhas, nossos irmãos e irmãs.

A casamenteira aperta os olhos:

— Imagine, eles voaram todo o caminho até o Paquistão só para poder nos marcar, paquistaneses, como assassinos, a 465 libras a passagem, 510 se não quiserem pernoitar no Qatar, viajar sem escalas.

Kaukab lhe traz o véu.

— Eu sei que os irmãos de Chanda são inocentes, porque os que cometem crimes de honra se entregam orgulhosamente, tendo cumprido o seu dever. Eles nunca negam ou se esquivam. Tenho certeza de que sairão livres do julgamento em dezembro.

A casamenteira concorda veementemente meneando a cabeça.

— E quanto a Chanda? Que moça mais desavergonhada, irmã-*ji*, que descarada. Não só deu jeito de matarem o pobre Jugnu por ter ido morar com ele, mas também arruinou a vida dos próprios irmãos, pobrezinhos, que tiveram de matá-lo — se é que foi isso o que aconteceu, é claro. Esperemos que não sejam considerados culpados em dezembro. Mas o que não consigo entender é como o irmão-*ji* Shamas pode ter permitido que os dois morassem juntos em pecado. E como você, Kaukab, conseguiu tolerar isso, você que é filha de um clérigo — nascida e criada a vida inteira numa mesquita?

A casamenteira segura seu *kameez* mostarda ao lado do véu trazido por Kaukab.

— Combina perfeitamente, Kaukab. — Ela apóia o tenro véu sobre as costas da mão. — Não é crepe georgette. É chifon?

Kaukab aquiesce com a cabeça.

— Japonês. Lá da loja no finzinho da Ustad Allah Bux Street. Eu não vou lá freqüentemente — as casas dos brancos começam logo depois dessa rua, e mesmo os paquistaneses de lá não são da nossa parte do Paquistão.

— Estive nessa rua há pouco tempo. Lembra-se de que anos antes eu tentei arranjar um casamento entre o seu Jugnu e uma moça daquela rua, uma moça de nome Suraya? Não? Bem, de todo modo, não resultou em nada, é claro, e eu acabei achando um homem para ela no Paquistão. Mas agora, infelizmente, ela está separada. O marido começou a beber e divorciou-se dela, e, apesar de estar arrependido de tê-lo feito, ela não pode casar com ele outra vez antes de casar-se e divorciar-se de alguma outra pessoa. É a lei de Alá, e quem somos nós para questioná-la? A pobre Suraya voltou para a Inglaterra, e estou à procura de um homem que se case com ela por pouco tempo.

Se as crianças ainda morassem em casa, ou se Shamas já tivesse voltado do trabalho, Kaukab teria pedido à casamenteira para baixar a voz e sussurrar, sem querer que seus filhos ouvissem coisas ruins sobre o Paquistão ou os paquistaneses, sem querer dar a Shamas a oportunidade de fazer algum comentário desrespeitoso sobre o Islã, ou deixar a perceber por sua expressão que abrigava opiniões contrárias à grandeza inerente de Alá; mas, como está sozinha na casa, ela deixa a mulher falar.

— Devolvo o véu depois de amanhã — disse a casamenteira ao sair por volta das cinco, Kaukab a aprontar-se para fazer o jantar. — O irmão-*ji* Shamas logo chegará do trabalho. A partir desse ano ele vai poder relaxar, pois aos sessenta e cinco está se aposentando. — Ela ri. — É, mas para nós donas de casa não há idade de aposentadoria, Kaukab. De qualquer modo, tenho de deixar você sozinha, pois se for parecida comigo em alguma coisa também não agüenta que outra mulher fique olhando enquanto você cozinha.

Mung Dahl. Ao lavar o *dahl* ela se recorda da noite desastrosa com Jugnu e a mulher branca, o *dahl* nos sapatos, e implora mais uma vez o perdão de Alá Todo-Poderoso por ter desperdiçado alimento que Ele, em Sua bondade e compaixão ilimitadas, tinha achado por bem lhe prover, uma criatura tão sem valor quanto ela. Mas o fato é que ela realmente não se lembra de ter servido as porções nos sapatos e de levá-los à mesa; ela só se recorda de recuperar os sentidos depois de todas as ações terminadas, ela de pé no meio da sala com Jugnu e a mulher branca fitando-a, horrorizados.

Kaukab é capaz de recordar-se daquela noite como se a estivesse lendo no Livro dos Destinos, o livro no qual, uma vez por ano, os anjos escrevem o destino de todos os seres humanos pelos 12 meses seguintes: quem viverá, quem morrerá, quem perderá a felicidade, quem encontrará o amor — é Alá quem dita para eles, descendo especialmente durante uma noite do sétimo céu para o primeiro, o mais próximo da terra.

Alá lhe deu tudo. Então, como pode Kaukab não ser grata a Ele a cada minuto do seu dia, se Alá lhe deu tudo o que tem, como poderia ela não ter tentado garantir que seus filhos crescessem para ser servos de Alá e como poderia ela ter aprovado o casamento de Jugnu com uma mulher branca ou, posteriormente, o fato de ele viver no pecado com Chanda? Para a gente do Ocidente, uma afronta que não faça mal a outro ser humano ou à sociedade mais ampla absolutamente não é uma afronta, mas para ela — para todos os muçulmanos — sempre há outra parte envolvida: Alá — *Ele* estava sendo ofendido pelas ações de Chanda e Jugnu.

Ela leva o *mung dahl* ao fogo e acrescenta açafrão-da-índia, sal e pó de pimenta-malagueta, balançando a cabeça ao pensamento de como resultou todo aquele incidente com a mulher branca de Jugnu. Depois do jantar naquela noite, Jugnu não esteve com Shamas ou Kaukab por cerca de duas semanas, embora ambos escutassem através das paredes o barulho das discussões entre ele e a mulher branca e embora Kaukab uma vez tenha visto a mulher branca sair da casa aos prantos. Seguiram-se várias semanas de silêncio, e ela sabia que Jugnu tinha rompido relações com a mulher, mas ele ainda se recusava a vir ver Kaukab; ela obtinha todas as informações através de Shamas. Ujala saíra de casa recentemente (para sempre — compreenderia ela com o passar dos anos), depois de mais uma discussão com a mãe, de sorte que Kaukab só tinha Shamas como fonte de informações sobre Jugnu. E foi ele quem lhe disse, poucos dias depois, que Jugnu e a mulher branca estavam juntos outra vez, e mais uma vez foi Shamas — o rosto avermelhado, a voz cheia de pânico — quem lhe disse que Jugnu estava num hospital com um tubo de glicose no braço e analgésicos aplicados na corrente sanguínea a cada poucas horas.

— Aquela doente, essa raça doentia, viciada e lasciva! — sibilou Kaukab ao sentar-se ao lado da cama de Jugnu na enfermaria. Aparentemente, a mulher tinha decidido tirar férias depois de romper com Jugnu e, embriagada, dormiu uma noite com alguém que lhe transmitiu uma doença, abjeção de prostituta que ela passara sem saber a Jugnu ao retornar à Inglaterra e reatar com ele. A doença foi encontrada na virilidade de Jugnu, mas também na garganta, e Kaukab tentou controlar a náusea ao compreender como havia de ter chegado lá. Que práticas malditas, quanta irreligiosidade! A doença era certamente a ira e a punição de Alá por tais comportamentos.

Jugnu teve de ficar no hospital por oito dias e Kaukab cuidou dele quando voltou para casa, deitando-se no chão ao lado dele durante a noite, caso ele precisasse de alguma coisa. Ela não pôde fazer nada quanto à insistência de Jugnu de que Ujala não soubesse da sua doença: o menino não visitara a casa nenhuma vez depois que se mudou, e uma pequena parte de Kaukab — que Alá a perdoe! — ficou secretamente satisfeita que Jugnu estivesse gravemente doente; com certeza, isso traria o menino de volta imediatamente, para ver o amado tio. Mas ela era obrigada a respeitar os desejos de Jugnu afinal, e lhe disse que a primeira coisa que tinha de fazer depois de recuperar-se era localizar e trazer Ujala de volta.

E ela lhe disse claramente que não acreditava quando ele dizia que a mulher branca tinha pego a doença na Tunísia.

— É mentira dela — disse ela firmemente. — A Tunísia é um país muçulmano. Ela deve ter tirado férias em outro lugar, um país povoado por brancos ou não-muçulmanos. Está tentando caluniar a nossa fé.

Ela tentou evitar que qualquer mulher da vizinhança entrasse na casa durante a convalescença de Jugnu, temendo que alguma palavra descuidada dentro de casa levasse à revelação da verdadeira natureza da aflição de Jugnu.

As mulheres da vizinhança. Agora Kaukab está na janela da cozinha, olhando para fora; ela pode ouvi-las em todo o bairro, esse bairro que é tão barulhento: consegue fazer barulho de mastigação até quando come banana, e seus pássaros brigam como casais inter-raciais. Falar alto é uma necessidade porque o bairro ficou surdo após trinta anos de trabalho nas fábricas, e ela mexe o chá durante horas, como se houvesse pedras no fundo da xícara em vez de grãos de açúcar. Mas a vizinhança também é reservada: ela acumula seus segredos, relutante em revelar a dor em seu peito. Vergonha, culpas, honra e medo são como cadeados em suas bocas. Ninguém faz um som sequer, caso isso chame a atenção. O terreno é irregular de segredos enterrados e problemas varridos para baixo do tapete.

Kaukab ouve as mulheres. Uma está amaldiçoando o inventor da roda e lastimando o dia em que veio para a Inglaterra, este país repugnante que lhe roubou sua filha, a garota desobediente que não queria ir para o Paquistão porque lá homens e mulheres são segregados. — Tudo é dividido em Ele e Ela, como se todos precisassem de um lembrete do grande banheiro que aquele país realmente é. Mãe, não é de admirar que a gente tenha diarréia assim que pousa.

As mulheres são sonhadoras. Não, seus filhos certamente não hão de crescer para ser jogadores de futebol do Manchester United. Se estão mesmo *tão* interessados no time, podem tornar-se médicos da equipe.

Kaukab, um retrato da solidão, espera Shamas voltar para casa e relembra como os anúncios do alto-falante da estação rodoviária a fazem pensar que está no Paquistão, e um sermão das sextas-feiras está sendo transmitido no alto-falante da mesquita, e as outras mulheres lhe dizem que isso acontece com elas também. Uma mulher tenta conter as lágrimas porque está começando a compreender que nunca será capaz de voltar a viver em seu próprio país (ela começou a fazer pagamentos mensais na mesquita perto de sua casa para os preparativos fúnebres), um país que é pobre porque os brancos roubaram a sua riqueza, a começar pelo diamante Koh-i-Noor. E apesar de o coração de todas as mulheres do bairro disparar toda vez que há uma chamada na TV, pensando que o governo vai anunciar que todos os imigrantes asiáticos serão expulsos da Grã-Bretanha, exatamente como foram expulsos de Uganda duas décadas atrás, apesar de o coração delas disparar por um momento, elas pensam em arranjar uma briga e dizer que voltarão com muito prazer, assim que a rainha devolver o nosso Koh-i-Noor.

E, sim, enquanto espera por Shamas, Kaukab também pode ouvir as mulheres falar dela e de Shamas, de como Shamas insistiu em permanecer no bairro apesar de poder permitir-se mudar para uma região melhor. Os brancos já estavam se mudando daqui no final dos anos 1970, e no período de uma década os hindus se tornaram o primeiro grupo imigrante a mudar-se para os subúrbios ricos seguidos lentamente ao longo dos anos seguintes por um punhado de paquistaneses. Médicos, advogados, contadores, engenheiros — agora todos já se mudaram do bairro e foram para os subúrbios, deixando para trás os paquistaneses, os bangladeshianos e uns poucos indianos, todos trabalhando em restaurantes, dirigindo táxis ou ônibus ou então desempregados.

Só o bom irmão-*ji* Shamas ficou — pensa uma mulher enquanto prepara o jantar —, a despeito do fato de ele trabalhar num escritório e com certeza poder se mudar dez vezes se quisesse, mas ele não é o tipo de homem que acredita que a gente vê pela janela o que merece, porque *ninguém* merece essa vizinhança decadente de uma tentativa de suicídio por ano, 29 pessoas internadas como loucas e tantos arrombamentos que a mulher tira o videocassete da tomada e leva para o quarto todas as noites, e quando não está acordada esperando o barulho de uma janela sendo arrombada no andar de baixo ela jaz acordada imaginando onde estarão seus dois garotos, pois cada vez mais roubos estão sendo cometidos pelos filhos dos próprios imigrantes, quase todos desempregados.

Na porta ao lado, a vizinha dessa mulher se pergunta por que seus filhos se referem a Bangladesh como "o estrangeiro", pois Bangladesh não é o estrangeiro. A *Inglaterra* é o estrangeiro; Bangladesh é *terra natal*.

Kaukab as ouve fofocar sobre Jugnu, ele de quem todas gostaram desde o começo, estimulando seus filhos a procurar a sua companhia porque ele era educado e elas queriam que uma parte da sua inteligência passasse para eles. Jugnu, que viveu na Rússia e nos Estados Unidos e que partiu em excursões para caçar borboletas na China ocidental, na Índia, no Peru e no Irã. Ele disse às crianças do bairro que tinha visto em Oklahoma o funil branco de um tornado ficar vermelho como uma maçã ao pulverizar uma sementeira cheia de gerânios. E as crianças quiseram saber por que ele não ficou para ver se o tornado passava por cima de uma fábrica de tintas, pois elas certamente teriam ficado.

As mulheres ficavam felizes de seus filhos estarem passando tanto tempo com uma pessoa civilizada, e elas o paravam na rua para dizer como estavam felizes de ele estar entre elas e para castigá-lo afavelmente por dizer às crianças que não há referências a borboletas na Bíblia, pois isso podia deixá-las curiosas sobre o livro e fazê-las virar cristãs.

Isso, é claro, antes de ele ser visto com uma mulher branca, muito, muito antes de ele começar a viver abertamente em pecado com aquela filha de lojista, Chanda.

Elas lhe disseram para tomar cuidado com o laço do sapato que tinha se desfeito ou ele podia tropeçar. E só mais tarde — em casa — iam bater na testa lastimando ter feito aquele comentário sobre as crianças se converterem ao cristianismo, já que havia sido exatamente a confusão de fés que reduziu a vida de seu pai e do irmão-*ji* Shamas a pedaços. O pai deles nascera hindu e perdera a memória aos 10 anos de idade, desgarrando-se para uma vida muçulmana, e só se lembrou da sua verdadeira identidade na maturidade, quando já era tarde demais.

Sim, acenariam as mulheres com a cabeça, entre as muitas coisas que os brancos roubaram do subcontinente está a memória daquele menino de 10 anos, em 1919.

Assim que acaba de fazer suas orações, Kaukab ouve a chave de Shamas girar na porta da frente, o ruído levando-a de volta ao dia em que Jugnu trouxe a mulher branca para jantar, e ela observa para si mesma que tinha sido um sinal de Alá a luz acabar no momento em que a mulher entrou, a casa mergulhando na escuridão.

Mulheres com rabos

SHAMAS NÃO SE LEMBRA DOS SEUS sonhos, mas há algumas manhãs, como hoje, em que ele acorda com uma cautela paciente em seus gestos, e por causa disso ele sabe que seu pai conseguiu infiltrar-se nos seus sonhos, assim como um amor passado e não autorizado a vir à tona em pensamentos acordados vem e deixa uma flor na mente durante o sono, sem concordar em ser esquecido.

Sozinho na cozinha azul, domingo de manhã, ele reflete sobre a natureza da deriva de seu pai para o Islã, meio sonho, meio pesadelo, em 1919, quando era uma criança hindu de 10 anos e estava a caminho, com a irmã, de testemunhar o prodígio de mulheres que tinham rabos.

Na Índia do *Raj*, o domínio inglês, as roupas das mulheres brancas eram um anúncio de que não estavam se aculturando. Embora não possam ter sido convenientes e certamente não fossem confortáveis, algumas mulheres britânicas mantiveram resolutamente seus espartilhos até bem avançadas século XX adentro, mesmo depois de eles terem saído de moda na Inglaterra. E, no século XIX, elas insistiram nas crinolinas tesamente balangantes e anquinhas pregueadas mesmo durante a enlameada e úmida monção, e durante os meses de calor de fornalha que a antecedem, fazendo os nativos se perguntarem sobre a natureza do segredo oculto sob os metros de tecido, espalhando-se em todo o subcontinente a crença de que as mulheres brancas tinham rabos.

Foi para vê-los que as duas crianças hindus percorreram as vielas da sua cidade natal punjabi de Gujranwala numa tarde da primavera de 1919. O irmão era a verdadeira criança, mas a irmã, com três anos mais que ele, ainda tinha bastante da iniciativa exploratória da infância para concordar com a expedição.

"Que tipo de rabo tem uma mulher branca?", admiravam-se eles tomados de excitação. Não dessemelhante ao de um pavão, capaz de ser aberto para formar um gigantesco leque de quinhentas penas? Ou um pequeno e irrequieto, parecido com o do veado, com remate de pêlos brancos? O menino — seu nome é Deepak, mas ele não se lembraria disso ou de qualquer outra coisa ao final do dia — cismava que talvez fosse longo e guarnecido de um poderoso músculo, para a *mem-sahib* poder apoiar-se nele, como um canguru, ao levantar um pé para tirar o sapato. A menina — Aarti — queria desesperadamente que ele brilhasse no escuro como um pirilampo — as saias pregueadas e franzidas trazendo irresistivelmente ao espírito um abajur —, e houve duas brigas e três reconciliações entre a dupla enquanto faziam o caminho para o bangalô *dak* — uma das estalagens a intervalos regulares nas estradas onde os brancos se hospedavam quando percorriam Gujranwala em viagem. Ela era cercada por três lados pelos pomares de laranja sanguínea pelos quais a região era famosa, e dizia-se que os *sahibs* pulavam o muro limítrofe no meio da noite para pegar uma laranja e espremer em seus drinques. O ar era tão intensamente perfumado que no inverno um único pedacinho de folha arrancado do lado de fora da janela e mexida no copo bastava para comunicar a fragrância de meia dúzia dos gomos da fruta.

Era uma terça-feira de abril. Os chacais e os lobos nas selvas próximas tinham uivado ao longo de toda a noite de domingo, estimulados pelo odor de sangue humano quente que os ventos trouxeram para Gujranwala, a sessenta quilômetros de distância, e na manhã de segunda-feira espalhou-se a notícia também para a população humana: centenas de homens, mulheres e crianças tinham sido abatidos a tiros no Jallianwallah Garden em Amritsar.

Enfurecidos pelas notícias, os habitantes de Gujranwala apedrejaram um trem e colocaram fogo em pontes ferroviárias, e vários prédios ao longo da Grand Trunk Road, que atravessava a cidade — o posto dos telégrafos, a corte distrital, o posto dos correios e uma igreja cristã indiana —, foram reduzidos a cinzas. O superintendente de polícia branco foi atacado e só escapou com vida quando deu ordem aos seus homens de abrir fogo contra os insurgentes.

Hoje, terça-feira, não havia fumaça no ar, mas ainda não era seguro estar nas ruas. Na falta de fatos e informações claras, as mulheres que tinham parentes em Amritsar continuaram seus lamentos receosos a noite inteira na noite passada. Hindus, muçulmanos e siques tinham esquecido as suas diferenças e se revoltaram juntos, e os britânicos sabiam que uma tal amnésia só significava problemas para eles.

O caminho se bifurcava à frente deles e, quando Aarti lhe disse que eles iriam pela esquerda, Deepak pôs a mão no peito — o método mais fácil de distinguir a esquerda da direita era lembrar-se de que o coração ficava à esquerda.

E, quando passaram por uma casa azul com três árvores-dos-pagodes no pátio, ele tratou de enfiar os dedos entre os dedos da irmã, porque antes só tinha se aventurado tão longe de casa até ali, e além daquele ponto estaria em território inexplorado. Logo também Aarti estaria em território estrangeiro e de mãos dadas com Deepak, para receber e dar coragem numa transfusão de mão dupla.

De tempos em tempos enquanto seguiam adiante, eles consultavam os guias de histórias e rumores (sem compreender que estavam chegando cada vez mais perto da história).

Eles chegaram, mas no lugar em que o bangalô *dak* devia estar, depois de um caminho de pedras pintadas de verde-claro, eles só encontraram ligeiros traços, carvão sobre céu: só a estrutura do prédio tinha sobrevivido à conflagração da véspera; as paredes e o telhado tinham desabado, amontoando uma pilha negra. O contorno lembrou-lhes uma casa que o pai tinha feito no chão com um pedaço de carvão, a casa que ele disse estar construindo para eles, a casa que foi tirada à força da mãe deles pela família do pai assim que ela enviuvou, deixando-a sem teto e sem alternativa a não ser a caridade brutal do marido da irmã

Deepak e Aarti deram a volta nos restos do bangalô *dak*, Deepak esforçando-se duramente por conter sua decepção. As mulheres de rabo tinham sido tão reais durante o percurso que ele esperara encontrar pegadas à sua volta ao caminhar, mas agora as aparições tinham desvanecido.

Aarti viu que ele estava quase chorando, e como não podia propor que atacassem o pomar de laranjas — podiam-se ouvir homens cavando valas de irrigação e drenagem do outro lado do muro — ela tentou distraí-lo construindo o bangalô *dak* a partir das indicações espalhadas no local. Havia ali uma sacada salpicada de hibiscos, e aqui havia uma varanda com telhado de telhas e um jasmineiro na ponta, as folhas com formato de orelha de carneiro. Vermelho-brilhante, índigo, esmeralda — o lugar resplendia com cacos coloridos de vitral. Violência gerando violência, o fogo tinha liberado a centena de gumes mortais que cada vidraça continha em si inofensivamente quando inteira. No calor exalado pelos escombros queimados, a manteiga de garrafa espalhada na pele de Deepak soltou um cheiro penetrante. Ele se lubrificara antes de partir na aventura para maximizar as chances de escapar em caso de descoberta: antes de invadir uma casa ou um trem, ladrões e assaltantes se engraxavam da mesma maneira para ser tão difícil agarrá-los quanto peixe, quanto sementes de melão.

As pústulas da varíola marcaram a pele de Deepak durante a infância e, quando ele estava na cozinha aplicando a manteiga de garrafa no corpo, Aarti brincou que não sobraria para ela. Ela mal tinha começado a besuntar o braço quando eles foram descobertos pelo tio. A surra acordou as duas mulheres da soneca que estavam tirando, mas seus apelos à moderação foram ignorados. Em vez disso, ele amarrou as duas irmãs no quarto dos fundos, prendendo as suas longas tranças na tampa de um baú, trancando-o e botando a chave no bolso, um sorriso vingativo de prazer estampado no rosto ao ver ambas as mulheres em tormento ao sentar-se presas no chão, uma delas morena, a outra pálida — com a primeira ele era casado, com a outra, ele *quis* casar, mas foi considerado indigno porque só um homem rico era bom o bastante para tamanha beleza de pele clara, mas agora que o homem rico tinha morrido coube a ele o fardo de ter de vestir, alimentar e dar abrigo a ela e seus filhos —, aquele pesadelo de filha que ele pretendia entregar ao primeiro desdentado que pedisse sua mão em casamento, quanto mais pobre melhor, não importa que fosse tão clara quanto a mãe, que sonhava em educar o filho bastardo, quando estava claro para todo mundo que a única educação que um vadio amante das ruas provavelmente adquiriria seriam as habilidades de batedor de carteiras.

Ele arrastou as crianças pelo pátio e as colocou para fora de casa enquanto as vozes das duas mulheres continuavam a suplicar clemência lá dos fundos, porque era perigoso as crianças ficarem nas ruas hoje.

Seu temor não era despropositado. Ouve distúrbios em toda a província à medida que a notícia da matança em Amritsar foi se espalhando. Todos os centros urbanos no distrito de Gujranwala estavam em chamas — Ramnagar, Sangla, Wazirabad, Akalgarh, Hafizabad, Sheikhupura, Chuharkana, e a rebelião também tinha se espalhado ao norte, pela estrada de ferro para Gujarat, e a oeste, para Lyallpur.

Pedidos de ajuda de Gujranwala tinham deixado o governador do Punjab, Sir Michael O'Dwyer, numa situação delicada: ele não podia enviar uma grande quantidade de soldados sem esvaziar as guarnições em Amritsar e Lahore, onde o exército já estava sobrecarregado. Ele se dirigiu à Real Força Aérea, que colocou três biplanos BE2c da Primeira Guerra Mundial à disposição, cada um deles armado com uma metralhadora Lewis e carregando dez bombas de dez quilos. Eles ficaram sob o comando do capitão D. H. M. Carberry, que tinha pilotado a missão de reconhecimento sobre Amritsar para o general Dyer no domingo, localizando com precisão o Jallianwallah Garden como o local onde a aglomeração pública de nativos estava acontecendo. Naquela tarde, terça-feira, suas instruções eram de que não devia bombardear Gujranwala, "a menos que fosse necessário", mas que toda multidão em espaço aberto devia ser bombardeada e que toda manifestação nas cercanias dos povoados locais devia ser dispersada se estivesse rumando para a cidade.

Aarti e Deepak — e os homens que estavam trabalhando no pomar de laranjas do outro lado do muro — ouviram o ronco do motor do biplano e a tensão cantando nos tirantes antes de verem a máquina ela mesma, deslizando estável a noventa metros de altura, o sopro de oxigênio das hélices inflamando alguns tições escondidos nos entulhos fuliginosos em volta das crianças.

Era um *vie jaaj*, um barco dos ares, compreendeu Deepak imediatamente.

Ele ouvira os seus amigos muçulmanos e siques cujos pais tinham ido para a guerra na França ao lado do rei falarem desses vasos voadores.

Ele ganhou tamanho ao aproximar-se e começou a diminuir assim que passou por cima deles. As quatro projeções planas — duas de cada lado do corpo — eram as velas horizontais do barco-dos-ares, os cabos cruzados, o cordame das velas. Bem que ele quis que tivesse lançado âncora para ele poder examinar minuciosamente, mas o barco já tinha partido, tão rápido quanto chegara.

Espécie propensa a turbulência ante a menor provocação, os corvos encheram o ar com seu barulhento alvoroço.

Gotas de suor escorregaram pelo braço de Aarti e cruzaram a única faixa de manteiga de garrafa roubada, acima do punho, com as mesmas linhas curvilíneas que descreveram nas áreas sem tratamento, só que mais rápidas, como uma cobra deixando o solo áspero para nadar no rio.

A sombra do biplano que retornava mergulhou do muro fronteiriço do bangalô *dak* e avançou como um pedaço irrefreável de mar, ondulando nas suaves elevações e quedas do terreno.

Ele perdera altitude e fez Aarti ter a impressão de que tinha crescido durante a ausência.

Talvez, pensou ela, o pássaro de metal estivesse prestes a baixar duas pernas graciosamente alinhadas como uma cegonha e pousar naquele pé de *dhrake* que de repente estava em chamas.

Um lírio vermelho apareceu no seu braço.

As imagens fortes se misturaram como um carrossel ganhando velocidade e, de repente, ela estava tão cansada que teve de sentar-se contra a parede à qual ela se descobriu encostada e fechar os olhos.

Arrancado do chão, jogado ao alto no contorno do ar em expansão, Deepak viu o chão disparar debaixo dele e sentiu cheiro de laranjas sendo cortadas e abertas antes de esquecer tudo, a última sensação sendo o calor carnívoro dos cabelos em chamas contra o couro cabeludo.

A bomba, como uma pisada na poça de chuva, esvaziara sua mente de todos os seus conteúdos.

Shamas olha para a neve jacente na rua lá fora, ouvindo Kaukab trabalhar na cozinha.

Para a maioria das pessoas, Sir Michael O'Dwyer, governador do Punjab na época, era responsável em última análise pelo Massacre do Jallianwallah Garden em 1919. Ele foi morto a tiros em março de 1940, em Londres, por Udam Singh, que fora ferido no Massacre ainda criança e enforcado em Pentonville pelo assassinato.

Porém uma das histórias que começou com o bombardeio da RAF dois dias depois do Massacre do Jallianwallah Garden levaria bem mais de 21 anos para encontrar um fim medíocre, um fim igualmente brutal.

O menino Deepak, tendo vagado pelas províncias por um ano, acabou chegando ao santuário de um santo muçulmano onde, nos pátios ao anoitecer, os couros dos tambores seriam batidos com tal devoção que a fricção amiúde alcançava níveis perigosos e deixaria as mãos em fogo. Deram-lhe o nome de Chakor, porque ele parecia fascinado pela lua, e *chakor* era o pássaro-lua, o pássaro que diziam viver dos raios do luar, voando cada vez mais alto nas noites de lua até ficar exausto, caindo sobre os telhados e nos pátios das casas no alvorecer, quase morto. Um *chakor* é para a lua o que a mariposa é para a luz.

— O seu nome é muito apropriado — diria a futura esposa quando ele a conheceu no santuário em 1922. — Meu nome é Mahtaab. A lua.

Shamas vai para a sala cor-de-rosa e abre o álbum com as fotografias de seu pai e sua mãe, e o põe na estante. Eles foram grandes amantes, mesmo na idade avançada, Chakor sorrindo bem-humorado e dizendo a Shamas e seu irmão mais velho:

— Venham, tragam as suas esposas aqui e coloquem perto da minha mulher: vamos ver se ela não é a mais bonita das três, mesmo sendo a mais velha.

Os olhos de Mahtaab brilham deslumbrantemente nas fotografias granulosas — luz que chega ao presente de anos distantes, da maneira como a luz das estrelas há muito mortas continua a chegar na terra.

Ele muda o álbum de fotografias de lugar numa das prateleiras, deslizando-o ao lado dos livros de borboletas que Jugnu tinha dado a seu sobrinho e à sua sobrinha, as crianças citando coisas deles uma para a outra durante o dia.

Tendo tocado suavemente na lombada do livro de borboletas por alguns segundos, ele retorna à sua cadeira e pega o jornal. Ele pensou sobre seus pais a manhã inteira, por causa de algum sonho que deve ter tido na noite passada, e daqui a cerca de uma hora ele deverá ir à livraria urdu situada à beira do lago, perto do píer em xilofone; é lá que ele passa a maior parte das suas horas nos fins de semana de folga.

Vinda da cozinha, Kaukab entra carregando uma bandeja e põe-se na cadeira em frente. Achatados, redondos, do tamanho de seixos numa praia de bonecas, uma pequena xicarada de sementes de *masar* preto jaz num montinho incerto no centro da bandeja: o bastante para dois. Eles devem ser limpos e depois ficar de molho algumas horas antes de cozinhar. Naqueles dias — menos por lealdade à própria família do que pelo fato de a dor da mãe de Chanda a envergonhar e perturbar —, Kaukab passara a visitar a mercearia a vinte minutos de distância na Laila Khalid Road. Ela se sente envergonhada porque seu cunhado Jugnu é parcialmente, não, não parcialmente, *inteiramente* responsável pela aflição da mulher.

Chanda, a moça cujos olhos mudam com as estações, fora mandada ao Paquistão aos 16 anos para casar-se com um primo de primeiro grau a quem havia sido prometida quando bebê, mas o casamento durou apenas um ano e sua mãe ficara devastada com a notícia do divórcio. Porém outro primo no Paquistão apiedou-se e concordou em casar-se com ela mesmo ela não sendo mais virgem. Mas ele também se divorciou poucos meses depois e a moça voltou para a Inglaterra, ajudando a família na mercearia o dia inteiro. Então eles encontraram um imigrante ilegal para ela se casar: ele queria a nacionalidade britânica e não se preocupava com o fato de ela já ter sido casada duas vezes. Mas ele desapareceu assim que legalizou a sua situação na Inglaterra. Chanda permaneceu casada com ele, pois não houve divórcio.

E, então, um dia no ano passado ela foi entregar o anis-estrelado que Jugnu — o homem das mãos luminosas — havia pedido por telefone, um ingrediente para a comida das suas borboletas. Ela tinha 25 anos de idade e ele, 48. Era março e os pardais estavam quase começando a soltar as quinhentas penas extras que haviam crescido no começo do inverno para mantê-los aquecidos, a fim de retornar à sua plumagem de verão, de três mil penas cada. As maçãs ainda não tinham posto suas flores branco-concha. A floração seria em maio — quando ela se mudaria para morar com Jugnu —, e tanto Chanda quanto Jugnu estariam mortos quando essas mesmas flores se tivessem tornado frutos no outono, maçãs que continuariam a jazer num círculo de pontos vermelhos brilhantes sob cada árvore até as neves de janeiro daquele ano.

Jugnu dissera que se casaria com Chanda, mas, como ela não se divorciara do marido anterior, o Islã proibia outro casamento por vários anos — a quantidade diferindo de seita para seita, quatro, cinco, seis. Todos os clérigos consultados por ela e Jugnu afirmaram claramente que o marido desaparecido tinha de ser encontrado, ou eles tinham de esperar um período prolongado para o casamento se anulasse por si mesmo. Se o marido não retornasse após esses anos, ela poderia considerar-se divorciada e casar-se com quem quer que quisesse.

Todas essas consultas, é claro, foram para ganhar a simpatia da família de Chanda e de Kaukab. Se ela obtivesse um divórcio *muçulmano* e se casasse com Jugnu *islamicamente*, então eles poderiam coabitar, independentemente do fato de ela ainda ser legalmente casada sob a lei britânica.

Suavemente, Kaukab sacode a bandeja de metal com o montinho de sementes de *masar* até alinhar a superfície por igual numa camada da espessura de um grão. Abrindo um arco nessa praia de bonecas com as costas dos dedos, ela começa a procurar por estragos de insetos, pedaços de pedra e fragmentos milimétricos de moinha. Ela inspeciona a sala, os olhos partindo em investidas breves pelas várias superfícies e retornando à bandeja, onde qualquer coisa incomum é mantida sob vigilância. Ela cede finalmente e estende a mão:

— Um minutinho, por favor.

Shamas abaixa o jornal e olha por sobre a borda superior, que é serrilhada como uma pétala de cravo, e ao meneio dos dedos de Kaukab ele tira os óculos e os passa para ela.

Durante os fins de semana, eles gostam de ficar nesse cômodo sempre que podem, saindo e voltando, cada um ocupado com seus próprios hábitos à periferia da consciência do outro. A desordem da vida diurna reflui à noite e o cômodo cor-de-rosa — cheio de livros em cinco línguas — torna-se mais uma vez imaculado, como se todas as cordas frouxas de um instrumento musical tivessem sido retesadas.

— Olhe o que encontrei — ela tira os óculos, sua inspeção terminada. — Uma semente de *ravann*. Aqui. — Na palma da sua mão há uma conta azul-brilhante, a película a escamar-se para revelar o marfim no interior. — O pacote diz *Produto da Itália*. Isso quer dizer que provavelmente eles cultivam *ravann* na Itália. Tem alguma parte da Itália bem perto do Paquistão?

Quando ela está entregando a Shamas, ele segura a mão dela sem olhar para o grão. Ele sorri para ela, tentando capturar seus olhos, e acaricia seu punho com a outra mão, insinuando os dedos sob a manga.

Ela está chocada com a abertura, e sabe que não deve olhar para ele a partir desse ponto — mas ele segura sua mão sugestivamente e tenta trazê-la para mais perto de si, enquanto ela tenta puxá-la decisivamente para trás. Houve uma época em que ela às vezes se punha por cima dele de manhã e torcia os cabelos molhados numa corda de um metro, deixando gotas de água cair em seu rosto, acordando-o com seu corpo perfumado pelo banho matinal, os olhos brilhando de travessura. Minha "bela esposa", chamava-a ele, "a heroína da história da minha vida".

Mas agora? Está tarde demais na vida para o estro dos animais. Kaukab soubera que ir à casa de Shamas em Sohni Dharti significava freqüentemente encontrar seus pais juntos na cama, jazendo um do lado do outro satisfeitos ou conversando, brincando, a porta aberta, em plena vista das crianças que brincavam no pátio. Pois bem, *ela* nasceu e foi criada numa mesquita, e esta não era a norma na casa dela.

Shamas a solta com um gemido suave, que mal foi audível, e então eles se sentam em silêncio, ambos envergonhados demais, embaraçados e angustiados.

O grão azul é descartado no vidro que contém as outras sujeiras do *masar*.

— Seu pai-*ji*, que descanse em paz para sempre, adorava *ravann*, com *chappati* de farinha de milho da grossura do papelão. — Ela está tentando convencer-se de que o fato de ele ter segurado sua mão agora não era um pedido de intimidade: ela está aliviada de ter conseguido evitar a expressão nos olhos dele. O chocalho aberto de sementes no seu colo recebe uma sacudidela final e uma olhada decisiva antes de a bandeja ser colocada no tapete. Ela acrescenta um pouco de chá aos resíduos na xícara de Shamas, mexe e joga fora no copo das sujeiras e então enche a xícara limpa. Não, não foi um toque sexual. Há uma eclosão de sândalo de onde o bule quente de chá estivera repousando.

— A polícia descobriu quem deixou aquela... aquela... *coisa* na frente da mesquita no mês passado? — Ela coloca leite na xícara e contém o remoinho com um giro contrário da colher.

Ele só responde depois de um lapso.

— Não é difícil supor quem seja, mas não há provas. — Uma menina inglesa convertera-se ao islamismo em dezembro e recebera abrigo na mesquita porque sua família foi hostil à sua decisão de mudar de fé.

Kaukab beberica seu chá em silêncio. Incapaz de compreender o desaparecimento misterioso dos amantes, ela chorou a ausência de Jugnu (será que a reação com que seu amor pela moça foi recebido não o fez levá-la para algum lugar e começar vida nova?) e reza pela segurança deles em todas as cinco orações do dia (será que alguma coisa terrível aconteceu com eles?), mas se recusa a acreditar que os irmãos de Chanda tenham alguma coisa a ver com isso.

Enquanto Chanda e Jugnu estavam no Paquistão no ano passado, Kaukab pediu a Charag para visitar Dasht-e-Tanhaii. Ele e sua moça branca já não estavam mais juntos e Kaukab teve vários encontros com a casamenteira, pensando em encontrar uma moça de origem paquistanesa para ele. Trinta e dois anos, ele ainda era jovem — apenas um menino — e já se ouvira falar de homens muçulmanos casar-se com moças brancas e logo divorciar-se ao perceber como elas eram difíceis e desavergonhadas, tendo então um casamento arranjado com uma moça muçulmana decorosa e submissa, preferivelmente alguma prima de primeiro grau trazida de casa. Alá lhe dissera para ser otimista: que rebente a corda do alento, mas nunca o fio da esperança. Charag não tinha nenhuma prima adequada no Paquistão, mas Kaukab fez uma lista de quatro moças entre as três dúzias de que a casamenteira lhe falara. Ela planejou e sonhou durante semanas e tinha a fotografia das quatro bonitas moças em mãos quando telefonou para Charag pedindo-lhe que viesse vê-la no fim de semana seguinte porque ela estava com saudades. ("Não é mentira", ela disse a si mesma, "eu estou mesmo com saudades!") E é preciso dizer que uma parte de Kaukab ficou um tanto aliviada quando Jugnu e Chanda decidiram passar o verão no Paquistão: ela não queria nenhuma interferência do tio quando sugerisse um segundo casamento a Charag.

— Vasectomia! Você fez vasectomia!

Era contra Alá e tudo o que o Profeta, que a paz esteja com ele, tinha dito. Ele mutilara-se. Emasculado.

— Por Alá! Quando foi que você fez?

— Há uma semana. Não quero ter outro filho. Não consigo nem cuidar direito do que já tenho. Eu tenho raiva dele às vezes, quando quero pintar mas tenho de cuidar dele.

— É para isso que serve uma esposa! Tomar conta de criança é tarefa da *mulher*, enquanto o homem ganha a vida com seu trabalho. — Um homem, um homem — lamentou-se ela em seu coração —, algo que você não é mais! Se aquela garota branca tivesse feito o que a mulher tem de fazer, seu filho ainda seria um homem.

— Eu lhe dei um tapa uma vez, porque ele mexeu nuns desenhos que eu tinha posto no chão. Não, eu não dei um tapa — eu *bati* nele com força.

— E daí? Pais batem em filhos; é assim que é.

— Eu me lembro.

— O que você quer dizer? Espera-se que pais batam nos filhos, que os disciplinem. O Profeta, que a paz esteja com ele, diz que quando a gente põe o camelo para pastar tem de cuidar que uma das pernas esteja dobrada e bem amarrada com uma corda, para ele não poder se afastar. Liberdade demais não é bom para ninguém nem para nada.

Um casamento com uma moça paquistanesa agora era uma impossibilidade — quem ia querer um homem capado para sua filha? —, e Kaukab não teria a aliada que uma nora paquistanesa teria mostrado ser.

— Como pôde tomar uma decisão tão importante sem me consultar primeiro e ao seu pai?

— O quê?

— Se não quer mais ter filhos, por que não pode apenas tomar cuidado, em vez de fazer uma coisa drástica dessas? — Ela não conseguia acreditar que estava tendo aquela conversa com o filho.

— Não dá para ter certeza. Esta primeira vez foi acidente.

— É mesmo? Não foi planejado? *Bem* que eu me perguntei se essa garota branca não quis prender você ficando grávida deliberadamente.

— Desculpe, mas não dá mais para ficar escutando essas coisas.

Charag foi embora, deixando-a só com suas quatro fotografias e seus pensamentos. Ela ficava tendo o mesmo sonho todas as noites: ela pendia na forca e ao mesmo tempo estava ao lado no cadafalso. "Não consigo deixar de pensar que a culpa é minha", dizia o corpo. "Pare de pensar", dizia seu eu carrasco. Mas como de hábito, durante as horas despertas ela só conseguia encontrar os mesmos culpados de sempre por esse novo desastre se abater sobre ela. Shamas. Jugnu. A Inglaterra. A raça branca. A vasectomia era uma conspiração cristã para impedir o aumento do número de muçulmanos. Seus pais eram responsáveis por tê-la casado com um infiel. Seus parentes por afinidade eram ateus. Afligida pela solidão e por um ódio enlouquecedor, ela enfim acusou Shamas de definitivamente não ser muçulmano, filho de um hindu, cujo corpo infiel corrupto foi cuspido repetidas vezes pela terra não importa a profundidade que o enterrassem no dia seguinte — fenômeno que até então ela atribuíra ao lamento do anjo da morte por seu ato de ter matado o homem mais virtuoso e amoroso do mundo, um homem que ela amava tanto quanto o seu próprio pai.

Chanda e Jugnu estavam hospedados na casa verde-oliva dos pais de Shamas — e estavam fingindo que eram apenas amigos durante a sua estada lá; e foi para essa casa verde-oliva que Kaukab telefonou depois da saída de Charag: ela podia falar com as pessoas da casa e dizer que estavam com dois pecadores sob seu teto.

Ela não revelou este fato a ninguém, nem sequer a Shamas.

Seu telefonema foi provavelmente o motivo do casal ter retornado à Inglaterra mais cedo que o esperado: pediram-lhes que saíssem. Eles voltaram para a Inglaterra e... desapareceram.

A raiva e a aflição de Kaukab estavam começando a ceder um pouco quando se aproximava a hora do esperado retorno do casal. Mas o dia esperado da chegada passou. E depois outro, e mais outro... Quando a polícia finalmente arrombou a porta da casa, os passaportes revelaram que o casal tinha voltado para a Inglaterra 13 dias antes. Um pavão e uma pavoa irromperam fugindo da sala para a liberdade da rua — o que levaria finalmente a comentários de que Jugnu e Chanda tinham se transformado num casal de pavões. O corpo de outro pavão foi encontrado num dos quartos do andar de baixo, os ferimentos revelando que tinha sido bicado até a morte pelos outros dois. Um ponderoso bando de 12 pavões tinha aparecido na vizinhança cerca de quinze dias antes: tinham fugido do criatório de uma iminente residência do outro lado do lago e finalmente seriam cercados — a queda da folhagem com os meses do outono que se aproximava significando que não teriam bosques ou grupos de arbustos para se esconder. Naquele momento, contudo, ninguém pôde dizer de onde eles vinham. Eles vaguearam pelas ruas, arranharam a pintura de carros e atacaram gatos e pardais. A maneira como três membros do grupo conseguiram entrar na casa de Jugnu e há quanto tempo estavam lá é algo que não pôde ser determinado. Havia marcas sobre a poeira no assoalho dos cômodos, feitas pelas plumas da cauda dos machos. Num prato branco sobre a mesa de jantar havia uma pocinha de urina no tom verde-claro do chá de erva-cidreira. A fêmea tinha posto ovos numa das malas abertas sobre a cama no andar de cima.

Jugnu tinha pendurado uma fotografia emoldurada de um pavão numa parede e, por um momento, foi como se o pavão vivo tivesse deixado seu reflexo num espelho da casa.

Ela acaba seu chá e diz:

— Estou preparando um pouco de arroz para você comer com o *masar* hoje à noite. Vou ter de fazer *chappatis* para mim, pois sobrou um pouco da massa de sexta-feira e estraga se não for usada hoje.

— Não agüenta até amanhã? Está fazendo bastante frio — diz Shamas calmamente; quase poderia ser um pensamento passando da cabeça dele para a dela.

— Talvez você também devesse comer *chappatis*. Você comeu arroz ontem à noite também e dois dias seguidos faz mal para os ossos, especialmente neste país frio. — Ela faz uma pausa, esperando sonhadoramente ele dizer que, agora que ele chegou à idade da aposentadoria, eles logo poderiam voltar para o clima quente de Sohni Dharti, como tinham planejado décadas atrás. Eles discutiram o assunto várias vezes ao longo dos últimos meses e a cada vez ela disse a ele que teria de viver sem ela — mas ela permaneceria na odiada Inglaterra porque seus filhos estão aqui.

— Se ao menos Jugnu estivesse aqui, não haveria sobras... — Ela pára, tendo sido levada por seus pensamentos, e olha para Shamas, mas ele não reage. Calmamente, ela volta ao trabalho em curso, e suspira:

"Querido Alá, eu bem queria que as coisas se tivessem passado de outro modo. Só que outro dia a casamenteira estava falando daquela jovem que há tantos anos ela havia sugerido casar com Jugnu, uma moça de nome Suraya, que agora se divorciou de seu marido bêbado e está procurando alguém para casar temporariamente." Kaukab balança a cabeça: ela não se lembra quem era a mulher, mas se ao menos Jugnu tivesse se casado com ela a pobre não estaria na situação em que está, e ele mesmo não estaria desaparecido. Em vez disso, ele se interessou por mulheres brancas. Kaukab sabia que as poucas noites por semana que ele passava fora de casa eram passadas nos braços de uma das suas namoradas brancas. Kaukab vivia com medo de que esse comportamento desprezível e abominável estragasse os seus três filhos, mas não havia nada que ela pudesse fazer. Ele era discreto e ela gostava dele por isso — ele tinha um conluio secreto com ela, evitando que as crianças vissem a conduta imoral.

Os anos se passaram e então um dia um garotinho a parou na rua para perguntar se era verdade que o "lugar do pipi" de Jugnu também brilhava no escuro feito as mãos. Ela atribuiu a obscenidade e impertinência do garoto à influência corruptora da sociedade ocidental, mas horas depois soube o que alguns vizinhos adultos já sabiam há uma semana e seus filhos há mais de quinze dias. Um grupo de meninos fora espionar o quarto de dormir no andar de cima da casa de Jugnu — onde a jaula contendo a fêmea da mariposa Grande Pavão Noturno tinha-se agitado uma noite com a batida de asas apaixonada do veludo macho agarrado aos fios de cobre, o cômodo com papel de parede de folhas retorcidas e bagas índigo. Na obscuridade, aquelas crianças tinham visto os amantes na cama, a luz das mãos de Jugnu iluminando a pele da moça.

E, assim como o rei de Samarcanda descobriu a esposa presa ao abraço de um escravo e pôs em movimento *As mil e uma noites*, o que os cinco garotos espiaram através da janela naquele anoitecer — ao subirem nos galhos de uma faia roxa para recuperar uma pipa — tornou-se o ponto de partida de uma outra coleção de histórias.

As crianças as contaram umas para as outras, acrescentando ou subtraindo este ou aquele detalhe, e elas finalmente chegaram ao reino dos adultos. Kaukab estava a caminho da cidade quando o garotinho a parou para perguntar sobre as propriedades luminescentes da masculinidade de Jugnu; voltando do centro, o ônibus estava tão cheio que ela teve de sentar-se ao lado de uma mulher branca que tinha queimado o Alcorão do seu marido muçulmano, mas poucas paradas depois, quando vagou um lugar perto de uma mulher de Gujarati, ela pôde trocar. A mulher de Gujarati lhe deu a notícia de que Chanda e Jugnu eram amantes.

Naquela noite, ela esperou Jugnu chegar em casa do trabalho.

— Posso ser apenas uma mulher e ter bem menos educação que você, mas não vou ficar de braços cruzados deixando você prejudicar ainda mais essa já prejudicada garota. Você já pensou nas conseqüências para ela quando a família souber? Vocês homens podem fazer tudo o que quiserem, mas a coisa é diferente para nós mulheres. Quem vai casar-se com ela outra vez se descobrir que andou tendo relações com homens com quem não era casada?

Chanda veio morar com Jugnu poucos dias depois disso.

Ao longo das semanas seguintes, Kaukab começou a planejar suas saídas para evitar a garota, pois era isso que Chanda era, uma garota. Em vez de usar o cordão que os adultos usam, ela usava elástico no cós do seu *shalwar*; Kaukab podia ver suas roupas penduradas no varal estendido entre duas das cinco macieiras. Ela até percebeu a relutância da garota em deixar seu olhar encontrar-se com o dela.

E foi ao lado desse varal que Kaukab, tendo atravessado para o jardim contíguo, disse finalmente à garota que saísse da casa de Jugnu.

Chanda tentou puxar o braço, mas Kaukab apertou a pegada:

— Se for verdadeiro, o arrependimento é respeitado mesmo no leito de morte e apaga toda uma vida de pecados, levando o pecador ao Paraíso junto com os que tiveram uma vida virtuosa. Só no dia em que o sol nascer no oeste, no Dia do Juízo, é que os portões do perdão serão fechados.

A garota soltou o braço com um puxão, seus olhos verdes incendiados.

— Não há saída. Ele diz que vai se casar comigo, mas eu não sou divorciada, e não é possível localizar meu marido. — Ela estendeu o *kameez* trabalhado gotejante no varal — como se estivesse virando uma página gigante — e entrou em casa, mas não sem antes parar no umbral da porta e dizer a Kaukab: — Nós nos amamos honesta e profundamente.

Kaukab olhou-a diretamente nos olhos:

— Sim, eu me preocupo com o que é, mas também com o que parece.

— E eu só me preocupo com o que é.

Foi a primeira e última conversa de Kaukab com a amante de Jugnu. As visitas dele a casa já estavam minguando. Era pecado oferecer alimento a um fornicador, e Kaukab — a filha de um clérigo, nascida e criada à sombra de um minarete — parou de lavar aquele terceiro copo de arroz e descascava duas berinjelas em vez de três. E então em julho, numa tarde inebriante com a quentura de chá de agulhas de pinheiro do lago, Jugnu e Chanda partiram para o Paquistão por quatro semanas, e Kaukab ocupou-se com a tentativa de arranjar um casamento para Charag.

Depois que a aflição e a desesperança resultantes da revelação da vasectomia tinham-se acalmado um pouco (ela se espantara de insultar o sogro, aquele homem amado e amoroso, ele que era tão bom que, ao visitar o santuário, a mão do homem santo emergiu do túmulo para cumprimentá-lo) e, atordoada e arrependida com seus pensamentos, sentindo o cuspo de Alá cair na sua alma por ser tão malvada, sentindo-se tão pequena aos seus próprios olhos que teria de lutar para vencer um inseto, ela disse a si mesma que precisava aceitar as realidades do mundo; estava quase na hora de o casal retornar à Inglaterra. Por puro acaso, ela cruzou com o terceiro marido de Chanda em plena rua e lhe disse que ele tinha de liberá-la, divorciando-se dela:

— Contate os pais dela imediatamente para dizer que é isto o que está pretendendo fazer. Alá nunca o perdoará se não o fizer. Se não por medo de Alá, faça-o então por gratidão à garota que fez do senhor um cidadão britânico.

Chanda e Jugnu agora podiam se casar!

Ela bloqueou a porta aberta com a bóia do Maine de pescar lagosta para ficar de olho no movimento no quintal da casa de Jugnu: a porta da frente da casa dele estava sempre trancada porque o *The Darwin* ocupava todo o jardim. O preço do bote era de três mil libras, mas ele o comprara, uma ruína em frangalhos, por seiscentos e cinqüenta em 1985, e passou os anos seguintes restaurando com a ajuda das três crianças. O barco vivia na parte da frente parecendo um imenso ferro de passar e, assim, era pela porta dos fundos que todo mundo sempre entrava na casa.

Os dias passando sem o casal aparecer, ela telefonou para o Paquistão e foi informada de que eles haviam partido uma semana antes do planejado. Ela pediu a um menino na rua que trepasse na faia roxa no quintal para olhar o quarto de dormir no andar de cima. Depois, ela pegou uma escada e pôs para as janelas de cima na parte da frente. Estavam eles na Inglaterra ou ainda no Paquistão? Será que saíram da casa em Sohni Dharti e foram caçar borboletas pelo Paquistão? O menino a quem ela pedira que subisse na escada gritou que estava vendo malas abertas através de uma das janelas.

Então, subitamente, Kaukab soube o que estava acontecendo: o casal tinha retornado do Paquistão e ido direto para a loja da família de Chanda pedir seu perdão. O Ocidente corrupto e decadente tinha feito eles esquecerem a devoção e a moderação, mas os incontáveis exemplos no Paquistão deixaram claro para eles a importância e a beleza de uma vida vivida decorosamente, segundo os preceitos e injunções de Alá, sendo o Paquistão, como é, um país de pios e devotados, um lugar onde os limites são respeitados. Ela correu para a loja, absolutamente certa de que Chanda e Jugnu tinham ido para lá em arrependimento e — Oh, os milagres de Alá! — os pais de Chanda, por sua vez, lhes disseram que o terceiro marido da moça havia telefonado recentemente para dizer que estava pronto a divorciar-se dela. Mas, quando chegou à loja, o irmão de Chanda lhe disse bruscamente:

— Pare de nos incomodar com essa história, tia-*ji*. No que nos diz respeito, essa prostitutazinha morreu no dia em que se mudou para morar com ele.

Ela voltou, chocada com a veemência. Todo o caminho até lá ela vinha pensando que a família teria perdoado o casal, que os pais tinham se lembrado de que todos amamos alguém antes do casamento, o amor sendo um fenômeno tão velho e sagrado quanto Adão e Eva. As mulheres brincavam entre si: "Por que você acha que a noiva chora no dia do casamento? É por causa do amor que aquele casamento está interrompendo para todo o sempre. Os homens podem pensar que as mulheres não têm passado — 'você nasceu e aí eu me casei com você' —, mas homens são tolos."

Do tamanho de uma caixa de fósforos, o velho pedaço de peixe cozido na geladeira está duro de frio e devia mais era ser jogado fora, mas Kaukab o embrulha numa fatia de pão e come, curvando-se para adiante à segunda mordida, pois deixara de olhar se tinha espinhas. Há como um anzol de metal na sua garganta. Ela tosse e tenta confusamente limpar a garganta, arfa à procura de ar, mas consegue engolir, a garganta machucada. Ela toma um copo d'água e se senta para acalmar os nervos, o perigo tendo passado, a mente retornando ao que estava pensando antes.

Amor.

O Islã diz que para a existência não ser indigna de ser vivida só uma coisa é necessária: o amor. E, diz a Verdadeira Fé, o amor nem mesmo começou com os seres humanos e os animais: mesmo as árvores amavam. As próprias pedras cantavam o amor. Alá Ele Mesmo era um ser apaixonado por Suas criações.

Em sua juventude, os pais de Chanda devem ter amado alguém que não é a pessoa com quem estão casados agora, pois foi certamente o que aconteceu com Kaukab, ela que era filha de um clérigo...

Parece, porém, que o perigo da espinha de peixe não passou: ela se inclina para frente e assiste horrorizada quando um pedacinho enrugado de sangue sai da sua boca e se abre sobre a mesa diante dela.

Antes que tivesse tempo para entender o que estava acontecendo, Shamas tinha chamado um táxi para levá-la ao hospital, outra pequena poça de sangue nos degraus quando ela subia para o banheiro, prestes a desmaiar.

Inicialmente desconfiada, ela deixa Shamas segurar sua mão no táxi enquanto aperta um lenço de papel ensangüentado contra os lábios com a outra.

Ela é examinada e radiografada e verificou-se que não era nada grave.

— Não há nada com que se preocupar — disse o médico. — Data de nascimento? — pergunta ele a ela, marcando os formulários à sua frente.

Shamas olha para ela para lembrar-se, e ela a sussurra. Magoa dizê-la em voz alta.

— No dia do seu aniversário a senhora deveria ter tido problemas comendo bolo, e não peixe — ri o homem afavelmente.

— É o seu aniversário? — pergunta Shamas baixinho.

— O senhor não sabia? — o médico lhe olha, intrigado.

— Eu mesma não me lembrei — interpõe ela. Ela examina o rosto de Shamas. Não há dúvida: ele está mais embaraçado com o que o homem branco vai pensar *dele* do que chateado por ter esquecido a data, por *ela* ficar magoada com isso. Mas depois ela expulsa esse pensamento iníquo.

Tendo chegado em casa através de estradas e ruas cobertas de neve, ela quer que ele saia para poder ligar para Ujala e ouvir sua voz, mas ele está relutante em sair para ir à livraria, como havia sido planejado. Ela finge estar sentindo menos dores do que de fato está. Há também nela o medo de que ele possa tornar-se amoroso novamente, dessa vez por arrependimento de ter esquecido a data, como se ela ligasse a mínima para frivolidades como aniversários.

A viagem ao hospital levou mais de uma hora, mas tinha passado em branco para ela: não há nada para ela lá fora, em Dasht-e-Tanhaii, nada a notar ou interessar. Tudo está aqui nesta casa. Todas as amadas ausências estão presentes aqui.

Um oásis — ainda que mal-assombrado — no meio do Deserto da Solidão.

Lá fora não havia nada, exceto humilhação: ela está fula de vergonha do que aquele médico branco ia pensar dos paquistaneses, dos muçulmanos — eles são iguais aos animais, nem sequer lembram ou celebram aniversários. Gado embotado.

Ela finalmente convence Shamas a ir e fica olhando pela janela enquanto ele anda entre os vinte bordos, seu marido — que, todos esses anos atrás, quase quase não foi seu marido. Desde os 12 anos de idade, Kaukab não viu um homem de perto sem que houvesse a gaze de sua *burka* entre ele e ela — ela tinha sido feita para usá-la porque todos sabiam que certos homens selecionavam meninas bonitas e depois esperavam anos até elas crescerem. Vigilante, sua mãe abria todas as cartas que entravam na casa, para ter certeza de que nenhuma mensagem clandestina fosse passada. E então, numa certa terça-feira da monção, depois que ela entrou nos 20 anos de idade, sentada na sala dos fundos trabalhando nos artigos que um dia fariam parte do seu dote, pois seus pais tinham iniciado negociações preliminares para o seu casamento, ela ouviu uma batidinha leve na janela. Pôs de lado o tecido em que estava cortando um *kameez* e foi abrir, achando que era o garotinho que havia visto por aquela mesma janela vagueando na rua mais cedo e enviado à loja da esquina com uma amostra de pano do tamanho de um saquinho de chá para comprar um carretel de linha "exatamente da mesma cor, ou eu mando você de volta para trocar. E me mostre seu bolso para eu ter certeza de que não tem nenhum buraco, senão você vai perder meu dinheiro e voltar de cara triste".

Mal ele saiu e ela se lamentou de não lhe ter dito para pedir a um adulto — preferivelmente uma mulher — que fizesse a comparação da linha com a fazenda.

Ela abriu a janela e recuou, mal conseguindo esconder-se atrás da folha da janela pois havia um homem crescido de pé do outro lado.

Ela estava tremendo. Ouviu a voz dele, mas isso muitos segundos antes de compreender as palavras:

— O jornal. Pode me dar nosso jornal? — Deve ser o filho da família de quem o pai pede o jornal emprestado todas as manhãs, compreendeu ela, e aterrorizou-se ao pensamento de que alguém pudesse tê-la visto abrir a janela para ele: a vida de uma mulher se arruinava facilmente assim. As pessoas podiam não acreditar que ela era inocente.

E então ela ficou com raiva dele: como se atreve ele a bater numa janela durante o dia, quando era totalmente possível que pegasse as moças da casa desprevenidas.

— O jornal foi devolvido às onze horas, irmão-*ji*.

Ela já estava quase fechando a janela quando a voz disse:

— Falta o suplemento literário. Poderia ver se ainda está em algum lugar da casa? Eu ficaria grato.

Ela fechou a janela, aferrolhando-a ruidosamente com um "Espere aqui, irmão-*ji*", cada vez mais enfurecida por ele esquecer de referir-se a ela como "irmã-*ji*", o que teria descriminalizado o relance que ele capturara do seu rosto, e em pânico por não ter verificado a data do jornal que tinha encontrado sobre a mesa pouco antes, tendo passado a última hora praticando nele o modelo do seu *kameez*: lá está, no chão, o suplemento literário de hoje, cortado em pedaços geométricos.

Ela catou barcos e bicos de garça debaixo da cama — retalhos que o ventilador de teto havia espalhado — e ficou imóvel, segurando todos os pedaços na mão, amassando ainda mais o papel, esperando que o estranho se cansasse e fosse embora. Mas ele bateu outra vez, e ela abriu a folha da janela só o bastante para a sua mão passar e entregou-lhe o seu tão querido suplemento literário, páginas que não mencionavam o nome de Alá ou de Maomé, oração e paz estejam com ele, nem sequer uma vez, pois ela havia tratado de verificar antes de desfraldá-los no chão.

— Aqui está, irmão-*ji*. Desculpe-me se está um pouco amassado, mas o ferro de passar não está ligado hoje — disse ela, como se tudo o que pudesse perceber fossem rugas e não retalhos. E ela deu de ombros que uma filha da mesquita estivesse entregando suas estatísticas vitais de mão beijada a um completo estranho. Não havia limites à depravação do mundo e tudo o que aquele homem tinha a fazer era estender o conjunto sobre a cama e, com um pouco de tino, juntar aos recortes do seu torso como num quebra-cabeça.

Ele recebeu os pedaços e partiu sem uma palavra.

Na terça-feira seguinte, oprimida por uma sensação de remorso em relação à semana anterior, ela passou o jornal a ferro pouco antes da hora de devolvê-lo, para alisar os amassados que seu pai tinha feito ao ler. De algum modo ela deu um jeito de não emitir um som quando as palavras *Vejo que o ferro está funcionando hoje* surgiram de repente na margem da seção literária. Era um truque de garoto de escola: a frase tinha sido escrita com caneta de bambu limpa usando tinta de água de cebola — ao secar, era invisível aos olhos, mas a queimadura do ferro de passar dava-lhe um tom de cânhamo-de-manilha escuro, revelando-a.

Mais tarde naquele ano, ela se trancou no banheiro e chorou quando seus pais lhe anunciaram que seu noivado havia sido concluído. No instante em que a primeira mensagem de água de cebola tinha se materializado, ela a rasgara do jornal, aliviada de que ninguém mais pudesse lê-la, mas lamentou seu gesto durante a semana, pois o pedaço que faltava era um sinal para o remetente de que suas palavras haviam sido recebidas. Tendo conseguido evitar o suplemento literário nas duas terças-feiras seguintes à primeira mensagem, na terceira ela ligou o ferro de passar, ficando perturbada quanto ao motivo de sentir-se inconsolável por nenhuma mensagem aparecer no papel. E não haveria nenhuma outra nos dois meses seguintes, mas hoje, agora que ela estava comprometida a casar-se com outro homem, havia uma zombaria cruel, *Eu soube da boa nova. Parabéns.*

Sua mãe interpretou suas lágrimas como a reação normal de uma garota que acabou de receber a notícia de que em breve vai deixar para sempre a casa dos pais, e ficou orgulhosa de ter educado uma moça tão modesta quando ela fugiu ao ser informada do nome do noivo. Quando os parentes do noivo vieram para um exame formal da moça, ela apresentou seu bordado à admiração das mulheres, o ponto corrente, o ponto cetim, margarida, espinha, o ponto francês e o ponto alemão, as fronhas em ponto cruz e as batas em casinha de abelha, os bordados corânicos, as colchas de bordas incrustadas com contas de vidro pequeninas como grãos de açúcar; e serviu chá para os homens, falando somente uma vez e tão suavemente que foi difícil compreendê-la por cima do ruído dos talheres.

Ela chorou em segredo pelo homem que queria. Ao longo dos meses do noivado, o ferro de passar revelou que toda terça-feira as páginas literárias continham um poema de amor, que ela memorizava antes de o jornal ser devolvido. Ela transformou os versos dos poemas em vinhas floreadas e aneladas e então as bordou em seus trajes de noiva. Ela teve esperanças de que alguém na casa notasse e revelasse os poemas de amor no jornal, ou lhe pedisse para explicar por que os arabescos nas bainhas e punhos e nas bordas do véu pareciam palavras de verdade — ela diria a verdade e o alarme seria dado, precipitando uma crise que levaria ao fim de seu noivado.

No dia em que a roupa do casamento ficou pronta, brilhando tanto que fazia as pessoas acharem que se catavam lantejoulas de graça nas praias e que contas eram mais baratas que lentilha, ela se resignou ao seu destino.

E na véspera do casamento, sentada sob a gaiola dos rouxinóis japoneses que sua futura sogra trouxera para ela na ocasião do exame formal — o excremento dos pássaros continha óxido de cálcio e devia ser esfregado na pele para melhorar a textura, como se os pássaros fossem tubos plumados de creme de beleza que dispensassem automaticamente porções medidas três vezes ao dia —, ela abriu o fecho do pequeno medalhão contendo a fotografia do seu noivo que sua mãe lhe tinha posto sem palavras nas suas mãos meses atrás e, como ela diria a sua própria filha Mah-Jabin vermelha de rir muitos anos mais tarde, foi como abrir as folhas da janela outra vez e ser pega desprevenida, porque seu noivo e o belo estranho eram a mesma pessoa, meu Alá, era *ele* o tempo todo!

Ela está quase telefonando para a caixa postal do celular de Ujala, mas a campainha toca: ela abre a porta, o coração acelerado, engolindo com dificuldade por causa da dor da ferida na garganta, e encontra um homem branco à entrada. Ele segura um buquê de açucenas-brancas, sua brancura não diminuída mesmo contra a neve que cai, a visão trazendo um sorriso ao seu rosto. Glória a Alá que criou essa beleza para os olhos dos Seus servidores.

O "obrigada" que ela murmura ao entregador de flores é sua terceira troca com pessoas brancas este ano; houve cinco no ano passado; nenhuma no anterior, se é que ela se lembra direito; e três há três anos... Ela põe as açucenas na pedra da pia da cozinha. Três vigorosos caules, cada um com uma divisão em pata de pardal no alto sustentando botões ocos em forma de caixão e pesadas flores já abertas, brancas como a carne de um coco recém-aberto. Ela lê o cartão — de parabéns pelo aniversário. Parece que sua filha é a única na família a ter-se lembrado. Lágrimas brotam nos seus olhos — alguém a ama.

O ouro nas suas orelhas e na narina resfriou-se com a corrente nervosa a que a porta aberta a tinha exposto.

Cada qual contendo a imagem em miniatura de um lírio, ela teve a impressão de que os pequeninos espelhinhos presos com um ponto à frente de seu *kameez* eram discos de gelo.

Incidentalmente, ela bem deseja que uma mulher da vizinhança apareça para uma visitinha, para orgulhosamente poder exibir suas flores:

— Minha filha me mandou de aniversário. Estou sempre lhe dizendo que não desperdice dinheiro comigo, mas ela gosta de mim, como se pode ver.

Segurando o vaso de vidro sob a torneira, ela o enche de água. As bolhas se agitam e alçam numa pilha efervescente, e depois cedem.

Usando com cuidado um dos caules floridos, ela mexe um comprimido de aspirina que tinha posto na água e conta as flores, pois um arranjo tem sempre de ter um número ímpar de botões. Seu Alcorão está repleto de lírios ressecados achatados como recortes, da cor de manchas de chá. Ela adelgaça algumas folhas no ponto onde elas se aglomerariam à borda do vaso; descascadas juntamente com as folhas, finas tiras de pele verde se contraem lentamente e vêm descansar com esmero em espirais perfeitas, como as molas de estanho num brinquedo de cordas dissecado por uma criança. Por que os meninos não se lembraram também do aniversário? Ela enxuga as lágrimas: a sua vida acabou, mas tanto ainda resta a viver. Ela enxágua brevemente cada caule de lírio antes que tomem seu lugar diagonal dentro do vaso, e o fio de água se dispersa toda vez que roça a borda de uma folha, os respingos adejantes reminiscentes de um pássaro numa poça de chuva.

Seu cheiro é mais forte durante a noite, e como há uma sebe lá em Sohni Dharti cujos botões, como as açucenas-brancas, não só se abrem no lusco-fusco do anoitecer mas também exalam um perfume igualmente embriagador, a afeição de Kaukab pelos lírios tinha aumentado.

Comparado com a Inglaterra, o Paquistão é um país humilde e pobre, mas ela sofre por ele, pois ter sede é ansiar um simples copo d'água, e nem todo o rico leitelho do mundo vai saciar.

Ela leva as açucenas, que balangam, até a mesa e as coloca perto da tigela cheia de maçãs cujas cascas são cobertas de pinceladas amarelas e vermelhas como a plumagem dos papagaios tropicais.

Ela fica na cozinha azul, balançando-se suavemente: Shamas ficará na livraria a tarde toda e ela imagina o que vai fazer nas próximas horas. Vou falar sozinha, sussurrou ela, uma velha tola conversando com uma velha tola.

Com seus filhos ausentes da sua vida, ela se sente tão desnorteada quanto uma criança cujas bonecas foram roubadas. Ela tem certeza de que não se sentiu tão desolada nem quando Shamas saiu de casa para morar sozinho por quase três anos, já há muitos anos, quando as crianças eram mais novas.

Ela levanta o vaso e o leva para a sala cor-de-rosa onde há livros em cinco línguas nas estantes, livros que numa tarde solitária ela abriu aleatoriamente um após o outro, loucamente, para ver se conseguia encontrar em algum deles uma explicação para a sua triste situação. Os versos emoldurados do Alcorão na parede a consolam. Ela coloca os lírios na mesa de centro e vai até a janela ver a neve cair, os espelhos em seu colo refletindo os flocos de neve como se fossem pequenas janelas e estivesse nevando dentro do seu corpo.

Ela disca o número de Ujala e escuta a voz dele.

Ele esteve no bairro logo depois de o casal desaparecer, ela sabe. Os rumores sobre o envolvimento da família de Chanda no desaparecimento tinham começado quase imediatamente, e um dia Kaukab recebeu um telefonema da mãe apavorada da moça:

— Seu filho está cavando no nosso quintal, irmã-*ji*, dizendo que enterramos o tio dele lá! — A mulher assustara-se com ele e sua picareta ao sair para os fundos da loja para jogar fora um caixote de maçãs. Kaukab correu para a loja, mas ele já tinha ido embora; não havia nada exceto um pequeno buraco no chão e a picareta, que ela arrastou para casa, cerrando os dedos em volta do calor no cabo de madeira onde ele havia segurado momentos antes. As pontas da picareta tilintavam no pavimento como cubos de gelo num copo de água, riscando uma linha pontilhada nos paralelepípedos e soltando faíscas.

Na semana seguinte, ele atacou a vitrine da loja com um bastão de críquete.

Ele nunca tinha sido um filho fácil; mas Jugnu tinha sido seu companheiro desde a mais tenra infância. Ela se lembrava deles juntos, Jugnu falando sobre uma lei irlandesa de 1680 que decretava ser proibido matar a borboleta branca porque era a alma de uma criança, e sobre as adolescentes da Romênia fazerem uma bebida com asas de borboletas para atrair companheiros adequados. E, quando ele cresceu e entrou na adolescência, ela encontrou pó de asas de borboleta na cueca e no colete dele: Jugnu ficou perplexo logo que ela lhe contou, mas depois sorriu e disse:

— Na Costa da Marfim, os meninos pubescentes caçam borboletas para tirar as cores das asas e esfregar nas axilas e na genitália, acreditando que faz os pêlos púbicos crescerem, que faz virar homem e dá virilidade. Eu contei isso a ele na semana passada. Agora sei onde foram parar uma das minhas Apolo e meu Paxá de Duas Caudas. — Ela ficou chocada, tanto pelo que o filho havia feito quanto por Jugnu parecer achar a coisa toda engraçada.

Kaukab tinha sonhado com seus filhos se formando na universidade, primeiro o mais velho, Charag, e depois, poucos anos depois, o caçula, Ujala, e ela planejou enviar fotografias da formatura para o jornal local, posando orgulhosamente de pé ao lado do filho com seu *shalwar-kameez* de Benares, os nomes impressos em letra de forma abaixo. Ela já havia comprado as duas molduras 30 x 30 douradas com que planejava exibir as fotos em casa.

Ela acabou tendo seu nome no *The Afternoon*, mas por razões inteiramente diferentes. A polícia obviamente quis saber por que tinha levado quase trinta dias para a família se mexer e procurar saber onde Chanda e Jugnu estavam. Eles quiseram entrevistar os três filhos, para o caso de terem qualquer informação sobre o tio desaparecido. Ujala disse aos policiais e ao *The Afternoon* que tudo era culpa da babaca da sua mãe, que tinha decidido parar de falar com Jugnu porque ele estava ofendendo a religião dela, e que a porra do frouxo do seu pai deve ter ido atrás do que ela disse, pois ela é uma pobre imigrante num ambiente branco hostil e merece a compaixão de todos, ainda mais com os filhos e a filha longe, levando suas próprias vidas e, para completar, por ela também estar entrando na menopausa.

Ele deve ter sabido desse último detalhe através da irmã; sim, ele mantém contato com os parentes — os pais são os únicos que ele não consegue suportar, ou, melhor, Kaukab. Ela treme agora, só de lembrar como ele ficava furioso antes de sair de casa, sete anos atrás. Ele dominava a casa do mesmo modo que a floresta inteira vibra aos movimentos de um tigre. Embora vivesse com medo dele, freqüentemente Kaukab fingia não perceber a sua raiva, num esforço para enganá-lo, não deixar ele pensar que estava tendo qualquer efeito sobre ela. Um dia quando ela veio lhe perguntar se queria que ela fizesse alguma coisa para o café-da-manhã, o cobertor tinha escorregado um pouco sobre ele na cama e exposto um pedaço da sua coxa nua. Ele estava nu na cama, o braço atrás da cabeça revelando os pêlos nas axilas. Ela exigiu que ele se levantasse e vestisse o pijama: ela não podia suportar o pensamento de ele estar sozinho com a sua nudez! Ele lhe deu uma olhadela de desdém, mas não mexeu uma palha quando ela aumentou a voz como fazia quando ele era criança e tinha verdadeiros chiliques com brinquedos caros, jogando-se no chão, indiferente à ameaça de que iam entregá-lo aos brancos se ele não se comportasse, ameaça que tinha reduzido seus irmãos à submissão total quando crianças. Era fim de semana e Shamas estava em casa. Então ela gritou pedindo para ele subir, mantendo os olhos fixos em Ujala o tempo todo. Os olhos dele olhavam para o teto, imóveis. Shamas subiu e ficou atrás dela, ela explicou a situação.

— Levante-se já — disse Shamas — e faça o que a sua mãe está mandando.

Imediatamente depois do que aconteceu em seguida, o primeiro pensamento de Kaukab foi de morte, que, não importa quando Alá decidisse levá-la, Ele devia fazê-lo enquanto Shamas estivesse vivo, pois, se ele fosse antes dela, ela ficaria totalmente sozinha neste mundo. Mas era igualmente insuportável pensar nele cambaleando na terra de ninguém da velhice sem a mão dela para apoiá-lo, um viúvo que os filhos ignoram, o cadáver esperando quatro horas para ser descoberto ao pé da escada, dias, talvez até semanas.

O que aconteceu em seguida foi isso: Ujala tirou a mão de debaixo das cobertas e sacudiu os dedos para cima deles parados à porta, o bocado de sêmen atravessou o quarto voando em arco e salpicou a cara deles, cheirando a alvejante, pegajoso como clara de ovo quente malpassado.

A mais famosa tamarineira do subcontinente indiano

SHAMAS ABRE O PACOTE QUE TINHA chegado ontem da Índia, contendo folhas da tamarineira mais famosa do subcontinente indiano, a árvore que se estende sobre o túmulo do lendário cantor Tansen, que atraiu as chuvas só de cantar sobre elas, e cuja voz de ouro levou o imperador Akbar a proclamá-lo uma das nove jóias de sua corte. Até hoje a reputação de Tansen é tal que cantores viajam à sua tumba na cidade de Gwalior a fim de arrancar folhas dos galhos da tamarineira e fazer suas infusões para a garganta, na esperança de que suas vozes se tornem tão puras quanto a do seu ilustre predecessor, ele que fazia as lamparinas do palácio acender cantando o *Deepak Raag*, quatro séculos atrás.

Esta aqui curvada num arco de escrita cursiva, esta outra jogando-se para trás para formar uma pulseira — as folhas longas pinadas tinham vindo da Índia, e, embora o seu destino final fosse o Paquistão, foram enviadas para a Inglaterra. A hostilidade entre os dois vizinhos torna necessário que uma carta da Índia para o Paquistão, ou do Paquistão para a Índia, seja enviada para um terceiro país — para um amigo ou parente na Grã-Bretanha, no Canadá, nos Estados Unidos, na Austrália ou nos países do Golfo Pérsico —, de onde ela é encaminhada para o pretendido destinatário num novo envelope, o conjunto do procedimento similar a uma bola de borracha sendo lançada na parede pela mão esquerda para ser colhida na viagem de retorno pela direita. A correspondência direta é amiúde destruída por mesquinhez disfarçada de dever patriótico, ou violada pelas autoridades, que são rápidas em ver alguém que se comunique regularmente com o outro lado como traidor. Um número incontável de famílias esperam por notícias dos seus entes queridos do outro lado da fronteira — uma muralha que corta a Ásia efetivamente ao meio —, mas o que elas sentem é menos importante do que ideais nacionalistas.

Uma amiga de Kaukab a poucas portas de distância é original de Gwalior: a folhagem foi enviada por ela e será encaminhada para o pai de Kaukab — para ele poder manter a flexibilidade das suas cordas vocais com que chama os fiéis a orar.

Se Aarti, a tia de Shamas, estivesse estabelecida naquela parte da Índia, ele arranjaria o suprimento da folhagem por intermédio dela. A garota de 13 anos que se separara do irmão durante o bombardeio de Gujranwala em abril de 1919 completaria 91 anos este ano — se estivesse viva. No tempo da Partição, ela deve ter deixado Gujranwala — que é parte do Paquistão agora — e se mudado para a Índia. Os parentes de Shamas tentariam encontrá-la, e o restante da família, pouco depois de a verdadeira identidade e o passado remoto do seu pai terem vindo à tona, mas o acesso à Índia era difícil. Tampouco havia qualquer maneira de saber se eles tinham sobrevivido aos massacres da Partição durante a mudança para a Índia.

Ela está perdida para sempre. É concebível que, como adulto, ele não sentisse a perda de uma tia com tanta intensidade quanto às vezes sentia a de Aarti — mas ela está ligada à tragédia de seu pai, e sua mente fica retornando a ela por causa disso. E também pode ser que tenha alguma coisa a ver com o avanço da sua idade: passara ele, talvez, a ver a vida como pouco mais que escuridão e separação?

Shamas descobre a janela e olha o amanhecer. Seus dentes anteriores ainda estão quentes por causa do chá de cinco minutos atrás. Ele sai de casa de manhãzinha, como faz a cada sábado e domingo, e vai até o centro da cidade para interceptar o fardo de jornais antes de o jornaleiro deixá-los no escritório vazio. Ele leva as chaves do escritório para o caso de os jornais já terem saído, mas isso raramente acontece, pois ele sai o mais cedo possível, às vezes antes do alvorecer, o lazer desses passeios pelas estradas e ruas vazias sendo um prazer muito esperado durante a semana. Ele leva os jornais de volta para o escritório na segunda-feira, e as histórias e artigos — sobre relações raciais — que ele marcou durante o fim de semana são recortados e arquivados pela secretária.

O céu está começando a clarear, mas uma escuridão pesarosa ainda se agarra ao mundo por aqui.

Encaixadas uma na outra, as superfícies inclinadas do bairro já canalizaram as águas liberadas pelas neves ao derreter.

Quando as neves começam a derreter, retrocedendo para as margens das estradas, os montes brancos parecem cadáveres cobertos por lençóis brancos.

Onde estão eles? Em lugar nenhum, mas ele se sente como se estivesse algemado aos seus corpos. Já se passaram muitos meses desde o seu desaparecimento, mas Kaukab não cede um centímetro:

— Eles vão voltar, a salvo e com saúde. O que são meses e anos nos planos de Alá? Ninguém pode dizer se a irmã do seu pai vai ou não entrar em contato com você um dia, depois de meio século.

A verdade sobre sua verdadeira identidade tinha voltado a Chakor lentamente ao longo dos anos, verdade esta que, tanto quanto possível, ele escondeu da família. Ele tinha tomado consciência da totalidade dessa verdade muito antes de introduzir em *As primeiras crianças na lua* uma seção regular chamada "Encyclopaedia Pakistanica", convidando os leitores a escrever histórias sobre suas cidades, povoados e bairros, e um menino de Gujranwala enviar detalhes sobre o bombardeio de 1919. Ele tinha procurado relatos sobre aquele abril nos livros de história também.

Os três biplanos BE2c da Primeira Guerra Mundial, sob o comando do capitão D. H. M. Carberry, chegaram sobre Gujranwala às três e dez da tarde daquela terça-feira. Ele lançou as suas três primeiras bombas sobre um agrupamento de 150 pessoas num povoado próximo de Dhulla, que pareceu estar rumando para a cidade. Uma bomba atravessou o telhado de uma casa mas não explodiu. Duas caíram perto da multidão, matando uma mulher e um menino e ferindo dois homens levemente. O restante da multidão fu-

giu de volta para o povoado, estimulado por cinqüenta disparos da metralhadora Lewis.

Poucos minutos depois, Carberry soltou duas bombas — uma delas falhou — e disparou 25 tiros num ajuntamento de cerca de cinqüenta pessoas perto do povoado de Garjhak, sem causar nenhuma morte.

Retornando a Gujranwala, ele atacou um ajuntamento de cerca de 200 pessoas num campo perto de uma escola secundária nas cercanias da cidade, lançando uma bomba que caiu no pátio, e prosseguiu com 30 tiros de metralhadora: um vendedor de balas foi ferido a bala, um estudante foi atingido por um fragmento de bomba e um garotinho ficou atordoado.

Na cidade ela mesma, ele lançou mais quatro bombas — duas das quais não explodiram — e disparou cerca de 150 tiros contra multidões nas ruas.

Quando lhe perguntaram mais tarde por que tinha atirado contra multidões mesmo depois de elas terem sido dispersadas, Carberry respondeu: "Eu estava tentado agir no próprio interesse deles. Matando umas poucas pessoas, eles não se ajuntariam e não viriam para Gujranwala promover estragos."

Sua idéia era "produzir uma espécie de efeito moral sobre eles".

Ele afirmou que, a sessenta metros de altura, "podia enxergar perfeitamente" e não tinha visto ninguém que fosse inocente...

Finalmente, Deepak confessou tudo a Mahtaab, a verdade que Chakor tinha escondido da sua família. O primeiro rapidíssimo e confuso *flash* de memória ocorrera já em 1922, apenas três anos após o bombardeio, quando ele viu uma mulher branca e se viu inexplicavelmente olhando para seus pés. Mas nos anos seguintes — nos anos durante os quais ele se casou com Mahtaab e teve as crianças —, os detalhes do seu passado retornariam mais plenamente, tornando-se visíveis à maneira branda e gradual de objetos tomando forma com a lenta chegada do alvorecer. Quando os britânicos começaram a vender o conteúdo de suas casas em preparação para a sua partida oficial do subcontinente em 1947, Mahtaab voltou para casa um dia com uma crinolina para fazer um acolchoado (assim como seis chapéus de camurça que levaria para o sapateiro fazer chinelos), mas ele não precisou desse estímulo para recordar-se que seu nome era Deepak, que era hindu ou que ele e sua irmã estavam a caminho de ver se era mesmo verdade que as mulheres brancas tinham rabos por baixo das suas crinolinas.

Mahtaab não deu nenhuma indicação de fazer objeção ao fato de ele não ter compartilhado a lembrança com ela muito antes. Ele disse que não tinha sabido o que fazer e que acabou não fazendo nada

"Nem por um momento", escreveu Mahtaab em resposta à carta na qual Kaukab perguntava se ela se sentira traída pelo marido. "Imagine quanto ele deve ter sofrido com esse segredo nas entranhas."

Shamas está de pé sobre a ponte, olhando para a água abaixo. E uma voz de mulher o chama, suavemente, por trás:

— Irmão-*ji*.

Ele se assusta e, voltando-se num quase desmaio, vê a mãe de Chanda parada, hesitando em aproximar-se dele.

— Queria lhe dizer uma coisa, irmão-*ji*.

Shamas não sabe como reagir; sua cabeça é um perfeito vácuo.

— É uma coisa importante. Eu pensei em dar uma passada na livraria urdu perto do lago ontem à tarde, mas não consegui arranjar tempo. Em vez disso, como sei que você sempre vai buscar os jornais no centro muito cedo, vim de casa hoje para falar com você... Eu estava andando atrás, mas sem conseguir alcançá-lo. Aí você parou para olhar o rio... Irmão-*ji*, uma mulher perto da nossa casa voltou ontem de uma visita a Lahore. Ela disse achar que viu Jugnu na multidão no mausoléu Data Darbar na última quinta-feira.

Ele olha para ela sem olhar nos seus olhos. Há uma esmeralda na orelha que encheria as patas côncavas de um rato — uma baga de luz verde densa. Ele limpa a garganta, confuso pelo que ela está dizendo, mas então o poder da razão e a capacidade de conceber pensamentos coerentes voltaram voando para dentro do seu crânio.

— Ambos os passaportes foram achados na casa — diz ele calmamente. — Esqueceu-se disso, irmã-*ji*? Ninguém os viu quando retornaram do Paquistão, mas o *fato* é que eles retornaram.

— Ela acha que o viu, irmão-*ji*. — Rosas floresceram subitamente em suas faces.

Ele se sente tomado pelo mais profundo pesar: quando ela fala é como se todos os sofrimentos do mundo tivessem ganhado voz. As palavras bóiam de uma solidão profunda que ele reconhece.

— Os passaportes estão na Inglaterra, irmã-*ji*. — Ele tem de afirmar os fatos mas se sente cruel por fazê-lo, vingativo, como se estivesse golpeando as esperanças dela com um porrete.

O sol ilumina o curso das lágrimas na carregada máscara melancólica do rosto da mulher.

— Todos naquele país querem vir para o Ocidente, irmão-*ji*. Então é provável que os dois tenham vendido os passaportes para outro casal e decidido viver no Paquistão... Todos dificultavam a vida deles aqui... Nos aeroportos, ninguém verifica se as fotografias dos passaportes correspondem exatamente... — Ela está procurando no rosto dele para ver se há alguma coisa, pequenina que seja, que possa ser salva dos destroços das suas próprias idéias.

Ele balança a cabeça.

— Esse outro casal entrou na Grã-Bretanha, veio à cidade deles, entrou na casa de Jugnu e Chanda e deixou lá os passaportes e as malas antes de desaparecer. Perdoe-me, irmã-*ji*, mas é isso que está sugerindo? — Ela se parece com a filha; é como se o pai não tivesse dado nenhuma contribuição genética para a falecida ausente.

— Sim... não... sim... Eu sei que parece tolice, mas...

— Perdoe-me, mas isso é tão absurdo quanto a conversa de que eles teriam virado um casal de pavões. Você não acha?

Permanecendo irredutível, ela tenta outra vez.

— Irmão-*ji*, as pessoas se perdem e são achadas de muitas maneiras... O seu próprio pai-*ji* foi separado da família de uma maneira estranha...

Partículas coloridas preenchem a distância iluminada pelo sol entre ele e ela.

Shamas imagina que expressão estará ostentando na face — estará franzida, será que ele parece zangado, angustiado?

Ela fica em silêncio por alguns instantes e então, derrotada, diz:

— Sim, é bobagem. Sinto muito, sinto muitíssimo por tê-lo incomodado, irmão-*ji*. — Em sua cabeça há um véu transparente como água e seu torso está envolvido num xale amarelo com pequenas estrelinhas do tamanho de moedas de um centavo; seus braços estão cruzados sob o xale. Ele não tem certeza se jamais havia conversado com ela antes, mas sabe que ela tem os dedos longos e delgados de uma pianista, tendo-a visto usá-los para manusear com sensibilidade e graciosa importância a caixa registradora da loja.

— Você quer que eu volte andando com você? — Ele não tem certeza se deveria ter feito essa oferta: o que as pessoas iam pensar se a vissem andando ao lado de um homem que não é seu marido a esta hora da manhã? Se alguém os tiver visto conversando, já existe a possibilidade de fofocas. A brisa está vindo do lado dela e ele compreende agora que o pesar que tinha sentido dentro do peito há pouco se devia em parte ao cheiro da mulher — a mãe tem o mesmo *cheiro* que a filha. Tudo o que ele tem de fazer para recordar-se de Chanda é respirar. Certa feita, durante os breves meses que o casal viveu junto — em radiante ignorância do destino que lhes esperava —, Jugnu tinha estendido um dos lenços de Chanda na janela para impedir a entrada de insetos, e Shamas entrou no ambiente saturado de um odor que ele compreendera ser o odor do corpo e dos cabelos de Chanda.

Ela balança a cabeça e recusa a oferta de acompanhá-la até em casa.

— Não, obrigado, irmão-*ji*. Eu não vou para longe. — E antes de partir ela diz: — E você devia tomar cuidado. Não gosto da idéia de você saindo de casa numa hora em que não há ninguém por perto. Quando estava esperando por você mais cedo, eu senti como se fosse a única pessoa numa cidade sob toque de recolher. Você deve tentar acabar com esse hábito. Tudo pode acontecer: você tem de se lembrar que aqui não é nosso país.

Há silêncio em toda a volta e a cidade inteira jaz enredada em sonhos. Ele tem de continuar sua própria jornada. Endireita-se como a livrar-se de uma canga. A troca de palavras não pode ter durado mais que dois minutos, mas parecia maior: dizem que acontecimentos e incidentes chocantes ou angustiantes concentram a consciência num único ponto e que isso torna mais lenta a passagem do tempo. Parece que morrer, que acontece em segundos, leva uma eternidade.

Ele ficou abalado pelo encontro e, como sempre nos momentos de tensão, pensa nos seus dias mais jovens em Lahore e Sohni Dharti, quando escrevia poesia, começando a desenvolver a consciência política. A vida sexual de um jovem solteiro, naquela época e num país segregado como o Paquistão, começa tarde, de modo que foram também os anos da sua iniciação, das suas explorações e gratificações sexuais — no distrito "Mercado do Diamante" das prostitutas de Lahore. (Nesses últimos poucos anos aqui na Inglaterra, na outra extremidade da sua vida, ele ocasionalmente pensou de novo em pagar por satisfação sexual, para aliviar a sua solidão física, mas não foi além de olhar números de telefone e endereços nas páginas classificadas do *The Afternoon*.) Ele tinha 26 anos e estava esperando a publicação do seu primeiro livro de poemas. O rumor no mundo editorial de Lahore era que, entre dois rivais que estivessem competindo pelo amor e as atenções da mesma mulher, aquele que possuísse uma cópia do seu livro ganharia. Mas então, em 1958, ele teve de sair do Paquistão e ir para a Inglaterra, fugindo do golpe militar. O novo governo começou a caçar comunistas e ele veio para a Inglaterra um mês depois de a polícia invadir os locais da sua editora e anotar todos os nomes que encontrou antes de incendiar o lugar. Ele ficou na Inglaterra até seus 31 anos de idade, trabalhando nas tecelagens e fábricas nas cercanias de Dasht-e-Tanhaii.

Após cinco anos na Inglaterra, ele retornou a Sohni Dharti em 1963 e se casou com Kaukab, fazendo tudo o que podia para poder dar uma olhada nela depois que as negociações começaram, tendo finalmente êxito quando bateu na janela dela numa tarde de monção para pedir as páginas literárias do jornal. Quando soube que ia ser pai, ele decidiu voltar para a Inglaterra, não tendo conseguido arranjar um emprego significativo desde o retorno ao Paquistão. Ele estava de volta à Inglaterra em 1965, e Kaukab juntou-se a ele no fim daquele mesmo ano, usando um longo sobretudo castanho-chocolate que ele lhe tinha enviado daqui e carregando nos braços o bebê Charag.

Shamas estava trabalhando numa fábrica, e foi então que as novidades sobre o passado de seu pai o alcançaram. Era 1970. Shamas não retornou para visitar até o ano seguinte, quando chegou a notícia de que Chakor estava morrendo de câncer no pâncreas.

E quando a morte se aproximava ele ficou delirante, pedindo a Mahtaab para prometer que o cremaria sobre toras de bútea, como um hindu, em vez de enterrá-lo no chão como um muçulmano.

Surgiram dificuldades logo depois que a identidade foi conhecida, mas as cartas para Shamas omitiram as notícias desse molestamento. Ele soube depois que um lojista cuja mão tinha roçado acidentalmente em Chakor a lavou imediatamente, dizendo:

— Eu não tocaria um hindu nem com um gancho de carne.

Mulheres começaram a devolver a essência de rosa que Mahtaab vendia — em frascos do tamanho e formato de geradores de luz de bicicleta —, afirmando que estavam contaminados com cebola. Para ele, as coisas foram ficando difíceis nas *Primeiras crianças na lua* até ele não ter alternativa senão demitir-se; a série "Encyclopaedia Pakistanica" sendo vista por alguns como nada mais que uma desculpa para ele publicar mapas detalhados de povoados e cidades paquistanesas que os indianos pudessem usar durante a guerra — a guerra com a Índia sendo sempre uma possibilidade, a mais recente há apenas cinco anos, quando, para distrair a atenção do público que tinha ficado descontente na seqüência das eleições de 1964, o governo enviou um exército para a Caxemira e a Índia retaliou cruzando a fronteira em Lahore.

Um intelectual hindu afirmou que Anarkali, a Flor de Romã — a serva por quem o príncipe muçulmano Salim se apaixonou, e que o pai de Salim, o imperador Akbar, em conseqüência mandou enterrar viva em 1599 —, absolutamente não era uma moça, mas, na verdade, um rapaz, fato que os historiadores muçulmanos da era Mughul suprimiram até agora; a afirmação foi publicada nos jornais paquistaneses e Chakor foi maltratado nas ruas naquela semana, as pessoas dizendo que os deuses hindus eram "garotos bonitos", por causa do ruge com que maquiavam as faces e do batom em seus lábios.

O câncer de pâncreas estava no último estágio quando foi diagnosticado, e, quando a morte se aproximou, os delírios de Chakor tornaram-se constantes, esperando cremação em vez de enterro. Temerosa de que Mahtaab pudesse agir sob a influência das palavras de um moribundo guiada por sua mente em sofrimento, Kaukab enviou Shamas para o Paquistão:

— Eu quero que você vá até lá e veja o necessário para que seja feito o que tem de ser feito. — Ela apontou para a filha de um ano de idade, Mah-Jabin: — Ninguém vai se casar com ela se sua mãe-*ji*, Shamas, fizer o que seu pai está pedindo. Ela mesma nunca teve uma filha, e portanto não compreende o quanto é importante ficar do lado certo da sociedade. Mas você *tem* uma filha agora e precisa colocá-la antes de todos os demais. Um escândalo como este seria irreparável para as possibilidades dela.

Era o mês de novembro de 1971, e o exército paquistanês ocidental estava no Paquistão Oriental, desde março, espalhando morte e destruição: as eleições em dezembro último tinham sido vencidas por um líder paquistanês oriental, e os poderes do Paquistão Ocidental tinham se recusado a permitir que ele formasse o governo, enviando tropas para reprimir a agitação decorrente. Disseram a esses soldados que os paquistaneses orientais eram uma raça inferior — baixa, escura, fraca e ainda infectada pelo hinduísmo —, e oficiais tanto de primeiro como de segundo escalão falaram durante a campanha militar sobre a necessidade de melhorar os genes dos paquistaneses orientais: centenas de milhares de mulheres e meninas foram estupradas. No dia de dezembro em que Chakor vomitou sangue marrom-escuro semidigerido, granuloso como areia — a aorta tinha rompido e derramado o seu conteúdo no estômago, de modo que o seu corpo passou então a consumir-se —, o exército indiano deslocou-se para o Paquistão Oriental e o Paquistão se rendeu após uma guerra de duas semanas: o Paquistão Oriental era agora Bangladesh — a Índia não tinha apenas derrotado o Paquistão, ela ajudara a cortá-lo em dois.

À noite, Shamas estaria sentado ao lado de Chakor, a cesta com trapos ensangüentados ao lado do pé da sua cadeira. Ocasionalmente, Jugnu, então com 24 anos, estaria com eles, tendo voltado da União Soviética.

O pé de *harsinghar* no pátio, que botava suas flores funerárias ao amanhecer, tinha mais flores sob ele que o normal durante essas manhãs, como se os galhos tivessem sido sacudidos durante a noite. Shamas não era crente, mas a imaginação insiste em que todos os aspectos da vida estejam à sua disposição, a linguagem do pensamento mais rica por sua apropriação de conceitos como o de vida após a morte. E assim, ao olhar para o tapete de flores, ele não pôde deixar de acolher o pensamento de que, durante a noite, Azrail, o anjo da morte muçulmano, tinha lutado nos galhos acima com o deus da morte hindu pela alma de seu pai. Shamas olhou para cima e imaginou os galhos se retorcendo em volta dos dois seres, as flores desprendendo-se dos ramos e formando a espessa camada no chão.

A queda excessivamente pesada de flores fora causada, na verdade, por Mahtaab, que desenvolvera ultimamente o hábito de mascar as folhas do *harsinghar*: as folhas de avelã-da-índia, que eram seu hábito de toda a vida, e sem as quais era impossível o seu sistema digestivo funcionar, cresciam principalmente no Paquistão Oriental, e quando seu preço subiu no começo da guerra civil ela reduziu o consumo a apenas um pedaço de cinco centímetros no alvorecer; mas, agora que o Paquistão Oriental era outro país, o fornecimento de avelã-da-índia parou completamente, e, enquanto umas poucas pessoas desistiram do hábito como gesto patriótico, em toda Sohni Dharti homens e mulheres estavam experimentando toda folha que lhes caísse nas mãos, para ver se eram semelhantes à avelã-da-índia em amargor e aroma.

— Tenho certeza de que finalmente o governo está feliz — Mahtaab tinha dito — agora que nos transformou todos em jumentos.

Tanto Shamas como Jugnu sorriram, mas seu irmão mais velho fez objeção ao comentário. Ele se tornara cada vez mais religioso em seus 40 anos e a notícia de que o pai era hindu o tinha devastado. Ele acusara o homem de tê-los traído todos ao ocultar-lhes o segredo, prolongando o pecado que estava cometendo ao viver com uma mulher muçulmana.

Quando jovem, ele freqüentou ocasionalmente a mesquita administrada pelo pai de Kaukab, sua freqüência aumentando quando se apaixonou pela jovem tia de Kaukab, que vivia com a família do clérigo ao lado da mesquita. Ele tinha expectativas de conseguir entrevê-la toda vez que ia rezar: freqüentemente, ela ficava numa janela alta sobre o *hall* das orações — certamente esperando vê-lo? E, por meio de sua devoção, ele esperava ser visto sob uma luz favorável pelo pai de Kaukab, contando que um dia ele o considerasse um par apropriado para a irmã. Quando soube que a jovem logo iria casar-se com um homem a quem fora prometida ao nascer, ele ficou de coração partido e parou de ir à mesquita, freqüentando em vez dela uma outra, operada por uma interpretação mais estrita do Islã. Seria lá que ele conheceria as pessoas que finalmente o levariam à forma austera e volátil de fé, que era estranha a seus pais e irmãos.

Depois que as origens de seu pai se tornaram conhecidas, ele ignorou as recomendações e gentis garantias do pai de Kaukab e escreveu e falou com alguns amigos e intelectuais nos quais ele mesmo confiava, e a notícia que deles recebeu quase o levou à loucura — os filhos da união entre Mahtaab e Chakor eram todos ilegítimos. Ele quebrou móveis na varanda e jogou a bilha de água na parede quando soube que Chakor queria ser cremado. Ele gritou que Chakor não devia ter feito filhos se não tinha certeza de qual seria a situação religiosa deles, que no Dia do Juízo ele seria arrastado acorrentado para diante dos filhos, a fim de pedir-lhes clemência.

Ele foi contra os esforços para localizar Aarti. Disse que o câncer de pâncreas era punição de Alá e pressionou o moribundo enquanto ele tossia sangue e lhe pedia que implorasse o perdão da esposa, dos filhos e de Alá:

— Só assim Alá faria parar a dor. — A guerra com os hindus sobre o Paquistão Oriental foi o golpe final, e a derrota, quando veio, o traumatizou (e à maior parte do restante do país). Ele se tornou silencioso, as mandíbulas trincadas de raiva enquanto zanzava pela casa, olhos chamejantes, cuspindo no prato e se retirando se não gostava da comida, batendo no filho quase inconscientemente por soltar pipa, o que ele considerava antiislâmico, ou por apitar ou jogar bola no pátio — pedindo à criança que se desculpasse por ser criança.

Shamas pegou no sono ao lado da cama de Chakor uma noite e acordou com o ruído causado pelo viciado em ópio da casa ao lado jogando pedras na lua. Ele estava sozinho no quarto e várias décadas se passariam antes de ele saber detalhadamente o que acontecera enquanto dormia. Enquanto ele dormia, Jugnu também tinha pegado no sono, acordando somente com uma súbita rajada de ar frio. A porta do pátio estava aberta — a luz pálida indicava que a aurora estava perto — e o *harsinghar* estava largando suas pétalas. Jugnu olhou a cama do pai e a encontrou vazia. Shamas estava dormindo sobre o tapete no chão. Saindo para o pátio, Jugnu viu que a porta da frente estava aberta e que havia um pano ensangüentado na rua, bem diante da soleira da porta. Ele avançou e o pegou — o sangue ainda não havia secado. Logo ele se viu andando na direção do templo hindu, seguindo a trilha de gotas de sangue. O prédio estava caindo aos pedaços desde 1947, quando os hindus de Sohni Dharti partiram para a Índia.

Ele foi de cômodo arruinado em cômodo arruinado, gritando o nome do pai. Pensou ter ouvido sons, mas eram os pássaros que estavam acordando. O cheiro de fumaça tornara-se mais intenso, e ele correu, mas era tarde demais: seu pai encharcara-se de querosene e ateara fogo. Sabendo que estava perto da morte, fora de si por causa da dor excruciante, ele decidiu cremar-se.

O rosto carbonizado, a falta da umidade brilhante nos dentes, a aliança de casamento derretendo e se fundindo com o dedo assim como a carne gruda na grelha durante a assadura: Jugnu tentaria durante anos não pensar nessas coisas, não colocá-las em seu lugar seqüencial na história das duas horas seguintes no templo.

E ele — como Shamas — tentaria não pensar no fato de que alguém foi ao cemitério durante a noite e desenterrou o corpo, não importando a profundidade que o enterrassem; aconteceu três vezes.

Jugnu apagou as chamas batendo com o *loi* em que se tinha enrolado antes de sair de casa e depois cobriu com ele o homem queimado, ele que fazia um ruído baixo semelhante a um rosnado no fundo da garganta e estava num estado demasiado frágil para ser levantado. Um corvo arremeteu de um galho baixo acima de Jugnu e pegou um pedaço vermelho de carne no chão poeirento — desaparecendo através de uma fenda na parede. Jugnu reconheceu o que era: Chakor tinha cortado a língua antes de atear-se fogo, temendo que a dor o obrigasse a gritar por socorro.

Ele está voltando para casa do centro da cidade vazio, tendo passado no jornaleiro e recolhido o fardo de jornais.

Ele desce o barranco, para escutar o rio. A folhas da sorveira-dos-passarinhos são parecidas com as da tamarineira. Mesmo que a encontrássemos, Aarti não teria conseguido vir ao funeral do irmão — teria sido demasiado cedo após a guerra com os hindus para ela conseguir um visto.

Lâminas inundadas de capim chicoteiam o ar como caudas de espermatozóides no rasinho das margens, e, ao chegar a uma curva apartada onde as bolhas são como um espalhafatoso derramamento de contas de vidro, ele olha para cima e vê os dois amantes olhando fixamente para ele, e o insólito da situação é como se uma seringa de adrenalina fosse esvaziada em seu corpo.

É óbvio que o viram antes que eles os visse: eles se desprenderam e já estão quase compostos, mas seus rostos retêm traços da expressão que deviam ter apenas um momentinho atrás — *mostra como quer... que eu brinque, mulher.*[2] As costas do garoto estavam arqueadas, ele quase já acabou de fechar os botões da braguilha e a moça está ajeitando os ombros de volta em seu *kameez*, que fora aberto atrás — ou se desfez magicamente ao toque do rapaz? — e puxado para expor um seio.

Eles devem ter tomado muito cuidado para escolher um local isolado o bastante para aquele encontro, e não há dúvida de que o preservativo que ele logo teria desenrolado sobre si, não tivessem eles sido perturbados, tem motivo de camuflagem.

— Oi, tio-*ji* Shamas — fala o garoto, vinte e poucos anos, com um sorriso. — É o tio-*ji* Shamas, não é?

Shamas o conhece vagamente da vizinhança. Sem saber inglês no primeiro dia da escola maternal, não tendo até então falado nada exceto o híndi de seus pais, ele exigira saber se sua mãe estava sendo chamada de mentirosa pela professora, que insistia em dizer que aquela fruta era uma "maçã" e não um *saib*, como lhe ensinaram a chamar até agora.

Sorrindo, ei-lo agora, a camisa esticada sobre os ombros largos. A força da puberdade forçara passagem de dentro dos ossos do seu rosto com intensidades diferentes em diferentes lugares: o nariz tornou-se desproporcionalmente comprido; as maçãs do rosto são achatadas, tendo permanecido onde estavam na infância; o queixo e a mandíbula eram mais angulosos.

— Deixe eu pegar meu chapéu. — Ele faz um sinal com a cabeça para trás, onde seu boné de beisebol repousa sobre uma pedra. É um pretexto: na verdade, quer saber como está a amante — ela, os mamilos do tamanho de marcas de vacina sobressaindo no tecido da blusa, tinha desaparecido quando o garoto veio na direção de Shamas, dando-lhe gentilmente um tempo para corrigir discretamente a aparência nalgum lugar fora da vista, mesmo que o ressalto e a tumefação da ereção dele ainda estivessem presentes e ele tivesse de enfiar as mãos nos bolsos a fim de torná-la menos óbvia.

Ela agora está casada com um muçulmano, mas este amor é muito mais velho que o casamento.

Shamas sente-se repentinamente cansado do solavanco que o encontro lhe dera. Na fímbria lúcida dos seus sentidos febris, ele espera, sentindo-se ligeiramente embriagado, oniricamente quieto. O céu está quase totalmente claro agora, a água brilhando. Há o começo da catarata nos seus olhos, mas o leve esbranquiçamento tem que ser tolerado por enquanto, pois não há nada a fazer até ficar mais opaco, secando como cola, tapando a visão, tendo o médico informado que a cirurgia seria feita em uma década, surpreendendo-o pela expectativa de vida que lhe dava.

Então ele a traz até Shamas. Digna e graciosa, marcada pela distinção em todos os poros, ao vir ela ajeita o cabelo e olha a sua sombra contra a pedra como consultaria um espelho.

— Você conhece o tio-*ji* Shamas, não é? Ele e o irmão são os adultos mais legais que eu conheço. Ele mora perto da Igreja de São Eustáquio. Quando éramos pequenos, chamávamos o padre de Bo Peep, a pastorinha da canção infantil: os brancos se mudaram do bairro, o padre perdeu seu rebanho.

Ela é uma moça dos limites do bairro, e seu rosto concentrara-se com o esforço para situar Shamas — o invasor furtivo arrebatado. Ela botou perfume há pouco e o aroma flutuou até Shamas em ondas, como se gardênias se abrissem em sucessão perto dali.

— Encontraram um coração aqui ontem, tio-*ji* — diz-lhe a moça; ela obviamente decidiu acreditar em seu amante e confiar em Shamas, entendendo que ele não é o tipo de adulto que contaria aos outros a descoberta e causaria problemas para o casal. — Por volta de um quilômetro e meio naquela direção, depois dos pinheiros. Há detetives em tudo quanto é lugar. A gente veio só de curiosidade...

— Um coração humano — diz o garoto. — Umas crianças chegaram em casa falando sobre algo que estavam chamando de *beat box*.[3] Os pais chamaram a polícia.

Shamas olhou para eles sem entender o que estavam dizendo. Um coração? Os amantes na frente dele, ainda como se fossem uma pintura, embora as folhas das samambaias por onde caminharam ainda estivessem se mexendo, como se fantasmas estivessem passando. As palavras dele, quando falou, saíram aos fiapos da garganta, que permaneceu desusada um instante:

— Coração de quem? De Chanda? Jugnu? — ele se ouve rogar. Uma cambaxirra numa árvore atrás das pedras estivera olhando para Shamas e agora foge com um chilreio agudo. Ele dá meia-volta e começa a andar.

A suave distorção do cansaço poluindo o seu sangue, Shamas desloca-se sob a alta nave formada pelos pinheiros, as árvores deixando ocasionalmente cair a chuva de ontem sobre ele, seus pequenos feixes de agulhas pingando como pincéis saturados, produzindo uma lama espessa como maionese. Não, não pode ser o coração de Jugnu ou de Chanda, diz ele a seus botões e se apressa, a respiração já mais sossegada.

Ele se sente embaraçado pela maneira como deixou os dois amantes e olha para trás para ver se pode localizá-los. Apaixonada por um hindu, ela foi dada em casamento contra a vontade a um primo trazido do Paquistão, mas o casal se divorciou porque ela permaneceu distante — o primo saiu de casa assim que obteve a nacionalidade britânica, sem ser mais obrigado a suportá-la. Apesar de ela ainda ser jovem, ninguém queria casar-se com uma moça que não fosse mais virgem — Se a virgindade não for mais problema, por que não casar com uma inglesa de olhos azuis? —, e os pais só conseguiram arranjar-lhe um homem mais velho, que, agora se sabe, tem três outras mulheres, uma segundo a lei britânica e a lei islâmica, as outras duas somente sob a lei islâmica: ele quer um filho, mas elas só fazem meninas, de modo que ele se casou de novo e de novo. As clínicas de fertilidade mantidas por médicos paquistaneses põem amiúde anúncios em jornais em língua urdu, dizendo: *Nós podemos saber o sexo do feto quando você ficar grávida*; parece inocente, é verdade, mas Shamas sabe o que a mensagem está dizendo — *para você poder abortar de uma vez se for mulher*. Ele se pergunta se o marido dessa moça em particular já terá usado esses serviços.

Shamas dá uma última olhadela em busca dos amantes, mas eles não estão em parte alguma. Quando a mãe soube que ela se recusara a consumar o casamento com o primo depois de partilhar a cama com ele por quase uma semana, ela chamou o recém-casado num canto e lhe disse num sussurro.

— Estupre-a hoje à noite.

Ele passa pela casa de Kiran. A visão daquela carne da jovem — o corpo castanho-claro, brilhante ao sol, relanceado em partes — é difícil de tirar da mente. Houve momentos ao longo dos últimos anos em que ele de repente se viu visitando Kiran e seu pai inválido, mas a cada vez ele sabia — a culpa pesada como chumbo em seus pensamentos — que tinha saído naquela direção com a intenção inicial de encontrar-se e, talvez, iniciar uma conversação com a prostituta que morava na porta ao lado.

Primavera

As açucenas

O TREM DE MAH-JABIN, QUE A traz a Dasht-e-Tanhaii, cruza um túnel após o outro como uma agulha enfiando contas para fazer um rosário. A quantidade de túneis aumenta à medida que o vale se aproxima e o chão se encrespa até parecer uma tempestade na terra, elevando-se, agitando-se, a depressão entre as ondas mais profunda a cada curva dos trilhos, as cristas mais altas a cada nova visão.

E, quando o ar capturado entre as ondas endurecidas vaza para dentro do compartimento — enchendo-o até a borda com o cálido abril da Inglaterra —, entra também uma mariposa do tamanho e formato da flecha do cursor numa tela de computador, para dar giros e espiralar contra a janela.

Ela vai fazer 27 anos este ano e mora e trabalha em Londres, divorciada do primo de primeiro grau com quem tinha partido ao Paquistão para casar-se aos 16 anos de idade, morando com ele numa casa verde-clara em Sohni Dharti. Sua decisão de divorciar-se tinha devastado — e encolerizado — sua mãe. O casamento de dois anos é estranho para ela, como se alguém estivesse lhe contando uma história.

Kaukab afunda uma maçã por vez na bacia de água, esfregando cada uma delas com as mãos para polir qualquer falha na ligeira oleosidade da casca, e depois examina a fruta girando-a com cuidado até chegar ao começo tinindo de brilho.

O orbe de papel seda enfardado em que Mah-Jabin trouxe açucenas-brancas continua a farfalhar ao expandir-se e abrir-se complicadamente dentro da lixeirinha, de dentro da qual tulipas mortas recurvam-se como pescoços de cisnes embriagados, flácidas. As açucenas as substituíram no vaso de vidro; a murcha e a separação das pétalas das tulipas ao secarem fizeram cada copo parecer uma flor viva de madressilva, no tamanho e no formato.

— Você recebeu as flores que lhe mandei de aniversário, Mãe?

As maçãs já haviam começado a ceder sua fragrância ao calor do cômodo, suave e indolentemente, evocando dias nublados de outono.

— Sim, duraram duas semanas.

Ela traz uma faca para Mah-Jabin, vendo que tem uma maçã na mão.

— É assim que as moças brancas estão penteando o cabelo agora?

Do lado de fora, o sol escorrega subitamente para fora de uma brecha nas nuvens e ilumina o recinto como uma detonação de magnésio.

Mah-Jabin pisca e devolve a maçã ao seu espaço hexagonal entre as outras, aceita a faca e aponta com ela para os pimentões — vermelhos como sangue — jazendo na pedra pia.

— Senti vontade de mudar. — O corte é muito recente, e ela ainda encontra fios de um metro agarrados às roupas que não usou ultimamente.

— Foram quase 18 anos crescendo. — Os lábios de Kaukab assumem um sorriso, fixo, como o sorriso de uma estátua continuaria a sorrir apesar da violência que pudesse ser feita contra o restante da sua face ou do seu corpo. — Dezoito anos.

Por isso mesmo, pensa Mah-Jabin, mas não diz. Calmamente, a lâmina corta o pimentão com um ruído oco, criando rodelas vermelhas que ao cozinhar adquiririam uma transparência de cera.

Kaukab meneia a cabeça para adiar o assunto, por enquanto.

— Encontrei os pimentões por acaso ontem. São da Espanha, acho. Nesta época do ano, eles são do tamanhinho de tulipas, e então, quando vi esses grandões, tive de comprar. Um pouco caro, mas — e aqui ela examina o rosto da moça procurando sinais de esquecimento — você sabe como seu pai gosta.

Com as costas dos dedos ela toca o corte de seda que Mah-Jabin lhe trouxe — o verde da cúpula do mausoléu sagrado de Maomé (que a paz esteja com ele) — para fazer um *kameez* para si e que ela rejeitou porque não poderia fazer suas orações com ele: o tecido tinha motivos de borboletas e o Islã proíbe representação de coisas vivas.

— É uma pena — diz ela. — Bem que eu poderia fazer um *kameez* para você, mas você provavelmente não usa mais roupa paquistanesa hoje em dia. — As palavras foram ditas de costas; a ouvinte está sendo testada, para ver se ela consegue adivinhar que expressão facial as acompanhará, como um amante fecha os dois olhos de repente e exige saber de que cor são, a resposta certa sendo uma prova de amor.

Mah-Jabin foi autorizada a usar roupas ocidentais para freqüentar a escola, mas só se espelhassem o *shalwar-kameez* em corte e em estilo: a blusa tinha de ser longa e tinha de ficar para fora sempre que ela usasse calças. Rodadas e pregueadas como as *ghagras* das paquistanesas do deserto e porque iam até o chão, uma vez lhe permitiram usar saia, embora em geral fossem proibidas, por serem uma peça de acesso fácil. Quando uma mulher que eles encontraram numa cerimônia de casamento foi considerada "escassamente vestida" por Kaukab, Mah-Jabin disse:

— Mas ela estava de sári! São seis metros de pano.

— A quantidade de metros em si não importa quando se trata de modéstia — foi a resposta de Kaukab. E assim ela interceptava os códigos e sinais secretos antes que pudessem ser transmitidos e compreendidos. Ela os via todos como um gato enxerga à noite. Apesar de Mah-Jabin ter dito que tinha perdido o recibo, foi obrigada a devolver à loja um suéter azul com uma larga faixa de axila a axila, chamando atenção para o tórax.

Mah-Jabin — tênis de corrida verde-cré num extremo e cabeça descoberta no outro, calças pretas suavemente franzidas nos tornozelos e uma blusa deslumbrante de colarinho roxo feita do pano de um sári pardo-avermelhado — traz o prato cheio de rodelas de pimentão salpicado de sementes marfim para Kaukab.

— Uma vez eu preparei uma refeição com coisas que meus amigos da universidade estavam jogando fora — talos de pimentões, e o coração com as sementes. Eles ficaram admirados, mas foi você quem me ensinou. — Ela teme soar casual sobre suas novas familiaridades, ansiosa por não magoar Kaukab, apresentando-se em qualquer condição outra que não a de filha, a filha *dela*. Há tantas coisas fora de casa que não podem ser trazidas para dentro, e a mãe está sempre pronta a interpretar qualquer expressão ou opinião de pensamentos independentes da parte da moça como questionamento direto da sua autoridade.

Depois de mais de 20 anos sem tê-los, Kaukab encontrou uma amiga quando Mah-Jabin chegou à puberdade.

— Meu Alá — diria ela, mordendo a ponta do véu para conter a gargalhada —, eu não contei a metade das coisas que você me induziu a contar nem para minha mãe nem para minha sogra, sua danadinha. Como pode me perguntar qual foi a primeira coisa que seu pai me disse na noite de núpcias? Você não tem vergonha, menina! — Elas podiam conversar e dissecar tudo à vontade, uma vez que os débeis protestos de Kaukab contra a impropriedade da filha pouco a pouco tinham desaparecido.

Mah-Jabin faria perguntas sobre o avô Chakor: ela cismava porque não foi considerado estranho pelos outros muçulmanos no santuário que um menino do seu meio fosse incircunciso, como ele devia ser já que nasceu hindu. Kaukab explicou que durante aqueles primeiros anos do século, época em que as doenças e infecções eram disseminadas, não era incomum encontrar um garoto muçulmano dessa idade com o prepúcio intacto, por ter sido considerado muito fraco em conseqüência da varíola que tinha tido no ano anterior e do tifo do ano ainda antes; e depois, no ano seguinte, a cólera ainda causaria outro adiamento:

— Eles o circuncidaram no santuário onde ele se encontrava, e foi só. No *meu* tempo em Sohni Dharti, havia um menino de 12 anos cuja mãe tinha mais oito filhos e, por causa disso, nunca teve tempo de fazê-lo: feita a coisa, ele andava com um buraco na frente do shorts, parecendo um elefante com gorro de malha... e que história é essa de eu ficar aqui conversando com você — e ainda mais sobre esses assuntos! — quando devia estar cuidando do que está no fundo da cesta de roupa suja, onde as peças menos urgentes estão rolando há semanas como um convite para as centopéias e traças-prateadas.

Uma vez, durante uma desavença, Mah-Jabin gritou:

— E não venha correndo para mim da próxima vez que seus filhos a perturbarem ou que o pai disser alguma coisa que você considere contrária ao Islã — os três estavam ao alcance da voz, e os olhos de Kaukab se encheram de lágrimas ao choque e humilhação da traição.

A chaleira guincha como um bonequinho com apito sendo pisoteado, e Kaukab pega duas xícaras das seis penduradas a intervalos regulares em ganchos à beira da prateleira, como peras maduras num galho ou um arranjo de sinos.

— Geralmente eu cozinho à tardinha quando seu pai chega em casa — ele não gosta de comida requentada —, mas hoje vou cozinhar agora. Lembro-me de quando era moça e minha mãe dizia que quando se trata de comida a mulher não deve nem terminar alguma coisa nem começar: quer dizer, ela nunca deve pegar a última porção de uma coisa, para o caso de alguém precisar, e nunca deve pegar a primeira ou cozinhar alguma coisa especialmente para si, pois isso indicaria uma falta indecente de comedimento. Mas agora essas idéias são consideradas ultrapassadas. As pessoas são diferentes hoje em dia. — Ela dá a Mah-Jabin a xícara da cor da flor de lótus.

— Mãe, acho que devemos cozinhar às seis, mas como saí hoje sem tomar café-da-manhã, e foi uma viagem longa, bem que eu gostaria de comer alguma coisa no almoço, um sanduíche, talvez. — Ela pega o chá e sente outra vez o perfume que sua mãe está usando e que ela sentira antes, ao chegar, numa bolsa de ar em cima do portão do jardim: por isso ela soube que a mãe estivera do lado de fora apenas um instante antes, ou saindo de casa ou retornando.

— Tenho certeza de que seu pai não se importaria: vamos comer os pimentões e o *chappatis* agora. — Kaukab abre a porta dos fundos, escorando-a no lugar com a bóia do Maine de pescar lagosta, e subitamente o ar jaspeado de calor está entrando na cozinha.

Cingindo a viela repleta de sombras úmidas e que jaz entre o quintal e o declive, o curso azul-e-rosa do regato estará seco, pedras brancas brilhando em meados do verão. Ele flui da direita para a esquerda, como o urdu.

— Você faz o *chappatis*, Mãe, eu faço os pimentões. Como devo cozinhá-los? — Ela já pressente o prazer do núcleo candente dos condimentos nas papilas gustativas como átomos que dançam num reator, mas a resposta da mãe lhe queima o coração:

— Como fez na universidade, seja lá o que for.

Kaukab está de frente para o quintal, a grama verde que apenas há um mês era o ouro-alaranjado do laminado que embala as barras de chocolate com laranja, ouvindo a língua mãe do riacho, que era constante na casa como o rumor inteligível do sangue nos ouvidos humanos. Quando chegou na Inglaterra há todos esses anos, ela pensou que a razão de este país não ter periquitos-de-cabeça-rosa, papagaios, mainás e abelheiros é que seus habitantes não plantam as árvores e trepadeiras certas nos seus jardins, não sabem que há necessidade de acácias para atrair os tecelões que há no céu, que é preciso videiras para os papa-figos, que periquitos-de-colar têm predileção por mangueiras e *jamun*. Ela sabia que os papa-moscas-do-paraíso ficam tristes quando cortam as flores-de-coral e que o pequenino pássaro-sol disputaria com uma borboleta o alimento na flor lustrosa do hibisco, que os apequena ambos.

Por isso ela escreveu para casa pedindo sementes, e mudas e enxertos, nenhum dos quais floresceu aqui, deixando as poupas, os gaios-azuis e os babulcos voando em círculos sobre as nuvens da Inglaterra por falta de um lugar para pousar, e depois ela cismou se a própria terra do país não era a responsável pelos fracassos, considerando a hipótese de encomendar sacos de solo paquistanês, que era favorável a tudo, como diziam que os parques e jardins públicos centenários de Lahore comprovavam — planejados e abertos durante a época colonial —, contendo, como continham, toda planta de todo país que os britânicos algum dia dominaram. Mas agora esta terra está mais quente, e ela sabe que alguém não muito longe da Benazir Bhutto Road conseguiu plantar uma bananeira, embora não tenha mesmo sobrevivido ao desnudamento que sofreu quando — logo depois que um programa de televisão sobre a culinária de Madras foi ao ar — umas mocinhas de escola seguiram a receita e decidiram comer seus *dosas* servidos em folhas de bananeira, para acrescentar à autenticidade sul-indiana.

Mah-Jabin se levanta, espreguiça-se até sentir que a coluna está tesa como uma corrente esticada e vai lavar sua xícara e pendurá-la em seu gancho vazio. Ela nota que há uma mariposa morta parecendo uma pitada de ouro em pó numa das outras xícaras (não descoberta por sua mãe porque não tem havido oportunidade para usar todas as seis?), e agora se recorda de ter visto, mais cedo, na cortina perto de onde está o vaso, o pólen seco das açucenas-brancas que havia enviado para Kaukab de aniversário.

Houve uma época em que isso era impensável.

A chegada da moça à puberdade foi um momento decisivo na aparência da casa: muitas melhorias foram feitas nos interiores, que até então tinham sido vistos apenas como acomodação temporária num país jamais pensado como lar — o período na Inglaterra era o equivalente ao sofrimento terreno, o retorno um dia ao Paquistão, à entrada no Paraíso.

A irritação crescente da filha com seu ambiente economizado tinha feito a mãe concordar com a transformação da casa, e ela seguiu a menina em lojas nas quais não teria entrado sozinha, observando-a perguntar aos atendentes brancos se tinham isto aqui daquela cor ou se existia aquela outra coisa em tamanho menor mas com fecho de pressão em vez desses laços borlados, como esta foto que recortei de uma revista. Ela ficou olhando pasma a garota falar frases inteiras em inglês na mesma razão em que ela dizia apenas palavras, a garota dizer vamos nos livrar da toalha de mesa porque quero poder "curtir" o grão da madeira.

Mah-Jabin se lembra da decepção de Kaukab com aquelas duas moças "muito dependentes" da vizinhança, uma das quais dissera à mãe em grande aflição que o marido queria "fazer por trás" e a outra contou à sua mãe que o marido queria "se aliviar na minha boca"; e ela também se lembra de Kaukab dizendo que os primeiros 15 a 20 anos do casamento pertencem ao homem, mas o restante à mulher, porque ela pode voltar os filhos contra o pai, contando todas as suas injustiças e crueldades enquanto as crianças estão crescendo, a paciência sendo a chave da felicidade: por isso, Mah-Jabin nunca revelou a verdade sobre o seu casamento a Kaukab, até porque há momentos em que ela própria acredita que o marido — o primo pelo qual ela foi para o Paquistão aos 16 anos para casar-se e com quem viveu na casa verde-clara em Sohni Dharti por dois anos — estava desesperadamente apaixonado por ela, que ele pergunte às árvores da floresta para onde ela terá ido. Nessas fantasias, ele não a agarra pelo pescoço — num aperto mais forte do que a raiz de uma árvore — para chamá-la de "prostituta libertina inglesa sem-vergonha" por se tocar às escondidas para chegar ao clímax depois que ele já acabou, virou-se de lado e está quase pegando no sono, tendo-se limpado no pedaço de pano mais próximo na escuridão escura como um túmulo.

Ela sabe que a verdade de que a filha sofreu causaria mais dor a Kaukab do que a mentira de que ela, egoística e escandalosamente, abandonou alguém afetuoso. A maneira como reagiria Kaukab à verdade poderia ser uma prova do seu amor; o fato de ela estar sendo poupada é prova do amor de Mah-Jabin.

— Você devia descansar — diz Kaukab. — Deixe que eu faço tudo. — E em dez minutos a bancada está juncada de cascas partidas de cebola — tigelas fendidas de tecido rosa-concha — e parece uma "oficina" de tordos-comuns, como Jugnu tinha chamado uma projeção de rocha pederneira numa campina calcária onde um tordo obrava rebentando caracóis. Apertando os olhos para evitar as emanações sulfurosas, Kaukab corta a cebola em crescentes e as joga no óleo quente onde elas desaparecem sob uma disputa de rúgbi de bolhas, deixando-as crepitar até começar a perder a firmeza, e as pontas ganharam uma coloração vermelho-clara e castanho-amarelada — os formatos e as cores das gavinhas decorativas nos ornamentos de vidro veneziano. Kaukab aponta para o corte de seda com motivos de borboleta:

— Mah-Jabin, ponha isso no cômodo ao lado. Imagine se cai em cima um salpico de todo esse óleo crepitante. Aliás, acabo de lembrar que alguns dias atrás eu vi uma moça com um *kameez* exatamente do mesmo tecido. Era a moça da Faiz Street, que tinha querido casar-se com um rapaz hindu, mas fizeram-lhe ver a razão e casar-se com um primo de primeiro grau. É claro, não deu certo, pois ela não se deu bem com ele — ela era muito jovem então e ainda influenciada pelas idéias que deve ter aprendido na escola com seus professores e amigos, da vida em geral neste país, mas ela concordou em ser dada em casamento uma segunda vez e está perfeitamente feliz agora.

— Eu a vi mais cedo, perto da Omar Khayyam Road — diz Mah-Jabin, omitindo o fato de que ela estava com seu amante hindu. E se admira com a naturalidade com que ela própria passou a pensar nas estradas e ruas desta cidade pelos nomes que os imigrantes da geração de seus pais deram a elas, nomes que ela cresceu ouvindo.

Kaukab está no fogão de costas para ela, e o corpo virado naquele canto da cozinha produz na moça uma onda de familiaridade caseira; sua mãe olhando a panela, expressando seus temores sobre o que está cozinhando ou tentando apertar o parafuso frouxo do cabo de uma frigideira com a ponta da faca de manteiga durante lavagem na pia perto do fogão.

— Como foi que a conheceu? Alguns dias atrás, eu não estava conseguindo separar duas tigelas de plástico que ficaram presas uma na outra durante a lavagem e — como não tenho meus próprios filhos por perto — olhei lá fora e vi aquele rapaz hindu com quem ela havia querido se casar e então eu o chamei para ajudar. Como disse, ela está perfeitamente feliz com o novo marido que os pais lhe arranjaram. — Ela fica em silêncio e depois acrescenta: — Acabar tendo uma filha obediente é uma loteria, acho.

Mah-Jabin não quer entrar nesse jogo perigoso que não reconhece regras, em que um mero comentário pode ser uma isca para atrair o outro para um confronto.

— Quer alguma ajuda, Mãe?

Kaukab balança a cabeça, mas ao mesmo tempo traz a colher de pau para Mah-Jabin:

— Experimente aqui para ver se precisa ajustar o sal e os temperos. Minhas papilas gustativas estão totalmente fora de forma por causa do jejum que acabei de fazer.

— Jejum! Foi agora o Ramadã? — Mah-Jabin está chocada. —Bem que eu estava com a sensação de ter perdido a festa do Eid al Fitr. Por que não me telefonou?

— Não, o Ramadã é no outono. Eu só jejuei por dois dias para pedir a Alá que me traga paz. — Ela balança a colher para chamar a atenção da moça para o assunto em questão. — E você *deixou* passar *dois* Eids. Nós não celebramos nada no ano passado porque Jugnu estava desaparecido; mas no ano anterior você deixou mesmo passar. Por que eu haveria de lhe telefonar: você não devia precisar ser lembrada.

— Mãe, desculpe eu não ter vindo. — O problema, é claro, é que as festas muçulmanas são baseadas no calendário lunar e é difícil ficar a par ano a ano. Mah-Jabin põe um traço do molho sobre a língua. — Perfeito. Mas eu telefono todo mês: você podia ter dito alguma coisa. — A resposta, quando veio, foi devastadora:

— Casualmente o Eid foi no dia em que você telefonou naquele ano.

Kaukab voltou ao fogão.

— É culpa minha ter trazido meus filhos para cá: no Paquistão, ninguém precisa ser lembrado de quando é o Eid, ou o Ramadã, do mesmo jeito que ninguém aqui fica sem saber quando é o Natal. O único jeito de saber que é Ramadã aqui é quando o sistema de compras por catálogo da cidade faz promoção de despertadores, para os muçulmanos poderem acordar antes do amanhecer para jejuar. — A parede diante dos olhos de Kaukab se dissolve em suas lágrimas; a colher de pau interrompe seu movimento circular. Os pés languescentes de Mah-Jabin estão presos no emaranhado da densa floresta de pés de cadeira sob a mesa, mas ela se livra a tempo de correr atravessando o cômodo com a leveza de um balão puxado ou um barco de papel levado por uma súbita corrente descendente, para impedir a mãe de afundar no chão, seus jovens braços fortes o bastante para manter a mulher de pé.

— Esta casa está tão vazia — soluça Kaukab em arquejos que lhe desatam o peito como Mah-Jabin fizera há pouco, quando chegou, deixando as lírios brancos caírem no chão com uma farfalhada enquanto ela própria caía nos braços da mãe sem que uma palavra fosse necessária para explicar que estava chorando por Jugnu e Chanda, aquela sendo sua primeira visita desde a notícia da prisão dos dois irmãos em janeiro. Assim, mãe e filha sempre afirmaram o seu direito recíproco, consolar para ser consolada em retorno.

Kaukab continua chorando.

— Tenho certeza de que nenhum de vocês virá chorar no meu túmulo quando eu morrer. Às vezes eu fico com muito medo de que ninguém peça a Ele para ter piedade da minha alma.

O branco poroso do vapor acima da panela começa a transformar-se em fumaça negra. Kaukab engole seus tremores prontamente e logo volta a si, afrouxa o abraço de Mah-Jabin na sua cintura e a afasta para ter espaço.

— Você vai ter de verificar o sal novamente — ela tenta um sorriso que resulta grotesco no rosto vexado —, minhas lágrimas caíram na comida.

Mah-Jabin sorri debilmente e, procurando mudar de assunto, diz após um silêncio:

— Mãe, o cabelo da sua nuca está completamente grisalho. Por que não tinge? — Foi como botar remendo em pêlo de gato.

— Está óbvio assim? — pergunta Kaukab após um instante, virando o pescoço como se fosse possível ter um relance da nuca. — Os brancos da rua devem estar pensando que nós, "a porra desses paquistaneses", somos ridículos, que não sabemos fazer as coisas direito. Seu pai parou de pintar os cabelos, não é? Antes, nós pintávamos um o do outro no mesmo dia, mas agora eu mesma faço o meu, pois não quero perturbá-lo ou que fique com manchas nas mãos... Tomara que a comida não tenha estragado... Então, quer dizer que acha que meu cabelo está estranho? É mesmo? Na minha idade, não faz muita diferença: arreios vermelhos não são os mais adequados para uma égua velha.

— Depois do almoço, eu pinto bem certinho para você. — Mah-Jabin brinca com seus próprios cabelos: ela não teve tempo suficiente para descobrir todas as possibilidades do novo corte. — Eu gostaria de pôr hena no meu para me livrar da escuridão total, embora seja tão preto que me pergunto se pegaria alguma cor. E, por falar nisso, aposto que o pai não acha que você seja uma égua velha.

— *Psiu*, sua garota danada! — Kaukab enrubesce. — Às vezes eu me pergunto se você é mesmo minha filha. — Ela sai de perto do fogão e procura minuciosamente num armário: — Eu *acho*... Sim, eu *tenho* um pacote de hena aqui. — O pequeno sachê aterrissa na mesa em frente a Mah-Jabin. — Não, espere, tem dois, pegue este também. A gente faz o cabelo uma da outra hoje à tarde. E espreme meio limão na hena: isso clareia o cabelo um pouco e aí a hena aparece.

Mah-Jabin mistura a hena num pote. Como quatro mãos cortadas espectrais, as quatro luvas de celofane transparente que vieram nos dois sachês de hena pairaram até o chão, jazendo invisíveis sobre os arabescos do linóleo.

— Só um *chappati* para mim, Mãe. Seus *chappatis* são mais pesados que os meus: geralmente eu posso comer dois dos meus. — Mah-Jabin tinha começado a ser instruída na confecção de *chappatis* por volta dos 12 anos de idade, os garotos se lamentando e rindo em gozação fraternal dos seus esforços, fingindo enjôo quando ela retirava um disco malfadado após o outro da chapa, uma ou duas vezes reduzindo-a a lágrimas, o mais velho chamando-a de Salvador Dalí, mas Kaukab foi instruída sobre a necessidade de a garota da família suportar esses primeiros esforços a fim de que o marido e os parentes por afinidade pudessem desfrutar criações especiais no futuro.

Tendo separado três punhados da massa que estava numa bacia esmaltada, Kaukab agora sovava um de volta.

— Seu pai sempre comenta como seus *chappatis* são bons e leves, a maneira como inflam na chapa. E ele tem dito isso muito ultimamente, porque ainda não me acostumei com a chapa nova — o cabo da última quebrou — e meus *chappatis* têm sido, na melhor das hipóteses, medíocres. Lembro-me de que quando cheguei à Inglaterra eu tinha uma chapa na bagagem: seu pai tinha escrito especialmente, pois não havia aqui para vender. Os homens faziam *chappatis* numa frigideira de cabeça para baixo...

— Sim, eu sei, você nos contou. Mas tem uma coisa que eles chamam de "fôrma" aqui na Grã-Bretanha que parece nossas chapas paquistanesas, e é como fazem tortilhas mexicanas...

— Se tivéssemos você para nos orientar nos primeiros anos, teríamos feito as coisas de outro modo, e peço desculpas se repito coisas que já disse, mas é que não levo uma vida tão variada quanto a sua. — Não pesa mais que um alfinete quanto um comentário tem de ficar aquém do ideal na cabeça do ouvinte para ser considerado uma afronta, uma ofensa, um crime. — Se lhe digo a mesma coisa todo dia é porque eu a revivo todos os dias. Todos os dias — desejando poder reescrever o passado —, eu revivo o dia em que vim para este país onde tudo o que tive foi sofrimento. — Imediatamente depois de tirá-lo da chapa, Kaukab remata o *chappatis* com uma noz de manteiga, que derrete e é impelida sobre a superfície quente como uma lesma secretando muco lubrificante ao deslocar-se.

Há uma curva de crosta amarelo-clara — restos de uma refeição anterior — num dos pratos que Mah-Jabin pega no armário, na porcelana tão intensamente pigmentada que parece manchar o ar com a cor do sumo da beterraba a cada movimento: uma vez foi Kaukab quem notou uma imperfeição assim numa tarefa atribuída à garota.

Sua mãe está ficando velha.

Elas se sentam juntas, Kaukab soltando um suspiro de prazer e tocando Mah-Jabin de tempo em tempo. A moça morde pedaços de *chappatis* amanteigado e espeta as rodelas tenras, infinitamente complacentes de pimentão embebido em óleo de girassol, o garfo marcando o molho como pegadas de passarinho num barro sépia.

— Eu me pergunto o que a moça estava fazendo na Omar Khayyam Road — diz Kaukab. — Você falou com ela? Ela estava com alguém; aquele moço hindu, talvez?

Mah-Jabin estivera com medo dessa pergunta. Não conseguiu controlar a aspereza da sua reação:

— Oh, Cristo, que diferença faz com quem ela estava?

— Você ficou em silêncio um momento; eu só estava querendo retomar a conversa — diz Kaukab ao empurrar seu prato com as mãos e a cadeira para trás com as panturrilhas, levantando-se violentamente. Os três sulcos se aprofundaram na fronte: eles sempre estiveram lá, desde que seus filhos se lembram, Mah-Jabin tendo desejado — quando criança — escrever seu alfabeto naquelas linhas retas uniformemente espaçadas desenhadas na testa como num caderno de exercício. — E veja se pára de tentar soar feito branca dizendo coisas como "Oh. Cristo", porque a mim você não impressiona. Está me ouvindo? — Seus olhos se apertam num clarão vazio, branco. — Eu perguntei se está me ouvindo?!

— Desculpe-me. A culpa não é sua — suspira Mah-Jabin. — Eu só estava pensando no tio Jugnu.

Ela estremece por dentro com o que acabara de dizer, sentindo-se aviltada de a morte das duas pessoas amadas já estar sendo usada como artifício porque ela não quer magoar a pessoa viva a seu lado ou então porque é covarde demais para enfrentá-la: e assim essa coisa terrível chamada vida vai extrair concessões dela, ensinar a fazer compromissos, forçar a tornar-se menos do que seu melhor, forçá-la a reduzir a porção de honra devida à memória dos seus entes perdidos! Um dia ela há de acordar e não se reconhecer.

Elas falaram sobre Jugnu e Chanda várias vezes desde janeiro, e de novo à sua chegada hoje — e antes de janeiro também, durante as longas semanas e meses de angústia quando eles desapareceram como duas gotas de chuva num lago, os meses de desaparecimento que levaram à prisão dos irmãos —, e nada mais há a dizer sobre o assunto: Kaukab é inabalável quanto a eles não terem sido mortos e tem certeza de que retornarão um dia, pois desistir de ter esperanças é pecado. Ela tem certeza de que os irmãos não podem ter matado a própria irmã a sangue-frio.

— Não me importo com quantas pessoas concordam sobre o que aconteceu com Jugnu e Chanda: uma mentira não se torna verdade só porque dez pessoas a estão repetindo. E não vou perder a fé na benevolência de Alá, não importa o quanto as coisas possam parecer desanimadoras: o sol nunca desaparece; é a terra que muda de posição.

Ela deu à moça notícias sobre as pichações na casa de Jugnu: *Eles viveram uma vida de pecado e morreram a morte dos pecadores* e *Eles estão ardendo no Fogo há mais de seis meses, mas lembrem-se de que a Eternidade menos seis meses ainda é a Eternidade.*

Mah-Jabin tira a mesa à luz dourada estável no cômodo revestido de azul, no silêncio loquaz do riacho que Kaukab, ainda zangada, deixa para trás ao pegar seu rosário vermelho transparente num pires, como o círculo dos grãos de pólen no meio de uma flor, e subir para fazer suas orações.

Com um laço frouxo e volumoso, Mah-Jabin diminui o comprimento da cortina que cobre o vidro na porta da frente e leva uma cadeira para a fatia de luz ardente do sol, ouvindo a saudação de final de oração em árabe dita em voz alta pela mãe, quando começa a misturar a tintura de cabelo na tampa plástica de uma velha lata de aerossol, usando uma escova de dentes velha que ela identifica, pela deformação característica das cerdas, como outrora tendo sido usada pelo pai.

Kaukab desce, o rosário de vacínio balançando na mão, as contas maiores do que as usadas na juventude quando as pontas dos dedos eram mais ágeis, sensíveis, assim como ela precisa agora de uma cópia com letras grandes do Alcorão, pois seus olhos estão começando a atrapalhar-se no meio das palavras.

Mesmo depois de entrar em contato e consultar Alá, seu descontentamento com a moça, e a tristeza que a irrupção tinha causado, ainda estão dentro dela: ela se aproxima da luz do sol sem dizer palavra e pega uma cadeira, inclinando a cabeça para frente.

Mah-Jabin — de pé, pronta atrás da cadeira — sabe que não ter conseguido controlar a raiva antes da oração deve ter exacerbado a mãe, que isso deve ter interferido na concentração exigida para o culto — como o aborrecimento intermitente de uma cutícula machucada durante as tarefas do dia. A única coisa que Mah-Jabin tem a fazer agora é esforçar-se corrente acima e recomeçar a jornada, dessa vez tratando de evitar a curva que levava ao turbilhão, mas ela nada consegue imaginar para dizer.

Suavemente, e estrategicamente, ela umedece o nó de um dos dedos com saliva e toca o lóbulo da orelha de Kaukab: Kaukab suspira para aliviar-se e fala finalmente:

— Mah-Jabin, trate de não deixar cair tinta nas minhas orelhas.

A garota sorri com seu triunfo.

— Pare de se preocupar. *Pronto.* Já limpei.

Não obstante, Kaukab lhe pede para manter um paninho por perto, uma sobra de um *kameez* novo que ela fizera para si:

— O pano está na gaveta, um tom mais claro que o azul-marinho. Sim, eu disse a mim mesmo quando estava comprando a fazenda que minha Mah-Jabin daria Ohs e Ahs de admiração com a cor. Quatro libras o metro. Eu ainda não costurei a bainha do novo *kameez.* — E, quando Mah-Jabin lhe diz com um sorriso que não poderia ajudá-la na tarefa porque nunca conseguiria dar aqueles pontinhos minúsculos invisíveis, Kaukab lhe pergunta se ela se lembra daquela vez em que estava sentada com um novo *kameez* no colo — trabalhando na barra o dia inteiro — e descobriu no fim que a tinha costurado no *kameez* que estava usando!

— Eu não me lembro de tê-lo feito, mas posso acreditar que sim — responde a moça. — Pronto. Acabou. Vire-se agora. Não, espere. *Pronto. Agora* acabou.

Ela estende o pano azul sobre os joelhos de Kaukab e senta-se no chão com seus cabelos no colo da mãe.

Os cabelos já não preenchem mais o colo e Kaukab sente falta do peso; como um pente, ela passa os dedos na extensão e, quando acaba de repente — com um choque, como no sonho em que o sonhador tropeça no meio-fio —, seus dedos tateando o vazio são uma ilustração do que agora está faltando na vida dela, o que antes era ali tão palpável — tão palpável *aqui.*

Ela começa a dizer alguma coisa mas permanece em silêncio, simplesmente correndo os dedos no que resta das madeixas negras só pelo prazer fugidiamente escorregadio de fazê-lo, a maneira como elas escapam dos seus dedos, a sensação mais suave do mundo para ela, e, uma vez ausente, impossível de evocar à vontade.

— Você está confortável, apoiada como uma boneca de pano no chão? É só dizer e você pode sentar-se na cadeira que e eu fico de pé. — Kaukab aplica a hena molhada nos cabelos de Mah-Jabin, bocado a bocado com seus dedos. — Bem, diga-me se ficar cansada que eu levanto. No Paquistão, nós ficávamos agachadas no banheiro, mas quando vim para cá pensei que nunca me habituaria com os banheiros ocidentais. Agora, porém, depois de todos esses anos, os de lá parecem impossíveis: como é que a gente conseguia se agachar daquele jeito todos os dias?

— O corpo se habitua às coisas.

— Mesmo que a cabeça não.

Ela põe todo o pote de hena nos cabelos da moça, batendo de leve e alisando até parecer que a cabeça está revestida de uma mistura perfumada de lama e musgo, o cheiro penetrante como tamarindo, doce como açúcar mascavo; e a folha verde-escura pulverizada, através de cada poro e microscópica rachadura que a secagem e a pulverização tinham aberto, começa a liberar a sua seiva vermelha, diluída em água e viscosa por causa do limão.

Kaukab segura a fazenda azul com firmeza nos ombros da garota e empurra a cadeira devagar para trás, de modo que o pano é retirado do seu colo e descansa como uma gola de marinheiro nas costas da moça, uma barreira entre a hena e o tecido da sua blusa. Ela pega a chave da porta da frente, presa — por falta de bolsos no seu *kameez* — com um alfinete de segurança no seu véu, e dá para a filha prender o pano azul pela frente.

Os fundos da casa estivera saindo da luz em ritmo de lesma ao longo das últimas horas e agora — agora que o sol já descreveu seu arco sobre o telhado — está totalmente na sombra, o calor amarelo-sódio dirigido à parte dianteira.

Mah-Jabin faz café para si; Kaukab descasca uma laranja e coloca os gomos curvados como golfinhos saltando sobre o prato, elas saem ambas para os degraus da frente, onde a brisa vira as páginas dos lilases no pequeno jardim, as sombras começando a esticar-se como goma de mascar.

A luz saiu dos fundos para aparecer aqui assim como a chuva se infiltra na terra e flui subterrânea para emergir nalgum outro lugar, como primavera.

A moça se senta diagonalmente no degrau, desviando-se um pouco instintivamente da casa contígua à deles à direita, para mantê-la fora do alcance da vista: a casa de Jugnu. Mas lá está ela; ela não pode ignorar a presença: a alma tem muitos olhos, é capaz de ver em todas as direções.

A mulher da casa ao lado à esquerda tirou vantagem da tarde ensolarada e colocou para arejar um tapete que solta colunas oscilantes de odor de feno-grego.

— Ela deve pôr feno-grego em tudo — diz Kaukab; que está comendo a sua laranja à maneira paquistanesa, primeiro mergulhando a ponta rombuda dos gomos no sal. — O cheiro é penetrante. No Paquistão, não tinha problema porque as casas eram — são — grandes e arejadas e nada fica parado. Mas aqui os cômodos são pequenos e fechados, e o cheiro se recusa a ir embora.

— E isso não é o pior: se minha lembrança for boa, das poucas vezes que você usou feno-grego, o maldito tempero entra no suor e na urina quando a gente come.

— Cale a boca!

— Desculpe. — Mah-Jabin ri, pela primeira vez em semanas, e toca o joelho da mãe com o seu. A gargalhada se dissolve à luz do sol, enquanto, como uma caixa de música esquecida aberta a seu lado, o café desprende vapores na atmosfera seca.

Um voz eclode como uma bola caindo no pequeno jardim:

— Mãe e filha desfrutando a luz do sol, não é? E a imperatriz-filha quer clarear a cor dos seus cabelos, não quer?

Mah-Jabin olha adiante: uma mulher da vizinhança de quem tem vaga lembrança está lutando com o ferrolho enferrujado do portão do jardim. Kaukab explica como circundar as excentricidades da armadilha e a mulher — seguindo os conselhos — consegue entrar para avançar na direção delas sob a rede adornada de jóias dos galhos do lilás.

Mah-Jabin — temerosa de que a mulher tenha vindo a fim de recolher material para fofocas — quer se levantar e entrar, mas a mulher lhe dá um sinal:

— Não vou nem me sentar, minha bela. Só passei para lembrar sua mãe de que Ateeka — a esposa do Zafar-da-barraca-de-roupas-no-mercado-às-quintas-feiras, não o Zafar canhoto — está indo para o Paquistão na segunda-feira, de modo que, se houver algum presente a mandar para casa, ainda tem espaço na mala.

Kaukab diz que a mulher do taxista Mahmood tinha-lhe chamado mais cedo ao portão do jardim ao passar e dado o mesmo recado; Mah-Jabin pode imaginar a mulher andando na rua, uma das muitas que começam a fazer suas rondas no fim da manhã, todas envolvidas nesse crime organizado que se chama arranjar casamentos.

Mah-Jabin põe o dedo no café quente até começar a queimar, tirando-o bem na hora, como se provocasse um pássaro de estimação, tirando a ponta do dedo das barras da gaiola antes da bicada inevitavelmente excitada.

Ela olha as rosas para distrair-se, as pétalas vincadas como marcas de elástico na pele, flores jazendo em ramos inteiros sob os arbustos, como excrementos de fantásticas criaturas.

A grama está crescendo como facas, o verde do tecido com motivos de borboleta, e então Mah-Jabin se lembra que a mulher é a mãe da moça que ela vira mais cedo com seu amante hindu na Omar Khayyam Road. Mah-Jabin a examina com interesse agora.

A visitante tira um pé do sapato e apóia a sola ressequida rachada contra a barra inferior da cerca que divide o jardim do seguinte. Desde que chegou, ela não tinha parado de falar:

— É claro, os meninos de Ateeka estão crescendo e comem tudo em que possam pôr as mãos, de modo que toda comida caprichada e os biscoitos e bolos para os visitantes que vêm à casa despedir-se da mãe têm de ser escondidos. Ela pensou que o espaço embutido sob o escabelo na cozinha — onde guarda a roupa branca e os travesseiros — era um esconderijo ideal. E, vejam só, o que acham que aconteceu? Os visitantes vieram na noite passada e se instalaram exatamente no escabelo! A chaleira está apitando, soltando vapor, o leite ferveu, esfriou e foi fervido outra vez, as xícaras e pratos estão prontos e arrumados, mas como chegar aos canapés, e não menos que da Marks and Spencer? Ela contou que ficou sentada lá, olhando a cara das visitas e se levantando de vez em quando, fingindo dar uma última esfregadela nos talheres e na louça com o pano de prato. "Tenho certeza de que eles pensaram que eu era a mulher mais limpa desta terra de Alá", ela acabou de me dizer. "Ou então a mais desmemoriada e louca." Deve ter sido um espetáculo digno de se ver, Kaukab.

Mah-Jabin se vê tomada por uma gargalhada irresistível; as três são sacudidas em ruidoso encanto, esfregando os olhos com os punhos.

— Estou lhe dizendo a verdade, Kaukab. Se não for verdade, pode mudar meu nome para Mentirosa.

Com um lenço de papel, Kaukab enxuga o fio de líquido vermelho que escorreu sobre a testa de Mah-Jabin.

— Kaukab, qual a marca da hena, Lotus... ou Elephant? — pergunta a mulher, mas não espera a resposta, continuando distraidamente: — Mas esses últimos dias foram muito difíceis para Ateeka, porque a irmã dela na América foi apalpada e algemada pela polícia por usar seu véu integral. Não demora muito e ser muçulmano vai ser crime passível de enforcamento em tudo quanto é lugar, parece Os policiais...

— Em que lugar da América tia-*ji*? Usar máscara em público é ilegal em alguns estados — explica Mah-Jabin. — Os policiais podem ter confundido o véu em seu rosto como o capuz de membro da Ku Klux Klan.

— O quê? Membro de *quê*? — A visitante fica confusa enquanto Kaukab, com a respiração presa em reprovação, dá a Mah-Jabin um olhar de censura por interromper e tentar instruir uma adulta. — Em Portsmouth, na Virgínia, ela foi parada quando estava indo fazer compras, e mesmo tendo explicado que estava usando um traje muçulmano eles pediram para ela descobrir o rosto: quando se recusou, eles a algemaram e revistaram enquanto ela gritava: "Não me toquem, não me toquem." Uma moça *solteira*: tudo podia ter acontecido.

Sim: a moça podia ter danificado o hímen num safanão, pensa Mah-Jabin com desprezo. Ela fora proibida de procurar um ginecologista quando teve problemas hormonais aos 12 anos de idade, mesmo que fosse uma mulher; o bairro está cheio de mocinhas adolescentes meio musculosas de queixos ásperos como cactos, peludas como os irmãos.

Mas são as lágrimas que enchem os olhos da visitante num súbito transbordamento que estão preocupando Kaukab: ela logo diz a Mah-Jabin para entrar e olhar a correspondência acumulada esperando por ela em sua ausência, lá em cima, no seu quarto. A moça se levanta, perplexa, nota que a mulher está à beira de chorar, entreabre a porta e entra discretamente.

A mulher toma o lugar que ela deixou vazio e Kaukab põe o braço em volta dela.

— Kaukab, foi uma manhã tão terrível... Acho que posso lhe contar tudo, você é como uma irmã para mim... Minha filha está se recusando a se comportar direito com o marido... — Ela aperta o véu contra os olhos com ambas as mãos e começa a chorar silenciosamente, livremente.

Kaukab olha para Mah-Jabin, que não se afastou um centímetro da porta aberta atrás das duas mulheres, imobilizada pela incompreensão.

A mulher diz de trás do seu véu, a voz fraca:

— Entre e vá ver as suas cartas, minha bela, deixe-me só um momentinho com sua mãe. Vá... Sabia que estou sempre dizendo a Kaukab como você é bonita? As pessoas contam histórias sobre rostos como o seu... Vá agora... Ela já foi? Hoje de manhã eu fui ver o clérigo-*ji* na mesquita e ele disse que provavelmente minha filha está possuída por *djinns*, que é por isso que está se comportando estranhamente...

Mah-Jabin se retira, temerosa de que um comentário seu pudesse fazer as duas mulheres se voltarem contra ela. *Djinns!*

As açucenas-brancas estiveram liberando sua fragrância como velas dão luz, preenchendo a casa na qual Mah-Jabin estava entrando. Ela sobe. As duas correspondências estão na gaveta debaixo: um cartão de pesquisa de opinião para as eleições gerais; e uma carta com um selo retratando uma árvore flamejante com festivas flores branco-rosas a distância e, no primeiro plano, um galho contendo uma flor franzida parecida com a orquídea e uma folha que lembrava a marca da pegada de um camelo: é uma *Bauhinia variegata*, informa o texto ao longo da margem vertical e, horizontalmente, que o selo pertence a uma série que representa as PLANTAS MEDICINAIS DO PAQUISTÃO. Mah-Jabin se inclina e senta, tendo reconhecido a mão que tinha escrito o endereço. Seu marido nunca tinha tentado comunicar-se com ela diretamente antes, e ela se pergunta o que há de conter a carta que tem a bela flor da árvore que é apreciada, dentre outras coisas, por sua eficácia contra febres maláricas, pela capacidade de regularizar disfunções menstruais e como antídoto para mordida de cobra.

Ela não vai abrir a carta, como se fosse um jeito de manter calada a boca do marido. Tocando a cabeça para ver se a hena ainda estava molhada, ela descobre que o preparo tinha perdido quase toda a umidade — grudado a seus cabelos mas esfacelando-se como areia verde ao contato, tendo depositado a seiva vermelho-escura sobre os filamentos. No banheiro, ela começa a ficar curiosa e abre a carta, mas não consegue obrigar-se a ler. Abre o estreito armário angular no canto que abriga o *boiler*, envolvido em acolchoados isolantes de náilon prateado brilhante.

— Olá, homem do espaço. — Ela liga o aparelho e, justo antes de fechar a escotilha do foguete, joga lá dentro a carta e o envelope amarrotados — lixo tóxico a ser descartado nalgum buraco negro bem distante.

Ela tira um tampão da caixa na sua *nécessaire* de toalete e, depois, joga o aplicador vazio na cesta de lixo de vime mas pega de volta, achatando-o até ficar bem plano e colocando no bolso para jogar fora mais tarde, longe de onde Kaukab pudesse dar com ele, ela que tinha advertido a virgem de 12 anos contra o uso desse tipo de absorvente que deve ser introduzido no corpo, receosa de que ela estaria "arruinada para sempre".

Logo antes de sair do banheiro, como se agisse sob uma vontade e uma memória independentes dela, os dedos da sua mão abrem a porta do *boiler* mais uma vez, contornam o tambor de água acolchoado e procuram às apalpadelas na escuridão: quando encontram o que estavam procurando, ela também se lembra subitamente, como se o solavanco de uma corrente elétrica tivesse passado do objeto para o seu cérebro.

A agulha de tricô que ela havia jogado lá nove anos atrás, pouco depois de voltar do Paquistão, ainda estava lá, indissolvida pela passagem do tempo e a ausência de luz. Ela se deixa baixar nauseada para a borda da banheira, segurando apertada contra o peito a mão que tocara a solidez lisa e escorregadia do ferrão, como uma mãe consolaria e tranqüilizaria o filho, abraçando-o depois de ele ter testemunhado algo perturbador.

Equipada com aquela agulha de tricô, ela se trancara aqui depois de descobrir que estava grávida — o cheiro de ferrugem nas suas narinas e o gosto de ferro atrás dos dentes e das gengivas pareciam ficar mais fortes a cada segundo, como se correntes para prendê-la se forjassem dentro dela —, e só então ela compreendera que não sabia como agir. Como exatamente aquilo era feito? No fim, faltou-lhe a coragem e ela sentou-se tremendo. Uma solução legal era uma impossibilidade: a sua única fonte de dinheiro eram seus pais, e eles não permitiriam que fizesse um aborto, usando a gravidez para renovar seus esforços de fazê-la voltar para o marido.

No fim, ela induziu a interrupção prematura tomando comprimidos de quinino durante 15 dias, algo que uma jovem mãe de oito filhos em Sohni Dharti tinha dito que achou eficaz toda vez que quis dar um descanso ao corpo, o marido se recusando a entender e afirmando que o uso de contraceptivos levaria a filhos não nascidos apontando para ele no Dia do Juízo e dizendo a Alá:

— Este é o homem que não permitiu que nascêssemos e aumentássemos o número de fiéis! — com o resultado de que uma vez a mulher deu à luz em janeiro e em dezembro do mesmo ano.

Com uma quentura surpreendente no coração, ela pega o tubo de papelão branco achatado e curvo em seu bolso e lança — como a lua crescente que se desprendeu e cai em espiral — no lixo antes de sair do banheiro.

— Mãe, qual foi o problema com a tia-*ji*?

Kaukab está na pia, lavando a louça do almoço, a xícara de café de Mah-Jabin, o prato que contivera os seus pedaços de laranja e o pote da hena. Ela não respondeu à pergunta imediatamente — mais uma vez escondendo tudo que dissesse respeito a paquistaneses que os filhos pudessem considerar questionável. Ela sabe que Mah-Jabin vai ridicularizar a idéia de que *djinns* fizessem parte da história.

— Nada. Ela só estava um pouco cansada.

Mah-Jabin tinha ouvido umas poucas palavras do que a mulher dissera para Kaukab: o marido da moça exige saber por que ela ainda não concebeu — ou está tomando contraceptivos secretamente ou então ela é estéril. Ele a chamou de vale pedregoso, acusando-a de ter desperdiçado toda a sua semente.

— Ela mencionou alguma coisa sobre sua filha e o marido...

— Todo casamento tem seus altos e baixos — diz Kaukab abruptamente, e depois, igualmente abrupta: — O que havia na carta?

— Joguei fora sem abrir — Mah-Jabin se ouve dizer secamente.

Kaukab balança a cabeça; ela ainda tem esperanças de que Mah-Jabin volte para o marido, isso se ele a aceitar de volta, e se até lá outro casamento não for arranjado para ela — o que seria difícil, já que ela não é mais virgem, é um bem usado. Ela espia por cima do ombro para encontrar os olhos da filha: — Eu a proíbo de ir para a América. — Suas mãos se fecham em punhos cerrados. — Um país estrangeiro cheio de estrangeiros! Tenho certeza de que seu pai tampouco aprovaria.

— Como sabe que estou indo para a América? — Mah-Jabin está perplexa. — Bom, eu estive num país cheio de gente do mesmo tipo que eu e vi como é, e então pensei em experimentar um país estranho, cheio de estranhos dessa vez. — Presa na jaula dos pensamentos permitidos, aquela mulher — sua mãe — é o animal mais perigoso que ela já teve a enfrentar. — Eu só vou passar um tempo com uns amigos durante o verão. Quem lhe contou? E posso acrescentar que não tenho *medo* do Pai?

Oh, seu pai vai se zangar, oh, seu pai não vai gostar: Mah-Jabin tinha crescido ouvindo essas frases, Kaukab tentando obter legitimidade para suas próprias decisões evocando o nome dele. Ela *queria* que ele ficasse zangado, ela *precisava* que ele ficasse zangado. Ela o colocara no papel de chefe da família e ele tinha de agir de acordo: houve três vezes em que ele veio informar os jovens adolescentes que algo que haviam pedido à mãe — permissão para ir a uma discoteca na escola depois da aula — não era possível, e ficou óbvio pela expressão em seu rosto que pessoalmente ele não tinha nenhum problema com o que as crianças queriam. Há vezes em que Mah-Jabin se pergunta se sua mãe conhece mesmo Shamas. Shamas não faria objeções à sua visita à América, ela sabe disso. Mas agora ela diz essas coisas em alto e bom som.

Kaukab fica aborrecida com as palavras.

— Como sua língua cresceu nesses últimos anos. Foi isso que lhe ensinaram na universidade, a falar desse jeito, a preciosa universidade na distante Londres que você tinha de freqüentar para ter uma educação? Se fosse educação que quisesse, teria ido para uma universidade perto de casa e vivido aqui, como as moças decentes de todas essas ruas. Era liberdade que você queria, e não educação; liberdade de fazer coisas obscenas com rapazes brancos e levar uma vida manchada pelo pecado.

A cabeça de Mah-Jabin não só está zumbindo feito um ninho de vespas como também parece leve como suas formas oblongas de papel mascado aglomerado com saliva.

— Eu sabia que não era a distância que lhe preocupava; afinal, me mandou para milhares de quilômetros daqui quando eu tinha 16.

— Fizemos o que você queria que fizéssemos — Kaukab se aproxima e a olha fixamente, como se pregasse um animal perigoso no chão com uma lança.

— Eu tinha 16 anos: em todos os demais assuntos você me considerava uma criança, mas por que essa decisão minha foi considerada adulta? Outros pais teriam me dado tempo para pensar, mas você ficou toda excitada porque eu queria ir viver no seu amado país — grita Mah-Jabin. — E quando a hora de partirmos se aproximou eu tive medo, mas sabia que não podia dizer não naquela altura.

— Não podia mesmo. Essas coisas não são brincadeira de criança. Nós tínhamos dado nossa palavra, os arranjos para o casamento estavam prontos e, sim, é verdade, eu a teria *amarrado* e levado para lá desse modo se fosse necessário. E o que há de errado com o Paquistão? Muitas garotas daqui são enviadas de volta para casar-se e viver lá, e são felizes lá. Há apenas um mês, a casamenteira me contou sobre uma mulher daqui de quem o marido paquistanês se divorciou por engano; ela *continua* ansiosa por voltar para viver com ele lá. Eis como é uma mulher boa e digna. — Ela pára por um momento e repete sua pergunta: — O que há de errado com o Paquistão? Eu cresci lá...

— E olhe o que lhe aconteceu, sua tola!

A palma aberta e pesada da mão de Kaukab ataca Mah-Jabin e ao bater-lhe no rosto leva a sua respiração. Era algo que Kaukab almejou fazer sempre que pensou na garota em sua ausência; não era de fato uma resposta ao que ela acabara de dizer: ocorreu simplesmente de ela estar ao alcance quando a necessidade dominou Kaukab e o momento se impôs.

A força do impacto derruba Mah-Jabin da cadeira, enquanto o rosário de Kaukab — pendurado em duas voltas no encosto — arrebenta e as contas se espalham com estrépito pelo chão. A mão de Kaukab se abaixa e agarra os cabelos saturados friáveis da garota como uma garra e lhe bate a cabeça muitas vezes com toda a força, a mancha vermelha de hena ficando mais viva e maior contra a parede, Mah-Jabin dobrando o cotovelo contra o lado da cabeça até finalmente Kaukab soltar e andar até a pia do outro lado da cozinha, para lavar a vermelhidão — viscosa como sangue — de suas mãos, as costas viradas para a moça.

Mah-Jabin abre os olhos e levanta-se escorregando apoiada contra a parede, o tirão fazendo o alfinete de segurança na altura da sua garganta abrir-se e espetar a tenra cova entre as clavículas.

Às vezes a pergunta certa pode ser tão difícil de achar quanto a resposta correta. Sim: Mah-Jabin passou os últimos nove anos, e a maior parte dos dois anos do seu casamento antes disso, procurando a pergunta que lhe ocorreu somente agora. Ela lembra que Kaukab, ao ver Jessye Norman uma vez na televisão — cantando uma canção lírica cujo significado Kaukab não conhecia —, levantou-se muito lentamente, como se homenageasse a grandeza de tirar o fôlego da bela deusa orgulhosamente posta contra o céu de Paris, tendo em seguida se arranjado para articular as seguintes palavras:

— Gosto de pessoas que realizam coisas importantes.

A frase tinha espantado a garota; e houve outras situações semelhantes. Às vezes uma idéia parecia ocorrer a Kaukab e desaparecer imediatamente, de modo que seu rosto escurecia outra vez, mas não tão escuro quanto antes, sendo esta última a escuridão que ficava para trás no caminho de fuga de um vaga-lume, uma escuridão tremeluzente com o conhecimento de que algo havia acontecido ali recentemente, as células cerebrais vibrando na esteira lúcida de uma percepção. Ela suspiraria e falaria com sua filha pensativamente um instante.

Mah-Jabin se recorda de Kaukab dizer-lhe que lamentava não ter sido capaz de ter recebido uma educação, que ela desejara ter uma bicicleta quando menina mas isso estava fora de questão, mesmo nos confins do pátio, pois a mãe tinha medo de que caísse e quebrasse algum membro e ninguém ia se casar com a aleijada, e então ela comprara para si um pequenino berloque em forma de bicicleta, pendurando-o numa correntinha ao pescoço, tão segura quanto bicicletas de verdade são presas com correntes a árvores ou pilares.

Mas a mesma mulher que permitiu à filha deixar a escola aos 16 não permitiu que ela andasse de bicicleta com receio de que pudesse arruinar-se para a vida. Por quê?

— Porque não me bate com mais força, Mãe? Assim... — Mah-Jabin bate em seu próprio rosto enquanto anda até Kaukab. — Assim... assim... assim... Me bate com mais força... mais força...

Kaukab pega os talheres do almoço e a faca com que Mah-Jabin tinha preparado os pimentões e os joga na água com detergente, permanecendo dura como uma pedra enquanto a garota a sacode violentamente pelas costas com ambas as mãos.

— Você tem de ser uma aleijada moral se pensa que o que fez comigo não estava errado. Você não me disse uma vez que a vida de uma mulher é difícil porque você tem de cuidar da casa durante o dia e ouvir as exigências do seu marido na cama à noite? Então por que não me ajudou a evitar esse tipo de vida? Responda... Diga-me... Por que vocês seguem fazendo as mesmas coisas sem parar, esperando um resultado diferente?

A mão de Kaukab procura e acha a longa faca de aço dentro da água coberta com a renda de bolhas.

— O que foi que você me disse uma vez, Mãe, sobre as duas primeiras décadas do casamento pertencerem ao marido e as outras à mulher, porque ela pode voltar os filhos contra o marido ao educá-los, para quando forem adultos fazerem ele botar o rabo entre as pernas enquanto ela reina pelo resto dos seus dias.

Kaukab permanece imóvel enquanto a garota puxa seus ombros para fazê-la virar-se, ela, a mais íntima de seus inimigos.

— Como você é esperta, Mãe, vá ser esperta no cacete! A vitória espera todas as paquistanesas acossadas, mas por que preço, Mãe, desperdiçar duas décadas de vida... Que desperdício, pois em vez de ser conivente todos esses anos você podia simplesmente ter ido embora...

Gotas d'água escorrem lentamente enquanto a faca sobe verticalmente no ar.

— Afaste-se de mim, sua vadiazinha!

Ardente, o aço corta um arco quando Kaukab dá meia-volta, e então Mah-Jabin recua num tropeço, um braço levantado e outro cobrindo o estômago.

— Como ousa jogar perguntas em mim como se fossem pedras!

Uma ofuscação explode na lâmina — como sangue jorrando da veia — quando a arma entra num raio de sol. O próprio ar parece contrair-se, afastar-se de Kaukab como um cardume se contorce buscando segurança à aproximação do predador. O pote que contivera a hena cai no chão, girando sobre a própria borda como as cúpulas prateadas que rodam em volta das luzes na capota dos carros de polícia para fazê-las piscar.

Olhos dilatados como se estivesse perdida na escuridão, Kaukab abaixa a faca, a ponta dura como diamante que por um breve instante se tornara o gume da sua desesperança e derrota.

Seus próprios olhos brilhando como jóias, Mah-Jabin joga a cabeça para trás e ri pela terceira vez naquele dia, o rosto voltado para o teto.

— Eis a prova de que Chanda foi assassinada por seus irmãos, de que uma família pode matar um dos seus. Me pergunto se isto não funcionaria como prova no julgamento, para aqueles dois bastardos poderem ser trancafiados por toda a vida. Meu Deus, para todos vocês talvez ela não tenha sofrido o bastante ao morrer: vocês gostariam de desenterrá-la pedaço a pedaço, juntá-la outra vez e matá-la de novo por ter ido contra as leis e as regras, as assim chamadas tradições que vocês arrastaram para este país com vocês como merda na sola dos sapatos.

A faca cai do punho sem vida de Kaukab.

— Oh Deus, Mah-Jabin... Eu não sabia que estava com a faca. Eu só tentei rechaçá-la com minha *mão.*

— Por favor, não se aproxime de mim, Mãe. Você bem gostaria que eu voltasse para o meu marido no Paquistão, não gostaria, de volta para o meu "deus na terra"? Ou de me encontrar um marido novo como fizeram para a pobre Chanda. Quantas vezes ela foi casada antes de conhecer o tio Jugnu? Duas? Três vezes? Sim, se não funcionar uma vez, tente de novo, porque vocês estão fadadas a acertar finalmente o alvo, desde que sejam *vocês* a decidir o que fazer: se a vadia toma o assunto em mãos e encontra alguém ela mesma, levantam a porra das facas e a cortam em pedacinhos.

— Nem todo mundo tem a liberdade de afastar-se de um modo de vida — Kaukab disse baixinho. — O fato de você ter conseguido fazê-lo fez de você uma pessoa arrogante e cruel.

— Mas não foi fácil! Ainda é um tormento. O que me machuca é que você podia ter me dado essa liberdade, em vez de me entregar ao mesmo tipo de vida a que você foi entregue. Eu quero voltar ao passado e dizer àquela garotinha que eu fui — e que eu amo — o que não fazer, mas ninguém pode voltar ao passado. Mas para você teria sido mais fácil, porque eu estava lá, bem ao seu lado: se me amasse, teria me impedido de fazer certas coisas...

— Eu não tive a liberdade de lhe dar essa liberdade, você não vê? — Kaukab está desgostosa e abatida ante a compreensão de que alguém tão próximo como um de seus filhos pudesse fazer tantas suposições erradas ao incumbir-se de avaliar a vida dela.

— Não minta. Você o teria feito, se quisesse. Você ainda quer me casar porque continua a acreditar que uma mulher tem de ter um marido. Por favor, não se aproxime de mim, já disse.

Kaukab passa por ela e começa a catar a contas do seu rosário no chão.

— Sim, eu quero mesmo que volte, porque aos olhos de Alá você continua casada com ele. Você pode ter se divorciado dele na lei britânica, mas não numa corte muçulmana. Minha religião não é o sistema legal britânico, é o Islã. — Fragmentos de frases lhe vêm à mente da eternidade dos últimos minutos como ondas retornando à praia, e ela lida com eles como chegam. — Quando disse que os problemas da mulher acabam em vinte anos de casamento é porque seus filhos então crescidos e a defenderão contra o pai e os parentes por afinidade. Eu não disse que você tinha de ser conivente e dizer certas coisas a seus filhos deliberadamente. A gente precisa de alguém para conversar, para falar sobre os problemas, e seus filhos são as pessoas mais próximas de uma mulher. Você não é conivente numa situação assim; ela acontece por si mesma. — Ela está agachada, chorando enquanto recolhe suas contas no linóleo como se catasse conchas numa praia. — E que conversa é essa de eu ter levantado uma faca para você: você acha realmente que eu seria capaz de machucá-la? — Há uma sensação de consolo na atividade em que seus dedos estão engajados, quase como se estivesse fazendo contato com os mortos: quando criança, ela vira sua mãe e suas avós, e as outras mulheres da casa, debruçadas de modo semelhante sobre a miríade das tarefas cotidianas, e às vezes — mas não hoje, não agora — o sentimento é próximo da celebração, um momento e uma exaltação daqueles agora mortos e ausentes, mas ainda vivos na mente dela, que não são cantados alhures nem de outra forma. Mortos tão completamente que parece que ela sonhou com eles.

Mah-Jabin anda até a escada no chão coberto da hena já seca ou secando que ela havia feito saltar ao bater em si mesma, e por causa da camada pulverizada sob seus pés é como se estivesse numa sala no Paquistão depois de uma tempestade de poeira passar.

— Não se preocupe — ela faz uma pausa ao pé da escada. — Não é a primeira vez que apanhei de você. O seu marido lhe bate e em troca você bate nos seus filhos.

— Não consigo entender por que você fica tocando constantemente essa única tecla. Bem que eu queria, por Alá, nunca ter lhe contado que seu pai me bateu, e já lhe disse mil vezes que só aconteceu naquela única vez e que depois fiquei muitos meses sem falar com ele. Ele me implorou que o perdoasse e, quando não funcionou, até se mudou durante três anos. — Kaukab vem até a escada, obstruindo a entrada de luz no poço, e observa as costas da moça subindo. — *Você* nunca cometeu um erro? Se voltar no tempo, lembre-se, trate de se apaixonar pela pessoa certa aos 14 anos para, quando ele se casar com outra pessoa dois anos depois, você não ter de pedir aos seus pais para arranjar um casamento nalgum lugar distante — um lugar distante como o Paquistão, por exemplo. Nós a enviamos para o Paquistão porque você quis ir e viver num lugar onde não tivesse de testemunhar a vida feliz que aquele rapaz estava levando com outra mulher.

Mariposa presa contra o vidro da janela, Mah-Jabin pára na escada como se o ar tivesse solidificado à frente dela, mas não se vira. Ela esfrega o ponto de dor à base do pescoço onde o alfinete de segurança arranhara a pele, esfrega até ele se perder na mancha de calor criada pela fricção, e então, quando a luz ganha mais intensidade, significando que Kaukab tinha voltado para a cozinha, ela continua degraus acima, rompendo as correntes em que as palavras da mãe tinham brevemente se transformado em torno dos seus tornozelos, cabeça baixa como um lírio de talo quebrado.

Ele, um estranho, tinha sorrido para ela um momento e chamado a sua atenção. Foi tudo o que precisou. Nos dias seguintes, ela imaginou e reviu aqueles primeiros momentos. Ele a homenageara, notando-a, e ela se apaixonara: foi fácil assim porque ela nunca tinha sido objeto de curiosidade, de escrutínios, à exceção do tipo abertamente intrusivo, sempre agressivo, geralmente hostil. O que foi mais mortal, porém, foi ela acreditar que ele também tivesse se apaixonado por ela, que urdiu encontrá-la aqui e ali casualmente. Ela se imaginou ao seu lado como amante, nua, suas tranças divididas num manto de dois painéis ao longo da frente do corpo, identificando divertida na pessoa dele os 32 sinais da excelência num homem: profundo em três aspectos e amplo igualmente em três; irradiando um vermelho saudável em sete; claro em cinco e alongado em quatro; elevado em seis, e bem formado e curto em quatro. Ele deita com a cabeça no colo dela, e ela comenta ao discriminá-los para ele, ambos tentando conter suas risadinhas:

— Dizem que é marca de excelência num homem se o umbigo, a voz e a respiração forem profundos, e as coxas, a testa e o rosto, amplos; se os pés e as mãos, os cantos dos olhos, o céu da boca, o lábio inferior e as unhas forem de um matiz vivo de vermelho; segundo os antigos, é bom presságio se dedos e nós dos dedos, cabelos, pele e dentes forem claros; nos governantes da terra, a linha da mandíbula, os olhos, os braços e a extensão entre os peitos são alongados; diz-se que a felicidade é garantida se tórax e ombros, unhas dos pés e das mãos, nariz, queixo e garganta são altos e proeminentes; e se as costas, as canelas e o membro são bem formados e curtos. Oh, querido! Bem, 31 em 32, nada mal. Tudo bem, eu concordo que devia ser 31½, pois *é* bem formado.

A cada dia ela encontrava outra justificativa para a sua crença obsessiva. Ele não precisava dizer: ela *sentia*. Ele não deu nenhum sinal, mas ela pensou que estava sendo prudente porque neste bairro, e na maneira como eles foram educados, as coisas que eram naturais e instintivas em todos os seres humanos eram vistas com reprovação, as pessoas fazendo você sentir que era você o estranho. Todos aqui estavam presos na jaula do pensamento dos outros. Ela e ele tinham nascido aqui na Inglaterra e crescido testemunhando pessoas tendo prazer em liberdade, mas essa liberdade, embora ao alcance da mão, não era de nenhum proveito para eles, como a lâmpada de um gênio não seria de nenhum proveito para alguém cuja língua tivesse sido cortada, que não pudesse formar as palavras para fazer os três pedidos.

Ela fora educada para ser paciente — pois para cada sede há uma nuvem —, e assim ela esperou, esperou por sua noite de núpcias, quando finalmente ficariam juntos, como duas metades de um baralho cortado e novamente embaralhado, as cartas impelidas de volta com naturalidade forçada, fundindo-se com uma avidez que hesitava. E que seja esta a mais longa de todas as noites.

As moças freqüentemente suspiravam de alívio ao se casar porque os maridos eram menos rigorosos do que as mães tinham sido, guardando a impressão de terem sido algemadas a lunáticas perigosas no momento do nascimento. Mah-Jabin, porém, aprendeu que as mulheres da família no vicariato — as mulheres que ela tinha de conquistar para ter acesso ao homem da sua vida — eram pelo menos de pontos de vista tão tradicionais quanto a sua mãe, e por isso ela cobriu a cabeça tão rápido quanto se estivesse debaixo de uma árvore cheia de pássaros, parou de usar as poucas roupas ocidentais que Kaukab lhe permitira e passou a rezar cinco vezes por dia.

Um ano e meio se passou no torpor esperançoso, a perseverança e o masoquismo óbvio que tiveram de ser deslindados para as amigas de escola brancas, sem que houvesse necessidade de explicações para as garotas indianas ou paquistanesas, a maioria das quais inescapavelmente enredadas em teias próprias semelhantes.

E então um dia Kaukab mencionou de passagem que tal rapaz assim e assado ia casar-se. Mah-Jabin correu para cima antes de Kaukab acabar de falar e trancou a porta como se isso pudesse excluir a notícia da sua vida.

O garoto não tinha conseguido entrar para uma faculdade de medicina perto de onde moravam e teria de se mudar no outono: os pais suspeitaram tratar-se de uma conspiração dos brancos para afastar as crianças paquistanesas da sua cultura, fazê-las praticar o sexo antes do casamento e todos os dias, como se fosse uma função corporal, e finalmente casar-se com brancos, sendo maldição em voga no bairro desejar que seu filho se case com uma branca; Mah-Jabin se lembra de ter sido mandada para o quarto dos irmãos para sua mãe poder procurar camisinhas e endereços, fotografias ou números de telefone de garotas brancas e se lembra de terem mencionado a tragédia de uma família porque o pai tinha câncer e a filha acabara de casar-se com um rapaz branco.

E assim — depois de as linhas telefônicas arderem entre a Inglaterra e o Paquistão — ficou decidido que antes de partir para estudar medicina o rapaz ia casar-se com uma prima do Paquistão; os pais tinham providenciado para que ele fosse ambicioso e um grande realizador — se tivesse um aproveitamento de 99% e fosse o primeiro da turma, tudo muito bem, mas, se 95% representassem apenas o segundo lugar, aí não era o bastante. E eles não iam perder sua maravilha de garoto para alguma mocinha branca que muito provavelmente nem virgem seria.

Os dois médicos no consultório no fim da estrada — o Dr. Lockwood e a Dra. Varma —, que se interessaram pelo garoto ao saber que ele ia tentar a faculdade de medicina e não era apenas mais um azarão da área, o advertiram sobre os perigos da procriação consangüínea, mas o pai foi ao consultório e lembrou aos ingleses que a rainha Vitória e o príncipe Albert eram primos de primeiro grau, e disse à mulher hindu que antes de ficar dando aula aos muçulmanos sobre o perigo de defeitos genéticos ela devia pensar em tomar alguma providência quanto aos seus próprios deuses, que tinham olhos no meio da testa, sem falar naquelas deusas de seis braços, que estavam mais para canivete suíço do que para divindades.

Shamas avisou a Kaukab para ser cautelosa e não bater na garota, pois senão amanhã o jornal local estamparia a manchete FILHA BRITÂNICA DE LÍDER DA COMUNIDADE MUÇULMANA ESPANCADA POR QUESTÃO

DE CASAMENTO, o que seria ruim para a reputação, de uma só cajadada, do Islã, do Paquistão, dos imigrantes paquistaneses aqui na Inglaterra e do seu local de trabalho, que era — em assuntos de raça — a consciência oficialmente nomeada da região.

— Como posso suportar, Mãe, vê-lo com seus braços em volta de outra? — Elas estavam no banheiro e Kaukab estava raspando os pêlos na virilha de Mah-Jabin, a filha sentada na banheira de pernas abertas: a moça estava completamente fora de si, mas a religião exigia que seus pêlos púbicos não pudessem ir além do comprimento de um grão de arroz cru. — Eu não quero viver aqui, aqui neste bairro, nesta cidade. Vamos embora.

Kaukab secou as pernas da garota com uma toalha e procurou a caixa de absorventes higiênicos.

— Nós vamos pensar em alguma coisa, meu amor.

A mulher do irmão mais velho de Shamas tinha morrido recentemente em Sohni Dharti e a casa verde-oliva estava sem uma mulher (destino que não deve suceder nem a um inimigo); Kaukab e Shamas sentiram de algum modo que era responsabilidade deles ajudar o marido e o filho devastados que a falecida tinha deixado para trás: eles perguntaram a Mah-Jabin se ela se casaria com o primo e mudaria para o Paquistão; ela disse que sim. A vida para ela tinha se tornado um vagar de um quarto escuro para outro. Um dia ela estava olhando o espelho de mão e o virou — para o lado que dá a imagem aumentada — e compreendeu então que estivera olhando para o seu rosto ampliado o tempo todo: ela estava definhando.

Ela implorou o perdão de Alá pelo arremedo de devoção que tinha sido a sua nos últimos dois anos e agora, dirigindo-se a Ele nas suas orações, disse que acabaria com todas as suas dúvidas sobre a existência Dele se Ele fizesse o milagre de noivá-la com ele, cuidasse para que fosse conduzida através daquelas turbulentas águas.

Mas os milagres vêm da fé.

Kaukab nunca perdera a fé de que Alá encontraria uma maneira de ajudar o seu cunhado viúvo — um homem que ela amava e respeitava como um irmão de sangue —, e ela gostou quando Mah-Jabin inesperadamente concordou em casar-se com seu filho e estabelecer-se em

Sohni Dharti para gerir da casa e cuidar do tio idoso e enlutado. As coisas acabaram funcionando para todos, e na fantasia silenciosa dos últimos dois anos da garota — sua fantasia silenciosa e extravagante, inocente e desmedida —, Kaukab viu a prova de como Alá cega suas criaturas quando Ele necessita implementar os desígnios do destino.

Parou de chover, de modo que lá fora tudo o que pode brilhar está brilhando. Mah-Jabin abaixa o ouvido para a abertura da concha, que é uma orquídea ou lírio um terço aberto em porcelana, uma vulva de pedra, um livro empenado e estufado pela chuva, e ouve o mar que lá não está de olhos fechados.

A hena deu um tom avermelhado ao negrume dos seus cabelos, um tom de preto que vemos em negativos fotográficos. A cada noite as estrelas pareciam um pouco mais distantes. A casa quase não é uma construção, mas uma emoção; cada último pedacinho tem cicatrizes de guerra. Através da janela e das gotas ela olha o jardim da frente, os lilases limpos do banho, as rosas estilhaçadas na chuva como porcelana, o portão da frente onde ao chegar ele sentiu a nuvem de perfume que a mãe sempre usa, a exalação de jasmim dizendo-lhe que ela estivera lá momentos atrás — e agora ela sabe como sua mãe descobriu sua planejada viagem aos Estados Unidos; ela havia falado sobre isso com o taxista, e ele deve ter telefonado e contado para a esposa, que então deu uma passada para dizer a Kaukab que a filha estava de partida, chamando-a ao portão. Os motoristas de táxi paquistaneses e indianos são conhecidos por espalhar as novidades por todos os cantos de Dasht-e-Tanhaii através dos seus rádios — quem foi visto quando, com quem e onde —, e ela sempre evita conversar com eles, deixando-os ouvir a sua música híndi ou sermões gravados de clérigos muçulmanos, mas naquele dia uma canção cuja letra foi feita para ser equivocadamente interpretada começou a tocar...

Choli ke pechay kya hai, choli ke pechay?
Chunri ke nechay kya hai, chunri ke nechay?
O que escondes por trás desta blusa?
O que fica encoberto sob este véu?

O desconcertado taxista desligou o rádio para iniciar uma conversação com Mah-Jabin, sem permitir que as perguntas do cantor fossem respondidas por outra cantora num gracioso dueto...

Choli me dil hai mera,
Chunri me dil hai mera :
Yeh dil main doon gi mere yar ko, pyar ko.
A blusa abriga meu coração,
O véu esconde meu coração:
O coração que dei ao meu amor, ao meu amado.

Ela pousa a concha na superfície da mesa e fica parada, recordando-se do quanto desejara quando criança pescar no mar que ouviu marulhar dentro das dobras e ondulações vermelhas petrificadas salpicadas de um arquipélago de pintas brancas, estonteada ao pensamento das criaturas fantásticas a serem encontradas nas profundezas abaixo das ondas que lá não estavam, nas enseadas que delimitavam o seu pálido prateado, mar ilusório que é o equivalente do céu na mão em concha cheia d'água.

Ela deixa o cômodo, a testa queimando pelos pensamentos em mente.

Do lado de fora, um estorninho macho leva no bico uma flor para decorar o ninho que construiu para a fêmea nalgum lugar, e no recinto vazio o mar e tudo o que ele contém chapinham e ecoam silenciosamente na voluta vermelha da concha.

Como nascer

CHARAG ENTRA NO LAGO, NU, E joga água sobre a cabeça, inclinando o pescoço para deixar o líquido alisar seus cabelos. A água atinge o couro cabeludo e começa a escorrer pelo rosto, entrando nos olhos onde as íris castanho-escuras são um arranjo de filamentos de camurça — como as lamelas de um cogumelo. Uma boa quantidade de luz da lua parecia estar alcançando a terra, mas sem iluminar o céu e a atmosfera intervenientes — como se a terra brilhasse por si mesma. Falta cerca de meia hora para o amanhecer, e na luz da pré-aurora o mundo parece recém-formado, mais tenro aos olhos, sublime como uma visão. Folhas bóiam em volta dele enquanto nada no lago, uma ou duas espiraladas nas pontas, como nas ilustrações botânicas, os carvalhos lobulados como peças de um quebra-cabeça de quadro recortado. Suas roupas jazem na margem entre as pedras enquanto ele se move através da água, que é uma pele que tenta conter a luz azul-escura que parece vir à superfície de algum lugar das profundezas abaixo, a cor da veia azul no pálido da parte interna do seu cotovelo.

Ele está indeciso quanto a visitar os pais. Dirigiu a noite toda para chegar em Dasht-e-Tanhaii, mas agora não sabe muito bem por que veio.

Ele era o filho mais velho e, ao longo de toda a infância, sempre esteve acompanhado pelo sentimento de que a melhoria da sua família repousava nos seus ombros. Nada jamais foi verbalizado, mas esta expectativa foi inalada por ele a cada respiração durante aqueles anos. Seus pais queriam voltar para o Paquistão: ele se tornaria médico e retornaria com eles — isso ele entendeu. Eles — todos eles — estariam livres da Inglaterra quando ele concluísse os estudos. A culpa da ociosidade o perturbava toda vez que ele fazia alguma coisa de que gostava, toda vez que pegava o seu bloco de desenho. Sua professora de arte veio à casa uma vez quando ele tinha 14 anos, para pedir aos pais que o deixassem prosseguir na matéria. Ela tinha arranjado lugar para três pinturas dele numa pequena galeria de arte em cima da biblioteca pública no centro da cidade, e a fotografia dele tinha aparecido no *The Afternoon*. As cartas da professora tinham sido ignoradas em casa —perniciosas tentativas dos brancos de desencaminhar o garoto, disse Kaukab, a tentativa de impedir os paquistaneses de progredir na vida, estimulando-os a jogar tempo fora em coisas infantis em vez de trabalhar para conquistar uma posição de influência. Quando a professora o veio visitar, Charag sentiu-se humilhado, gritando dentro da sua cabeça que ela fosse embora, perguntando-se se os pais não estariam imaginando que ele lhe pedira que viesse, que os havia traído de algum modo.

Ele tinha de se concentrar em ciências, despender seu tempo nos laboratórios onde os microscópios dormiam como falcões sob suas capas antipoeira. Os professores de ciências o aconselharam a simplificar os diagramas que acompanhavam os seus ensaios, preocupados de que a prática pudesse se tornar um hábito e assim ele perdesse um tempo precioso durante os exames. Mas os diagramas eram os únicos croquis que ele podia fazer em casa sem dissimulação e culpa.

Todos em casa tinham consciência do seu talento, é claro. Kaukab às vezes lhe trazia um sabonete perfumado para ele copiar a vinheta gravada no centro a fim de que ela pudesse bordá-la nas barras do seu *kameez* ou de Mah-Jabin. E ela lhe pedia que transpusesse as beiradas das toalhas de papel da cozinha para ela poder desenhá-las nas mãos com hena, reduzindo-as para os dedos, ampliando-as para as palmas da mão. Ela guardava os desenhos numa pasta que vivia no seu cesto de costura, e freqüentemente eles eram emprestados para outras mulheres da vizinhança. Toda vez que ela não conseguia encontrar o seu giz de alfaiate, pedia emprestado um dos lápis do rapaz.

Suas notas no segundo grau não eram altas o bastante para ele entrar na escola de medicina. Deixando de lado o sentimento de culpa, vergonha e fracasso, ele disse aos pais que não faria os exames novamente no ano seguinte a fim melhorar suas notas para a faculdade de medicina e que tampouco iria para a universidade naquele ano para estudar nos muitos outros campos científicos para os quais suas notas eram suficientes.

Estava planejando entrar para a faculdade de belas-artes.

Mas ele mudou de idéia quando, do escuro das escadas, ouviu sua mãe dar um tapa em Mah-Jabin, então com 13 anos, e dizer:

— Quem vai casar com você agora?

O ano em que ele voltou para repetir os exames do segundo grau foi um ano cercado de solidão por todos os lados. Todos os que ele conhecia tinham ido para a universidade. Ele se sentava só no ônibus a caminho da escola, que era um prédio baixo entre as colinas, feito de vidros cintilantes e desgosto, e tão ventoso quanto uma gaita de boca; nas salas de aula, ele se viu sem querer fazer contato com a nova fornada de alunos. Em casa, as coisas também mudaram: seu fracasso tinha sido um choque cruel para as esperanças dos pais, e uma nuvem de algo anestesiante pairou sobre seu irmão e sua irmã, que durante toda a vida haviam testemunhado o seu compromisso com os estudos — ao fracassar apesar de todo o seu duro esforço, ele os deixou com medo dos seus próprios livros e deveres escolares; o incidente abalara a confiança deles nas suas próprias capacidades.

Nos primeiros dias de outubro, começou uma dor nas suas costas e pernas, e o médico — depois de examinar seus reflexos puxando e roçando um pedaço de papel ao longo do seu corpo nu — conjecturou se ele gostaria de ser encaminhado a um psiquiatra, pois as severas dores não pareciam ter causa orgânica. Sua mãe disse que isso estava fora de questão: uma moça da vizinhança fora enviada a um psiquiatra pelo médico e em poucos meses rebelou-se contra os pais e saiu de casa.

Passaram-se os meses. Ele perdeu a dor nalgum ponto ao longo do caminho, trabalhando duro em seus estudos, porém mais uma vez não conseguiu as notas necessárias. Ele partiu para a Universidade em Londres para fazer bacharelado em química: ainda havia um último caminho aberto para a escola de medicina — se conseguisse ser bem-sucedido nos exames finais da graduação, poderia candidatar-se dali a três anos.

Durante o seu segundo ano em Londres, porém, tudo mudou: uma noite, bêbado, ele juntou coragem para falar com Stella.

— Eu nunca me engano sobre cores — foi uma das primeiras coisas que ele lhe disse.

— Você está usando lentes de contato? — gritou ele sobre a música. — Ninguém com essa cor de cabelo tem olhos tão azuis. Eu nunca me engano sobre cores.

Ela olhou para ele.

— Meus olhos são dessa cor naturalmente. E se meus cabelos estiverem pintados? — Eles lhe caíam sobre o ombro sob um grande chapéu preto cuja aba fora virada acima da face, presa à copa com uma rosa eriçada feita de fita dobrada, também preta.

As mãos dele estavam tremendo. Durante o ano em que ficara tentando melhorar suas notas, ele viu muitas moças e muitos rapazes paquistaneses e indianos — que estiveram esperando desde o começo da puberdade para sair de casa e arranjar amantes — fazer tentativas desesperadas, desajeitadas e bobas de encontrar um par, a liberdade tendo sido adiada por mais um insuportável ano. Mas ele manteve a sua distância e reserva. E à chegada em Londres, a tristeza foi de um tipo diferente: aqui não havia medo de ser descoberto ou de repercussões, mas ele era inibido pela incompetência e inexperiência, por um sentimento profundo de vergonha relativo a seu estado virginal.

— E então? — agora ela virara definitivamente as costas para o rapaz com quem estava falando antes quando ele se aproximou e — na privacidade que o incluía — fez um rápido gesto masturbatório masculino com o dedão e o indicador da mão esquerda curvados, para indicar o que pensava do rapaz. Evitado, o rapaz ficou atrás dele um instante e então se afastou miseravelmente.

A confiança dela o encheu de terror. Ela o rejeitaria e censuraria de modo semelhante ao encontrar a próxima pessoa? Seus lábios eram vermelhos e melosos como cerejas carameladas.

— Bem, rapaz, como sabe que meu cabelo não é pintado?

— Apenas não é. Eu saberia se fosse. Como disse, nunca me engano sobre cores.

Ela deu de ombros e sorriu:

— Ei, olhe, eu já vi você por aí no campus. E nos fins de semana você trabalha num bar do Soho, não é? Há semanas que eu queria falar com você.

— Meu nome é Charag.

— Eu sei. Sou Stella.

— Eu sei.

Eles se inclinaram muito perto um do outro para ser ouvidos, e assim podiam ouvir a respiração um do outro. Estavam no porão de uma casa de estudantes em Notting Hill, o espaço lotado de gente; gentilmente, ela pegou a mão dele e o levou para o canto da sala, as paredes com cápsulas e pílulas gigantescas de cores ácidas, rolando e pairando, mural brilhantemente incandescente a celebrar o fetiche do seu meio. Haveria a apresentação de uma banda — uns amigos do pessoal que estava dando a festa que tinham vindo da Escócia —, mas a festa dispersou quando a polícia chegou, chamada pelos vizinhos cuja extrema aversão pelos estudantes e os jovens eles próprios não conseguiam entender, pensando que suas bebedeiras e farras de muitos decibéis passavam tão despercebidas quanto as suas intensas tempestades internas de confusão. Charag e Stella se perderam na confusão que se derramou para a rua como um cupinzeiro desmantelado.

Ela veio ao Soho na sexta-feira seguinte, e novamente na noite seguinte, e pediu a seus amigos para irem embora sem ela, esperando o pessoal do bar terminar as tarefas de depois do fechamento. E pouco antes da aurora — quando os pontos vermelhos das cobertas da cama de Stella surgiram justapostos no vidro da janela como bagas penduradas na árvore do lado de fora — ele deixou o quarto para ir à sua casa, queimando de ansiedade e humilhação, chutando com raiva assassina as folhas secas de plátano que juncavam as trilhas.

Ele tinha observado o cigarro nas mãos dela: diminutos olhinhos cor-de-rosa se abrindo e fechando, respirando, onde o papel queimava e soltava no ar uma linha paralela mas distinta da coluna azul de fumaça que saía do tabaco vivo.

As ansiedades tinham sido tantas. A percepção que lhe transmitiram durante sua criação foi de que as diferenças entre os brancos e os paquistaneses eram grandes demais para que uma interação bem-sucedida pudesse acontecer; muitos casamentos acabavam. Na mesquita, o clérigo advertira os rapazes para se manter afastados dos "sacos de fezes" que eram essas mulheres brancas mundanas e esperar pelas huris do Paraíso. Ele disse que os rapazes deviam manusear os seus membros com lenços de papel quando urinassem, pois eram um apêndice repulsivo. E, é claro, que o intercurso era tão sujo que o corpo tinha de ser purificado em seguida pelo banho. Uma vez Charag ouviu uma das mulheres reunidas na cozinha azul dizer às outras que tinha tido de mentir ao ser confrontada pela inocência inquisitiva de seu jovem filho num dia em que ele se espantou de o cabelo dela estar molhado tão cedo de manhã:

— Eu disse que a irmãzinha dele tinha feito xixi na cama e que eu tive de me purificar tomando banho de madrugada para as orações do amanhecer. — Ele ouviu as mulheres rindo e apresentando variações do incidente enquanto permanecia nu da cintura para baixo em seu quarto, impedindo com um cotovelo que as revistas saltitantes e escorregadias caíssem da cama. O tinido da fivela do cinto tinha de ser silenciado com uma das mãos quando as calças eram puxadas para cima depois. Ele tinha arranjado e descartado e arranjado novamente esconderijos para revistas de mulher pelada durante a adolescência, as páginas riscadas por vincos ásperos onde foram dobradas para manter uma combinação de imagens favoritas diante dos olhos no momento do orgasmo. Ele as jogava fora nos momentos em que ficava repugnado consigo mesmo, cronometrando essa purificação com a visita dos lixeiros, para que as revistas não passassem dias fora da casa. Cada visita ao jornaleiro com o propósito de começar outra vez era uma derrota: ele era um fraco e corrupto.

No fim de semana seguinte, Stella resolveu tomar o assunto em suas próprias mãos e eles se tornaram amantes. Os lábios de Charag estavam rachados e secos do inverno e os dela muito bem cuidados e macios: a língua de Stella parecia uma mão passando pela seda à abertura de um bolso e roçando depois o tecido mais grosso.

A mão dele depositou uma impressão rubra no ventre dela quando a rede de vasos se retraiu a esconder-se do frio. Ele a apagou lambendo-a, persuadindo calidamente o sangue a retornar à superfície.

Os seus seios estavam aplanados por seu próprio peso, ela deitada sob ele, seus mamilos da cor dos seus lábios cor-de-rosa — os dele tinham o tom fulvo-escuro da cor dos seus próprios lábios.

Na ponta do pênis, o ponto dorido de luminescência estelar — que tinha de conservar-se e ser evocado periodicamente para manter a ereção, mas sobre que era mister não delongar-se, pois se expandiria e levaria ao clímax — estava aumentando.

A sua boca procurou a fruta oleosa. O gosto de Stella veio e foi numa maré salgada e ácida em sua boca, eloqüente como um clima.

Ao abandonar-se à sensação e abrir os olhos, ele se surpreendeu de encontrá-la lá.

E não pôde abraçá-la forte o bastante.

O cheiro das suas axilas estava no ombro dela — a flor depositando pólen na fronte do beija-flor.

Eles deflagraram os vestígios do orgasmo um do outro com dedos e línguas, áreas dos seus corpos coladas com suor, como a cola fraca que mantém juntos os gomos da laranja.

E durante todo o feriado de Natal — numa desconfiança da memória que à reunião se mostrou infundada e conseqüentemente intensificou os prazeres do reencontro — ele pensou que não se lembraria do rosto dela quando se encontrassem novamente. A casa em Dasht-e-Tanhaii estava silenciosa naquele inverno. Os pingentes de gelo pingavam lá fora como ablução. As noites traziam um arrepio do lago que se acrescentava ao frio e ficava o dia todo no ar, que não se movia. Mah-Jabin tinha-se casado poucos meses antes e ido para o Paquistão, e Ujala não tinha ninguém com quem brigar.

Ele não podia ter dado o número do seu telefone a Stella, e ansiava por falar com ela, tocá-la. Um hálito de temor imiscuíra-se na casa certa vez quando uma garota da escola telefonou para Charag sobre um trabalho escolar: ele mal saía de casa depois da escola, mas a mãe suspeitara de uma namorada por trás daquele *único* telefonema. Ela não sabia (e tampouco ele por um tempo ainda) o que significava ter uma namorada, que um relacionamento era repleto de sutilezas através das quais intimidade e compromisso eram exigidos e demonstrados, que você tem de encontrar-se regularmente, até diariamente, apresentar aos pais um do outro. Kaukab estendia o que sabia das mulheres paquistanesas — que eram saturadas de paciência e gratas de terem encontrado um homem, pouco importa o comportamento dele — e aplicava a todas as mulheres.

A lente de aumento através da qual ele era mantido sob vigilância o estava queimando.

O fecho da pulseira de Stela tinha feito uma feridinha no seu pênis: quando começou a sarar, a casquinha roçou o tecido da cueca e sussurrou o nome dela.

De volta a Londres no novo ano, ele acendeu fósforo após fósforo num cinzeiro ao falar-lhe sobre o seu desejo de pintar. Ela ouviu enquanto os palitos continuavam a queimar, cada chama sugando a espessura da madeira e ganhando corpo ela mesma; os palitos se apagavam e curvavam e continuavam brilhando na ponta, parecendo postes de luz. Ela estava usando a camisa do pijama dele; ele, as calças.

Ela disse que ele tinha de abandonar o curso de química imediatamente.

— Simples. Como fica leve o fardo de uma vida nas mãos de uma amante! Ela lhe disse o que tinha de fazer e fez planos para contingências, mostrando-lhe que ele estava várias jogadas longe do desastre — ele que sempre pensara que podia fazer um movimento errado e naufragar.

Depois da Páscoa, ele foi para casa mais e mais freqüentemente, desejando dizer aos pais que não era mais estudante, mas voltava a Londres sem ter tido a coragem de dizer-lhes. Ele ouviu Kaukab dizer a Shamas que o garoto estava provavelmente sendo ameaçado por tugues racistas na universidade e tem vindo para casa para fugir deles.

Ele lhes revelaria a verdade vários meses depois, no Natal, a casa cheirando, do modo como sempre cheirava no inverno, a amaciante de roupas e sabão em pó porque a roupa lavada do dia ficava secando na cozinha.

— Mas pintor não é um emprego seguro. Quando viemos para este país, nós vivemos em casas caindo aos pedaços e tivemos a esperança de que nossos filhos não tivessem de fazer o mesmo — disse Kaukab.

— Mãe, estou lutando porque sou jovem. Nada mais. — A pele do colo cedeu, um funil de rugas estreitando-se na direção dos seios — nada como a seda precisamente estendida de Stella. Esta prova da fragilidade e do abandono da mãe fez com que quisesse tranqüilizá-la. — Mãe, por favor, não se preocupe. Eu vou ficar bem.

— Ao menos Alá está sorrindo para mim no que diz respeito à minha filha. Seu marido a ama e ela está feliz. — Não havia uma hora do dia em que Kaukab não estivesse escrevendo uma carta para Mah-Jabin, em aerogramas azuis ou folhas soltas em gordos envelopes ostentando selos no canto esquerdo — Kaukab sempre esquecia que os selos deviam ser postos no canto direito. As cartas de Mah-Jabin eram felizes, quando não maravilhadas.

Mesmo estando a milhares de quilômetros de distância, Mah-Jabin estava mais próxima de Kaukab do que Charag, que estava apenas a uma viagem de trem de distância. Ela era capaz de imaginar a vida de Mah-Jabin, contra um pano de fundo que ela conhecia perfeitamente; a vida de Charag, por sua vez, estava além da sua imaginação — ele estava perdido para ela.

Stella permaneceu um segredo para todos em casa até Jugnu vir a Londres para visitá-lo num momento em que ele estava na faculdade de belas-artes. Charag não lhe tinha querido contar porque sabia que Kaukab não perdoaria Jugnu se jamais descobrisse que ele sabia do "pecado" de Charag e nada lhe dissera. Ele tinha certeza de que seu pai tampouco teria qualquer problema com aquilo, mas não podia fazer-lhe a confidência em virtude do mesmo temor.

O céu está tão azul que desperta o sentido do tato. Logo estará azul e dourado. Ele circunda uma dessas ilhas cobertas de junco que derivam na superfície do lago e então descobre que tinha nadado direto em cima de um outro nadador, também nu, com uma pequena folha colada ao mamilo esquerdo, os cabelos flutuando na água encaracolados e parecendo pesados como algas. Seus seios são sustentados altos na água, como se mãos invisíveis os apoiassem.

— Meu Alá — sussurra a mulher, e ele pode ver que seu púbis está totalmente raspado, como deve fazer a mulher muçulmana. Ela não pode nadar e ao mesmo tempo esconder seus seios, e então se confunde, faz bulha e afunda, o pé roçando de leve o pênis dele, onde há um traço água-marinha de quando ele teve de urinar ontem enquanto pintava. Ao tentar ajudá-la, ele perde o ritmo das suas próprias braçadas e então é ele quem vai a pique, em meio ao lodo e à folhagem apodrecida, os dedos enlaçados nas longas tranças da moça. Toda bolhas e pele cor de oliva, ela consegue libertar-se e nada afastando-se enquanto ele vem à superfície e expele a água da traquéia e do nariz, piscando para tirar partículas dos olhos. Ele flutua na água enquanto a observa chegar na margem a distância: ela se levanta e vira para olhar na direção dele, uma bainha de líquido pendendo dos seus braços e quadris em longos amentos, gotejando brilhantemente da ponta dos seios.

Ele espera para que ela tenha corrido para refugiar-se nas árvores antes de começar a sua própria jornada até a margem. Passando por um caminho com mais margaridas do que chão, ele começa a vestir-se. Não pode vê-la em parte alguma. Ele treme. No carro estacionado perto de um poste de luz próximo, ele pega uma cesta de laranjas, seu bloco de desenho e uma dúzia de bastões de pastel presos em maço por um velho relógio de pulso, como uma bomba relógio de história em quadrinhos, e retorna ao lago, sentando-se num pedaço de madeira encalhado que é pesado para seu tamanho, como uma lagosta para o seu. Ele desenha a bruma. À luz do amanhecer, o papel é de um azul suavemente luminoso, e logo as suas mãos estão cobertas de poeira de pastel, e também há poeira no chão, onde seus sopros a levaram, varridas além da borda do papel; os leques de pó colorido no chão são como seu sopro petrificado e preservado. Branco, e cinza, verde como a roupa de um cirurgião, e o vermelho calcário de uma quadra de tênis de saibro quebradiço de uma escola.

Consumidas em sucessão, observa ele, cada laranja nova tem um sabor sutil próprio, diferente da última. Pondo de lado os bastões de pastel e os desenhos, ele fecha os olhos, sentindo que todas as estrelas foram peneiradas da sua corrente sangüínea agora.

Ele sabe que a sua arte anda sem inspiração ultimamente, precisando de novos rumos. É a coisa em que investiu mais apaixonadamente, e ele sabe que sua insatisfação com isso pode levar à mais profunda crise da sua vida adulta.

— Perdoe-me, mas não quis chocá-lo — a voz vinha de trás.

Ele se vira e a encontra de pé a poucos metros, completamente vestida, um véu diáfano cobrindo seus cabelos e ombros molhados. Ela o estaria olhando? Ele pensou que a moça havia fugido para algum lugar perto.

— Tudo bem com você? — pergunta ele. — Eu estava envolvido demais com meus próprios pensamentos para ouvir mais alguém na água.

— Eu também.

As pequenas margaridas crescendo na picada abaixo dos pés dela pareciam uma extensão de estrelas vivas — a senda de terra estreita entre gramas altas que leva à entrada da livraria urdu de propriedade de um amigo do seu pai.

Ela espanta um inseto, piscando aqueles olhos sossegados.

Trazer um carro para este lugar no auge do verão seria fazer mariposas Ciganas sair dos pinheiros e botar ovos nos pneus.

Ele não sabe ao certo o que fazer ou dizer — ela está apenas parada olhando para ele —, e por isso ele começa a recolher suas coisas.

— Meu nome é Suraya — diz ela, e hesitantemente dá um passo na direção dele. — Não achou a água muito gelada?

Ele balançou a cabeça. Na verdade, nunca soube como agir na companhia de uma mulher asiática: ele sempre achou — resultado da sua educação — que reserva e indiferença fossem a melhor maneira de se comportar em relação a elas.

Ela tem talvez quase 40 anos, é extremamente bonita aos seus olhos, de aparência italiana... espanhola, latino-americana. Ela diz:

— Eu vinha nadar no lago quando era criança e não consegui resistir a entrar há mais ou menos uma hora, certa de que ninguém ia me ver. Voltei do Paquistão no começo do ano e desde então estava esperando a água esquentar. Minha paciência finalmente se esgotou.

Ele se levanta, segurando as suas coisas com força.

— O que você foi fazer no Paquistão?

Mas ela diz:

— Do lago, eu senti uma falta danada, e da floresta do outro lado, na primavera, cheia de campânulas; eu senti muita saudade dos dois no Paquistão. — Ela aponta para os desenhos que ele está segurando: — Posso vê-los? — E enquanto olhava para eles, de pé ao seu lado, suas roupas quase se tocando, ela diz calmamente: — Eu era casada no Paquistão. Tenho um filho pequeno lá. Mas no ano passado meu marido ficou bêbado uma noite e se divorciou de mim. — Ela está olhando as páginas concentrada, evitando o olhar dele, sem querer ver a expressão em seu rosto. — Ele está arrependido e nós dois queremos que as coisas sejam como antes, mas segundo a lei islâmica eu não posso me casar com ele novamente antes de me casar com outra pessoa primeiro. O novo marido teria que divorciar-se de mim logo após o casamento e, então, eu estaria livre para casar com o pai do meu filho novamente. — Ela está olhando fixo para um determinado ponto da página em suas mãos. — Você é muçulmano, por acaso? Como é o seu nome?

Charag dá um passo, afastando-se dela.

— Eu sinto muita saudade deles. — Ela continua sem olhar para ele. — Você é casado? — Há um desinteresse forjado na sua voz.

— Perdoe-me, mas tenho de ir — diz Charag, e estende a mão para pegar seus desenhos. Mas ela não se move. A gola da túnica dela é bordada como a da jovem cigana na primeira versão de *A quiromante* de Caravaggio, a mão apontando para o cinturão de Vênus na palma da mão da distraída vítima ao mesmo tempo em que retira suavemente o anel de ouro de seu dedo, tendo seduzido o inocente rapaz com sua beleza. Ladra sutil.

— Se ao menos eu pudesse encontrar alguém que servisse. Eu me encontro com a casamenteira regularmente, mas até agora não consegui nada. Como disse, é só para um arranjo temporário. E, é claro, nós não precisaríamos ser de idades compatíveis. O Profeta, que a paz esteja com ele, tinha 19 anos quando se casou com uma mulher de 40.

"E tinha seus 60 anos quando consumou seu casamento com uma garota de nove", pensa Charag.

Ela lhe pergunta:

— Que idade você tem?

— Trinta e dois. — Mas a voz não saiu. Ele está pasmo, o encontro sendo algo além de qualquer coisa que pudesse ter imaginado para si — ou para qualquer outra pessoa, no tocante ao assunto. Ela segura o caderno de desenhos delicadamente. Entrega-o, mas não antes de uma lágrima do tamanho de uma semente de pêra lhe escorrer pela face e cair audivelmente sobre o papel.

É o primeiro som que se ouve ao chegar neste mundo: mulheres — chorando, falando amorosamente, tranqüilizando, fora de controle, atacando, gritando de dor, de prazer, rindo, soluçando. Charag às vezes pensa que vir a esta velha vizinhança de Dasht-e-Tanhaii, a essas ruas e vielas asiáticas da sua infância, é como entrar numa grande sala de partos, cheia de vozes de mulheres expressando todo um espectro de emoções. É como nascer.

Ele não sabe o que fazer com a lágrima que jaz no papel. Deve limpá-la com as costas da mão ou sacudi-la, mas isto não iria magoá-la desnecessariamente, ser uma rejeição demasiado explícita da sua proposta?

Ele a observa ser absorvida pelo papel.

— Você tem muito talento. — Ela olha para ele finalmente e abre um amplo sorriso, seus olhos molhados e vermelhos. E ela decide fazer um último esforço: — Gostaria de ver outros trabalhos seus. Onde você mora?

Ele é tomado por um constrangimento tão agudo que parece ser de origem orgânica — uma dor, quase, advinda das suas próprias carnes e membranas. É claro, o que está acontecendo não pode exatamente ser chamado de sedução, mas ele reconhece no desespero dela algo da sua própria ansiedade e amadorismo anteriores no tocante a contatos com o sexo oposto. A cultura que ela compartilha com ele é baseada em segregação, e na negação e desprezo do corpo humano, e com toda probabilidade esta é a primeiríssima vez que ela faz "uma proposta" a alguém.

E, justo quando ele está se retirando, ela se resigna:

— Você é um artista — diz ela. — Diga-me, pode pintar isto?

Ele sabe que por "isto" entenda-se a humilhação que ela acaba de sofrer, a falta de jeito desalentada a que suas circunstâncias a reduziram, e a saudade que deve sentir do seu filho e do seu marido.

— Pode? — A dor dela olha fixo dos seus olhos.

— Não sei — ele diz baixinho. — Posso tentar.

Ela concorda com a cabeça, enxuga os olhos com o véu e lentamente se afasta andando.

Ele vai até o carro e fica sentado lá por alguns minutos.

Logo os raios de sol entrarão pela janela e inflarão a percepção em todas as casas de Dasht-e-Tanhaii, as lagartas subindo nas garrafas de leite nas soleiras das portas para beber orvalho nas tampas de folha metálica. Ele vai ficar aqui, olhando o sol sobre o lago um instante, e então vai para o centro da cidade para o café-da-manhã — antes de começar a viagem de volta para Londres.

As muitas cores do leite

Em seu caminho de volta do centro da cidade para buscar os jornais do sábado bem pouco depois do nascer do dia, Shamas vê incontáveis fios soltos de teias de aranha brilhando à margem do rio, pendendo de juncos altos como amantes de mãos dadas. Eles cintilam e os olhos querem retornar a eles como a versos favoritos de um livro de poemas. Um enxame de insetos cinza gira no ar, perseverando numa formação em funil quase como se acreditassem que estivessem presos. Ele está atravessando a ponte, e o rio — lá embaixo — parece beber a luz do sol, sugando a sua quentura. A grama é tão rica que rangeria sob os pés. Foi lá que os dois amantes estavam procurando o lugar onde o coração humano foi encontrado: Kaukab diz que a mãe da moça está convencida de que ela está possuída por *djinns* — por isso não aceitará o seu novo marido. Shamas foi cuidadoso de não dizer nada a Kaukab sobre o seu encontro casual com a moça e o rapaz hindu — os encontros amorosos secretos deles devem permanecer em segredo.

O rio é uma corrente recente em comparação com os rios do subcontinente indiano. O Indo, a sua margem distante casada com o horizonte, é uma extensão oceânica de água que lembra milhares de anos de história. E o rio da sua infância — o Chenab — podia subir de nível vários metros durante a monção.

Ele construiu um pequeno barco para si no começo da adolescência, batizando-o de *Safeena*, que significa tanto barco como — num uso antigo — caderno de apontamentos; e sairia com ele para ficar sentado nas tifáceas, no junco *narkal* e no capim *virgatum* das regiões mais rasas do Chenab, lendo, o ruído das aves aquáticas migratórias vindo até ele do outro lado da cortina verde, se fosse inverno, as revoadas chegando do Himalaia no começo de outubro em precisas formações em V.

As borboletas daquele ano logo começariam a eclodir — uma estação palpitante de vida, a atmosfera sobre o rio levemente fragrante, como uma roupa que ainda carrega o odor do proprietário ausente. E então um pedaço de pano vermelho com resplendor de seda, exalando um pronunciado aroma de madressilva, como se houvesse sido usado para esfregar o perfume entornado de um frasco, flutua cruzando-lhe o campo de visão, prestes a cair na água. Instintivamente, ele estende o braço em sua direção antes que desapareça, mas, ao curvar-se sobre o muro baixo para alcançá-lo, os jornais lhe escapam da mão e caem na água abaixo, mudando instantaneamente de cor quando a água satura o papel. Subitamente, ele está mais leve, seus músculos aliviados, os dedos sem segurar nada, salvo aquele lenço que tem losangos de azul-borboleta ao longo das bordas crenuladas. Ele olha em volta. O sol sorri nos braceletes de vidro de uma jovem, e ela olha para ele a poucos metros de distância. Ele lhe estende o lenço.

— Obrigada — sussurra ela baixinho. — Sinto muito por seus jornais. — E imediatamente dá a volta e começa a afastar-se, torcendo o lenço recuperado e usando como uma fita para prender seus cabelos num frouxo rabo-de-cavalo à base da nuca, sua pele daquele castanho-claro enferrujado que as flores brancas de jasmim adquirem no final do dia.

As boas maneiras dizem que ele não deveria tentar retê-la, mas ele se ouve dizer incontidamente:

— É uma bela manhã.

Ela pára — sem dúvida tão hesitante diante da ousadia dele quanto ele próprio — e, fazendo a volta após um átimo para encará-lo, concorda com a cabeça, que é uma massa de cachos, uns poucos dos quais já escapam do lenço e lhe caem sobre os ombros. Pequena, de ossatura delicada, ela tem talvez uns quase 40 anos e está usando um *shalwar-kameez* prímula com uma larga peça de *chiffon* transparente drapeada no corpo para servir como véu, quando necessário. Sua expressão carrega uma marca de consternação, e ela olha em volta, talvez para assegurar-se de que o encontro está sendo observado por alguém e que ela não está sozinha demais com ele, ou quem sabe para garantir que eles *não* estão sendo observados.

Sentindo-se envergonhado por ter lhe dado motivos de preocupação, e irresponsável por não ter em mente os riscos para a honra da mulher antes de dirigir-se a ela, ele ergue a mão a meio caminho da testa para despedir-se dela à maneira cortês muçulmana subcontinental e gira rápido para retornar à cidade e pegar de novo os jornais.

— Eu estava a caminho do lago. Há lá uma loja urdu e eu queria saber os horários de abertura — ele a ouve dizer. O rosto dela o aguarda com uma polida sugestão de sorriso quando ele pára e se vira, rosto que há apenas alguns segundos se mostrara torturado por dúvidas e obscuras considerações. Ela toma a ponta do véu e cobre a cabeça com um gesto de infinita graça, manuseando suavemente o tecido — uma dessas ações que revela a atitude tácita da pessoa para com as coisas; o fino material matizado de sol pousa sobre seus cabelos numa onda lenta e belamente amarela. — Acho que a livraria se chama *Safeena*. Se não me engano, é uma palavra poética antiga urdo para "barco" e também para "caderno de apontamentos".

Como um fósforo aceso dentro do seu crânio, despejando faíscas, o torpor extático dos verões adolescentes vêm a ele numa breve e tépida iluminação, e ele experimenta uma vibração muito próxima da felicidade.

— Esse era o nome do meu barco a remo na infância às margens do Chenab. E a livraria, de propriedade de um amigo, foi batizada por mim em homenagem a meu barco.

A ponte entre eles é feita de vidro, porque ele dá um passo bem cuidadoso na direção dela.

Ela o está estudando, como se pensasse profundamente. "Meu nome é Suraya." Ela sorri, mais abertamente do que tinha sorrido da primeira vez, e uma pinta castanho-abricó muito clara (se fosse cercada por outras parecidas, seria chamada sarda — de *tão* clara) ao lado da boca é puxada para uma dobra da pele, desaparecendo num vinco do sorriso.

— Aos sábados e domingos, a livraria fica aberta de tarde, se você quiser visitar — disse ele. Ele está preocupado com a segurança dela: ela não deveria ser vista falando com um estranho. Um homem paquistanês invadiu a trilha e atropelou sua cunhada — repetidas vezes, em plena luz do dia — só porque suspeitava que ela estivesse traindo o seu irmão. "Meu único temor é que matando você eu possa estar poluindo os mortos, assim como a sua vida polui os vivos." Isto aconteceu aqui na Inglaterra e, segundo as estatísticas, só numa província paquistanesa uma mulher é morta a cada 38 horas só porque sua virtude é questionada. Ele devia retirar-se; e ele se curva ligeiramente à cintura para ela: — Agora, se a senhora me perdoar, eu devo me retirar.

Tocando em seu lenço, ela diz:

— Eu lhe agradeço por ele. Bem que eu corri atrás. O vento tirava sempre do meu alcance; mas Alá colocou o senhor no meu caminho para me ajudar. Quase que eu peguei uma vez, mas ele saiu voando, rápido como um pensamento. E sinto muito por seus jornais.

— Vou até a cidade novamente, pegar mais. — Ele se recrimina por pensar vaidosamente que ela o está atrasando de propósito, que quer a companhia dele. Contudo, ela *está* olhando para ele intensamente, e, como ele não sabe o que dizer, fica ali parado em silêncio. Os olhos dela lhe percorrem o corpo como se procurassem uma fenda para inserir a moeda e fazê-lo funcionar. Subitamente constrangido, ele levanta a mão e toca seus cabelos, para ver se a brisa não os desgrenhou demais. Com o coração agitado, ele se vira e vai embora, sentindo-se repentinamente muito velho, exausto, deixando para trás o ouro pálido do rio inglês, a continuidade resplandecente do rio, e os incontáveis fios soltos de teias de aranha que estão brilhando nos juncos altos, pendentes em curvas brilhantes. Foi lá que a mãe de Chanda se aproximara dele poucas semanas antes para dizer que Jugnu tinha sido visto em Lahore; ele balança a cabeça e franze o cenho para afastar a memória. Diante dele, colunas florescentes de castanheiros-da-índia, às vezes chamados de castanheiros cavalos, se estendem de cada lado da estrada que sobe a colina; o centro da cidade situa-se no topo. As sombras fuscas dos castanheiros-da-índia estão penteadas obliquamente na estrada, uma borboleta branca transformando-se aqui e ali, ao voar através delas, numa iridescência rosa-azulada.

No centro da cidade há cavalos de pedra. Leões guardam a entrada da biblioteca. Um veado de granito olha para baixo do alto da fachada da estação de trem.

A luz elétrica na loja do jornaleiro parece uma continuação do sol tíbio que brilha do lado de fora. Ele explica rapidamente que perdeu os jornais para o rio e pede outra fornada. Como sempre, não quer saber de nenhuma conversa, pois isso pode levar a falar dos amantes assassinados. Eles se transformaram numa maldita mancha de Rorschach: pessoas diferentes vêem coisas diferentes no que aconteceu.

Então ele sai o mais rápido possível, dizendo não mais que uma ou duas frases entre a chegada e a partida, encontrando satisfação esses dias somente na ausência de palavras.

Ao dar a volta para partir, ele tem consciência de que seus olhos, como sempre, se levantam ligeiramente mais do que o necessário, para dar uma rápida espiadela nas revistas na prateleira de cima.

Com os jornais debaixo do braço, ele começa a jornada para casa, demorando-se diante da loja de flores — chamada *La Primavera* — para olhar os capítulos australianos e ramos de eucaliptos como moedas arremessadas; os lírios grande-abertos com pétalas de espessa carnadura; as rosas rosa-Germolene;[4] as gardênias; cravos vermelhos como ferida de bala, de uma exuberância dorida; as pequenas flores com pétalas do tamanho das unhas do seu neto; girassóis que pareciam em chamas; a ponta de um árum espremido contra a vidraça como uma criatura marinha mole num aquário; folhas de todas as formas, cada uma tão diferente em seu contorno serrilhado quanto são os dentes de chaves diferentes. Há rosas na vitrine da mesma cor da roupa de Suraya, observa ele com seus botões ao passar...

Ele ergue a mão para saudar um bombeiro hidráulico de Calcutá cuja caminhonete traz a inscrição: "Você já experimentou o caubói; está na hora de experimentar o índio", o coração cheio de ansiedade, temeroso de que o homem pare o veículo para conversar.

A brisa toca o seu rosto como uma pluma.

Instáveis como uma nuvem, uma revoada baixa de pombos mantém-se por perto, as asas brancas adquirindo matizes variados das cores refletidas dos exteriores das lojas e, enquanto ele observa, os pássaros em vôo formam o rosto de Chanda e de Jugnu no ar por apenas um instante — duas imagens ondulantes, como páginas em águas correntes. Os amantes estão em toda parte, de tocaia.

Ele não tem nenhuma certeza sobre o pai de Chanda, mas está certo de que a mãe não sabe nada sobre o que aconteceu com a filha e com Jugnu. Segundo as estatísticas do ministério do Interior, 116 homens foram condenados por assassinato no último ano, contra somente 11 mulheres. As mulheres geralmente estão na ponta receptora.

Poucos dias depois de o casal desaparecer, o pai da garota fez uma visita a Shamas para dizer que estava a par dos rumores que implicam a família dele no desaparecimento de Jugnu. Ele se sentou na cozinha azul, bebendo um chá que Kaukab havia feito, e insistiu que nem ele nem sua esposa e filhos sabiam o que quer que seja sobre o que tinha acontecido com Jugnu. Foi estranho. O fato de o destino de Chanda também restar inexplicado não parecia sequer passar pela cabeça do homem — ou, se passasse, não parecia preocupá-lo, e ele não via por que preocupar os outros. O único crime de que ele, sua esposa e seus filhos podiam ser acusados era o possível contra Jugnu; a moça — a filha daqueles pais, a irmã daqueles irmãos — pertencia a ele, a eles, para fazerem o que bem entendessem. Será mesmo? Esperaria ele, esperariam eles o perdão se Jugnu fosse encontrado amanhã, ileso, mas a moça continuasse desaparecida?

Então, ele se sentiu envergonhado por ter esses pensamentos: ele sabe que é uma questão das mais delicadas para um pai do subcontinente — na verdade, para a maioria dos pais neste planeta imperfeito e agrilhoado — que a filha esteja vivendo com alguém fora do laço do matrimônio. É possível que o pai de Chanda não conseguisse obrigar-se a mencionar o nome da filha por causa da vergonha que sentia, sem desejo de ver a moça unida a Jugnu na sua própria fala, sem ter força para vê-los juntos sequer na linguagem.

Então Shamas imagina os dois nomes fundidos e entrelaçados um no outro:

C***J***h***u***a***g***n***n***d***u***a

Apesar de compreender seu desconforto, há momentos, não obstante, em que Shamas imagina o pai de Chanda impedindo fisicamente a esposa de revelar algum indício importante. Ele imagina violência. "Fique de boca calada! Essa mulher é uma completa *haramzadi*! A *kanjri* da mulher não disse nada quando era hora de falar e educar devidamente a *badmash kutia* da sua filha, e agora não consegue segurar a língua!" É uma possibilidade, por mais que grotesca; acontece em milhares de lares em todo o mundo, todos os dias, da aldeia à metrópole. Não tinha ele dado um tapa em Kaukab um dia naquele tempo? Ele rasgara a blusa dela com ambas as mãos e a arrastara através do cômodo com todas as suas forças, um dos seios da mulher exposto e sangrando por causa das suas unhas.

Aconteceu em 1974, o ano em que o caçula, Ujala, nasceu. Kaukab voltou para casa da enfermaria da maternidade num dia brilhante de abril, o sol aplicando uma nova camada de tinta metálica na rua. As outras duas crianças — os dedos das mãos grudentos de balas e os dos pés cobertos de sujeira na ausência da mãe — examinaram o bebê e declararam que parecia uma tartaruga porque o meio do lábio superior era pontudo, que tinha cor de tangerina e que seus punhos sempre fechados faziam pensar que estava segurando moedas com toda força.

Em horas a casa estava pesada com o cheiro intimamente abundante de recém-nascido que mãe e filho exalavam — como o calor retido pela trilha muito depois de o sol ter se posto. Ujala nascera em meados de abril, apenas poucos dias antes do mês muçulmano do Ramadã começar. Dezenas de pessoas vieram ver o bebê porque se espalhou imediatamente a notícia de que era uma criança abençoada, destinada a ser um muçulmano especialmente devoto: um desses raros garotos que nasceu sem prepúcio, os muçulmanos acreditando que essas crianças teriam sido marcadas por Alá para uma existência exemplarmente virtuosa no mundo.

Para Shamas, essas visitas e os visitantes eram uma dor-de-cabeça. Kaukab, por outro lado, sentia-se vários andares nas alturas depois do nascimento de Ujala.

— Quem além da filha de um clérigo teria sido abençoada com uma coisa assim! — disse uma visitante, a casamenteira, em tom de admiração e reverência. — Conheci um menino em Peshawar que nasceu assim. Lembro-me da canção de ninar que a mãe costumava cantar para ele: "Oh, amamenta com o mais branco e doce dos leites: desmama-o o mais rápido possível, pois os negros corações dos infiéis serão a sua carne." O menino sabia o Alcorão inteiro de cor aos 3 anos de idade e dava aula de árabe para os *djinns* aos 5. Um sem-número de *djinns* devassos se converteram ao islamismo por intermédio dele.

Mas os anjos, ao que parece, esqueceram-se do bebê após o seu nascimento, pois a saúde dele começou a se deteriorar depois de cerca de uma semana: ele ficou cada vez mais insensível a ruídos e outros estímulos e parecia ter uma deficiência de força, tanto que por fim até o ato de chorar parecia prostrá-lo. Com o passar dos dias, ele perdeu peso apesar da amamentação regular, e as infecções secundárias que ele desenvolveu começaram a dar aos médicos algum motivo de preocupação, apesar dos remédios prescritos. Uma tarde, depois de ele ter mamado, Kaukab o trouxe para ficar perto de Shamas, que se inclinou sobre o pequeno amontoado macio e acariciou-lhe a cabeça, a lanugem curtinha como uma espécie de musgo ao toque. O dedo mínimo de Shamas pairou perto dos lábios do bebê e, quando a pequenina boca se abriu para tomar a ponta do dedo e começou a sugar com força, tudo de repente se esclareceu. Suas pernas tremiam quando ele foi para o cômodo ao lado, a cozinha. Ela estava preparando o almoço das crianças, um vapor tênue saindo da frigideira como a bruma da manhã de uma lagoa.

— Ele ainda está com fome, Kaukab.

— Que estranho. Acabei de alimentá-lo.

— Talvez devesse alimentar outra vez. Ele chupou o meu dedo: você devia ter visto como ele reagiu quando o dedo se aproximou de sua boca. Ele ficou eletrizado.

— Estou vazia e em carne viva. Acabei de lhe dar de mamar.

— Você se lembrou de dar o remédio dele? — Por um momento, ele pensou que ia desmaiar.

— Claro que sim.

Ele estava fechando e abrindo os punhos, as palmas geladas.

— Só pensei que você podia ter esquecido: afinal, você está jejuando, e as pessoas ficam esquecidas quando estão jejuando. Ou está fazendo o bebê jejuar também? Não está dando nada a ele — leite, água ou remédio — do anoitecer até de manhã?

— Não entendo o que está querendo dizer. E não grite, por favor.

— O que estou querendo dizer é que acho que você está fazendo o bebê, o seu bebê *santo*!, observar o Ramadã. Você tem feito ele passar fome durante o dia.

— E se fosse verdade, o que não é o caso, é porque *ele mesmo* insiste nisso. Ele se recusa a deixar qualquer coisa passar pelos seus lábios durante as horas claras do dia. Eu não menosprezo minhas crenças: ele *é* uma criança arrebatada. Você tem de falar como um herege dentro desta casa? A culpa é de meu pai-*ji*, por ter me casado com um comunista.

— Tire a cabeça das nuvens e vá lhe dar de mamar imediatamente. — Ele estava tentando falar calmamente porque pôde perceber que os outros dois filhos — Charag, de 9 anos, e Mah-Jabin, de 4 — estavam na escada perto da cozinha. Poucos momentos atrás, uma bala listrada de verde e amarelo do tamanho de um ovo de pardal — tendo escapado da mão de uma das crianças — rolou e foi parar ao pé da escada, alertando-o da presença dela. Deviam estar lá há tempos, prestando atenção na conversa, e agora ele podia ouvir os pequenos movimentos que elas estavam fazendo.

— Não, não vou. O leite é meu. Ele e eu vamos quebrar nosso jejum ao pôr-do-sol. É só uma questão de mudança de rotina: eu lhe dou tudo de que ele necessita durante a noite.

— Alguém roubou seus ouvidos? Eu disse vá, agora. — O mundo tornara-se duro, e as cores ásperas a seu olhos.

— Não. Eu acabei de lhe dar de mamar; não sobrou nada.

— Mostre. — Eles se encararam fixamente até nenhum dos dois saber quem era o outro. Agarrando a gola do *kameez*, ele o abriu e rasgou com ambas as mãos para revelar um sutiã todo molhado, que ele puxou aqui e ali até uma das taças rebentar e derramar sua carga como pesos numa eslinga. Ela havia resistido, e ele a arrastara pelo chão, seu seio exposto sangrando por causa da unha dele. No cômodo ao lado, ele pegou o bebê em seu cobertor branco e o colocou no colo dela onde estava sentada, no chão, o leite minando em contas azuladas no bico cor de chocolate do mamilo. Inerte e aparentemente insensível, ela não se moveu para colocar o bebê em contato com o seio e ele lhe deu uma tapa no rosto:

— Alimente-o, sua *haramzadi*!

O vapor tênue que estava saindo da frigideira na cozinha tornara-se fumaça preta quando a comida abandonada começou a queimar, os rolos negros sufocando a casa. Ele foi até lá e desligou o gás. Um cheiro acre substituíra o perfume de limão e roseira-brava que os gerânios na cozinha haviam liberado quando os dois tropeçaram um contra o outro em sua luta. Ao desligar o gás, ele ficou espantado de vê-la entrar na cozinha, os olhos arregalados do tamanho de folhas de roseira, o bebê berrando no outro cômodo. Sua descrença e seu desespero tornaram-se mais plenos, deixando o seu próprio organismo fora de controle. Ele era ele mesmo, mas cada vez menos a cada momento que passava. Com um solavanco ela libertou seu punho da mão dele quando ele a agarrou para levá-la de volta. Como se estivesse andando numa tempestade uivante, ela cambaleou até a pia e lavou as mãos:

Ela estivera cortando pimenta e não queria pegar em seu bebê com aquelas mãos.

Com mãos idôneas, ela pegou o bebê e o amamentou, privando-o de seu jejum, estremecendo à dor que dar de mamar sempre lhe causara.

Eles ficaram sem se falar por seis ou sete meses. Um dia, ele decidiu que devia falar com ela: ela ouviu seu pedido de desculpas, ouviu quando ele sugeriu que um pedido de desculpas dela também era de bom-tom — e depois, para significar que não lhe tinha perdoado e que não tinha nenhuma intenção de pedir perdão, ela queimou o vestido de casamento sobre o qual bordara os versos dele anos atrás.

Ele saiu de casa em uma semana, tendo alugado um quartinho a dois ônibus de distância, do outro lado da cidade. Todo mês ele enviava a maior parte do salário para casa pela caixa postal. Um ano se passou e, depois, dois; dois e meio. Ele vivia em condições miseráveis e havia dias em que não falava com ninguém. Seu mundo era tão reduzido que uma meia casca de ovo teria servido como céu.

Ele só se encontrou com ela e com as crianças um punhado de vezes, seja por acaso ou muito relutantemente. Quando ele a viu subindo a escada um dia, trancou a porta por dentro e fingiu não estar: ela bateu pedindo para entrar, sabendo da presença dele, e finalmente foi forçada a dizer em voz alta através das lágrimas que tinha vindo trazer-lhe a notícia da morte de sua mãe em Sohni Dharti.

Embora os dois chorassem nos braços um do outro por mais de uma hora, e embora ele a tenha enviado de volta com a garantia de que retornaria a casa para estar com ela e as crianças antes de a semana acabar, meses depois ainda não estava. Um dia, no março enterrado na neve de 1978, ele veio para lhe entregar o salário na peixaria onde há pouco ela havia começado a trabalhar; ele se assegurara de que não fosse numa hora em que ela estivesse lá — os outros funcionários da loja lhe entregariam o dinheiro. Não havia ninguém no balcão e ele se sentou para esperar no quentinho. Do lado de fora, o dia estava tão branco quanto uma página nova, e havia longas lanças pingentes de gelo. E, como cochilasse entre o sonho e a consciência, a loja transformou-se num caleidoscópio cheio de fragmentos brilhantes pretos e azul-cobalto cujos reflexos produziam padrões cambiantes por sobre tudo, incluindo ele mesmo.

Os caramujos tinham escapado dos seus tanques.

Perambulavam, pois havia neles uma urgência: no litoral a centenas de quilômetros dali, a maré tinha subido, e coisas de todas as espécies estavam emergindo da areia para se alimentar do que o mar havia trazido. As criaturas em suas pequenas conchas na peixaria ainda não estavam longe da praia há tempo bastante para que seus ritmos internos se ajustassem, e então começaram a explorar, tendo repousado imóveis até agora, como teriam feito na praia — retirando-se no subsolo e selando as entradas das tocas, como a manter os narizes fechados ao mau cheiro da maré baixa.

A outra vida do planeta penetrara na dimensão da que era vivida pelos seres humanos, aquela vida incomensuravelmente vasta para a qual os seres humanos eram principalmente uma irrelevância.

Shamas observou o azul de céu noturno das criaturas que o cercavam. A maré subira muito longe, mas o mar inundara o interior aqui. Ele deixou as belas criaturas lápis-lazúlis sair do tanque e fazer seu caminho magnetizado paredes acima, explorar as vidraças como os olhos de uma criança perdendo a concentração e começando a vagar pela página do livro escolar, pintar trilhas úmidas na folhagem das plantas como uma língua na pele da amante e escalar as mesas para lentas viagens.

A atendente saiu dos fundos da loja e disse que havia esquecido de fechar a tampa do tanque a tempo para a maré.

Ela lhe deu uma carta que Kaukab tinha deixado para ele e, enquanto corria de um canto a outro para recolher as conchas azuis, pediu a Shamas para entregar o dinheiro, mas ele disse que não precisava, pois tinha acabado de decidir voltar para Kaukab de uma vez por todas.

Ele pegou caramujos nos vidros da janela. Shamas ajudou a conter as criaturas nostálgicas da praia e depois deu uma olhada na carta: era de Jugnu; ele escreveu que estava pensando em deixar a América e vir morar na Inglaterra, que podia estar com eles no começo do verão. Shamas a colocou, por dentro do casaco, no bolso quentinho do peito da sua camisa vermelho-rosa desbotada e começou a andar no sal-açúcar da neve, de volta para Kaukab, Charag, Mah-Jabin e Ujala. Seguindo fantasmas de estradas sepultadas.

Ele está de novo na ponte, em seu caminho de volta para a casa com o novo pacote de jornais de sábado. Ele está solitário, olhando a água. O nascer do sol tem a cor das entranhas de frutas, brilhante e parecendo úmido. E o ar da manhã está mais solto em seu rosto, desatado e o oposto de pesado, como antes da tempestade.

Foi onde ele encontrou Suraya. Ele leva os dedos ao nariz para ver se retêm o cheiro do lenço dela, mas só vinga cheirar os jornais. Ela virá mesmo à *Safeena* esta tarde?

O rio corre. Poorab-*ji*, do templo de Ram e Sita lá embaixo na margem, veio vê-lo duas vezes desde aquela manhã em janeiro. Um amigo e homem bom e amável, ele todavia desconcertou Shamas ao se encontrarem casualmente bem aqui nesta ponte ao amanhecer alguns anos atrás. Era domingo e um pequeno grupo de farristas do sábado à noite — rapazes e moças brancas — vieram pela estrada, cheirando a álcool, cabelos e roupas desgrenhados, a caminho das suas casas de alguma festa tardia. Rindo, os rapazes ainda ébrios corriam atrás das moças barulhentas, que davam gritinhos e risadas em seu alegre caminho. A expressão de desgosto — de repulsa — no rosto de Poorab-*ji* surpreendeu e desapontou Shamas. Sem dúvida, Poorab-*ji* acabara de ver uma exibição de promiscuidade sórdida, devassidão e impudicícia; para Shamas, contudo, seria difícil haver coisa mais bela do que os jovens, tenteando seus caminhos pela vida, cheios de dúvidas e certezas novas, encontrando conforto nos seus corpos e no dos outros.

E ainda mais lindo o lençol de solteiro
sobre dois amantes numa cama

Ao chegar em casa, ele pode ver que Kaukab está acordada porque há na mesa um anel úmido feito pela base da xícara de chá, brilhando à luz da manhã. O sol tinha destacado o curso das lágrimas no rosto da mãe de Chanda desse mesmo modo no dia em que ela o abordara na ponte.

Ele vai até o aparador e olha a gaveta para ver se Kaukab tinha tomado as suas drágeas e seus comprimidos: depois do desaparecimento de Chanda e Jugnu, dizia-se que a mãe de Chanda "havia desistido", parando de comer e recusando-se a tomar remédios; às vezes ele temia que Kaukab começasse a se comportar da mesma maneira, descuidando das suas queixas sobre articulações e sangue. Satisfeito, ele repõe os frascos de comprimidos sem fazer chacoalhar.

Então, ela entra na cozinha, rosário na mão, as contas do tamanho de pílulas — seu próprio remédio.

— Eu achei que tinha ouvido alguém. As portas ganharam um significado novo agora: todas podem abrir-se uma hora dessas e revelar Jugnu e Chanda. Você não acha?

Para Kaukab, pensar em Jugnu é ver sempre uma mariposa ou uma borboleta em volta dele, nalgum lugar perto da margem, do modo como Charag — seu filho artista — põe seu nome no canto das suas telas, sobre as camadas de tinta molhada.

— Uma xícara caiu das minhas mãos e quebrou há pouco — diz Shamas. — Acho que consegui catar a maioria dos cacos no chão, mas é melhor não andar descalça, especialmente... aqui, e também... ali.

— Era a última daquele conjunto que comprei há todos esses anos. — Ela levanta a tampa da cesta de lixo e olha os pedaços de porcelana. — Lembro-me que fiquei triste quando as comprei, pois pensei que íamos ter de deixá-las na Inglaterra quando voltássemos para o Paquistão. Pareceu-me um imenso desperdício de dinheiro. Eu relutava em comprar qualquer coisa, pois nossa estada aqui era apenas temporária. Mas as coisas não aconteceram como pensamos que seriam. Décadas se passaram e nós continuamos aqui. Hazrat Ali, que sempre seja alcançado pela misericórdia de Alá, dizia que eu reconhecia Alá pelas ruínas que eram os planos vãos que eu fazia para minha vida.

Shamas estremece. E então diz:

— Acho que essa noite eu sonhei que estava cruzando o Chenab para Sohni Dharti.

— Nos últimos três dias eu sonhei que estava viajando para Meca, mas, mesmo podendo ver a cidade no horizonte do deserto, eu nunca me aproximava. Sempre acordava antes de chegar. — A voz dela se rompe na garganta. — Toda noite eu peço a Ele para me deixar sonhar até chegar à cidade sagrada, mas sem nenhum proveito.

— Você pensou melhor sobre visitarmos o Paquistão?

— Sim, vamos visitar, é claro, mas eu me recuso a me estabelecer permanentemente, por mais que seja o que eu mais queira. Não há nada no mundo que eu deteste mais do que este país, mas não vou viver no Paquistão enquanto meus filhos estiverem aqui. Esta terra amaldiçoada tirou meus filhos de mim. Meu Charag, minha Mah-Jabin e meu Ujala. Cada vez que eles saíam, voltavam com uma camada mais de estranheza sobre eles, até que finalmente eu não os reconhecia mais. Ao ouvirem que sua mãe está morrendo, filhos e filhas devem vir para o seu lado imediatamente e pedir para saldar sua dívida, a dívida que contraíram bebendo o leite dela. Não há nada mais assustador para uma pessoa cuja mãe acaba de morrer em sua ausência do que descobrir que ninguém lhe perguntou se ela o liberava da dívida de leite; a gente deve implorar para ela tirar esse peso montanhesco da nossa alma. Eu não consigo ver nenhum dos meus filhos fazendo isso quando minha hora se aproximar. Talvez Alá esteja nos punindo por ter deixado nossos pais para trás no Paquistão e mudado para a Inglaterra há todos esses anos. — Ela balança a cabeça e diz após um silêncio: — Você não demorou um pouco demais com os jornais? O jornaleiro ainda não estava aberto por algum motivo, ou você perambulou por aí num desses seus passeios?

Ele entra em pânico como se estivesse sendo pego roubando.

— Sim, a loja ainda não estava aberta — diz ele abruptamente. "Espero encontrá-lo esta tarde na livraria", ela, Suraya, tinha dito pouco antes de se separarem.

Não, ele não vai à livraria hoje. Ele não pode acreditar que acabou de mentir para Kaukab, e não consegue compreender *por que* fez isso.

Kaukab anda para a escada.

— Não vou me mudar para o Paquistão. O que seria a minha vida então? Meus filhos na Inglaterra, eu no Paquistão, minha alma na Arábia e meu coração... — Ela faz pausa e diz: — E meu coração onde quer que Jugnu e Chanda estejam. — Seus olhos se enchem de lágrimas ao fazer esta última declaração, sabendo que a expressão no rosto de Shamas está dizendo "É mesmo?". Ela sabe que ninguém acredita que ela sente falta de Jugnu e reza constantemente por sua volta em segurança; ela ficaria superfeliz se ele tivesse tornado sua união com essa moça, Chanda, legítima aos olhos de Alá e Seu povo. A única maneira, parece, de ela convencer os outros do seu sofrimento em relação a Jugnu seria renunciando a Alá e Suas injunções, dizendo que aquilo que Chanda e Jugnu estavam fazendo na casa ao lado *não* era pecado. Mas como poderia ela renunciar a Alá?

Ela sobe, e Shamas repousa numa cadeira. Ele tenta trazer o rosto de Suraya diante dos seus olhos. Não se parece ela um pouco com a jovem Kaukab com quem se casara quando ele próprio era um jovem poeta em Lahore? Ele se pergunta se lhe terá dito seu nome depois que ela se apresentou. E então sente-se envergonhado pelo absurdo do curso dos seus pensamentos. É loucura. Mas era como se ela própria quisesse a companhia dele. Ele vê outras mulheres, outras mulheres que acha atraentes, no curso de sua vida cotidiana, do mesmo modo que todos os homens; porém, depois de registrar o fato, observar a beleza delas, nada acontece, pois nada pode acontecer — elas não se interessam por ele. Por que se interessariam? Ele teria ignorado o encontro dessa manhã do mesmo modo, mas *ela* pareceu querer estar com ele. Bem que ele podia ter feito a barba antes de sair naquela manhã. Não, não, isso é loucura. Certamente, é assim que nasceram as paixões adolescentes — ele tem de agir conforme a sua idade. Ela é muito mais jovem do que ele, uns 25 anos no mínimo — ela nasceu provavelmente na época em que ele já estava com os seus vinte e tantos anos de idade, escrevendo aqueles poemas de amor. Ele respira fundo e diz a si mesmo para recompor-se. Não, ele não vai à *Safeena* esta tarde.

Aliviado pela decisão que acabara de tomar, ele deixa escapar um pequeno sorriso à loucura do que tinha acabado de pensar, e o peso do mundo subitamente sai dos seus ombros. Num dos livros de borboletas de Jugnu, ele tinha guardado secretamente o número de telefone de uma prostituta copiado nos classificados do *The Afternoon*; ele se levanta e o encontra então, mas cheio de infelicidade, o rasga em pedaços. Ele folheia o livro para alguma distração ou conforto possível. “Há uma borboleta chamada Laranja Adormecida... Nas florestas da Sibéria e no Himalaia há a borboleta Mapa, e uma mariposa Atlas nas ilhas do sudeste da Ásia... E outros nomes, ainda mais estranhos: Número Oito. Número Oitenta... Uma das mais raras jóias do planeta, há uma borboleta nas montanhas arborizadas em volta de Sikkim chamada Kaiser-e-Hind — o César da Índia...” O pensamento das revistas espiadas ao sair do jornaleiro lhe veio à mente, e ele se pergunta se não devia tomar um ônibus para uma loja numa área distante e comprar algumas. Se Kaukab jamais as descobrisse, ele diria que deviam estar escondidas ali desde a época em que os meninos estavam crescendo. Mas e se ela verificar as datas na capa? E ele queima de vergonha ao lembrar-se que há cerca de dois anos, a sua carne doendo de um ávido desejo, ele se viu mexendo nas coisas que os filhos adolescentes tinham deixado para trás em seus quartos, levantando o tapete, tateando por uma tábua solta no assoalho, enfiando o braço sob o colchão, esperando que algum deles tivesse esquecido de jogar fora uma revista.

Hiraman, o periquito-de-colar

O LAGO TEM O BRILHO ESMAECIDO do cetim antigo. Suraya está no píer em xilofone e olha para os nomes e as iniciais que os amantes gravaram na madeira em urdu, híndi e bengali, assim como em inglês. As reticências e os pontos cinzelados são do tamanho das covinhas nos nós dos dedos de uma boneca. A madeira é tão suave à pele que, quando a toca, ela tem a impressão de estar sendo apalpada de volta.

Um alvorecer úmido de verão, domingo, uma hora esmeralda e cinza, e a natureza em seu ponto mais criador. Ela deveria ter dado uma passada ontem à tarde, na *Safeena*, como tinha prometido ao homem na ponte; mas, no final, o sentimento de desdita a dominou. Ela ainda está envergonhada pelo modo como se aproximou do jovem artista aqui umas poucas semanas atrás. Tinha sido o aniversário do seu garotinho na véspera, lá no Paquistão, e ela se desesperou para mudar a sua situação, para fugir e ficar com seu filho e com seu marido. Então chorou a noite inteira, como pequenas quedas no sono, repletas de pesadelos, e pouco antes da aurora entrara nas águas geladas do lago.

O odor dos pinheiros satura a suave trama da atmosfera. O mundo sólido parece ter se dissolvido, deixando para trás somente luz e atmosfera — um mundo feito de quase nada.

Ela anda até onde tinha forçado o jovem a conversar com ela. Há pedaços das suas cascas de laranja, quase secos e espiralados, à margem, seu esplendor agora emudecido. As cores têm nascimento longo e lento nessas alvoradas de verão.

A casamenteira não lhe mostrou ninguém que ela considerasse adequado. Um certo número deles era de imigrantes ilegais ou solicitantes de asilo que queriam casar com ela para obter situação residencial oficial na Grã-Bretanha. E, entre os cidadãos legalizados, não são muitos os que estão propensos a passar por um casamento temporário; e os que estão quase salivam ao vê-la, felizes de logo terem a permissão de deitar-lhe as patas, como uma prostituta comprada por um curto lapso.

A casamenteira lhe diz para não desanimar:

— Viu o modo como os homens olham para você? Indianos, paquistaneses *e* brancos, e os *negros* — ah, eles sonham. Nenhum deles poderá resistir a uma segunda olhada. E, não, você não está velha demais. Algumas mulheres brancas da sua idade nem sequer se casaram pela primeira vez ainda.

Ela se aproxima da água e lava as mãos. Acaba de visitar o túmulo de sua mãe com um saco de terra adubada e duas dúzias de tulipas. A mãe dela pegou meningite no outono passado durante a peregrinação à Arábia Saudita e veio do Paquistão para cuidar-se aqui. Ela se divorciara há semanas então, e o marido decidiu que ela devia permanecer na Inglaterra após a morte da mãe:

— Case-se com alguém e se divorcie por aí mesmo, e depois volte. Eu me sentiria humilhado se você casasse com alguém daqui, pois não quero ver outro homem tocar em minha mulher, na mulher que eu amo. — Ela se opôs à idéia porque estava com saudades do filho, mas no fim condescendeu. Mora na casa que herdou da mãe.

Alá decretou que um homem pode casar-se com qualquer mulher que não seja sua parente consanguínea próxima. Desse modo, sob a lei islâmica, a punição que o marido de Suraya deve receber — por embebedar-se e por não levar o assunto do divórcio com seriedade suficiente — é que ele pode ter qualquer mulher *menos* uma. Uma mulher lhe é vetada, mas não para outros homens — este é o seu tormento. Mas — tamanha é a compaixão de Alá para com suas criaturas! — ela não lhe está vetada permanentemente: se a mulher de quem se divorciou negligentemente puder cumprir a exigência que Suraya está tendo de cumprir, então o marido original pode possuí-la novamente. Ilimitada é a bondade de Alá para com a sua criação. "Alá não está sendo igualmente compassivo em relação à pobre mulher, que tem de passar por outro casamento sem que a culpa seja sua" é um pensamento que passou ocasionalmente pela espírito de Suraya, juntamente com "É como se Alá tivesse esquecido que há mulheres no mundo ao fazer algumas das suas leis, pensando somente nos homens" — mas ela baniu esses pensamentos, como todos os bons muçulmanos devem fazer.

Ela imagina quando as tulipas vão florir. Ter tulipas em seu local de descanso era um desejo da mãe: na verdade, ela contou a Suraya a razão para esse pedido, mas parece que ela fugiu por completo de sua mente. Ela plantou todos os bulbos menos um numa fila perfeita, porque sua mãe dizia que só Alá era perfeito e que nós devíamos reconhecer este fato ao desempenhar uma tarefa, que devíamos incluir uma imperfeiçãozinha minúscula escondida em todo objeto que fizéssemos.

— O imperador Shah Jahan garantiu que houvesse uma imperfeição embutida no Taj-Mahal. Os minaretes inclinam-se três graus para fora — dizia ela.

Quando saiu às primeiras luzes, havia uma chuvinha leve — era mais uma garoa nevoenta e não houve nenhum ruído no náilon esticado como pele de tambor do guarda-chuva —, mas agora, mesmo isso tinha diminuído; olhasse ela para o alto, só um de seus olhos receberia uma gotícula. O lago está cercado por faixas concêntricas de areias multicoloridas, seixos e, na parte mais alta da margem, agulhas de pinheiro; e a beira da água as mordisca suavemente. Ela vira e se desloca rumo à cabana cercada de bordos. Cobrindo toda uma parte da sua lateral, as heras crescem em todas as direções, como se uma grande lata de tinta verde tivesse sido jogada na parede. É a livraria urdu. Ela olha através da janela. Qual era o nome do homem que ela encontrara na ponte ontem? Ele era muçulmano? O letreiro em cima da porta é pintado em vermelho tão escuro como sangue de golfinho: representa um pequeno barco com um par de remos jazendo ao lado no interior, como marido e mulher.

Ela não pode desesperar-se com sua situação, diz ela a si mesma; não é o fim da sua vida: é um capítulo.

* * *

Shamas caminha para a *Safeena*. A garoa parou completamente. Há um pequena moita de juncos à beira do lago, e vistas nesta luz molhada as lâminas dão um brilho verde difuso: cada lâmina é uma gigantesca asa de gafanhoto. A livraria é pintada de castanho vivo, a cor das misturas quentes de condimento, como o caril. Nos primeiros dias — vinte anos atrás —, a loja consistia em nada mais que umas poucas caixas de livros. Era toda teias e fios expostos, mas aos poucos foi sendo limpa e colocaram um papel de parede com uma selva de rebentos de chama-da-floresta, e pares de veados com rabos de borla para pó-de-arroz. Antes disso, as paredes tinham tido buracos, e cunhas poeirentas de luz do sol seriam vistas no seu interior durante as tardes, como se alguém tivesse enfileirado lanternas de papel geométricas em toda parte. O telhado vazava como uma esponja às vezes.

Mas o proprietário era um apaixonado por livros, e as pessoas brincavam dizendo que se tivesse tempo bastante ele localizaria até a primeira edição autografada do Alcorão para você.

Ele olhou para o céu. Hoje vai ser um daqueles dias do começo do verão inglês que não têm temperatura independente: será quente do lado de fora sob o sol, mas o corpo sentirá frio se for para o interior das casas.

O proprietário da *Safeena* foi para o Paquistão no fim do ano passado para desembaraçar várias pendências financeiras relativas ao dinheiro que estivera enviando a seus sobrinhos por uma década para comprarem terras e propriedades, e lá ele faleceu, os parentes tendo telefonado para a viúva aqui na Inglaterra para dar a notícia três dias depois do sepultamento. Há uma possibilidade de que ele tenha sido envenenado: houve diversos casos recentemente de pessoas que partiram da Grã-Bretanha para acertar questões financeiras e foram assassinadas e enterradas por membros da família e sócios nos negócios que se vinham apropriando indevidamente, desviando ou desfalcando dinheiro que estava sendo enviado para eles.

A viúva deu a Shamas as chaves da *Safeena* quando ele disse que abriria a loja algumas horas por dia nos fins de semana, até o estoque existente ser vendido: então ela poderia vender a cabana. Ela acenou com as mãos resignadamente.

— Tudo de que preciso, irmão-*ji*, é um lugarzinho para estender meu tapete de oração.

O sol está fraco, aspergindo prateado. Mechas brilham aleatoriamente. As flores limão-amarelas dos dentes-de-leão estarão em toda parta em uma hora. A atmosfera cheira a manhã, a luz solar úmida. Ele se aproxima da *Safeena* e pára. Alguém — Suraya — está olhando pela janela, aquele mesmo lenço vermelho ainda prendendo seus cabelos num feixe, os losangos azuis ao longo das bordas brilhando no ar da manhã como gemas que não se pode comprar, vivas de pigmento reverberante.

— Sinto não ter podido vir ontem, Sr.... Sr.... — Ela tem de tentar descobrir o nome dele, para saber de que religião é.

— Sou Shamas.

Muçulmano. Ela olha para o dedo do casamento: não há aliança, mas isso não prova nada, pois usar a aliança de casamento não é um costume estrito no subcontinente.

Ela deve tentar mantê-lo aqui, descobrir mais coisas sobre ele.

— Diga-me, o senhor acha que foi aqui que a polícia encontrou um coração humano semanas atrás? Eu entreouvi umas garotinhas numa loja dizendo que, quando as crianças que o encontraram por acaso o espetaram com uma vareta, ele deu umas batidas. Que imaginação as crianças têm! — Talvez ele faça agora algum comentário sobre os seus próprios filhos.

— Não, foi mais perto da outra margem, mais perto do rio onde nos encontramos, mais próximo da região onde há um apicultor de quem o sultão de Omã comprou quarenta abelhas rainhas, fretando um avião para levá-las para casa. Ele havia provado o seu mel num hotel de Londres.

Ela aquiesce com a cabeça. Os últimos halos da aurora os cercavam ambos com o seu verde-e-azul, o céu profundo acima e o rebentar quase luminoso das folhas sob ele. O homem é com certeza demasiado reservado e digno para estar interessado nela. Obviamente, não é operário de fábrica nem motorista de táxi, porque suas mãos parecem suaves são quase rosadas.

— Sim — está ele continuando —, o coração foi encontrado noutro lugar. Um jovem branco foi o responsável. Era o coração de sua mãe e ele o roubou do hospital porque não queria que fosse transplantando no corpo de um negro.

A informação é chocante, e é assim que Suraya a sente, mas ela tem consciência de que há vários meses anda meio entorpecida para o mundo. As notícias sobre ele — não importa quão monumentais ou significativas — lhe chegavam amortecidas por suas próprias dificuldades. Tampouco pode ela lembrar-se da última vez em que sentiu prazer, alegria genuína que toma a alma, como sentiu quando abraçou seu filho, apertando seu nariz e sua boca contra o pescoço macio dele, ou quando lutou com ele no chão, feliz porque não era uma menina, pois com meninas a gente não pode ser rude desse jeito: ela se lembra de sua mãe andando na cola dela e dizendo asperamente a seu pai que parasse de brincar tão entusiasticamente com a filha pequena para evitar "danos físicos irreparáveis nas suas partes privadas", tendo-o advertido muitas vezes antes de que, "se uma flor perde uma pétala, ela não cresce novamente!".

Ela é grata a Alá por não ter nenhuma filha.

A saudade do filho é tão grande que no mês passado, ao nadar no lago na escuridão de pouco antes do alvorecer, ela teve desejo num determinado ponto de simplesmente deixar-se ir e afundar até o fundo, deixando a água sorver-lhe a vida enquanto a lua brilhante observava lá de cima. Se algo não acontecesse logo, pensa ela agora, eu posso fazer o mesmo: flutuar sem vida sobre o gigante em forma de X cujo coração ainda bate. Ele se recorda de ter ouvido das mulheres em sua infância que este lago exige um sacrifício a cada seis anos e se pergunta quantos anos terão se passado desde o último afogamento.

— Minha filha — ele começou outra frase... — pensou que era o coração do seu tio assassinado.

Ela leva um momento ou dois para registrar o que ele acabou de dizer-lhe. A força do que foi dito a faz erguer as mãos à altura dos seios — é quase um golpe no coração!

— Alá!

— Sinto muito — diz ele, parecendo atordoado. — Eu não queria chocá-la, perdoe-me.

— Quando foi que aconteceu? Recentemente?

— Sim. Por favor, perdoe-me. Não sei por que mencionei isso.

Recentemente. O pobre homem está sofrendo a morte do irmão, de luto, e lá estava ela, planejando, elaborando estratégias, imaginando se conseguia sentir nele alguma atração por ela! Seus olhos se encheram de lágrimas por causa da decepção de compreender que talvez ele não esteja interessado nela — ela vai ter de continuar procurando outra pessoa. Sente-se exausta. E ainda por cima também há uma onda de vergonha, porque com uma parte do seu cérebro ela também se pergunta se não seria fácil usar o pesar dele a seu favor. Ela lhe ofereceria consolo e ele ficaria grato — não? Ele está tomada de desgosto consigo mesma, seus olhos rasos d'água. Em que se transformara ela e quem é responsável por ela estar fazendo aquilo?

— Sinto muito, eu não devia ter lhe dito isto. Você está bem?

— Sim, obrigada. — Ela leva o véu à face e compreende que estivera segurando um pedaço das cascas dissecadas das laranjas que o jovem artista comera no mês passado: deve ter pego os fragmentos semelhantes a pedacinhos de papelão na margem antes de vir. Ela os deixa cair, e dá a volta para ir embora.

— Eu vou abrir a *Safeena* esta tarde, se você quiser vir — diz-lhe Shamas, buscando atrasar sua partida. — Só estava dando um passeio agora. — Embora, é claro, tudo isso fosse fútil: ele não veio à livraria ontem por medo de si mesmo, mas ela tampouco viera. Ela tinha dito que viria — mas é óbvio que já tem uma vida rica e cheia, amigos, família, amantes. Ele se interrompe. Ela pára às palavras dele, os olhos ainda nadando. Ela é obviamente uma pessoa sensível: a mera menção à morte de Jugnu a fizera lacrimejar. Ele também pode dizer-lhe outras coisas. Ele conjectura uma amizade. Vai contar para ela o quanto lamenta não ter continuado com a sua poesia e que gostaria de voltar para o Paquistão agora que está quase se aposentando, retornar e ver se pode fazer alguma coisa para melhorar seu país. Ele vai lhe dizer que ouviu sobre a descoberta do coração humano da parte de dois amantes clandestinos — um rapaz hindu e uma moça muçulmana cuja mãe está convencida de que a filha está possuída pelo *djinn* e anda por aí procurando um homem santo para fazer o exorcismo.

— Eu venho, sim. Quando era menina, meu pai, que descanse em paz, me trouxe aqui para uma leitura do poeta paquistanês Wamaq Saleem.

Shamas fica deliciado.

— Eu estava entre os organizadores dessa leitura. — Eram os anos do exílio de Wamaq Saleem — o regime militar monstruoso tinha conseguido obrigá-lo a sair do Paquistão. Seus livros de poesia venderam às centenas de milhares no Paquistão e na Índia, e cerca de uma centena de pessoas vieram à cabana às margens do lago para ouvi-lo recitar naquela tarde, apesar de o céu do outono estar respirando um vento gélido.

— Dizem que Wamaq Saleem fez pelo Paquistão o que Homero fez pelo Mediterrâneo e a Bíblia, por Jerusalém.

Suraya diz:

— Lembro-me de que as mulheres ouvintes trouxeram-lhe flores, vidros de perfume e potes de mel, pois como para o Profeta, que a paz esteja com ele, era a sua comida predileta. E os homens lhe presentearam com garrafas de uísque e de gim. Meu pai trouxe um xale bordado, e fui eu quem lhe deu de presente.

Shamas compreende que está sorrindo, sentindo-se leve, senão um tanto frívolo.

Ela parece ser uma dessas pessoas que quando a gente encontra parece que encontra a si mesmo.

Ela está usando uma jaqueta de lã curta, amarela com bordados *paisleys* brancos e, pegando-a levemente com a ponta dos dedos, ela diz:

— Isso já foi um xale caxemira, idêntico ao que eu dei a Wamaq Saleem. Era de minha falecida mãe — que descanse em paz —, mas as traças comeram um pedaço. Não pude suportar a idéia de jogar fora; então cortei e fiz uma jaqueta.

Ele quer que ela fique, mas sente que seu desejo da companhia dele está desvanecendo como orvalho, segundo a segundo, e embora prestes a despedir-se ela toca o lenço vermelho-cereja em sua nuca e diz:

— Obrigado mais uma vez por ele. — Ela sorri para ele. Aquela pinta. Todo momento que passou falando com ela foi de grande estima e valor: uma imagem lhe vem à mente, a de uma ampulheta cheia não da areia de sempre, mas de pequeninos diamantes. Ele gostaria de conversar um pouco mais, mas precisa ir agora, reprimido por sua consciência —, a corrente com que se prende — pois, embora fosse divertido estar na presença dela, ele não seria capaz de se perdoar se viesse a tornar-se uma causa de desonra ou mágoa para ela. Alguém retornando da mesquita depois das orações do amanhecer podia notá-los juntos, e no meio da manhã todo o bairro já estaria sabendo e, à tarde, toda a cidade, por causa dos rádios dos táxis. E assim como outros numerosos lugares receberam nomes indianos, paquistaneses e bangladeshianos para dar ao mapa dessa cidade inglesa uma aparência de pertença — ajuntado pedaço a pedaço uma reivindicação do lugar —, o local à margem do lago seria então chamado de Canto do Escândalo, segundo o ponto de encontro primitivo em Shimla, assim chamado porque há cinqüenta anos um príncipe indiano e a bela filha de um funcionário britânico do primeiro escalão ali tinham se encontrado para uma longa cavalgada juntos, a sua ausência ao longo dos poucos dias seguintes escandalizando a população branca da cidade.

— Então está certo. Venha à livraria esta tarde, se quiser dar uma olhada nos livros — ele se ouve dizer-lhe novamente, desesperadamente, antes de afastar-se. O momento da separação deixa nele uma dor muda. Ele está embaraçado pelo tipo de impressão que deve ter dado a ela — alguém comicamente desesperado por companhia. Há muito tempo ele não tem sequer uma conversa com alguém sobre assuntos que lhe interessem. Conversar com Kaukab é freqüentemente, para ambos, mais uma maneira de estar sozinho, a conversação destacando a solidão separada de cada um.

Ele também perdeu a maioria dos seus amigos do Partido Comunista: ele se sentia animado nas reuniões, mas quase todos no Partido pensam que a queda da União Soviética vai resultar num mundo melhor, enquanto ele acha que uma das maiores tragédias do século XX foi a União Soviética desgraçar a si mesma, e que estávamos dançando no túmulo do comunismo, e então ele parou de freqüentar as reuniões do Partido. Além disso, é claro, a morte de Chanda e de Jugnu o fez ficar relutante em falar com quem quer que seja.

Suraya observa Shamas partir. Ela se pergunta até onde pode ser ousada ao lidar com ele. Seu objetivo, afinal de contas, não é apenas fazê-lo interessar-se por ela — mas conseguir finalmente que se case com ela. E, ao mesmo tempo que os homens ficam felizes de ter relações com mulheres que sejam acessíveis e assertivas, consideram esse traço questionável numa esposa potencial.

Já lhe disseram que ela podia ser muito ousada; e ela própria já lera esse componente da sua personalidade como coragem, mas agora ela o considera arriscado, talvez até atrevido, pois foi exatamente esta a característica que a colocou na situação em que agora se encontra. Ela fora enviada a um povoado paquistanês para casar-se com um homem que nunca tinha visto, e admite ter ocasionalmente se comportado de maneira algo vivaz, pois sabia que seus parentes por afinidade — e o seu belo e afetuoso esposo — estavam intimidados pelo fato de ela ser "da Inglaterra". De todo modo, a atitude do marido em relação a ela foi amorosa no início, antes de o seu hábito de beber às escondidas sair do controle, apesar de, mesmo no começo do casamento, ela ficar assustada com seus atos e duras exigências quando estava bêbado, comportamento de que não tinha o mais remoto conhecimento quando ficava sóbrio e voltava a ser tão delicado com ela como se fosse uma boneca de porcelana.

Sim, uma boneca delicada: ela exagerou o choque que sentiu com a natureza primitiva e rude da vida no povoado, porque isso fazia seu marido pensar que ela fosse algo especial, feita de um barro mais puro. Ela fingiu não compreender os códigos e costumes que governavam a conduta cotidiana das pessoas à sua volta, dizendo, por exemplo, que achava ridícula a disputa de décadas com uma família da redondeza. A sua inocência de olhos arregalados foi vista com ternura e risos, mas um dia ela foi longe demais. Ela descobriu que um homem — um dos homens da família com a qual seus parentes por afinidade tinham a rixa de décadas — vinha estuprando a sobrinha nos últimos meses e que o assunto só viera à baila porque a menina, de 14 anos de idade, tinha ficado grávida. Toda a família acusou a garota de ter relações com alguém e assim trazer a desonra para toda a linhagem. Ela era solteira, mas não era virgem! Aterrorizada pelo tio, ela se recusou a dizer quem era na verdade o perpetrador. O assunto ainda não tinha chegado aos ouvidos do mundo fora da casa porque a barriga da garota ainda não tinha começado a aparecer, mas Suraya soube através da sua criada, que também trabalhava naquela casa. Suraya temeu que a garota grávida fosse assassinada um dia por desgraçar a família. Ela não podia ir à polícia porque, segundo a lei islâmica paquistanesa, o estupro tinha de ter uma testemunha do sexo masculino para confirmar se era mesmo estupro e não um intercurso consensual; a garota não tinha testemunhas e, portanto, seria considerada culpada de praticar o sexo fora do casamento, sentenciada ao açoite e mandada para a prisão, ficando marcada a partir de então como pecadora abominável, mulher decaída e prostituta pelo resto da vida.

A confiança em sua vida inglesa ainda apegada a ela, Suraya decidiu ir à casa da família adversária para revelar-lhes a verdade e pedir para terem compaixão. Ao fazê-lo, ela estava entrando num conflito de décadas, mas pensou que pudesse ser persuasiva.

Ela compreendeu o seu erro muito rapidamente, logo depois de entrar no pátio inimigo. Ela se lembra de cada detalhe, o tempo em câmera lenta. Os homens da casa se agruparam em volta dela e lhe barraram o caminho quando ela tentou ir embora. As pessoas estavam sempre se perdendo nas espessas brumas do inverno e ela fingiu que tinha entrado na casa por engano, deixando de lado as suas apreensões com a sobrinha grávida, sua própria sobrevivência agora em perigo. Finalmente, ela recebeu permissão para deixar a casa com suas virtudes intactas; mas os homens, na verdade, lhe avisaram que iam dizer a todos que a *tinham* estuprado, pois sua honra, seu nome e sua masculinidade ficariam marcados se as pessoas soubessem que tiveram uma mulher do outro lado da frente de batalha em seu meio e não tiraram plena e apropriada vantagem da oportunidade.

Conforme se revelou, foi tão ruim quanto se a tivessem de fato estuprado. O que interessava não era o que você mesmo sabia que de fato aconteceu, mas o que outras pessoas pensavam que tinha acontecido. O seu marido e seus parentes por afinidade acreditaram totalmente nela quando disse que ainda continuava pura, que nada irrevogável havia acontecido na casa do inimigo, mas no fim das contas isto não valia nada.

Tudo isso fez o seu marido perder a cabeça. Mais e mais ele começou a procurar consolo no álcool, dizendo que precisava dele para respirar, vindo freqüentemente para casa bêbado de cair, tirando o barrete e o colete e tentando pendurá-los na *sombra* do cabideiro na parede, seu comportamento tornando-se cada vez mais volátil, a ponto de finalmente ela começar a ter medo até de deixar seus braceletes fazerem sequer um som, sem saber o que podia provocá-lo, embora ele sempre ficasse com remorso depois dos seus acessos, dizendo o quanto a amava, que apenas não estava conseguindo suportar os comentários maldosos das pessoas ecoando em sua cabeça.

Havia dias em que, em sua vergonha, ele não queria ver ninguém: nem a si mesmo — ele cobria o espelho com um pano. Mas então era tomado por desgosto e ódio ao manusear os véus que entravam na casa porque seu sogro era tintureiro:

— Eles estão cada vez menores. As mulheres de hoje estão cada vez mais desavergonhadas.

Ela sempre podia dizer pela batida na porta à noite se ele estivera bebendo e também o quanto tinha bebido; sua língua ficava afiada quando ele se dirigia a ela nessas noites, como se não tirasse todo o valor do dinheiro que tinha pago ao vendedor de álcool se não a xingasse aos palavrões.

Ela tentou lançar mão da sua vivacidade anterior, buscando relembrá-lo de tempos mais felizes, mas esse comportamento agora parecia enfurecê-lo em vez de encantá-lo, um sinal da decadência do Ocidente.

Um dia ele lhe deu um tapa com a sua mão áspera, retangular. No dia seguinte, começou a sacudi-la violentamente: "Eu sei o que você fez naquela casa. Confesse a verdade de uma vez se não quiser que meus punhos venham ajudar a sua memória." Ele bateu mesmo nela no dia seguinte. E no dia seguinte ele lhe brandiu uma faca e gritou: "A sua morte está escondida nesta faca... O papel da mulher é dar a vida; o papel do homem é tomá-la..." No dia seguinte, ele tomou a atitude final.

Disse a palavra *talaaq* três vezes: eu me divorcio de ti, eu me divorcio de ti, eu me divorcio de ti.

E a empurrou com o pé. Na manhã seguinte, ele afirmou que não se lembrava de ter dito a palavra mortal triplicada; e mesmo que o tivesse dito certamente não era o que queria dizer — mas o que havia sido feito não podia ser desfeito agora. O marido — que no casamento muçulmano é o único que tem o direito ao divórcio — pronunciou a palavra três vezes e, segundo o Islã, agora eles estavam divorciados.

Não havia testemunhas, mas mesmo neste caso eles não podiam ignorar o que havia acontecido: Alá testemunhara.

Muitos ébrios se arrependiam ao acordar pela manhã e ver a mulher e os filhos chorando sobre as ruínas que suas vidas tinham se tornado poucas horas antes: o marido, embriagado, teve provavelmente as mãos repelidas na escuridão pela esposa repugnada e revoltada com o cheiro de álcool, e ele, enfurecido, dissera três vezes: *Talaaq. Talaaq. Talaaq.* Era simples assim.

Todos os dias os clérigos das mesquitas em todo o subcontinente eram visitados por milhares de casais estressados, e todos os dias os jornais muçulmanos — aqui na Inglaterra e lá na Índia, no Paquistão e em Bangladesh — recebiam cartas de homens dizendo que amavam suas esposas e seus filhos carinhosamente, que queriam manter suas famílias unidas e que a palavra *talaaq* fora pronunciada por eles apenas num momento de raiva — mas a lei de Alá era a lei de Alá, e nada podia ser feito.

Nada exceto o caminho que Suraya já havia tomado.

O homem — seu marido — não tem de casar com outra mulher antes de poder casar-se com ela novamente. A lei de Alá é a lei de Alá e não pode ser questionada.

Shamas senta-se numa das cadeiras amarelas com os jornais e ouve Kaukab. Tendo acabado de voltar das lojas na vizinhança, ela está lhe contando as várias coisas que ouviu das mulheres enquanto prepara a comida na cozinha azul, mantendo um monólogo ao deslocar-se do armário para o aparador, para o balcão, para o forno. Numa toalha tão branca quanto uma tela, ela arranja a natureza-morta do almoço deles. Uma refeição de verão não é nada sem um *chutney* recém-batido de coentro, pimenta e hortelã, e assim ela foi às lojas para escolher a hortelã e o coentro — maços do mais fresco verde imaginável atados com elásticos de papelaria — e as pimentas em saquinhos de polietileno tão perfeitamente finos que deixaram de farfalhar. Ela também trouxera limões-galegos com cicatrizes na casca, feitas por bicadas de amostragem de pássaros, indicando que a fruta cresceu na parte exterior da copa da árvore e, portanto, foi mais exposta ao sol do que as que cresceram no interior, ocultas dentro da fronde, cujas cascas não têm feridas. Ela cortou um limão ao meio e esfregou metade nos pratos em que eles comeriam, para dar uma nota de paladar a cada bocado, e espremeu metade na salada de rodelas de cebola, cobrindo em seguida cada rodela com pimenta-do-reino forte, a fim de que cada peça curva se tornasse tão letal quanto uma espada na mão de um bêbado.

Mangas da cor de panelas de cobre tinham chegado à loja, diz ela, a três libras e sessenta a caixa com cinco, bem como goiabas cujas entranhas cor-de-rosa flamejantes parecem uma irrupção poética, e peras vermelhas que todos sempre relutam em descascar, pois a gente quer comer aquela *cor*, ansiando que os olhos fossem papilas gustativas.

Uma mulher da vizinhança recebeu uma carta da esposa da família bengali que morava na casa ao lado — antes de Jugnu comprar porque a família tinha decidido voltar depois que o filho fora espancado até a morte num ataque racial dos brancos —, e na carta ela diz que está totalmente devastada de saber que a filha dos seus antigos vizinhos, Mah-Jabin, tinha cortado os seus longos cabelos.

As mães indianas e paquistanesas de filhas adolescentes estão pedindo ao lojista para deixar de importar uma certa revista feminina publicada em inglês em Bombaim. Elas a consideram vulgar e pornográfica porque na edição deste mês uma jovem esposa de Nova Delhi escreveu para dizer que tinha dado à luz o seu primeiro filho e que o marido, dizendo que a sua vagina estava muito larga agora, tinha começado a entrar nela onde ela era mais apertada: a carta era para a página de conselhos médicos e a mulher queria saber se havia alguma maneira de ela estreitar a vagina ou, caso não houvesse, talvez uma maneira que lhe pudessem sugerir de fazer o que o marido agora fazia mas sem machucá-la tanto.

Os pais de um garoto muçulmano de 7 anos de idade — que começara recentemente a ser educado, em casa e na mesquita, sobre vários pecados e suas punições — tinham sido chamados ao gabinete da diretora da sua escola e informados de que o menino tinha dito aos colegas brancos que todos seriam esfolados vivos no Inferno por comerem porco, e que suas mamães e papais seriam queimados e obrigados a beber água fervente porque bebiam álcool e não acreditavam em Alá e Maomé, que a paz esteja com ele.

Alguém ouviu alguém dizer que Chanda estava grávida na época do seu assassinato e que, como as de Jugnu, as mãos do feto eram luminosas e podiam ser vistas brilhando através da barriga e das roupas de Chanda.

A música e a conversa do rádio sintonizado numa estação asiática acompanha os dois enquanto tiram a mesa depois do almoço. Eles recebem telefonemas ao vivo sobre os problemas da vida na Inglaterra: ... *Você está cansado de ser tratado como um coolie pelos brancos? Ligue para nós. E você ouvinte mais jovem, nós também gostaríamos que entrasse em contato conosco. Você anda zangado, é um desses desempregados, a barba recém-crescida, freqüentador de mesquita e misantropo sobre quem eles agora estão escrevendo nos jornais; o tipo do sujeito que ou bem ainda é virgem ou então casado com uma prima de primeiro grau que não fala inglês, trazida de um povoado do Paquistão ou de Bangladesh, o sujeito que mora com os pais, se esconde na saída da escola da irmã para ver se ela anda falando com rapazes, e acha que ela não devia ser autorizada a ir para a universidade. Ligue para nós no...*

Depois do almoço, ele se instala para ler o folheto das autoridades médicas locais, que deve ser traduzido para o híndi, o urdu, o bengali e o gujarati — ele fará a tradução para o urdu. Como a tuberculose teria sido erradicada nos anos 1960, toda pesquisa médica parou no Ocidente enquanto a doença continuou a assolar as demais partes do mundo, mas agora ela está reaparecendo nas áreas mais pobres (bolsões do Terceiro Mundo dentro do Primeiro) de Londres, Liverpool, Glasgow, Nova York e São Francisco. Ele se lembra das unidades radiográficas móveis estacionadas na frente das tecelagens e fábricas e da Bolsa de Empregos trinta anos atrás. A taxa de infecção era superior à média entre os trabalhadores migrantes porque eles eram malnutridos e viviam em alojamentos superlotados, um inalando os bacilos tossidos pelo outro. Mesmo hoje, muitos deles vivem em condições semelhantes — há sete anos, mais da metade das casas deste bairro foram declaradas impróprias para habitação — e precisam ser advertidos sobre os perigos de infecção. E as viagens regulares ao subcontinente também os expõe, e aos seus filhos, a um risco ainda maior.

Ele trabalha boa parte da tarde e então caminha através de uma renda de insetos para abrir a livraria logo depois das três horas, sob um céu cheio de nuvens brancas amplamente separadas, com formas sugestivas de animais selvagens. Numa parede, as iniciais pichadas do National Front foram modificadas por jovens asiáticos e agora dizem: NFAK DOMINA — Nusrat Fateh Ali Kahn sendo o cantor paquistanês mundialmente famoso de letras sufi. Ao lado do caminho que vai conduzi-lo ao lago, uma mariposa Cinábrio foge voando para a segurança das ervas-de-são-tiago, a tasneira de Oxford. Ele não pode ver o lago, mas os papelinhos brancos das gaivotas adejantes indicam que está logo adiante.

Ele pensou em Suraya constantemente nas horas anteriores. Ao caminhar sob a floresta azul e branca do céu, ele compreende que estivera se equilibrando no fio da navalha da impaciência o dia inteiro, esperando que esta hora chegasse, mesmo quando estava a mil léguas de concentração, fazendo a tradução uma hora atrás. Ele esteve pensando nela, sim, mas também havia o medo de que alguém a tivesse visto falando com ele e que ela estivesse, nesse exato momento — nalgum lugar —, sendo castigada por isso. Esse terror ficou rodando dentro dele como uma granada de pino arrancado. De tempos em tempos, o seu peito estreitava e seu vigor diminuía.

Ele abre a porta da loja e entra. Os olhos dos veados no papel de parede brilham como pequenas lamparinas drapeadas com véus azuis. As pequenas criaturas colocam-se duas a duas, cercadas por galhos de chama-da-floresta, as pétalas curvadas como bicos de periquito.

Enquanto a espera surgir andando dos espaços desertos da tarde, o sol batendo em ângulo na prata do lago, uma parte dele espera que ela não venha. Ele teve prazer em conversar com ela, e várias vezes ela também pareceu animada, mas ele tem consciência excessiva dos perigos. Lembra-se de um ditado urdu que defende a cautela quando em presença de algo bonito e prazeroso: não esqueça que as serpentes freqüentam o sândalo.

Da porta da *Safeena*, ele a vê chegar, e quando ela chega no Canto do Escândalo e vai na direção dele ele também deseja não ter aberto a loja esta tarde: ele está aliviado de ver que ela está a salvo, mas agora suspeita que alguém (um marido ou irmão — segundo os três centímetros de história nas páginas internas do jornal urdu contando que uma mulher de meia-idade fora encontrada com o pescoço quebrado num povoado fora de Lahore —, um jovem sobrinho) a seguiu e está se escondendo nas proximidades para confirmar suas suspeitas sobre ela.

— Eu vim até a porta porque ouvi um barulho musical estranho — explica-lhe ele. — Eu o escutei o dia inteiro. Ou bem é um pássaro estranho ou alguma loja perto daqui comprou um estoque de apitos que estão muito populares entre as crianças. — Ela está usando um conjunto novo de *shalwar-kameez* e a mesma jaqueta de *paisleys* cortada à cintura. Ele ergue a mão para indicar as prateleiras: — Aqui ficção. Não-ficção daqui até aqui. Poesia lá. E uns poucos livros de arte, ali. — E ele diz a si mesmo para ficar calado de agora em diante, para ela poder dar a sua olhada e ir embora o mais rápido possível — para a própria segurança dela. Dizem que é difícil matar um ser humano. Não mire na vítima: mire em algo na vítima — o nó de uma gravata, uma flor impressa no vestido. Mirariam eles nos *paisleys*, com o seu pequenino centro rubi, antes de puxar o gatilho, eles que a observaram conversando com ele esta manhã e a seguiram até aqui esta tarde, eles que agorinha mesmo estão escondidos lá fora?

Ela pega o grande *Muraqqa-e-Chughtai* amarelo-mostarda na prateleira — um volume com versos do poeta urdu mughul Ghalib com pinturas de Abdur Rahman Chughtai — e diz baixinho:

— Oh, você tem este.

— Sim. Publicado originalmente em 19... 28. Há um *Naqsh-e-Chughtai* logo ao lado — o mesmo texto, mas diferentes pinturas, de 19... 34. — Ele permanece na sua cadeira, dizendo a si mesmo para não chegar perto dela: entre eles jaz uma frágil ponte de vidro. — Está vendo isto? A sobrecapa é cinza e mostra um veado ao lado de um pequeno cipreste que cresce de uma jóia. — Ele tem de tentar ficar quieto e não indicar mais livros para ela. Ela se desloca percorrendo prateleiras de poesia urdu e persa, abrindo e fechando os volumes, e após um instante lhe diz.

— Muitos poemas persas são sobre flores e primavera.

— Sim. Meu irmão mais novo visitou o Irã alguns anos atrás e disse que a chegada abundantemente florida da primavera no país não pode deixar de inspirar mesmo o observador casual. Pessoalmente, acho que seria difícil encontrar descrições mais arrebatadoras da primavera do que as da poesia de Qani.

— É o seu irmão que... foi... assassinado? — Ela olha para o chão.

— É, e mais uma vez peço desculpas por ter lhe contado de maneira tão desastrada antes.

— Por favor, nem pense nisso. Posso lhe perguntar o que aconteceu?

Ele não queria afligi-la.

— Eu preferia não falar a respeito.

— Compreendo. — Ela se volta para a prateleira e se entrega aos livros.

Ele olha a tarde.

— Acho que vi uma borboleta que estou caçando entrar voando aqui — disse Jugnu — outrora, quando ele e o proprietário da livraria ainda estavam entre nós. Resfolegante, ele entrou na *Safeena* segurando a sua rede de caçar borboletas de cabo verde longo como se fosse uma bandeira. Shamas apontou para a tradução urdu de *Madame Bovary* na prateleira e disse: — As únicas borboletas que há por aqui são as que estão ali dentro. — Jugnu saiu para continuar sua busca, mas retornou à *Safeena* mais tarde e pegou *Madame Bovary*. — Sim, eu lembro que tem borboletas aqui. Três, eu acho — a primeira preta, a segunda amarela e a terceira branca. — E depois de cinco minutos virando as páginas, ele anunciou: — É verdade, elas ainda estão aqui.

Shamas volta sua atenção para Suraya novamente. Ele teme que ela possa ter tomado o seu último comentário como uma reprovação, mas não consegue achar um jeito de consertar: ela está folheando os livros, de cabeça baixa, as costas resolutamente viradas para ele. Shamas desvia o olhar e o fixa nela de maneira que seus olhos teriam de encontrar-se, mesmo se ela mudar ligeiramente a posição da cabeça. Ele sorri para ela quando acontece — como fazendo as pazes com a amante após uma briga — e despretensiosamente aponta para a jaqueta caxemira:

— Você sabe por que o *paisley* é tão ligado à Caxemira? Não? Imagine dois amantes brigando naquela região? As pegadas da moça formaram os *paisleys* quando, angustiada, ela fugiu para longe dele. Ele a procurou desesperadamente nas clareiras da floresta onde orquídeas luminosas crescem do — é tarde demais para ele parar — sêmen dos animais e pássaros acasalados, onde o impulso de viver forçou trepadeiras e vinhas rumo a fendas distantes de luz do sol, onde os galhos estremecem com cantos vivos e, no ocaso, o céu fica vermelho como se o sol de partida tivesse amontoado rubis na mortalha do dia. E foram os *paisleys* impressos entre as flores baixas que finalmente o levaram até ela. Ele era o deus Shiva; ela, a deusa Parvati, e quando a encontrou ele comemorou sua reunião entalhando o rio Jehlum conforme ele fluiu — e ainda flui — através do vale do Caxemira no formato de um *paisley*.

— Obrigada — seus olhos dançam enquanto ela sorri. — É muito bonito.

E encorajado pelo sorriso dela ele indica os livros de Chughtai na mão de Suraya e diz:

— Chughtai fez o desenho da capa do meu livro de poesias nos anos 1950.

— Você publicou um livro? — Ela está eletrizada e quase se engasga. — Com *Chughtai*?

— Ele era um grande amigo do mundo editorial de Lahore — ele olha para ela. — E quanto ao meu livro: estava pronto para a publicação, mas não deu em nada.

— Por quê? Você tem os poemas num caderno, talvez? Eu gostaria de lê-los.

— Não, não há nenhuma cópia do manuscrito. Minha esposa tinha a única cópia, mas ela foi... destruída. E não tenho certeza se ainda me lembro deles direito. — Ele se vê estendendo o vestido de noiva de Kaukab e transcrevendo os versos num caderno de anotações — um *safeena* — para Suraya ler; mas, é claro, o vestido de noiva foi reduzido a cinzas muitos anos atrás.

— Você deve tentar lembrar-se — diz ela, e acrescenta com um sorriso: — Algum dia eu virei à *Safeena* e lhe pedirei para recitar para mim, como Wamaq Saleem. A única diferença sendo que a nossa leitura seria privada, só para uma pessoa. — Ela se aproxima dele com os dois volumes de Chughtai, mantendo-os na dobra do braço como uma colegial. — Eu vou levar esses aqui. Eu os procurei no Paquistão, mas o povoado onde eu estava não tinha uma livraria das mais bem providas, como você pode imaginar.

— O que você estava fazendo no Paquistão? — O cabelo de Suraya está preso pela seda que ele recuperou para ela ontem: as entranhas vermelhas de uma laranja sanguínea marroquina — uma dessas frutas que sempre produz uma urina intensamente perfumada — o fizera lembrar-se da cor do lenço dela.

Então ele tem uma esposa, ela que tinha a única cópia do seu livro de poemas. Mas ele ainda pode casar-se com ela, pois o homem muçulmano pode casar-se com quatro esposas.

Suraya havia conjecturado, antes de vir para a *Safeena*, e conjecturou durante a sua visita também, sobre o quanto ela podia revelar-lhe. Deveria dizer tudo sobre a sua situação — estou procurando alguém para me casar temporariamente... Mas isso o assustaria. Deveria esperar até se conhecerem melhor — até ela ter um melhor "domínio" dele? E como fazer com que ele se divorcie no final? Em casa, ela rompeu em lágrimas. "Bem-amado Alá, por que não consigo entender as razões por trás das suas leis?" É o *homem* quem merece ser punido se pronunciou a palavra divórcio como ameaça vã, por raiva ou enquanto embriagado, e, sim, sua punição é ele ter de ver a esposa tornar-se propriedade de outro homem por um curto período, sendo *usada* por ele. Mas por que a esposa divorciada merece ser punida? Nada é mais repugnante para uma mulher muçulmana do que o pensamento de ser tocada por um homem que não seja o seu marido. Ela esconde o seu corpo como um tesouro. Se quer, porém, o seu marido de volta, ela tem de deixar outro homem tocá-la. Esta é a sua punição: uma punição que ela merece, talvez, porque não soube ensinar ao seu marido como ser um bom homem, ensinar-lhe a controlar a sua raiva e a ser um bom muçulmano, manter-se longe do álcool.

Mas Suraya sabe que será capaz de superar finalmente toda degradação e humilhação, que vai deixar que outro homem — Shamas, por exemplo — a toque, mas porque não quer passar a vida sem o seu filho e o marido: ela será amiga de um, confidente de outro, amante de ainda outro — mas, para eles, ela é *tudo*.

— Eu era casada lá. Agora sou divorciada — ela se ouve dizer a Shamas agora, em resposta à sua pergunta. — Eu tenho um filho de 8 anos que está com o pai. — Por enquanto, basta. — Eu não sei quando e se vou voltar ao Paquistão. Hoje não tenho ninguém nem planos. — Ela paga os dois livros e não pode partir sem antes arranjar o seu próximo encontro. Ela pensou rápido nos últimos minutos, mas não teve nenhuma idéia. Ela tenta encontrar um jeito de prolongar sua presença enquanto pensa.

E, é claro, não deve fazê-lo pensar que o próximo encontro é idéia dela — é possível que ele seja do tipo de homem que gosta de ficar no controle (e a maioria dos homens gosta; as mulheres têm apenas de orquestrar os acontecimentos de modo a deixar os homens pensar que estão no comando).

— Acaba de me ocorrer que o barulho que escutou mais cedo pode bem ser um pássaro e não um apito de criança. — E ela lhe conta como um bando de periquitos-de-colar subcontinentais está causando grande estrago nos jardins e pomares nas cercanias de Dasht-e-Tanhaii. Ela mesma os viu na semana passada. Em cerca de trinta, eles são descendentes de um casal de periquitos-de-colar indianos que fugiram da gaiola uns anos atrás.

— Eu gosto muito desses pássaros — ele diz a ela —, mas não vejo nenhum há décadas.

— Eu não me importaria de levá-lo até o bando — diz ela (talvez um pouco abruptamente?).

— Bem que eu gostaria, sim. Nós vamos procurar os pássaros como meu irmão procurava borboletas. O nome dele era Jugnu, aliás...

— Por favor, não pense que tem de me dizer coisas que preferiria calar.

— Não, eu quero. Eu gostaria. — Ele olha direto nos olhos dela e diz: — Então, como fazer para nos encontrarmos de novo?

Ao observar sua partida pela senda margeada de grama alta, ele quer correr atrás e dizer que é apaixonado por periquitos, mas se contém, decidindo que lhe dirá na próxima vez que se encontrarem. "Conhece a história de Hiraman, o periquito-de-colar, e a princesa Padmavati?" Hiraman, o periquito-de-colar falante, encontrava defeitos em todas as belas donzelas com que rajá Ratan Sen pensava em casar-se. Ele dizia ao rajá Ratan Sen: "Ninguém deve se conformar com o ordinário. A uma distância de sete mares do palácio de sua majestade, há uma terra chamada Serendip, governada pelo rajá Gandhrap Sen. E o nome da filha do rajá é Padmavati. Delicada como uma lótus. Radiante como a estrela da manhã. Suas madeixas perfumadas, uma nuvem de monção, e a risca nelas, levando à fronte, é a vereda do paraíso. A fronte: tão limpa como a lua na segunda noite de um mês, brilhando através de nove regiões e três mundos. Olhos como dois peixes brincando face a face. Seus olhares: como duas alvéolas lutando em vôo. Seus lábios amplos como a testa de um elefante. Todas as formas de beleza são determinadas a apegar-se a seus modos como um pombo-verde se agarra ao ramo e se inclina para beber água na corrente, pois pensa que nada na terra é digno de contato, restando pendurado de cabeça para baixo no galho mesmo quando morto." Os atributos e as virtudes de Padmavati capturaram de tal modo a imaginação do rajá Ratan Sen que finalmente ele se perdeu inteiro à sua descrição e partiu para procurá-la...

Shamas anda pela *Safeena*, pensando no seu próximo encontro, em como lhe diria que — a seu ver — Hiraman o periquito representa um artista, eles que nos dizem o que devemos almejar, eles que nos revelam o ideal, dizendo-nos em nome de que é verdadeiramente digno de se viver, e de morrer, na vida.

Fortuitamente, ele abre um livro que a viu folhear anteriormente.

Os mais velhos conhecidos do mundo

TENDO SALTADO DO ÔNIBUS, A MÃE de Chanda pára sob uma cerejeira ao lado da estrada, nos arrabaldes de Dasht-e-Tanhaii, cercada pelas encostas verdejantes das colinas, quando uma revoada de periquitos-de-colar corta o ar acima dela. Seu marido — que descera com ela — tinha ido a algum lugar além da curva da estrada deserta pelas colinas. A grama a seus pés está repleta das pétalas cor-de-rosa clara. Ela olha os seus sapatos: elas compraram aqueles sapatos juntas, mãe e filha, anos atrás.

Ela pode ver seu marido vindo pela curva da estrada, resmungando consigo mesmo, parecendo pálido na sombra lavanda do ombro verde do morro. O casal acabara de visitar os filhos que estão numa prisão a uma hora de ônibus. Eles saltaram do ônibus naquele lugar remoto porque o pai de Chanda pensou ter visto alguém desaparecer atrás de uma árvore — caçando uma borboleta. Jugnu? Eles interromperam a viagem de volta para casa e desembarcaram às pressas no ponto seguinte. Ela permaneceu sob a cerejeira e ele se apressou estrada acima, na direção de onde captara o vislumbre fugidio do caçador de borboletas. Em sua longa ausência, ela se deixou chorar alto, soltando a dor que sentira durante a visita que tinham acabado de fazer à prisão: um dos seus filhos tinha sido espancado ontem por presos brancos — o seu braço esquerdo e o maxilar estão quebrados, e seu rosto está machucado além do reconhecimento. Ele não pode prejudicar as pessoas que fizeram aquilo com ele e disse às autoridades da prisão que tinha caído.

Ela sorri para esconder do marido os traços da sua dor, para não perturbá-lo.

— Era só um menino — diz ele, ao aproximar-se dela — com um aviãozinho de papel. — Ele olha em volta como se estivesse no meio de um oceano, procurando uma costa. — Mas eu vi outra pessoa. Shamas, de pé ao lado do rio. E acho que havia uma mulher com ele. Ou pelo menos eu acho que eles estavam juntos. Ela estava a uma certa distância dele.

— Alá! Você tem certeza?

— Não sei. Não, eu não tenho certeza. Passou algum ônibus depois?

— Passou, mas um daqueles que vira na Annemarie Schimmel Road, indo para Muridke, em vez da rodoviária Saddam Hussein. — Ela pega um lenço vermelho como uma carapaça de lagosta na bolsa e lhe passa — o exercício lhe fizera suar aos baldes. — A mulher com Shamas era branca?

Ele balança a cabeça.

— Provavelmente não é nada. Não foi de Muridke que aquela família da Faiz Street chamou um homem para exorcizar a filha de *djinns*?

— Sim. Ele virá logo — responde a mulher. — Ela não está se comportando bem em relação à família e ao marido. Na noite passada eu me vi pensando o que houve de errado com nossa filha. Os *djinns* a possuíram e a fizeram rebelar-se.

Ele enxuga o rosto com o lenço, a respiração estabilizando-se lentamente. Ele parece ter encontrado seu equilíbrio agora que está perto dela: a proximidade dela sempre o acolheu de volta de situações de ser um entre muitos àquela de ser o primeiro no jogo da vida deles, mesmo que certas áreas do cérebro dela não tivessem o formato certo para acomodá-lo. Quando não está com ela, ele está só, mesmo que esteja cercado de pessoas. Ao colar as etiquetas de preço em pacotes de temperos, ele gritaria de trás de uma fila de prateleiras:

— Mãe de Chanda, quanto é o pacote de erva-doce?

— Vinte e nove centavos os pequenos, cinqüenta e um os grandes — responderia ela do balcão — e precisa me perguntar toda vez?

— É só uma desculpa para ouvir a sua voz, amada minha. — E ele se levantaria e piscaria para ela por sobre o alto das prateleiras, ou inclinando-se de trás da pirâmide branca e azul dos sacos de açúcar. Ela logo esconderia o seu prazer atrás do véu; oh, que haveria de fazer com esse seu marido! Ela o repreenderia: eles eram adultos, pais de três filhos, mas ele persistia em agir como um adolescente na sua idade, e insistia que ela se comportasse como se sua câmara nupcial fosse o mundo e todos os dias a sua noite de núpcias. Muitos verões atrás, depois de ela ter se deixado levar com seu cortador de unhas na véspera (como acontece com todo mundo de tempos em tempos), ela lhe pediu para descascar uma laranja para ela, estando seus dedos levemente machucados, e ele aproveitou a oportunidade como deixa para estabelecer um ritual: daquele dia em diante, na horinha mesma em que chegavam as laranjas novas no verão, ele descascava uma delas e punha a estrela carnuda num prato com uma pitada de sal sobre a gaveta de dinheiro no balcão ao lado dela, os gomos arranjados e o prato escolhido com cuidado, pois a primeira mordida é sempre com os olhos. Os clientes chamariam a atenção um do outro com discretas cotoveladas, sorrindo enquanto ele escolhia nas caixas a fruta mais pesada e escura, mas era como se apenas ela percebesse a hilaridade deles.

Mas quase já não há mais risos na vida do casal.

Então ele diz:

— Eu tive tanta certeza de que era um caçador de borboletas: vista do ônibus, parecia uma borboleta, e o menino era alto o bastante para ser tomado por um homem. — Ele indica a direção de onde viera: — Há um grupo deles — de meninos. Alguns estão pescando, com varas e molinetes. Outros estão nadando.

Parada sob a cerejeira, ela se pergunta se devia tocar no assunto dos dois garotos, e então diz:

— Não consegui suportar vê-lo todo costurado — aqueles nozinhos pretos como aranhas saindo do rosto dele. Todas aquelas bandagens e o braço na tipóia.

— E o outro também, pareceu mais magro — concorda ele com um aceno de cabeça após um instante.

— Ele disse:

— "O ano está ficando mais quente e *sinto* o cheiro das mangas amadurecendo lá no Paquistão — mesmo atrás dessas portas, cada uma com um cadeado de um quilo."

— Eles estão sentindo falta da sua comida. "Essa sua receita devia ser publicada num jornal", diziam eles depois de uma refeição ou outra. — Ele a toca suavemente no braço. — Eles vão recuperar a saúde quando forem inocentados em dezembro e nós os trouxermos para casa.

Ela levanta a cabeça baixa, olha francamente o seu rosto um momento e então vira a face na direção do ônibus que está chegando. Após um silêncio, ela diz:

— No ônibus, pouco antes de você falar da pessoa caçando a borboleta tangerina, eu vi uma árvore que só tinha um longo galho florido. O resto da copa estava seco, sem folhas. Então me lembrei de uma vez que me disseram que sobre o túmulo de um homem devoto os galhos da árvore diretamente sobre a cova continuavam a florir, dando sombra, mesmo que o resto da árvore estivesse murcho e seco de pegar fogo. Ao ver a árvore do ônibus, eu tive o impulso de saltar e abrir a terra debaixo daquele galho florido, para ver se... se...

— Você não deve pensar assim — ele olha para seu relógio de ouro, sai de debaixo da cerejeira e se aproxima da beira da estrada, onde o poste designando o ponto do ônibus estava plantado.

— É difícil saber o que pensar. A gente pode enlouquecer às vezes. Eu não lhe contei, mas, quando aquela mulher voltou do Paquistão e disse que Jugnu tinha sido visto em Lahore, tolamente eu procurei Shamas para contar-lhe a respeito.

— Quando? — Ele está perplexo. — Por quê?

— Não fique zangado. Ao amanhecer, um dia.

— Mas era só um rumor, gente fofocando. O que foi que ele disse, e o que você esperava conseguir?

— Eu já admiti que agi tolamente e lhe pedi que não ficasse zangado. Então, não olhe para mim desse jeito. Eu queria meus filhos fora da cadeia. E muito justamente, também: olhe só o que aconteceu com um deles! Um dia antes de procurar Shamas, eu ouvi que houve 1.500 suicídios na prisão no ano passado. Então entrei em pânico, a cabeça toda tumultuada. Pensei que Jugnu e Chanda tinham vendido seus passaportes para outro casal e decidido permanecer no Paquistão. Que tudo era uma montagem: que outro casal veio para a Inglaterra e deixou a bagagem e os passaportes na casa deles e depois desapareceu. Eu passei a noite em claro, e a noite faz a gente pensar coisas estranhas. Saí de casa de madrugada um dia para encontrar Shamas, sabendo que ele vai à cidade para pegar os jornais.

— Ele deve achar que toda a nossa família é desvairada. — Ele levanta as mãos, completamente estupefato do rumo que a história toma.

— Eu *disse* que não sabia o que estava pensando — sua voz tinha uma sugestão de soluço.

Ele olha para ela com uma espécie de sorriso uns instantes depois.

— Sinto muito. É difícil saber o que pensar. Ainda há pouco, eu pensei ter ouvido o grito de um periquito!

— Você ouviu — responde ela após um instante. — Eu também ouvi. Dizem que há um bando deles por aqui. E que está crescendo. Há temores de que logo eles estejam em tudo quanto é lugar. A algazarra deles é tão áspera. — Ela se junta a ele à beira da estrada um instante e então ambos retornam à cerejeira, ao seu leito morto de pétalas rosa-acastanhadas.

— Se ao menos ela tivesse um túmulo, eu plantaria tulipas em volta dela — diz ela, baixinho. — As tulipas são abençoadas. Seu nome persa e urdu — *lalah* — tem exatamente as mesmas letras do nome Dele — *Allah*.

Ela olha para ele e vê as lágrimas nos seus olhos.

— Por que você está...? Não, não... — ela consegue dizer.

Ele cobre os olhos com o pulso.

— Não chore. — Ambos tinham envelhecido um bocado nos últimos anos, como se os que partiram tivessem levado algo de sua vida com eles ao partir.

— Você acha que tenho um coração de pedra, que não fiquei horrorizado ao ver a extensão dos ferimentos dele. E não pude acreditar no que disse a eles, que deviam dizer a verdade sobre o que aconteceu com Chanda e Jugnu. "O pai de vocês não vai me contar a verdade; então, são vocês que têm de contar." — Ele balança a cabeça. — Eu sei que você acha que escondo alguma coisa de você, que sei o que houve com Chanda.

— Eu não penso nada disso — diz ela calmamente, do outro lado da escura floresta de suspeitas que jaz entre eles.

— O que aconteceu com você aconteceu comigo também. Eu lhe juro por minha salvação e pela verdade do Islã... Eu quero minha filha de volta, e eu quero meus filhos de volta.

— Eu não sei o que pensar, mas não duvido de você. Não vou duvidar de você, se é que é isso o que está me pedindo para fazer.

— Quer dizer que se não lhe pedisse você ia pensar que eu sou capaz de enganá-la. Até momentos atrás, então, eu estaria... aos seus olhos... *envolvido* no que quer que pudesse estar acontecendo? A única coisa que escondi de você foi minha dor, para não perturbá-la ainda mais — ele levanta o rosto para olhar para ela com olhos que estão redondos como seixos do mar. Ele aperta o lenço contra eles e dá uma risadinha: — Lágrimas de crocodilo! Sempre ouvimos que os ingleses eram corajosos construtores de impérios, mas bem que alguns deles caíram no choro quando perderam a Copa do Mundo de Críquete cinco anos atrás. Smith chorou, e acho que Stewart também. E os paquistaneses choraram porque tinham ganho.

— Não, não quero que continue a pensar assim — diz ela baixinho. — Que Alá me perdoe, mas até eu me peguei pensando que não tinha importância eles estarem vivendo em pecado, mas aí a gente vai contra a lei Dele; que, se pudesse fazer tudo de novo, eu suspenderia todas as obrigações dela no assunto. Eu estava passando pelo cartório de registro civil outro dia no ano passado e vi, na lista dos casamentos no quadro de avisos, que uma moça paquistanesa ia se casar com um rapaz branco, e por um momento eu disse a mim mesma que nossas garotas estão fazendo todo tipo de coisa hoje em dia, que importava que Chanda estivesse vivendo em pecado. — Seu rosto está pálido, ela está tremendo rigidamente, uma luz morta nos seus olhos cinza-e-caramelo. — Como saber se eles vão estar seguros na prisão daqui em diante? — Doze horas antes de ter completado sua sentença de três meses, um adolescente paquistanês foi encontrado morto na prisão na semana passada: um prisioneiro branco foi acusado do assassinato. Os pais dele receberam a notícia da morte quando estavam planejando a festa de boas-vindas. — Vinte negros morreram sob a custódia da polícia no ano passado.

— Outro ônibus já devia ter passado a esta altura. — De repente ele toma consciência de que estão nos arrabaldes da cidade, sozinhos e expostos, num lugar nada familiar, longe da sua vizinhança. Mulheres andam junto com seus homens em outras partes de Dasht-e-Tanhaii, mas se permitem vadiar um pouco entrando nas ruas familiares das suas próprias vizinhanças, ficando para trás, descuidadas. Contudo, mesmo lá ele testemunhara — há apenas dois dias — dois homens brancos gritando alto e repetidas vezes "*Sieg Heil!*" ao passarem por um grupo de mulheres e crianças na frente de uma loja. Ele olhou para ela: — Como sabe do número de negros mortos sob custódia da polícia?

— Ouvi por acaso no rádio.

Eles ficaram em silêncio, ambos enredados no mesmo medo. Mas, então, ela foi subitamente visitada por uma inspiração:

— Nós temos de transferi-los para outra prisão. Podemos pedir ao irmão-*ji* Shamas para nos ajudar a arranjar isto.

Ele balança a cabeça, espantado.

— Sim. Ele é um bom homem. Eu vou procurá-lo eu mesma — diz ela animadamente, e olha na direção em que seu marido tinha visto Shamas um pouco mais cedo: — Vou falar com ele agora mesmo! Não vou deixar meus filhos em perigo mais tempo do que o necessário.

Ela parece prestes a sair para procurar Shamas. Ele a pega pelo braço.

— Não.

— Ele nos dirá que formulários preencher, aonde ir, quem procurar. Nós não compreendemos esses procedimentos, e com nossas deficiências em inglês provavelmente vamos cometer erros ao preencher os formulários, causando atrasos inúteis.

— Não. Eu sei que temos de encontrar um modo de garantir a segurança deles. Não sou cego. Vi o quanto bateram nele. Mas você não vai abordar Shamas outra vez. *Pense* só no que está dizendo!

Ela aquiesce com a cabeça, derrotada, de modo que ele solta o seu braço. Ela respira fundo para recompor-se.

— Eu queria perguntar tantas coisas aos meus filhos hoje, mas meu inglês não é muito bom. Mas toda vez que sentia vontade de dizer o que estava realmente sentindo, aquele guarda da prisão ficava dizendo para eu não falar com eles em "paqui". "Fale inglês ou cale-se", disse ele.

— O seu inglês é melhor do que o meu — diz ele.

Ela faz um gesto pondo de lado o que ele dissera. Vestida de azul, ela está sob a cerejeira com ele ao seu lado: as rochas e matacões imortais os contemplam do outro lado da estrada.

Ela sorri.

— Sim, daqui a um mês, quando as mangas começarem a chegar, vamos ver se deixam a gente trazer algumas para eles. Há mangas brasileiras agora, mas não há música nelas. — Caroço de ameixa, caroço de pêssego, de damasco, de manga, de cereja: quando os filhos eram menores, todo ano no começo do outono, ao podar a roseira que crescia no canto sob aquela janela, ela encontrava um monte de caroços de frutas jogados lá durante o verão, na terra diretamente abaixo da janela do quarto dos dois meninos.

Vendo que ele não havia dito nada em resposta, ela põe a mão no ombro dele.

— Você não deve deixar o seu coração doer demais. Nós temos de confiar que Ele vai nos ajudar a sair dessa situação.

Onde está você? Você não tem sequer a segurança de um túmulo, jazendo nalgum lugar exposta ao vento, à chuva e ao sol e à neve.

Os filhos dizem que não foram eles, mas certamente há comentários de que andaram se gabando. Um deles disse: "Eu admito para todo mundo que fui eu quando estiver usando uma camiseta dizendo que fui eu e com uma fotografia minha cometendo o crime." E o outro: "Eles eram pecadores e Alá me usou como espada contra eles." A mãe de Chanda quer entrar na alma deles com uma lamparina acesa para procurar a verdade. As pessoas dizem que eles confessaram tê-lo feito, mas também dizem muitas outras coisas.

— O ônibus está chegando.

Embora o céu aqui estivesse totalmente azul, em algum lugar deve estar chovendo naquela direção, pois o carro está molhado. Subindo a bordo, eles trocam cumprimentos com o motorista paquistanês, pagam e tomam os seus lugares. O grupo de garotos que estivera pescando na margem estrada acima está ocupando os assentos de trás, dando risadinhas e falando alto em confusão, cheirando a grama, lama e musgo, varas e redes de pescar recostadas em vários ângulos entre eles. O pai de Chanda sabe a razão da sua algazarra e da gargalhada que estão tentando conter sem conseguir, os ombros sacudidos como alguém operando uma britadeira: estão olhando as páginas rasgadas de uma revista pornográfica que encontraram espalhada na margem, juntando ou virando páginas, inclinando suas cabeças. Eles já estavam olhando antes quando ele foi na direção deles, e o que ele tinha pensado que era uma borboleta não era um aviãozinho de papel — como afirmara para a esposa ao retornar, tendo se afastado dos garotos chocado e embaraçado —, mas um pedaço colorido de uma página que o vento havia arrancado de uma mão.

O motorista do ônibus não mora longe da loja; sua esposa disse à mãe de Chanda que o pai de Chanda tinha dito que sua filha tinha morrido para ele no dia em que foi morar com Jugnu, que não permitiria uma pecadora junto de si, fosse ela cem vezes a sua filha, que ela — libertina sem-vergonha — pode ter desaparecido, mas não da casa *dele*, e que estava orgulhoso dos filhos pelo que tinham feito. Ela não o confrontou a respeito. A vizinhança é um lugar de intrigas bizantinas e espionagem emocional, um lugar onde, quando duas pessoas param na rua para falar, suas línguas são como as duas metades que se juntam da tesoura, retalhando reputações e bons nomes. E assim, é possível que o motorista do ônibus tenha mentido, que sua esposa tenha mentido e que o pai de Chanda tenha de fato dito aquelas palavras ou algo semelhante, impotente, para salvar a cara diante de uma companhia crítica ou beligerante, sugerido aquelas palavras com expressões ou pronunciado-as explicitamente com a língua, sentindo-se cercado: "Sim, sim, o que tinha de ser feito foi feito. Agora deixem-me em paz."

Há momentos na vida em que a pessoa tem de fazer ou dizer coisas que não quer. Seres humanos e grilhões, eis os mais velhos conhecidos do mundo.

Ela esfrega o vidro da janela e tem a impressão de que está querendo apagar o mundo lá fora. Ele começa a ler o jornal urdu e, portanto, estavam ambos ocupados quando o ônibus parou e dois novos passageiros entraram e começaram a subir ao andar superior.

— Era Shamas! — sussurra a mãe de Chanda, puxando a manga do marido. — E *havia* uma mulher com ele!

Ele abaixa o jornal.

— Onde? Acha que podia ser uma das secretárias dele? Uma branca?

— Não: uma de nós. A mesmíssima que você deve ter visto. O que ele haveria de estar fazendo aqui com sua secretária? Eles foram lá para cima. Ela estava usando uma jaqueta caxemira, e ele estava com uma pena verde na mão. Acho que de periquito.

— Será que todos os filhos dessa família são assim — desafiadores das convenções, fazem o que querem? — Diz o pai de Chanda com moderada indignação: — Eles podem fazer o que quiserem com mulheres brancas — nós todos sabemos a moral que *elas* têm — mas pelo menos podiam deixar as nossas mulheres em paz. Vai ver que a missão deles é corromper todas as paquistanesas que encontrarem. — E ele acrescenta decisivamente: — Na minha opinião, eles ainda estão contaminados pelo hinduísmo do pai deles. O *Senhor* Krishna e suas mil mulheres, com certeza! E eles zombam do nosso Profeta, que a paz esteja com ele, por só ter nove esposas!

Ela suspira:

— Talvez nós dois estejamos errados. Que Alá me perdoe por pensar mal dos outros. Talvez eles não estejam juntos. Eu não vi nenhum contato entre eles; você viu, antes?

Ele balança a cabeça num pronto não, porque ainda está zangado:

— Não tenho certeza de que aceitaria a ajuda dele, mesmo ele oferecendo. O irmão dele corrompeu minha filha! Toda essa confusão... é culpa deles.

O ônibus pára vinte minutos depois e o motorista, inclinando-se em seu assento, pede aos jovens pescadores na parte traseira para desembarcarem. O montante que tinham pago não lhes comprava distâncias além daquele ponto.

Todos os demais passageiros olharam para trás brevemente, incluindo o homem que tinha se levantado para descer naquele ponto.

Com seu odor de barranco de rio, musgo, terra, folha nova, e o cheiro da água do rio em que dois deles haviam nadado antes, todos os cinco garotos ficaram em silêncio, petrificados na atitude em que foram pegos pela exigência do motorista.

O motorista destrava a portinha de metal junto do seu assento e sai para o corredor juncado de bilhetes usados com marcas de pegadas, como selos obliterados numa carta.

— Saiam, por favor, ou têm que dar mais dinheiro se quiserem continuar. Eu me lembro de quanto vocês pagaram.

Os garotos, as suas roupas uma colorida salada de frutas, protestam extáticos e afirmam o seu destino final. Experimentam a vida para ver o que conseguem arranjar, e como.

— Mostrem os seus bilhetes, por favor — ele passa pelo homem parado diante da porta aberta e vai pelo corredor na direção deles, as vozes ficando mais altas. O veículo parado é açoitado pelos raios do sol, e isso é como estar dentro de um diamante.

Os bilhetes são apresentados e ele tinha razão:

— Por favor, mais 25 centavos cada um. *Haram-khor!* Não, não. Então saiam, por favor. Vocês vão me causar problemas. Ou, então, 25 centavos mais cada um. Estou pedindo educadamente. *Behen chod.* — Todos os seis estão falando ao mesmo tempo e trata-se de uma disputa empatada: cada lado acha uma flecha adequada para disparar em retorno à acusação do outro.

— Alô! — O homem de pé na frente do ônibus grita, surpreendendo a todos. — Alô, Gupta, ou seja lá qual for o seu nome, Abdul-Patel. Sr. Imigrante Ilegal em Busca de Asilo! Vá sentar-se no seu lugar.

O motorista olha para trás, chocado. O protesto dos meninos vira um murmúrio, sua exuberância baixando como espuma de sabão.

— Volte já. Ande logo, rápido — ele aponta para o assento do motorista e sacode o dedo como quando um adulto dá ordens a uma criança. — Pare de fazer todo mundo perder tempo.

— Mas, por favor, eu perco meu emprego se um fiscal aparecer de repente agora... — diz ele com jeito. — Cada um deles tem de pagar 25 centavos mais a partir deste ponto... por favor...

— Venha cá.

Derrotado, o motorista dá uns poucos passos.

— Eu perco meu emprego... Eles vão dar problema...

Eles olham um para o outro, uma fronteira jazendo entre eles.

— Eu vou pagar — aqui — quanto é? — Ele abre a carteira. — Venha cá, eu disse.

O motorista retorna ao seu assento sem mais uma palavra, recebe, e o homem sai ostensivamente, dizendo: — Mostre-nos algum respeito. Este é o nosso país, não o seu.

Os passageiros brancos continuam a olhar pelas janelas. O coração da mãe de Chanda martela forte e dolorosamente contra seu peito. Seu rosto e, dentro da roupa, o seu corpo estão queimando, seu sangue inundado de cólera.

— Espero que o motorista não vá levar essa humilhação para casa mais tarde hoje — diz a mãe de Chanda quando o ônibus começa a andar —, dando coices nos seus *próprios* filhos, e na esposa. — Mas o ônibus pára de repente do lado da estrada e o motorista sai mais uma vez no corredor, evitando os olhos dos passageiros. Ele abre a porta e sai. Um minuto, dois, três, quatro e depois cinco minutos passam, os passageiros começando a ficar inquietos, e então uns poucos entre eles se levantam e vão até a frente, notando que o homem está sentado à beira da estrada, numa pedra ao lado de um arbusto em flor, com a cabeça entre as mãos. Há vários "desculpe-me" para chamar sua atenção, mas ele não olha para cima.

Ninguém sabe o que fazer.

— Por favor, entre, meu caro — uma branca põe a cabeça tentativamente para fora da porta e diz, mas ele não responde. Ela fica lá, a mão apertada sobre a boca, e então os pais de Chanda observam quando Shamas desce com uma expressão perplexa no rosto, ainda segurando aquela pena verde brilhosa. Ele sai e eles o observam falar com o motorista e, poucos minutos depois, o homem volta.

— Há algo que o senhor pode fazer — diz ele ao motorista em punjabi. — Relatar e pedir a eles para começar a registrar incidentes raciais ocorridos em ônibus, ofensas raciais contra motoristas. Venha ao meu escritório amanhã. Nós vamos acompanhar o assunto com eles. — O homem concorda com um aceno de cabeça e volta a sentar-se atrás do volante.

Shamas dá uma olhadela para os outros passageiros e então volta ao andar de cima.

— Acha que ele nos viu? — pergunta a mãe de Chanda.

— Aquela mulher da jaqueta de *paisleys* estava na escada, esperando por ele. Mas pode ser apenas mais uma passageira ansiosa. Não é?

Ela concorda com um aceno de cabeça:

— Suponho que sim. — O ônibus recomeça a viagem. Ninguém diz nada durante os muitos minutos que leva para chegar ao anel rodoviário em volta do centro, os movimentos e curvas do veículo sacudindo os passageiros levemente, como garrafas de leite num engradado. Os pequenos pescadores na parte de trás começam a recolher suas redes, cestos e varas com a linha tesa como corda de harpa, e subitamente descobre-se em meio a grande e alegre algazarra que a lata de iscas tinha sido esquecida meio aberta.

É a hora perolada do entardecer, brandamente radiante, e o ônibus passa por estradas ladeadas por lojas de ambos os lados. Os garotos trazendo o aroma verdejante andam de quatro pelo corredor, procurando larvas entre os sapatos dos passageiros, sorrindo arreganhado como se alguém lhes segurasse uma fatia de melão diante da face. A mãe de Chanda levanta os pés com grande ansiedade, mantendo-os longe dos vermes comedores de cadáveres em decomposição, parentes daqueles que se alimentaram da carne morta da sua filha.

— Não consigo deixar de pensar que algo está acontecendo lá em cima — o pai de Chanda aponta para o teto metálico.

— Não — ela balança a cabeça. — Ele é um homem bom. Não vê como ajudou o motorista? E me lembro de como foi educado comigo no dia em que o abordei com aquela idéia estouvada na cabeça naquele amanhecer. — Ela olha para ele. — Não precisa fazer cara feia. Dou-lhe minha palavra que não vou me aproximar outra vez.

O pai de Chanda *está* de cara feia, tornando-se ainda mais pensativo: "Eu pensei que Jugnu e Chanda tinham vendido seus passaportes para outro casal e decidiram permanecer no Paquistão..." Mas por que isso não pode ter acontecido? Por que não podem convencer um casal a ir à polícia e dizer que entraram na Grã-Bretanha com os passaportes de Chanda e Jugnu? Porém, ele balança a cabeça — quem concordaria com uma coisa dessas?

Ali sentado, os primeiros detalhes do subterfúgio começam e encaixar-se: "Alô, Gupta, ou seja lá qual for o seu nome, Abdul-Patel. Sr. Imigrante Ilegal em Busca de Asilo! Vá sentar-se no seu lugar..." Imigrantes ilegais! Não poderiam eles arranjar um casal de imigrantes ilegais e pagar para irem à polícia contar essa história?

Ele se volta para a esposa:

— Você acaba de dizer como era tola a idéia de uma vinda falsa de Chanda e Jugnu para a Inglaterra, mas eu não acho que seja. Não na verdade. — Atipicamente demonstrativo, ele se inclina mais perto dela. — Estive pensando. Por que *não* pode ter acontecido? Quem pode dizer que não?

— Por Alá! Você está dizendo que Jugnu e minha Chanda estão vivos?

— Não sei. Mas por que não arranjamos um homem e uma mulher para irem à polícia dizer que entraram na Inglaterra com os passaportes vendidos por Chanda e Jugnu no Paquistão? Ninguém verifica nos aeroportos para saber se a fotografia é mesmo da pessoa.

— Foi exatamente o que eu disse a Shamas.

— Acho que a gente consegue fazer isso.

— Está falando sério?

— Claro que estou.

— Quem vai concordar em ir à polícia para dizer uma coisa dessas?

— O país é cheio de imigrantes ilegais. Nós encontraremos um casal e pagaremos. — Ele está falando e pensando rápido, a adrenalina percorrendo as suas veias. — A polícia deportaria o casal, óbvio, mas acho que eles ficariam contentes de ir para o Paquistão se nós lhes pagarmos. A gente finge que há outros candidatos interessados para as duas vagas, para eles não pedirem demais.

— Isso ainda não explica onde estão Chanda e Jugnu.

— Mas a história prova que eles não foram mortos por ninguém da nossa família. Por que os irmãos de Chanda deveriam estar na cadeia se ela não pode ser localizada? A culpa não é *deles*.

A mãe de Chanda balança a cabeça.

— Não vai funcionar. Há incoerências demais.

— Diga uma.

— Alá, você está falando sério? — diz ela espantada.

— Seríssimo.

— O espírito de Chanda jamais vai nos perdoar.

— Primeiro a gente toma conta dos vivos.

— Que falta de coração! — ela começa a chorar. — Homens! Como pode dizer uma coisa dessas sobre a sua filha?

Ele não responde imediatamente, espera até ela ter exaurido as suas lágrimas, a respiração começando a estender-se mais profundamente.

— Eu tenho coração — diz ele baixinho. — Eu vi os machucados e curativos do meu filho ainda há pouco hoje, e você mesmo disse que nós temos de fazer alguma coisa para garantir a segurança deles, não disse? Não vou pedir nada a Shamas. Então temos de fazer alguma coisa a gente mesmo.

Ela não responde imediatamente.

— Eles também são meus filhos. — Ela suspira e então pergunta: — E se o casal forjado concordar em ir à polícia, e de fato for, mas depois decidir contar a eles que fomos nós que os incitamos a fazê-lo? Nós poderíamos todos ser presos. Conspiração para bloquear a ação da justiça.

Ele pensa um instante e então balança a cabeça:

— Nós simplesmente negamos. É a palavra deles contra a nossa. — Ele pensa nisso e acrescenta: — Nós só pagaremos uma parte do dinheiro para o casal começar. O resto a gente só paga depois que eles tiverem feito a parte deles e estiverem prestes a ser deportados.

— Ou podíamos dizer que receberiam o restante do dinheiro só no Paquistão — só depois de terem sido enviados para lá.

Ele concorda com a cabeça.

— Ainda melhor.

Ele tem bastante dinheiro em maços de cédulas. Os meninos faziam parte de um grupo que tinha conseguido contrabandear heroína do Paquistão alguns anos atrás, escondida em frutas e verduras. Ninguém da família sabia quando eles lhe contaram e ele os fez prometer não repetir nunca mais. Os amigos dos meninos — um dos quais era dono de um restaurante — montaram uma empresa de fachada, importando 74 caixas de goiaba e ameixa, *jamun*, *shaftalu*, amora e *falsa* numa certa ocasião e 46 em duas outras. Cerca de 750 mil libras de heroína a preço de rua foram trazidas para o país, mas os meninos só participaram na primeira vez — o trabalho deles foi ir a um estacionamento numa auto-estrada, encontrar o homem que tinha recolhido as caixas no aeroporto e trazê-las para Dasht-e-Tanhaii na sua própria caminhonete.

Ele diz:

— Outro dia mesmo um jovem veio à mesquita, dizendo que era imigrante ilegal do Paquistão e que estava procurando o irmão, que tinha vindo para a Inglaterra alguns anos antes e não dera mais notícias desde então.

— Deixou um endereço onde pudesse ser contatado?

— Não. Ele disse que o irmão perdido tinha um único cabelo dourado de tão louro entre os fios pretos normais que tinha na cabeça. Mas, não, não deixou endereço. Em todo caso, há muitos outros como ele. Vamos ter de manter os nossos olhos e ouvidos bem abertos para achar gente parecida.

O ônibus amarelo-baunilha e verde-maçã guina e serpeia em seu caminho pelo centro da cidade rumo ao seu destino, parando de tempos em tempos às teclas de piano de uma faixa de pedestres, o seu reflexo passando nas vitrines das lojas do tamanho de telas de cinema, e eles vão sentados lado a lado sem palavras, seus pálidos reflexos lá fora fazendo-os sentir que carecem da qualidade da presença.

Ela põe a sua mão embainhada pelo sol sobre a dele, muito carinhosamente, e a deixa lá um instante. O que quer que tenha acontecido com ela aconteceu também com ele.

Quando os passageiros começam a desembarcar na estação rodoviária, ambos permanecem sentados, como aturdidos.

— A alma dela jamais nos perdoará — ela diz baixinho. E então eles vêem Shamas descer, sozinho, seguido por três outros passageiros. — Obviamente, nós estávamos enganados — diz a mãe de Chanda. — Ele e a mulher não estavam juntos. — A mulher é o último passageiro a descer do andar de cima.

— Viu como era bonita — sussurra a mãe de Chanda ao levantar-se para descer. — Por Alá, parecia uma huri.

Perdidos em seus pensamentos, nenhum dos dois tinha notado ao final da viagem que era Suraya quem estava segurando a pena de periquito verde brilhosa.

A dança do ferido

É TAREFA DOS INSETOS POLINIZAR AS flores. Mas Shamas se lembra de que lhe contaram sobre uma planta rara encontrada somente numa ilha montanhosa remota e como suaves pincéis são usados para coletar e transferir o seu pólen de uma flor para outra: o inseto que havia desempenhado a função tinha se extinguido — era desconhecido pelo homem. Todos concordam que a planta não poderia ter sobrevivido através dos tempos sem o inseto hoje desaparecido. Ninguém sabe como foi. As flores são o único indicador de que eles devem ter existido até bem recentemente.

Elas são como flores postas num túmulo, pranteando uma ausência.

Quando a tarde de final de maio cai rumo à noite, ele, caminhando rumo ao lago, inspira a rica fragrância suspensa à volta das inflorescências em todas as direções de uma *buddleja*, o sussurro de uma mariposa a alcançá-lo de um lugar qualquer dentro da folhagem verde como a toada de uma máquina de costura.

O vago perfume decide acompanhá-lo por alguns passos enquanto, acima, a lua vagueia desacompanhada. Desde o encontro no *Safeena* naquela tarde no começo de maio, ele esteve e conversou com Suraya mais cinco vezes, sem nunca combinar a próxima ocasião muito definitiva ou firmemente e sem nunca saber se ela viria, mas sempre esperando que viesse.

Eles continuaram formais, quase acanhados, e não houve sequer um ínfimo contato físico, pois entre eles há uma ponte de vidro. Até aqui não houve nenhuma conseqüência e, portanto, às vezes, acha difícil acreditar na realidade de toda aquela situação. Ele leu em algum lugar que, embora a atividade constante da experiência diurna nos impeça de notá-lo, o tempo todo estamos sonhando em níveis baixos.

Toda vez que encontrou Suraya, o seu sentimento de traição em relação a Kaukab foi mais forte do que antes. "Não é como se eu a estivesse deixando": tentou ele argumentar consigo mesmo anteriormente; mas ele está velho demais para se deixar enganar por um raciocínio tão frágil quanto este: ele a *está* deixando — apenas não está saindo de casa. Cada jornada na direção de Suraya exigiu um coração de leão, e ele tentou não pensar na reação de Kaukab se jamais ela descobrisse.

A lua ainda está muito baixa e o bazar de coisas usadas está até onde pode de reflexos pulverulentos, suspensos um em cada espelho oxidado. Estrelas e algumas constelações são visíveis nas partes mais escuras do céu, e olhando-as ele se lembra de que as galáxias polvorentas são supostamente a poeira levantada pela montanha alada de Maomé ao carregá-lo para os céus para a audiência com Alá na sua Jornada Noturna. Ele pisa na veia transparente de um pequeno córrego. Anda na direção de um agrupamento de casas lacustres amplas e caras onde as flores vicejam às centenas e as pontas fechadas das frondes das samambaias gigantes parecem punhos de gorilas ruivos.

A família numa das casas é descendente de um homem santo da região de Faisalabad no Paquistão. Entre os seguidores do reverenciado ancestral da família do lago estiveram os antepassados do cantor devocional Nusrat Fateh Ali Kahn — o homem apontado por um crítico de Londres como *o melhor e mais forte cantor do mundo hoje* e por outro como *uma das três ou quatro vozes verdadeiramente sublimes do século XX — tão bom quanto Maria Callas e Umm-e Kulsum.*

Sempre que pode, Nusrat comparece às celebrações anuais do *urs* no santuário perto de Faisalabad para humildar-se perante o antigo santo. O santo deve ter mostrado alguma bondade para com seu ancestral, há todos esses séculos, mas ninguém sabe dizer exatamente qual seria; tampouco esse detalhe específico é relevante para Nusrat — a gente não se recorda do sabor do leite da mãe, mas isso não significa que não precisou ou bebeu dele em certo momento. Trata-se também do seu modo de homenagear seus próprios ancestrais: se eles acharam que valia a pena venerar o santo, seu descendente está pronto a confiar neles.

A fama crescente de Nusrat no mundo implicou que ele estivesse na Inglaterra este mês, realizando um sem-número de concertos antes de voar para Los Angeles, para gravar a trilha sonora de um filme de Hollywood. Imediatamente antes disso, ele estava no Japão, gravando um especial para a televisão; isso coincidiu com o *urs* anual de Faisalabad e, lamentando não poder comparecer ao santuário naquele ano, em vez disso ele decidiu visitar os descendentes do santo durante a sua estadia na Inglaterra.

Hoje à noite — enquanto as aspidistras nos jardins escuros abrem suas flores para poder ser polinizadas por lesmas e caracóis —, a voz que inspira reverência vai cantar suas canções extáticas numa grande tenda branca ao luar atrás da casa no lago, para uma platéia livre. Suraya estará presente. E Kaukab.

Ele falou a Suraya sobre o concerto durante um breve encontro mais cedo hoje: a moça que Shamas viu na margem do rio com seu amante hindu secreto poucas semanas antes — o jovem casal procurando o lugar em que o coração humano desencarnado tinha sido encontrado — fora espancada até a morte pelo homem santo, trazido para livrá-la dos *djinns*. Enquanto estava na casa dos pais da moça morta mais cedo hoje, uma casa cheia de pranteadores enlutados e pessoas que vieram dar condolências, Shamas viu-se só numa sala com Suraya por um momento. Como todos os demais, ela estava vestida nas cores o mais discretas possível para não ofender a morta e os desolados pela perda do parente com lembranças das alegrias da vida, alegrias que a jovem morta e aqueles que ela deixou para trás agora já não mais experimentarão. Suraya estava procurando as rosas e flores de jasmim.

— Elas devem ser adicionadas à água para lavar o corpo — explicou, e ele lhe passou a bolsa de lona cheia de flores carmesins e brancas que jazia num canto da sala, flores tão radiantes como pássaros comedores de abelhas. Aqui e ali um pequeno inseto de asas delicadas agarrava-se a uma pétala com suas pernas douradas. — Eu vi as crianças colhendo-as hoje mais cedo no jardim da frente, assoprando os pulgões, recolhendo cuidadosamente qualquer pétala ou flor que deixassem cair no chão — disse-lhe ele — e no começo não entendi direito quem as teria mandado e por quê. — E então ele se viu mencionando o recital de Nusrat esta noite: o seu modo de lhe perguntar se vinha. Ela saiu apressada da peça, deixando-o a imaginar se ela não considerava esse assunto de canções e cantores impróprio numa casa em que um funeral estava sendo organizado. Mas ele estava ansioso para vê-la novamente e de jeito nenhum quis desrespeitar a pobre moça desamparada que morrera tão brutalmente. Ela foi morta durante o exorcismo arranjado pelos pais com a aprovação do marido. O homem santo garantiu à família que se fosse empregada uma força razoável a garota não seria afetada, somente o *djinn*, e que não havia outro modo de expulsar o espírito malévolo, senão bater no corpo em que ele havia entrado. A garota foi levada para o porão e as surras duraram vários dias com a mãe e o pai no cômodo diretamente acima, lendo o Alcorão em voz alta. Ela não foi alimentada ou recebeu água durante todo o episódio e não a deixaram dormir sequer por cinco minutos, e quando ela se sujava era trazida ao banheiro no andar superior pela mãe para ser limpa e levada de volta para a continuação do açoitamento. O homem santo aqueceu uma bandeja de metal até ficar incandescente e a obrigou a ficar de pé em cima dela. Era óbvio que ela *estava* possuída, pois começou a falar em punjabi, a língua de sua mãe, a qual ela nunca falara com os pais, o esperto *djinn* dentro dela tendo compreendido que o homem santo não sabia falar inglês e só poderia ser dissuadido em punjabi, pedindo clemência.

Segundo a matéria no *The Afternoon*, o legista encontrou braços e pernas quebrados por uma bastão de críquete. O peito estava afundado, como se houvessem pulado repetidamente sobre ele.

Com a barba grande o bastante para pavões fazerem ninho, o homem santo foi preso e provavelmente será sentenciado a prisão perpétua por assassinato, e o pai e a mãe talvez recebam penas de cerca de uma década cada por cumplicidade.

No bairro, há tantas opiniões sobre a morte quanto existem mariposas:

Entre os jovens:

— Eu era da escola dela e ela era legal com a gente, as amigas e os amigos. Só em casa ela deve ter agido estranhamente. E também, a mim ninguém ia ver falando a língua dos meus pais, mesmo que eu fosse capaz.

Entre os velhos:

— Que espécie de mãe ela é, hem? Que espécie?! Como pôde comer enquanto a menina passava fome? Ele bateu nela com uma corrente de bicicleta.

Entre os de meia-idade:

— Esses homens santos são uns trapaceiros, o tipo de gente que está ajudando os brancos a sujar o nome do Islã. Eu mesmo fui exorcizado, e com sucesso. Veja a minha saúde agora, mas antes eu tinha dores de barriga terríveis e desmaiava o tempo todo.

Shamas ouviu hoje algumas dessas opiniões na casa da garota durante o enterro e outras lhe foram contadas por Kaukab. Shamas foi cuidadoso controlando sua raiva e pesar ao falar com ela sobre o assassinato, pois sabe que o Islã exige que ela acredite em *djinns*, em malefícios, espíritos. Ela também antecipou calmamente as objeções do marido, dizendo a si mesma mais cedo hoje, de modo que ele pudesse ouvir:

— *Este* homem santo era um charlatão, ou um incompetente, e o diagnóstico de que a pobre moça estava possuída podia estar errado — mas isso não significa que *djinns* não existam. Alá os criou a partir do fogo — o Alcorão diz isso claramente. — Quase todos na vizinhança acreditam nessas coisas. Só que hoje Kaukab contou que, quando estava na loja comprando óleo de flor de hibisco para seus cabelos, uma mulher a abordou e, tendo puxado casualmente a conversa perguntando se sabia como tirar mancha de sombra de olho de roupa branca, perguntou-lhe se seu marido se chamava Shamas:

— As crianças estão dizendo por aí que um par de tristes fantasmas anda perambulando nas florestas perto do lago, luminosos como figuras que tenham saído de uma tela de cinema, um homem e uma mulher, as mãos dele e a barriga dela brilhando mais do que o restante do corpo. — Tanto Kaukab quanto Shamas estão a par desse rumor, mas agora há um detalhe novo: — Sem mover os lábios, eles ficam chamando baixinho por alguém chamado Shamas.

A atmosfera está acumulada com os longos e perfumados trechos de uma letra urdu quando Suraya chega à apresentação de Nusrat Fateh Ali Khan. Sofrida e delicada, a voz de Nusrat canta a lua no interior do recinto de lona branca sobre o qual a folhagem azul agitada pela brisa quente deita a sua sombra modulada. Os rostos, iguais a moedas em sua atenção, se voltam para ele, a arena intimamente iluminada por pálidas lanternas de papel contendo lâmpadas elétricas.

Suraya estava se aprontando para vir para cá quando seu marido e seu filho lhe telefonaram. Enquanto ela falava com seu filho, ele disse:

— Você está usando os seus brincos de ouro, não está, os que o pai diz que ficam bonitos em você? Estou ouvindo eles retinirem. — Sim, ela estava, e depois de dizer que ele era um rapazinho muito inteligente ela os tirou, sentindo que estava traindo o marido ao adornar-se para outro homem. Depois das notícias chocantes que seu marido lhe deu, porém, ela decidiu colocá-los de novo. A sogra estava planejando arranjar outra mulher para o marido de Suraya. Ela quase gritou de dor, mas então a velha senhora veio ao telefone para dizer que um homem precisa de uma mulher:

— Quanto tempo ele vai ter de ficar lhe esperando?

Os brincos pingentes tiniram delicadamente nas suas orelhas: ela precisa deles; enfeitou-se para Shamas. Além do encontro na casa da moça morta hoje mais cedo, os dois se encontraram várias vezes desde a ida para ver a revoada de periquitos-de-colar, e ela chegou a convencê-lo a recitar-lhe fragmentos da sua poesia, repôs o velho carro de sua mãe em uso para chegar a ele mais convenientemente, e eles até tiveram uma pequena discussão (sobre a irreverência dele para com o Islã: "Sempre que eu dizia uma coisa que minha mãe considerava contrária ao Islã", disse-lhe ela, profundamente chocada com as palavras dele, "ela respondia: 'Veja como fala! Meu Alá vive em meu coração e Ele vai escutá-la.'" E quando ele persistiu no seu raciocínio ela o repreendeu, profundamente ofendida, dizendo que as provas limitadas e as compreensões ilusórias deste mundo não tinham o poder de deitar um véu sobre Alá: "A superfície da água não impede o mergulho."). Mas ela não foi capaz de decidir qual seria o seu próximo passo.

Nusrat e seu grupo de oito músicos estão sobre um estrado ligeiramente elevado na parte frontal, o brilhante tapete persa sob eles com motivos intricados como o laminado em volta dos ovos de Páscoa, a lã flamejando a sua safira e o seu lápis-lazúli. A complexidade dessa música exige ouvidos de delicado treinamento e absoluta coordenação dentro do grupo como um todo, mas as melodias resultantes são tão imediatamente atraentes que são apreciadas e memorizadas até por crianças — como o próprio filho de Suraya; e como crianças sempre são incluídas nas saídas e ocasiões de família no subcontinente — o conceito de babá sendo estranho — há vários admiradores mais jovens de Nusrat aqui esta noite, um menino de 4 anos reconhecendo-o ao entrar na tenda e gritando para a sua mãe:

— Mamãe, é Nusrat! Olhe, ali!

A sogra de Suraya disse:

— Ele vai se casar com outra mulher agora, e quando você finalmente conseguir superar os seus problemas ele pode se casar com você também. O Islã permite quatro esposas.

— Eu não vou tolerar outra mulher como rival — bramiu Suraya ao telefone. — Alá é minha testemunha; eu vou matá-la.

Mas não era isto o que ela estava pedindo à mulher de Shamas — dividi-lo com ela, mesmo que brevemente?

As mãos tremendo, ela se robustece ao ouvir Nusrat, que está cantando uma canção de amor, e quando chega à palavra "você" — denotando a amada ou amado terreno — ele aponta para o céu com o indicador para incluir Alá no amor que está sendo sentido e celebrado — o amante à procura do ser amado representa a alma humana buscando salvação.

O tempo está acabando para ela. Ela se vira e procura Shamas na multidão: algo (o quê?) tem de acontecer rápido. Esta noite.

O que escreveste sob o meu nome no Livro dos Destinos, meu Alá?

Shamas localiza Kaukab de onde está na parte de trás — ela veio sozinha com um grupo de mulheres da vizinhança —, e então, na mesma espiada, ele vê Suraya, insubstancial em seda verde-oliva, ereta como um cipreste, a lua sorrindo em seus braceletes de vidro.

Nusrat está no deserto Thal no Paquistão meridional, uma tempestade de areia a assolá-lo, muitos séculos atrás: ele é a bela Sassi, a jovem filha de um sacerdote brâmane que foi posta numa caixa de sândalo e flutuou rio Indo abaixo porque o horóscopo predizia que ela traria desgraça para a família, casando-se com um muçulmano; ela foi encontrada por uma lavadeira muçulmana e criada como sua filha. Agora, crescida, e tendo-se perdido no incomensurável e tórrido Thal, ela grita por seu amado Punnu, procurando por qualquer sinal dele enquanto as rajadas uivantes agitam violentamente as suas roupas. Punnu tinha desaparecido misteriosamente ao lado dela durante a noite e ela saíra para procurá-lo...

A ponta dos dedos do percussionista tocando tabla estão se movendo muito rápido na pele do tambor, como um habilidoso datilógrafo em seu teclado.

O horóscopo do nascimento de Sassi também dissera que sua história seria contada por muitos e muitos séculos.

Ela morrerá no deserto, mas não antes de uma única pegada deixada pelo camelo de Punnu lhe dar alguma esperança, o último sinal de seu amado:

Ela a cerrou ao peito.
Demasiado amiúde, porém, temeu tocá-la
Receosa de que desaparecesse.

Ela morre com a cabeça sobre a forma do crescente.

Uma moça na platéia, emocionada às lágrimas, chora em silêncio enquanto Nusrat canta com uma voz cheia de dor. Shamas a reconhece: segundo Kaukab, ela é casada com um primo de primeiro grau trazido do Paquistão, e seu primeiro filho nasceu com um pulmão menor do que o outro, enquanto o segundo não tem diafragma no tronco e, no sexto mês da sua terceira gravidez, ela soube há pouco que o feto não desenvolveu orelhas; ela tem de fazer exames todos os dias. Ao chorar agora, ela está, sem dúvida, pedindo à alma do devoto e antigo poeta-santo — cujos versos estão sendo cantados por Nusrat — para dizer a Alá que minore o seu fardo. *Eu falo contigo, meu irmão de gerações longínquas...* As mulheres a abraçaram, tentando consolá-la, seus rostos, o mais das vezes, mais serenos e preocupados que os dos homens.

Shamas pode ver os pais de Chanda entre os ouvintes, perto do glôbo branco de uma lanterna que está sendo circundada por uma mariposa Grande Esmeralda de corpo amarelo. Ele deve evitar contatá-los com os olhos. A Grande Esmeralda pousa e começa a deslocar-se adejante sobre a encosta superior da esfera branca e, chegando à abertura redonda no topo, ela cai na lanterna como alguém se jogando na boca de um vulcão. Shamas soubera que um dos assassinos de Chanda e Jugnu tinha sido atacado na prisão; e já há alguns dias estava esperando os pais de Chanda abordá-lo, necessitando de ajuda para conseguir transferir o filho para outra prisão. Eles não sabem falar inglês e estão entre as muitas pessoas que pediam ajuda e orientação de Shamas todos os dias para negociar seu caminho pela vida na Inglaterra. Em seu escritório, ele e sua equipe tinham de explicar vários procedimentos a homens e mulheres que não podiam ser empregáveis em duas línguas, odiados em várias, que não sabem nada de inglês ou vivem intimidados demais para procurar alguém de pele branca para pedir ajuda.

Mas eles não o procuraram ainda. Quem sabe a nora deles seja falante de inglês e resolveu assumir a questão? Não obstante, ele deve deixar que saibam, através de Kaukab, que a família de Chanda é bem-vinda no escritório sempre que precisarem de orientação. Uma espiral de fumaça está saindo da lanterna onde a mariposa de corpo amarelo foi obviamente incinerada pela lâmpada incandescente. Ele precisa sentar-se — a idéia de que ele tem de ajudar os dois assassinos! Mas ele tem: ele tem de deixar os pais de Chanda saber que não devem hesitar em pedir ajuda. Tampouco é necessário procurá-lo diretamente se não o quiserem. Ele não é o *dono* do escritório; apenas trabalha lá.

Há chamas em seu peito. Como o jato de ar que sai de um fole, cada inspiração sopra o fogo para dentro dele. Ele precisa de conforto e olha em volta. Não quer ter de pensar nos irmãos de Chanda — terror em seu coração quando imagina os últimos momentos dos dois amantes na terra. Hoje mais cedo, no enterro da garota, alguém lhe disse que restos humanos tinham sido encontrados fora da igreja no centro da cidade por trabalhadores que ontem estavam escavando a estrada. A notícia foi para o crânio de Shamas o que o machado é para a madeira. Mas depois ele soube que se tratava provavelmente de uma sepultura muito antiga. Se os ossos tiverem menos de setenta anos, a polícia é obrigada a investigar como a pessoa morreu.

Ele fica escutando a música. Jubilosamente, pessoas jogam punhados de dinheiro para Nusrat enquanto canta. Uma jovem se levanta e, dançando na ida e na volta, vai colocar uma rosa no colo de Nusrat: seus movimentos abertos de prazer são vistos por alguns como falta de comedimento feminino e rendem a ela olhares de censura de várias pessoas na platéia, homens e mulheres.

O olhar de Shamas — passando por três meninos adolescentes rodopiando lentamente num canto, seus braços enredando-se na tenra galhada da fumaça que subia de umas varetas de incenso, os barretes espelhados brilhando à luz pálida — encontra Suraya na multidão sentada de mulheres. Ele nota consternado que vários outros homens estão olhando para ela de tempos em tempos, atraídos por sua beleza.

Subitamente, aumenta a quantidade de luz no local, como quando há relâmpagos durante o dia: ela se vira e encontra os olhos dele brevemente.

A voz de Nusrat torna-se agora na lendária Heer. Cedida em casamento a um homem que ela não ama, ela se sente inexplicavelmente atraída pelo mendicante andarilho coberto de cinzas que surgiu à porta para pedir esmolas. Ela ainda não sabe que é o seu amado Ranjha, o vaqueiro flautista. *Que ninguém me chame de Heer*, diz Nusrat-Heer num tom dorido, *chamem-me Ranjha, pois pronunciei seu nome tantas vezes durante essa separação que me tornei nele...* Seus irmãos — em conluio com o restante da família e com o homem corrupto da mesquita — irão envenená-la finalmente em razão de ter abandonado o marido por Ranjha. Ela os condenaria em seus últimos suspiros, os santos-poetas do Islã expressando sua aversão ao poder e à injustiça sempre através de personagens femininos em seus romances em verso: Heer não consentiu o casamento com um homem que ela não amava — recusou-se a dizer "sim, eu aceito" —, mas o mulá que conduzia a cerimônia tinha sido subornado por sua família e disse tê-la visto concordar com um aceno de cabeça e que isto era um sinal suficiente do seu consentimento. Por sua vez, esses versos dos santos — porque advogavam a comunhão direta com Alá, ignorando as mesquitas — eram denunciados pelos clérigos ortodoxos, tanto que, quando o poeta Bulleh Shah morreu, os clérigos se recusaram a lhe dar enterro, deixando o corpo no sol abrasador até que centenas dos seus admiradores enfurecidos tiraram os homens santos do caminho e o enterraram eles mesmos. Até hoje os sufis são mencionados como o "grupo de oposição do Islã". E sempre sempre foi a vulnerabilidade das mulheres que foi usada pelos santos-poetas para retratar a intolerância e a opressão da sua época: em seus versos, as mulheres se rebelam e tentam corajosamente enfrentar toda oposição. Elas — mais do que os homens — tentam construir um mundo novo. E, em todo poema e toda história, fracassam. Mas, por seu esforço, tornam-se parte da história universal da esperança humana — Sassi sucumbiu à crueldade do deserto, o rosto premido contra o último indício de seu amante.

Shamas observa quando três mulheres na audiência — uma delas carregando uma criança semi-adormecida que segurava um boneco com bigode desenhado com caneta esferográfica — se levantaram e deixaram o encontro: elas pertencem a uma seita que proíbe essa música e o canto devocional, mas, como seus maridos desaprovadores são garçons de restaurante e não chegariam em casa até depois das duas da tarde, elas tinham decidido vir para ver Nusrat: elas obviamente perderam a coragem e estão voltando cedo.

Kaukab tinha chegado com as três mulheres no carro delas e, com um olhar e um aceno de mão para Shamas, está partindo com elas. Ele a alcança — do lado de fora na rua estreita com um bando de carros estacionados como gado — para dizer que, se quisesse, ela podia ficar, que ele arranjaria alguém para levá-la em casa mais tarde, mas ela diz que prefere partir com suas amigas; o perfume forte de incenso lhe dera dor de cabeça.

Ele precisa da companhia dela, agitado e desamparado depois dos seus pensamentos de morte. Enquanto Kaukab está perto dele, o rosto em parte virado, a conduta resguardada, ele compreende que ela não quer ser poluída por seu hálito: ela tolera, cansada de tristeza e com repugnância quase visível, o copo de uísque que ele se permite umas poucas vezes por mês.

Ele fica só quando Kaukab se vai, só sob estrelas que são explosões nucleares bilhões de quilômetros acima dele. Observa uma estrela cadente riscar o céu da noite, refletida como risco de navalhada na pintura de vários telhados metálicos. Segundo o Islã, quando algo importante — favorável ou desastroso — está para acontecer no mundo, e Alá está organizando os detalhes finais importantes com os anjos, Satanás se aproxima do céu para espreitar: as estrelas cadentes são rochas em chamas que são jogadas contra ele para fazê-lo ir embora; elas podem, portanto, ser interpretadas como a iminência de uma ocasião significativa.

No interior, no espaço iluminado pelas luas de pergaminho, Shamas se posiciona pela primeira vez esta noite para ficar com Suraya completamente à vista, mas — depois que seus olhos se encontraram e ele sentiu ruborizar-se como fogo atiçado pela presença dela, um sorriso despontando em seus lábios — ele se adianta um pouco mais: o lugar é exposto demais e público demais para eles se encontrarem. Ele imagina o que um escândalo, qualquer que fosse, significaria para Kaukab. O que idéias de honra, vergonha e boa reputação significam para a gente da Índia, do Paquistão e de

Bangladesh pode ser resumido num ditado paquistanês: "Aquele a quem um insulto ou mofa não mata provavelmente é imune até a espadas."

Shamas sente uma solidão esmagadora — sente-se velho. Sessenta e cinco anos este ano. Os cabelos grisalhos na cabeça já são mais do que os negros há quase duas décadas. E ultimamente, toda vez que acordou no meio da noite e ficou deitado lá, acordado e só (Kaukab tem dormido em cama separada há alguns anos agora), todo o seu ser é preenchido por uma dor clara e intensa: envolvido num terror particular, ele sente medo do que está para vir — o abismo negro inevitável. Cinco anos? Dez? Seu coração se fragmenta ao pensamento. A cabeceira da cama ganha dimensões de lápide nessa hora e ele não sabe onde está, só que está longe de qualquer amigo. Seus olhos se esforçam até a vista doer e cansar-se: sua visão falha e ele não vê nenhum mundo novo na vastidão da escuridão. Sabe que os seres humanos são meras sombras cruzando a face do tempo, matéria para encher sepulturas. Ele sente que anda pela estrada da vida com o polegar estendido para pegar carona num carro funerário. E ninguém jamais relatou ter olhado num túmulo e visto uma janela para um outro mundo nalguma das suas paredes laterais; em todo caso, se existe, não se pode dizer que alguém vivo tenha a chave.

Quando a moça estava sendo enterrada hoje, a voz levantada de alguém interrompera as pazadas de terra que estavam sendo jogadas sobre a forma amortalhada de branco jazendo na cova: trouxera-se a notícia de que a irmã de 14 anos da garota tinha colocado uma carta nas dobras da mortalha, uma mensagem de amor para a sua defunta irmã mais velha levar para o outro mundo. Como o Islã proíbe essa prática — nada pode ser enterrado com o corpo —, Shamas olhou com terror quando os homens desceram no túmulo e botaram a terra de lado para descobrir o corpo. Eles expuseram a mortalha manchada à neblina da tarde, a atmosfera manando um triste âmbar e as abelhas pairando ruidosamente em volta dos buquês e coroas que jaziam à volta, esperando para ser dispostos sobre a sepultura preenchida. O funeral só retomou quando a carta foi descoberta.

— Lacaios de Satanás! — disseram alguns dos homens entre dentes cerrados quando depois todos se afastavam do túmulo: a carta não era da irmã da moça morta — era de seu amante secreto infiel hindu, que convenceu uma das mulheres que banharam e prepararam o corpo a introduzi-la secretamente na mortalha. — Mulheres e infiéis: ambos lacaios de Satanás! — A carta passou de mão em mão, uma página inteira preenchida de esmerada caligrafia: — Que sujeira — o que pensariam os anjos se encontrassem isto na pessoa dela no túmulo?

Tu, que partiste para colher as flores da morte,
Meu coração não sou eu, eu não posso amestrá-lo:
Ele chora quando esqueço.

Shamas conseguiu ver essas palavras antes que um dos ladrões de túmulo rasgasse a carta em muitos pedaços e os jogasse no lago como um punhado de flores brancas — a grinalda roubada da morta.

Ele tem de parar de pensar na morte. Ele necessita tocar em Suraya, a sua juventude, a vida que há nela, sentir-lhe o hálito vivo em seu rosto. Agora entre os membros da platéia, seus olhos procuram por ela, mas não conseguem localizá-la. Oh, arranque-se o bico do pássaro que diz... *amada... amada...* Ela é uma crente e deve sentir que é errado encontrá-lo: ocasionalmente durante seus encontros, ele viu uma guerra assolar na expressão dela, uma desordem interna selvagem, a bulha da luta entre a fé e a descrença.

Ele muda a sua posição diversas vezes dentro do recinto, mas perdeu-a definitivamente.

Do lado de fora, ao afastar-se da tenda, passar o olhar fixo das rosas, o ar azul-escuro da noite fere a superfície do lago, as ondulações lavadas pela pálida prata do luar. Ao amanhecer, os reflexos das ondulação iluminadas pelo sol seriam projetados nas barrigas dos pássaros que sobrevoariam o lago. Onde está ela? Ele está indo embora, andando junto à água enluarada cintilante da beira, a voz de Nusrat ficando fraca a cada passo, cantando sobre amantes feridos, dançando orgulhosamente em face da morte e da ruína. Nenhum caminho delimitado se apresenta a ele na escuridão e as árvores rangem como mastros de navios à sua volta. Ao andar, seus joelhos tocam as flores e gramas silvestres altas. Onde ela foi? Só ocasionalmente ele encontra uma curva de caminho, que jaz como uma ramificação amputada quase oculta por tenros rebentos de cirros e gavinhas. Como skatistas correndo à volta, lufadas de vento o alcançam ocasionalmente, guinando, vindo ao chão, cabriolando e alçando novamente vôo aqui e ali, tudo urdidura e oscilação. Ele chegou aos limites do cemitério, os túmulos demarcados por pequenas cercas delicadamente forjadas, com volutas de atril de partitura. Não estaria num daqueles grupos de árvores em que os fantasmas perambulam, chamando-o sem abrir suas bocas?

Ele pára porque há um movimento por perto, e ouve dizerem o seu nome.

— Tio-*ji* Shamas.

O amante da garota morta sai das sombras diante de Shamas.

— Tio-*ji*. Estou perdido. O senhor pode, por favor, me levar até ela... até... o túmulo dela... o seu descanso. — Ele está segurando um feixe de orquídeas nas mãos. — Eu queria dar isto a ela. — Ele fala calmamente, numa voz que está usando roupas de luto.

— Acho que eu lembro onde... ela... está — diz Shamas, tendo-se recuperado. — Venha por aqui.

— Eu fiquei olhando o enterro das árvores e então achei que ia lembrar do local — diz o rapaz, de cabeça baixa olhando as flores enquanto anda. — Há quase mil sepulturas aqui, mas eu consegui achá-la quando vim no final da tarde, pensando que o enterro já havia acabado e que não haveria ninguém aqui, mas muitas mulheres a estavam visitando então. Eu fui embora e agora estou perdido na escuridão.

Shamas acena com a cabeça. As mulheres foram proibidas de estar presentes no sepultamento e então tiveram que vir depois ao cemitério. A irmã da garota morta tinha querido vê-la sendo enterrada, mas disseram-lhe que era impossível. Em sua dor, ela teria se rebelado — era a sua primeira experiência de morte, de modo que não tinha familiaridade com as regras que devem ser observadas, e teria pensado que sua grande perda lhe daria o direito de ir contra a lei de Alá —, mas revelou-se que ela estava menstruada: então lhe informaram que não poderia ir de modo algum, por causa da menstruação, pois encontrava-se num estado impuro. Proibida de tocar no Alcorão, entrar em mesquitas, orar e mesmo de preparar a comida, segundo certas seitas — o fato de ela estar impura e poluída durante a menstruação era algo que ela estava a par já há algum tempo, algo que agora estava começando a aceitar, seus argumentos contrários tendo sido plenamente exauridos. Então aquiesceu, concordando em visitar o túmulo depois.

— É aqui — aponta Shamas para o montículo onde coroas e grinaldas estão morrendo, vestidas de sombras. O rapaz dá um passo na direção da cova, mas pára. À escuridão do luar, a pele dele parece azul como a de Shamas a ele deve parecer: a cor de Krishna, o deus que se multiplicou mil vezes para poder estar com mil donzelas na floresta noturna — e assim todos os amantes são um. O garoto balança a cabeça:

— Na verdade, não sei que regras observar num cemitério muçulmano. Ainda há pouco, pensei que os muçulmanos acendiam velas nos seus túmulos, porque eu vi uma luz tremeluzir no lugar de descanso dela, mas aí desapareceu. Devia ser um desses pirilampos que andaram descobrindo por aqui.

Os muçulmanos de fato acendem lamparinas em túmulos e há quem diga que as mariposas que elas atraem sejam anjos, espíritos dos mortos por outros, ou amantes disfarçados que vieram fazer orações à alma dos seus amados.

— Pirilampos, aqui na Inglaterra?

O garoto dá mais uns passos inseguros, temeroso do protocolo.

— Sim, sempre houve rumores de que teriam sido vistos em Dasht-e-Tanhaii, mas na semana passada foi confirmado.

Shamas espera o rapaz chegar até ela e ajoelhar-se, e então se retira. Nos pensamentos de Shamas, a garota — durante os seus últimos dias na terra — surge como a lua ameaçada pelos dragões do eclipse — cercada por seus pais criminosamente obtusos e o homem santo monstruoso. Ele refaz o caminho por onde veio e, quando chega ao ponto em que tinha se encontrado com o rapaz, vê que há um coração jazendo no caminho, ali, num pedaço em que a lua vaza a folhagem, um coração nitidamente partido em duas metades: as duas partes jazem uma ao lado da outra — suas câmaras internas expostas em corte vertical, curvadas e musculares. Shamas recua assustado quando as duas metades súbita e debilmente se iluminam, como que de dentro para fora. A luz vermelha colore o chão e só então ele percebe que são duas orquídeas caídas do ramalhete que o garoto trazia. O vaga-lume que pousara nelas deu apenas um pulso de luz — ele faz um arco no ar e desaparece, deixando para trás uma mancha turva na retina de Shamas, um rasto longo lento em apagar-se. Ele pega as duas flores, procurando outros pirilampos em volta, lembrando-se de como capturava esses insetos luminosos na infância e os mantinha em vidros com tampas perfuradas para fazer lanternas que vibravam como líquido. Uma massa deles movendo-se a distância depois da chuva de monção: os pontos de luz abriam e fechavam lentamente, como bocas de peixe. A atmosfera fica viva de receptividade, e ele podia vê-los até de olhos fechados: na escuridão, eles conferem a visão facial que dizem que os cegos possuem — um sentido tépido e vibrante de algo presente, próximo.

Poderia a presença dos pirilampos ser a origem das histórias sobre os dois fantasmas vagando às margens do lago? Ele parte novamente, levando as orquídeas cor de sangue. E então se recorda como poucos dias após a morte de seu pai, há tantos e tantos anos, uma noite ele se viu andando para o templo hindu onde o pai tinha se imolado. Ele se lembra de ver um grupo de vaga-lumes a distância, lá perto do templo: bordas de folhas ou vários cortes da própria batida de asas dos insetos podiam ser vistos à luz, esmaecidos. Mas então algo o fez cismar — as criaturas estavam paradas, imóveis, como se um encanto houvesse sido lançado sobre elas. Quando se aproximou e viu a causa daquela imobilidade, o medo o fez sair — ele, um homem adulto — correndo na escuridão. Ele se lembra do que viu até hoje: cada um de cerca de uma centena de insetos tinha sido espetado em espinhos da árvore que era o abrigo de um pássaro conhecido como "pássaroaçougueiro", porque empalava suas vítimas nas lanças para matá-las e comê-las mais tarde. Os pirilampos empalados ficavam vivos, no seu processo de morrer.

Não, não, ele tem de resistir a esses pensamentos de morte! Ele se apressa loucamente para sair de uma vez do cemitério, percorrendo caminhos pavimentados entre as sepulturas, perdendo-se, necessitando de um mapa desse labirinto, uma falha na rede para sair correndo por ela, esta rede feita de quase mil nós. Ele precisa de Suraya. Seus dentes estão expostos e doem com a secura como dói a sua epiglote. Quanto mais ele corre, maior é o ruído em seu peito, como se fosse produzido por um dínamo ligado às suas pernas. As pontas dos espinhos de vários arbustos quebram e ficam espetadas no tecido das suas roupas enquanto ele desembesta adiante. Para onde foi Suraya? Ele está de volta à margem do lago onde os grãos de areia resplandecem porque todas as impurezas lhes foram lavadas pela moção das ondas. A garota da pele bonita radiante já não é mais, e o garoto estava usando roupas negras, negras como o fio de fumaça que resta quando a chama é apagada. E então de repente ele sabe onde está Suraya: a sua busca deixou de ser uma busca e se tornou uma jornada. Levando a luz consigo como um balão num barbante, ele está andando para a *Safeena*, para o Canto do Escândalo, a dois quilômetros dali. Ele sente que se afasta mais e mais da morte a cada passo que dá na direção dela, segurando um coração partido em suas mãos, empurrando o brocado e veludo azul da folhagem quando corta caminho através de árvores e matos, a umidade dos seus dedos e palmas fazendo-o pensar que uma penca de cerejas passadas de tão maduras deve ter estourado nas suas mãos quando ele se agarrou num galho baixo para equilibrar-se na escuridão, mas então recordar-se de que é apenas maio e a fruta só vai nascer em agosto, e compreende que a umidade nas suas palmas e dedos deve ser da seiva que as duas flores estão liberando, e ele continua, a passagem através da vegetação aqui se estreitando como o gargalo de uma garrafa, ali alargando-se para trazê-lo finalmente à vizinhança sem estímulo hostil da *Safeena*. Ele não vê ninguém.

A noite desperta ao ruído dos brincos dela.

Ela está aqui e de algum modo ele soube que ela estaria aqui, esperando por ele. Deixando para trás a moita de lâminas de junco, ele adentra a sombra negra em forma de losango que, à lua, a *Safeena* projeta, deixando-a fechar-se sobre si como água. Na escuridão, ele envolve delicadamente o pescoço dela com seu braço esquerdo e baixa a boca para a dela, a sua outra mão soltando as orquídeas, deixando-as cair aos pés da mulher, e então essa livre mão afunda até o punho nos cachos na cabeça de Suraya, a pele dela recendendo a casca de vidoeiro e amêndoas. Chispas de eletricidade estática dançam no cabelo dela e ele tenta impedir o mundo pulsante de invadir a sua mente. Ela resiste no começo, mas então o beija em retorno e ele a leva para a *Safeena*. Ela é vida. O anjo do perdão. Um relógio de torre bate uma vez nalgum lugar distante e a fragrância que ela está usando é uma mancha olfativa na quentura seca do ar. Ele tem consciência do alvoroço nos pulmões de Suraya e da dificuldade que ela está tendo para respirar ordenadamente. Quando Zeus se deitou com Alcmena, estendeu três vezes a duração da noite; e ele também o desejava agora, que a aurora não viesse na hora decretada.

Até a cintura na água, balançando com o ir e vir da batida do coração do gigante enterrado, Suraya se lava na escuridão. Os juncos lambem-lhe a pele enquanto ela chora baixinho, limpando-se desesperadamente entre as pernas, nos seus seios.

— Meu Alá, por favor, perdoe-me pelo que fiz. Oh, Compassivo e Misericordioso, perdoe os meus pecados.

Ela traz água com a mão em concha e esfrega o corpo com força e rápido, recordando-se dos detalhes da sua devassidão. De fora da *Safeena* viera o zumbido de uma abelha noturna, enquanto ela se tocava em toda parte, espalhando pequenos lumes em sua pele, pequenas detonações, e, do papel de parede, pares de veado em seus abrigos vermelhos de chama-da-floresta viraram seus pescoços para olhar para eles, seus focinhos representados em formas negras de coração. Nas casas de cobras e escadas de um tapete sindi, ele limpou aos beijos o vermelho-claro da seiva das orquídeas com que suas mãos mancharam o corpo dela em várias partes ao ajudá-la a despir-se — a saliva um líquido mágico apagando os machucados do corpo de Suraya. Ao apoiar o rosto no corpo de Suraya, ele sussurrou, dizendo estar surpreso de já estar familiarizado com a respiração dela.

— Eu já conhecia essa pequena sombra que o lóbulo da sua orelha projeta na lateral do seu pescoço. — Eles ficaram deitados lado a lado, à deriva num barco, levados cada qual por sua história. — Eu devia abrir a janela um pouquinho, para as três borboletas de *Madame Bovary* poderem sair ao amanhecer para procurar néctar lá fora.

— O quê?

Ela chora entre as algas, esfregando-se, enquanto ele dorme na *Safeena*. Ela disse ao marido por telefone que tinha um candidato mais que apropriado e que ele e a mãe deviam lhe dar mais umas poucas semanas antes de decidir sobre um novo casamento para ele.

Ela tem ímpetos de deitar-se na água negra e parar de respirar, mas a perspectiva de seu filho — logo logo à mercê de uma madrasta? — lhe dá coragem para continuar viva. Ela pediu ao marido para deixar o garoto vir para a Inglaterra umas poucas semanas, mas ele disse que tem medo de ela não deixá-lo voltar para o Paquistão.

— As leis do Ocidente são favoráveis às mulheres: as autoridades vão ficar ao seu lado e eu não vou poder fazer nada. — E Suraya sabe que as suspeitas dele têm lá suas bases na verdade: se pudesse ter a guarda do menino, viveria alegremente com a ferida de ter perdido o marido. — Por que não vêm *ambos* para uma visita? — sugeriu pouco tempo atrás. Mas ele desenvolvera uma profunda aversão à Inglaterra durante os dois anos que eles haviam passado aqui depois do casamento. Ela se sentira só no Paquistão e o convencera a vir estabelecer-se aqui.

— Este país pode ser rico, mas é diferente demais do nosso — declarou ele finalmente. — Nós temos de voltar. Aqui, uma pessoa não pode fazer nada do que pode fazer livremente lá. Perguntaram a um cachorro por que ele estava fugindo de uma casa rica onde lhe davam carne todos os dias. 'Eles me dão carne, é verdade, mas não posso latir.'

Ela faz súplicas a Alá enquanto se purifica. Um dia, quando era uma menininha, ela foi da mesquita até em casa chorando porque tinha acabado de saber que o Profeta, que a paz esteja com ele, tinha dito que haveria mais mulheres no Inferno do que homens. As meninas tinham ficado conversando durante a aula e o clérigo as ameaçara com essa informação. Chorando, ela disse à mãe que não queria mais ser muçulmana. A mãe a consolou, explicando que o Profeta, que a paz esteja com ele, certamente tinha feito a afirmação, mas de brincadeira: numa mesquita, quando estavam realizando coletas, ele brincara com as mulheres que não estavam dando as suas jóias para alimentar os pobres e financiar a *jihad* contra os infiéis. No momento em que ele fez essa declaração, as mulheres se levantaram e discutiram com ele jovialmente. Agora, porém, entre as algas, Suraya se pergunta se o clérigo da sua infância não estava certo o tempo todo: "Nós mulheres somos pecaminosas." Ela havia resistido a ter de fazer o que tinha feito com Shamas na noite passada, mas resistira o bastante? É possível que se tenha cansado de encontrar outra maneira de resolver suas dificuldades sem ser pecando? Mas não *há* outra maneira.

Ele treme de pavor enquanto chora. O olho da idade da lua a observa lá de cima, os mosquitos-pólvora batendo asas firmemente em silhuetas perfeitas contra ela — as órbitas sendo fortes o bastante para não permitir que a brisa afaste os insetos. Ela lava o rosto e se pergunta se seu choro não terá sido ouvido onde estava. Na noite passada, Shamas disse que às vezes quando ela fala os pássaros canoros na garganta dela despertam e ele pode ouvir a voz que, quando menina, cantou a poesia de Wamaq Saleem, acompanhando-se por um violão e uma palheta de pena de pavão. Ela pode ouvir esses pássaros canoros ao chorar agora. Ela junta os cabelos, tirando as mechas molhadas que estão delicadamente coladas aos seus ombros, cada qual deixando uma impressão de si na pele fresca, uma sombra sensória de baixa temperatura. Podem-se ouvir as rajadas de vento e as ondas de brisa murmurando na folhagem noturna em torno do xilofone do píer.

Deve haver uma trepadeira de jasmim em algum lugar por perto, pois espalhou algumas flores no lago — com os dedos abertos, ela peneira umas poucas tirando-as da água, e só então percebe que são pequenas peças intactas de papel, cobertas de um lado por uma escrita que ela não consegue ler por causa da falta de luz. Alguém rasgou uma carta, talvez.

Ela se senta na escuridão e cogita qual deveria ser o seu próximo passo. Esta noite ela lhe deu o que ele queria, e agora ela tem de pedir algo em retorno. Ele se mostrou um grande sensualista, sondando-a delicadamente com a língua e as mãos, de tal modo que ela gemeu de vergonha e humilhação (e uma vez de prazer). Ele era mais gentil do que seu marido, cujo membro fora tão grande que freqüentemente ela sofria de alguma cistite. Em seguida, quando eles jaziam lado a lado, ele retirou delicadamente o braço de debaixo da cabeça dela e lhe deu um livro com modelos de hena para descansar a cabeça:

— Muito adequado. Travesseiros cheios de flores de hena são usados para induzir sono tranqüilo.

Ela tinha dado o primeiro passo para voltar para o filho, ele que a fazia sentir-se no umbigo do planeta onde quer que estivesse perto dele ou com ele, o lugar onde a terra se ligava ao céu, ele que disse no mês passado que ninguém faz *zarda* do jeito que ele gosta, "do jeito que você fazia, Mãe. A vovó sempre põe uvas demais e é muito grudento". Ela podia vê-lo abanando as mãos indignado, a pequena testa com fina penugem furiosamente franzida. Suraya tinha tentado não rir alto. Para poder passar a receita certa, ela mandou chamar a sogra ao telefone, a mulher que talvez agora mesmo estivesse planejando achar outra "mãe" para o menino de Suraya. Como ela gostaria de cortar aquela sua trança grisalha de rabo de rato! Ela nunca gostou de Suraya, aquela mulher, ciumenta (talvez como todas as mães), porque a esposa pode dar ao filho a única coisa que ela não pode, é proibida de dar por lei e pela natureza. Como ficou chocada quando, no dia seguinte ao casamento, ela entreviu as costas de Suraya: Suraya tinha feito pintar uma vinha florida ao longo da espinha para a noite de núpcias, da lombar até o ponto entre as escápulas. Seu forte e bonito marido tinha ficado excitado além da medida pelo detalhe surpreendente durante a noite, mas a velha o interpretou como um sinal de decadência.

Quantas vezes mais deveria ela deixar que Shamas a tocasse antes de revelar tudo. Será que a última noite já foi suficiente? Ele lhe contou sobre seu irmão e a namorada dele. Chanda também, não pôde casar-se com Jugnu por causa das leis islâmicas sobre divórcio e mulheres. Ela se pergunta se devia explorar essa semelhança: ajudaria a conquistar a simpatia dele mais prontamente?

É claro, ela ficou chocada de a vida de Chanda e Jugnu ter terminado em assassinato, porém desanimou quando soube que tinham decidido morar juntos fora do laço do casamento, pecando abertamente — mas escondeu a sua verdadeira reação de Shamas, sem desejar indispô-lo ou contradizê-lo. Ela mantivera em mente apenas o pensamento de se reunir ao filho e deixar Shamas dizer o que bem entendesse, para que o pensamento do menino jamais estivesse longe, tornando a vida difícil para ela. Naquela primeira vez na *Safeena*, quando esteve meio olhando meio fingindo que olhava os livros de poesia, ela deu com um verso de Kalidasa que quase lhe tomou o ar dos pulmões. Numa floresta, uma corça caminhava.

Atrasada por seu filhote que mamava.

A necessidade de estar com seu filho resultou na brevidade meio entorpecida dos dias anteriores, enquanto ela cultivava a relação com Shamas, ignorando o tremor de dúvida e medo, confiando numa ousadia que resultou no pecado que cometeu esta noite. Agora, toda a sua bravura tinha evaporado e nada restava além de culpa e vergonha, um sentimento aumentado pela escuridão da noite à sua volta, um sentido de desastre e perdição.

A cabeça está pesada como um jarro abarrotado de centavos por causa da tensão e da falta de sono enquanto ela observa o lago, a superfície da água movendo-se placidamente como um lençol de pesadíssima seda à sua esquerda. Ela pode sentir o cheiro das flores silvestres que crescem nas proximidades, os arbustos de rosa-selvagem cheios de abelhas e besouros, de cujas flores ela grudaria pétalas nas unhas com cuspe quando garotinha a caminho da escola para dar-se brevemente dedos de adulta. Brincos, colares, fitas, perfume, batom. As meninas estavam aprendendo a ser mulheres, a ser falsas, ensinando a si mesmas a tornarem-se imagens nos sonhos e fantasias dos homens. Agora ela compreende o quanto às vezes está perdida por não haver perto dela um sonhador. Pois bem, eles podem ir todos para o Inferno. O único amor pelo qual vale lutar é o do seu menino, o seu filho.

Com uma revolta em cada veia, ela anda até a *Safeena* e observa Shamas dormindo no chão: as duas orquídeas que ele tinha na mão quando chegou — um presente para ela, obviamente — estão ao lado da sua cabeça, as bordas franzidas avermelhadas: ele as tinha deixado cair do lado de fora, mas saiu para reavê-las, uma miniatura delas brilhando em cada um dos seus olhos. Há marcas cor-de-beterraba, quase negras, numa das orquídeas — ferimentos sofridos pelas pétalas quando caíram, ou quando seus dedos as apertaram excessivamente a sua delgada suculência.

Ele lhe contou que seu pai era hindu e da terrível perseguição que sofrera no Paquistão; e por isso ela se pergunta se, para ganhar a simpatia de Shamas, não deveria contar-lhe que ela própria tinha se apaixonado por um menino de outra religião na escola — um sique — e que sua mãe a tinha tirado do estabelecimento. Mas subitamente ela sente vergonha: "Que frieza calculista, Suraya! O que Alá vai pensar?" — e ela deixa escapar uma lamúria de desespero. "Mas o que mais posso fazer: tornar-me apenas a sua escrava sexual e depois, quando ele se cansar de mim, procurar outro homem para que *ele* possa apascentar os escorpiões negros em seus olhos na minha nudez?" Mas não, não, ela não vai se permitir explorar a morte horrível do pai de Shamas. Ele mencionou alguma coisa sobre o irmão de sua esposa querer casar-se com uma sique nos anos 1950, e ficou óbvio que suas simpatias estão com os dois amantes (já ela aprovava, é claro, as ações da família do rapaz: imagine só, casar-se com uma não-muçulmana!); então, ela decide que deveria contar-lhe sobre o seu próprio jovem amor sique, e que sua desgostosa mãe a tirara da escola e colocara numa escola muçulmana só para meninas, a escola segregada onde as filhas podiam aprender valores tradicionais como modéstia e submissão. A diretora — e fundadora — da escola muçulmana morava nos subúrbios das cercanias e dirigia até o bairro pobre todas as manhãs, tendo deixado a sua própria filha numa escola particular de co-educação; a escola muçulmana não seria adequada para a sua menina, mas era boa o bastante para "aquela" gente. Enquanto a sua própria filha cantava sobre um gatinho que tinha ido a Londres ver a rainha,[5] as garotas da escola muçulmana cantavam, "Fatima, Fatima, onde estiveste? Eu estava na mesquita com Nur-ud-Deen."

Suraya tinha ficado chateada de ter sido enviada para a escola muçulmana, mas foi apenas uma petulância de jovem, hoje ela sabe. Ela está contente de sua mãe tê-la retirado da escola de co-educação e enviado para um lugar onde elas a ensinaram a temer e amar Alá, fizeram-na pensar na Vida Após a Morte — salvaram a sua alma.

Sim, ela vai contar-lhe sobre o garoto sique: será outra camada de simpatia para Shamas ver através dela. Mas, é claro, ela sempre poderá usar a garota que foi enterrada hoje: Shamas lhe disse como a tinha visto na companhia de um rapaz hindu — uma conversa sobre esses dois amantes secretos pode ser facilmente conduzida para o próprio amor proibido de Suraya. E mais uma vez ela fica envergonhada e angustiada de como tem que explorar os mortos para libertar-se de sua própria situação. Ela segura a cabeça entre as mãos ao lembrar-se que o exorcista tinha forçado a pobre menina a urinar num aquecedor elétrico, desmaiando em conseqüência do choque que recebeu.

Ela percebe que um pedaço molhado de papel — obviamente parte da carta rasgada que há pouco ele encontrara boiando na água — estava grudado no lado do seu pescoço de quando ela se lavava no lago: no fragmento, toda uma frase era legível, indissolvida...

"Dizem que o coração é o primeiro órgão a formar-se e o último a morrer."

As três batidas de um relógio se espalharam pela superfície do lago como ondulações. Ela devia acordá-lo e levá-lo para casa. Esse tanto fora de casa ainda dá para ser explicado — "um grupo de nós homens se reuniu e acabou conversando sobre a apresentação de Nusrat" —, mas ele não pode ficar fora de casa a noite inteira. Ela se lembra de como ficava acordada à noite quando seu marido saía para beber, todos os sons da noite fazendo-a pensar que um fantasma se aproximava, que lá estavam os *djinns* ou que, finalmente, ele havia chegado embriagado, cada pensamento dando mais medo do que o anterior.

Verão

O pássaro-sol e a vinha

— JUGNU? — FOI O PRIMEIRO pensamento de Kaukab quando o telefone tocou de madrugada, duas noites atrás, fazendo-a sentar-se na cama e procurar seus chinelos com os pés para poder descer à sala cor-de-rosa e atender. Ela estava já a meio caminho escada abaixo quando Shamas pôde emergir cambaleante do quarto em que dormia. Mas não havia nada na linha exceto estática, como se a chamada fosse de algum lugar distante. Ela reconheceu por causa dos telefonemas para o Paquistão. Ela insistiu em ficar ao lado do telefone — e também manteve Shamas com ela — para o caso de tocar novamente, mas não tocou.

Mas aconteceu novamente ontem, dessa vez à tarde, com Shamas no trabalho e ela sozinha em casa. Na primeira vez, houve aquela estática de areia seca por vários segundos antes de a linha cair, mas da segunda vez alguém falou, um homem, dizendo incoerentemente — quase gritando:

— Quero que fique longe da minha esposa!

E:

— Nós podemos estar divorciados, mas ela ainda é minha, seu *behan chod*!

O homem parecia estar bêbado e por isso Kaukab desligou. Ela relutou em entrar no cômodo cor-de-rosa quando o telefone tocou novamente cerca de uma hora mais tarde, mas finalmente foi incapaz de conter-se — "e se for Jugnu? Ujala?"

— Escute — o homem parecia um pouco mais calmo agora —, apenas se case com ela e se divorcie dela. Não ouse pôr as mãos no corpo dela. Eu sei que segundo o Islã ela tem de cumprir adequadamente seus deveres e obrigações para com o novo marido antes de se divorciar, mas você não vai lhe pedir que faça isso, vai? — E logo ele teve outro ataque de fúria: — Nem pense em pedir para ela cumprir seu dever de esposa antes de se divorciar. Deixe a honra dela intacta. Não cometa esse erro: eu moro na Inglaterra e tenho amigos, posso facilmente dar um jeito de lhe quebrar os ossos, seu *dalla*.

Era obviamente engano e ela contou tudo a Shamas assim que ele chegou em casa naquele fim de tarde. Ele fez os ruídos vagos que sempre faz quando ela lhe conta sobre o seu dia. Ela não disse o que o homem tinha dito ou que estava definitivamente embriagado, pois preferia não admitir que é possível comprar álcool no Paquistão, que as pessoas lá bebam também. Ele poderia encarar como estímulo ou encorajamento.

Mas foi ele quem atendeu o telefone de madrugada na noite passada, e quando ela chegou embaixo encontrou-o pálido. Parecia que ele ia desmaiar. Ele disse:

— Não era nada. Volte para a cama — quando ela perguntou quem era, e então ela supôs que eram racistas brancos, que às vezes ligam tarde da noite para ameaçar Shamas porque ele trabalha no Comitê de Relações Comunitárias e na Comissão pela Igualdade Racial.

Kaukab está caminhando para a loja dos pais de Chanda. Será que o telefonema que recebeu foi dado por algum dos ex-maridos de Chanda, que — sem saber que o casal havia desaparecido — estaria zangado porque Jugnu se tornara seu amante? Ele teria telefonado para a casa de Shamas e Kaukab por achar que Jugnu ainda vivia com o irmão.

Ela terá de perguntar à mãe de Chanda se algum dos ex-maridos da sua filha ainda continua apaixonado por ela.

Mas qual era a verdadeira razão de tudo aquilo sobre casamento e divórcio? E como ele arranjou o número de telefone deles?

Ela não lembra a última vez que teve a coragem de entrar na Chanda Food & Convenience Store, e também agora a sua determinação se dissolve, seus passos tornando-se mais lentos à medida que se aproxima da porta da frente, e ela passa direto seguindo a estrada. Ela tinha ouvido falar de como um dos filhos da família apanhara até ficar deformado na cadeia — tudo graças ao cunhado dela — e teme maus-tratos se entrar na loja agora. Porém, ela também sabe que antes naquele ano a mãe de Chanda tinha procurado Shamas para contar que havia uma possibilidade de Jugnu ter sido visto em Lahore: esse encontro foi perfeitamente civilizado, recorda ela a si mesma, e então ela não precisa ter medo de entrar na loja. E, é claro, a mãe de Chanda a tinha cumprimentado educadamente cinco semanas atrás quando se viram uma perto da outra no concerto de Nusrat: elas tinham ficado onde estavam — um pouco constrangidas, é verdade, mas ainda assim calmas — e a mãe de Chanda disse a Kaukab que ela e seu marido tinham visto Shamas nas colinas fora da cidade há pouco tempo, segurando o que parecia ser uma pena de periquito-de-colar.

— Periquitos, aqui? — perguntou uma mulher que escutou a conversa. — Alá, como sinto falta desses pássaros! — e Kaukab aproveitou a oportunidade para afastar-se.

Ela se recordou do comentário quatro ou cinco dias depois e perguntou a Shamas sobre a pena, mas ele disse que a mãe de Chanda deve ter se enganado. Kaukab concordou:

— A morte da filha foi um golpe muito forte. Às vezes eu temo pela sanidade dela. — Há palavras para descrever todo tipo de pessoa enlutada — viúvas, viúvos, órfãos —, mas nenhuma para um pai que tenha perdido o filho: é um destino terrível demais para que nem sequer a linguagem o contemple.

Ela firma sua resolução após vinte metros e começa a andar de volta. Deve entrar?

Suraya, a caminho de encontrar-se com Shamas, pára o carro ao compreender que a loja de que está se aproximando à direita é de propriedade dos pais da namorada morta de Jugnu. A curiosidade excitada, ela fica no carro estacionado, perguntando-se se deveria entrar. Há tempo bastante antes do seu encontro com Shamas, que lhe telefonara inesperadamente esta manhã, pedindo para vê-la.

Ela observa o movimento fora da loja. Tivera de ter intimidades com Shamas mais seis vezes desde aquela noite na *Safeena* depois da apresentação de Nusrat. Mas tem cada vez mais certeza dos seus dividendos. Dois dias antes, ela chegou a dizer ao marido o nome do "candidato muito promissor" que antes ela havia mencionado para ele e a mãe dele. Ele conseguiu fazer com que ela lhe desse o endereço do homem, para ele poder mandar vigiar pela gente que conheceu quando estava na Inglaterra. Ela não queria dar essa informação, mas cedeu quando ele insistiu repetidamente, pois não queria que pensasse que ela estava sendo teimosa ou desobediente, receosa de que se recusasse a casar-se com ela outra vez ou que fosse em frente e se casasse com alguma outra mulher que sua mãe com certeza estava procurando agorinha mesmo.

Ela se ergue na direção do espelho para verificar sua aparência. Pertencendo a uma raça peluda, ela teve o corpo inteiro depilado na semana passada, e também fez eletrólise no rosto: ela havia mais ou menos negligenciado tudo isso nos últimos poucos meses. Shamas diz que ao falar com ela encontra conforto e encanto, que a beleza não é o que ele procura numa mulher; mas, como todos os homens, ele é tão confuso quanto uma criança: o que ele quer dizer é que a beleza *sozinha* não é o que ele quer — a mulher precisa ser tão inteligente *quanto* bonita. Uma mulher inteligente mas insossa não serviria. E assim Suraya começou a prestar atenção na sua aparência física. E, sim, é verdade que há momentos em que ela gosta dos seus cumprimentos à sua beleza, um sentido de bem-estar a espalhar-se sobre ela um instante, antes de lembrar-se da sua adversidade, do seu marido, do seu filho, de seu Alá.

Uma mulher passa pelo seu carro pela segunda vez em cinco minutos. Seus cabelos são grosseiramente tingidos e a risca, no meio, mostra manchas no couro cabeludo.

Os cabelos de Suraya estão presos à nuca por um pequeno lenço de seda vermelho de que ela não gosta; mas ela o tem sobre ela todas as vezes que se encontra com Shamas, e pois isso deve lembrar-lhe agradavelmente da primeira vez que eles se encontraram, "as inquietações do mundo inteiro caindo das minhas mãos", brincara ele no seu último encontro, referindo-se aos jornais.

O interior do carro está cheio do aroma avivado que ela borrifou nas suas roupas e no véu azul-púrpura, da cor de jacintos. Ela sabe que a filha de Shamas, Mah-Jabin, foi enviada ao Paquistão para casar-se: ela deve ter sentido saudades da Inglaterra quando estava lá, assim como ela, Suraya, quando estava no Paquistão; por isso ela planeja usar a cor do seu véu esta tarde como gancho para falar da saudade de casa quando estava no Paquistão — aliando-se com a filha de Shamas num esforço para aprofundar a afeição dele. Ela havia examinado o seu guarda-roupa cuidadosamente para encontrar algo que fosse da cor de jacintos, algo que levasse à transição necessária na conversação.

Ela observa as mulheres e crianças entrando e saindo da loja, o sol de julho muito quente. A esta altura ela já sabe o quanto Shamas tem bom coração. Há pouco tempo, enquanto conversavam sobre o bairro, ele pareceu chocado pelo desespero da vida da maioria das pessoas aqui, a vida familiar freqüentemente reduzida a nada mais que brutalidade legalizada. Ele contou 19 pessoas com doença mental na sua própria rua, que termina de um dos lados na casa onde vive uma mulher sique de meia-idade cujo marido a deixou e à filha de 20 anos com síndrome de Down e voltou para Amritsar para casar-se com uma jovem de 25 anos, a esposa dizendo constantemente: "Que Deus mantenha os cofres da rainha Elizabeth cheios até a boca, pois é ela quem dá comida e casa para mim e minha filha. Pouco me importa que ela esteja segurando o nosso diamante Koh-i-Noor com tanta força que os nós dos seus dedos estejam brancos!"; e no outro extremo, na casa ocupada pela família Sylhet, cujo pai doente mental estivera desaparecido por vários anos, a outrora orgulhosa mãe operária de fábrica agora está devastada porque o filho saiu da universidade onde fazia medicina e virou islamita radical, deixou crescer a barba e proclamou tudo, desde a democracia até o creme de barbear, antiislâmico.

É claro, a questão de Chanda e Jugnu encheu a própria casa e a vida de Shamas de aflição.

Ele disse — e ela se encheu de um imenso amor por ele naquele momento, fantasiando por um instante ser sua esposa para sempre —, ele disse:

— Será que fiz tudo o que estava a meu alcance para garantir que os que estavam à minha volta não se ferissem? Será que não houve oportunidades no passado em que deixei de condenar com vigor bastante os excessos perniciosos dos malvados, dos injustos, dos exploradores? Estaria eu inconsciente da sua natureza letal porque eu mesmo ainda não fora indevidamente afetado por eles, o modo como hoje sei que Chanda e Jugnu foram assassinados? — Ele leu um verso de Syed Ali Aabid,

Chaman tak aa gaee dewar-e-zindan, hum na kehtay thay.

Eu avisei: *a prisão lá fora vem se expandindo lentamente, e agora suas paredes já quase alcançaram o seu jardim.*

A sua voz melancólica chamuscou o coração dela. E este é o bom homem em volta de quem o destino quis que ela tecesse a sua rede de insinceridade e cavilação?

Dominada pelo remorso, ela está em seu carro, perguntando-se se deveria saltar — mas então pensa em seu filho e, a resolução e a convicção reforçadas, decide que ela provavelmente entraria e andaria pela loja; talvez comprasse o necessário para um par de *shalwar-kameezes* novos. Em meio à agitação de bazar, quem sabe ela não entreveria alguma informação que pudesse usar?

Depois de o *ding!* da campainha sobre a porta anunciar a saída de uma cliente, a cunhada de Chanda fica sozinha na loja. Ela olha para a rua lá fora, observando a esposa de Shamas passar, seguramente pela terceira vez esta tarde, mas talvez ela esteja errada. A loja é tão larga quanto profunda, o térreo reformado da casa em cujos cômodos superiores vive a família. Ela pode ouvir os passos no teto — suas filhinhas, os sogros. A frente da loja — atrás dela — é quase inteiramente vidraça, e ocasionalmente ela dá uma olhada sobre cada ombro para ficar de olho em Kaukab. *Se Alá deixasse os habitantes do*

Paraíso fazer comércio, eu escolheria comerciar com tecidos, pois era essa a profissão de Abu Bakar, o Sincero — diz o cartaz pregado na parede sobre o balcão dos tecidos à esquerda da cunhada, um dito do Profeta Maomé, que a paz esteja com ele. Há prateleiras carregadas de rolos de tecido com um longo balcão sob elas, e o chão está semeado de lantejoulas e purpurina que se desprenderam dos tecidos, varridas pelos pés em forma de galáxias e vias lácteas. Cores e motivos vêm e vão como as estações nesta parte da loja. Duas tesouras jazem penduradas em correntes como um par de pássaros mortos, de cabeça para baixo, o sangue drenado. Rolos de tecido — cada um com um metro e quarenta de altura — inclinam-se contra o balcão, como uma fila de mulheres muito magras e muito tolerantes vestindo sáris.

A cunhada vai até a escada e grita que está na hora de as meninas almoçar e se aprontar para a lição corânica na mesquita.

— E não se esqueçam de que pediram a vocês para levar uma libra cada para o fundo dos refugiados bósnios. — Ela volta ao balcão, passando pelos freezers à altura da cintura para as caixas de comida congelada, cuja tampa deslizante de plexiglas sugere os caixões de vidro dos contos de fada. Seus sogros tinham-lhe falado sobre o plano de mandar uma Chanda e um Jugnu falsos à polícia para ver se retiravam a queixa contra os irmãos de Chanda — e ela está totalmente de acordo. Quando o sogro lhe contou a idéia, na tarde em que ele e a esposa voltavam da visita à prisão, ele mencionou que há não muito tempo tinha conhecido um rapaz na mesquita que andava na região à procura do irmão, um jovem com um fio de ouro crescendo entre seus cabelos.

— A última mensagem que a família recebeu do garoto de cabelo dourado desaparecido foi daqui, de Dasht-e-Tanhaii. Então, é aqui que ele está procurando. Se ao menos eu desse com aquele rapaz outra vez — ele seria perfeito — disse o pai de Chanda naquele final de tarde; e então, felizmente, na noite da apresentação de Nusrat Fateh Ali Kahn, eles o encontraram na multidão, bêbado, desesperado porque era improvável que um dia encontrasse o irmão. Quando o pai de Chanda se aproximou dele, ele disse:

— Sempre que exilados falam da sua terra natal, lágrimas brotam nos olhos da manhã: o orvalho é isso. É um verso, tio-*ji*, de uma canção de Nusrat Fateh Ali Kahn, um poema de Wamaq Saleem que Nusrat musicou. — Suas pupilas estavam dilatadas, e ele não estava em condições de falar; então o pai de Chanda pediu o seu endereço e foi conversar com ele no dia seguinte. Ele concordou em ajudar a família de Chanda em seu ardil — ser deportado para o Paquistão pela polícia por ser imigrante ilegal, mas feliz com o dinheiro que a família iria lhe pagar. Eles tinham de ser cuidadosos: ninguém podia vê-lo na companhia deles — ninguém deve pensar que eles tenham qualquer coisa a ver com a história.

Uma vez que a família tenha encontrado uma moça, eles o enviarão ambos à delegacia de polícia. Encontrar a moça está se mostrando mais difícil. Geralmente são os homens que partem para outros países, sendo mais fortes, mais ousados, o mundo sendo ligeiramente mais fácil de negociar para eles do que para as mulheres.

A porta da loja se abre. A criança na frente da porta da loja, mastigando ruidosamente uma barra de chocolate recém-comprada, a boca e as gengivas caramelizadas pelo lodo doce, é ignorada por um grupo de mulheres.

— Quem é você, o porteiro? — diz uma delas, e entra na loja sem esperar para escutar a resposta:

— Estou só esperando o edifício naquela montanha lá longe desabar — está abandonado e vazio, e vai ser implodido hoje à tarde. — As mulheres estão indignadas porque ele não se desculpou por obstruir a passagem. Mas elas o deixam para lá e entram, porque: crianças? Quem está feliz com as suas próprias? Quem? Uma mão é balançada no ar para desafiar os demais a apresentar um único exemplo em todo o mundo. — Ninguém. Eis quem está feliz. Veja só a pobre Rainha e o que os filhos estão fazendo com ela.

— Eles a estão arrastando na lama; é isso o que estão fazendo, irmã-*ji*.

— Arrastando pelos *pés*.

— Pelos cabelos.

— Na lama e no lodo. E é a mulher que manda no *país*.

— Fazendo dela motivo de risada.

Seguem-se uns poucos minutos de silêncio, nos quais as flores nos tecidos soltam fumaça de raiva da irresponsabilidade do garoto. E então as mulheres se espalham pela loja, entre as fileiras de gôndolas que enchem todo o espaço do piso, parando instintivamente para arrumar uma fila de bolos de frutas que são amarelos e saturados de passas de uva pretas e brancas que os fazem parecer blocos cortados de leopardos. Aqui e ali, há cestas de frutas e verduras, maçãs como bochechas vermelhas de bebê japonês, mangas, goiabas, pedaços de 30 centímetros de cana-de-açúcar importados do Paquistão, poucos talos perfumando o ar fechado do mesmo jeito que a safra de cana pode perfumar a atmosfera de todo um povoado quando amadurece. Os ovos ficam geralmente ali, junto das frutas, mas no verão são levados para outra parte, porque senão os clientes reclamam que seus omeletes ficaram com gosto de mamão, abacaxi e melão.

Ao longo da meia hora seguinte, a loja se torna tão movimentada — chegaram mulheres para ser atendidas também no balcão de tecidos — que a cunhada de Chanda tem de chamar a sogra para ajudar, as clientes perguntando uma à outra se o tom carregado do linho vermelho combinava com minha cor escura, se a loja tinha em estoque o estampado que elas tinham visto a esposa de Shamas, Kaukab, usando na semana passada, se aquele crepe georgette listrado era o mesmo que elas tinham visto no varal na Jinnah Road...

Suraya, examinando um pacote de lama multane para máscaras faciais, levanta a cabeça ao ouvir os nomes de Shamas e Kaukab e olha para o balcão de tecidos. A lama, da cidade paquistanesa de Multan, também é usada para limpar o mármore da fachada do Taj Mahal; ela a repõe na prateleira, atravessa para o balcão de tecidos e — ao mesmo tempo que se perguntava por que a mulher atrás do balcão lhe dava uma segunda olhada como se tentasse reconhecê-la ou localizá-la — aponta para a fazenda que aparentemente Kaukab usava. Ela se recorda de que quando menina afeiçoou-se tremendamente a uma professora da escola muçulmana só porque a viu usando o mesmo estampado que sua mãe. Agora ela conjectura se nalgum nível profundo as afeições de Shamas seriam excitadas ao vê-la no mesmo tecido que sua esposa.

A esposa quando mais jovem.

Mas isso não poderia também lembrar-lhe de Kaukab de uma outra maneira: renovando o seu amor e mandando-o de volta para ela, arrependido da sua infidelidade.

Ela olha o tecido indecisa. Ele lhe contou sobre os antagonismos às vezes vagos às vezes cortantes no seu casamento com Kaukab, mas Suraya não deixou escapar que estava mais do lado dela do que do dele. Ela parecia uma mulher temente a Alá, e Suraya começou a se perguntar se não seria por fim capaz de apelar diretamente a ela, lembrando-a que o Profeta, que a paz esteja com ele, tinha tido mais de uma esposa.

— Vai ficar muito bem com o seu tom de pele — diz a mulher atrás do balcão — a mãe de Chanda? — quando ela pediu que medisse o bastante para um *shalwar-kameez*.

— Obrigada — diz ela ao pegar o embrulho e virar-se indo embora, a loja repentinamente ruidosa de pistolas espaciais de brinquedo. Elas são importadas do Oriente e seus *bips* e *tzins* são muito mais altos do que os daquelas fabricadas aqui na Inglaterra, ensurdecedores portanto.

Um grupo de mulheres de meia-idade já está em cima dos meninos transbordantes de vida que estão puxando os gatilhos das pistolas espaciais — e de súbito tudo fica notavelmente silencioso. Ostentando expressões injustiçadas e martirizadas, os meninos são então levados às suas devidas mães e obrigados a ficar quietos com ameaças e beliscões.

Ela sorri. Vai contar a Shamas sobre esses meninos esta tarde. Ela notou que ele adora falar de seus filhos, das coisas que fizeram e disseram. Ele não se deixaria levar pelo assunto dos seus filhos como jovens adultos ou sobre o que estão fazendo hoje. Está claro para ela que o amadurecimento deles foi um tempo de tensão para ele: deve ter havido discussões com Kaukab sobre como deviam ser educados, de modo que hoje ele prefere pensar neles quando crianças.

Quando ele mencionou que seu filho mais velho, Charag, era artista, ela se perguntou se não podia ser o mesmo rapaz que encontrara no lago na primavera passada, mas então ele disse que Charag não morava em Dasht-e-Tanhaii e que não a visitara este ano.

Ela se desloca entre as prateleiras, feliz com as visões e cheiros, pegando pequenas caixinhas e potes, magnetizada por rosa, azul, vermelho, verde, laranja, amarelo, prateado, dourado, abrindo a tampa e cheirando pequenos frascos *roll-on* de perfume, sândalo, açafrão, jasmim, rosa. É como ser menina outra vez.

Ela deseja subitamente ter uma filhinha — vesti-la, comprar contas e bonecas para ela.

Num estado tão próximo da beatitude quanto ela foi capaz de alcançar durante esses últimos meses, ouvindo a voz das mulheres à volta, ela se vê dissolver-se numa doce letargia. Uma das coisas de que mais sente falta do Paquistão é a companhia das suas amigas e conhecidas, reclinadas na varanda sob os ventiladores de teto e conversando bobagens, rindo, experimentando pulseiras das dúzias arrumadas no chão entre elas como logotipo das Olimpíadas de um planeta que tivesse mais continentes do que a terra, contradizendo uma à outra (e a si mesmas também, dizendo: "Meu Alá, sabemos nós mulheres alguma vez o que queremos!"), dando gritinhos aos duplos sentidos e insinuações e fazendo observações impudicas sobre maridos (com que freqüência, qual a rapidez e, louvado seja Alá, qual a lentidão?), noivos e outros homens da área também (tendo-os visto de relance ao cruzar nas ruas, ela se lembra de cochichar para as amigas sobre a beleza de tirar o fôlego dos homens da família com a qual a sua família por afinidade tinha a rixa; as mulheres concordaram e, depois, morrendo de tanto rir, alguém disse que tinha ouvido um desses homens belos como deuses urinar numa ruela quando ela estava por perto e — Alá! — que o barulho a tinha assustado: "Depois que ele se foi, eu não pude resistir a dar uma olhadinha e vi que tinha feito uma cratera enorme no chão, como os cavalos.").

Sorrindo, ela olha em volta, mas se lembra rapidamente do fato de que sua sogra — uma mulher que não é diferente dessas mesmas aqui — está planejando destruir a sua vida neste exato momento, a bruxa que disse ao telefone:

— Você nem sequer fez um filho até quase os seus 30 anos, e mesmo assim, depois de milhares de rúpias de hormônios e injeções que tivemos de pagar, meu pobre filho tendo que visitá-la no hospital de manhã, à tarde e à noite depois de você ter um aborto após o outro.

Suraya desejara gritar:

— Eu não estava numa cama de hospital só para ofender você e o seu filho, sua velha. Eles espetavam agulhas nos meus braços toda vez que eu acordava, e meu baixo-ventre ficava todo ensangüentado e retalhado depois das operações. — Mas ela ficou quieta, receosa de que a bruxa redobrasse os seus esforços para encontrar uma nova esposa para o marido de Suraya.

— Ouvi dizer que a Inglaterra era um país frio, mas está tão quente hoje — diz uma jovem mulher que está perto de Suraya. Ela puxa as suas pulseiras braço acima para coçar o punho. Está usando aqueles brincos que têm miniaturas do Alcorão de um terço do tamanho de uma caixa de fósforos.

Suraya sorri educadamente e faz um som não comprometedor.

— É minha primeira primavera aqui. Eu vim do Paquistão em novembro passado.

— Um primo nascido aqui na Inglaterra voltou para se casar com você?

A jovem coloca na prateleira o tubo de creme que estava examinando.

— Eu não sou casada. Vim para a Inglaterra sozinha. — Ela baixa a voz. — Sou imigrante ilegal.

Suraya aquiesce com a cabeça.

— Estou precisando de um lugar para morar por um tempo. Você não conhece um, conhece? — A garota aponta sobre o ombros, através da vitrina na frente da loja. — Está vendo aquele edifício lá longe? Está completamente vazio. Então, eu e um amigo invadimos e estamos ficando lá. Ele tem 19 anos e é quase um irmão para mim; me lembra o meu irmão, na verdade. — Seus olhos começam a sorrir à menção do rapaz. — E essa impressão ficou ainda mais forte nos últimos dias porque ele está muito doente e estou tendo que cuidar dele, do mesmo jeito que tomava conta do meu irmão quando minha mãe e eu estávamos tentando ajudá-lo a fazer o desmame da heroína.

Suraya olha para o edifício distante — não maior que o medalhão em volta do pescoço da mulher — e acena com a cabeça.

— Ele passou mal a noite toda e só pegou no sono ao amanhecer. Acho que é tuberculose. Quando saí, ele estava dormindo profundamente. Vou levar umas frutas para ele ao anoitecer. — Ela se volta e olha para a torre. O sorriso foge dos seus olhos e se instala em seus lábios, como uma borboleta.

Suraya diz:

— Você pode dizer que está de olho nele mesmo daqui.

A garota dá uma risadinha. Ela abre o medalhão com sua tampa de dobradiças e mostra para Suraya: oco por dentro, ele contém — em vez do Alcorão corriqueiro — quatro fios de ouro.

— Entre os cabelos negros da cabeça, ele tem um único fio dourado. Ele arranca mês sim mês não e, por segurança, eu guardo no medalhão. É ouro de verdade. A gente vai vender quando tiver o bastante.

Suraya olha para o seu relógio.

— Acho que tenho de ir. Você devia pedir ajuda ao pessoal da loja para achar um lugar para ficar.

Ela sai para o seu carro, rumo ao seu encontro com Shamas na *Safeena*. Ela devia tentar lembrar-se de uma história do seu filho para contar a Shamas, alguma observação inteligente ou comentário espirituoso dele, para inspirar a afeição de Shamas de modo que, quando chegasse a hora, ele ficasse com pena e se solidarizasse com ele, querendo fazer tudo quanto pudesse para reunir a criança e sua mãe. Sim: essa vai funcionar — na semana passada, ele disse que as lesmas pareciam uma geléia que, depois de ganhar vida, estava tentando escapar da fôrma.

Ela tem a expectativa de ganhar a confiança da empregada da casa no Paquistão, para poder lhe perguntar o que a sogra e o seu marido estão planejando. Transformá-la numa espiã. Ela devia tentar convencê-la ao telefone da próxima vez, prometendo um presente ou dois da Inglaterra, um cardigã cor-de-rosa com botões dourados, talvez; ou presilhas de cabelo brilhosas em forma de morangos, borboletas, narcisos, laços de fita; ou sandálias de salto alto com *strass* nas tiras.

Ela tem de proteger o seu filho (e a si mesma) de todas as maneiras que puder.

A cunhada de Chanda põe num saco plástico o tubo de loção de beleza que uma mulher está comprando — importado do Paquistão. As linhas da mão de um homem predizem quantas esposas ele vai ter — uma, duas, três ou quatro —, mas segundo o slogan no tubo: *Não são as linhas na palma da mão do seu marido que anunciam a segunda esposa — são as linhas no seu rosto.* A mulher vai embora, contando o troco que recebeu.

— Você vai me vender esses morangos por um preço mais barato, irmã-*ji* — diz uma garota aproximando-se do balcão, um raio de luz da janela batendo num medalhão pendurado no seu pescoço produzindo um brilho prismático. A cunhada de Chanda já ia recusar educadamente quando a garota continuou em tom baixo: — Sou uma pobre imigrante ilegal, irmã-*ji*, e Alá há de recompensá-la se me ajudar.

A cunhada de Chanda sorri imediatamente para a garota, mas também olha em volta, pois não pode ser vista em companhia dessa jovem — ela pode mostrar-se adequada, e o plano deles não funcionaria se alguém as vissem juntas. Felizmente, elas estão sozinhas na loja.

— Sirva-se — ela aponta para os morangos. — É meu dever ajudá-la.

— Eu e um homem do Paquistão viemos para cá e dissemos ao pessoal do porto em Dover que éramos amantes e que nossa família queria nos matar, porque eu os tinha desgraçado ao apaixonar-me por ele. Nós dissemos que queríamos asilo. Eles nos deixaram ficar enquanto nosso pedido estivesse sendo examinado. Eu fugi do centro de detenção e acabei aqui.

— E o seu amante? — o coração da cunhada de Chanda está batendo rápido. Ela pode não querer voltar para o Paquistão sem ele.

A garota balança a cabeça.

— Irmã-*ji*! Ele não era meu *amante*. Eu sou uma boa muçulmana. Não importa o tipo de dificuldade em que Alá me colocou, eu jamais comprometerei minha honra. Ele não significava nada para mim: a história de amor era uma ficção que o agente de viagens no Paquistão nos disse para contar ás autoridades inglesas. Provavelmente ele ainda está no centro de detenção. Eu lhe disse que estava indo embora — saí do Paquistão para ganhar dinheiro, e não para definhar trancada num prédio. Aqui na Inglaterra, serei capaz de ganhar em dez anos o que levaria quarenta para ganhar lá.

A cunhada de Chanda aquiesce.

— Onde você está morando no momento?

A garota aponta para o edifício através da vidraça, a outra mão brincando com o medalhão no seu pescoço.

A cunhada de Chanda se vira, mas, ao ver que uma cliente se aproxima da loja, diz rapidamente à garota que vá para a seção de frutas. Um vendaval de tranças, lenços e balões impressos com a frase *Liberdade para a Caxemira*, suas filhas estão descendo, prontas para a mesquita.

Ela atende a cliente, mantendo um olho na garota com o medalhão, e, quando a loja fica vazia outra vez em cinco minutos, vai até ela, ao lado da cesta de morangos, umas folhas peludas ressaltando aqui e ali.

— Você não devia ter saído do seu país — diz ela para a garota, que levanta os olhos brevemente para ela, mordendo o canto da boca, mas não diz nada. — Você não sente saudade?

A garota pára o que está fazendo, toda a vida extinta nas suas mãos, que ela repousa sobre as frutas, e então toma a decisão de dizer o que pensa.

— Eu não devia ter saído? — diz ela zangada. — Vocês que têm uma situação legal num país rico não sabem a sorte que têm!

A cunhada de Chanda se espanta.

— Desculpe. Eu só estava pensando se você queria voltar depois de ganhar algum dinheiro.

A garota, porém, não parece estar ouvindo. Ela olha furiosa para a cunhada de Chanda.

— Vocês não compreendem como são as coisas por lá para a maioria de nós. — Um dos balões escapou das mãos das garotinhas e está flutuando contra o teto acima delas, lentamente à deriva. Ela dá uma olhada desdenhosa. — Liberdade para a Caxemira, com certeza. O Paquistão não pode se dar ao luxo de alimentar o povo que já tem dentro das suas fronteiras, mas mesmo assim quer mais gente, um território maior. E o mesmo vale para a Índia, é claro.

— Alguém estava apenas levando esses balões na rua — diz a cunhada de Chanda, tentando acalmá-la. — E eu não quis ofendê-la com o que disse. — Ela sabe que tem de dar a impressão de concordar com as opiniões da garota. — Dia sim dia não há notícias de um grupo de imigrantes ilegais dando de cara com um fim desastroso. Esses primeiros-ministros, presidentes e generais bastardos — tanto indianos como paquistaneses —, eles deveriam ver o que as pessoas têm de passar para chegar a um lugar onde possam ganhar a vida decentemente. Eles deviam perguntar a essa gente se querem a liberdade na Caxemira ou uma chance de viver em segurança e de barriga cheia no nosso próprio país.

Já sem raiva, a garota diz baixinho:

— Eles deviam ver o grupo com que eu vim para este país, como nós corremos pela neve, como atiraram na gente, fronteira após fronteira após fronteira após fronteira, maltratados, levando tapas.

A cunhada de Chanda pega o saco que a garota estava enchendo e passa a acrescentar pilhas de morangos.

— A gente ouve falar dessas coisas todos os dias: pessoas atravessando esgotos imundos e rios transbordantes, deixando mortos e moribundos para trás nas montanhas para serem comidos por corvos e abutres. — Ela se inclina mais próxima: — Ouça, você é paquistanesa e eu também. É meu dever ajudá-la. Se precisar de alguma coisa...

Mas a garota está olhando fixamente além dos ombros dela, a descrença em seus olhos. A cunhada de Chanda se vira e o saco de morangos cai das suas mãos quando ela vê o prédio desabar a vários quilômetros na distância. Com um grito sem som, a garota a empurra e sai correndo na direção da porta. Ela grita outra vez, outra vez fracassando em emitir som, como se suas palavras não fossem capazes de cortar o ar. Ela corre pela estrada que a levará ao seu lar desmoronado, o medalhão saltando de um lado para o outro no pescoço. Há várias pessoas fora da loja e, como algumas clientes também entraram no estabelecimento, a cunhada de Chanda não pode sair atrás dela, o que seria uma indicação óbvia da existência de algum tipo de ligação entre elas. Ela olha a garota desaparecer da sua vida. Deixa escapar um gemido à oportunidade que tinha acabado de perder.

— Ora, ora, por que foi que eu saí? — diz a mulher que está diante do balcão, pensando alto. — Eu sou tão esquecida. Se não perco mais coisas, deve ser porque meus pertences têm alguma determinação própria de ficar comigo. — A filha — com um vestido laranja faiscante — puxa o véu da senhora e diz que ela quer dois picolés, um de morango, outro de limão, mas ela manda a menina se comportar, senão vai dá-la para uma pessoa branca que vai obrigá-la a comer porco, beber álcool e a não *lavar* o traseiro depois de ir ao banheiro, forçá-la a usar só papel higiênico. A criança fica perturbada com os horrores a que a desobediência pode levar e concorda em aceitar somente um picolé, indo para um dos caixões de vidro e olhando lá dentro, o queixo apoiado na beirada do freezer.

A cunhada de Chanda vem e fica atrás do balcão, sorrindo frivolamente para a cliente. Diante de todas as escolhas sob o plexiglas, a garotinha da cliente esquece os horrores brancos e tira dois picolés afinal. A mãe vê e grita:

— Se não se comportar, eu vou dar *você* para os brancos, e dou o seu irmão também. Eles não vão deixar ele aprender a dirigir quando crescer e ele vai ter de sentar no banco do passageiro enquanto *você* dirige. Você *quer* ter um irmão eunuco assim? *Donos* de casa, ora, façam-me o favor! A gente se assusta diante da loucura dessa raça. — Visivelmente perturbada, a garota balança a cabeça e devolve o de limão. A mãe, nesse ínterim, descobriu outro indício de má educação: — Ei, você — grita ela para o garoto trajando a camisa verde do time paquistanês da Copa do Mundo de Críquete —, eu estou de olho, hem, seja lá quem você for. É isso mesmo, você aí de verde. Isso aí não é armário, é geladeira. Decida o que vai querer e *então* pode abrir. — Ela balança a cabeça para a cunhada de Chanda: — O jeito como ele estava parado lá, esperando decidir, esse dublê de Imram Khan.[6] Você é boazinha demais, irmã-*ji*, deixando esses assassinos escapar. — Ela aperta os olhos. — Apenas me diga que foi ele quem espalhou aqueles morangos no chão ali adiante e veja como eu o ensino a limpar direitinho ele mesmo, pouco importa filho de quem ele seja.

— Vou limpar eu mesma — diz a cunhada de Chanda tranqüilamente, incapaz de parar de pensar na garota. As folhas da planta do morango são peludas como a folhagem da videira, lembrando-a das vinhas que cresciam na sua casa da infância no Paquistão. Seu pai as tinha plantado, mas a mãe sempre se queixava das folhas que caíam no seu chão limpo. Quando ele ficou doente, ela viu a sua chance e as cortou. O abate já ia pela metade quando de repente o pátio se encheu com cerca de uma dúzia de pássaros-sol, gritando e rodeando as videiras caídas. Eles se alimentavam com as uvas e provavelmente faziam ninhos sob as folhas grandes. A garota com o medalhão fez como eles minutos atrás; a gente só sofre daquele modo quando nosso lar é destruído. Em seu quarto, o pai dela gritou e agitou as mãos no ar acima da cama, mas a mãe continuou a serrar e dar machadadas.

A cunhada olha para a coluna de poeira que se ergue para o céu a distância, como uma batalha entre *djinns* no deserto. A gente vai encontrar outra jovem que sirva — diz ela aos seus botões.

Cinábrio

Shamas espera por Suraya na *Safeena*, o interior repleto do calor das seis horas anteriores de solstício de verão e do odor de papel e tinta. Hoje foi um daqueles dias quentes que lembram a gente que o mundo é movido pelo sol. Mas o primeiro temporal do verão começou, os pingos de chuva caindo com força. Parecia que o calor e a luz do sol retrocederiam e seriam postos de lado nas próximas poucas horas, a chuvarada lavando as riscas de amarelinha que as crianças tinham desenhado nas calçadas.

Ele está na janela e observa a mariposa Cinábrio que se abriga contra o vidro pelo outro lado; as suas asas dianteiras têm o marrom fosco do leite achocolatado com marcas características de um vermelho impressionante, um daqueles tons vibrantes com que você pode embriagar-se só de ficar olhando, mas as asas posteriores são inteiramente vermelhas. Ele se lembra de Jugnu sorrindo e dizendo que a Cinábrio estivera prestando atenção à maneira como as mulheres paquistanesas e indianas se vestiam: o torso é coberto pela blusa-*kameez* que é feita de tecido estampado — flores, formas geométricas —, enquanto as calças-*shalwar* destacam uma das cores principais do *kameez*.

A chuva soa como a estridulação de gafanhotos. Bolhas — o nada a envolver levemente o nada — pontuam a superfície do lago lá fora. Ele pisca e Suraya está correndo ao longo da beira do lago, seu véu tremulando atrás dela, e ela lhe sorri ao vê-lo na janela, feixes de cabelo e o lenço de seda vermelha saltando no ar atrás dela, lenço de que ela deve gostar tanto, usando-o como o usa o tempo todo. A água, o céu da tarde e as pedras visíveis nas partes mais rasas do lago formam um todo cinza, negro-azul, branco, e nas áreas rasas os musgos também parecem escuros, aquelas compridas tiras verde-esmeralda enlodadas que se espremiam entre os dedos dos pés dos seus filhos como correias de delicadas sandálias quando eles patinhavam na água de calças enroladas.

Ela deixa escapar um grito de surpresa quando ele se adianta na chuva e a pega nos braços, a chuva a cair sobre ambos. Com uma risada ela se livra de seu beijo e os conduz ambos ao abrigo da *Safeena*, o mundo lá fora cintilante como se tivesse acabado de ser concluído e tirado do cavalete.

— Eu procurei, mas não consegui encontrar os lápis Koh-i-Noor ouro que disse que traria para você poder começar a escrever poesia novamente — diz ela, sacudindo gotas d'água dos cabelos.

Mas ele lhe tira as roupas o mais rápido, o abajur empoeirado e manchado enchendo o ambiente com a luz amarelada tépida das velas, a pele dela da cor de jasmim, empalidecida. Apoiada nos cotovelos sobre o tapete de cobras e escadas, os lábios dela casados com os dele, subitamente ela deixa cair a cabeça apartando-se dele, desengajando suas bocas, e ele desce umbigo abaixo até o púbis. Sua rudeza e rapidez a fizeram soltar um som de surpresa e protestar casualmente, mas então sua respiração se acalmou como um rio e os pares de veados em seus abrigos de chama-da-floresta na parede viraram os pescoços para olhar para ela.

— O seu marido telefonou ontem à noite.

Ela estava ajeitando a roupa que tinha acabado de vestir novamente e só se vira para encará-lo vários segundos depois. É como se o verdadeiro significado do que ele acabara de dizer só se tornasse claro para ela muito lentamente, como um bolha surgindo no mel.

— Eu amo o meu filho, meu querido filho, e o meu marido, Shamas — diz ela muito fracamente.

— Quando decidiu dormir comigo a primeira vez, era uma espécie de pagamento adiantado? Estava me dando um vislumbre do que viria se me casasse com você?

Ela avança até ele e suas mãos se entendem várias vezes até os seus ombros, para tocá-lo, mas ela as retira no final.

— Alá o colocou no meu caminho naquela manhã na ponte para me ajudar, quando você recuperou meu lenço. Eu vi que era um bom homem...

— Alguém fácil de manipular.

— Eu não tinha escolha. Eu faria qualquer coisa por meu filho e meu marido. O amor é a única coisa que inspira ousadia numa mulher.

— Eu pensei que estava sendo ousada por causa do que sentia por mim, mas o tempo todo você estava apenas ousadamente se degradando pelo amor do seu marido e do seu filho.

— Um homem pode ter quatro mulheres ao mesmo tempo, Shamas. Você poderia...

— Você pensou em todos os detalhes? Qual era o plano?

— Eu juro pelos meus olhos que não havia nenhum plano de verdade. Eu queria lhe contar tudo no final.

— Deixemos o amor de lado — não sou nenhum tolo —, mas ao menos você gosta um pouco de mim ou se preocupa?

Ela desvia os olhos, mas então diz com repentino rancor em sua voz:

— Você *tinha* um plano: no que achou que os nossos encontros iam dar? Você ia deixar a sua esposa por mim? — Ela parece pensar que não devia esperar sequer um ai dele — um lamento — sobre as agruras do casamento e o desafio heróico envolvido em recusar as suas hipocrisias, motivo por que ela continua: — Eu sei sem você ter dito que sua mulher é o fato mais importante da sua vida. Eu tomei decisões em estado de confusão, exatamente como você. — Ela segue adiante num tom mais suscetível: — Shamas, você sabe que um homem pode ter mais de uma esposa...

Sim, ele sabe disso. Um homem veio a Maomé e disse que estava infeliz. O Profeta o aconselhou a casar-se. Ele retornou algum tempo depois, mas ainda se queixando de infelicidade. Maomé disse: "Case-se outra vez." O homem voltou um tempo depois, casado duas vezes — e feliz.

— Eu sei que você está zangado, Shamas. Não pense que não me preocupo com você — eu nunca dormi com ninguém além do meu marido.

— Eu só estou tentando entender o que você estava fazendo. Como estava esperando que eu me divorciasse de você depois do casamento?

— Eu não pensei tão longe. Eu não sabia o que estava fazendo então, assim como não sei o que estou fazendo agora. Fecho meus olhos e desejo que tudo isso não existisse, começando pela ida à casa do inimigo naquele dia no Paquistão. Eu fico zanzando por aí sentindo falta do meu filho, do meu marido, pranteando a minha mãe, implorando o perdão de Alá por pecar com você e, sim, eu peço a Ele para me perdoar por enganá-lo.

— Eu não acho que seja culpada. Não me esqueço de que foi até aquela casa para salvar a vida da menina. — Ele se vira para ela, que tinha se abaixado no tapete ao lado dele: ele toca a borda do seu véu.

— Eu me pergunto às vezes sobre os meus motivos. Talvez tudo não passasse de vaidade, o desejo de que as pessoas pensassem que eu tinha coragem o bastante para salvar a vida da garota, desmascarando os atos criminosos do tio dela e, talvez, acabando com décadas de rixa. Talvez tudo isso seja castigo de Alá por meu orgulho e vaidade. Eu estava tão cansada de mentir naquele lugarzinho, eu queria ser olhada, estimada, eu queria estímulo.

— São sentimentos muito humanos. Não se sinta mal.

Ela continua a falar, num tom monótono:

— Eu podia falar inglês, minha pele era muito clara, eu tinha mais conhecimento sobre certas coisas do que qualquer outra pessoa do povoado. Eu às vezes pretendi ser superior. Achar que minha mente tinha acesso a segredos mais elevados foi, é claro, uma presunção, uma veleidade. — Ela dá uma risadinha ridicularizando-se. — Conhecimento! Eu fiquei encurralada naquela escola islâmica indigente de terceira classe pela maior parte dos meus anos de aprendizado, decorando os nomes de todas as esposas do Profeta. Eu sei quanto meu intelecto e minha compreensão da vida são prosaicos, quanto é básico e limitado o meu conhecimento da vida. Eu ficava — *fico* — apavorada de ter a minha ignorância revelada toda vez que conversava com alguém que fosse *realmente* educado, alguém como você.

— Eu não sei nada.

Ela o ignora outra vez.

— É claro, eu poderia ter sido alguma coisa. Mas ser alguma coisa exigiria um trabalho longo e árduo, uma vida dedicada em busca de...

— E nem assim é garantido.

— Eu gostava da expressão de admiração no rosto do meu marido quando eu citava — nem sempre corretamente — algo dos poemas que eu conhecia porque, é verdade, isso me lisonjeava um pouco, e então no momento seguinte eu estava cheia de vergonha e desgosto, porque sei que ninguém adquire conhecimento verdadeiro por causa de *vaidade*.

— Não se atormente assim.

— Sabe o que a casamenteira me disse na primavera passada, depois de eu rejeitar todas as perspectivas que ela me oferecera? Eu disse que nenhum deles era bom o bastante para mim, mas ela sorriu e disse: "Ao contrário, minha orgulhosa e arrogante belezura. Tenho a impressão de que você quer alguém a quem possa sentir-se superior. Esses que eu lhe apresentei, você acha que *são* bons demais para você." Eu me pergunto se não havia um elemento de verdade no que ela falou.

— Esqueça tudo isso e tente pensar razoavelmente sobre o *futuro* agora.

— Futuro? Tenho medo de ficar tempo demais longe do meu filho e um dia me dizerem que ele só se lembra de mim quando é estimulado por outros, quando é levado a pensar em mim por outras pessoas. — E então, de repente ela diz: — Por Alá, Shamas, por que não me interrompeu quando eu estava falando tão desrespeitosamente do Islã? E você tornou possível para mim pensar e falar desse modo: agora sei o que sua esposa quer dizer quando afirma que a sua conversa desencaminhou Charag, Mah-Jabin e Ujala. — Ela enterra o rosto nas mãos. — O que Alá há de pensar da minha fala desrespeitosa? A separação do meu filho e do meu marido é uma punição Dele. Oh, você não sabe o quanto eu os amo.

— Por favor, não chore. E eu sei o quanto ama seu filho e seu marido: você estava disposta a fazer de si uma — ele não consegue obrigar-se a chamá-la de prostituta —, uma... uma... uma dessas mulheres para poder estar novamente com eles.

— Um homem pode ter quatro mulheres, Shamas. Você estará nas orações de todos nós três pelo resto de nossas vidas. Eu mesmo peço à sua esposa, explico a ela a minha situação.

— Não. Nem sequer pense em abordar Kaukab. Sinto muito, mas o que você quer nunca vai acontecer. — Eles estão sentados separados mas estão alertas um com o outro como animais tremendo na floresta. — Eu não me casaria com você por princípio: uma das coisas que acho repulsiva no Islã é a idéia de o homem poder ter quatro esposas.

— Por favor, não diga uma coisa dessas sobre o Islã. Você quer ir para o Inferno?

— Não por isso, não. E, Suraya, como você sabe que seu marido não vai ficar embotado de tão bêbado outra vez? Na noite passada, ele estava bêbado ao telefone.

— Não pode ser. Ele disse que tinha parado de beber.

— Não parou. Você não pode voltar para ele. Eis outra razão por que não vou fazer o que está dizendo: porque não quero que você volte para ele. Ele vai bater em você. O Paquistão não é apenas um país onde se bate na esposa, é um país onde elas são mortas: ele poderia *matar* você num dos seus acessos embriagados de fúria.

— Às vezes eu sinto que gostaria de morrer. Meu Alá, perdoe a minha ingratidão. Shamas, deixe-me falar com Kaukab só uma vez...

— Não! — A palavra saiu mais alta do que ele pretendia e ela recua. — Oh não, ele já lhe bateu quando bêbado? Ele bateu em você? — Ele a toma em seus braços quando a súbita compreensão desperta nele de que há de ter batido. — Onde foi que ele bateu, onde, onde? — Ele beija o rosto dela repetidas vezes enquanto ela luta para livrar-se. Sua face. Seus lábios (de entre os quais ele sugara a língua dela para a sua boca somente meia hora atrás, e lá a mantivera enquanto gozava dentro dela como um jarro de leite esvaziado num longo jato após o outro). — Aqui? Ele bateu em você aqui? — Ele beija os seios dela que, com um murmúrio sensual na ponta dos seus dedos, ele tocou pela primeira vez aqui na *Safeena*, o seu mamilo marrom, dizendo-lhe que num poema sânscrito o mamilo de uma mulher é descrito como tão firme que *ao cair nele uma lágrima há de ricochetear como fino borrifo*. — Aqui? Aqui? — Mas uma compreensão ocorreu a ela então, repentinamente:

— Meu Alá, se você sabia a verdade quando cheguei aqui esta tarde, por que me beijou, me tocou — me *comeu*? Você quis me enganar, me fazer crer que ainda não sabia de nada, para satisfazer seus desejos uma última vez antes de me confrontar. Tenho certeza de que então já tinha idéia do quanto me custava em respeito próprio cada vez que eu me deitava com você, e ainda assim você... Você, sua besta perversa! — Ela golpeia a cabeça dele com os punhos e golpeia e golpeia, tentando livrar-se. — Seu monstro! Você me enganou, seu bastardo insensível! E vem me falar de princípios! — Ele se agarra a ela sob seus tíbios golpes:

— Desculpa, desculpa, eu te amo. — Ela enfia as unhas no ombro dele.

— Pare de mentir. Você não me ama. Se me amasse faria o que lhe peço. — E quando ele diz:

— Você acha que falo sobre Jugnu e Chanda com todo mundo que conheço, sobre a minha poesia, sobre meu pai — sobre a minha vida? — Ela pára de lutar, deixando-o cerrar seu abraço em volta dela, e então baixa seu rosto languidamente sobre o lado do pescoço dele e desprende um uivo lamentoso. Recostando-se, ele os baixa a ambos sobre o tapete, e eles jazem lado a lado como se deitados abaixo por duas flechas.

— Ele não podia estar bêbado ontem à noite, e disse que nunca mais vai levantar um dedo contra mim no futuro. Ele aprendeu sua lição, Shamas. Quando saí de casa depois do divórcio, fui morar num quarto alugado. Ele vinha me ver todos os dias, arrependido, fazendo uma longa e árdua viagem até a cidade onde eu estava. Eu arranjei emprego como recepcionista num hotel, mas quando o gerente me despediu, por cumprimentar um hóspede com um aperto de mãos, eu esperei recriminações do meu marido, pensando que mais uma vez ele duvidaria da minha virtude, citaria Maomé — que a paz esteja com ele, que a paz esteja com ele —, que disse: "Aquele que toca a palma de uma mulher que não lhe pertença legalmente terá tições incandescentes postos sobre a palma da sua mão no Dia do Juízo", mas ele acreditou em mim quando eu disse que tinha me esquecido só por um momento ao estender a mão para aquele homem. Ele mudou Eu confio nele e eu confio em Alá.

O homem ao telefone ontem à noite estava bêbado, mas Shamas não insiste no assunto agora.

— Por que não contou tudo dias atrás? — O sangue em seu corpo sentira-se mais vivo nas últimas semanas, mas agora ele sente cada veia estremecer, perdendo a luz momento a momento.

— Eu não achei que já gostasse de mim o bastante. Pensei que eu ainda devia... *ficar* com você mais umas poucas vezes. — Ela está olhando para o teto. — De certo modo, estou contente de que tenha descoberto tudo a meu respeito. Isso me impede de pecar ainda mais. Eu continuaria a dormir com você por um tempo, sem ter certeza do que sentia por mim. E, também, você era a esperança. Se não lhe dissesse nada, eu podia continuar pensando que, quando finalmente lhe contasse, a resposta seria positiva.

Ele vira o rosto e olha para ela, para aquele corpo que cheira diferente em diferentes partes, envolto num véu complexo do mesmo modo que uma única flor pode produzir uma centena de compostos químicos, com aromas que se mesclam e combinam em padrões que mudam com o tempo, com partes da flor cheirando diferentemente de outras partes, os cheiros expedindo uma variedade de sinais para os insetos visitantes, um a dizer-lhes *Isto é alimento*, outro que *Os ovos podem ser postos aqui* e ainda outro que *Esta ranhura leva ao néctar*.

Ele diz:

— Perdoe-me por tê-la acusado de me manipular, pois eu mesmo tencionei enganar. Enquanto estávamos deitados aqui há pouco, fazendo amor, eu pensei por um momento em não lhe contar sobre o telefonema do seu marido ontem à noite, em esperar até você decidir me revelar o seu plano num momento posterior. Eu sabia que perderia você hoje mesmo se lhe dissesse que sabia o que queria de mim, e que minha resposta é não. Eu não queria perder você, a sua companhia... e, sim, o seu corpo.

Ela agita as mãos no ar:

— Finalmente tudo está feito, acabado. — E, sentando-se, diz: — Eu tenho de ir. Qual é a sua resposta?

— Não posso fazer o que quer. Mas *vou* ajudá-la a abrir um processo de custódia do seu filho.

— Está fora de questão. — Um olhar de medo cruza-lhe o rosto. — A causa poderia demorar anos, e se eu perder eles nunca mais vão deixar eu ver meu filho, por vingança. Eu sei de mulheres que nunca mais puderam se aproximar de seus filhos. Você esqueceu como é o Paquistão. Às vezes eu me pergunto por que minha mãe me mandou para cá, para este país. — Ela fica em silêncio e, instantes depois, pergunta: — Por que *você* casou a sua filha Mah-Jabin com alguém no Paquistão?

— É complicado... Ela queria ir...

Ele quer tocá-la — desejando absorver a dor dela para si —, mas sabe que não pode; não deve. (Há muitos anos agora, de maneira semelhante, toda vez que toca Kaukab, ele sente que está cometendo um pecado.) Não pode suportar o pensamento de não poder mais vê-la. Como saberia ele no futuro o que tinha acontecido com ela (assim como não sabe exatamente o que aconteceu com Jugnu e Chanda, onde está sua tia Aarti na Índia)? Ele se diz mais uma vez para deixar de ser egoísta, parar de pensar nas conseqüências da partida dela sobre o seu espírito e a sua vida íntima. O que importa é Suraya e o apuro em que ela se encontra.

— Por favor, não me faça procurar outra pessoa — diz ela —, por favor, não faça eu me humilhar com outro. Por favor.

Como se uma tempestade fosse carregá-la, ela vai sair em breve e nunca mais ele a verá; ele ficará só com a mariposa Cinábrio, vestida como uma mulher do subcontinente. Ela vai desaparecer da sua vida, pequena figura vestida de azul a apressar-se na chuva, na chuvarada cinza, negra-azul e branca, deixando-o para trás cercado pelo papel de parede de veados em seus abrigos de chama-da-floresta, além do Canto do Escândalo, passando sob o fio alto que traz eletricidade para a *Safeena*, geminado este mês pela floração muito branca da trepadeira, as folhas em forma de flecha pingando de chuva.

— Não.

— Não quer pensar um pouco sobre isso? Dez dias, duas semanas?

— Minha resposta ainda será não.

— Diga *não* então, não agora. Eu encomendei os Koh-i-Noor para você: elas vão chegar bem na hora e eu venho aqui trazê-los. Encontre-me aqui uma última vez, na nossa *Safeena*, no nosso Canto do Escândalo. Vamos decidir em um dia.

Ela o beija na testa antes de partir. Suraya é uma crente, e sexo fora do casamento é um dos maiores pecados do Islã. Ele tem a imagem dela indo embora depois dos encontros e se esfregando freneticamente.

Ele fica na janela, e a visão do rosto dela — refletida espectralmente no vidro — o enche de aversão: ela deve ter ficado repugnada com ele secretamente, pelo que teve de fazer para recuperar a entrada na sua vida real. Como a sensação dessas mãos há de tê-la enojado! Aos olhos dela, ele era uma besta a locupletar-se de seus prazeres na carne dela. Lambendo as manchas de seiva de orquídea nos seus seios e coxas. Ele se odeia por agir como um animal, um touro usufruindo a vaca. Embaciando o vidro da janela com seu hálito, e se faz desaparecer.

Antes de sair, ela pediu para ser perdoada por seu marido tê-lo ameaçado com violências ao telefone na noite anterior; e disse que o perdoava por tê-la enganado hoje mais cedo. Mas ele não consegue silenciar as incriminações dentro de *si*, assim como se diz que os cervos ficam transtornados com o almíscar que exala de seus próprios corpos, e que, às vezes, ensandecidos, eles começam a descrever círculos em volta de si mesmos ou disparam a correr loucamente nos desertos e florestas, na esperança de poder localizar a origem daquele perfume que os cerca, de poder descobrir as razões por que aquilo agarra neles e parece caçá-los.

Há uma penugem de dente-de-leão presa numa teia de aranha, logo ali, parecendo que o aracnídeo tirou sua estola de peles e a pendurou num canto da casa (como disse uma vez o pequeno Ujala; ou terá ele ouvido ou lido em *As primeiras crianças na lua* — ele sabe que uma parte da sua consciência é influenciada pela revista de seu pai, olhando o mundo como se fosse um brinquedo reluzente). O grito de um abibe ecoa um feitiço de algum ponto perto do lago — ... *bis-bis... bis-bis...* A trepadeira alta fechou suas flores para impedir a chuva de diluir o seu néctar, seu perfume. Abanando ocasional e preguiçosamente as asas cor de cereja brilhante, a Cinábrio ainda está lá: o vento mudou de direção e agora a criatura está sendo açoitada por gotas de água; ele sai e a traz para dentro, colocando-a na prateleira ao lado de um livro com a sobrecapa da cor do jacinto, que também o lembra das flores do jacarandá paquistanês. A cor do véu de Suraya.

Não há *nada* que ele possa fazer para ajudá-la.

Dizem que é na margem oposta do lago, nas densas árvores, que vagam os fantasmas dos dois amantes assassinados, chamando-o, luminescentes, irradiando luz sem calor, como os vaga-lumes. Olhos claros mudam de cor logo após a morte — pupilas caucasianas tornam-se castanho-esverdeadas — e ele cisma de que cor terão ficado os lhos de Chanda após o assassínio, ela cujos olhos mudavam com as estações. Dizem que a barriga do seu fantasma é mais brilhante do que o restante dela, uma indicação de que continha um filho luminoso, o filho que morreu com ela.

O tempo fabrica memórias de tudo. Se esqueceria ele de Suraya, a memória só lhe ocorrendo ocasionalmente? Mas ele não acha que tem tempo bastante para esquecê-la, porque muitas décadas são necessárias para processos assim, e agora ele está velho demais. Esta vai com ele para o túmulo.

No Canto do Escândalo

AO LADO DA *SAFEENA* HÁ UMA árvore sem folhas parecida com uma galhada, como se um veado enterrado ali estivesse começando a emergir, livre do abraço da terra, e é lá que Suraya espera a chegada de Shamas. Ela ajeita as grinaldas estampadas na sua roupa, o sol de agosto resplandecente à sua volta. Como está quente. Uma brisa de verão entra pela superfície do lago, descendo os declives abruptos de urzes púrpuras cerradas e extensões de epilóbio com a luz rosa-brilhante a elas agarrada.

A hora combinada chegou e passou. Quer dizer que a resposta dele é não? Mas mesmo então há uma vaga esperança de que talvez ele venha finalmente — tendo mudado a sua resposta para sim, afinal. Ela tenta conter as lágrimas quando compreende o quanto esse pensamento é absurdo. E agora que as gotas de suor lhe escorrem pelo corpo, ativando as terminações nervosas, dá-se uma onda de raiva: como ousa ele rejeitar alguém tão inteligente, bonita e desejável quanto ela, como ousa não vir! E ela se recrimina por sua têmpera — Satanás o Apedrejado está a par do seu orgulho e da sua vaidade e tira o melhor partido disso sempre que pode. Sim, é preciso ser confiante e controlada na vida. Há limites dos quais não se deve passar. Há substâncias que são tidas como remédio até dez gotas, mas na décima primeira entram para a lista dos venenos.

Sua irritabilidade é uma característica que aparentemente ela passou ao filho.

— Por que você teve de ir àquela casa? — disse ele ao telefone na noite anterior. — De todo jeito, a culpa é toda sua. — Chocada pela autoridade com que ele a acusou, ela suspeitou de que sua sogra tinha começado a encher a cabeça do filho contra ela. Ele deve estar ouvindo coisas pela casa e nas ruas o tempo todo também. Se ele tivesse lhe dito uma coisa tão repreensível e insolente no Paquistão, ela teria lhe dado um tapa, com força, para acabar de uma vez por todas com todo esse descaramento. Será que quando crescer ele vai atormentar-lhe com suas acusações, cada vez mais rude, cada vez mais obsceno? Ela estremece. Fica com raiva da sogra. Três dias atrás, ela se viu fantasiando um instante como seria delicioso zombar do seu marido, atormentá-lo, torturá-lo, dando-lhe todos os detalhes do seu namoro com Shamas, dizendo-lhe que Shamas era melhor amante do que ele. Mas — refletiu ela — isto certamente ameaçaria o meu reencontro com meu filho. Mas então ela desperta: *Por Alá, Suraya, você ama o seu marido e é uma adoradora de Alá — de onde vêm tais pensamentos!*

Ela ouve um ruído próximo e levanta os olhos, o coração cheio de esperanças, mas é apenas o vento roçando o mato.

Está atordoada pelo sol. O pensamento de que Shamas tenha sido tocaiado por amigos do seu marido a apavora de repente. *Meu Alá, ele está numa vala qualquer, morto para este mundo.*

As suas mãos tremem, os lápis Koh-i-Noor chacoalhando ligeiramente dentro da caixa.

Não, não, Shamas não jaz caído em lugar nenhum, morto ou moribundo — tranqüiliza-se ela, sem nenhuma causa para seu otimismo, exceto a compaixão de Alá.

Então, porém, mais uma vez ela fica com raiva: e se mal nenhum lhe ocorreu e ele não veio só por medo de que *pudesse* apanhar dos amigos de seu marido, e se não veio vê-la só por covardia?

A raiva contra ele é tal que lhe dá vontade de ir até a casa dele imediatamente. Porém, a sanidade subitamente recuperada, ela sabe que tem de resistir a esse impulso — qualquer confronto colocaria as suas chances de ser aceita por Kaukab em perigo. Nos últimos quatro dias, ela se viu circundando a casa dele em horas estranhas, mas a cada vez conseguiu manter o espírito claro o bastante para recuar. Ela viu Kaukab de relance de uma vez, uma mulher tão graciosa que certamente pode fazer um galho florir só de tocá-lo.

Ela reconheceu as rosas e jasmins do jardim de Kaukab: suas flores tinham sido adicionadas à água do banho que lavou o corpo da garota surrada até a morte pelo exorcista.

Outro barulho e Suraya se diz para não olhar e ter suas esperanças despedaçadas outra vez — *ele não vem, Suraya, mas você é uma mulher forte e despachada: com a ajuda de Alá, você pode enfrentar tudo: você não precisa de Shamas* —, mas a sua resolução fracassa em segundos...

Leopold Bloom e o Koh-i-Noor

Encontraram sêmen no chão da mesquita ao anoitecer.

Faz quase um ano que Chanda e Jugnu desapareceram. Nesta época no ano passado, eles estavam no Paquistão. Shamas olha a sua casa e a do casal desaparecido, da encosta nos fundos à base da qual estão a viela estreita e o riacho. Aqui o solo se eleva para formar um pano de fundo angulado de plátanos e pilriteiros que projetam sua sombra sobre cada janela dos fundos ao nascer do sol, a terra aqui escondida sob um ziguezague de galhos e bagas vermelhas, sâmaras aladas mofadas e folhas mangradas pela chuva a jazer sob as árvores como jaz *A moral*: ao fundo de uma fábula. O aroma dos pilriteiros em floração em maio é tão espesso dentro quanto fora de casa, a atmosfera move-se modorrentamente no verão, com as sementes sem peso dos pára-quedas felpudos de dentes-de-leão.

Ontem de manhã — poucas horas antes de encontrar-se com Suraya —, ele foi à mesquita consultar o clérigo sobre as leis do divórcio muçulmano, para ver se havia outra saída possível para Suraya além de ter de casar-se com alguém e obter novo divórcio. O clérigo não estava no prédio, embora as crianças estivessem recitando as suas lições. Shamas pensou que ele podia estar no andar de cima e já estava indo para as escadas quando ouviu o grito de uma criança vindo de trás de uma porta fechada.

— Tio, eu não quero. — Ele entrou no cômodo e viu um dos clérigos assistentes, um solteiro de uns 50 anos, com o pênis ereto na boca de uma criança.

Shamas gritou e agarrou o homem. Logo todos os funcionários da mesquita estavam na sala e disseram respeitosamente a Shamas que ele fosse para casa, que o assunto seria tratado pela mesquita. Ele partiu, insistindo em que o homem devia ser entregue às autoridades, mas no começo da noite, quando estava chegando a hora de ir para o Canto do Escândalo encontrar Suraya, preocupado com o fato de a polícia não o ter procurado para uma declaração, ele voltou à mesquita só para descobrir que nada havia sido feito.

Ele foi para casa e chamou a polícia ele mesmo para relatar a violação: ele teve de esperar um policial visitar a casa. Daria para ele chegar ao encontro com ela bem na hora, tranqüilizou-se ele — mas, quando a polícia de fato chegou, ele não pôde escapar das suas perguntas e seus procedimentos.

Com o progresso da investigação, surgiram outros detalhes sobre violações anteriores de outras crianças envolvendo o mesmo homem. Um grupo de mães, dois meses antes, tinha confrontado os funcionários da mesquita, dizendo que o homem tinha violado os seus filhos, mas disseram-lhes que o escândalo sujaria o nome do Islã e do Paquistão, que o homem seria impedido de fazê-lo novamente, que se a polícia fosse envolvida e fechasse a mesquita ninguém ensinaria os filhos delas a ficar longe das meninas brancas prostituídas e que suas próprias filhas fugiriam de casa e não quereriam casar-se com seus primos do Paquistão, que os hindus, os judeus e os cristãos exultariam de ver o Islã sendo arrastado na lama. Alguns dos homens apenas riram das mulheres e disseram-lhes que fossem embora para aprontar o jantar dos seus maridos; outros foram ainda mais desdenhosos e disseram-lhes que parassem de cacarejar como galinhas num local de adoração, acrescentado que mulheres devem ser criaturas do lar e da noite, e não têm lugar do lado de fora, no mundo dos homens.

A mesquita negou ter feito qualquer tentativa de encobrir as atividades do homem.

— Esta é a casa de Deus e, se alguém tivesse sabido, não teria sido tolerado — disse o clérigo à polícia. — As mulheres dizem que se queixaram, mas então começaram a ficar excitadas com qualquer coisinha e não são muito inteligentes. Elas não sabem o que estão dizendo.

Não houve meio de Shamas contatar Suraya e marcar de encontrar noutro lugar. A noite já havia começado quando ele ficou livre: então já era tarde demais. Ele tentou telefonar-lhe várias vezes, mas não responderam: ou ela não estava em casa, ou preferiu não responder.

A polícia tinha certeza de que as amostras que tinham recolhido no chão da sala na qual Shamas se deparara com a cena terrível era sêmen do violador.

Ele ficou devastado que ela recebesse a sua resposta final de maneira tão cruel, e estava se perguntando se não devia tentar contatá-la novamente hoje — só para explicar seu não-comparecimento. Seguramente, porém, um telefonema dele agora iria suscitar as esperanças dela por alguns segundos, quando escutasse a voz dele. E então ele teria de frustrá-las outra vez.

Ele não sabe o que fazer. Nada faz, portanto, avesso a mover um único músculo, quase acreditando ser uma coluna de partes separadas que se dispersariam ao menor movimento ou vibração.

Ela tinha dito:

— Eu tive de me degradar com você. Na nossa religião, não há outra maneira de eu me reunir com meu amado filho. — É claro, ela lamentava o que vinha em primeiro, não em segundo: o sistema condiciona as pessoas a pensar que a responsabilidade nunca é *dela*, que ela nunca deve ser questionada. *Nós temos de esmolar*, dizem os pedintes, *a maldita barriga exige alimento*: a culpa é da barriga, e não do mundo injusto que não proporciona sustento bastante para chegar à barriga de todos por meios dignos.

Ele desce à viela nos fundos, saltando cuidadosamente sobre o riacho, e vai ao quintal de Jugnu. O azul-escuro de um pescoço de pavão, uma jaqueta de brim de Jugnu foi lavada por Chanda e posta para secar em maio do ano anterior: uma cambaxirra começou a construir um ninho num dos bolsos e deixaram a roupa ficar na corda. Shamas só a removeu em outubro, tirando do bolso a pequena cavidade construída com uma folha morta de bordo, uma de plátano e uma de olmo, que ele reconheceu em virtude de sua natureza assimétrica — uma metade maior do que a outra —, e três folhas de macieira; havia penugens de dente-de-leão, e várias camadas consecutivas de teia de aranha que tentar separar seria como esgarçar as camadas de um lenço duplo de papel ou meter-se numa camisa muito bem engomada. Havia um pedaço de linha púrpura que Kaukab tinha usado para costurar um *kameez* meses atrás. A terra em volta de Shamas estava coberta de folhas amarelas que as árvores estavam soltando, as beiradas e extremidades de tudo emitindo pulsos de luz solar, pois na noite anterior a geada calçou os exteriores de cintilações. Como pérolas carnosas, havia bagas em toda parte. E ninguém sabia onde estavam Chanda e Jugnu.

Shamas atravessa para o seu próprio quintal, pensando em Suraya a esperar por ele no Canto do Escândalo, ao lado da *Safeena*, os lápis Koh-i-Noor na mão. Anos antes na *Safeena*, sentado em amigável convívio com o proprietário da loja, ambos trancados num hábito de silêncio concentrado, um parágrafo ou poema lido recentemente nas suas cabeças como folhas de chá liberando seu sabor em duas xícaras da água quente, Jugnu entrou com uma rede de caçar borboleta para perguntar se havia *Ulisses* em urdu:

– Uma mariposa gira em volta de uma luz na cena do bordel. Eu fico me perguntando que palavras eles usariam para mariposa — *parvana* ou a mais prosaica *patanga*? Shamas disse que se lembrava de um caminho em Browning *onde liquens imitam as marcas de uma mariposa e pequenas samambaias deitam seus dentes no polido bloco*, mas não de nenhuma mariposa no capítulo sobre Circe em *Ulisses*.

— Tem certeza de que não está pensando nos beijos que adejam em redor de Bloom na Cidadedanoite? *Ele está diante de uma casa iluminada, ouve. Os beijos, batendo asas de seus abrigos, voam em redor dele, trilando, chilrando, arrulhando.* — Jugnu juntou-se a eles com uma risada de prazer:

— *Eles roçam, adejam sobre as suas roupas, pousam, partículas luminosas inconstantes, lantejoulas prateadas.* Sim, mas também há uma mariposa *de verdade* neste capítulo. Bloom está usando o diamante Koh-i-Noor nos dedos da mão direita em certa altura do capítulo.

— Não consigo pensar em ninguém mais apropriado para usar essa jóia — dissera Shamas.

E então ele entra na cozinha pela porta dos fundos e vai para a sala cor-de-rosa para consultar o *Ulisses* urdu.

— *Parvana* ou a mais prosaica *patanga*? — murmura ele e levanta os olhos, para descobrir Suraya sentada lá com Kaukab.

Elas estão olhando uma fotografia de Ujala, e Kaukab obviamente acabou de dizer a Suraya alguma coisa sobre o menino, pois Suraya diz:

— Gostaria de poder dizer alguma coisa para fazê-la sentir-se melhor.

— Não se repreenda — diz Kaukab. — Minhas mágoas não são do tipo que cura facilmente.

Elas o ouvem entrar e ambas se levantam, Suraya olhando-o diretamente nos olhos.

— E este deve ser seu marido.

Kaukab sorri para Shamas.

— Esta é Perveen. Eu a vi admirando minhas rosas da calçada e nós acabamos conversando. Já estamos sentadas aqui há quase uma hora e meia, acabando de comer os morangos que comprei ontem. — Ela indica as duas tigelas na mesa de centro, com remoinhos cor-de-rosa e brancos do creme de leite e do sumo das bagas. — Nós até fizemos nossas orações juntas.

Perveen. Shamas tinha dito a Suraya que o nome dela era a palavra persa para a constelação de Plêiade, as Sete Irmãs:

— Assim como um outro nome comum de mulher — Perveen.

— Ela acaba de mudar-se para cá, há dois dias — disse-lhe Kaukab. — Agora — Kaukab se volta mais uma vez para Suraya, dispensando Shamas com um gesto, excitadíssima com a companhia inesperada encontrada esta tarde —, eu preciso lhe contar sobre Mah-Jabin. Neste exato momento ela está na América, usando roupas ocidentais indecentes, sem dúvida.

Mas Shamas permanece onde está, tentando entender o que ela está fazendo ali. Seu coração bate tão alto que ele teme que seus tímpanos se rompam.

— Você me disse antes que havia enviado Mah-Rukh, desculpe-me, Mah-*Jabin*, ao Paquistão para casar-se. Por quê?

— Bem, eu sinto que posso lhe contar essas coisas, Perveen, mas você deve me prometer não contar a ninguém. O que aconteceu foi que Mah-Jabin se apaixonou por um garoto quando era menina, e quando ele se casou com outra, bem, ela insistiu em ser enviada para o Paquistão.

Suraya levanta seus olhos para Shamas pelo mais breve dos momentos e então olha de novo para Kaukab.

— Você tem razão: *é* uma questão delicada.

— Ela se casou com um rapaz tão bonzinho, mas o abandonou. — Os olhos de Kaukab se encheram de lágrimas. — Ele escreveu para ela este ano, mas quando ela veio nos visitar, já há tempos no começo da primavera, jogou a carta fora, sem abrir. Imagine, Perveen! Eu tenho de lhe mostrar uma foto dele. Eu a mantinha neste cômodo, mas depois levei-a para cima, pois me doía muito ficar pensando quanto minha filha o tinha feito sofrer. — E então, de repente, ela se vira para Shamas: — Por Alá, Shamas, nós esquecemos de lhe dizer que Nusrat Fateh Ali Kahn acaba de morrer. Perveen contou agorinha mesmo.

— Sim — diz Suraya para Shamas. — Uma mulher passou por mim chorando na rua, e eu perguntei o que tinha acontecido.

Estará mentindo? Será que a "morte de Nusrat" é um código para referir a primeira noite deles juntos e como finalmente deu em nada? Está ela aqui para atormentá-lo?

— E Meena Shafiq acabou de telefonar para me avisar — diz Kaukab.

A notícia é genuinamente devastadora:

— Quem cantará sobre os pobres agora? — murmura ele chocado.

— E sobre as mulheres — diz Suraya. Seus murmúrios são audíveis para ela.

— E em louvor a Alá e Maomé, que a paz esteja com ele? — acrescenta Kaukab.

Shamas olha para Suraya:

— Como aconteceu? — Ele está perturbado pelo tanto que ela já lhe é familiar no ambiente da sua casa. Desvia o olhar para Kaukab: — Como aconteceu?

— Num hospital, preso a uma máquina de diálise.

— Provavelmente equipamento não esterilizado — pensa ele em voz alta. — Os hospitais de lá...

Kaukab fica imediatamente zangada:

— Eu sabia que você ia encontrar algum jeito de falar mal do Paquistão em tudo isso. — Ela se vira para Suraya: — Veja, Perveen, era disso que eu estava falando quando disse que ele virou os meus filhos contra mim. — Ela se levanta, quase em lágrimas. — Vou pegar a fotografia do marido de Mah-Jabin. Você vai ver por si mesma como ele é bonito, Perveen, e então vai concordar comigo que foi totalmente insensato da parte de Mah-Jabin tê-lo deixado. Você mesma vai poder decidir.

Shamas entra no cômodo no momento em que Kaukab sobe as escadas:

— O que está fazendo aqui?

— Eu tinha de vê-lo.

— E está sentada aí brincando com a cara dela, uma velha tola?

— Não acho que ela seja nada tola. *Você* acha?

Ela dá um passo na direção dele, mas então ambcs ouvem a voz de Kaukab das escadas:

— Acabo de lembrar que a fotografia está aí em baixo mesmo, escondida num dos livros.

No tempo que Kaukab leva para voltar ao cômodo cor-de-rosa, Suraya lhe entrega rapidamente um envelope — o discreto chocalhar lhe diz que contém uma caixinha de lápis Koh-i-Noor. Ele o põe no bolso e ela sussurra:

— Venha à *Safeena* ao amanhecer amanhã, por favor. — A voz dela arde de emoção, uma voz vacilante em seus contrastes, ao mesmo tempo carinhosa e corrosiva.

Kaukab, agora sorrindo (ela está como uma criança depois de açúcar demais), manda Shamas para cima — "Nós mulheres queremos ficar a sós" — e começa a procurar a fotografia.

— É verdade, sim: enquanto ele se consome por ela no Paquistão, ela está na América, os seus longos, longos cabelos cortados curtinhos como um rapaz, usando calças de brim e camisas de homem. Por que não pode usar as nossas roupas, como você, por exemplo — a própria personificação da beleza oriental?

Ele permanece na escada e tenta ouvir o que Suraya está querendo; mas, a um ruído de Kaukab — "deixe eu pôr mais morangos nas tigelas e então vou lhe contar tudo sobre meu irmão e uma mulher sique chamada Kiran..." —, ele se retira. Em geral, Kaukab é cuidadosa e muito reservada quando se trata de revelar alguma informação sobre sua família a outras mulheres, sem saber como este ou aquele fato será interpretado e recontado, e também ela ficou desolada pela maneira como alguns dos seus segredos viraram fofoca na vizinhança; mas agora, entende Shamas, ela viu a "recém-chegada Perveen" como alguém a quem pode apresentar o seu lado das verdades da família primeiro, antes de ela poder conhecer a versão de outros.

Ele pode ouvi-la através do assoalho:

— Meu irmão agora é viúvo, e quando esteve aqui nos visitando no ano passado eu fiquei de olhos bem abertos, para o caso de Kiran seduzi-lo. Os homens não passam de crianças quando se trata disso. Você e eu sabemos até que ponto uma mulher pode ser astuta quando quer.

Não, ele não deve supor que Suraya esteja aqui para sabotar o seu casamento. Talvez ela tenha decidido, afinal, iniciar uma batalha legal pelo filho e queira a sua ajuda. Ele fará o que puder, escreverá a parlamentares, encontrará os melhores advogados. Ou talvez ela apenas quisesse vê-lo por uma última vez e lhe entregar os lápis. Os Koh-i-Noor originais — da fábrica de Bloomsburry, Nova Jersey — recebiam 14 camadas de laca amarelo-ouro, as extremidades aspergidas com tinta de ouro e as letras gravadas com folha de ouro de 16 quilates, mas dizem que os modernos produzidos em massa não são menos exuberantes quando a luz vibra sobre eles. Shamas rasga o envelope, mas ele não contém a caixa de lápis. *Teste de Gravidez* — dizia a inscrição na caixa. Ele abre e, após uns minutos de consulta da bula dentro dela, compreende que o teste nas suas mãos é positivo.

— Ela foi embora assim que você subiu — diz-lhe Kaukab quando ele se apressa escada abaixo. — Mulher encantadora, muito bonita. Eu queria lhe mostrar os lindos motivos de bordado que Charag desenhava para mim quando era menino...

Ele quer correr atrás dela, mas se contém porque Kaukab suspeitaria.

Amanhã ao amanhecer, na *Safeena*?

Não, ele precisa fingir que vai à mesquita, para ver como as coisas estão por lá, e então telefonar para ela secretamente de uma cabine telefônica.

— Você mal pode acreditar na sorte que teve de finalmente poder difamar e ridicularizar o Islã — diz-lhe Kaukab amargamente quando ele conta que está a caminho da mesquita, tendo dado a Suraya tempo bastante para retornar à sua casa. — Eu sinto pena do pobre e devoto clérigo-*ji*, que teve de interromper o seu culto para ficar dando depoimentos na delegacia por causa de um clérigo assistente.

Subitamente, ele se enche de raiva. *Não acho que ela seja nada tola.* Você *acha?*

Kaukab encara o seu olhar furioso com fúria igual e continua:

— O que você quer é voltar lá e desenterrar mais coisas vergonhosas, sem a menor dúvida. Eu sempre quis que meu marido freqüentasse a mesquita, mas nunca pensei que seria desse jeito.

Ele fecha a porta, resistindo ao impulso de batê-la tão forte quanto pudesse, e sai para a rua. O telefone de Suraya, porém, continua a soar interminavelmente, sem resposta.

Amanhã ao amanhecer, na *Safeena*.

Você esquecerá o amor, como outros desastres

SHAMAS SOUBE QUE UMA GALÁXIA FORA roubada durante a noite.

Uns sujeitos saíram da noite quente. Eles esperaram atrás da tela de camomila e dedaleira para deixar o trem de carga passar pelos trilhos a meio, um metro deles, as pétalas cobertas de poeira agitadas pelo vácuo e lançadas em seus rostos. E então atravessaram o campo aberto adiante e foram para o trecho da via expressa isolada para consertos, suando livremente sob suas roupas na escuridão herbórea úmida. Eles se agacharam no asfalto e, trabalhando com lanternas baratas de brinquedo, foram retirando os olhos-de-gato incrustados nas faixas da estrada, levando a mão para trás e deixando cair cada conta estelar nas mochilas às suas costas. O grupo silencioso de ladrões trabalhou sem ser perturbado durante muitas horas na escuridão saturada do calor do verão e, pela manhã, as autoridades descobriram que mais de três mil suportes tinham sido esvaziados.

A polícia resta perplexa, escutou Shamas no rádio ao acordar, o motivo para o roubo da galáxia incompreensível, um desses casos que provavelmente jamais será resolvido.

Andando rumo ao Canto do Escândalo para encontrar Suraya, Shamas vê que a madressilva e a ramosa beladona estão botando tanto flores como bagas, como se estivessem divididas entre duas estações. O ano está prestes a entrar na sua última fase.

Ele tentou ligar para ela na noite passada, mas não houve resposta.

Pensar em Suraya ainda significa causar uma mudança química no sangue, um instante de leveza física que baixa lentamente, como o efeito de um agente tóxico, e houve manhãs em que ele soube ao acordar que sonhara com ela, mesmo que não pudesse lembrar-se dos detalhes.

Há um leve cheiro cítrico no ar, como se ele estivesse num recinto em que uma laranja tivesse há pouco sido comida. Logo, chegado o outono, o sol seria mais frio e o céu escureceria durante o dia. As rosas e os jasmins de Kaukab — as flores que Perveen estivera fingindo admirar enquanto se demorava diante da casa ontem — morrerão por mais um ano em cerca de cinco ou seis semanas, cada fruto da roseira-brava com a sua coroa alta e longas sépalas peludas fazendo parecer que a baga se fundiu com um gafanhoto. Suas cores brilhariam como o sol num saco de balas.

Ele não consegue levar em consideração um aborto, mas qual a alternativa? Eles terão de conversar. Um filho não é o que ela queria. Não era por isso que estava com ele.

Ela certamente não pode ter mentido sobre a gravidez, não é? Talvez ela queira magoá-lo — fazer doer em *alguém* — por causa da injustiça que sofreu nos últimos meses. Impotente, aviltada e descartada, o espírito envenenado — ela deve ter tido sonhos de vingança e agressão. Ele passa sob um vidoeiro cuja folhagem logo vai começar a amarelar e, em novembro, jazerá no chão sob as árvores de casca branca como sacos de batatas fritas espalhadas por crianças — oh, como tudo deve lembrá-la de seu filho! Ela contou que o menino observou — graciosamente — ao telefone durante o verão que "pequenas baleias moram nas nossas mangueiras de jardim, esguichando arcos nos furinhos quando ela é usada".

Ele se sente envergonhado por nutrir o pensamento de que ela possa estar mentindo. Não, tudo o que ele sabe sobre ela diz que ela não está mentindo. As árvores gotejam sobre ele ao passar os pingos da chuva da noite anterior. Em poucas semanas será como estar cercado de feridas — as folhas vermelhas do outono. A luz já está mais abrandada, cada raio apenas parcialmente pleno: o verão foi um tempo de coisas *à* luz, ao passo que o outono é luz *sobre* as coisas. Kaukab esteve preocupada com pensamentos de "Perveen" toda a tarde passada: "Ela disse que morava na Habib Jalib Street..." (Não morava — a casa que herdou de sua mãe fica na Ustad Allah Bux

Road.) "Shamas, Perveen é tão bonita quanto a sua mãe, que ela descanse em paz, mas dá impressão de temer Alá por causa disso, não que eu queira falar mal dos mortos... Ela é viúva, o marido era poeta, disse ela... Eu me pergunto, Shamas, se os pais dela ou seus parentes mais velhos não terão trabalhado conosco nas fábricas lá nos anos 1950..."

Voltando para casa do trabalho há dois dias, caminhando lentamente pelo centro da cidade, Shamas notou que o fotógrafo que todos os imigrantes asiáticos procuravam para tirar fotografia desde o final dos anos 1950, e nos anos 1960 e 1970, estava vendendo a sua loja. Ele deve ter milhares de negativos, um registro dos primeiros anos dos migrantes nesta cidade, observou ele para si mesmo ao passar: e agora — enquanto anda para o Canto do Escândalo para encontrar Suraya — lhe vem à mente que o município devia comprar os negativos do fotógrafo para os seus arquivos. Hoje é sábado; então, a primeira coisa na segunda-feira pela manhã é ir ver o que precisa ser feito para pôr esse processo em movimento, e hoje mais tarde vai visitar o fotógrafo na cidade e dizer-lhe para não jogar fora os negativos até receber notícias dele na semana seguinte. Os negativos são importantes demais para acabar num aterro sanitário.

Suraya. Ele se lembra de uma coisa de que Kaukab freqüentemente lhe acusou no passado: que ele se eximia dos problemas em torno de si pensando no trabalho. E agora ele se pergunta se está tentando expulsar Suraya dos seus pensamentos — mais um repúdio e banimento dela. Não, o pensamento dos negativos lhe veio ao espírito só agora e por si mesmo — isso é tudo.

Ele evita um pé de sanguinária-do-japão de cujas flores cremeclaras — que parecem aspergidas com creme de baunilha em pó — ele tentara descobrir o aroma alguns anos antes, e, quando se viu enchendo os pulmões a pleno de decomposição e supuração, o choque o jogou para trás sobre os calcanhares, tendo-se posto na ponta dos pés, o pescoço esticado como o de um enforcado; são animais que produzem odores desagradáveis, humanos até. Almíscar, mel, leite — são tão exceções no mundo animal quanto as plantas tropicais que supostamente produzem flores com cheiro de carne supurada ou esta sanguinária-do-Japão em torno de cujas flores vislumbrantes ele pôs as mãos em concha naquele dia, ao modo que um jovem beija a sua primeira namorada. Nunca mais vai beijar a sua boca outra vez, o pênis engolido e gosmento na ponta como o focinho de um touro, ou ficar deitado com a cabeça dela em seu peito enquanto, de algum lugar próximo, vem o zumbido estival de uma abelha que ficou presa dentro de uma flor de boca-de-leão, o adejar apavorado e inútil da abelha tentando sair. Segundo Suraya, o que fizera com ele era "pecado", e segundo ela própria ela terá de carregar o "estigma" desse pecado "até o Dia do Juízo e depois". Ela compreenderá a gravidez como o início da sua punição.

Tem de haver uma maneira de poder salvar o bebê em seu ventre. Ele não quer — não pode — casar-se com ela, mas talvez ela pudesse ter o bebê e morar aqui na Inglaterra enquanto eles iniciam a batalha da custódia para afastar o filho dela daquele espancador de mulheres.

Terá ele de contar finalmente a Kaukab?

Ele esteve no centro para pegar os jornais de sábado e agora está andando rumo ao Canto do Escândalo e à *Safeena*, abraçando-se às pesadas notícias de todo o mundo.

Chega ao Canto do Escândalo, mas não há ninguém. Ele espera uns poucos minutos e segue na direção de onde geralmente ela estaciona o seu carro. O lago está riscado de azul-caxemira onde reflete o céu da alvorada, e cá e acolá, sobre uma ondulação maior, nesgas de vermelho estão queimando do leste, pois o sol está nascendo — vermelho como o sangue animal que foi derramado na mesquita no começo do ano. O brilho é incômodo para os olhos, e parece emanar calor sempre que a cabeça se alinha com ele em seu ápice.

Mais detalhes sobre o crime inescrupuloso que testemunhara na mesquita envolvendo a criancinha — não mais velha que o filho de Suraya, com certeza — estavam emergindo. Revelou-se que o clérigo assistente estivera preso por violência contra crianças na mesquita da região de Brick Lane, em Londres. Ele assediou uma menina de 7 anos de idade e a mãe chamou a polícia. Quando a data do julgamento se aproximava, o jornal editado pela mesquita fez circular uma petição de apoio a ele. *Nós abaixo assinados apoiamos o respeitado Imame Amjad e queremos que ele retorne ao seu trabalho o mais rápido possível. Temos toda confiança na sua capacidade como clérigo...*

Os pais das suas vítimas estavam sob enorme pressão para não irem adiante com o processo na justiça. Quando a data foi marcada, o pai foi à polícia e disse que não queria que sua filha fosse aos tribunais — as suas chances de casamento seriam arruinadas, ela ficaria marcada pelo escândalo e a reputação da irmã também ficaria arruinada. O pessoal da mesquita tinha escrito aos pais dele no Paquistão, pedindo para lhe dizerem que arquivassem o processo contra o homem santo.

No final, porém, a família teve coragem de ir em frente e o homem foi condenado pelas acusações de assédio sexual e atentado violento ao pudor. Enquanto ele esperava a sentença, a mesquita fez circular uma outra petição. *Nós abaixo assinados continuamos a apoiar o respeitado Imame Amjad. Ao mesmo tempo que lamentamos as circunstâncias que levaram à sua prisão, nós todavia confirmamos que, se ele reconquistar a sua liberdade, nós não faremos objeção a que seja empregado pela mesquita...*

Apesar dos apelos, ele foi sentenciado a seis meses e colocado no registro de criminosos sexuais.

Shamas está de pé sob o pinheiro onde o carro de Suraya ficava sempre estacionado durante as suas visitas à Safeena — ele pode ver as marcas de pneu da última vez. ("As marcas deixadas pela passagem de uma píton são exatamente como as ranhuras da banda de rodagem da roda de um jipe", disse Jugnu.)

O homem foi solto após três meses e a polícia ficou alarmada quando soube que estava de volta à mesquita, mas recebeu garantias de que ele não tinha permissão de se aproximar de crianças. Logo ele se mudou para uma cidade em Lancashire e começou a assistir à mesquita lá, às vezes dirigindo as orações. De lá — depois de um novo incidente, seus seguidores ameaçando os pais de suas pequenas vítimas a mão armada para ficar calados —, ele veio para Dasht-e-Tanhaii.

E aqui ele foi pego.

Resta saber se alguém abordará Shamas para dissuadi-lo de testemunhar.

Talvez Suraya tenha decidido estacionar noutro lugar, e assim ele parte outra vez para o Canto do Escândalo, exasperado. Suas têmporas estão ardendo e ele sua, incapaz de pensar sobre onde ela está ou no que vai acontecer no futuro.

Ele retorna ao Canto do Escândalo, mas ela ainda não está e, depois de uma espera, ele parte por um dos muitos caminhos que levam à *Safeena* — impaciente para vê-la, esperando alcançá-la chegando. As folhas de uma sorveira-brava, à frente dele, começarão a adquirir diferentes tipos de amarelo no mês seguinte, do âmbar brilhante ao castanho-claro de uma lanterna de pergaminho sobre uma lâmpada fraca, e quase tantos tipos de vermelho — do marrom-avermelhado ao vermelhão. As cores serão um lembrete de que aquilo que o pôr do sol é para o dia o outono é para o ano.

Terá ela sofrido um aborto durante a noite? Estará na enfermaria neste exato momento? Talvez ele devesse ir para casa e tentar telefonar para o Departamento de Acidente e Emergência?

Não, não, ela vai chegar. Ele passa por uma escarpa de capim silvestre de final do verão e sua sombra auroreal é cortada em tiras delgadas sobre as folhas estreitas altas, como uma folha de papel preto saindo de um fragmentador de papel. Uma vez, apontando para o desenho de uma moita gramínea sugestiva de um porco-espinho num livro de borboletas e mariposas, Jugnu disse:

— Pode-se dizer que esta espécie tomou parte em *todos* os estágios do progresso da civilização: foi usada para fazer lanças, como suporte para vinhas e, finalmente, para fazer instrumentos musicais de sopro.

Shamas tem certeza de que viu aquela espécie crescendo atrás da igreja de São Eustáquio, e então sua mente se volta novamente para a controvérsia gerada pelo padre nos últimos dias. O reverendo disse à sua congregação forte de duzentos fiéis para evitar relacionamento com dois membros que tinham deixado seus esposos para viver um com o outro, que os dois — embora freqüentadores regulares — eram adúlteros que iriam para o Inferno se não fossem persuadidos a se arrepender. O seu ditame, diz ele no *The Afternoon*, foi orientado por amor cristão pelo casal e pelo desejo de trazê-los de volta à Igreja.

Segundo o *The Afternoon*, ele tinha respondido à fofocada generalizada publicando instruções no boletim da paróquia. *Em relação às notícias perturbadoras sobre duas pessoas da nossa igreja terem se rebelado contra Deus, todos os membros são lembrados, infelizmente, de 1 Coríntios 5, 7, para que não se associem com eles.* Ele fez seguir a mensagem dando o nome dos dois amantes na igreja e dizendo aos fiéis que, se amavam o casal e não quisessem vê-los arder no Inferno, deviam apoiá-lo em sua decisão. Depois, ele publicou um esclarecimento sobre como os membros da congregação deviam se comportar em relação ao casal, chamando atenção para o fato de 1 Coríntios 5, 7 não ser opcional, que oferecer hospitalidade e confortar alguém em rebelião contra Deus não é amor, pois tende a confirmá-los na sua desobediência, o que leva à morte eterna; que quaisquer convites para compartilhar a confraternidade seriam condicionados à demonstração plena, em primeiro, de arrependimento.

Antes de sair de casa ao longos dos últimos dias, Shamas teve a expectativa de não encontrar o padre. Ele não queria correr o risco de ouvir o homem falar sobre a questão, receoso de que alguma frase ou raciocínio do homem santo pudesse aplicar-se a Chanda e Jugnu, receoso de ele, Shamas, adquirir uma nova percepção da motivação dos dois assassinos, algum conhecimento perturbador que, depois, ele desejaria expulsar da sua consciência.

Os corpos dos dois amantes podiam estar em qualquer lugar — aqui na Inglaterra, na Europa, no Paquistão. Imigrantes ilegais entram no país em vagões de trem, caminhões, aviões e navios sem que ninguém saiba disso. Se vivos podem ser introduzidos, por que não poderiam mortos ser retirados?

O verão está acabando e logo seria como estar cercado por feridas, as folhas do outono. O furgão de propriedade dos dois irmãos ainda está do lado de fora da loja, usado pelo pai para trazer suprimentos do atacado, embora seja difícil saber como o casal consegue manter sozinho a loja funcionando. Kaukab diz que ouviu falar que chegou um novo rapaz esses dias; passando por lá, ela o relanceou entre os sacos e caixotes — certamente alguém que eles empregaram como auxiliar.

Atrás dele alguém limpa a garganta, trazendo-o violentamente do verão para o momento presente — o verão quase terminado.

— Irmão-*ji*.

Ele se vira e está face a face com um estranho.

— Pois não.

O homem está sorrindo sob um bigode tão branco quanto marta, os pêlos espalhando-se um pouco porque seus lábios estão esticados, e ele põe uma mão em seu ombro à maneira afável paquistanesa.

— Permita apresentar-me...

Shamas não compreende o nome nem o começo da cascata de gracejos que o segue, pois está alarmado pelo fato de a mão em seu ombro estar segurando um cigarro aceso, a três centímetros da sua face, do seu olho. E no segundo ou dois que levou para ficar claro que o que ele tomou por um cigarro era na verdade um curativo auto-adesivo amarelo-alaranjado em volta do indicador do homem, o nome foi dito; a onda de pânico em seu rosto também fez o homem tirar sua mão e dar um passo para trás, embaraçado por seu ímpeto excessivo, ou talvez ofendido por ter sido mal recebido.

Shamas dá o seu nome e, transferindo o pacote de jornais para o outro lado do seu corpo, libera a sua mão direita para cumprimentar. A colônia ou loção pós-barba do homem tem uma nota cítrica, como gotas de chuva aromatizadas ao cair sobre o limoeiro, como um cômodo no qual alguém comeu recentemente uma laranja. Não sentiu ele este cheiro antes — estava este homem andando atrás dele sem que ele o percebesse? O que posso fazer pelo senhor?

— Nada, irmão-*ji*. Eu o vi agorinha mesmo e decidi me aproximar para dizer *salaam-a-lekum*, um pequeno alô. Estou bem informado, Shamas-*ji*, do tipo de ajuda que o senhor tem nos dado, a nós paquistaneses, através do seu escritório, e sou um grande admirador do senhor. Eu apenas pensei que pudesse ser de alguma ajuda para o senhor nesta hora difícil.

Pelo mais breve dos momentos, mas perfeitamente compreendido durante ele — como quando um inseto do verão voa cruzando a tela da televisão ligada numa sala com a luz apagada, os componentes do vôo do inseto vistos numa seqüência de perfeitas silhuetas —, Shamas se pergunta absurdamente se aquele homem não era uma aparição vista só por ele, enviada para fazer o bem. Mas o momento passa e o inseto desaparece na escuridão de onde saíra.

— Hora difícil?

— Quer dizer, as dificuldades que o senhor está tendo com a sua filha e o seu filho. Eles saíram de casa, não foi?

Shamas dá um passo para trás, chocado e sem compreender.

— Perdoe-me, mas tenho de ir.

— Nós sabemos que o assunto é delicado, mas achamos que tínhamos de lhe oferecer nossos serviços. Nós sabemos que a moça e o rapaz saíram de casa. Que a moça cortou os cabelos e está usando roupas ocidentais agora.

Essas coisas são conhecidas de todos, é claro; nada há de sinistro nelas. Esse conhecimento chega aos olhos da vizinhança inocentemente: não é diferente do comentário de Kaukab sobre uma mulher que ela não conhece, mas que passa na frente da casa diariamente e está cada vez mais curvada. Não, todo mundo sabe que Ujala e Mah-Jabin deixaram a casa dos pais; mas de que "serviços" este homem está falando? Shamas conjectura se ele não o tomou pela pessoa errada. E quem é esse "nós"?

O homem reparou a sua expressão perplexa e esclareceu:

— O que quero dizer é que podemos trazer os seus filhos de volta. Nós tocamos uma operação pequena e discreta: ninguém oficial jamais vai saber de nós — nós temos sido tão reservados que nem o senhor ouviu falar de nós até agora. Nós temos meios de infiltrar refugiadas nos locais aonde as moças vão para se esconder, e, usando os números de inscrição na Previdência Social, podemos descobrir em que cidade os rapazes fugitivos estão morando. Manchester, Edimburgo, Bristol, Londres: nenhum lugar é longe o bastante. Nós cobramos uma pequena taxa, para cobrir despesas, mas não vamos pedir *ao senhor* para pagar o que quer que seja, como um sinal do nosso respeito. Nós sabemos que o senhor ajudou pessoas a sua vida inteira. Mesmo nos primeiros dias aqui na Inglaterra o senhor ajudava os trabalhadores nas fábricas com empregos, moradia, pagamentos, sindicatos, e a aprender inglês. Tudo isso é bem sabido.

— Não foi nada.

— O senhor é modesto demais, *jannab-sahb*. Mas agora Alá Todo-Poderoso, o destino e a nossa boa sorte arranjaram as coisas de modo que possamos ser de alguma utilidade para *o senhor*. É nosso dever e direito seu. Não importam onde os filhos estejam, nós os encontraremos discretamente: podemos tirar um pinto de um ovo sem quebrar a casca. Nós cometemos alguns errinhos no começo, como da vez em que demos o endereço de um refúgio de mulheres para onde a esposa de um homem havia fugido, afirmando que ele era violento contra ela, esquecendo que a mulher deve preferir o veneno oferecido por seu marido ao leite e ao mel de estranhos — e aí ele invadiu o local e meteu uma bala na cabeça dela. Mas agora nós somos mais cautelosos.

— Eu não preciso que meus filhos sejam trazidos de lugar nenhum. Eles não são fugitivos — afirmou Shamas com firmeza, agora compreendendo tudo. A notícia da existência dessa gangue de caçadores de prêmio tinha chegado a ele no escritório na semana anterior e ele dera início a investigações, pedindo ao escritório para reunir informações que pudessem ser apresentadas à polícia. Esse homem obviamente descobriu que estavam fazendo perguntas e está aqui para testar e dissuadir Shamas. Tentaria ele suborná-lo, acreditando que um cachorro com um osso na boca não pode latir?

Shamas o encara diretamente nos olhos.

— Não preciso que ninguém seqüestre meus filhos. Agora, se o senhor me desculpar, eu tenho de estar num lugar urgentemente.

O homem abre os seus pesados braços — os ossos dentro deles devem ser do tamanho de uma chave inglesa — com um lampejo da pulseira de ouro no punho e, como através de uma barreira de dor, diz:

— Seqüestro? Shamas-*ji*, é assim que os brancos compreenderiam a coisa. Eles, é claro, não entendem a nossa cultura. Os filhos e as mulheres fugitivas têm de ser trazidos de volta.

Parado ali face a face, Shamas não quer contrariá-lo nem explicar-lhe o que quer que seja: ele repudiaria tudo o que Shamas dissesse e logo seria como se, ao abrir a boca, os dois não revelassem línguas, mas dedos indicadores apontando e cutucando na direção um do outro.

— Eles *têm* de ser trazidos de volta. Moças podem virar prostitutas se ficar sozinhas, e rapazes, viciados em drogas. Eles podem ser enganados por indivíduos inescrupulosos. Há um ditado em urdu: *Dhukhia insaan to sher ka bhi bharosa kar leta hai*. A pessoa solitária e aflita confia até em leão comedor de gente. Nos últimos 12 meses, nós salvamos 47 dos nossos jovens de um destino assim e seis esposas que tinham deixado os seus maridos. Um dos garotos tinha decidido se tornar um... um... um homossexual.

Só nos últimos 12 meses? Há quanto tempo isso está acontecendo? Há uma náusea e um aperto na base da garganta de Shamas. Ele se pergunta no que mais aquela pessoa haveria de estar envolvida. Teria alguma coisa a ver com o desaparecimento de Chanda e de Jugnu? Shamas tem certeza de que ninguém no escritório sabia alguma coisa sobre isso antes da semana passada: quando pessoas vêm ao escritório pedir ajuda porque uma filha foi embora de casa, ou um filho, a resposta clara que recebem é que, como os filhos são maiores de idade, não há nada legal que possa ser feito; e tampouco é legal revelar endereços e números de telefone de centros de mulheres refugiadas. Será que chamam este homem depois de saírem desapontadas do escritório de Shamas?

O homem não parece ter interpretado o silêncio de Shamas como hostil.

— Nós precisaremos de fotografias de Mah-Jabin e de Ujala, é claro, e dos números de inscrição na Previdência Social. Detalhes de cartão de crédito também mostram-se úteis. Muito pouca força será usada, eu lhe garanto pessoalmente.

A pele de Shamas ficou gelada: o homem sabe os nomes de Mah-Jabin e de Ujala.

— Eu sei onde meus filhos estão — ele se ouviu dizendo ao homem. — Agora desculpe-me. Eu realmente preciso ir.

— Nós seremos delicados. Fazemos os que os pais disserem. Uma mãe e um pai nos pediram para buscar sua filha — que tinha fugido uma semana antes de seu casamento arranjado com primo bastante decente do Paquistão — e disseram que podíamos usar toda a força que quiséssemos mas não devíamos bater no rosto porque apareceria nas fotografias e vídeos do casamento. Se tivéssemos que fazê-lo, que batêssemos no corpo — ou então na cabeça —, onde o véu e o cabelo esconderiam as contusões.

— Como disse, meus filhos estão perfeitamente felizes, e eu também. — Ele está tentando conter a raiva, o lóbulo das orelhas quentes.

— O senhor pode estar feliz, mas a sua esposa está? — A voz veio de trás de Shamas.

Ele se vira e vê que dois homens estão postados a 10 metros de distância, e que atrás deles, a cerca de mais 10 ensolarados metros, na estreita via de cimento que atravessa a faixa ceifada de capim silvestre e flores imperfeitas de final do verão, há um carro, três das suas quatro portas abertas. Folhas de bordo brilham sobre ele, aquelas na parte baixa da copa movendo-se ritmadamente de um lado para o outro em seus longos talos, como o pêndulo de um relógio. Tudo isso é vislumbrado num relance atento, mas os olhos de Shamas tinham retornado aos dois homens, pois haviam começado a andar na sua direção.

E o homem que estivera falando com ele dá um passo, aproximando-se também, agressivamente. Os dois homens chegam e, cada um por sua vez, tomam a mão direita de Shamas na sua num cumprimento forçado, sorrindo.

Ele não está habituado a isto: as pessoas com quem lidou até hoje tinham deixado a sua autoridade à porta ao entrar no seu escritório. Esses três, contudo, estão de pé demasiado perto dele, e ele está começando a tremer, experimentando uma espécie de vertigem e uma desagradável leveza em seus pés — a consciência de estar perto da borda de algo.

Ele se pergunta se o marido de Suraya poderia ter mandado aqueles homens.

Mantendo a sua compostura — ele não quer dar a impressão de não ter dignidade diante daqueles estranhos —, Shamas sai do cordão que eles pareciam ter feito em volta dele e começa a afastar-se num ritmo controlado. Eles, porém, obviamente despreocupados com o que ele podia pensar, dão uma corridinha tentando manter o passo com ele, que é retido quando os três o alcançam e bloqueiam o seu caminho. Quase podia ser uma brincadeira — mas ele está começando a pensar que não é um jogo, mas um esporte de sangue.

Um dos que estivera esperando atrás dele antes diz:

— Shamas-*ji*, você está feliz com a situação, mas a sua esposa nos procurou meses atrás, há um ano e meio para ser preciso, querendo saber se podíamos localizar o seu filho Ujala, e antes disso, há quatro ou cinco anos, ela quis que nós soubéssemos se sua filha Mah-Jabin não tinha caído em más companhias. A propósito, ela nos disse que tinha ficado devastada quando Mah-Jabin deixou o marido, apesar do fato de ela, como toda mãe decente, ter dito à filha que a casa para onde estava indo — a casa do seu marido e de seus parentes por afinidade — é o Paraíso, mas você não pode desertá-la nem que se torne o Inferno, pois no tocante aos pais a filha morre no dia do seu casamento.

O segundo dos recém-chegados diz:

— Sua esposa não queria que o senhor soubesse que ela nos visitou, obviamente porque o senhor não tem um coração de mãe em seu peito e não teria entendido. Uma mãe sente falta dos seus filhos quando eles fogem, e então ela os quer de volta.

— Algumas mulheres da vizinhança colocaram a sua mulher em contato conosco. Ela é, claro, uma senhora muito educada e devota. No final, em ambas as ocasiões, ela não quis que levássemos a empreitada a cabo, mas nós ficamos angustiados com a situação dela. Ela disse que seus filhos eram a outra metade das batidas do seu coração.

— Veja — disse o segundo outra vez, o rosto todo marcado em volta da boca, cicatrizes da barba de acne que ele deve ter tido na adolescência —, é justo que o senhor queira negar a *outras* famílias o serviço que a sua *própria* pensou em usar pouco tempo atrás? Por que está tentando sujar o nosso nome? Nós não passamos de humildes escravos da nossa comunidade.

Quanto mais eles falavam, mais terrível era para Shamas. Mais uma vez, e por um instante, ele pensa que aquilo não estava realmente acontecendo, que a sua total incredulidade ia então consertar a realidade e fazer aqueles homens desaparecer. Ele olha para as mãos vazias do homem que está falando enquanto elas são contraídas em punhos cerrados que agora apontam para o seu rosto, a sua cabeça, as suas costelas. Os jornais lhe caem das mãos. O outro homem se junta com seus próprios golpes. Quando ele grita de dor, ele batem com mais força, nos rins e na barriga, e ele não sabe onde pôs suas mãos. Um anel de metal esfola a sua face e a dor é como se uma linha tivesse sido desenhada em seu rosto com ácido sulfúrico.

Jazendo deitado, ele já não pode mais respirar pelo nariz, os jornais, despedaçados ou inteiros, se espalham à volta, e ele sente uma boca se aproximar da sua face e dizer:

— Isto é apenas uma moderada advertência. Da próxima vez, vamos lidar com você à maneira paquistanesa. Fique atento ou eu o esmago assim — ele faz o punho e o cerra com força — e depois sopro você da palma da minha mão.

— E é melhor não ir à polícia por causa disso — a menos que queira que todo mundo saiba o que passou todo o verão fazendo com aquela prostituta na livraria.

Uma outra voz acrescenta:

— Aquela salinha deve ter ficado quente como uma pistola depois de disparar, sem dúvida, mas o tanto que esses dois suaram deve tê-los refrigerado.

— Ele disse agora há pouco que tinha de estar num lugar. Talvez a cadela suja sem-vergonha esteja esperando por ele enquanto a gente conversa, seus peitos gordos já prontinhos, o nó do cordão do seu *shalwar* já afrouxado.

Há um ruído de gargalhada.

— Talvez devêssemos ir dar uma olhada.

— Olhem para ele. Está tentando rosnar para nós. Acho que estamos ferindo os sentimentos dele falando assim sobre ela. Ela é obviamente tão pura que anjos podem usar as suas roupas como tapete de oração. Na verdade, é por isso que ela tira as suas roupas e as coloca no chão — para permitir que os anjos louvem Alá sobre elas — enquanto ele enfia o pau na sua boca ou apronta o seu cu com os dedos besuntados de óleo.

Um dos olhos de Shamas vê o chão e, indo embora, os homens liberam a vista do segundo olho. Há pontadas vermelhas em ambos os seus olhos, tendo ambos captado um novo relance das humilhações por que Suraya passou a fim de reunir-se com o filho e o marido. Como ela deve tê-lo abominado durante as horas que passou com ele, ele que pensou que ela estava com ele por escolha própria, e que ainda teve de saber por ela da verdade sobre a sua circunstância!

Ele jaz com uma orelha colada ao chão (onde Chanda e Jugnu estão se transformando em barro) como se tentasse ouvir ali alguma coisa, como se fosse um viajante num conto de fadas que ouviu alguém o chamar enquanto atravessava a floresta, alguém enterrado vivo por uma bruxa, alguém que será libertado e saltará para fora do buraco quando o viajante tiver cavado o bastante.

Ele sente o sol rastejar sobre ele. Alguém com um cachorro correndo atrás de um pedaço de pau vai dar com ele logo logo, tranqüiliza-se ele; esses animais e seus amos estão constantemente tomando o lugar um do outro, o pêlo do cachorro coberto de pedaços de grama de 2 ou 3 centímetros, que são como pontos da cor errada numa roupa; os cães enrolando as coleiras nos seus donos, girando e descrevendo círculos como a luz de um farol. Ele vê sempre uma dessas figuras a distância, ocupada com um barco e sua vela triangular à beira da água, as pernas abertas como ossinho da sorte, ondulações de brisa correndo pelo pano da vela como o flanco de uma vaca espantando moscas, no Paquistão.

Shamas jaz na grama depois de as vozes dos seus agressores terem enfraquecido na distância, os jornais farfalhando em volta dele no silêncio descendente, tocando a sua pele, um pedaço rasgado tingido de vermelho carmesim pelo sangue — dele, pois ele sente gosto de sal na sua boca. Ele não consegue manter os olhos abertos e, de repente, está com muito sono, muito cansado, os olhos pesados e incapazes de focar. Ele faz um esforço para mover as pernas, mas não consegue e fecha os olhos...

E então, com uma grande estocada de esforço, como uma mangueira chicoteando num arco de frenesi quando a água entra com grande pressão, ele põe o seu corpo de pé num ímpeto ansioso, arrancando a cabeça do chão numa erupção de energia: numa congestão de impulsos carinhosos, ele se diz que definitivamente eles estão indo machucar Suraya — ela que é tão delicada e carinhosa que toca todas as coisas como se fossem parte dela — e ele tem de impedi-los.

Subitamente, a vida importa outra vez.

Ele pode ver os três andando para o carro e fica surpreso de não ter jazido lá por mais tempo. Claudica na direção deles numa vertigem entusiástica, tudo meio obscuro e tudo perfeitamente claro. O seu progresso oscila, pois ele não consegue andar em linha reta. Ele tem de alterar a sua direção de tantos em tantos segundos para colocá-los no centro da sua visão. Eles deslizam para dentro e para fora da vista periodicamente, em direções inesperadas e diagonais. Ele deixa cair e pega outra vez o maço rasgado de jornais que obviamente se sentiu obrigado a recolher e trazer consigo, sem querer desperdiçá-los, sem ter nenhuma memória do momento em que tomou a decisão de juntá-los à volta antes de partir. Talvez ele tenha vomitado — seu hálito cheira —, mas ele tampouco tem memória disso.

Ele se firma e anda na direção deles como uma bolha flutua impotente rumo ao escoadouro. O coração às pancadas dentro do peito, ele não tem certeza se está ou não gemendo, mas finalmente eles tomam consciência da presença dele e param, e viram-se.

Outono

As asas de Íris

Kaukab sente que está sendo vigiada lá de cima.

O Profeta, que a paz esteja com ele, diz que, sempre que a esposa terrena de um homem cria dificuldades para ele, as suas 72 esposas huris — que esperam por ele no Paraíso — suspiram pesarosamente. Se jamais o homem deseja copular com a sua esposa terrena e ela dá desculpas ou o evita, as esposas huris a amaldiçoam a noite inteira.

As huris reservadas para Shamas estão amaldiçoando Kaukab lá em cima, pois ela acaba de cambalear para fora do quarto onde Shamas está deitado, um mês após a sua surra. Vinte e cinco dos últimos trinta dias, ele passou no hospital. Ele ainda delira de vez em quando, e acaba de tentar despi-la, pedindo para ela tocá-lo entre as pernas, acariciando os seus seios, querendo que lhe mostrasse o espalhado de pintas no alto da coxa de que ele gostava. Mais de uma vez nas semanas anteriores durante as visitas dela ao hospital, ele perguntou — delirante — o que ela achava de um outro bebê. E várias vezes ele gritou por alguém ou algo chamado "Plêiade". E duas vezes ele tentou sair à força da cama do hospital, dizendo:

— Tenho algo urgente a resolver no Canto do Escândalo. — Aquele em Shimla?

É claro, ela já recusara intimidades antes, mas a cada vez ela fingiu — sim, fingiu, admite ela chorosamente — que não se tratava de um avanço sexual, um pedido de acesso ao seu corpo, e portanto permaneceu relativamente sem culpa e livre do medo da retribuição de Alá, mas as carícias e toques recentes foram explícitos.

Externamente, Shamas está machucado em toda parte, e há inúmeras lesões internas, os médicos dizendo que ele tem sorte de estar vivo, e suas fezes têm-se mostrado quase líquidas, como de passarinho, desde o ataque que ele não explicou a ninguém, sem de nada lembrar-se, algumas pessoas do bairro dizendo que os perpetradores pertenciam sem dúvida à família de Chanda, que seria a vingança deles pelo fato de, dezembro tendo chegado, seus filhos estarem enfrentando a possibilidade de uma sentença de prisão perpétua por causa do irmão de Shamas.

Uma mulher da vizinhança — que recentemente acompanhou Kaukab ao ginecologista porque Kaukab chegou àquela idade em que o útero está escorregando para fora da vagina e ou deve ser removido cirurgicamente ou costurado de volta no forro interno do seu corpo — disse:

— Quando soube da notícia, meu coração ficou como um prato de porcelana jogado do alto de um terraço. Que esses tempos ruins tenham vida curta e logo Alá os acolha ambos novamente em Sua compaixão.

Ela acaba de lhe dar o almoço e agora está levando a bandeja para baixo, o prato brilhando no vão fechado da escadaria: é parte de um velho jogo e ela sabe que a porcelana branca é parcialmente ossos e amarelece com o tempo por causa do fósforo que há neles. Naquela tarde há um mês, quando chegou em casa abraçando jornais rasgados contra si, a impressão que deu foi de que ele estava numa sala cheia de caixas de vidro quando se abateu um terremoto, e que as caixas de vidro continham serpentes. Seu rosto estava inchado e, quando ela o viu, houve uma fração de segundo de confusão quanto à sua identidade, antes de reconhecê-lo — pelas roupas. Ele estava babando como se um ovo tivesse acabado de quebrar na sua boca.

Seu útero — o primeiro vestido da sua filha, o primeiro endereço dos seus filhos — é atualmente uma fonte permanente de dores e ela desce as escadas cautelosamente. Ela diz a si mesma que tem de suportar pacientemente, que uma pessoa é como uma folha de chá: ponha na água fervente se quiser ver a sua verdadeira cor. Ela lê os versos do Alcorão quando parece que a dor está prestes a aumentar.

Nas brancas horas da manhã
E na noite de meditação aflita!
O teu Senhor não te desamparou
Nem te odiou.

Desde a metade da manhã, houve um zumbido distante no ar, dos cortadores de grama que estão trabalhando na campina em declive atrás da casa. As flores silvestres estão recebendo a sua segunda poda do ano e, durante toda a manhã, um aroma composto de seiva e fragmentos de pétalas esteve remoinhando colina abaixo, dando um efeito tonificante à atmosfera.

Ela vai fazer um pudim de arroz para Shamas esta tarde, pois ele pediu alguma coisa doce, e vai verificar se há pistache no armário. E talvez ela devesse provar a comida de Shamas — apesar do fato de ser o Ramadã e ela estar jejuando — para ter certeza de que coisas como temperos e sais estejam na devida proporção. Alá — sempre delicado, sempre compassivo — diz que, se você é escravo, servo ou esposa e seu amo, empregador ou marido é um homem austero, você pode provar a comida que está cozinhando para ele durante o seu jejum do Ramadã para ver se o sal e os temperos estão de acordo com a preferência dele, a fim de evitar uma surra ou coisas desagradáveis. Shamas não se importa, mas — como não está bem — talvez o fato de ela violar o jejum caia na categoria de devoção e amor da esposa, e seja desculpado.

Não há pistache e ela se pergunta se deve ir às lojas para comprar, apesar de as unhas de Shamas a terem arranhado dolorosamente entre as pernas antes de ela escapar; do jeito que as coisas estão, hoje em dia é difícil para ela até ficar de pé às vezes.

Kaukab não informou seus filhos da surra levada pelo pai porque tem medo de que eles acreditem nos rumores do envolvimento da família de Chanda e façam alguma coisa indevida ou ilegal. Seus filhos são moderados, com exceção de Ujala, mas o que se vê no andar de cima é de levar qualquer um a fazer alguma coisa drástica. Ela imagina vários cenários horríveis, como um dos seus garotos acabando na prisão, como os irmãos de Chanda, por terem cometido algum crime violento.

— Oh, imagine só como aquela garota Chanda conseguiu destruir toda a sua família — disse uma mulher recentemente; no dia que Shamas apanhou, na verdade.

O fato de o homem que era igualmente responsável pela ruína da família proprietária da loja ser querido por Kaukab não impediu a mulher de dizê-lo em voz alta na frente dela, pois todos sabem que Kaukab desaprovou os dois pecadores. Kaukab e as mulheres estiveram sentadas no jardim à frente da casa — que fica no lado ensolarado da rua durante as tardes — descascando e preparando verduras, discutindo vários assuntos. Bem na hora, um pássaro começou a gritar em algum lugar perto, tanto que Kaukab e as outras tiveram que tapar os ouvidos; compreendendo então que o pássaro estava no lilás ao lado do portão do jardim, uma mulher jogou seu chinelo na direção. Elas ficaram surpresas quando um periquito-de-colar — "Aqui neste país?" — apareceu e fugiu, o chinelo ficando preso nos galhos, umas poucas folhas em forma de coração caindo no chão. O pássaro fez uma pausa um momentinho num fio de telefone para ajeitar as penas, alçou vôo e desapareceu no céu.

— Disseram que eles andavam voando nas cercanias de Dasht-e-Tanhaii, mas agora eles estão se espalhando na cidade, parece.

E então, de repente, todas tiveram a sua atividade mental paralisada por uns poucos segundos, pois tinham visto Shamas de pé no fundo do jardim, depois da árvore de lilás, seu rosto e os cabelos ensangüentados, abraçando jornais rasgados contra si. As mulheres ficaram paradas, como se pintadas numa tela, o espanto assentando nelas em camadas. Havia bem uma dúzia de moscas em volta do seu sangue e das feridas. E então Kaukab, a língua seca até a sua base, correu para o portão, abriu e o deixou cambalear para dentro, as outras correndo para ajudar ou ficando para trás para abrir um caminho para ele através das tigelas e travessas de cebolas, pimentões, batatas, espinafres, os pardais fugindo onde estavam bicando as cascas e as folhas de coentro descartadas.

Alguém correu para a cozinha azul com suas mesas e cadeiras amarelas para chamar o 999 em inglês rudimentar, falando com uma pessoa branca pela quarta vez na sua vida, se perguntando se devia acrescentar a palavra fuck vez por outra à sua fala para ficar mais parecido com alguém que pertença a este país, pois ela viu que as crianças falantes do inglês usavam essa palavra com grande confiança, o que quer que ela signifique. Kaukab não tinha ficado apreensiva com a ausência de Shamas da casa: ela tinha ido dormir depois de ler o Alcorão até a uma hora na noite anterior, e dormido até o despertador que devia acordá-la para a refeição pré-jejum e as orações da manhã. Ela acordou às dez para as nove e viu que Shamas tinha tomado banho e saído. Ela não sentira nenhuma falta dele, já que era hábito ele passar um tempo na livraria do centro da cidade aos sábados, ou pegar um ônibus para as áreas florestais do condado, ou ir para seu escritório trabalhar um pouco — às vezes as três coisas.

Kaukab não acha pistache no armário. É claro, fazer pudim de arroz sem o verde-abacate e o cor-de-rosa quente do pistache é como fazer as crianças usar roupas sem cores e lantejoulas numa ocasião festiva, uma ocasião festiva como a Eid, a festa do fim do jejum, que todos no Paquistão já devem ter começado a preparar, do mesmo modo como aqui as pessoas começam a se preparar para o Natal semanas antes, quase tudo durante o ano planejado com esta festa em mente.

A dor aumenta nas suas pernas, e então ela tem de ouvir a voz de Ujala na secretária eletrônica dele; mas há uma batida na porta e ela encontra uma vizinha segurando um buquê de flores embrulhado num jornal, os fortes espinhos aqui e ali espetados através do papel.

— Eu acabei de podar minhas rosas, Kaukab, mas não queria desperdiçar as flores. Pensei que elas podiam dar uma clareada no quarto do irmão-*ji*, que Alá lhe dê saúde. Como vai ele? Tenha cuidado, são pontudos.

Kaukab exclama deliciada e toma-lhe o pacote espinhento.

— Ele está descansando. Mas não é um pouco cedo para cortar as suas roseiras? Eu só podo as minhas em meados de outubro.

— É cedo, mas os operários estão vindo fazer umas obras lá em casa e não sei se eu teria chances mais tarde. Eu sei o que dizem sobre operários e *djinns*: uma vez que entram numa casa, é difícil a gente se livrar. — Em vez de luvas de jardinagem, ela estava de luvas de forno, que usou para a poda, e o tecido de que são feitas parece paquistanês para Kaukab: uma rede de bordados enfeitada com pequeninos espelhos como gotas de orvalho. Ela deve ter feito a luva ela mesma, pois, como não há prato caseiro de forno no Paquistão, não foram criadas luvas de forno de nenhum tipo.

Kaukab se lembra dos bolos da sua infância que o pai de Shamas assava com carvão mineral amontoado em volta da panela, que ele descanse em paz, e se recorda de como o aroma de baunilha viajaria a esmo pelas ruas de Sohni Dharti durante o inverno e encontraria todas as crianças como alguém especialista em brincar de esconde-esconde.

— Eu gostaria de cheirar essas rosas — diz Kaukab —, mas não vou. A essência de rosas é usada em várias guloseimas e tenho medo de que Alá possa achar que eu sou conivente, pensar que estou cheirando a fragrância dessas rosas só para chegar mais perto do alimento durante o jejum.

A mulher está sentada à mesa e, tendo tirado as luvas de forno, está ajudando Kaukab a remover as folhas do caule das rosas e arranjando as flores num vaso com água.

— Alá se compadece, Kaukab, e de todo modo. Ele sabe tudo o que vai no seu coração.

— Ele ditou isso tudo para os anjos, que anotaram no Livro dos Destinos.

— Eu estava pensando bem nesse Livro hoje de manhã, Kaukab. Pensei que se pudesse dar uma olhada nas páginas eu saberia quanto tempo ia ter de esperar para ter uma notícia qualquer do meu filho, ou eu podia virar umas páginas para trás para ver o que aconteceu com ele, onde ele está. — Ela pára abruptamente e fica girando uma rosa na mão, piscando rápido para evitar as lágrimas.

Delicadamente, Kaukab faz um afago no ombro da mulher.

— Você não deve perder as esperanças. Alá virá ajudá-lo.

— Eu disse a ele que se quisesse viajar de férias devia ir para o Paquistão e ficar com os tios. Mas ele respondeu que queria ir para um lugar diferente, dizendo que o interesse de viajar era "descobrir coisas novas" — seja lá o que isso significa. No final, eu estava contente de ele estar indo para a Turquia, um país muçulmano. — A mulher olha fixamente para as rosas cor-de-rosa. — Ele desapareceu quase ao chegar em Istambul, há uma semana. A polícia encontrou um corpo no Bósforo ontem e testes estão sendo feitos para descobrir a identidade. É possível que ele tenha sido morto por alguém interessado no seu passaporte.

Kaukab aquiesce com um gesto de cabeça. Ela tinha ouvido que um passaporte britânico pode chegar a cinco mil libras nos países mais pobres.

— Eu sei que tenho de ter fé Nele, Kaukab, mas meu coração afunda ao pensamento do que pode ter acontecido. Abdul Hap, da Gulmohar Street, teve sorte, mas meu filho terá? Haq se recuperou no ano passado do traumatismo craniano que arranjou depois de visitar as mesquitas históricas de Istambul. Eles o drogaram e bateram nele com um cacete, tomando o seu passaporte. Aceitar a hospitalidade de um morador que gentilmente lhe ofereceu uma xícara de chá é a última coisa de que se lembra. — A mulher abaixa a voz a um sussurro quase inaudível. — Quem sabe o que aconteceu? Só ontem o *The Afternoon* deu que um corpo em decomposição tinha sido descoberto sob os escombros de uma torre que foi explodida no ano passado.

— Nós não devemos nos permitir desesperar da misericórdia Dele, irmã-*ji*. Torre, que torre?

— Estava no jornal, ninguém sabe direito ainda. Era um rapaz de pele escura, disseram, paquistanês, indiano ou bengali. É possível que fosse um imigrante ilegal, mas quem pode saber?

— Que Alá trate a alma do pobre rapaz com bondade — sussurra Kaukab. — Ele deve ser conhecido de outros imigrantes ilegais na cidade, mas eles não podem aparecer para dizer que o conheciam, com medo de serem presos e enviados de volta.

A mulher suspira e põe a mão sobre a mão de Kaukab.

— Você é tão boa, Kaukab. Você teve uma tragédia na sua própria família, mas cá está, preocupada com os outros, me consolando. Você não esqueceu a bondade Dele. E, é claro, o mesmo é verdade sobre a mãe de Chanda; ela também foi muito atenciosa com palavras de serenidade. — Ela põe uma rosa no vaso. — Aliás, Kaukab, ontem eu não pude dormir e então, lá pelas três da manhã, decidi levantar e ler umas páginas do Alcorão e rezar pela proteção do meu filho. Eu estava no banheiro, fazendo as minhas abluções, e pela janela vi a mãe de Chanda parada na frente da casa de Jugnu.

— A casa ao lado?

— É. A pobre mulher certamente queria ver a última residência da filha, postar-se diante da casa e prantear. Ela não poderia fazê-lo à luz do dia, pois as pessoas achariam estranho, pensando que ela estaria sendo desleal para com seus filhos. As coisas que nós, pobres mães, temos de fazer, Kaukab!

— Não acho que seja sensato ela estar na rua às três da manhã.

— Ela não estava sozinha. Aquele jovem que eles contrataram para ajudar na loja estava com ela. Ela estava apontando várias coisas para ele. Sem dúvida dizendo coisas como qual era o quarto cheio de borboletas.

— Eu soube que eles tinham contratado alguém. Pessoalmente, eu não vou mais lá, como você sabe, mas Sadiqa, do 121, disse que o viu umas poucas vezes, mas não tinha certeza de quem era. Ela estava começando a pensar que podia ser um sobrinho trazido do Paquistão.

— Talvez seja isso. Não sei.

O telefone toca e, quando Kaukab se levanta para atender, a mulher também o faz, dizendo que era melhor voltar e acabar de limpar o seu jardim.

Alguém do escritório de Shamas estava ligando para dizer que os negativos que Shamas tinha querido que o município comprasse de um fotógrafo no centro da cidade tinham sido destruídos. Ele tinha pedido a Kaukab para telefonar para o escritório ontem sobre a compra, dizendo que a idéia lhe tinha ocorrido há algum tempo, mas que ele havia esquecido por causa dos ferimentos. Ele esperava que não fosse tarde demais, que o homem não tivesse mandado o pacote insubstituível para o alto de um monte de lixo. Mas aparentemente *é* tarde demais. Uma nova loja surgiu no local onde era o estúdio do fotógrafo, e disseram que o homem tinha ido de férias para a Austrália depois de vender equipamentos de luz, cadeiras e molduras douradas para um ferro-velho e jogar fora todo o resto — panos de fundo, fotografias, negativos, os brinquedinhos que distraíam as crianças pequenas, os boás de plumas.

Kaukab leva o vaso de flores até o pé da escada e olha para cima, tomando coragem para subir com ele. Por causa das suas dores, ela precisou de cinco minutos inteiros para levar a bandeja do almoço de Shamas para cima hoje mais cedo e de cinco minutos inteiros para descer. Ela entra no poço da escadaria, que está escuro porque a lâmpada queimou na semana anterior com um pequeno ruído metálico e fica situada alta demais para ela substituir — se ao menos seus filhos morassem em casa. Ela chega ao último degrau e, bem baixinho, diz a Alá que O ama pois Ele sempre cuidou dela.

Os olhos de Shamas estão fechados quando ela entra. A testa dele tem uma contusão improvavelmente verde e há um inchaço do tamanho de uma ameixa acima do ouvido esquerdo. A pele está descorada em vários lugares, da cor do sabonete Imperial Leather. Ela desvia os olhos, como o fez freqüentemente ao longo do último mês, poupando-se da visão: é angustiante demais para ficar olhando, mas ela é esmagada pela culpa toda vez que o evita.

— Era Saleemuzzamaan do escritório — diz ela baixinho, para ver se ele está acordado, olhando em volta para achar um lugar para as rosas — ao telefone agora há pouco.

Ele abre os olhos.

— Ele pediu para dizer que fez as indagações necessárias e que os negativos foram jogados fora.

Ela coloca as rosas na prateleira e fica lá, sem desejar aproximar-se mais dele, temendo que ele se torne afetuoso outra vez, a condenação e o insulto das 72 huris soando em seus ouvidos. Algumas pessoas vulgares perguntam: se um homem devoto vai ganhar 72 esposas no Paraíso, quantos homens ganharia uma *mulher* devota?

Isto, é claro, é o cúmulo da ignorância e da indecência; uma mulher devota não pode suportar o pensamento de deixar outro homem que não seja seu marido tocá-la — assim, se no Paraíso só há bem-estar e satisfação, por que haveria ela de passar pelo tormento de ser apalpada e acariciada por homens estranhos? No Paraíso, todos terão pelo menos um companheiro ou companheira, pois não há celibato no Paraíso, e assim as mulheres devotas ficariam felizes só de receberem um lugar eterno ao lado do seu marido terreno após o Dia do Juízo. Kaukab suspira. Alá é todo-sabedoria. O jovem ficará jovem outra vez e eternamente belo e purificado. Não haverá urina, fezes, sêmen, menstruação: ereções e orgasmos durarão décadas, e os homens ouvirão freqüentemente as suas esposas terrenas dizer:

— Pelo poder de Alá, não pude encontrar nada no Paraíso mais bonito que você.

Shamas tenta mexer os lábios para comunicar-lhe um sorriso.

Ela sorri de volta, esperando que ele não tenha percebido que ela está usando as suas roupas de sair: a Inglaterra é um país sujo, um país profano cheio de gente imunda com hábitos e práticas nauseantes, onde, por tudo quanto se sabe, cachorros e gatos sujos ou pessoas que não tomaram banho ou que não se lavaram após o ato sexual ou bêbados e pessoas com gotas secas invisíveis de álcool nas suas camisas ou calças ou mulheres menstruadas podem muito bem ter entrado em contato com o assento de ônibus que um bom muçulmano ou muçulmana escolheu para sentar, ou ter tocado num artigo numa loja que ele ou ela acabou de escolher — e assim a maioria dos homens e mulheres muçulmanos do bairro tinha uns poucos conjuntos de roupa reservada exclusivamente para sair, tirando-as no momento mesmo em que entravam em casa para vestir roupas que eles sabem que estão limpas. Kaukab estava usando um dos seus *salwar-kameezes* de sair, pois tem de limpar Shamas depois que ele esvazia os intestinos. Um dia ele teve uma diarréia — como uma ampulheta — e suas mãos foram cobertas pela sujeira, mas as coisas estão melhores agora. Ela gostaria de usar água para lavar o esfíncter, conforme prescrito pelo Profeta, que a paz esteja com ele, mas não é prático, pois a água machuca as áreas contundidas, e assim ela foi reduzida a usar papel higiênico. Assim, a cada vez que o toca, depois ela não consegue ignorar o fato de que ele está sujo e impuro.

Shamas a chama para perto de si e ela se senta na cama um instante antes de ir-se — pois está na hora da terceira das cinco orações do dia.

— Quisera você pudesse lembrar-se de quem fez isto com você — diz ela da porta. — Estão dizendo que provavelmente foi obra da família de Chanda. Não que eu queira causar-lhe sofrimento dizendo isso, mas eu culpo Jugnu por terem feito isso com você. Se ele tivesse permanecido nos caminhos decentes da vida, nada disso teria acontecido.

— Não teve nada a ver com a família da Chanda.

— Como você sabe? Você disse que foi agarrado por trás e que desmaiou depois de ser golpeado na cabeça com alguma coisa pesada. Você está apenas defendendo Jugnu, por reflexo, como sempre, isso é tudo.

Ele não lhe pode dizer a verdade. Impotente, ele a observa sair — sem saber o que fazer para aliviar o sofrimento dela. Ele fecha seus olhos. Da bruma dos analgésicos, as palavras dela sobre os negativos chegam a ele agora, mas ele não tem certeza sobre a que ela estava se referindo.

Mas na verdade ele se lembra de tudo o que aconteceu naquela manhã e não contou a ninguém, temendo que seus atacantes revelassem a verdade do seu caso com Suraya para Kaukab. Isso a destruiria.

E ele não queria que os filhos soubessem porque eles podiam vir visitar e fazer perguntas inteligentes sobre os acontecimentos naquela manhã — por que, quando, como? Alguém podia perceber contradições.

Porém, mesmo que ele quisesse dizer a alguém o que tinha acontecido, ele não tem certeza se seria capaz de ter voz para fazê-lo. A pequenina fratura na sua traquéia está começando a sarar, mas ele está tendo problemas para falar. Ele não está inteiramente mudo, mas houve momentos em que não conseguia fazer uma frase sem balbuciar ou gaguejar.

Assim que estiver bem o bastante para andar (os médicos disseram que poderia levar várias semanas), ele vai à casa de Suraya. Ele não foi a dois encontros com ela. O que aconteceu com ela naquela manhã? Foram os seus agressores à *Safeena* enquanto ela estava lá? Ele sente náusea.

O que Suraya fez sobre o filho deles? Ele espera, para o bem dela, que ela não esteja grávida afinal, que o resultado do teste de gravidez tenha sido falso. A sua ligação com Suraya complicou a vida dela desnecessariamente.

Aberturas entre os cobertores estão deixando entrar ar frio. Ele pode ouvir Kaukab andando de um lado para outro no andar inferior, sendo a casa pequena, tão pequena que todas as portas deslizam para dentro das paredes: Misturando expressões inglesas, Kaukab dissera uma vez:

— Não há espaço bastante nessa casa para girar uma porta. — Ele não consegue lembrar no que estava pensando antes de pegar no sono, mas agora ele se lembra: Suraya tinha dito que aceitaria a morte de bom grado, e então ele está com medo de ela tentar se matar — talvez ela já tenha se matado. Subitamente, ele está convencido de que ela cometeu suicídio; e ele se pergunta se ele próprio não terá morrido naquela manhã perto do lago. Os dois fantasmas que dizem que vagueiam pelas florestas perto do lago — certamente são ele e Suraya, o bebê deles brilhando dentro do útero, as mãos dele incandescentes, emitindo luz, dos jornais que está carregando, a dor candente do mundo? Não, não, ele precisa ficar lúcido: ele precisa levantar-se imediatamente e tentar obter todos os *The Afternoon* dos dias em que ficou acamado — para ver se há notícia de algum suicídio. Ele tem de levantar-se imediatamente. Tenta lutar contra as drogas e ficar acordado, mas, como uma boneca tem de fechar os olhos sempre que está na horizontal, ele nada pode fazer salvo dormir. Sim, sim, diz ele a si mesmo enquanto flutua à deriva: ele vai encontrá-la do mesmo jeito que Shiva encontrou Parvati quando ela se afastou dele após uma briga: ele vai seguir as pegadas dela no chão, a fileira de *paisleys* — iguais aos da jaqueta dela.

Kaukab olha para fora para ver se pode encontrar alguém a caminho da loja e pedir que traga um pacote de pistaches para ela. Todo ouvidos, pomo-de-adão e frágil vaidade, um adolescente passa, mas está indo no sentido oposto; ele está fumando e ela resiste a dizer-lhe, como uma boa tia, que ele devia estar jejuando.

Kaukab balança a cabeça e expulsa o aroma de comida da cabeça, o aroma do almoço de Shamas — ele evaporou quase todo, mas a pontinha da sua longa cauda está presa sob a tampa da panela esmaltada onde estão as sobras. Um cartão de Eid do seu pai chegou do Paquistão, cheio de pombas que levantavam vôo ao abrir, e frondes minuciosamente detalhadas de palmeiras e grinaldas de jasmim: é impossível abrir o cartão sem correr o risco de rasgar os vários dentinhos e arrebiques que se prendem um no outro como cílios depois do sono.

Ela vai até a janela e olha para fora, vê um fotógrafo de jornal tirando uma foto do padre na frente da igreja; é típico que os brancos estejam tratando o seu homem santo como se fosse ridículo por ter-se oposto ao vácuo moral desse país obsceno e degradado. Por ao menos uma vez ela gostaria de ir da sua casa até, digamos, o correio, sem ser confrontada pela decadência da cultura ocidental.

Jesus Cristo há de estar dando voltas na sua tumba.

Por que terá ela chegado num ponto da vida em que quase tudo deixou de fazer sentido? Ela começa a chorar, cismando sobre se o que Ele faz com os humanos pode ser chamado de justiça. Por que escolheu Ele esta vida para ela, por que escreveu todas essas coisas sob o seu nome no Livro dos Destinos? Que Ele possa perdoá-la por esses pensamentos. Sim, a Sua justiça não pode ser definida em termos humanos. Imaginemos uma criança e um adulto no Paraíso, ambos mortos na verdadeira fé. O adulto, contudo, tem um lugar mais alto do que a criança no Paraíso. A criança pergunta a Alá:

— Por que deste ao homem um lugar mais alto?

— Ele fez muitas boas obras — Alá responderia.

A criança então diria:

— Por que me deixaste morrer tão rápido que fui impedido de fazer o bem?

Alá responderá:

— Eu sabia que você cresceria para se tornar um pecador e, portanto, foi melhor que morresse ainda criança.

Nisso, um grito se levanta dos condenados às profundezas do Inferno: — Por que, Oh Senhor, não nos deixaste morrer antes de *nós* nos tornamos pecadores?

Parece injusto a nós humanos, mas não podemos sondar Seus caminhos, diz ela a si mesma. Stela, a sua nora, uma vez lhe disse que seu nome do meio — Íris — vem de uma bela moça dos mitos gregos e romanos que tinha asas iridescentes, mas a falta de pigmentos variados implicou que raramente ela fosse representada em pinturas nos tempos antigos. Isto é um pouco como são as coisas com Alá. Nós humanos apenas não temos nuances e matizes bastantes à nossa disposição para fazer um retrato Dele. Aqui está Kaukab, longe de seus filhos, longe dos seus costumes e do seu país, sozinha e solitária, e contudo Ele lhe diz para ter fé na Sua compaixão. E é isso que ela deve fazer sem queixar-se, lembrando-se de que ela não está perdida, que Ele está com ela neste estranho lugar. Mas ainda assim ela não sabe o que fazer a respeito do fato de sentir-se absolutamente vazia quase o tempo todo, como se tivesse sobrevivido a si mesma, como se tivesse ficado no trem uma estação depois da sua.

Dard di Raunaq

Ki pata-tikana puchde ho —
Mere sheher da na Tanhaii ey
Zila: Sukhan-navaz
Tehseel: Hijar
Jeda daak-khanna Rusvaii ey.
Oda rasta Gehrian Sochan han, te mashoor makan Judaii ey.
Othay aaj-kal Abid mil sakda ey —
Betha dard di raunaq laii ey.

A letra da canção punjabi chegou à mãe de Chanda quando ela se preparava para abrir a loja, as folhas amarelas do começo de novembro se disputando na estrada, sopradas de um lado para outro pela brisa. Libélulas fossilizadas: há vagas marcas nas suas faces e têmporas, das rugas e pregas no travesseiro onde ela jazeu acordada a maior parte da noite.

Você pede o meu endereço —
O nome de minha cidade é Solidão
Distrito: Contar Histórias
Subdistrito: Ansiar
E a sua agência de correio é Condenação e Infâmia.
A estrada que a ela conduz é Pensamento Devoto, e seu monumento famoso é Separação.
É onde Abid, o autor destes versos, pode ser encontrado atualmente —
Lá ele permanece, atraindo todos para um vivo espetáculo de dor.

Ela abastece as prateleiras com artigos retirados de caixas de papelão marrom. Faltam quarenta minutos para a hora de abrir, quando a loja se encherá imediatamente com criancinhas prontas para comprar balas e chocolates aos punhados, hoje sendo a Eid. Em cerca de dez minutos ela acompanhará o ruído surdo das suas próprias netinhas andando no assoalho em cima da loja, correndo para vestir suas túnicas e véus com *gota* e *kiram* cintilantes costurados. Completamente vestidas, cobertas de bijuterias de brinquedo, elas descerão para receber a bênção de sua avó naquele dia feliz.

Uma mulher, sorrindo, bate na vidraça da porta de entrada, e elas trocam saudações da Eid quando ela a deixa entrar — a mulher ficou sem mel para a galinha marinada do jantar dessa noite.

Enquanto a mãe de Chanda está mostrando onde estão guardados os potes de mel, outra mulher entra e cumprimenta ambas com a saudação da Eid.

— Se bem, é claro — continua ela — que não vejo bem o interesse de fazer a Eid aqui neste país — sem os parentes, sem os amigos, sem subir no telhado para ver a lua da Eid na noite anterior, sem programas especiais da Eid na TV, sem vendedores de balões nas ruas e sem aqueles homens com seus macacos amestrados pulando de um lado para outro vestidos de Indira Gandhi, de sári e peruca preta e branca? — Em resumo, nada de *tamasha*, nada de *raunaq*.

A não ser *dard di raunaq* — pensa a mãe de Chanda, lembrando-se dos versos punjabis de mais cedo. Um espetáculo de dor.

A mulher do mel concorda com a recém-chegada.

— Nós estamos encalhados num país estrangeiro onde ninguém gosta de nós. Ontem mesmo ouvi comentarem que o nosso pobre irmão-*ji* Shamas foi espancado por, quem mais senão, assassinos brancos racistas.

— Pelos brancos? *Um* dos rumores que ouvi é que o pessoal da mesquita mandou lhe dar uma surra, para impedi-lo de testemunhar contra um homem que ele diz ter visto abusando de uma criança.

A recém-chegada veio buscar o recheio de carne picada com frutos secos e especiarias que havia encomendado por telefone e que o pai de Chanda já preparara na noite anterior e posto no freezer.

— Nossa, isto *está* frio. Fico com pena das mãos congeladas do irmão-*ji*. Por que não contratam um ajudante em tempo integral?

— Irmã-*ji*, não seja rude — diz a mulher do mel. — Por que haveriam de contratar um assistente? No mês que vem tem o julgamento e, se Alá quiser, ambos os garotos estarão de volta para tomar as rédeas dos negócios da mãe e do pai já idosos.

A outra mulher parece envergonhada e diz à mãe de Chanda:

— Desculpe-me, irmã-*ji*, eu não quis dizer que os seus filhos não iam mais voltar. Eles vão ser inocentados, claro que vão. E a partir de dezembro irmão-*ji* não terá mais que tocar nessas peças detestavelmente geladas de carne. Alá há de lhe devolver ambos os seus filhos em segurança. Espere só. Quando falei de um ajudante em tempo integral, estava pensando naquele rapaz que vi aqui uns dias atrás. Eu pensei que era alguém que vocês tinham contratado em meio expediente, para aliviar um pouco o fardo.

A mãe de Chanda toma um soco invisível no estômago e prende a respiração.

— Não sei do que você está falando — ela consegue dizer numa vozinha minúscula.

A outra cliente comenta de cenho franzido.

— Eu também vi um rapaz aqui na semana passada, irmã-*ji*, lá nos fundos. Não?

A mãe de Chanda tornou-se um caniço emitindo uma nota queixosa.

— Deve ter sido um cliente que andou lá por trás. Nós não contratamos ninguém.

Ao saírem, as duas mulheres riram.

— É, deve ser isso mesmo — um cliente. De todo modo, irmã-*ji*, eu soube que a pobre Kaukab está com problemas na sua caixa de fetos, que o útero dela está saindo. É verdade? Eles tiveram que grampear o meu no ano passado, mas aí eu fiz a besteira de levantar um vaso de plantas pesado no jardim e tudo se desprendeu outra vez. Eu devia era fazer uma visita a Kaukab e avisá-la para não se exercitar demais depois da operação.

Depois que as duas clientes saíram, a mãe de Chanda passou o trinco na porta e teve de encostar-se nela para firmar-se, sentindo-se tão só quanto o jovem José no fundo do poço.

Então, pessoas tinham visto o rapaz — o falso Jugnu — aqui? Ninguém pode saber que eles têm alguma coisa a ver com ele — ou que têm participação na versão dele sobre o que aconteceu com Chanda e Jugnu. Ele vai dizer que ele e sua amante estavam em fuga no Paquistão, mudando-se de cidade em cidade, de povoado em povoado, porque tinham querido se casar contra a vontade da família da moça, que os estava perseguindo para matá-los — um das muitas centenas de "crimes de honra" que acontecem por lá todos os anos.

Eles não tinham conseguido arranjar uma dublê de Chanda. E, até terem encontrado a moça, o rapaz não pode ser visto por aqui. Eles alugaram um quarto para ele numa rua distante e ele veio à loja em três ocasiões, para a família poder examinar e revisar os detalhes com ele.

Sob a proteção da escuridão, a mãe de Chanda o levou até a casa de Jugnu e indicou que janela pertencia a cada cômodo, que tipo de bagagens foram encontradas e onde, que porta era usada normalmente pelo casal para entrar e sair da casa.

De agora em diante, porém, o rapaz não pode mais vir aqui. A família vai fingir estar tão surpresa e chocada quanto todos os demais com a história dele quando vier a público. Ele quer um adiantamento, mas eles só lhe darão dinheiro um dia antes de ele (ou ele e uma mulher) se apresentar à delegacia — momento em que ela, o pai de Chanda e a nora deles estarão sentados perto do telefone esperando uma chamada da polícia para dizer o que havia acontecido.

Ao adormecer na noite anterior, ela teve alguns momentos de pânico pensando sobre o cadáver encontrado entre os escombros do prédio explodido mais cedo naquele ano: um imigrante ilegal, muito provavelmente — e se o falso Jugnu deles meter na cabeça que o garoto esmagado é o irmão perdido dele e cismar de ir à polícia investigar, sem se preocupar que a sua verdadeira história entraria em contradição com a mentira que a família de Chanda preparou? Ela o imagina pedindo à polícia para verificar se o garoto morto tem um único fio de ouro entre os cabelos pretos na sua cabeça. Até aqui ele não deu nenhuma indicação de estar a par das notícias nos jornais — ele não sabe ler inglês muito bem e, mesmo se soubesse, consideraria comprar o *The Afternoon* um extravagante desperdício de 45 centavos. Ele se sente inseguro — se não amedrontado — de falar com brancos, de modo que, se ouvir comentário sobre a história, será de alguém que fale urdu ou punjabi. De agora em diante, eles precisam garantir que ele não fale com paquistaneses e indianos. Eles devem assustá-lo, fazê-lo ter medo de contradizer qualquer um sobre qualquer coisa: *Alguma palavra descuidada sua chegaria facilmente aos ouvidos das autoridades e lhe jogaria fora do país — sem você ter ganho primeiro o dinheiro que nosso plano lhe daria.*

Ela sai da porta para continuar a trabalhar o que tinha interrompido para atender aos primeiros clientes, o ruído das suas netas alcançando-a através do teto à medida que se levantam para começar a celebrar a festa — este *dard di raunaq*, esta Eid de infelicidade. Cinco minutos depois, porém, foi sua nora quem desceu, apontando para a porta ao correr até ela, gritando:

— Ela está passando. Abra a porta e chame-a.

— Quem? — pergunta ela, mas a nora — a sua pressa esbaforida tendo batido numa pilha de pacotes de incenso Metro Milan, que cai da prateleira no chão num amontoado fragrante de cores primárias — está lutando com a porta.

— *Quem* está lá fora? — repete ela, e então são as caixas de verde-oliva de *methi* Kasuri que caem da sua mão: Chanda? — Minha Chanda? Onde?

Ela corre para a porta — murmurando:

— Meu Alá, a Sua bondade para com as Suas criaturas conhece algum limite? — e segue a nora, saindo. A estrada está vazia e a nora está olhando em volta, ora correndo para postar-se no meio da estrada coberta de folhas, ora voltando para a beira.

Você viu a minha *Chanda*? Onde? Agora? — Algumas horas têm poder além da medida, fazendo desejos — expressos no coração ou pela língua — se realizarem, indiferentemente de terem mesmo sido pensados.

Em vez de responder, a nora murmura para si mesma:

— Mas ela estava bem ali, há um momentinho. — E ela explica finalmente para a sogra, tentando evitar a exasperação na voz: — Não, não a *Chanda*, mãe-*ji*. Era aquela moça que esteve aqui no verão passado. Eu lhe falei sobre ela. A imigrante ilegal. — Ela vai até o meio da estrada outra vez. — Para onde ela foi? Ela não pode ter ido longe no tempo que levei para sair. Ela estava usando um daqueles medalhões com a miniatura do Alcorão.

A mãe de Chanda se deixa baixar no degrau da frente, saindo da frente para deixar a nora voltar para a loja. Ao passar, a jovem arremeda o que a sogra dissera antes:

— "Você viu minha *Chanda*? Você viu minha *Chanda*? " — E resmunga: — Pelo amor de Deus! Ela está *morta*.

A mãe de Chanda permanece no degrau da frente por cinco minutos, olhando aturdida para a frente, mas aí a nora volta cheia de remorso e põe uma mão no ombro dela, dizendo-a para entrar, para sair do frio.

— Desculpe-me, eu esqueço às vezes que as coisas foram igualmente ruins para você. Se não piores. Eu estou perdendo meu marido, mas no seu caso são dois filhos e a filha. Sinto muito. — Ela diz à nora para não se preocupar com ela, manda-a subir para arrumar as crianças e começa a ajeitar os pacotes de incenso na prateleira, catando mecanicamente os *methi* Kasuri verde-oliva.

A luz do mundo tinha apagado. Acima de tudo ela tem de pedir perdão para as almas de Chanda e Jugnu, pela elaborada mentira que tinha ajudado a construir a fim de salvar seus filhos. Se ao menos houvesse um túmulo: ela enterraria o seu rosto na terra onde eles jazem esperando para ser interrogados pelos anjos no Dia do Juízo.

Ela está de pé na loja, segurando uma dúzia de vidros de água-de-rosas, e traz o rosto de Chanda diante dos seus olhos. Como explicar o laço que teve com sua filha? E lá estava ela, pensando que tinha tido as suas últimas regras da sua vida mais de sete meses atrás, que tais eram as coisas no tocante à menstruação — seu hálito mudou de odor, seu coração palpitou, suas mãos ficaram geladas —, mas então uma noite ela sonhou com Chanda e acordou para descobrir que estava escorrendo lá embaixo, o lugar que, no caso dela, tinha mostrado ser o portal tanto da vida como da morte: Chanda tinha saído dali, como os seus assassinos.

Mil espelhos partidos

DEZEMBRO; E HOJE FOI O ÚLTIMO dia do julgamento. Durou um total de cinco dias e o júri apresentou o veredicto duas horas atrás. O resultado foi o que a maioria das pessoas esperava. Não houve nenhum testemunho de última hora irrompendo na sala do tribunal. Não houve novos indícios ou provas. Embora, é claro, houvesse quem pensasse que o veredicto seria o oposto. Alguém até fez circular o rumor de que os pais de Chanda tinham pago um jovem para dizer que ele e sua namorada tinham comprado os passaportes de Chanda e Jugnu no Paquistão e entrado na Inglaterra com eles. Disseram que os pais de Chanda pagaram um montante substancial — a quantia varia de pessoa para pessoa — ao jovem para ele mentir para a polícia. Mas que ele pegara o dinheiro e desaparecera, sem jamais se apresentar à delegacia de polícia — os pais de Chanda não receberam o telefonema da polícia que estavam esperando, dizendo-lhes que o julgamento estava sendo adiado, cancelado, pois eles tinham recebido novas informações.

Shamas está diante do tribunal, esperando o ônibus que o levará para casa. O sol desaparecera completamente e, aqui e ali, há uma chuva fria de delgadas gotículas que rajadas de vento fazem compactar-se e parecer véus e pendões azul-claros flutuando no ar, balançando. As árvores se agitam como se lhes houvessem esfregado pó-de-mico.

Ele está de pé, segurando a rosa negra do seu guarda-chuva, ao lado de uma loja chamada A Floresta Encantada, que vende beija-flores estofados com pó de serragem às dúzias como balas em potes de vidro, flamingos tão vivamente verossímeis que podem ser tomados por artificiais, trutas com guelras cor de carne, búceros pousados em galhos retorcidos trazidos pelo mar, e onde a leoa fulva à janela torna-se em tigresa listrada quando o sol está na posição certa e as lâminas das venezianas projetam as suas sombras sobre ela.

Só esta semana ele foi capaz sair da cama desde a agressão. E a primeira coisa que fez foi ir à casa de Suraya — a casa em que ela crescera, a casa de sua mãe, a casa onde Shamas e ela fizeram amor em duas ocasiões no verão anterior. Revela-se, porém, que ela vendeu a casa. Ele não sabe onde ela está. Ele telefonou para o hospital, pois lembrou-se imaginando em seu delírio de semanas se ela não se matara, se não tinha sofrido um aborto. Ele foi ao cemitério para ver se conseguia encontrar o túmulo da mãe dela — na esperança de que ela o visitasse —, mas sem serventia.

É dezembro e esta manhã havia nas poças uma camada de gelo tão fina quanto o vidro de que lâmpadas são feitas. Kaukab não pôde assistir ao julgamento por causa do agravamento da sua situação. Ela precisa de cirurgia no útero, mas os médicos não conseguiram arranjar lugar para ela no hospital: a operação será em janeiro. Ela sente muitas dores, ele sabe, e ter de tratar dele não foi fácil.

Ele ergue uma mão em saudação ao ver Kiran andando na sua direção, a chuva indistinta acumulando-se no guarda-chuva dela, insubstancial demais para juntar-se em gotas e deslizar na curvatura externa, como crianças a escorregar colina abaixo.

O coração batendo forte, ele ouviu quando o júri condenou os irmãos de Chanda hoje. Sentindo-se imaterial e pesado ao mesmo tempo, ele ouviu o juiz dizer que os assassinos tinham encontrado uma cura para seu problema através de um ato imoral, indefensável; uma cura, um remédio — e a religião e a experiência pregressa deles garantiram a trava amarga que ficou. Sua religião e experiência pregressa os assegurava que, sim, eles eram assassinos, mas tinham matado somente *pecadores*. O juiz disse que Jugnu e Chanda nada tinham feito de ilegal ao decidirem morar juntos, mas, Shamas sabe, que os dois irmãos acham que o fato de um ato ser legal não significa que seja justo.

Kiran também estava no tribunal hoje. Charag, sua ex-esposa Stella, Mah-Jabin e Ujala também estiveram presentes no julgamento; eles estão na casa de amigos enquanto em Dasht-e-Tanhaii. Ele ficou surpreso de ver Kiran esta tarde, mas apreciou o seu gesto de vir.

— Que frio — diz ela baixinho ao chegar ao lado dele, balançando a cabeça cheia de cabelos grisalhos, o cabelo que ela prendia numa trança forte como uma correia de couro quando jovem, serpeando os feixes e atando com uma série de presilhas de *strass*.

— Hoje de manhã eu descobri um único pingente de gelo, fininho como um termômetro, do lado de fora da minha janela.

— Lembra-se daquele ano em que o inverno chegou inesperadamente em setembro e em tudo quanto é lugar a chuva retida nos vasos de flores de jardim congelou? Foi há uns vinte anos.

— Foi há tanto tempo assim? — Dessa existência de dois momentos, nós temos de obter uma vida.

— Shamas, eu não soube se a polícia descobriu alguma coisa sobre quem o atacou.

— Não. Eu não vi quem foi; então, não há pistas. Ninguém tinha contado nada a nenhum dos meus filhos, mas eles souberam quando nos encontramos no tribunal esta semana. Eu já estou quase inteiramente curado, mas ainda assim eles ficaram chocados com meu estado. Deram a maior dor de cabeça fazendo um monte de perguntas preocupadas. A polícia fez isto, a polícia fez aquilo? — Eles ofereceram acompanhá-lo até em casa, mas ele não queria a companhia deles, temeroso de que eles pudessem extrair dele um estilhaço da verdade.

O ônibus está quase cheio e eles têm de sentar-se na parte de cima. Seus corpos se aquecem rápido, assim que a viagem começa, enquanto, lá fora, a chuva se intensifica, grossas gotas que batem na janela diagonalmente, cada qual se rompendo numa fileira de seis a oito gotas menores, grudadas ao vidro seco que vibra como uma corda de harpa.

— Os seus filhos lembram você: a postura corporal do mais velho, o jeito de falar do mais novo. Posso vê-los em você.

— Eles vão passar umas horas lá em casa amanhã, muito para a satisfação da mãe. Ela sente falta deles terrivelmente. — O seu reflexo distorcido nos tubos metálicos do banco da frente lembra-o da ocasião em que viu Jugnu curvado sobre um escaravelho: o seu rosto se refletia no dorso polido prateado do inseto.

— Eu queria ter vindo ao tribunal ontem também — diz Kiran.

Alguém manuseia um jornal no banco de trás, o que soa como um pavão dançando com a cauda aberta, estremecendo as penas.

No banco à frente de Kiran e Shamas, um garotinho de cerca de 8 ou 9 anos (a mesma idade que o filho de Suraya, com certeza) está conversando com um homem adulto, um tio ou pai; ele está comendo uma maçã, viajando bocado a bocado ao longo do equador da fruta, e sua conversa é obviamente uma queixa sobre a escola:

— Todo mundo fica batendo o dedão de lado quando quer mostrar a pessoa sentada perto, imitando o menino novo da turma... — Ele pára para dar outra mordida.

Menino novo na turma? O coração de Shamas começa a bater mais rápido, pois lhe ocorre que o novo garoto pode ser o filho de Suraya: será que ela conseguiu trazê-lo para a Inglaterra? Que escola o menino da maçã freqüenta?

— ... chamado James Hamby. Todo mundo acha ele tão legal...

O novo garoto obviamente não é filho de Suraya. Só por um instante, Shamas tinha feito uma imagem de si mesmo esperando fora da escola daquele menino para encontrar Suraya quando ela viesse pegá-lo. Seu coração dá marteladas dentro do peito — de agora em diante ele vai ver em toda parte um possível mapa que o leve até ela. Ele fica com medo de acabar vagando pela cidade, murmurando o nome dela.

Kiran diz:

— Eu sei como os últimos dias foram dolorosos para você. Quando eles começaram a morar juntos, houve rumores de que a família de Chanda logo os envenenaria. É claro, não aconteceu. Nossa vizinhança funciona à base de rumores.

— Kaukab, eu sei, às vezes culpa Jugnu e Chanda pelo que aconteceu. Eles tentaram dar as costas para o mundo, para os aborrecimentos do mundo, e acabaram apunhalados pelas costas.

— O que significa que até agora ninguém no planeta ganhou o direito de ser tão inocente?

Ela aquiesce com um gesto de cabeça, mas a atenção dele é atraída para o grupo de pessoas esperando para pegar o ônibus, logo ali, agora que eles estão se aproximando de um sinal: não, Suraya não está entre elas. Ele se volta para Kiran.

— Você conhece essa parelha punjabi?

Kuj Sheher de loke vi zalim san
Kuj mainon maran da shauk vi si

— É de Munir Niazi.

Kiran traduz em inglês:

— *Por um lado, era fácil provocar a cidade à volta. Por outro, eu estava curioso sobre modos de morrer.* Embora, é claro, tenha sido a curiosidade sobre maneiras de *viver* que levou Chanda e Jugnu à morte.

— O segundo verso devia ser: "Por outro lado, eu estava curioso sobre maneiras de viver." *Kuj mainon* jeen *da shauk vi si.* Eles não tinham um desejo de morte. Eles tinham desejo de *vida.*

— Jugnu, com uma venda de borboletas sobre os olhos — diz Kiran após um instante.

— Por que não foram cuidadosos? Até os animais sabem se afastar de perigos óbvios. Por todo o seu amor pelo mundo natural, Jugnu devia ter se lembrado que todos os animais se afastam do fogo.

— Todos, menos a mariposa.

O céu começa a ficar mais escuro. O anoitecer está em curso, plantando estandartes de melancolia ao aproximar-se.

Kiran diz:

— Você não deve ficar tão triste. Nesta vida, a gente tem a obrigação de encontrar um pouco de felicidade. Lembra que o irmão de Kaukab visitou a Inglaterra no ano passado?

Shamas olha para ela.

— Eu estive com ele — diz ela discretamente.

Shamas faz um aceno de cabeça: — Eu achei que você ia gostar de saber. — Ele sorri para ela: — Espero que Kaukab não tenha visto vocês dois juntos.

Shamas passa os olhos no jornal diante dele. Ele não consegue se lembrar da última vez que leu as notícias. *Uma garota palestina de 17 anos foi espancada até a morte por seu pai na Faixa de Gaza por ter perdido a virgindade... As autoridades bahamianas encontraram 56 haitianos e mais o corpo de um outro numa praia desabitada seis dias após o naufrágio da embarcação a vela em que viajavam, informou ontem a guarda costeira estadunidense. Os sobreviventes disseram que cerca de 130 pessoas estavam a bordo quando a embarcação de trinta pés partiu do Haiti para Miami dez dias atrás... Na Arábia Saudita, um garoto de 15 anos foi decapitado em público por ter mudado de religião, do Islã para o cristianismo...*

Shamas espera para ver se ela vai continuar a falar-lhe sobre o amante perdido. Havia uma expressão envergonhada em seu rosto quando ela o mencionou, quando mencionou a sua busca da felicidade. Talvez pensasse que as pessoas fossem julgá-la? O mundo não esfrega sal sobre as nossas feridas exatamente: ele nos recobriu de sal de modo que, sempre que acontece de nos machucarmos, é duplamente doloroso.

— Como está seu pai, Kiran? — diz ele para indicar que ela não precisa continuar com o assunto anterior, caso tenha começado a lamentar ter confiado nos minutos em que ficou distante. — Ele continua a terminar todas as frases com uma gargalhada, como se estivesse zombando da própria doença?

Kiran, contudo, quer retornar ao tópico anterior, e diz:

— Eu não estive com ele enquanto ele visitava a sua casa. Lembre-se de que ele saiu de Dasht-e-Tanhaii para ir para Londres, passar as duas últimas duas semanas na Inglaterra procurando velhos amigos na capital. Bem, um dia eu recebi uma carta dele — de Londres — dizendo que estava vindo para Dasht-e-Tanhaii só para me ver. A expressão em meu rosto alarmou meu pai. "O que havia naquela carta?", perguntou ele, tendo me visto lê-la pouco antes. "Alguém morreu?" Deu vontade de dizer que não, que alguém morto tinha vivido.

— Ele lhe escreveu e voltou para Dasht-e-Tanhaii? Eu não sabia disso. Sabia que ele deu o seu nome à filha dele?

— Não, não sabia. Mas ele me contou quando nos encontramos. Você sabia?

— Sabia, mas não quis mencionar para evitar magoá-la. Sinto muito.

— E lá estava ele, diante da porta um dia depois da carta. Toda a minha vida eu olhei para outros homens na esperança de captar um relance fugidio de um dos seus gestos, uma coloração de pele como a dele, um sorriso parecido com o dele. E agora havia em seus traços a tristeza acumulada das concessões, que vem para todos com a idade.

— Não creio que ele soubesse que você tinha ido para Karachi.

— Não. Eu lhe disse no ano passado. — Ela está sentada tesa, a espinha mantida a certa distância do encosto do assento. — Ele me trouxe o que chamava de "as cinco setas do Amor, o deus filho da mente": havia uma lótus vermelha, uma flor de *asoka* vermelho-escura, uma espuma verde-coral que era uma flor de mangueira, um jasmim amarelo e um lilás azul.

— Sim. A primavera é a época associada a romance, e eram cinco as flores da primavera subcontinental.

— Ele ficou num hotel e eu o visitei em vários lugares da cidade. — Ela olha para Shamas. — O que há de pensar de mim, Shamas? Uma velha mulher vivendo no passado.

— A maioria das pessoas vive no passado porque é mais fácil recordar do que pensar. A maioria de nós não sabe *como* pensar. Em vez disso, nos ensinaram *o que* pensar. E, não, eu não penso mal de você.

Ela não diz nada mais e olha para fora da janela, movendo o pescoço ocasionalmente para manter isso ou aquilo no campo de visão enquanto o ônibus se apressa pela estrada.

Dois dias atrás, Shamas pensou por um breve instante que tinha reconhecido a jaqueta de *paisleys* de Suraya na vitrine de uma loja de roupas de caridade — mas numa segunda olhada revelou-se que eram pegadas de outra pessoa, não dela.

O ônibus passa por uma loja de aparelhos eletrônicos que tem um cartaz dizendo que o negócio deles estava Ligado na Melhor Oferta. As fotografias dos imigrantes estão perdidas para sempre. Uma joalheria logo será inaugurada no local onde ficava o estúdio do fotógrafo: vazios, estojos de relógio de pulso e pequenas caixinhas de anel estão arrumados em fileiras ordenadas na vitrine, as tampas abertas: um teatro em miniatura de assentos de cetim e pelúcia. Deu para ver uma cadeira de relance no interior, para sentarem-se os clientes, o encosto alto de torneado ornado evocando a moldura de um espelho.

— Quando me deixou na Inglaterra há todos esses anos — conta Kiran —, ele me disse que estaria de volta em 25 dias. Quando nos reencontramos, ele disse que se fosse um homem religioso acreditaria que Deus tinha transformado aqueles 25 dias em 25 anos como punição por ele não ter dito "se Deus quiser" depois de mencionar seu retorno. Eu lhe disse que, no que me dizia respeito, ele não foi embora nem depois de ter ido.

— Eu nunca entendi por que você não se casou com outra pessoa.

— Houve outras possibilidades. Eu fiquei assustada com a solidão da velhice e os membros da comunidade sique tentaram me casar com outras pessoas. Algumas boas, outras não. Mas... — Ela faz um gesto de resignação com a mão. — Houve até um branco com quem eu freqüentei a escola e por quem fui terrivelmente apaixonada quando menina. Eu era a única asiática na minha escola e me perguntava por que ninguém jamais tinha *me* convidado para um encontro. Eu abordei esse rapaz para perguntar se ele sairia comigo e ele disse que não. E, quando eu lhe pedi para explicar, ele disse: "Bem, é que você é negra!" A palavra "paqui" só foi inventada nos anos 1970, senão ele a teria usado. Quando ele me disse isso, de repente eu compreendi: "É *óbvio*, eu sou uma negra." E, como eu o amava, não queria que ele fosse chamado de namorado de negra, e decidi ficar longe dele. Ele disse: "É uma pena que você seja negra, porque se fosse branca seria muito bonita." E então, alguns anos depois que saímos da escola, nos encontramos casualmente... mas nada sério aconteceu. Os amigos e conhecidos siques ainda tentam às vezes — por bem, eu acho —, mas hoje em dia a maior parte é viúvo ou imigrante ilegal.

Ele cisma quanto tempo o irmão de Kaukab tinha ficado com ela no ano passado e pergunta.

Ela faz silêncio e então fala:

— Ele ainda estava por aqui quando Chanda e Jugnu morreram, no final do verão.

— Vocês continuam a se corresponder?

Ela não responde.

Ele vê uma lágrima deslizar dos seus olhos e, chateado com a sua insensibilidade de ter feito tantas perguntas íntimas, diz:

— Me desculpe, eu sinto muitíssimo. — E isso depois de ela ter feito a grande gentileza de vir ao julgamento.

— Eu já estou chorando há um tempo: as lágrimas só me apanharam agora.

Ela não diz nada mais e Shamas desvia o olhar, para onde a chuva e os cristais de gelo tinham parado de cair, e uma lua diurna brilhava no céu invernal.

Kiran, agora composta, suspira e desenvolve o que tinha dito anteriormente:

— Eu estive com ele em cinco ocasiões em vários lugares de Dasht-e-Tanhaii, e uma sexta vez em minha casa. Esta foi a última vez. Eu não falei a meu pai da presença dele e — durante este sexto encontro, quando ele esteve lá em casa — eu também tentei esconder o fato de que ele estava lá. Ele veio tarde da noite e eu o levei para cima...

— Você não precisa me dizer isso, Kiran. Eu sei que deve ser doloroso.

— Você é muito gentil, mas por favor deixe-me falar. Eu estava com ele no segundo andar. Nós dávamos vazão a todas as nossas ânsias nesses momentos. Quando fizemos amor, foi como se estivéssemos tentando matar um ao outro. E então eu escutei passos subindo as escadas, mas era tarde demais...

— Seu pai conseguiu subir as escadas?

Kiran põe uma das mãos sobre o colo.

— Eu sei que o deixei pensar que vim ouvir o veredicto hoje como um gesto de amizade para com você.

— E não foi?

— Eu estava lá por causa do irmão de Chanda — Chotta. Eu pensei que você soubesse de nós dois. Nós tentamos manter nosso relacionamento em segredo, mas *algumas* pessoas da vizinhança descobriram. Eu sempre me perguntei se você não teria sido uma delas.

— E ele entrou enquanto vocês dois estavam...

— Eu tinha dado as chaves a Chotta. Ele nos viu e foi embora aos berros, arrancando e quebrando todos aqueles espelhos que pendurei na escadaria. Mil espelhos quebrados: ele deixou uma eternidade de má sorte em seu rastro. Toda a confusão acordou meu pai. Eu tive de contar tudo a ele. Inicialmente eu resisti, dizendo: "Não posso lhe dizer o que fiz." Ele, porém, insistiu: "Uma boa pessoa não pode fazer o que outros não possam saber." Sinto muito, Shamas.

— Você não precisa se desculpar, Kiran. Quem sou eu para negar-lhe o conforto de um companheiro?

Ela enterra a cabeça no ombro dele.

Ele lhe coloca uma mão sobre a cabeça.

— Você amava Chotta?

— Eu chorei por ele, o que é a mesma coisa, não é?

— Não sei.

— E eu *tenho* mesmo que me desculpar com você, talvez até pedir o seu perdão. Veja, isso aconteceu na noite em que acham que Chanda e Jugnu foram assassinados. Eu corri atrás dele depois que me vesti, mas não consegui encontrá-lo em lugar nenhum. Ele devia estar cheio de raiva. Não duvido por um momento sequer que contribui para o ódio que ele soltou para cima de Chanda e Jugnu. — Ela olha intensamente para Shamas e então desvia o olhar. — Por favor, diga alguma coisa.

Um pássaro está pousado numa árvore despida do lado de fora, como se estivesse esperando que ela botasse folhas e flores.

Kiran está dizendo:

— Ele se recusou a me ver nas semanas seguintes. Eu parava nas ruas ao vê-lo, mas ele dava a volta ou sumia nalguma travessa. Uma vez eu o alcancei, tentei melhorar seu humor com uma dúzia de lisonjas e adulações, mas ele disse que as mulheres eram veneno revestido de néctar, eram sopros de poeira colorida, borboletas dançantes, e me empurrou.

— Quando você começou a vê-lo?

— Acho que foi mais ou menos na mesma época em que Chanda e Jugnu começaram a se encontrar.

— E também *acabou* na noite em que a história deles acabou.

— O fato de eles estarem felizes enquanto *ele* tinha acabado de ser traído deve tê-lo feito ficar ressentido com eles, talvez.

A luz do dia tinha desvanecido inteiramente agora; a estrada tornara-se um rio de faróis de automóveis indo para casa. O ônibus passa pelo armazém de tapetes Ali Baba. Peixes de plástico estão dependurados pela boca num fio arqueado acima da loja de equipamentos de pesca, parecendo um varal de pequenas sereias.

Chanda e Jugnu estão lá fora, num lugar qualquer.

E Suraya.

Será que retornou ao Paquistão? Porém: uma mulher descasada com um filho no ventre — ela seria presa por pecado de fornicação. Não, não, ela ainda está na Inglaterra.

Talvez ela tenha feito um aborto para poder voltar: o marido estava quase se casando com outra mulher. Então ela fez tudo o que podia para estar no Paquistão para romper e impedir o casamento...?

Ele tentou obter informações de Kaukab sobre "Perveen", mas aparentemente elas não estiveram mais em contato desde aquela primeira vez.

— Certamente outras mulheres do bairro estiveram com ela — disse ela com pesar. — Contando mentiras a meu respeito, fazendo ela ficar contra mim. E, entre minha própria doença e os seus ferimentos, eu não tive tempo de dar um pulo na rua dela.

Kiran pergunta:

— Quer saber como começou? — e continua sem esperar a resposta dele: — Eu ouvi uma batida — muito leve — na minha porta uma noite. Eram por volta das dez. Eu abri a porta e ele me perguntou se podia entrar. Eu o reconheci da loja, e, apesar de ter ficado um tanto surpresa pelo fato de ele pedir para entrar, conduzi-o até a cozinha. Ele disse que queria conversar, mas ficou olhando ostensivamente enquanto eu preparava o chá, e foi só depois de um tempo que eu percebi que ele estava embriagado. E deve ter sido logo depois disso que ele se levantou, os olhos ainda cravados em mim. Nós dois sabíamos o que ele queria fazer, mas por muitos minutos nenhum fez qualquer movimento. As coisas se recusaram a entrar em ebulição. De sua cama, meu pai perguntou quem era na porta, e eu disse que ninguém. Foi o sinal para ele. Tinha sido o medo de que eu gritasse se ele se aproximasse que o impediu de tomar uma iniciativa, mas agora ela sabia que eu não gritaria. Então ele avançou. — Sem olhar para Shamas, ela diz: — Eu não resisti.

— Acho que compreendo por que você não foi à polícia para prestar informações nem veio falar comigo.

— Foi porque as pessoas iam me xingar.

— Eu não.

— Depois do desaparecimento de Chanda e Jugnu houve rumores do envolvimento da família de Chanda. Chotta se recusou a falar comigo ou a ver-me depois daquela noite terrível, mas, várias semanas depois, um dia ele apareceu e confessou os crimes. Nunca mais eu o vi. Eu sinto tanto, muito.

— Você está dizendo que podia ter ajudado a dar um ponto final nesse assunto antes?

— Não, não. Ele me contou tudo só *depois* que os policiais da Inglaterra tinham colhido o testemunho do pessoal de Dasht-e-Tanhaii. Sinto muito.

— Não sei o que dizer. Você fez o que tinha de fazer para salvar seu nome, Kiran. Até *ele* tentou preservar o seu bom nome: o que aconteceu com vocês naquela noite não foi mencionado em nenhum dos testemunhos — que tinha relação com o ódio que ele descarregou em Chanda e Jugnu. Ele não contou isso a ninguém.

O ônibus está parando no ponto deles. Ambos descem a escada e o frio do inverno lhes atinge no rosto quando saem. A cada dia depois do julgamento, Shamas ia para casa contar a Kaukab os detalhes do que tinha acontecido no tribunal. Baseados nos conhecimentos que ele adquiria no tribunal, eles montavam a seqüência de acontecimentos que levava aos assassinatos de Chanda e Jugnu, acrescentando novos detalhes a cada vez que ele voltava das audiências, fazendo progredir a narrativa das últimas horas do casal a cada dia. Mas ele teria de manter segredo do que Kiran tinha acabado de lhe contar.

Ele e Kiran ficaram juntos por um instante antes de tomarem os seus caminhos separados.

— Sabe o que ele estava fazendo, bêbado, batendo na porta às dez horas da noite naquele dia?

Shamas olha para o céu, onde a lua está da cor de uma casca de alho, com uma cinta azul de céu da manhã à volta.

— Ele se enganou, confundiu a minha casa com a da prostitua na porta ao lado e, quando eu abri a porta, ele decidiu tentar a sorte comigo.

— Este ano, dezembro está mais severo do que no ano passado.

— Bem, nós ficamos mais velhos e mais fracos a cada ano, não se esqueça. — Ela sorri, Shamas retribui o sorriso e diz para ela andar com cuidado ao voltar nas estradas escorregadias da chuva.

Depois que uma frase acabou de ser escrita, um sentimento de coisa inacabada força a ponta da caneta a voltar ao lugar onde ainda falta pôr um pingo no "i", o traço do "t"; e durante uma distração a mente sabe vagamente que nalgum lugar do cômodo há uma maçã que ainda não foi comida até o caroço, uma xícara de chá com dois goles sobrando; e assim agora, agora que a conversa com Kiran acabou, ele tem consciência de uma insatisfação semelhante dentro de si. Ele a localiza: quis lhe perguntar se o irmão de Chanda tinha alguma vez discutido com ela o assunto de Chanda e Jugnu terem decidido morar juntos. Ele e Kiran eram amantes: o assunto teria sido evocado. Como via ele os seus próprios encontros ilícitos com Kiran, sim, *pecaminosos*, e condenava Chanda e Jugnu pela mesmíssima coisa?

Enquanto a olha desaparecer na distância, ele se pergunta se ela disse a verdade: se pergunta se ela não sabia de detalhes do assassinato muitas semanas ou mesmo meses antes de a polícia britânica tomar as rédeas dos acontecimentos em Dasht-e-Tanhaii. Ela apenas não disse nada porque estava com medo do que as pessoas iam pensar dela.

E agorinha mesmo no ônibus, não há dúvida de que, com sua culpa, ela não foi capaz de encará-lo e mentiu quanto a isso.

Nada é acidente· é sempre *culpa* de alguém; talvez — mas ninguém nos ensina como viver com os nossos erros. Todos estão isolados, sós com sua angústia e sua culpa; e também, explorar profundamente uma questão pode significar que as pessoas não sejam mais capazes de encarar uma a outra na manhã seguinte.

E ele não tem certeza se jamais será capaz de confrontá-la ou forçá-la a admitir a verdade.

Eles estão presos aqui na mesma armadilha — trancados juntos em confinamento solitário — e não há livramento.

De quantas mãos necessito para declarar meu amor por você?

— Eu começo esta atividade com o nome de Alá — sussurra Kaukab em árabe. A manhã vai pela metade e ela começou a preparar o refeição do anoitecer: esta casa — tão cheia de desaparecimentos por tanto tempo — receberá pessoas esta noite. Ela imagina se não esteve sorrindo durante o sono na noite anterior — as horas claras do dia ainda entorpecidas pelo veredicto de ontem.

Pegas, chilreando e cacarejando asperamente, voando em disparada para dentro e para fora da sebe, suas marcas características lembrando o panda, as caudas espetadas para cima como colheres num copo.

De uma sacola de plástico ela tira os *karelas*: melões-de-são-caetano de 15 centímetros de comprimento, pontudos em ambas as extremidades, as cascas cobertas de rijas ondulações senoidais verdes, como dorsos de crocodilo a despontar na superfície de um pântano. Ela conta os melões e eles são dez. Um número suficiente: um para cada um dos seis adultos e um para o pequeno netinho, caso ele queira experimentar. E ainda restam três para evitar embaraços e decepções, caso alguém queira uma segunda porção. Ela começa preparando um melão-de-são-caetano de cada vez. Sentindo gotas de umidade estourar no seu rosto como punhados de chuva jogados pelo vento, ela raspa os rijos espinhaços colocando-os na sacola desenfunada; então introduz cuidadosamente um longo corte na casca fazendo correr a ponta da faca de alto a baixo do melão. Dentro, as sementes são grandes, quadradas e escarlates, engastadas na polpa branca sugestiva de flanela de algodão. Seu polegar goivando o fruto delicadamente, ela remove as sementes para o melão ficar vazio. Cada bolsa cor de limão será preenchida mais tarde com recheio de carne picada com frutos secos e especiarias, enrolada bem apertada com um metro de linha para evitar qualquer derramamento e depois cozida até as cascas ficarem macias e o recheio finalmente pronto. Ela põe as cascas numa tigela e asperge sal sobre elas para tirar o amargor.

Uma pequena dança de braços levantados e abaixados sempre acompanha este prato: uma das pontas da linha tem de ser localizada e puxada, o vegetal girando como um carretel de pipa. Kaukab nunca costurou as aberturas com uma agulha, como fazem algumas mulheres: ela sabe que alguns metais podem ser venenosos e não quer arriscar.

A anfitriã perfeita, ela faz uma anotação mental para pôr um pratinho na mesa de jantar logo antes de a refeição começar, para receber as linhas oleosas.

Numa panela larga do tamanho de uma pegada de elefante (como Jugnu se referia a ela), Kaukab deixa de molho uma porção de arroz *basmati*. *Bas* — odor; *mati* — terra. Ela lava o amido dos grãos esfregando-os suavemente até a água não ficar mais leitosa e o arroz parecer pequenas pedras ao fundo de um claro riacho alimentado pela chuva.

A voz de Nusrat Fateh Ali Khan, cantando louvores a Alá, enche a atmosfera, proveniente do gravador em cima da geladeira. Nusrat faleceu, deixando para trás as suas canções, assim como morre o caracol e resta a sua concha.

As três fitas cassete, importadas do Paquistão, custaram cinco libras na loja dos pais de Chanda dois anos antes: essas vinte e tantas canções teriam custado 45 libras nas lojas de música dos brancos no centro da cidade, Nusrat sendo também famoso entre eles atualmente. Kaukab tinha estremecido com o preço quando lhe contaram: a pródiga refeição desta noite — melões-de-são-caetano recheados, galinha assada, caril de carneiro com batatas, arroz *pilau* (caso alguém não queira comer *chappatis*), *chappatis* (caso alguém não queira de comer arroz *pilau*), *shami kebabs*, caril de couve-flor com ervilhas, salada de frutas, cabelo-de-anjo doce com folhas de ouro comestível, tudo condimentado e aromatizado com os mais finos e frescos temperos — só vai custar um pouco mais de 39 libras. Alimentará seis pessoas e um criança esta noite e as sobras serão consumidas por Kaukab e Shamas ao longo dos próximos dois dias.

Diz-se que o Islã proíbe a música, lembra-se Kaukab enquanto marina os peitos de frango com iogurte natural com mel de plantas silvestres australianas e o suco de dois limões, purê de cebola, gengibre e alho espremidos, mas ela sempre recordou que quando o santo Profeta Maomé, que a paz esteja com ele, migrou para Medina, as moças de lá o acolheram tocando tambores *duff* e cantando *Tala'al-Badru 'alayna*, que em árabe quer dizer *A branca lua se levantou sobre nós*.

Do armário debaixo da pia, com sua luz escura de chão de floresta (Jugnu mais uma vez), ela pega um pacote de tâmaras árabes secas que tinha escondido lá: escondido de si mesma, pois as tâmaras são uma fraqueza sua. Ela se firma na bancada da pia ao endireitar-se — abaixar-se resultara numa pontada de dor no seu baixo-ventre.

Ela abre cada tâmara para verificar se não há ovos de insetos no interior, tira o caroço e então lava a carne antes de jogá-la numa tigela de água quente. Quando joga fora qualquer fruta perfurada por insetos, ela sempre se lembra que, quando mocinha, brincava com suas amigas dizendo que elas não deviam jogar fora frutas da terra santa da Arábia só por causa de uma impureza menor, que deviam recordar-se da história do homem paquistanês que foi à Arábia Saudita em peregrinação e, febrilmente encantado de estar na terra santa, começou a beijar as palavras escritas nas paredes ao longo do caminho: o árabe era para ele a língua em que estava escrito o Alcorão — ele não sabia que também era uma língua do dia-a-dia — e o que ele tomara por versos do Alcorão era na verdade uma propaganda de creme depilatório. Kaukab suspira ao lembrar-se da sua mocidade, e só então fica perturbada à compreensão de que acabou de pensar uma coisa irreverente, se não ofensiva para Alá.

Ela balança a cabeça.

Os muçulmanos devem ficar alertas quanto a tais pensamentos: Satanás, o Pai das Aflições, está pronto a urinar na sua mente através dos ouvidos no momento em que sentir que você baixou a guarda!

Para afastar o Maldito, ela remexe aspectos sagrados do Alcorão em sua mente: o texto é composto de 114 capítulos, 70 dos quais são dedicados à Meca e 44 à Medina. É separado em 621 divisões, chamadas décadas, e em 6.236 versos. Ele contém 79.439 palavras e 323.670 letras, a cada uma das quais se ligam 10 virtudes especiais. Os nomes dos 25 profetas são mencionados: Adão, Noé, Ismael, Isaac, Abraão, Jacó, José, Eliseu, Jonas, Ló, Selá, Éber, Jetro, David, Salomão, Ezequiel, Enoque, Elias, João Batista, Zacarias, Jó, Moisés, Aarão, Jesus e Maomé, que a oração e a paz esteja com todos eles, especialmente Maomé. Não há borboletas no Alcorão, mas são mencionados nove outros pássaros ou criaturas aladas: o mosquito, a abelha, a mosca, o corvo, o gafanhoto, o pássaro de Jesus, isto é, o morcego, a formiga, o bulbul...

Limpas e descaroçadas, as tâmaras serão cozidas em leite coalhado, ao que serão acrescentados cabelos-de-anjo — brilhosos como as madeixas douradas de uma princesa de contos de fada. Com o descascador de batatas, ela fatia uma pilha de finos crescentes cerosos de coco dessecado, a juntar-se aos melosos cabelos-de-anjo com essência de rosas, nozes de pistache de casca rosácea (as tâmaras restauradas em sua polpuda plenitude pela água fervente). Um quadrado de folha de ouro é resguardado de danos entre dois retângulos de papelão: a ser aplicado por cima da sobremesa preparada. A folha de ouro palpita, advertida da mais ligeira corrente de ar, quando Kaukab levanta o canto do retângulo de papel para dar uma olhada. É quase como se houvesse uma coisa não totalmente morta entre as páginas de um livro, uma mariposa presa, brilhante.

A comida que ela está fazendo é mais que bastante para seis pessoas, mas, quem sabe, talvez Alá tenha escrito no Livro dos Destinos que Jugnu e Chanda — ilesos e saudáveis — vão juntar-se à família bem na hora que ela estiver sentando para comer; e neste caso não haverá sobras para amanhã ou depois.

Ela abre a porta da frente para jogar os caroços de tâmara nos canteiros de rosa. Eles germinarão no ano que vem. Palmeiras altas a tocar no céu, os filhos e filhas das árvores que crescem por lá, no sagrado solo árabe. Mas ela tem de fechar a porta imediatamente, pois a mulher sique, Kiran, vem descendo a encosta com bordos, entre a igreja e a mesquita.

Ela atravessa a cozinha e joga os caroços de tâmara nos canteiros do quintal. Os plátanos e pilriteiros na encosta atrás da casa estão sem folhas. Ela lembra como, na primavera, a profusão coagulada das flores em cinco pétalas dos pilriteiros pesava nos galhos como a neve. Os ramos balançantes do comprimento de um braço se sobrepunham como plumas sobre o corpo de um pássaro. E pensando nas flores brancas do pilriteiro, ela observa que seu aroma não é tão diferente de um sabonete de beleza paquistanês que, segundo as propagandas, era *a escolha de nove entre dez estrelas de cinema*. A atmosfera cheira a madeira recém-cortada e o sol é um buraco branco no céu.

Há então uma batida na porta — e ela fica paralisada, certa de que é Kiran. O que ela quer? A batida soa outra vez e ela abre a porta para encontrar

Ujala.

— Oh, minha vida!

Um pedaço seu tinha sido arrancado quando ele se afastou dela, quando se afastou desta casa, e com o Ganges fluindo de um dos olhos e o Indo do outro ela o envolve com seus braços, abrindo as mãos o mais possível para tocar o mais possível das costas dele. Quando ela o solta, ele não diz nada; só dá um pequeno meneio, para tirar seus longos cabelos de cima dos seus belos olhos de antílope, daquele jeito tão característico seu e aparentemente arrogante. Ela o traz para dentro e quer tomar o rosto dele em suas mãos, beijá-lo mais e mais. Embriague-se, meu coração. Enlouqueçam, meus olhos. Mas então ela se lembra do que uma mulher lhe disse uma vez sobre as últimas teorias ocidentais quanto ao vínculo entre a mãe e o filho:

— Eles dizem que toda mãe secretamente quer ir para a cama com seus filhos. Um bando de gente de terno e gravata estava falando disso na televisão. — Kaukab sentiu repulsa, a mente rodando repugnada à idéia: esse tipo de coisa era dita por mascates e vendedoras de peixe vulgares no Paquistão, mas aqui na *educada* Inglaterra as pessoas dizem isso *na televisão.* Falar desse jeito do amor de uma mãe! Essa civilização imoral e decadente aplicava-se em conspurcar tudo quanto era puro e transcendental na existência humana! A primeira coisa que as mães fazem de manhã é verificar se o pênis do seu bebê está duro, é verdade, mas isso nada mais é do que uma preocupação materna com a criança, ver se tudo está em ordem, desenvolvendo-se satisfatoriamente; e mães também começavam a procurar na surdina por sinais de poluções noturnas na roupa de cama e nos pijamas quando os filhos chegavam aos 13 ou por aí, porém, mais uma vez, tampouco isso era diferente do olho que a mãe mantinha sobre o desenvolvimento das suas filhas mulheres.

Ela se afasta de Ujala, que ainda não falou nada.

Oito anos!

— Você parece... — começa ela, mas pára para enxugar as lágrimas com seu véu.

— Como estou?

Como um sonho acordado, é o que ela quer dizer.

— Eu sabia que você viria, mas não sabia quando. Eu disse a mim mesmo que devia apressar-se e vir aqui de uma vez. — Ela queria usar a expressão inglesa "quanto mais cedo, melhor", mas se pergunta se não é "quanto melhor, mais cedo"; ela decide não correr o risco de parecer tola aos seus olhos. É com essas pequeninas coisas que se mantém uma aparência de dignidade, que uma vida vivível é construída. Ela dá um passo à frente e toma o garoto em seus braços outra vez, mas ele tenta soltar-se apenas uns segundinhos depois, a cabeça um pouco virada em desconforto. Ela o solta, o ruído em sua cabeça mais alto do que telhado de zinco na monção — pensamentos, temores e palavras surgindo e estourando como bolhas.

A pesada pedra do silêncio está de volta nos lábios do rapaz quando ele pega uma cadeira.

— Você vai tomar café-da-manhã? Não? Chá? Estou fazendo cabelos-de-anjo para você. Quando você era pequeno, chamava de "cabelo de princesa". — Ela tem medo de que ele seja rude com ela, lhe diga para parar de escavar o túmulo do tempo que passou, que essa época está morta. Mas ele lhe sorri polidamente, os olhos assombrados, sua expressão sem cor. Uma noite quando estava grávida dele, ela teve um sonho de que havia um arco-íris no seu útero. O que terá roubado as cores dele?

— Como foi que você chegou aqui? — pergunta ela.

Ele está silencioso como se sua língua se tivesse fundido com o céu da sua boca.

— Uma mulher na rua me disse ontem que pensava tê-lo visto no centro da cidade — diz ela. — Era você?

Ele respira fundo e dá de ombros.

— Eu disse que ela devia estar enganada, que confundiu outra pessoa com você, alguém comum que a fez lembrar-se de *mim*. Eu disse a ela: "Era um rapaz bonito? Não se guie por *minha* aparência, irmã-*ji*. Meus filhos são muito, muito bonitos." — Ela espera que Ujala a deixe olhar para ele até seu coração ficar satisfeito. Quanto tempo ela esperou pela volta dele, todos esses longos anos, seus olhos pintados com a sombra da esperança, uma lantejoula brilhante de esperança costurada em seu véu pardo. Seu rosto, outrora redondo e saudável, parece magro e cansado: a lua cheia tornou-se o crescente.

— Aonde você vai? — diz ela em pânico quando Ujala faz que vai levantar. — Você acaba de chegar. Não pode ir embora. Eu não vou deixar você...

Um tremor lhe percorre o corpo ao ouvir a voz dele, o fantasma de um reflexo das vezes em que ela telefonou para a sua secretária eletrônica, temerosa de que ele pudesse atender.

— Não estou indo embora. Eu gostaria de subir e dormir um pouco. Estou acordado desde antes do amanhecer.

— Eu vou com você para pegar um cobertor extra. A gente não tem aquecimento central e os cômodos são frios, especialmente no andar de cima. A cozinha fica quentinha.

Ela sobe os degraus antes dele — um dor inflamada brotando entre as pernas por causa da velocidade da ascensão. Lá em cima, ela pega um dos seus cobertores novos na sacola de náilon com fecho ecler no armário.

— É quente como julho — sorri ela ao entregar-lhe o cobertor.

— Você não foi ao julgamento — diz ele abruptamente. — Eles queimaram partes dos corpos. Agora nós sabemos com certeza.

— Eu não fui — diz Kaukab. — Não. — O cheiro de bolas de naftalina escapa do armário — uma proteção contra as mariposas de Jugnu. Apontando para o jarro cheio de moedas de um centavo no canto, Kaukab diz ao rapaz, como se distraísse uma criança: — É seu. Você se lembra?

— Eu lembro. Você reconhece o jarro? — ele se aproxima e toca com suas mãos. E, sem esperar a resposta, prossegue para explicar: — Era um de um par. Jugnu teceu fios de cobre em volta do outro e depois quebrou o vidro com um martelo para fazer uma gaiola e prender a mariposa Grande Pavão fêmea. Ela tinha eclodido antes dos machos, e ficou pendurada nessa gaiola, enviando os sinais químicos. — Kaukab o observa enquanto ele fala como se estivesse em transe. — Os machos eclodiram e seguiram o cheiro dela, voando através do sótão e descendo para o quarto dele, onde a gaiola estava.

— Foi a primeira noite dele na casa ao lado.

— Ele acordou de manhã e os encontrou agrupados em volta dela, a gaiola completamente coberta de veludo vibrante. A Noite das Grande Pavão — sussurra ele, e então diz em sua voz normal: — Uma vez você me disse que lá em Sohni Dharti um homem tinha cometido suicídio fervendo uns poucos punhados de moedas na água por um longo tempo e depois bebido.

Ela concorda com a cabeça.

— O metal fervente fez a água ficar venenosa, é verdade.

Ele desafivela o seu cinto e desabotoa os dois botões de cima dos seus *jeans* para entrar na cama.

Kaukab se vira para sair do quarto.

— Que história terrível para se lembrar. — Ela quer examinar o rosto dele, para entender por que ele tinha feito aquele comentário sobre o suicídio, mas o ouve tirar as calças, o deslizar do tecido contra a pele, e portanto não pode olhar para ele. — Tem certeza de que vai se sentir confortável neste quarto? A cozinha fica bem embaixo e eu vou ficar cozinhando o dia todo: o cheiro dos temperos vai subir direto por entre as tábuas do assoalho e o tapete.

— Feche a porta quando sair.

No andar térreo, ela deixa escapar um som interior — eco, e depois eco do eco —, um grito na floresta da velhice, da solidão. Ele está fora de alcance, sem dúvida responsabilizando-a pelo desaparecimento de Chanda e Jugnu. Ela sente aversão nele, a parede de ódio um cujas fundações jazem os corpos esquartejados sangrentos dos dois amantes. Ela pensou que ele estaria mais feliz do que está. Ela pensou que ele ia perguntar: *Sentiu minha falta?* E que ela responderia: *Não mais do que sentiria falta dos meus olhos.* Eles não se viram por oito anos e meio; há portanto um total de 16 anos de vida a recuperar, mas ele mal disse uma palavra. Mah-Jabin e Charag mandaram as fotografias que tinham dele durante a ausência, mas pararam quando ele descobriu e ameaçou romper com eles também.

Ela levou décadas para reconstruir a felicidade que tinha perdido quando se mudou para a Inglaterra: ela a construiu em torno dos seus filhos e, sim, em torno de Jugnu, mas nunca compreendeu o quanto eram frouxos os liames da coisa, o quão facilmente se romperiam.

Ela respira fundo contra uma onda de lágrimas e se senta por alguns minutos antes de levantar-se com cuidado. Há muito a fazer. Ela descascara as batatas na noite anterior e pusera na água para não enferrujar, e a base para o arroz *pilau* também tinha sido feita na noite passada: é só esquentar meia hora antes de sentarem-se à mesa de jantar e servir. Uma mulher analfabeta passou ontem e pediu se ela podia ler uma carta do seu irmão no Paquistão, e ela e Kaukab tinham passado a tarde cortando todas as cebolas que seriam necessárias hoje.

E dúzias de dentes de alho tinham sido descascados, como se por si mesmos, quando a casamenteira deu uma passada e as duas conversaram enquanto trabalhavam, os assuntos em discussão variando de receitas a *djinns*, dos novos tecidos disponíveis nas lojas de roupas a todos os casamentos bem-sucedidos que a casamenteira tinha arranjado naquele ano, o mais recente sendo o de uma mulher chamada Suraya, de cuja beleza ela nunca se cansava de falar.

Depois das orações do amanhecer hoje, Kaukab sentou-se com uma cesta e extraiu as ervilhas das vagens com a habilidade de um batedor de carteira.

O recheio para os *shami kebabs* foi fervido com grão-de-bico partido, pedaços de canela e outros condimentos, dois dias atrás, socado num grande almofariz de pedra negra com pilão de madeira até ficar com textura de areia molhada e sair entre os dedos em ondas esculpidas quando espremido na mão. Com pancadinhas leves, a massa foi moldada em pequenos discos: estão na geladeira agora e tudo o que falta é molhá-los em ovo e fritá-los em bem pouco óleo de girassol antes de comer. O revestimento de ovo vedaria o recheio de carne picada com frutos secos e especiarias na omelete mais fininha que se possa imaginar. Para a salada de frutas, ela recrutaria uma das outras visitas quando chegassem: as frutas — maçãs, romãs (o ultimíssimo lote do ano), peras, uvas e pêssegos, que parecem maçãs feitas de camurça cor-de-rosa — devem permanecer frescas e crocantes. Há molho de coentro e hortelã a socar no pequeno almofariz de mármore, do tamanho de um ninho de pombo-verde — oh, Jugnu! Oh, meu Jugnu — que ela ganhara de presente de uma mulher que estava voltando do Paquistão cinco anos atrás.

Ela pega o casaco que Ujala deixou na cozinha e leva para a sala de estar cor-de-rosa. O odor de comida não deve pegar nas roupas. Os brancos dizem que os asiáticos "têm mau cheiro", mas até que eles têm razão: os casacos são pendurados nas cozinhas e os aromas penetrantes dos condimentos pegam neles. Os asiáticos que saíram dos subúrbios também chamam os asiáticos de "malcheirosos" e "fedorentos". Algumas mulheres dessa vizinhança são de povoados onde é prática comum colocar manteiga no cabelo: o cheiro é freqüentemente rançoso. Kaukab sempre cuida para que o casaco de Shamas e o dela nunca fiquem na cozinha.

O exaustor está funcionando há mais de uma hora e vai continuar ligado a tarde inteira.

Ela se pergunta se deve telefonar para Shamas no escritório e avisar que Ujala chegou. Mas ela continua um pouco apreensiva com o telefone por causa de dois dias atrás, quando discou o número errado e ouviu: "Largue esse telefone e volte logo para o seu país, sua cadela paqui." Ela gosta quando Shamas não dirige: acidentes acontecem, e nunca sabemos que tipo de gente está no carro em que você pode encostar, ou ofender por sua maneira de dirigir, que tipo de palavrão ele ou ela escolheria para chamar você em público.

Ela pega no chão a luva que tinha caído do bolso do casaco de Ujala e põe sobre o casaco na porta ao lado. A lã é verde-brilhante, vermelho-vivo e de um amarelo-escuro que lembra óleo de linhaça. Cores primárias de crianças. No inverno, há pequeninas meias-luvas e luvas em toda parte no centro da cidade, solitárias e perdidas, juntamente com cachecóis caídos e gorros de pompom extraviados. É quase como se houvesse uma conspiração das crianças pequenas para restituir as cores, agora que as cestas suspensas contendo as flores do ano foram retiradas, os suportes de ferro forjado fixos nos postes de luz restando vazios até o verão seguinte.

Ela desligara o gravador quando Ujala chegou, mas agora o liga de novo: de modo a não perturbá-lo, o volume bem baixinho, como a fragrância discreta de um vidro de perfume há muito vazio. Ela corta a couve-flor em flósculos, e ao lavá-los numa bacia a mão dela se torna uma estrela-do-mar, os flósculos entre os quais se move fazendo vezes de recifes de coral. Começar os carris de carneiro com batatas e de couve-flor com ervilhas e misturar a massa dos *chappatis* a ocupam até à uma da tarde. O açafrão-da-índia tingiu a ponta dos seus dedos de dourado, como se fosse a poeira amarela das flores de lótus. Limpa a mesa até ela ficar tão úmida e limpa quanto um olho. É hora da oração do meio-dia, mas antes de ela subir na ponta dos pés e, pedindo a si mesma para ser corajosa, entra no quarto onde Ujala está dormindo e retira o jarro de moedas. Ela o esconde debaixo da pia, o comentário de Ujala sobre suicídio voando na sua cabeça como a bilha prateada fica zanzando na máquina de fliperama. Ela tinha ouvido nalgum lugar que um imperador japonês se suicidara inalando folhas de ouro, e por isso ela se pergunta se alguém podia usar folhas de ouro comestíveis para propósitos semelhantes. Tendo feito as suas abluções, ela diz as suas orações no tapete de oração de veludo, curvando-se e endireitando-se com imensa dor, e depois ela abre a porta da frente para ver se há alguém fora da igreja — para pedir que vejam se há bolo Cantos de Salomão para vender: ele tem todos os temperos mencionados no poema cristão e sempre foi um favorito de Ujala, desde que ele o provou numa feira da escola. Ela não tem tempo de olhar na direção da igreja porque encontra Mah-Jabin sentada no degrau da porta, um fardo de açucenas-brancas — embrulhadas num cone de papel vermelho — seguro contra o peito como uma criança.

— Eu toquei a campainha — diz Mah-Jabin ao levantar-se.

— Eu estava fazendo as minhas orações. Não escutei absolutamente nada.

— Espero não ter incomodado. Eu também bati — diz a moça desculpando-se, colocando as açucenas sobre a mesa.

— Eu devaneei duas vezes durante a oração. Não há nada que mais atormente Satanás do que a visão de uma pessoa rezando com fé. Ele conseguiu me distrair duas vezes hoje. Eu comecei a pensar que tipo de folha de ouro os japoneses têm.

Mah-Jabin sorri.

— Vai ter cabelos-de-anjo de sobremesa?

— Eu estava perguntando agorinha mesmo a Ujala se ele se lembrava de que os chamava de "cabelos de princesa".

Desembrulhando os lírios, Mah-Jabin olha para Kaukab.

— Ele saiu antes de o restante de nós levantar. Quando chegou?

— Por volta das dez. Mah-Jabin, ele parece tão magro.

Ujala é tão saudável quanto um jogador de futebol, quanto um dançarino de balé, mas Mah-Jabin não quer contradizer Kaukab tão precocemente. Ela entra na sala de estar e pega um vaso. As tulipas cor-de-rosa ficaram violetas quando secaram ao morrer, uma pétala aqui e ali a inclinar-se para fora do cálice das outras, como um inseto em repouso que não conseguiu pôr as asas em perfeita ordem agitando-as depois de pousar.

Depois dos lírios, Mah-Jabin vai ao andar de cima, ao banheiro (onde há todos aqueles anos ela sentara-se com uma agulha de tricô, sem saber como fazer). Ela tira o lenço de seda e o pendura num gancho. A seda fora comprada numa loja de tecidos asiáticos, só 60 centímetros mais ou menos, onde uma vez ela a comprara a metros para fazer um *shalwar-kameez*. Ela sorri toda vez que suas amigas estudantes de moda ficam nervosas por terem que desfazer uns poucos centímetros de costura que estivesse errada. Ao crescer, ela vira sua mãe — e outras mulheres do bairro — desfazer costuras, costurá-las outra vez, cortar e recortar mangas, decotes e bainhas às dúzias. Kaukab, que nunca comprou nenhuma blusa ou calças ocidentais e nunca pagou uma costureira para lhe fazer um *shalwar-kameez*, uma vez afirmou que tinha feito mais de 500 quilômetros de costura ao longo da sua vida.

Ela fica imóvel. A tensão dos dias anteriores e a defasagem criada pelo fato de as suas rotinas terem sido quebradas aqui em Dasht-e-Tanhaii se combinaram para produzir uma espécie de delírio: ela perde e recupera o foco ao ritmo de uma febre leve, aqui subitamente consciente do seu peso sobre o chão, ali incerta da realidade das coisas. E agora, lembrando-se de algo, ela abre o estreito armário angular no canto que abriga o *boiler*, envolvido em acolchoados isolantes de náilon prateado brilhante. "Olá, homem do espaço." Foi lá que ela havia jogado a carta do seu marido — não lida e amassada — durante a visita na primavera passada. O homem do espaço devia levá-la em seu foguete: lixo tóxico a ser descartado nalgum buraco negro bem distante. Mas ela ainda está lá, e bem no momento em que a toca, por curiosidade, e começa a puxá-la, ela escuta a voz de Ujala. Ela solta imediatamente o papel amassado e fecha o compartimento. Ujala entra no banheiro bem na hora em que ela está se virando. Ele está sorrindo e, seus braços estendidos para ela, se aproxima e começa a tatear procurando o fecho do colar venezuelano que ela está usando. Uma fieira de sementes, ele o trouxera para ela há dois dias.

"Tenho de devolvê-lo à loja. As sementes são venenosas, parece. Há um aviso na vitrine da loja pedindo aos clientes para devolver e receber o dinheiro de volta, e eles também puseram anúncios nos jornais."

"Sério?" Mah-Jabin não consegue deixar de rir ao tirar o colar do pescoço cheia de pressa. Ele se enrosca nos seus cabelos e Ujala tenta soltar mas só faz piorar tudo. Ele parece ansioso por alguns instantes, como se nunca fossem conseguir se livrar das sementes em volta do pescoço dela dos dedos dele. Ela o acalma e eles caem um sobre o outro, rindo e rolando como gatinhos, a momentos uma bola de lã entre eles.

Pouco antes de ela deixar a Inglaterra para casar-se e instalar-se no Paquistão, Ujala veio para casa no meio da noite, entrando de fininho pouco depois de Shamas e Kaukab irem para a cama. Ele tinha doze anos e claramente estivera experimentando álcool nas colinas ou perto do lago. Mah-Jabin levou-o para a cama dele, sem fazer barulho, pois não queria acordar os pais. O cheiro de cerveja na boca de Ujala a revoltara. Ele chorou abraçado a ela, pedindo para não ir para o Paquistão e deixá-lo sozinho aqui; ele disse que Charag era um cu-de-ferro de merda, mas que ela era amiga dele, a sua única *amiga*, a sua *única* amiga: "O que vou fazer sem você aqui? Não, eu vou me agarrar às suas pernas até você me prometer que fica. É isso mesmo: Fico segurando enquanto tiver que ficar segurando. Olhe só." Ela fez *psiu* para ele baixar a voz, mas ele continuou falando, a colocação das palavras em cada frase em certo desarranjo — como os bêbados falam, a maneira como a mãe deles fala inglês (certa vez, quando ela estava com dor de cabeça, ela disse às crianças: "Façam barulho em silêncio!").

Poucos dias depois, ele apanhara no rosto de Mah-Jabin em fúria. Ela voltava do centro da cidade com uma nova mala de viagem e encontrou Kaukab às lágrimas na cozinha. Sem necessitar de uma palavra de explicação, Mah-Jabin correra para o quarto dele.

— Eu quero que você pare de acusar a mãe e o pai. Eles não estão me obrigando a aceitar um casamento arranjado. Eu estou indo porque quero. — Ele disse que ela era uma tola de não ver que eles não estavam lhe dando a orientação de que ela necessitava, que não lhe disseram abertamente no que ela estava se metendo.

Livre das sementes venezuelanas, Mah-Jabin desce, dizendo a Ujala para vir à cozinha o mais rápido possível para poderem ajudar a mãe com a comida.

Várias comidas separadas se juntarão para formar uma refeição em três etapas e o plano de Kaukab, ao longo das próximas poucas horas, é deixá-las a vinte minutos de estarem prontas. Os melões-de-são-caetano já estão quase prontos, enrolados com uma linha violeta que Kaukab tinha usado para fazer uma toalha de mesa com as bordas pregueadas pouco tempo atrás, e ela conta a Mah-Jabin como tinha sido difícil decidir a cor da linha com a qual fazer a costura.

— Como o motivo do tecido era amarelo com violeta, uma linha amarela se destacaria quando passasse sobre um trecho violeta, e aconteceria o inverso se a linha da outra cor fosse escolhida.

— O que a gente precisaria era de uma linha transparente: algo que as aranhas deviam se acertar com os fabricantes de linha de pesca para desenvolver: fina o bastante mas suficientemente forte.

Ignorando o seu frívolo comentário, Kaukab olha em volta e diz:

— Eu sempre quis que essa cozinha fosse maior. — Ela está tirando a água das batatas e pondo as pequenas cunhas amarelas na frigideira onde a base de caril está chiando. — Vai ficar muito cheia esta noite, e todos vão ter que sentar-se apertados em volta da mesa.

— Nós podemos comer na sala da estar — sugere Mah-Jabin. — A gente leva a mesa para lá. — Ela corre a porta e olha para dentro para confirmar que há espaço o bastante. Quando Ujala desce — ele está pondo um suéter e seu rosto emerge da gola como um mergulhador subindo e rompendo a superfície da água —, o irmão e a irmã mudam a mesa de jantar e as cadeiras para o centro da sala contígua, empurrando a mesinha de centro com o vaso de lírios para o lado. Os versos corânicos pendem em suas molduras negras contra as paredes cor-de-rosa, guarnecidas de estantes de livros até a altura da cintura. — Eu cortava as fitinhas marcadoras dos livros do nosso Pai para prender os cabelos das minhas bonecas — conta Mah-Jabin. Ujala pega o último número da revista feminina muçulmana que Kaukab assina — a mensal *Veil* [Véu], publicada no Paquistão — e a coloca na pilha que guarda os números anteriores.

— Não faz mal nenhum — sussurra Mah-Jabin: ela tinha visto a aversão no rosto dele ao pegar a revista repleta de fanfarrices e rigores ortodoxos, visões e profecias apocalípticas.

— Eu acho que faz.

Ela olha para o outro lado.

— Isso a deixa feliz.

— Eu não creio que deixe. Eu nunca vi mais sofrimento e culpa em seu rosto do que quando ela acaba de ler alguma coisa escrita ali. A revista a transformou num monstro egoísta. *Ela* é a razão pela qual o pai jamais vai condenar abertamente as idiotices do Islã. Ela e suas preferências não fazem mal nenhum? Ela prejudicou a cada um de nós. Ela jamais vai permitir que a razão entre nesta casa. — Mah-Jabin sai da sala e ele fica olhando os versos na parede. Para milhões de pessoas, a religião era amiúde mais uma tortura a acrescentar-se ao fato de as suas vidas não serem o que deviam ser. O mundo delas é impiedoso do ventre ao túmulo, tudo o que nele existe está fora do seu controle, quase como se as linhas da vida na palma das suas mãos fossem sendo talhadas à faca, uma fonte de dor desde o nascimento. Este mundo lhes inflige feridas terríveis e, depois, os homens e mulheres santos os fazem pôr essas feridas em sacas de sal.

Ele segue Mah-Jabin até a cozinha. Uma concha em cada mão, Kaukab está mexendo duas panelas simultaneamente.

— Eu também devia ter feito um pouco de carne guisada com grão-de-bico, o preferido de Charag, mas não é coisa fácil de digerir e não quero que ele fique com dor de estômago.

— Mas a aparência, o cheiro e o gosto do guisadinho de grão-de-bico são tão bons, que pena — diz Mah-Jabin, ao tomar umas das conchas de Kaukab.

— É verdade — concorda Kaukab. — Jugnu dizia: "A gente lamenta se não come, e lamenta se comer."...

A atmosfera do recinto muda. Mah-Jabin estremece por dentro e respira fundo à menção do nome do morto. Kaukab olha devagar sobre o ombro para Ujala, que estava limpando a área do linóleo exposta depois que a mesa fora mudada de lugar. Ele tinha parado, mas agora retoma as varreduras com a escova de cabo longo, as cerdas de náilon vermelhas como as guelras de um peixe.

— Não se preocupe com o guisado — diz Mah-Jabin ao pegar os pedaços de couve-flor e acrescentá-los à panela. — Você já fez comida bastante por hoje. Um verdadeiro banquete.

— Um banquete? — diz Kaukab. — Custou 39 libras.

— Não, Mãe — Mah-Jabin balança a cabeça. — Os *ingredientes* custaram isso. Mas você tem de acrescentar o custo do planejamento, da organização e da culinária. Uma refeição como a de hoje à noite, se tivéssemos de pagar a um serviço de bufê para fazê-la, custaria centenas de libras. Centenas. E a comida provavelmente não teria nem a metade do gosto da sua.

Kaukab sorri.

— Eu sou apenas uma mulher comum. A sua comida é muito melhor do que a minha.

— Mas eu aprendi com você.

— Será que uma de vocês poderia parar de lamber a xota da outra um segundo e me dizer onde está a pá de lixo.

Mah-Jabin se vira, pasma.

— Ujala!

Ele está de pé com a mandíbula cerrada, os olhos brilhantes injetados.

— Como ousa falar com sua mãe e sua irmã desse modo? — diz-lhe Kaukab. — Quisera nunca ter vindo para este país.

Lágrimas se derramam sobre as faces dele, mas ele continua a respirar como um touro, a mandíbula pulsando.

— Para que *serve* essa merda toda? O que vocês estão celebrando com este... este *banquete*? Permitam lembrar que ontem foi confirmado que Tio Jugnu e Chanda foram assassinados, cortados em pedaços e queimados.

Kaukab se volta para as panelas no fogão.

— Nós não estamos *celebrando* nada. Meus filhos estão voltando para casa depois de muito tempo, e então eu pensei em fazer alguma coisa... Comecei a pensar na comida preferida de cada um de vocês...

— Não lhe passou pela cabeça nem por um *momento* que poderia ser um pouco inapropriado — os seus sete pratos condimentados e açafroados, e a galinha ao tandur, com escolha de *chappatis* e arroz?

— Ujala, por favor, pare com isto — Mah-Jabin dá um passo na direção dele. — A Mãe já está trabalhando nisto há dois dias inteiros, agora.

Kaukab franze o cenho.

— Como eu disse, *não* é um banquete. Só uns poucos pratos que preparei. *Não* é uma festa. E é verdade, quando alguém menciona açafrão, a gente tende a pensar que a comida é luxuosa e especial, mas eu sempre pus um pouco de açafrão no meu arroz, em ocasiões festivas ou no dia-a-dia.

— Tomara que você pare no açafrão e não comece a pôr outros ingredientes na sua comida — diz Ujala.

— O que significa isto? — Mah-Jabin olha por sobre o ombro. Ela se vira para Kaukab. — Do que ele está falando?

Kaukab também está perplexa:

— Que outros ingredientes? É Charag quem não gosta de sementes de cominho na comida dele, *você* come de tudo...

— Eu estava pensando naquele pó que o clérigo muçulmano lhe deu depois que você o procurou para dizer quanto o seu filho Ujala era rebelde e obstinado, como não fazia outra coisa senão brigar desde que entrou na adolescência. Lembra? — Ele sorri desdenhosamente para Kaukab. — O homem santo leu alguns versos especiais do Alcorão sobre um pouco de pó e pediu para você misturar secretamente à comida do seu filho. "Com o auxílio de Alá, o menino vai ficar obediente em trinta dias", disse ele, ou algo parecido, sei lá.

Kaukab parece envergonhada.

— Eu não sabia o que mais podia fazer. Eu... eu... Como foi que você descobriu?

— Você colocou coisas na minha comida — grita ele. — Se vocês tivessem rabos, eles iam abanar toda a vez que se aproximassem de um homem com barba.

— Eu pedi a Alá para me ajudar através daquele homem santo. E funcionou, graças à bênção Dele. Depois que comecei a botar o sal sagrado nos seus pratos, você de fato ficou muito amável e afetuoso, atento ao respeito que devia aos mais velhos. Mas então, por alguma razão, você desapareceu e nunca mais eu o vi. E eu senti você se mudando e perambulando pelo mundo o tempo todo. Eles tiram o bebê de dentro da mãe, mas não inteiramente: um pedacinho fica para sempre dentro dela, é parte da mãe, e ela pode ouvir e sentir o filho quando ele anda no mundo lá fora.

— Você quer saber por que fui embora? Quer?

— Agora eu sei. Você deve ter visto eu botar o sal abençoado e consagrado na sua comida.

Mah-Jabin se aproxima de Ujala e põe a mão no ombro dele.

— Que diferença faz, Ujala? É completamente inofensivo e ela fica feliz?

Kaukab olha raivosamente para a moça:

— Não precisa me proteger, Mah-Jabin.

Ujala tira a mão de Mah-Jabin do seu ombro.

— Sim, eu vi você pondo essa coisa na minha porção de comida, mas não foi por causa disso que fui embora. — Ele se vira para Mah-Jabin: — No começo, eu *pensei* que era totalmente inofensivo, mas depois eu descobri o lugar onde ela escondia e mandei examinar. Era um brometo, essas coisas que eles põem nas refeições de prisioneiros para baixar a libido deles, para torná-los dóceis e submissos. Foi aí que eu fui embora.

Mah-Jabin ofega e olha para Kaukab.

— Era apenas um sal sobre o qual o clérigo-*ji* leu alguns versos sagrados — diz Kaukab. — E funcionou. O comportamento dele ficou exemplar. Qualquer mãe respeitável ficaria orgulhosa do comportamento dele durante aqueles dias... — Ela fala, mas não pode ignorar o horror nos olhos de Mah-Jabin, e pergunta: — O que é libido? O que é um brometo, Mah-Jabin?

Ujala atravessa a cozinha e sai da casa, deixando Mah-Jabin e Kaukab onde estão.

— Mah-Jabin, vá atrás dele. Pegue o casaco dele e vá atrás. Traga-o de volta.... Sim, sim, e ponha o seu casaco também...

— Mãe, você sabia o que era aquele pó?

— Eu já lhe disse, era apenas um sal comum sobre o qual alguns versos do Alcorão tinham sido lidos. O que é um brometo?

— Eu lhe digo mais tarde. É melhor eu ir atrás dele.

Sozinha, repentinamente Kaukab vê pela primeira vez a quantidade de comida que havia na cozinha. Havia tigelas, pratos, pires, bacias, *katoris*, panelas, *kamandals* e copos sobre todas as superfícies, cheios de ingredientes grandes e pequenos, cardamomo preto, cardamomo verde, cravo-da-índia, canela, noz-moscada, cominho, sementes de coentro, açafrão, iogurte *raita*, pimenta verde, pimenta vermelha, cebola, cebola roxa, alho, mel, farinha de grão-de-bico, farinha de trigo, pedaços de galinha, carne de carneiro em cubos, batatas cortadas em cunha, flósculos de couve-flor, ervilhas, raiz de beterraba, *kebabs*, arroz *basmati*, melões-de-são-caetano, cabelos-de-anjo, creme de leite, uva branca, coco, limões, frutas, tâmaras, pistache de casca rosácea, essência de rosas (o doce do Profeta Maomé, que a paz esteja com ele), folhas de alface separadas inteiras e espiraladas como conchas do mar, manteiga com sal, manteiga sem sal, manteiga de garrafa. Ela sente vergonha por ter esquecido que tudo isso poderia parecer inapropriado tão rápido depois da confirmação da morte de Jugnu e de Chanda. Quão insensível não ia ela parecer — e portanto todos os paquistaneses e muçulmanos, em conseqüência — aos olhos da moça branca Stella? Resultou um afluxo de sangue em sua cabeça quando ela compreendeu que sua família estaria junta sob o mesmo teto pela primeira vez em muitos meses — muitos *anos*. Mas agora é possível que Ujala desapareça outra vez. O que *tinha* ela colocado na comida dele? O que é um brometo. Algum tipo de veneno?

Ela deixa escapar uma lamúria.

Apaga o gás sob as panelas e começa a limpar algumas superfícies, pensando rápido sobre como pode reduzir o porte da refeição desta noite, a mente ocupada na complexa álgebra culinária. Só o caril de carneiro com batatas e arroz *pilau*? Mas a moça branca, Stella, não come carne. Então: o caril de couve-flor com ervilhas e arroz *pilau*? Mas Shamas não gosta de couve-flor; então ela teria de tentar fritar os *shami kebabs* para ele. Ela podia congelar o caril quase pronto de carneiro com batatas e usá-lo numa data posterior... O que tinha dado ao seu filho? Será que ele está doente por causa disso? Ela apóia a cabeça na parede. Não haveria salada de frutas e os cabelos-de-anjo teriam de ser servidos sem as cintilantes folhas de ouro comestíveis que seu neto bem teria gostado de ver... Ela se lembra que tinha planejado ligar o *boiler* mais ou menos naquela hora para a água poder esquentar antes de os hóspedes precisarem lavar as mãos. Lentamente, ela sobe as escadas e vai até o banheiro para ligar o aparelho. No compartimento, ela acha o papel amassado e o retira, perplexa. Alisado, parece um quadrado macio de *papari*. A caligrafia dá a impressão de pequenas formigas presas na massa do acepipe... *É uma história de amor*... Ela não sabe a quem pertence aquele papel.

Nos boletins noticiosos, a televisão está sempre nos informando que mais uma vez nós fomos derrotados. As manchetes dos jornais gritam. Dizem que fomos derrotados, que somos irrelevantes, que estamos acabados. E que agora as rédeas estão nas mãos daqueles que nem fazem suas orações nem praticam o jejum. Na vasta terra de Alá, nós, pequenos e humildes muçulmanos, estamos em toda parte em ruínas. Nossas vidas e nossas terras jazem como montes de escombros. Nossas mulheres tornaram-se desobedientes como as mulheres ocidentais. Nossos filhos, seduzidos pelo Ocidente, são levados a ser estrangeiros.

As cabeças que jamais se curvaram a não ser diante de Alá estão sendo cortadas.

Kaukab franze o cenho ao conteúdo da página. Parece o texto do sermão de sexta-feira de uma mesquita. Mas o que está fazendo ali?

É uma história de amor. As caravanas dos amantes de Alá sofrem seguidas emboscadas e estão sendo saqueadas. Os que estão falando — os que "afirmam" possuir a sabedoria — dizem: "Nós devemos compreender que somos fracos e que devemos nos curvar diante do mais forte."

De Adão aos dias de hoje, de Noé a Abraão, de Abraão a Ló, de Cristo a Maomé, que a paz esteja com ele: os fiéis levaram a verdade pelas ruas e vielas. Eles foram apedrejados. Eles foram insultados. Eles foram ridicularizados por aqueles que se reacusaram a crer. Os Mentirosos fizeram leis contra eles. Os incrédulos disseram, nós não acreditaremos. Os crentes disseram, nós acreditaremos *mesmo que eles nos matem, mesmo que eles queimem os nossos traseiros com carvão em brasa. (Lembra-se da ponta do meu cigarro na sua pele, Mah-Jabin? Mantenha este fogo em mente. Os fogos do Inferno são mil vezes mais quentes.)*

Kaukab dá um grito, e vira rapidamente a página para saber de quem é a carta. Não há nenhum nome. Porém, ela sabe, é claro, que é do marido de Mah-Jabin: quem mais escreveria para ela em urdu? Se assim for, o que implica a referência à queimadura de cigarro: será que o cigarro dele encostou um dia por acidente na pele de Mah-Jabin?

Assim: É este revés temporário — o fato de os muçulmanos serem humilhados em todas as partes do planeta — uma derrota dos fiéis? A terra e o céu dizem que não, que não é. O universo diz que não é. Aquele que criou o universo diz que não, que não é. Os que estão ao lado dos Mentirosos, os que riem dos crentes verdadeiros, os que franzem a testa toda vez que o nome de Alá é mencionado, os que afirmam ser Deus — eles serão punidos exemplarmente na vida após a morte, serão forçados a permanecer nas chamas ardentes dia e noite. Esta é a punição para aqueles que resistem à verdade. Eles terão cravos na sua carne. (Lembra-se das agulhas de costura nas suas coxas, Mah-Jabin?)

Kaukab cambaleia, apóia-se na borda da banheira. Mah-Jabin sempre dera a entender que seu marido era um jovem amoroso e generoso...

Sim, nós — os bons — nos afastamos às vezes do caminho. Satanás me fez entrar no quarto em que Chanda estava dormindo durante a sua estadia e de Jugnu conosco. Eu fui incapaz de suportar o fardo da necessidade desde que minha própria mulher me abandonou. Satanás fez eu me aproximar da cama dela e implorar por conforto. Satanás me disse que ela era do Ocidente e por isso seria moralmente frouxa. Ela disse que gritaria e acordaria meu pai e Jugnu no quarto ao lado. Eu recuperei a razão e me retirei. E pela manhã — como se para tirar a tentação diante de mim — Alá fez Chanda dizer a Jugnu que estava com saudade do Ocidente, e eles partiram naquele mesmo dia. Eu permaneci no meu tapete de oração o dia inteiro e boa parte da noite, agradecendo a Alá por ter tirado a tentação de diante dos meus olhos, mas a bondade Dele para com minha alma era infinita: eu ainda estava em meu tapete de oração, no meio da noite, quando o telefone tocou e Tia Kaukab queria que todos nós soubéssemos que Jugnu e Chanda eram amantes, pecadores. Alá, o misericordioso, o Beneficente, salvou-me da contaminação naquela corrente poluída! Eu não lhe contei nada disso antes, mas agora eu quero que saiba a fim de que tenha ciência dos caminhos Dele.

Kaukab, sem acreditar no que estava lendo, relê aquelas linhas. Ela compreende então que a culpa de Chanda e Jugnu terem saído do Paquistão antes do que tinham planejado não é dela. Mas há pouco consolo na seqüência alternativa, real, dos acontecimentos. — Pobre Chanda. — Ela está sentada com as mãos na cabeça. — Minha pobre Mah-Jabin. — Subitamente, ela se levanta e, numa última tentativa de resistência, olha atrás do tambor do *boiler*. Será que esta carta é uma artimanha de Mah-Jabin? Uma falsificação para atormentá-la? Uma trama urdida por Mah-Jabin, Ujala, Charag, a moça branca Stella e Shamas para humilhá-la, para ridicularizar a sua fé? Atrás do *boiler*, porém, há o envelope amassado em que a carta chegara. Ela o reconhece; lembra-se de que havia chegado na primavera passada. O selo retrata uma árvore flamejante de flores brancas rosadas a distância e, no primeiro plano, um rebento contendo uma flor franzida parecida com uma orquídea e uma folha semelhante à pegada de uma pata de camelo: é a *Bauhinia variegata*, informa a legenda ao longo da margem vertical, e horizontalmente que se trata de uma das PLANTAS MEDICINAIS DO PAQUISTÃO. Ela solta e envelope e continua com a carta.

Nós nos desviamos, mas pedimos perdão e somos perdoados porque somos bons. O mundo só é iluminado pela luz do nosso amor por Ele, nós, os homens que nos submetemos a Alá, e as mulheres que se submeteram aos seus homens.

O livro da História está registrando tudo, e Ele está fazendo uma lista de fiéis e de infiéis. Tente pensar em que lista o seu nome há de entrar, Mah-Jabin, e tema. Que tipo de Fim espera você após esta curta vida de 50 ou 60 anos?

Tendo lido até o fim, Kaukab pega o envelope rasgado no chão e coloca a folha de papel dobrada dentro dele. Ela fica sentada lá, olhando o selo representando a bela flor da árvore que é valorizada por, entre outras coisas, sua eficácia contra febres maláricas, a capacidade de regular disfunções menstruais e como antídoto para veneno de cobra.

O sol dá a volta na esquina e começa a viajar na frente da casa. Ela está sentada lá, se perguntando se aquela é quem ela é, se aquilo é o que sua imagem parece ser no espelho: uma mãe que dá veneno ao filho e uma mãe que tira conclusões apressadas e responsabiliza a filha pelo fato de o seu casamento ter acabado desastrosamente? As compreensões são ainda novas e ela não está certa sobre o efeito que terão na sua alma depois de ter vivido com elas por uma hora, um dia, um mês. O amargor do veneno ainda está apenas pondo à prova a sua língua e a sua boca: o que vai acontecer quando ele se infiltrar em suas veias?

Ela ouve um carro parar do lado de fora e, da janela do banheiro, olha para baixo para ver que Charag e Stella chegaram. Charag abre a porta de trás do carro e deixa sair o filho de 8 anos. A temperatura caiu drasticamente nos últimos dois dias e Kaukab fica feliz de ver que o neto está bem agasalhado para o frio de dezembro. A beirada do gorro de lã se dobra numa faixa sobre a sua pequena testa, as orelhas e ao longo da nuca, para ficar mais quentinho. Quando eles ainda eram casados, uma vez Kaukab viu Stella e Charag chegar para uma visita — e Charag a beijara nos lábios em plena rua. Kaukab recuou, afastando-se. Eles precisam exibir toda essa impudicícia em público? (Chanda e Jugnu pelo menos a poupavam de um comportamento tão obsceno fora de casa.) E bem na frente do garotinho também, que sem dúvida ia correr atrás das meninas assim que chegasse à adolescência e tornar-se sexualmente ativo aos 15 anos, pensando que essas exibições de libertinagem e o sexo antes do casamento eram a norma, e não graves pecados! O garoto haveria certamente de casar-se com uma moça branca, e os seus filhos também: *todo e qualquer* traço de modéstia e propriedade seria tirado dele por deseducação. É isso o que os netos de Charag pensariam de Charag? — "Meu pai e minha mãe são brancos, a família da minha mãe é toda branca. Eu pareço um pouco escuro por causa de um dos meus avós. Ele era um paqui."

O neto joga seu gorro no linóleo assim que ela deixa os três entrar. Ela se desculpa pelo cheiro de comida na cozinha e pede para levar seus casacos para o cômodo ao lado. Antes de fechar a porta da rua, ela varre atentamente a rua com um olhar para ver se Mah-Jabin e Ujala estão voltando. Ela abraça o menino e lhe beija na cabeça, no rosto e em ambas as mãos.

— O que é isso? — Charag aponta para o envelope amassado que Kaukab só então percebe que ainda está na sua mão.

Ela o põe rapidamente no bolso do seu cardigã.

— Uma carta do seu avô no Paquistão. Ele diz que está chateado porque o seu filho — que é o bisneto dele — não começou suas lições corânicas aos 4 anos, 4 meses e 4 dias de idade, conforme é prescrito para todas as crianças muçulmanas.

Stella está olhando a sala contígua.

— Mah-Jabin e Ujala ainda não chegaram? — A mesa de jantar na sala está coberta de pratos. A toalha de mesa é obviamente de uma loja de tecidos asiáticos, as bonitas fazendas — com motivos de trepadeiras em movimentos pesados de flores — com que a mulher asiática faz suas roupas, de cores freqüentemente brilhantes, os moldes seletos, e as quais, disse Charag uma vez, tinham feito o seu eu adolescente olhar para Matisse com mais cuidado.

— Eles saíram para uma caminhada — diz Kaukab ao riscar um fósforo para reacender os queimadores. Ela inclina o palito para baixo a fim de manter o fogo aceso. — Por favor, vão para o outro cômodo e fiquem lá. Não quero que o cheiro pegue nas roupas de vocês. — Ela esperava poder retirar-se discretamente com Mah-Jabin assim que ela voltasse a casa, para dizer-lhe que tinha encontrado a carta e pedir-lhe para explicar a verdade sobre o seu casamento no Paquistão —, mas era pouco provável que tivesse alguma chance de fazê-lo nas próximas horas. E ela ainda tem de explicar a Ujala que não era sua intenção prejudicá-lo com o sal consagrado. Esses malditos cientistas, como gostam de analisar tudo! Ao retirar as tampas das panelas uma por uma, ela se lembra outra vez — tendo esquecido quando leu a carta lá em cima — de que tinha de reduzir o porte do jantar. Repentinamente confusa, ela queria que Mah-Jabin estivesse lá para consultá-la, e chama Charag na sala ao lado e lhe pede que dê uma saída para procurar seu irmão e sua irmã. Mas ele não a ouve.

Ao ligar a televisão na sala ao lado, Charag se assusta com a explosão ruidosa que ocorre: o volume está alto demais. Ele decide não perguntar a Kaukab se a audição do seu pai está se deteriorando: ele tinha perguntado uma vez, mas Kaukab negou e pareceu considerar a pergunta impertinente. Um filho não deve observar as imperfeições do pai. Hoje à noite, ele vai dar um jeito de mostrar a Shamas como ter acesso às sutilezas do controle remoto: branco, verde, amarelo, vermelho — cada pessoa dizendo uma frase diferentemente colorida. Encontraram um filme de Tarzan em preto-e-branco para o garoto, e Stella se instala com ele para ver, certa de que ele vai gostar.

— No que ele se transforma? — pergunta ele depois de uns instantes, e perde imediatamente o interesse quando ela lhe diz que o personagem não *se transforma* em nada, não é transformado num monstro nem numa criatura do outro mundo, que continua a ser um ser humano. Mas então ele olha para cima, aponta para Tarzan e diz: — Ele fala como a vó Kaukab!

Os três voltam para a cozinha no momento exato em que Kaukab está abrindo a porta para Mah-Jabin.

— Ujala continua no lago — anuncia ela e, olhando nos olhos de Kaukab, faz o menor movimento possível com a cabeça para tranqüilizá-la. — Ele volta num instante, Mãe. A gente fez todo o caminho até a *Safeena*.

Com os braços em volta do seu pequeno sobrinho, Mah-Jabin afunda seus lábios na pele tenra do seu pescoço. Que idade teria seu filho agora se ela não o tivesse perdido?

Stella lhe conta que está com um princípio de gripe:

— Houve uma cena espetacular de tempestade numa peça que eu fui ver pouco tempo atrás. Máquina de vento, água de verdade para fazer chuva.

Mah-Jabin sorri, coloca o garoto no chão e se vira luminosamente para Kaukab.

— Então, vamos aprontar essa comida. Apertem as papilas gustativas, Charag e Stella. Não duvidem, vocês não foram convidados a ajudar nas preparações porque a Mãe é educada demais... — Stella é incumbida de pegar o saco de hortelã esmagada no congelador e acrescentar o conteúdo a uma tigela de iogurte. A polpa triturada está congelada no celofane, sólida como um naco rangente de tundra cheio de algas pré-históricas, e não há nenhuma maneira adulta de quebrá-lo: tem de ser feito sem nenhuma elegância, como uma criança faria.

Recostando-se em Mah-Jabin à primeira oportunidade, Kaukab tenta lhe dizer que está a par da verdade sobre o seu casamento, mas tudo o que pode dizer é:

— Você acreditaria se eu lhe dissesse que não sabia o que estava acontecendo?

Mah-Jabin franze a testa e enruga os lábios num silencioso *psiu*, e sussurra em resposta:

— Está tudo bem. Vamos conversar mais tarde. Eu acho que ele sabe que você pensava que era apenas sal comum.

— Eu não estou falando de Ujala — diz Kaukab, e se pergunta se saberia como puxar o assunto do casamento de Mah-Jabin depois. — Mas que fique registrado que também não sabia nada sobre isso. — Seus olhos estão vermelhos.

Do bolso do seu casaco, Mah-Jabin tira um pacote de polpa de tamarindo:

— Achei que a gente podia acrescentar isto ao *chutney*, mãe. Eu dei uma passada numa loja no caminho de volta.

Kaukab fica imediatamente preocupada.

— Você foi a uma loja? — Ela sabe que as mulheres da vizinhança sabem que a moça é divorciada, e é certo que teriam feito comentários sobre ela uma com a outra, comentários sobre o seu caráter, sobre suas roupas e seu corte de cabelo ocidentais.

— Sim. A loja dos pais de Chanda está fechada. Eu fui àquela que fica uma rua depois. — Ela desembrulha o tamarindo. — Uma mulher entrou enquanto eu estava lá, uma mulher de aparência rica, bem vestida. Ela deve ter ouvido que nalgum lugar por aqui dois irmãos tinham matado a própria irmã e, sem saber que eu era a sobrinha do homem morto, começou a repreender asperamente os dois assassinos. Ela disse: "Pessoas desse tipo estão arruinando o nome dos paquistaneses no estrangeiro." Ela estava de visita do Paquistão, hospedada na casa de parentes nos subúrbios; eles a trouxeram ao nosso bairro por diversão — se considerarmos os seus sorrisos reprimidos sempre que uma mulher entrava na loja com um luzente bordado de aldeia no seu *kameez* — para lhe mostrar como os pobres paquistaneses vivem aqui na Inglaterra, os operários das fábricas, os motoristas de ônibus, os garçons. Ela não conseguia esconder o seu desprezo por nós. Aparentemente, ela havia sido chamada de "negra vadia" por um homem branco no centro da cidade durante a sua primeira semana aqui e estava ressentida. Ela disse: "O homem que me xingou desse jeito era sujo e fedorento. E ele não teria me chamado assim se não fosse pela gente dessa área, que tanto aviltou a imagem do Paquistão nos países estrangeiros. Imagine! *Ele* achou que podia *me* insultar, eu que vivo numa casa em Islamabad como ele nunca viu na sua vida, eu que falo inglês melhor do que ele, educada como fui em Cambridge, meus filhos agorinha mesmo estudando em Harvard. E tudo isso é culpa desse bando que vocês são, vocês assassinos de irmãs, vocês que vivem assoando o nariz, que vivem nas mesquitas, casando-se entre primos, imbecis endógamos cobertos de véus."

Kaukab balança a cabeça em desapontamento.

— Nós fomos expulsos dos nossos países por causa de gente como ela, os ricos e poderosos. Nós partimos porque nunca tínhamos nenhuma comida ou dignidade, por causa da atitude egoísta deles. E agora eles também se ressentem de nossa presença *aqui*. Para onde eles querem que a gente vá? Os pobres e desprivilegiados, em seu desejo de continuar vivos, estão sendo desrespeitosos para com os ricos e os privilegiados: então é isso?

— Ela era muito elegante, totalmente diferente dessas pessoas que fizeram fortuna recentemente e querem ostentar.

Kaukab bate a concha de madeira na beira da panela — para soltar o molho que estava grudado nela, mas com menos força do que o necessário para enfatizar a sua desaprovação:

— Que conversa mole é essa sobre dinheiro velho e dinheiro novo. Se é dinheiro novo, é manchado com o sangue e o suor dos pobres que estão sendo usados e abusados no presente e, se é dinheiro velho, é manchado com o sangue e o suor dos pobres que foram usados e abusados no passado. As pernas dos tronos dos ricos sempre repousaram sobre a cabeça dos pobres. — Ela se vira, voltando ao seu trabalho: — Eu não vivi com o pai de vocês por quatro décadas sem aprender umas poucas verdades.

Ela bem queria ter dito aquilo tudo em inglês, para que Stella soubesse que ela era inteligente, uma pessoa pensante. Sim, ela passara a gostar de Stella. Ela se lembra quando Charag voltou da universidade anos atrás para lhe contar que estava apaixonado por uma moça branca que esperava um filho dele. Depois que passou o choque inicial da revelação, Kaukab fora à estação ferroviária para pegar o trem que a levaria até Charag, a sua namorada branca e o filho que ia nascer. Como o seu egoísmo a tinha cegado para o imenso amor que seu filho devia sentir pela moça! Kaukab cresceu ouvindo que o que eles dois tinham feito antes do casamento era errado, devasso e depravado, mas ela tratou de fazer os seus próprios filhos crescer com a mesma mensagem: e, se o que tinha acontecido era difícil para *ela* aceitar, o quanto há de ter sido duro para o seu filho, como devia ser grande o amor que o fizera agir contra os ensinamentos dela. Mesmo no Paquistão, todo mundo amava alguém antes do casamento, mas a distância: um olhar subreptício respondido por um sorriso eloqüente. O Ocidente apenas dava às pessoas a permissão e a oportunidade de *agir* segundo esses sentimentos — não era culpa do seu filho. A caminho da estação de trem, ela quis aninhar a sua futura nora em seus braços, chamá-la pelo nome, Stella, mas ao chegar ao guichê ela perdeu a coragem, sendo informada de que teria de mudar de trem, temendo perder-se por causa do seu inglês precário ao procurar pela plataforma correta, humilhada demais por seu forte sotaque e palavras mal pronunciadas para pedir a alguém que a guiasse até os trens da conexão. E onde e como pegar um táxi numa cidade estranha? Ela era uma pedinte que não queria estender a mão porque a mão estava suja. Então, com os olhos injetados de carmim, ela esperou por Shamas para voltar para casa: assim que ele chegou, ela lhe pediu para levá-la até o seu filho.

— Este caril está pronto. Agora preciso ver se há massa suficiente para os *chappatis*. Quem quer *chappatis* em vez de arroz?

Charag estivera descascando e cortando frutas para a salada numa tigela que agora está cheia de pedaços grossos e doces — a pilha de cascas coloridas ao lado da tigela se parece com as bandeiras de uma dúzia de nações que foram desfraldadas — e então ele pergunta de onde está em pé, junto ao aparador:

— Onde estão os limões? E por que todo esse banquete para esta noite?

— Não é um banquete — apressa-se Mah-Jabin a dizer. — Conforme a Mãe me explicou antes, e eu expliquei para Ujala no lago ainda há pouco, a Mãe apenas decidiu cozinhar a comida dos próximos dias de uma vez só. Ela teve essa disposição.

Kaukab olha para Mah-Jabin com gratidão.

— Eu vou congelar naquelas embalagens de alumínio. — Stella faz um aceno de cabeça.

— É uma boa idéia. — Ela aponta para o menino de 8 anos. — Ele me perguntou recentemente: "Por que a Vovó Kaukab está sempre cozinhando?"

Kaukab fica emocionada de o garoto tê-la notado, ter prestado atenção bastante nela para ter identificado uma característica de um tipo ou de outro. Ela quer beijá-lo e aninhá-lo, mas se contém, caso os brancos tenham inventado uma teoria sobre avós e netos também.

— Seria um banquete se eu estivesse fazendo alguma coisa especial: esses pratos são do dia-a-dia. — Ela encontrara outra razão para apoiar a mentira que Mah-Jabin contou para salvá-la. Ela quer fazer um comentário jocoso então: — Sim, é verdade, ser dona de casa é difícil. Algumas vezes eu me digo que se tivesse estudado medicina eu só teria tido de fazer o exame uma vez e ser respeitosamente chamada de doutora para o resto da vida, mas na vida doméstica a gente tem de fazer exames todos os dias, e nem assim o reconhecimento é garantido. — Ela está em processo de traduzir tudo isso mentalmente em inglês a fim de poder dizê-lo a Stella, quando Ujala voltar.

A cabeça inclinada como um girassol alongado, ele parece tão magro e introvertido quanto antes aos olhos de Kaukab, quando ela ousa relanceá-lo, mas ele se junta à azáfama e até pega no colo e leva o menino perto do fogão, para deixá-lo ver a panela na qual os melões-de-são-caetano estão chiando ao fogo.

— O que é isso? — pergunta ele à criança.

— Estrelas-do-mar! — exclama o garoto ao ver os melões de pontas roliças que tinham ficado marrons ao cozinhar e agora estavam parecendo estrelas-do-mar desmembradas.

— Isso mesmo. A gente vai comer caril de estrelas-do-mar — diz Ujala.

Ao longo da hora seguinte — enquanto a escuridão de dezembro cai do lado de fora —, a cozinha fica animada pelas vozes que aumentam e restam no ar por pequenos períodos — um bocado de comida pego diretamente da panela resultando num surto de elogios a Kaukab; o neto cuspindo um bocado de M&Ms meio mastigados como cascalhos coloridos; Charag sorrindo e dizendo a Mah-Jabin para acabar com a maçã que tinha deixado a escurecer sobre a mesa ("Maçã não dá como erva, você sabe — como a mãe sempre nos disse"); a ameaça de um acesso de raiva da criança, seguida de uma contra-ameaça de punição de um dos seus pais, a avó tomando amigavelmente ambos os lados, o jovem tio, a tia —, mas tudo isso tem vida curta e a atmosfera torna-se tensa e rapidamente carregada: ontem — com seu veredicto — é como um bloco colossal de gelo que ainda está perto demais, respirando o seu ar gélido sobre a pele de todos. A casa, ao flutuar no tempo, chegou a um *iceberg*, e ninguém tem certeza se jamais ela vai poder afastar-se dele, deixá-lo para trás. Ocasionalmente, para aliviar os silêncios, Kaukab diz:

— Alá é grande!

Ao subir para ir ao banheiro imediatamente após Charag ter estado lá para lavar o rosto, ela observa que o linóleo está quente onde ele estivera justo agora, e ela tem de acalmar seu coração com dedos jubilosos — a sua fria fria casa está cheia de filhos outra vez. Há calor em lugares inesperados.

Shamas chega em casa justo quando Kaukab está contando a Stella sobre uma mulher da vizinhança cujas filhas gêmeas idênticas ficaram grávidas ao mesmo tempo: uma delas teve o filho no sétimo mês, e agora é melhor não dar a notícia para a outra, caso ela também não consiga levar a gravidez até o fim; felizmente, a moça que ainda está grávida mora na América e assim fica mais fácil esconder a verdade. Todas as vezes em que Kaukab falou com Stella, ela bafejou sub-repticiamente na mão em concha e cheirou para ver se não estava com mau hálito, e ela sentiu saudade da raiz de salsaparrilha que é jogada nos recipientes de metal ou barro que guardam a água potável das casas em Sohni Dharti, para abrandar a água a fim de que o aroma refresque a boca quando é bebida.

Shamas compreende que seu neto é mais ou menos da mesma idade que o filho de Suraya. Ele tenta tirar esse pensamento da cabeça.

Ele sabe que vai acabar vagando pela cidade, murmurando o nome dela.

Ele olha para Kaukab enquanto ela está ocupada, para ver que tipo de dia ela teve. Os últimos dias — nos últimos meses — foram devastadores para ela. A cada dia depois do julgamento, ele vinha para casa e lhe contava os detalhes do que tinha acontecido no tribunal, e ela ficava inconsolável. Na última noite, ele se perguntou se deveria acrescentar à história das últimas horas de Chanda e Jugnu na terra o que Kiran tinha lhe contado no ônibus, tecer mais esse fio escuro na história já tão sombria. Mas ele teve medo de como Kaukab reagiria — ela veria o caso secreto de Kiran com o irmão de Chanda como uma prova de que ela era uma mulher de pouca moral, de que sua família estava certa nos anos 1950 ao se recusar a deixá-la casar-se com seu irmão; é possível que ela acusasse Kiran de estar mentindo sobre a visita de seu irmão a Dasht-e-Tanhaii?... Mas, ele tem de admitir, ele também considerou a reação oposta: que ela insistisse em que Shamas não revelasse a ninguém os detalhes do caso amoroso de Kiran com o irmão de Chanda ou a noite que tinha passado com o seu irmão:

— As pessoas iam comentar e apontar seus dedos para a pobre mulher. Você não tem idéia de como é fácil arruinar a vida de uma mulher. — Agora, enquanto lhe rouba olhadelas, ele se pergunta qual das duas Kaukab é a real.

Ela parece satisfeita, os filhos à sua volta.

As panelas cantam no fogo. Mergulhado em ovos batidos, os *shami kebabs* gotejam como boca de vaca em bebedouro, e são barulhentos quando abaixados no óleo, que crepita como celofane. Todos exceto Kaukab e Mah-Jabin estão sentados e comem em pratos amarelos arranjados sobre a mesa na sala contígua. Na cozinha, Mah-Jabin chama Kaukab para também juntar-se aos demais — vendo que ela esteve de pé o dia inteiro, e há também a dor do abdome a considerar —, mas Kaukab rebate a sugestão, e então Mah-Jabin lhe diz que *virá* a Dasht-e-Tanhaii para ficar com ela quando ela tiver de ir para o hospital para a operação em janeiro, que já tinha arranjado uma dispensa no trabalho. Kaukab lhe diz para abaixar a voz:

— Há homens ao alcance da voz e isso é assunto de mulher.

Mãe e filha, com uma abundância de braços e mãos ao estilo da deusa Lakshmi, tinham enchido todos os pratos, enquanto os *kebabs* eram levados fumegantes para a mesa em fornadas por Mah-Jabin, um minuto sim e um não um novo *chappati* saindo prontinho das mãos de Kaukab. Crescendo como cresciam a partir de dois rodamoinhos no alto da cabeça em vez do único usual, os cabelos de Stella são freqüentemente rebeldes, e com um toque de seu dedo Charag remove a irritação de uma mecha que lhe escapou sobre a face, ação que ele — uma vez — desempenhou com a língua, beijando-lhe o rosto em seguida.

Kaukab pede a Mah-Jabin para juntar-se aos outros quando os serviços iniciais estão completados e a refeição entra numa fase mais relaxada, a comida irradiando calor no corpo dos comensais.

Shamas desenrola a linha em volta da "perna da estrela-do-mar" do seu neto.

A couve-flor picante entra na boca de Stella e sai pelos seus olhos como água.

Pequeninas estrelas de beterraba — que Kaukab escavara das beterrabas fatiadas com um cortador — alinham-se num colar crescente onde são deixadas de lado à beirada da salada de Ujala.

Há manchas brancas associadas a deficiência de cálcio nas unhas de Stela, e Kaukab fica privadamente chocada ao notá-lo pela primeira vez ao levar um *chappati* para a mesa: ela fica envergonhada quando essas manchas aparecem nas suas próprias unhas, mais uma prova para os brancos de que os paquistaneses são um povo malsão, cheio de doenças, portadores sujos de epidemias como a varíola, que trouxeram com eles para a Inglaterra nos anos 1960. Desde que Charag e Stela chegaram, ela estava preocupada de ter esquecido de escovar seus dentes a tempo da chegada deles, para livrar-se de qualquer odor desagradável antes de a garota branca entrar.

Stella lhes conta tudo sobre a feira a que tinha levado o filho pouco tempo atrás. Comendo em sacos de celofane cheios como travesseiros de algodão-doce, eles foram a uma tenda em que a Bela Adormecida jazia num esquife forrado de cetim. O corpo era uma estátua de cera e, como prova de que a princesa estava morta para o mundo, o empresário trespassou o vestido com um longo alfinete de chapéu com a cabeça de pérola. Aproximar-se do corpo adormecido era tornar-se uma criança que, tendo sido acordada por um pesadelo, vai ao quarto dos pais buscar consolo, ou, pensou Stella, um ladrão que entrou numa casa cujos ocupantes dormem inconscientemente.

Kaukab diz que deviam ter espalhado uns poucos vasos de gerânio para princesa nos corredores do palácio, para que, ao roçar neles ao entrar, os invasores a acordassem.

Cercado de cabelos tão longos quanto a crina de um cavalo, o rosto no esquife pertencia a uma mulher que ficava escondida sob o corpo de cera — e eles a viram bêbada quando a feira acabou, cambaleante na praça de paralelepípedos, chorando com a sua peruca na mão e gritando impropérios para os passantes.

A refeição já a meio caminho, Charag relembra Stella de que há um presente para Kaukab e Shamas no carro deles, e quando ela se levanta para ir até o carro Kaukab lhe pede para continuar sentada:

— Está frio demais lá fora — frio como no espaço cósmico. É Charag quem deve ir. — Stella está usando uma saia, as pernas visíveis abaixo dos joelhos, e Kaukab não quer que ninguém na vizinhança veja pele exposta e faça comentários: quando eles ainda eram casados, ela tinha pedido a Charag para dizer a Stella que não usasse roupas tão imodestas — pelo menos durante as suas visitas àquela vizinhança —, mas nada aconteceu. Ela não esperou que Stella começasse a usar *shalwar-kameez* e véu cobrindo a cabeça (embora nada tivesse lhe agradado tanto; muitas mulheres brancas de fato abandonavam a sua velha maneira de vestir ao casar-se com homens muçulmanos), mas ela não queria ver a carne feminina em exibição.

Charag se levanta e vai até o carro, voltando com um pequeno quadrado de papel pardo amarrado com cordão.

— É uma surpresa, mãe. Abra.

Kaukab desfaz o nó, lembrando-se da primeira vez que ela tinha dado nó em alguma coisa diante de Stella: ela ficara subitamente estarrecida, perguntando-se se não haveria uma maneira *ocidental* de fazer nós — mais sofisticada, *melhor*. E se a maneira como ela dava nós fosse uma maneira *ignorante* de dar nós?

— Eu comprei todas as fotografias e negativos de um fotógrafo no centro da cidade na última vez que estive lá. Eram de imigrantes paquistaneses e indianos dos anos 1950, 1960 e começo dos 1970 — diz Charag. — Eu encontrei uma mulher no lago e ela plantou na minha cabeça a idéia de que talvez eu devesse tentar incorporar as vidas das pessoas entre as quais cresci na minha arte — examiná-las, explorar o potencial delas.

— E, vasculhando uma caixa, ele encontrou isto — Stella sorri. — Extraordinário.

É uma fotografia da família — Charag e Mah-Jabin ainda crianças, sentados de pernas cruzadas no tapete ornado no chão do estúdio; Shamas de pé e parecendo impossivelmente jovem; Kaukab, sentada numa reprodução de cadeira antiga, grávida de Ujala, a barriga dilatada como um bulbo, como a parte do meio de um vaso. Kaukab sorri ao segurar a fotografia emoldurada para que todos vejam.

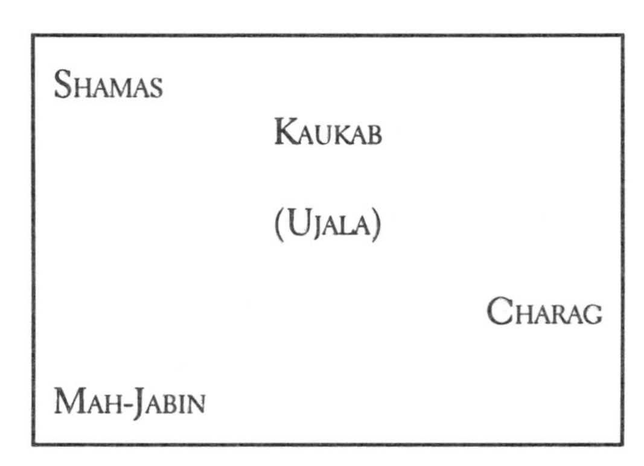

— Eu me lembro de fazer essa camisa para você, Charag — sorri Kaukab. — Você reclamou que o colarinho estava duro demais. O tecido era quebradiço como uma nota nova de dinheiro.

— Foi completamente por acaso que entrei, para remexer um pouquinho, mas aí o fotógrafo me disse que ia fechar o negócio mais tarde naquele ano. Olhem só as duas tranças de Mah-Jabin! Nossa, até onde você estava grávida, Mãe?

— Não seja vulgar — carranqueia Kaukab. — Mais tarde, Mah-Jabin pediu para eu fazer só uma trança, dizendo: "No caminho da escola, os dois irmãos andam um de cada lado e ficam mexendo sempre que têm vontade." Com uma trança só, ela conseguiu cortar a dificuldade ao meio.

Shamas mal pode acreditar no que aconteceu. Quando a fotografia lhe foi passada, ele, em vez de olhar, pergunta a Charag:

— Onde estão as outras? Estão em lugar seguro?

O olhar brilhante de Kaukab apela a Stella, chamando a atenção para a impossibilidade dos homens.

— Quem se preocupa com as outras? Olhe para a que está na sua *mão*.

— Não. Não, elas são um documento importante — diz Charag. — Elas estão seguras, Pai. Acho que vou querer fazer uma série de quadros baseados nelas.

— Eu quis que a cidade as comprasse, mas desde que as pessoas que estão nelas sejam celebradas de algum modo, que não as deixem cair no esquecimento, não importa quem tem as fotografias. — Ele coloca a mão no ombro de Charag. Assim as fotografias foram salvas!

Charag se pergunta se seu pai foi indiferente até aqui em relação à sua pintura por pensar que seu trabalho não contribuía em nada para a sociedade. Shamas jamais o estimulou a tornar-se pintor, apesar de ver exemplos do seu talento pela casa desde a sua infância, apesar do fato de os seus desenhos a nanquim acompanharem regularmente as *Notas sobre a Natureza* no *The Afternoon*; e Shamas não havia aprovado quando ele de fato se tornou pintor. Pensava Shamas — que conhecera artistas politicamente comprometidos no

Paquistão — que os artistas na Inglaterra estavam engajados numa atividade comparativamente trivial?

Shamas olha para Charag, um pássaro em seu peito pipilando orgulhosamente: *Meu filho.... Meu filho...* Ele não tinha sabido ler as pinturas de Charag no passado — elas pareciam pessoais demais ao menino para apresentar qualquer interesse para Shamas —, mas agora, agora que ele mencionou que pode fazer alguma coisa com as fotografias dos imigrantes, Shamas sabe que ele está amadurecendo como artista, tomando consciência das suas responsabilidades como artista.

O que mais estimar: meu amor por você, ou os sofrimentos dos outros no mundo?
Dizem que a embriaguez é maior quando dois tipos de vinho são misturados.

Bons artistas sabem que a sociedade também é digna de ser representada.

— Você viu a fotografia de Charag nos jornais de domingo? — pergunta Stella a Shamas e, contra um moderado protesto de Charag, se levanta para buscar o caderno de cultura do jornal na sua bolsa, e lá está ele, na primeira página, fotografado com dois outros jovens pintores. A criança olha para a foto e grita.

— Este aqui é o tio Philip e aquele, o tio Toby.

Embora em conjunto possuísse ângulos complementares, o artigo contém críticas ao trabalho de Charag: ele mesmo consegue lidar com essas críticas, mas tinha querido não mostrar o artigo ao pai, pois não queria parecer um fracasso aos olhos *dele*.

Ujala examina o artigo, lendo em voz alta.

— Está dizendo: *Em certos círculos artísticos, você é considerado antiquado se continua a pôr tinta na tela. Para mim, porém, a pintura ainda é uma opção inteligente, diz Charag Aks, de 32 anos. O pintor está sentado em seu apartamento com um biscoito de chocolate numa das mãos, entre monografias e volumes de crítica teórica salpicados de tinta...* O parágrafo continua descrevendo um dos seus quadros e termina assim: *Nada há de ostentação aqui; é uma rapsódia em forma e cores contidas. Ele está seguindo uma disciplina muito rígida. A combinação dessas qualidades inspirou o colecionador de arte Marshall Gaffney de tal modo que ele lhe encomendou o que redundaria em um ano de trabalho. As pinturas resultantes, oito ao todo (incluindo um nu de um metro e vinte intitulado* O auto-retrato sem cortes), *fazem parte da segunda exposição de Jovens Artistas Britânicos da Gaffney Gallery, cuja abertura será em Londres em janeiro.*

Sorrindo orgulhosamente, Kaukab pega o caderno e olha a fotografia de Charag. *O auto-retrato sem cortes* também está reproduzido no miolo e ela fecha o caderno quando o vê. Charag pintou-se sem nenhuma roupa de pé num pálido bosque de pequenas borboletas imaculadas, pesados galhos de frutas e flores, pássaros, poupas e periquitos e outros insetos e animais, a névoa a elevar-se de um lago ao fundo — e ele tem o pênis incircunciso.

Ele vê o embaraço no rosto dela e diz:

— O que estou tentando dizer é que este foi o primeiro ato de violência praticado contra mim em nome de um sistema religioso ou social. E me pergunto se alguém tem o direito de fazê-lo. Nós todos devemos questionar esses atos.

— Como pode haver tanta maldade! — diz Kaukab baixinho. — Por que você tem de zombar dos meus sentimentos e da nossa religião desse modo? — Do lado de fora da janela, uma grande lua apareceu, as suas montanhas e vales em preto-e-branco acinzentado, bem desmaiado, como numa fotocópia de má qualidade. Bem que ela queria poder voar, fugir janela afora.

— É uma metáfora, Mãe, e, Mãe, eu não quis ofender você. Perdoe-me, mas por que tudo tem sempre que estar relacionado com a senhora? Jugnu me ensinou que nós devemos tentar nos livrar de todos os vínculos e laços que grupos manipuladores tenham inventado para sua própria vantagem. Tenho certeza, Mãe, que você vê o mérito que há nisso.

— Jugnu morreu por causa da maneira como viveu — diz Kaukab.

— Ele não morreu, Mãe — diz Mah-Jabin comedidamente. - Ele foi morto.

— É saudável circuncidar os meninos — diz Shamas, apenas para vir em auxílio de Kaukab. — Os médicos ocidentais dizem isso.

— Quer dizer que, se os médicos descobrirem amanhã que a circuncisão não é saudável, os muçulmanos vão parar de praticá-la? — pergunta Ujala levantando os olhos, o rosto permanecendo inclinado sobre sua comida.

— Claro que não — diz Kaukab.

— Não sei, não. E, incidentalmente, seriam esses médicos ocidentais os mesmos *médicos* ocidentais cuja recomendação de que primos de primeiro grau não devem se casar vocês *ignoram*?

— Não consigo entender o que posso ter feito para ser humilhada desse modo sempre e sempre — diz Kaukab.

— Eu sei que a circuncisão é provavelmente mais saudável — diz Charag com calma —, e nós mesmos circuncidamos o nosso filho, mas a gente não fez por causa de uma religião. Sinto muito se você ficou ofendida, mas não posso pintar algemado.

— Acho a sua conduta mais que lamentável. O que você quis dizer com aquela pintura? Que uma religião que deu dignidade a milhões de pessoas em todo mundo é bárbara?

Ujala se recosta na sua cadeira e examina Kaukab.

— Dignidade? Mãe, você sabia que mulheres muçulmanas não são autorizadas a casar-se com não-muçulmanos? Num tribunal de justiça, o testemunho de mulheres tem a metade do valor que o de homens. Não-muçulmanos vivendo em países muçulmanos têm, sob a lei islâmica, um estatuto legal inferior: eles não podem testemunhar contra muçulmanos. Infiéis devem ser mortos: dos 17 grandes pecados muçulmanos, a descrença é o mais grave, pior que o assassinato, o roubo, o adultério. Na Arábia Saudita, segundo o dito de Maomé de que "Duas religiões não podem existir na Arábia", os não-muçulmanos são proibidos de praticar a sua religião, construir igrejas, possuir Bíblias. — A voz dele tinha aumentado um pouco e o garoto de 8 anos está olhando raivosamente para ele; e desafiadoramente ele diz:

— Pare de gritar, você aí! — Ujala estende a mão sobre a mesa e dá uma agitada nos cabelos dele:

— Me desculpe — as pontas dos seus dedos sentindo brevemente a cócega da pequena área do tamanho de uma moeda no alto da cabeça do menino, sempre rebelde ao pente, eriçada como a crista de um cardo.

— Como é que você sabe tudo isso assim de repente? — Kaukab, que estava de saída, dá a volta e pergunta a Ujala.

— Eu li o Alcorão, em inglês, à diferença da vocês, que só o entoam em árabe sem saber o que as palavras significam hora após hora, dia sim, dia não, como goma de mascar para o cérebro.

Kaukab diz:

— O que não entendo é por que todos vocês, que passam o seu tempo falando de direitos da mulher, nunca pensaram nada sobre *mim*? E os *meus* direitos, e os *meus* sentimentos? Não sou *eu* uma mulher, eu sou um eunuco?

Ujala continua:

— Uma religião que deu dignidade a milhões de pessoas em todo o mundo? Amputações, apedrejamento até a morte, chibatadas — não é bárbaro?

— Essas punições têm origem divina e não podem ser julgadas por critérios humanos.

Ele olha para ela.

— Se eu mudasse minha religião num país como o Paquistão, o que aconteceria comigo, Mãe?

— Por favor, vamos continuar nossa refeição — diz Shamas, sem desejar ter de lembrar-se demais da morte de seu pai.

Para dar uma impressão de normalidade restaurada — pois tudo isso deve estar constrangendo a moça branca — Kaukab se adianta para tocar num dos brincos de Stella:

— Que lindos!

Stella vira a cabeça de lado num ângulo para trazer o glifo adornado à luz.

— Minha mãe passou para mim porque era muito pesado para ela, agora que seus lóbulos já não estão mais tão firmes. Ele estira a pele dela e faz três preguinhas acima do gancho, parecidas com aquelas pestanas que pintam no rosto das bonecas.

— Muito bonito. Olhe, Mah-Jabin.

Mah-Jabin finge obsequiosamente admirar a jóia — fazendo ruídos para abafar o rufar dos tambores de batalha, o fragor e a fumaça da pugna.

Apesar de tudo isso, porém, Kaukab não consegue se convencer de abandonar sua discussão com Ujala: está ferida demais para ser distraída, mesmo que tenha sido ela própria quem tentou começar a diversão. Ela se vira para Ujala:

— Por que você haveria de querer mudar a sua religião? O Islã é a religião que mais cresce no mundo.

Shamas tinha ouvido aquilo várias vezes de várias fontes mas nunca foi capaz de encontrar comprovação definitiva — mas nada dirá agora que possa aumentar a tensão de Kaukab. Ela continua:

— Ninguém jamais ouviu falar de um muçulmano que tenha se convertido a outra religião.

Isto Shamas sabe que é falso — mas se concentra na comida.

— Eu posso querer mudar porque o Islã perturba uma mulher ignorante e sem escolaridade a ponto de ela dar veneno a seus filhos — diz Ujala.

Todos olham para ele — todos exceto Kaukab.

— Do que você está falando? — pergunta Charag.

— Eu amo meus filhos — Kaukab encara para Ujala e sustenta o seu olhar.

— Tenho certeza de que você pensa que sim — replica ele.

— Cale-se, Ujala, por favor — diz Mah-Jabin. — Se a Mãe não tem escolaridade, é porque há razões para isso. Ela fala mal o inglês e fica nervosa quando sai de casa porque não tem certeza de poder contar com uma resposta amistosa...

— Vamos deixar de fingimentos — interrompe Ujala. — Ela seria exatamente assim se não estivéssemos na Inglaterra. Quais foram os seus feitos lá no Paquistão, um país onde ela *pode* falar a língua e pode contar com uma resposta amigável...

Mah-Jabin balança a cabeça:

— Se ela é do jeito que é, é porque passou pelas coisas por que passou. Você não diria isso se soubesse realmente qual o lugar das mulheres no Paquistão. Você...

Agora é Kaukab quem interrompe:

— Não há nada de errado com a condição das mulheres no Paquistão.

Ujala sorri triunfantemente:

— Viu, Mah-Jabin? Diga-nos, Mãe, Chanda e Jugnu eram pecadores?

— Se pensa que desculpo o assassinato deles, você está errado.

— Mas eles eram pecadores sujos e impuros?

Kaukab parece um animal acuado.

— Eram.

— Quer dizer: você lamenta que eles tenham sido assassinados, mas eles *eram* pecadores. É como um juiz dizendo: "Vamos dar ao criminoso um julgamento justo e depois enforcá-lo." Eles foram para o inferno, agora que estão mortos? Sim ou não. — Ele estivera segurando uma colher e olhando para ela enquanto falava. Seu rosto refletido no aço curvo da colher como um retrato distorcido o faz lembrar-se da vez em que viu Jugnu com seu reflexo no dorso polido prateado de um escaravelho.

— O que você quer de mim, de nós? — diz Kaukab, querendo acabar com aquela conversa, aquela batalha sem derramamento visível de sangue. — Você quer que seus pais digam que tudo o que eles sempre fizeram está errado? Você quer saber que erros eles pensam que cometeram nas suas vidas? Bem, o maior erro da minha vida foi vir para este país, um país onde os filhos têm permissão para falar desse modo com seus pais, um país onde o pecado é uma banalidade. Mas eu tive de vir para este país porque seu pai era um sonhador e se meteu em encrenca com o governo. Uma vez, quando eu disse que agora nós temos um filho então faça o favor de pensar no futuro — pense em economizar algum dinheiro para a educação do menino, pense em construir uma casa —, ele respondeu que quando o menino tiver crescido o mundo inteiro terá se tornado comunista, e que coisas como educação, assistência médica e moradia seriam gratuitas.

Shamas evita o olhar de todos, simplesmente porque quer que o episódio acabe o mais rápido possível, e não porque esteja envergonhado do que outrora acreditou — ainda acredita —, isto é: que uma maneira mais íntegra, mais justa de organizar o mundo tem de ser encontrada.

Ujala diz:

— Não poderia haver união mais perigosa do que a de vocês dois: *você* estava ocupada demais ansiando pelo mundo e a época de onde vieram os seus avós, eles e seus ditos e princípios; e *ele* estava ocupado demais sonhando com o mundo e a época que seus netos deveriam herdar. E quanto às suas responsabilidades com as pessoas à volta no presente? Os que estão à sua volta são menos importantes para ela do que os que estão enterrados debaixo dos seus pés, e, para ele, importantes eram os que pairavam acima da sua cabeça — aqueles que ainda iam nascer.

Mah-Jabin balança a cabeça olhando para ele:

— Acho que é incorreto dizer que o pai é um sonhador. É uma idéia nobre: garantir que ninguém tenha demasiado até todos terem o bastante.

— Claro que é — diz Ujala —, mas o que ele fez para alcançar este fim? Ele não contribuiu muito, se é que contribuiu.

Shamas se acusava disso o tempo todo — ele não fez o bastante, se é que fez alguma coisa.

— O pai contribuiu. Quando veio para cá, ele fez os operários da sua fábrica entrar para os sindicatos e ele também lutou contra os sindicatos porque não estavam aceitando estrangeiros nos seus quadros — diz Charag. — Ele esteve envolvido nesse tipo de trabalho durante toda a sua vida.

Kaukab perde a cabeça:

— Veja como vêm todos em defesa do pai, recusando-se a ouvir uma palavra ruim sobre ele, mas de *mim* maltratam abertamente.

Ujala suspira e se levanta para ficar à janela. Ainda há muitas coisas a dizer. Ele se sente como um brinquedo de corda preso num tufo do tapete: parado mas cheio de energia. Subitamente, tudo está quieto. Durante toda a noite um vento de inverno estivera soprando pelas ruas lá fora, carregando e fazendo barulho, sacudindo as saias havaianas do salgueiro no jardim quatro casas abaixo, arremessando as folhas rijas congeladas dos plátanos na viela atrás, onde elas se quebram como louça, e farfalhando o mato na colina além, mas agora morreram todas as canções trazidas pelo ar, e os vinte bordos às margens das ruas laterais expulsam de si inflexivelmente os últimos restos de vento.

Shamas e Stella começam a tirar a mesa e Kaukab se senta de lado numa cadeira (para manter as pernas livres caso precisem dela e tenha que se levantar): ela começa a sua refeição, preparada a partir das sobras do neto. Mah-Jabin senta-se com o sobrinho à mesinha de centro: o menino está fascinado pelo discador rotativo do telefone de 25 anos, o qual hoje em dia se encontra mais em brinquedos de criança. O telefone toca em vez de chilrear, o fone é pesado como somente os fones das cabines públicas atuais, os telefones modernos sendo mais leves que uma casca de gafanhoto. Mah-Jabin compreende então que nunca telefona para casa quando sabe que vai haver tempo ocioso ou livre após a chamada para estender a conversação: ela sempre dá um jeito para que haja alguma atividade programada para imediatamente depois. Com a mesa tirada, Charag vai à cozinha com Mah-Jabin para trazer os cabelos-de-anjo com folhas de ouro. Lá ele pergunta a Mah-Jabin o que Ujala queria dizer com seu comentário sobre Kaukab envenenando seus filhos. Ela resiste mas lhe conta finalmente a verdade.

Kaukab tinha observado Charag seguir Mah-Jabin até a cozinha e percebido que ele queria ficar sozinho com a irmã para perguntar o que Ujala tinha querido dizer com a história do veneno. Como eles não retornaram imediatamente — quanto tempo leva para pegar um prato e uma certa quantidade de tigelas e colheres, afinal? —, ela apura os ouvidos para ver se eles estão sussurrando lá dentro.

Quando Charag entra na sala, trazendo o prato com os cabelos-de-anjo, a expressão em seu rosto diz a Kaukab que Mah-Jabin lhe contara tudo. E como para confirmar, Mah-Jabin — seguindo Charag com as colheres e tigelas — evita o seu olhar cheia de culpa. A moça aplicou a folha de ouro à superfície dos cabelos-de-anjo com muita falta de jeito, rasgando a delicada folha aqui e ali de tal modo que ficou parecendo um espelho oxidado.

— Eu sei que vocês todos pensam que eu sou a pior mulher do mundo — Kaukab se ouve dizer —, mas eu... — E falando serenamente ela diz a todos, virando-se agora para Charag, depois para Shamas, entremeando em inglês ocasionalmente para incluir Stella, que ela não sabia que o sal que o clérigo-*ji* lhe dera era um brometo — o que quer que isto venha a ser —, e então se vê pondo a mão no bolso do seu cardigã e tirando a carta e dizendo: — E, Mah-Jabin, eu sei que você pensa que eu insisti com você injustamente que retornasse para seu marido, mas foi porque eu não sabia de nenhum desses detalhes. Eu sei que parece que não posso me mover sem machucar alguém, mas eu não quis causar dor.

Mah-Jabin reconheceu a carta e se adianta para pegá-la das mãos de Kaukab.

Kaukab sai da sala e corre escada acima, querendo ficar só. Ela fecha a porta de seu quarto e a tranca, deitando-se na cama com a intenção de lá ficar só um momentinho, mas abrindo a porta mais de uma hora e meia depois. Ela tem de descer rápido, diz ela a si mesma ao chegar entre os dois lances da escada, pois senão Mah-Jabin começaria a lavar a louça: há pratos e panelas demais hoje para ela pedir à menina para lavar.

Ela chega ao térreo para encontrar Shamas levando as cadeiras de volta para a cozinha. A mesa de jantar já está no seu lugar habitual.

— Stella e Charag já foram? — pergunta ela. Ele aquiesce com a cabeça e, quando ela lhe pergunta onde estão Mah-Jabin e Ujala, ele diz que eles também tinham partido: — Todos foram embora juntos. Mah-Jabin bateu à sua porta antes de sair, mas você não respondeu.

— Para onde eles foram? Quando vão voltar? — Kaukab se vê a perguntar-se em pânico. — Eu tenho coisas a dizer a Mah-Jabin. Dizer que o *próximo* marido que eu encontrar para ela seria decente. E tenho coisas a dizer a Ujala. Eu não esperava uma despedida alegre, mas pelo menos afável e carinhosa. — Ela corre à porta da frente e a abre, olhando em volta desesperadamente. Um gato cor de sândalo que estava no jardim sai correndo da vista ao surgir a figura humana, muito rápido, como se estivesse na ponta de um elástico esticado até o limite. — Há quanto tempo eles partiram? — Tudo acabou tão rápido: nesta manhã, ela havia pensado que teria muitas horas com seus filhos, dias inteiros com Ujala: ela sente a frustração esmagadora que sentia sempre que engolia acidentalmente a bala inteira, a bala que tinha esperado desfrutar o sabor chupando devagarinho.

O ar dolorosamente frio se derrama pela casa como um mar. Shamas pede para ela se acalmar e a faz sentar-se na cadeira por alguns minutos. O rosto pétreo, ela faz o que ele diz mas se levanta para começar a lavar a louça, descartando com um gesto as ofertas dele para fazer aquilo por ela. Ela esfrega as panelas mecanicamente até poder ver seu rosto nelas, e então pára, como se fosse o que estava procurando. Há ao todo 55 itens a ser lavados e as sobras a ser postas em pratos de tamanhos praticáveis para ser guardados na geladeira. Ela faz as suas orações noturnas às dez, e embora estivesse em silêncio a sua fé não está muda: ela pode ouvir-se gritando estridentemente ao postar-se no tapete. Sem trocar uma palavra, os dois trabalham até às onze da noite, quando a cozinha e a sala de estar voltam à sua forma normal, as gavetas fechadas, os armários cheios de potes e panelas, o chão limpo e as açucenas brilhando na mesinha de centro.

Ao derivar para o sono, Shamas ouve os movimentos de Kaukab no quarto contíguo.

E no meio da noite ele abre os olhos porque tomou repentinamente consciência de barulhos no andar de baixo. As noites de inverno são enganadoras, ele se lembra: embora esteja escuro, já deve estar quase amanhecendo — Kaukab sem dúvida desceu para fazer a primeira oração do dia que estava chegando. Mas então ele nota que eram três da manhã. Cedo demais para a oração matinal. Mesmo que não seja incomum um deles acordar no meio da noite para descer e chacoalhar o vidro de aspirinas, de todo modo ele decide descer para dar uma olhadinha. No fundo do vão escuro da escadaria há uma ranhura de luz da finura de um envelope na porta da cozinha, e no último degrau ele faz um erro de cálculo — pensa que não há mais degraus a descer — e seu pé cai os cerca de 25 centímetros para aterrissar com um baque no chão, uma sensação não muito diferente de tomar um grampeador vazio por um cheio e bater com força. Parece que ela não ouviu o barulho e não reage quando ele entra. Ela permanece imóvel, mas diz calmamente sobre a panela no fogão:

— Estou esperando esfriar. Está quente demais para beber.

— Leite? — E quando ele anda na direção da panela e ela lhe dá um encontrão por trás, empurrando-o para o lado, o seu quadril direito bate na madeira da gaveta e ele se dobra de dor. Sua mão aproximara-se demais do cabo da panela, que se inclina caindo da boca do fogão: surge uma lâmina transparente de água entornada, e dentro dessa longa queda d'água mil moedas de um centavo caem com estrépito no linóleo.

Um círculo de vapor se expande da água derramada na direção das quatro paredes.

De quatro, ela se apressa a recuperar os centavos.

— Afaste-se de mim — ela tenta livrar-se da mão dele em seu ombro. — Eu vou beber esta água. — Ela dá a volta e uma pata de leoa lhe arranha o rosto porque ele está tentando puxá-la. — Você me trouxe para cá. Para este país maldito. Você me fez perder os meus filhos.

Ele está aterrorizado. Alguém em Sohni Dharti *tinha* cometido suicídio bebendo água na qual um punhado de moedas fora fervido, os parentes tomando o seu andar hesitante por álcool e pondo-o na cama para curar dormindo.

Ela olha para ele selvagemente:

— Eu o responsabilizo pelo fato de os meus filhos me odiarem. — Ela se projeta adiante, mas os braços dele estão prontos para agarrá-la por trás, mantendo-a a mais ou menos um metro das moedas, sobrepostas como escamas de peixe. Não há mais nenhum perigo, pois toda a água foi derramada, mas uma reação forte nele tem de impedir que ela toque nas moedas, um medo da contaminação da morte — e ela parece querer o contato com elas por razões correspondentes.

— Sim, a responsabilidade é sua. Você leu o que aquela besta do seu sobrinho fez com a minha filha, a minha filha melhor-que-uma-flor? — Ela afrouxa a pegada dele em torno da sua cintura e se levanta, a cauda do seu *kameez* e o alto do seu *shalwar* encharcados na água venenosa. — Eu quero que você saiba que as chances de Mah-Jabin na vida foram arruinadas por você, o pai dela. Você não quis se mudar para uma vizinhança melhor, e nenhuma família decente jamais viria aqui pedir a mão de uma moça nesse bairro de terceira classe, de gente que é operária de tecelagem ou trabalha no Jóia da Coroa ou no Estrela do Punjab. A gente tem de pensar nessas coisas quando tem uma filha. Eu lhe pedi para deixar os seus princípios de lado quando houve aquela conversa de condecoração com a Ordem do Império Britânico, só pelo bem da garota, só para que houvesse pelo menos *alguma* coisa atraente sobre ela para as outras pessoas, a sua fotografia no jornal urdu para todo mundo ver, mas você disse que não, disse que não buscava a fama entre os homens nem majestade sobre eles. Eu juro pelo Alcorão que não queria nenhuma dessas coisas para mim, mas para os meus filhos. Eu queria que Charag se tornasse médico para que as pessoas dissessem que Mah-Jabin é irmã de um médico, mas este sonho meu também fracassou. E como vou encontrar outro homem para ela *agora*, agora que o retrato do irmão dela *está* nos jornais, mas por razões imorais, pecaminosas e repulsivas. Só posso ter esperanças de que ninguém leia o caderno cultural. Como haveria eu de encarar a gente boa temente a Deus deste bairro se a notícia daquele retrato degradante se espalhar? Como eu te odeio por permitir que Satanás plantasse suas sementes na minha barriga.

Shamas sabe que ela está se referindo à crença de que Satanás compartilha o ato sexual se o marido deixar de ler os versos corânicos apropriados antes da penetração. E a punição é grande se o marido não leu versos específicos no momento preciso da ejaculação: as sementes de Satanás entram no ventre da mulher juntamente com as do homem e o filho resultante fica predisposto a ações satânicas.

Ele ouve enquanto ela fala monocordicamente. Há uma moeda de meio centavo entre as de um centavo, moeda agora fora de circulação, há tempos não vista. Moedas no bolso apodrecido de pessoas mortas ajudaram a polícia a encurtar a duração do período em que a pessoa desapareceu. O que havia nos bolsos de Chanda e Jugnu quando seus corpos foram desmembrados?

— Charag não foi para a escola de medicina porque não conseguia se concentrar em seus estudos nesta casa: a mulher da casa ao lado começou a fazer calças de brim para uma fábrica de roupas e instalou uma máquina de costura industrial na sua cozinha. Então eram 12 horas por dia de zumbido em todos os cômodos desta casa. Isso não teria acontecido numa vizinhança melhor. E Ujala cresceu entre filhos mantidos por assistência do governo de operários de fábrica e acabou pensando como eles, deixando a escola aos 15 anos. Numa vizinhança melhor, ele teria tido melhores exemplos à sua volta. Você quase me chamou de esnobe no mês passado quando eu disse que não queria um dos velhos amigos de escola de Ujala nesta casa, mas não foi porque ele recebia assistência familiar e seu pai trabalhava numa tecelagem, foi porque dizem que o menino é um tremendo ladrão, capaz, se quiser, de roubar a sombra que maquia os nossos olhos. Eu teria sentido saudades das mulheres que conheço nesta vizinhança se nos mudássemos para outro lugar, mas estava preparada para fazer esse sacrifício por meus filhos. Hoje à noite mesmo, você estava mais interessado nos destinos de *outras* fotografias do que naquela da sua própria família.

— Elas são um documento importante.

— Como a da sua família.

A camada superior das moedas perdeu seu calor para o ar, mas aquelas enterradas por baixo ainda estão aquecidas; uma espiral de vapor eleva-se delas como quando um biscoito recém-saído do forno se quebra em dois: ele pegou o jarro de vidro (cujo par, ele se lembra, foi usado para fazer um gaiola para a mariposa Grande Pavão) onde o dinheiro estava e o está enchendo outra vez, a mão em concha recolhendo os discos fugidios. O vapor é uma pressão suave, tangível no rosto: em certo momento, não é menos repugnante do que se estivesse saindo das tripas abertas de um animal abatido, mas o momento passa. E agora há aquela asa de cisne que fora levantada contra ele, roçando o seu rosto numa noite de verão este ano: ele estava voltando de uma assembléia tardia na câmara municipal e o pássaro leitoso estava parado no meio da rua, recolhendo o calor do dia no asfalto.

Ele a segue ao andar de cima. Ela sobe de lado, como alguém muito velho, segurando o corrimão: a injeção de esteróide na rótula no ano passado aliviou um pouco a artrite, mas aquela perna ainda não era o que outrora tinha sido: com o tempo, as pessoas aprendem as falhas específicas por trás da atitude padrão que atores e crianças a brincar assumem ao imitar a velhice. Ele olha enquanto ela se troca por roupas secas e vai para a cama. Será que gostaria de um pouco de leite? Acender a lareira?

No andar de baixo, ele seca o chão da cozinha e senta olhando o jarro de moedas (enquanto a garotinha na casa ao lado tosse em seu sono). A visão das moedas o revolta, uma ameaça, e depois de uma discreta subida para verificar se Kaukab estava bem ele se veste e, pegando o jarro, sai da casa. Ele não pode suportar tê-las sob o mesmo teto que ele. Levaria um bom tempo para ele jogar as moedas no lago. Porém, com menos de um minuto de jornada, as forças do frio o obrigam a voltar para casa. Dezembro suga o calor do seu corpo em colunas brancas de fumaça enquanto ele anda. Ele sobe as escadas mais uma vez e, tendo examinado Kaukab, vai ao guarda-roupas onde guarda seu uísque. Na plataforma entre os lances da escada ele dá dois tragos e coloca a garrafa no bolso do seu casaco antes de partir para o lago outra vez. Uma vez, ele tinha entreouvido Charag dizer a Stella que estava feliz de o Islã proibir o álcool, "pois se não fosse por isso tanto minha mãe quanto meu pai seriam alcoólatras". O bordos ao longo da rua lateral em aclive entre a mesquita e a igreja tinham começado a deitar seiva gota a gota no começo do outono, e agora estavam quase vazios, esqueletos das suas antigas naturezas. A lua flutua à superfície da água num charco ao lado da estrada, e as estrelas estão mais perto dele naquela noite de frio mordente do que o véu cintilante na cabeça está da noiva (como Kaukab lhe dissera uma vez), enquanto ele anda rumo ao lago.

Kaukab, incapaz de dormir mais de uma hora, senta-se na cama, a casa vazia dos seus filhos. Há convulsões cauterizantes na sua barriga, como os "três dias de dor" que a mulher sofre depois de dar à luz, o útero enlouquecendo à procura do bebê que até há pouco contivera.

Ela queria ter o Livro dos Destinos por alguns minutos para poder folhear o texto de ouro, procurando felicidade, enquanto mariposas batem ruidosamente nos vidros das janelas, tentando chegar à luz que emana da tinta de Alá. Se ao menos os anjos deixassem cair o Livro e ele pousasse no seu jardim rodeado por um breve halo de brilho de puro ouro. Ao cair pelo ar escuro, ele atrairia a atenção de mariposas dos cantos mais quentes do universo, e elas seguiriam a sua jornada como se estivessem sendo sugadas por um turbilhão. Elas ficariam pairando sobre o Livro enquanto ele jazesse no seu jardim, mariposas sobrenaturais, numa dança excitada como centelhas sobre o fogo, as asas com pêlos delgados como as costas das mãos de um homem. Ela desceria e o pegaria, afastando os insetos com um gesto da sua mão livre, excitando-os com o odor de condimentos que ainda se apega a ela de hoje mais cedo. O Livro estaria muito frio da sua jornada pelo espaço exterior, e ela entraria rápido com ele, apertando os segredos do seu destino contra o corpo. E, quando abrisse as páginas, as palavras luminosas no interior iluminariam o seu rosto — ela sentiria a pressão da luz na sua pele ao procurar pela felicidade.

Ela encontraria a página onde a família fora para tirar aquela fotografia (conforme Alá desejou e os anjos escreveram com penas arrancadas de suas asas).

Viraria umas poucas páginas, e cá está ela, seis anos depois, de olho no jovem que fora colega de escola de Ujala — o seu boneco de filho Ujala — passando pela casa. Uma vez Ujala trocou com ele um casaco por um par de sapatos, como os jovens fazem às vezes. E ela notou com um pontada de dor que o casaco era pequeno demais para o rapaz que o usava então, e isso a fez lembrar o quanto Ujala também deve ter crescido nos anos em que ela não viu novas fotografias dele: na época em que os garotos ganham peso e altura a uma tal velocidade que as roupas ficam curtas no tempo que leva para comprá-las nas lojas e desembrulhá-las em casa.

Seguindo adiante, ela vai procurar o dia no ano passado em que Chanda e Jugnu terão morrido — só para provar a si mesma que as cortes tinham cometido um erro, que Alá se compadece e é misericordioso. Mas e se for tudo verdade? O que Alá tinha em mente fazendo matar os dois amantes? Ela se recorda da parelha do poeta mughul Ghalib: *O manuscrito do meu destino — devido ao descuido de seu autor — está coberto em toda parte de manchas de tinta derramada: esses borrões escuros são as negras noites que passei longe da minha amada.*

Não, não, ela não deve queixar-se nem por meio instante da porção de infelicidade. Ele escreveu no Livro para ela: ela deve lembrar-se de que Hazrat Rabia — que Alá conserve esta estimada filha do alvorecer do Islã em Sua luz até a Eternidade — certa vez confidenciou a uma amiga que o montante de felicidade em sua vida estava começando a perturbá-la:

— Pergunto-me se Alá está zangado comigo por alguma razão. Por que não me enviou Ele algumas atribulações por um tempo para eu poder agradá-lo triunfando ou suportando o seu fardo sem Nele perder a fé?

E subitamente agora ela tem medo: como pode ter nutrido esses pensamentos sobre o Livro dos Destinos. Nenhum humano jamais há de pôr os olhos nele. Uma desobediência tão flagrante! Não, não, se o Livro jamais cair na terra, ela o traria para dentro e esperaria os anjos chegarem procurando por ele. Ela saberia que tinham chegado porque o ruído das mariposas do lado de fora da janela diminuiria — sua luz atrairia algumas das mariposas para longe da sua casa. Será que se pareceriam com os que ela sempre imaginou? Durante a guerra de 1965 entre a Índia e o Paquistão, algumas das bombas que os jatos indianos jogaram no Paquistão não explodiram ao cair na terra, e vários clérigos disseram que tinham visto pessoalmente anjos aparecer a interceptar as bombas em pleno ar, carregando-as em seus braços para colocá-las suavemente no solo amado por Alá do Paquistão. Corresponderiam às descrições que Kaukab lera nos jornais da época? Uma nuvem iridescente, lá no céu, conservaria o recorte preciso de onde um dos anjos voou através dela. Eles se acomodariam no telhado da mesquita, sem dúvida, enquanto esperavam que ela lhes trouxesse o Livro, o ar brilhando em volta deles, as coloridas bainhas de seda e brocado descansando sobre as telhas negras, pois os anjos muçulmanos não se vestem de branco como os cristãos, nem tampouco suas asas são só brancas: as penas são verdes, azuis, vermelhas, laranja, amarelas. Aves do Paraíso! Eles têm ramalhetes de diamantes em seus turbantes de *chiffon* e suas faces são como tingidas em cinábrio. Alguns estariam reclinados no telhado, outros olhando na direção da casa dela — ela tem certeza de que eles podiam ver através das paredes, possuindo olhos aguçados o bastante para ver a chama de uma vela na lua —, e uns poucos teriam retirado as suas asas e estariam esfregando os ombros como em busca de alívio, como se as asas fossem pesadas demais, o vôo até a terra longo demais. Ela não tem certeza de que vá poder vê-los, pois alguns clérigos sustentam que anjos e espíritos de figuras santas não podem ser vistos por mulheres, que são inferiores aos homens, mas então ela se lembra de que o Alcorão afirma claramente que a mãe de Moisés recebeu uma mensagem divina de Alá, uma revelação, exatamente como receberam todos os profetas, que eram todos homens.

Kaukab sai da cama, desempenha as suas abluções e abre o Alcorão.

Não, ela não precisa olhar nas páginas do Livro dos Destinos.

Ela tem esse livro.

Sim, não é nosso lugar perguntar a Ele "Por quê?" ou "Como?"; nos só podemos dizer "Socorro!".

Uma folha do Livro dos Destinos

No último dia da sua vida, Jugnu foi acordado uma hora e meia antes do amanhecer pelo ruído que os pavões fizeram ao entrar no seu quintal.

Um homem estava correndo na direção da mesquita porque o clérigo tinha caído no chão com a mão esquerda sobre o coração, e os pavões — que vagavam pelas ruas escuras — foram espantados por ele em todas as direções. Os pavões eram um incômodo — responsáveis por arranhões na pintura de automóveis, e na semana passada eles tinham entrado na mesquita e vários deles rebentaram rosários, as contas bamboleando nos seus bicos ao serem enxotados para fora e rua abaixo.

Uns poucos pássaros entraram então no quintal de Jugnu em busca de segurança entre os galhos das macieiras. Os pássaros tinham aparecido na vizinhança há uma quinzena — mas ninguém sabia de onde teriam fugido. Eles passavam a maior parte das horas de luz nos bosques às margens do lago e nos prados montanhosos retirados que circundavam o bairro, longe dos humanos, mas saíam e vinham para as ruas durante a noite. A presença deles na região era perturbadora para alguns. Os fiéis sempre foram ambivalentes em relação aos pavões, pois foi essa afável criatura que inadvertidamente deixou Satanás entrar no jardim do Éden. Disfarçado de idoso, Satanás pediu para ser admitido, mas os porteiros o reconheceram e não deixaram, mas então os pavões — que tinham observado todo o incidente de seu poleiro no muro — desceram e suspenderam o velho esfarrapado em suas patas, voando de volta para dentro.

Deixando Chanda adormecida, Jugnu saiu da cama. Ele se aproximou da janela e da vista obscuramente iluminada dos pavões. A luz pálida da lua de verão se decompunha no céu azul-escuro, o qual, ao alvorecer, em uma hora e meia, seria pintado com uma luz tão vermelha quanto um romã de Candahar. Jugnu estava usando um *dhoti* improvisado: era hábito dele, ao levantar-se no verão, amarrar em volta da cintura o lençol leve sob o qual dormira.

Jugnu e Chanda tinham chegado em casa do aeroporto depois das dez na noite passada e, exaustos do longo vôo de oito horas, dormiram nos braços um do outro apenas uma hora depois; Jugnu observara freqüentemente que a viagem de avião era certamente pior para o corpo do que um trajeto em carro de boi em estradas esburacadas de aldeias interioranas. Ao fechar os seus olhos escuros na noite anterior, Chanda não tinha a menor idéia de que jamais o veria outra vez.

Eles não tinham desfeito as malas. E ao levantar-se e descer para tratar disso no dia da sua morte, Jugnu começou a abrir as malas e logo se deixou absorver pelos cadernos de anotações nos quais registrara as informações sobre os lepidópteros paquistaneses durante a visita. Ele testemunhara uma papa-moscas-do-paraíso dilacerar e dar de comer uma Mórmon Comum aos seus filhotes no vale de Kaghan. Depois da chuva de monção na Cordilheira do Sal do Punjab, ele seguiu a viagem da Tigre Azul para o sudeste e conseguiu observar a migração anual da Branca Limão-Claro através do Desfiladeiro Khyber.

Na cozinha decorada com fileiras de cedros — mais papel de presente do que de parede —, ele abriu uma das muitas pequenas caixas de papelão que continham as borboletas que trouxera do Paquistão.

Uma caixa — que continha vários exemplares da Azul-Goiaba Comum, capturados nos pomares de goiaba de Malir e Landhai, logo nas cercanias de Karachi — seria encontrada na prateleira da cozinha quando a polícia arrombou a porta da casa trinta dias depois —, pois, como o casal tinha retornado antes do que havia planejado, ninguém daria pela falta deles até então.

Como não havia comida na casa, Jugnu ferveu um pouco de água e bebeu uma xícara de café preto enquanto esperava pelo primeiro sinal de vida na casa ao lado para poder pegar pão, leite e ovos emprestados de Kaukab. Ele saiu e se aproximou hesitantemente da jaqueta de brim que estava pendurada na corda desde a primavera, pois uma cambaxirra tinha feito seu ninho num dos bolsos. Ele notou que a família parecia ter crescido durante a sua ausência.

Passando pelo emaranhado de lírios do jardim da casa contígua, ele escavou uma cebola na pequena horta de Kaukab para uma omelete, suas mãos brilhando no canto ensombrecido. Ele não sabia que estava sendo observado.

Somente dois dos pavões ainda não tinham se dispersado então, e estavam perto de Jugnu, também a observá-lo. Mas eles também tinham sumido quando Jugnu saiu da casa pela segunda vez (as malas jazem na cozinha como carcaças estripadas) para bater de leve na porta de Kaukab, pois uma luz estava lá agora acesa.

Não houve resposta.

O pequeno trecho de grama diante da porta estava orvalhado e Jugnu, usando as mãos como brocha, escreveu sobre ele as palavras *A Visão*. As palavras ficaram em verde-claro por entre as gotículas verdes cinza-prateadas. Era uma mensagem para Chanda: Jugnu tinha decidido caminhar até a fazenda desse nome, onde se vendia pão fresco àquela hora. Ele também compraria outras provisões para o café-da-manhã.

A fazenda ficava a um quilômetro e meio de distância, depois do lago com seu píer de xilofone. A família proprietária também cultivava orquídeas numa estufa presidida por um olmo que fora ferido por um raio. Desde muito antes de Jugnu conhecê-los, a família vinha tentando cultivar uma planta que se assemelhasse àquela encontrada no centro do ovo Fabergé de ouro e rubi. A herança fascinante viajara através das décadas e cada nova geração daqueles obstinados gigantes louros parecia obcecada em criar uma cópia viva da escultura adornada.

— Mas a flor é fruto da imaginação — dissera-lhes Jugnu certa vez com um sorriso. — É como tentar viver uma vida descrita num belo poema ou num romance perfeito. — Eles vinham à região dos imigrantes asiáticos todos os anos para convidar as crianças para o torneiro de "encantamento de minhocas" realizado na fazenda. Podia haver até cinqüenta milhões de minhocas debaixo de um hectare de terra: cada equipe de crianças recebia um quadrado de terra do tamanho de um toalha de mesa num campo. O chão era batido com varas, esmurrado e pisoteado até a vibração trazer as minhocas para a superfície. Havia prêmios para a maior quantidade de minhocas recolhidas (o recorde tendo se mantido em 763 por quadrado durante vários anos), para a minhoca mais comprida, a mais pesada. Mas as mães da vizinhança imigrante sempre ficavam preocupadas de deixar seus filhos participar, pois o campo onde a competição se realizava ficava próximo de um cemitério e elas não queriam que seus filhos mexessem com nada que tivesse se alimentado de corpos.

Jugnu pegou as suas chaves e saiu do quintal. O filho do barbeiro — tendo dirigido o seu táxi a noite inteira — estava justo estacionando diante da casa dos pais quando Jugnu surgiu na rua. O velho estava no carro junto com o filho, que, conforme atestava a fotografia em preto-e-branco na parede da barbearia, era igualzinho ao pai quando jovem.

Jugnu parou porque o caminho estava bloqueado pela porta aberta do automóvel sobre a calçada. Com uma saudação e um sorriso, Jugnu estendeu as mãos para o interior e aliviou o velho barbeiro da caixa que estava carregando em seu colo. Houve um arranhado de garras dentro da caixa quando ela pendeu nas suas mãos. Um cheiro forte de penas e excrementos de passarinho veio da caixa, o que disse a Jugnu que, ao voltar para casa da sua noite de trabalho, o filho trouxera o pai de uma briga de codorna que virara a noite. Alguns membros da geração mais velha entregavam-se a essa paixão, que era ilegal na Inglaterra, mas não era proibida nas cidades e povoados do Paquistão, da Índia e de Bangladesh, de onde eles vieram. A maioria dos rapazes, nascidos aqui na Inglaterra, não se interessava pela atividade, mas *havia* homens nais jovens nessas lutas aqui na Inglaterra: eram os genros (a maioria sobrinhos) que a geração mais velha importara dos povoados em casa para as suas filhas nascidas britânicas. E, cada vez mais, outros jovens presentes nas rinhas eram expatriados em busca de asilo e imigrantes ilegais.

Os pássaros passavam fome por uma quinzena e eram alimentados com sementes embebidas em álcool antes da luta, os homens manuseando com panos as garrafas islamicamente impuras, e depois esporas eram amarradas à parte posterior das patas dos pássaros.

— As caixas continham pássaros moribundos ensangüentados — diria o filho do barbeiro posteriormente, nos meses a seguir —, e eu estava com medo de que Jugnu suspeitasse e acabasse nos criando problemas. Ele era um homem educado. Não como nós: os filhos foram reprovados nos seus cursos secundários assim como os pais, numa outra época, tinham fracassado nas suas candidaturas à universidade.

O filho do barbeiro deixou Jugnu ajudar seu pai — apesar do fato de o velho senhor ter sido dominado pela aversão ao ver Jugnu, que ele considerava um pecador repugnante e imoral.

Depois de ajudar o velho a sair do carro, Jugnu carregou a caixa de codornas até a porta da frente. O filho estava prestes a partir, mas então o carro parou: a janela foi abaixada e o filho disse ao pai o que tinha acabado de ouvir no rádio — que o clérigo da mesquita tinha caído vítima de um infarto suspeito. O barbeiro, procurando no bolso a chave da porta da frente, ficou abalado com a notícia. Durante a estadia de Chanda e Jugnu no Paquistão, o clérigo tinha tido um sonho santíssimo, um sonho que teve um efeito eletrizante sobre os muçulmanos do bairro e que também foi mencionado em cartas e telefonemas ao Paquistão, à Índia, a Bangladesh e ao Sri Lanka, onde se mostrou igualmente sensacional. Segurando um rosário com mil contas de jade, uma figura santa apareceu ao clérigo para dizer-lhe para escrever uma carta ao presidente dos Estados Unidos, convidando-o a converter-se ao Islã. O homem santo estava numa mesquita entalhada numa única pérola, que era — tal foi o entendimento do clérigo no sonho — lavada duas vezes ao dia em água-de-rosas. O santo disse ao clérigo que ele tinha lhe agradado por sua inesgotável devoção e que — como sinal do seu gosto por ele — caberia à indução do clérigo levar o presidente americano a converter-se ao Islã.

O barbeiro deu a Jugnu um adeus mecânico e distraído, depois de dizer numa voz cheia de reverência e admiração:

— Só os devotos morrem na sexta-feira. — E ele afirmaria posteriormente que quando seus dedos tocaram os de Jugnu — quando pegou dele a caixa contendo os pássaros feridos — a mão de Jugnu estava fria e pétrea, como as de um homem morto.

Depois de acompanhar o velho barbeiro à porta da frente, Jugnu continuou o seu caminho rumo à rua lateral margeada de bordos que subia entre a igreja e a mesquita.

Ele parou antes de iniciar a subida porque reparou, na esquina, uma escada subindo para o céu. No mês anterior — enquanto ele estava no Paquistão —, os operários que vieram para substituir o poste telefônico tinham descoberto que havia uma caixa de correspondência atada a ele, vermelha como um carro de bombeiro e quente sob o sol do verão, apesar da sombra dos bordos à proximidade. Eles não tinham as ferramentas oficiais necessárias para soltar os grampos e decidiram soltar a caixa devagar sobre o topo do poste e deslizá-la de volta sobre o poste substituto, como um relógio de pulso. Revelou-se que o novo poste era mais largo mais perto da base, ficando a caixa a três metros e meio do chão. Ela permaneceria nessa posição por vários meses, e uma escada foi instalada para a postagem e o recolhimento da correspondência. Algumas pessoas da vizinhança veriam a situação como uma tentativa ostensiva e óbvia dos brancos de impedir que os asiáticos mantivessem contato com as suas famílias em casa. Trepadeiras subiram a escada e o poste, as gavinhas fazendo listras coloridas nos degraus, as belas flores brancas pairando no ar sobre os delicados galhos, então repletos de folhas esculpidas em forma de coração.

Apenas em duas semanas a contar daquele dia, Kaukab arrastaria aquela escada, puxando atrás de si um emaranhado de corações verdes empoeirados até o jardim da frente da casa de Jugnu, e a apoiaria contra a janela de cima, mandando um menino subir para dar uma olhada pela janela — desejando que Ujala estivesse em casa para ela poder mandá-*lo* subir, em vez de ter de pedir ao filho de outrem.

Parado ali, ele estava sorrindo sozinho quando Naheed, a costureira, saiu às presas de casa e lhe pediu o favor de subir e postar rápido esta carta, irmão-*ji*. Nos meses a vir, ela debateria intimamente se devia ou não deixar alguém saber que fora uma das pessoas que viu Jugnu nas horas antes do amanhecer. A carta era para a irmã, que vivia em Bangladesh, e ela queria mantê-la em segredo do marido: durante uma visita a Pabna há mais de uma década, o homem fora acusado de agressão sexual pela irmã mais nova de Naheed e, silenciando as alegações da garota, ele proibira Naheed de entrar em contato com a família. Naheed escrevia para seus pais e para a irmã sempre que tinha oportunidade, mas postava as cartas quando ele estava dormindo, às vezes saindo à rua na calada da noite.

Se disser à polícia que vi Jugnu, escreveria ela à irmã numa carta várias semanas depois daquele alvorecer, *ele ia querer saber o que eu estava fazendo na rua àquela hora, falando com outro homem. E as visitas à casa e os interrogatórios da polícia iriam irritar a sua natureza vingativa.*

Quanto ao barbeiro e seu filho motorista de táxi — que foram as outras duas pessoas a ter visto Jugnu àquela hora do dia —, eles não iam querer se envolver, pois temiam que a briga de codornas acabasse criando problemas com a lei.

Depois de postar a carta de Naheed à costureira — carta esta que havia sido fechada com pedacinhos de massa de *chappati* porque o tubo de cola estava no andar de cima e ela não queria ir procurar, com medo de acordar o marido —, Jugnu continuou subindo a rua margeada de bordos, rumo à esquina onde ficava a mesquita.

As luzes da rua ainda estavam ligadas e lançavam um brilho amarelo-alaranjado sobre o pavimento.

Quando Jugnu estava passando pela porta da mesquita, Shaukat Ahmed, que tinha uma barraca de roupas de tricô no mercado coberto, saiu e, ao ver Jugnu, pediu-lhe austeramente para entrar e examinar o clérigo. ("Eu sempre achei que ele era médico!", diria ele posteriormente sobre Jugnu.) O clérigo falava devagar nos seus últimos suspiros e queria ser deitado no seu tapete de oração. Ele usava uma camurça como tapete de oração e Jugnu foi buscá-la onde ela estava guardada e a estendeu para ele.

Como a notícia da morte do clérigo se espalhou rapidamente, logo haveria um grande ajuntamento na mesquita, mas quando Jugnu entrou havia apenas um punhado de pessoas ouvindo o clérigo, a carta ao presidente dos Estados Unidos amassada na sua mão direita.

Todos exceto Jugnu estavam apavorados pelo que o velho homem estava dizendo: A "figura barbada" no seu sonho, até aqui mencionada apenas como um santo, era ninguém menos que o Profeta Maomé, que a paz esteja com ele. O clérigo não tinha revelado este fato aos muçulmanos em razão da humildade:

— Eu não quis parecer arrogante, vaidoso. Não sou um desses homens de fervores excessivos para quem Gabriel pareceria uma fraca pescaria: é de Deus que eles querem as pegadas.

Jugnu saiu da mesquita depois que o engano sobre ele ser médico tinha sido esclarecido.

Contemplar a idéia de que o Profeta Maomé pudesse estar errado — sobre qualquer coisa — era arriscar um profundo trauma espiritual; assim, depois que o clérigo morreu, logo depois que Jugnu se foi, os homens que estiveram presentes junto ao leito de morte decidiram que aquilo que o moribundo revelara não deveria jamais ser tornado público. Esses homens não se apresentariam para testemunhar oficialmente que tinham visto Jugnu naquele alvorecer. É claro, eles até teriam contado a alguns amigos mais íntimos ou às suas esposas que encontraram Jugnu na mesquita, se tivessem decidido ficar calados por alguma outra razão — digamos, não querer ser envolvidos numa investigação de assassinato. Mas aquela era uma questão de religião:

Todos, exceto um deles, guardariam completo silêncio. E o que falaria diria à esposa:

— Quando vi Jugnu, eu sabia que já estava morto. Eu sabia que os irmãos de Chanda estavam esperando eles voltarem do Paquistão para matá-los. Se minha irmã tivesse montado casa tão desavergonhadamente com alguém, eu os teria dissolvido em ácido muito antes.

Foi somente ao levantar-se para fazer suas orações do amanhecer que o clérigo se lembrou de que não tinha aberto a correspondência de ontem: ele encontrou a carta do presidente americano, declinando polidamente a conversão ao Islã. O país mais poderoso do mundo não seria governado por um muçulmano no futuro próximo! Todos na vizinhança estavam a par dos detalhes do sonho, e alguns dos fiéis tinham feito planos antecipando a resposta aquiescente do presidente. Quando o profeta Suleiman (ou o Rei Salomão, conforme o chamam os cristãos) enviou uma carta a Bilquis (a Rainha de Sabá), convidando-a e ao seu povo a submeterem-se à adoração somente de Alá, ela decidira fazer-lhe uma visita pessoal; e, enquanto ela estava em viagem para encontrá-lo, Suleiman fez seus *djinns* transportar o trono dela até ele, a fim de que ela soubesse que ele tinha Alá ao seu lado. O povo do bairro imaginou se, ao receber a carta, o presidente não iria aparecer em Dasht-e-Tanhaii, e se perguntou se Alá daria ordens a alguns dos Seus *djinns* para trazer algum famoso marco ou afim americano à cidade deles. Como ficaria a Estátua da Liberdade no alto da colina mais alta, junto do forte da Idade do Ferro? Será que a terra no centro da cidade era forte o bastante para receber o peso do Empire State Building? A ponte Golden Gate tinha extensão bastante para atravessar o lago, um cinto em torno da cintura do gigante enterrado?

Tendo saído da mesquita em seu caminho para *A Visão*, Jugnu teve de passar pela loja da família de Chanda. Chanda e Jugnu tinham retornado à Inglaterra mais cedo que o planejado, mas seus assassinos sabiam que já estavam de volta porque o motorista de táxi que os levara para casa da estação de trem na noite anterior mencionara casualmente o fato no rádio de comunicações do veículo. Os irmãos de Chanda estavam por acaso na empresa de táxi no centro da cidade e receberam a notícia. A polícia jamais descobriria quem havia trazido o casal da estação. A maioria dos taxistas da empresa era de imigrantes ilegais que ou bem tinham medo demais para se apresentar com pistas — pois a polícia certamente os prenderia e deportaria — ou então tinham se mudado para outro emprego ou outra cidade na época em que a polícia chegou para fazer perguntas.

O irmão mais velho de Chanda, Barra, ele que nascera segurando em sua mão um pedaço de sangue coagulado, já estava acordado porque, quando o clérigo desmaiou na mesquita mais cedo, alguém tinha corrido à loja e batido à porta para pegar anis-estrelado e canela para fazer um fortificante para o paciente. Pelo vidro da janela, Barra viu Jugnu passar na semi-escuridão.

Durante os interrogatórios da polícia logo após o desaparecimento do casal, os dois irmãos declarariam que não sabiam absolutamente nada sobre o retorno de Chanda e Jugnu à Inglaterra. Mas durante as suas conversas — parte ostentação, parte confissões — com membros da família e amigos íntimos no Paquistão, eles admitiram que Barra tinha visto Jugnu passar pela loja àquela hora da manhã.

Jugnu, sendo observado por Barra pela janela, parou ao ver a hora na torre do relógio no canto do pátio da escola primária Mount Pleasant. Eram 15 para as cinco — 55 minutos até o sol nascer. O seu relógio de pulso estava na hora paquistanesa e ele levou uns poucos segundos fazendo recuar os ponteiros. Barra foi até o quarto do irmão mais novo — Chotta — para acordá-lo.

— Vocês preferiram ser assassinos a ser irmãos de uma irmã que estava vivendo no pecado? — perguntaria uma das pessoas a quem eles contaram a verdade, no Paquistão.

— Sim — eles diriam —, pois fomos nós que fizemos a escolha de sermos assassinos. Nós somos homens, mas ela nos reduziu a espectadores eunucos ao desconsiderar a nossa vontade.

Quando ambos os seus casamentos fracassaram no Paquistão e ela voltou para a Inglaterra, os irmãos e o pai de Chanda pediram-lhe para usar uma *burka* completa. Os homens disseram que se sentiam constrangidos e envergonhados quando estavam com seus amigos numa esquina e ela passava.

— Nós vemos o olhar nos olhos deles — alguns têm pena de nós, outros nos culpam por não lhe termos encontrado uma vida melhor — disseram eles. Se usasse a *burka*, ninguém saberia que era ela quando passasse. A loja fora nomeada segundo ela — Chanda Food & Convenience Store —, mas o cartaz sobre a porta fora pintado depois que ela voltou arrastando a sua malcheirosa cauda de casamentos fracassados. O antigo nome, sentiu-se, faria as pessoas se lembrar desnecessariamente da moça, "Chanda — a duas vezes divorciada". *Eu sinto que estou sendo suprimida*, escreveu Chanda zangada em seu diário.

Chotta não estava em seu quarto quando o irmão mais velho, Barra, entrou para acordá-lo. Barra sabia onde ele podia estar — nos braços furtivos de Kiran, no quarto ao lado de onde jaz o seu pai acamado — e saiu de casa para buscá-lo. Ele foi na direção oposta à de Jugnu, e ainda não sabia que tinha visto Jugnu vivo pela última vez. Em seu caminho para a casa de Kiran, ele teve de passar pela mesquita e se deparou e trocou cumprimentos com vários homens que estavam reunidos do lado de fora na semi-escuridão, mencionando exemplos da santidade do clérigo recém-falecido um para o outro.

Alguns dos homens reunidos fora da mesquita tinham censurado os irmãos de Chanda nos meses anteriores por permitirem que sua irmã coabitasse com um homem sem estar casada. Muitas pessoas que viram Barra no ajuntamento fora da mesquita confirmariam a sua presença à polícia posteriormente, sem saber se sua observação era de algum valor. Shahid Ali, que trabalhava no turno da noite — seis da tarde às seis da manhã — numa fábrica (e também recebia o seguro desemprego), diria que, ao ver o irmão de Chanda naquela sexta-feira de agosto, observou para si mesmo que não era de admirar que o que fora prometido ao clérigo no sonho não se realizasse, que a visão da figura santa se mostrasse falsa: como poderia não ser quando o mundo está cheio de gente tão sem-vergonha? — "Nós somos um povo tão indigno de milagres" — disse eu a mim mesmo com pesar.

Haidar Kashmiri, que tinha ido à loja mais cedo pegar os condimentos, viu Barra e pensou que ele tinha encontrado um pacote de anis-estrelado numa prateleira nalgum lugar e o estava trazendo, não tendo podido encontrá-lo mais cedo.

As pessoas já estavam começando a duvidar que um homem santo tivesse aparecido no sonho do clérigo.

— Mas ele insistiu que a figura no sonho era um ser honorabilíssimo — diz Zubair Rizvi —, sentado numa mesquita que era tão bela que o olhar grudava onde quer que pousasse, com canteiros de flores orlados com *gul* e *rehan*, com *lala* e *nargis*, *nasreen* e *nastreen* e *yasmeen*.

Barra concordou com um aceno de cabeça e disse:

— Ele pode ter se enganado. Era uma mero mortal...

Mas ele foi interrompido por Naveed Jamil, que achou desrespeitoso permitir tais especulações: "Não sou desavergonhado, como outros aqui presentes, a ponto de não me opor a este tipo de conversa, e pior, bem na porta da mesquita. Nada havia de mero quanto a este mortal. Ele nos disse várias vezes que, enquanto rezava sozinho lá dentro, chegavam fadas trazendo presentes, elas os deixavam ao seu lado e então se escondiam. Ele nunca aceitou nenhum dos presentes, dizendo: "Levem-nos embora, mocinhas, minhas filhas. Um rosário em minhas mãos, um tapete de oração sob meus pés e uma mesquita sob o meu tapete de oração — não preciso de mais nada."

Se Barra ficou ofendido de ter sido assim interrompido, não deu nenhuma indicação; alguns dos homens mais jovens presentes diante da mesquita tinham freqüentado a escola com ele e se lembram da sua irritabilidade naqueles dias.

— "Faça isso de novo e eles vão acabar desenhando a sua silhueta no chão", era o que ele diria se provocado quando estudante — recordaria o canhoto Rashid Uddin posteriormente. — Mas isso não era mais extremo que outras coisas que o restante de nós dizia. A juventude faz a gente procurar briga com tudo na vida.

Naquela altura, ninguém sabia ao certo se o irmão de Chanda sabia que Naveed Jamil — o homem que acabara de lhe interromper e mais ou menos referir-se a ele como "desavergonhado" bem na sua frente — dissera, na barbearia na semana anterior, que a mulher de Barra não era mais virgem na noite de núpcias, que havia sido aberta muito antes da "noite da rompedura". Todos os encontros nessa vizinhança são cheios de cacos de vidro desse tipo — uma pessoa tem de escolher seu caminho com cuidado através de ressentimentos, acusações, pouco caso da honra e da virtude. Há muitos anos, Naveed Jamil tinha querido casar-se com Chanda, mas os pais dela o recusaram: muitos consideraram que suas origens humildes foram o principal obstáculo — o pai dele tinha sido consertador de narguilé.

Barra saiu das adjacências da mesquita e foi visto caminhando na estrada com as cerejeiras. A casa de Kiran ficava naquela direção. Ele já sabia há algum tempo que a mulher sique era a amante secreta de Chotta, mas não tocara no assunto com ele. E como jamais tivera oportunidade de falar do assunto com Kiran, ele começou a sentir-se embaraçado à medida que se aproximava da casa porque as noites que ela compartilhava com o seu irmão eram segredo, e ela ficaria constrangida de saber que ele estava a par do que se passava entre eles; ela também podia ficar agressiva, por medo de ser exposta, e acusá-lo de tentar manchar o nome de uma mulher honrada. Afinal de contas, ela era uma sique, e as mulheres deles eram conhecidas por uma certa animosidade e grosseria. Algumas pessoas na comunidade muçulmana estavam sabendo do caso amoroso clandestino, e esperaram que Chotta fizesse a coisa certa, que pedisse a Kiran para converter-se ao islamismo e se casasse com ela. Eles — e o próprio Chotta — nada viam de comum entre as suas noites secretas com uma mulher com quem não fosse casado e o fato de Chanda montar casa com Jugnu. — Eu sou um pecador — dissera Chotta no passado em relação ao seu gosto pelo álcool —, mas não sou um infiel. Eu *sei* que estou pecando. Esta é a diferença.

Conforme as coisas se desenrolaram, Barra não teve que bater à porta de Kiran. Uma onda azul-escura de pavões correu por trás na sua direção com as plumas de pingo-de-óleo-em-superfície-de-água das suas caudas em confusão. Ele parou e fez a volta. Os pássaros estavam sendo espantados por Chotta, que estava correndo atrás dele, sem fôlego. Ele chegou, pálido como a morte, e o agarrou pelo braço.

— Venha comigo, lá perto do lago — disse ele. — Acho que ele está morto.

* * *

Quando Jugnu bateu à porta dos fundos de Kaukab — logo depois de ter sido acordado pelos pavões, poucas horas antes de morrer —, ela não estava em casa, apesar de as luzes estarem acesas.

Ela se levantara, incapaz de dormir, e saíra — para ver o homem com quem Chanda fora casada. Ela se encontrara com ele casualmente na semana anterior e lhe pedira para fazer o que era decente e divorciar-se de Chanda "para ela poder se casar com meu cunhado". O homem mostrou-se reservado e disse que ia ver o que poderia fazer quando Chanda voltasse à Inglaterra. Ela perguntou onde ele morava a fim de poder enviar Shamas para conversar com ele.

Ele era operário numa fábrica e saía cedo para trabalhar, e Kaukab, jazendo acordada a noite inteira, pensava no escuro sobre Charag e a notícia da vasectomia.

Na semana anterior, voltando para casa do centro da cidade com umas poucas coisas da Marks and Spencer, Kaukab tinha visto uma mulher do bairro andando na sua direção e, ao reconhecê-la como a mesma que uma vez ficara zangada ao vê-la com outra sacola da Marks and Spencer, dizendo-lhe que, como muçulmana, ela não devia comprar nada dessa loja de propriedade de judeus, Kaukab parou na ponte sobre o rio para esconder a bolsa com o logotipo de São Miguel sob o casaco. Quando a mulher se aproximou, Kaukab percebeu que não era a mesma pessoa, mas viu que o homem de pé na ponte não muito longe dali era o terceiro marido de Chanda. Naturalmente, ela empalideceu quando o viu. Ela o abordou e se apresentou:

— O *senhor* a forçou a ficar nessa situação pecaminosa — disse-lhe ela. Ela o relembrou o quanto Alá odiava os injustos, e exigiu saber o seu endereço. Ele pareceu espantado pela força da determinação dela e lhe disse onde morava quando ela perguntou.

Ele vinha morando ilegalmente na Inglaterra já há três anos quando se casou com Chanda. Chegara à Grã-Bretanha com um visto de três meses como membro de uma equipe de televisão de Lahore, aparentemente para filmar um seriado dramático para uma empresa de produção televisiva, mas "desaparecera" desde então. Na realidade, não havia seriado nenhum: os atores, a equipe, os fotógrafos eram todos homens e mulheres jovens que pagaram milhares de rúpias a pessoas que oferecem este e outros esquemas semelhantes de imigração fraudulenta. Ele lavava pratos num restaurante, mas os pais de Chanda concordaram com o casamento porque estavam desesperados para ver sua filha duas vezes divorciada casar e se estabelecer novamente.

— A vida tem o peso de uma montanha — tinha dito a mãe de Chanda. — Como ela vai poder ser capaz de suportar o fardo sozinha? — O pai tinha concordado: — Até as árvores secam se ficam sozinhas. — Eles sabiam que tinham de confiar em Alá e não desesperar, pois ser pai de uma menina tinha sido uma provação desde tempos imemoriais. A mãe de Chanda citaria o poeta paquistanês Hasan Abdi:

As paredes carregam cheiro de humanos —
Estiveram outros prisioneiros nesta masmorra antes de mim?

Ambos beijaram a certidão de casamento. Eles imaginaram um futuro feliz finalmente para a sua menina, mas foi como tentar projetar um filme numa teia de aranha, pois era óbvio desde o começo que o homem se casara com ela apenas para ganhar a cidadania britânica. Os irmãos e os pais de Chanda foram amáveis — até respeitosos — para com ele, e ele também reconheceu e correspondeu à gentileza deles durante o ano e tanto que levou para finalizar a sua nacionalidade. Depois disso, porém, ele se mudou, dizendo que eles tinham de lhe comprar um carro, que a loja devia ser transferida para ele ou então ele se divorciaria de Chanda. Chotta bateu nele um dia por causa de um insulto qualquer e ele desapareceu logo depois, tendo antes esvaziado a caixa registradora de tudo o que continha.

Os irmãos de Chanda aceitaram o desprezo mostrado em relação a eles nas semanas anteriores. Tinham sido educados para acreditar que um homem tem de respeitar seu cunhado porque ele tirou o fardo de sua irmã das suas mãos, que ele deve ser temido para evitar que se ofenda com alguma coisa que você tenha dito e maltrate sua irmã ou se divorcie dela. A própria linguagem refletia essa questão: qualquer um que ficasse demasiado à vontade à custa de outrem era advertido no sentido de prestar atenção aos seus modos porque o mundo não era "a casa da sua família por afinidade". E há humilhação ainda maior: a palavra *sala* — "cunhado" — era um insulto em todo o subcontinente: chamar alguém de *sala* era dizer: "Eu como a sua irmã e você não pode fazer nada quanto a isto!" "Você não pode me impedir de provar minha masculinidade numa das suas mulheres!" O que poderia ser mais humilhante para homens que foram educados para defender a honra das suas mulheres acima de tudo? O cunhado de um homem é uma praga encarnada e, infelizmente, ele tem de aceitá-lo.

Pouco antes do alvorecer do dia da morte de Jugnu e Chanda, Kaukab chegou à casa do homem.

— Você já cumpriu o seu papel neste pecado por tempo bastante — disse-lhe ela quando ele veio à porta de camiseta, segurando um pincel de barba. Ele tinha de estar no trabalho às cinco.

— Eu quero que se apresente aos pais de sua esposa o mais rápido possível e que se divorcie formalmente da filha deles. — Ela lhe deu o número de telefone da loja, mas ele disse que já o tinha escrito nalgum lugar, embora aceitasse o telefone da casa de Chanda e Jugnu quando Kaukab lhe disse que podia telefonar diretamente para ela se quisesse. Ele foi pegar uma caneta e ela ficou esperando. Do outro lado da rua, havia um cartaz gigantesco com uma mulher loura de sutiã de renda e ela observou para si mesma que viver na Inglaterra era como viver num grande bordel. Num outro local mais próximo da mesquita, o cartaz da mulher de sutiã de renda havia sido pichado por um amante de Alá com as palavras "Temei o Vosso Criador". Quando ele voltou, ela lhe disse: — Uma palavra de duas sílabas, repetida três vezes — *Talaaq, Talaaq, Talaaq* — e o senhor terá deixado Deus feliz. Ele é compassivo e clemente. — Ela só saiu quando ele prometeu que ia passar na loja depois do trabalho.

Não passou.

Kaukab pensou que estava fazendo a coisa certa ao abordá-lo para exigir que liberasse Chanda. O Profeta, que a paz esteja com ele, disse:

— Aquele que intermedeia uma boa ação tem o mesmo mérito de quem a pratica e há de ser recompensado no Paraíso. — Era lá que ela estava quando Jugnu bateu.

Os irmãos de Chanda, quando confessaram os assassinatos durante a visita ao Paquistão, disseram:

— Era uma questão de honra. — Todos os presentes concordaram. Tais matanças não eram incomuns no Paquistão, mas os assassinos geralmente matavam abertamente e tinham orgulho do seu feito. Alguns até se apresentavam à polícia dizendo que tinham feito o que era necessário e agora estavam prontos para qualquer eventual punição que a lei da terra julgasse que merecessem. A lei do Paquistão era freqüentemente leniente para com eles, que saíam da cadeia antes dos que haviam cometido outros tipos de crime. E, nas suas ruas e bairros, seu ato lhes conferia uma certa nobreza aos olhos daqueles à volta. Os irmãos de Chanda, por outro lado, insistiram que não a tinham matado e ao seu amante. Eles sabiam que a lei deste país não ia ser indulgente com o seu crime. Eles se vangloriaram de a ter assassinado e a Jugnu — mas somente no Paquistão, onde a lei, a religião e os costumes reforçavam a sua percepção de terem agido apropriadamente, legitimamente, corretamente. As pessoas que souberam do seu crime lhes deram batidinhas nas costas e disseram que eles tinham cumprido a sua obrigação, que filhos do quilate deles só nascem para homens entre homens e mulheres entre mulheres. Eles disseram que aqueles que cometiam o grande pecado imundo do sexo fora do casamento nada mais eram do que o próprio mal; ninguém ficaria surpreso se morcegos saíssem voando pelas feridas quando gente assim fosse apunhalada e morta. Os amigos no Paquistão lhes disseram que eles tinham agido com sabedoria ao não dizer a verdade para a polícia inglesa:

— Eles jamais entenderiam as suas razões. O Ocidente é repleto de hipócritas que matam a nossa gente impunemente e dizem que não passa de questão de princípio e de justiça, mas quando nós fazemos a mesma coisa eles dizem que nossa definição de "princípio" e "justiça" é falha.

Aqui na Inglaterra, o juiz, rebatendo toda essa conversa sobre "código de honra e vergonha", os chamaria de "covardes" e de "perversos" no dia do julgamento. O jornal *The Afternoon* diria: *Eles eram o tipo de gente que não compreende que nem tudo na vida está relacionado com ela. Em suma, eles não eram adultos. Pensavam que o mundo girava em torno deles.* Um reconhecido comentarista numa rádio asiática também seria sincero: "Alguns imigrantes acham que, só porque pertencem a uma minoria, são pessoas boas, que deviam ser perdoadas de tudo só porque são oprimidas." Quanto aos próprios assassinos, começariam a gritar depois que o veredicto fosse anunciado, as ladainhas incluindo palavras como "racismo" e "preconceito". As observações do juiz foram consideradas "insultuosas contra a nossa cultura e a nossa religião". Eles disseram que a Inglaterra era um país de "prostitutas e homossexuais". Sendo levado para fora, o mais novo, Chotta, gritaria: "É um tribunal fajuto!"

— Venha comigo, lá perto do lago — disse o irmão mais novo, pálido como a morte, espantando pavões para todo lado ao chegar correndo, no último dia da vida de Jugnu e de Chanda. — Acho que ele está morto.

Os dois irmãos não se viam desde uma hora avançada na véspera no centro da cidade, quando Chotta se encontrou por acaso com Barra, que estava voltando de uma visita à esposa na clínica de abortos. Ela teve a gravidez interrompida assim que os testes revelaram que o embrião era de mulher. O casal já tinha cinco filhas e não queria uma sexta. As mulheres ficavam freqüentemente preocupadas sobre como arranjar maridos adequados para as cinco meninas quando crescessem, pois ninguém ia querer se casar com uma pessoa cuja tia havia montado casa com alguém fora do laço do matrimônio.

Ao encontrarem-se no centro da cidade, Chotta ficou alarmado com a aparência cansada e angustiada que Barra ostentava. Quando comentou sobre isso, Barra respondeu:

— Eu decidi andar até em casa em vez de pegar o ônibus, para clarear um pouco a mente. — Mas a verdade veio logo à tona enquanto os dois irmãos caminhavam pela rua: — Estou arrasado. Os médicos estão dizendo agora que cometeram um erro: era um *menino* que ela carregava, não uma menina.

A notícia devastou Chotta também. E Barra continuou falando baixinho consigo mesmo, com lágrimas brotando em seus olhos:

— Eles mataram o meu filho, eles mataram o meu filho. — Houve uma confusão no laboratório, mas agora era tarde demais. — Os seguranças foram chamados quando comecei a gritar. Só eles puderam me impedir de esmurrar o médico.

Chotta ofereceu levar o irmão mais velho de carro do centro para casa, mas a oferta foi rejeitada porque a caminhonete da família estava toda fedida de carne.

— Vou ficar enjoado — disse Barra. — Neste caso — retorquiu Chotta —, pegue um táxi. — Ele o acompanhou até a empresa de táxi, e foi lá que lhes disseram que a irmã deles e seu amante estavam de volta à Inglaterra. Embora a informação tenha sido dada casualmente e de passagem, ambos se perguntaram se não havia uma intenção maliciosa: aquela era uma empresa de táxi mantida por bangladeshianos, e eles eram pessoas traiçoeiras e más, tendo rompido com o Paquistão para formar o seu próprio país, a deslealdade e a traição da sua raça recuando no tempo até o século XVIII, quando, justo antes da Batalha de Plassey, Mir Jafar, o comandante-em-chefe de Saraj-ud-daullah, assinou um pacto secreto com o inglês Robert Clive, o que lhe garantiu a vitória contra o bom Siraj, vitória esta que marcou o começo do *Raj*, o governo britânico na Índia, e o início do fim do domínio muçulmano. Sim, toda vez que havia notícias de um novo ciclone devastando Bangladesh, matando centenas — às vezes milhares — de pessoas de uma vez só, os irmãos na loja ouviam vários dos seus clientes paquistaneses murmurar baixinho que era Alá fazendo a sua vingança visitar os malditos bangladeshianos, por terem sido os primeiros a ajudar a dar fim ao domínio muçulmano na Índia, rompendo depois, em 1971, com a República Islâmica do Paquistão.

Quando receberam a notícia sobre Chanda no escritório da empresa de táxi, os irmãos protestaram, dizendo que um homem desconhecido não devia ter pronunciado o nome da irmã deles com tamanha familiaridade:

— Ninguém pode falar com um homem sobre as suas parentes mulheres. — E isso era apenas um relance fugidio do pesadelo: os irmãos conheciam o tipo de conversa grosseira que ocorria nos grupos de rapazes em lugares como aqueles — eles também tinham tomado parte de muitos —, e por um instante eles suspeitaram que o caráter e a virtude da irmã deles — por causa do que ela tinha feito —provavelmente eram discutidos em termos aviltantes e sugestivos por trás das suas costas.

— Nós temos de fazer alguma coisa quanto a ela — disse o mais velho ao mais novo quando entrou no táxi para retornar à casa.

Chotta tinha vindo ao centro depois de fechar a loja às nove porque os estofamentos da caminhonete da família precisavam ser trocados. Era o único meio de transporte que a família possuía, e além das viagens pessoais ela era usada duas vezes por semana para visitar o matadouro. A carne para consumo de muçulmanos tinha de ser abatida de uma maneira específica: o animal tinha de estar vivo quando sua garganta fosse cortada e o sangue tinha de sair do seu corpo enquanto ele ainda estivesse vivo — o animal não podia ser deixado sem sentidos antes de ser morto, conforme era praticado entre os não-muçulmanos; e toda a carnificina tinha de ser, do começo ao fim, levada a cabo somente por muçulmanos. Na semana anterior, depois de os irmãos terem matado os cordeiros e as ovelhas no matadouro e trazido para casa na caminhonete, de algum modo sangue e gordura tinham vazado das bolsas plásticas e manchado o forro dos bancos. Nenhum tipo de lavagem conseguiu remover o fedor insuportável dos tecidos, e finalmente foi decidido comprar novos. Chotta tinha ido ao estabelecimento de um amigo, mas eles não conseguiram encontrar o tamanho certo. Ele estava a caminho do bar quando encontrou Barra.

O bar para o qual ele estava andando ficava a poucas ruas de distância da empresa de táxi: era conhecido por sua atmosfera pacífica, e o comentário era de que seus clientes brancos nunca demonstraram nenhum aborrecimento com as pessoas de pele escura; como resultado, o bar era freqüentado por muitos asiáticos. Não obstante, depois de o táxi levar seu irmão, Chotta decidiu ir para um bar que era conhecido por ter pessoas intolerantes na sua clientela, mas que ficava mais perto e ele precisava de álcool rapidamente. E embora nada desfavorável tivesse acontecido ao longo da hora seguinte, ele continuou tenso e vigilante. Ficou lá até justo antes das 11, bebendo sozinho, lamentando a perda sofrida por seu irmão, pensando em Chanda.

Ele foi para casa, mas não subiu ao andar de cima, onde todos pareciam estar dormindo. Foi até as prateleiras, pegou uma garrafa de vodca e continuou a beber no escuro, esparramado num surrado sofá de algodão grosso nos fundos da loja, o cheiro de sangue chegando até ele constantemente do velho forro dos bancos da caminhonete, que jaziam numa pilha perto. Por volta das duas da manhã, ele saiu do seu estupor e foi à casa de Kiran, a garrafa de vodca metade vazia balançando numa das mãos.

Tendo entrado com a chave, ele subiu e encontrou Kiran nua na cama com outro homem. Ele cambaleou escada abaixo, gritando, e estava fora da casa antes que ela tivesse podido vestir-se para segui-lo. O pai dela ouviu o barulho de seu leito de doente no andar térreo, acrescentando os seus próprios chamados e perguntas alarmadas.

Chotta voltou para a sua casa, mas dessa vez não entrou: foi para o quintal e começou a cavar para recuperar uma pistola que ele sabia estar enterrada numa caixa, a pistola que ele e Barra tinham comprado mais ou menos na época em que entraram no negócio de contrabando de heroína. Ele pôs a pistola carregada no cinto — era grande demais para os bolsos e ele ficou sem saber como levá-la, mas então a enfiou na cintura, pois se lembrou de que era assim que se fazia nos filmes. Ele estava voltando para a casa de Kiran, dizendo "cadela" e "puta" para os seus botões repetidamente, quando mudou de direção e se viu indo para onde Chanda e Jugnu moravam: o que vinha dizendo, já havia algum tempo, ele mudara para "cadelas" e "putas".

Ele deu a volta pelos fundos, livrou-se do riacho com um salto e subiu o aclive com pilriteiros e plátanos. Ele não sabia qual seria o seu próximo passo e pegou no sono sentado na escuridão, a garrafa vazia de vodca rolando silenciosamente a encosta herbosa e quebrando numa pedra que ressaltava à beira do riacho. Ele não acordou com o barulho. O bando de pavões correndo colina acima — depois de terem sido espantados do caminho pelo homem que corria para a mesquita porque o clérigo acabara de desmaiar — o pôs de pé uma hora e meia antes da aurora, assim como fizera com Jugnu. Logo em seguida, ele viu Jugnu aparecer na janela do seu quarto.

Ele se sentou e viu quando Jugnu saiu da casa vestindo apenas o lençol em volta da cintura, um lembrete de que ele estivera deitado nu com sua irmã a noite inteira.

Ele o observou tirar a cebola da terra.

Ele observou quando Jugnu bateu sem sucesso à porta dos fundos da casa do irmão. E, depois que Jugnu tinha saído da viela (ele parou brevemente para afastar com o pé os cacos da garrafa quebrada de vodca que jaziam no meio da viela), Chotta aproximou-se da porta dos fundos, experimentou-a, mas descobriu que estava trancada, e foi então que viu a mensagem deixada para Chanda no orvalho sobre a grama: *A Visão* — as letras brilhavam em verde-claro no mar de diamantes escuros.

Ele subiu a encosta, conhecendo uma picada através da colina que o transportaria até o caminho que levava à *Visão* mais rápido do que as estradas e ruas que Jugnu pegaria. Teve de esconder-se por dez minutos até ver Jugnu andar na sua direção a distância.

Ele o jogou no chão com dois socos, mas quando sacou a arma descobriu que não conseguia decidir onde atirar: um momento a arma estava apontada para o rosto de Jugnu, no seguinte para o coração e no seguinte para a virilha. Jugnu recobrou-se um pouco e, rolando sobre si mesmo, logo estava de quatro, tentando levantar-se. Com o cabo da arma, ele foi atingido várias vezes em rápida sucessão à base do crânio, e os golpes só pararam quando o irmão de Chanda percebeu que suas mãos estavam molhadas de sangue. O sangue era fosforescente, brilhando como brilhavam as mãos de Jugnu.

Ao aproximar-se da loja, Shafkat Ali, que vinha da direção onde ficava a mesquita, o viu e gritou que o clérigo-*ji* tinha acabado de morrer.

— Só os muito afortunados morrem nas sextas-feiras: não é coisa para os que são como nós, pecadores — disse Shafkat Ali; ao que acrescentou, casualmente, que seu irmão Barra estava no ajuntamento diante da mesquita.

Quando os dois irmãos chegaram ao estreito caminho margeado de vidoeiros e entraram no mato, o corpo de Jugnu não estava onde fora deixado. O irmão mais velho pôde sentir o cheiro de álcool no hálito de Chotta.

— Passou pela minha cabeça que não havia corpo algum, que se tratava apenas da alucinação de um bêbado — diria ele mais tarde, durante a sua confissão no Paquistão. — Mas aí a gente encontrou a pistola. Estava cheia de sangue — embora não fosse luminoso: eu pensei que *fosse* o álcool falando. Mas então eu vi que aqui e ali a grama estava respingada de pontinhos de luz. — Aquilo tampouco era sangue brilhante: o brilho bruxuleante vinha na verdade dos pirilampos cuja presença em Dasht-e-Tanhaii sempre causou muita especulação, muitas visões e descobertas inesperadas.

Era óbvio que Jugnu não tinha morrido: ele se recuperara e perdera-se nalgum lugar. Os dois irmãos avançaram, abrindo caminho violentamente por entre as folhas, flores e galhos de agosto ao seguirem as gotas de sangue de verdade. Barra repassava os lugares em que Chotta já havia procurado, sabendo que ele estava embriagado, dizendo:

— No estado em que está, você não conseguiria encontrar uma mesquita no Paquistão ou uma oração no Alcorão.

Eles viram movimento a distância, numa nesga espessa de flores silvestres — um daqueles lugarezinhos de extrema beleza com que Dasht-e-Tanhaii se comprazia —, e ao se aproximarem, seus nervos tesos, encontraram dois adolescentes fazendo amor. Os amantes fugiram na folhagem, juntando roupas, sapatos, roupas de baixo, parando aqui e ali para juntar algum pertence caído, cobrindo protetoramente a carne nua um do outro, dando voltas em torno um do outro como duas folhas levadas juntas pelo vento do outono.

Eram cinco e vinte da manhã — vinte minutos até a aurora — quando eles compreenderam que a trilha de sangue os levava de volta à casa dos amantes. Jugnu tinha tomado o atalho através da colina — o mesmo atalho que Chotta havia pego mais cedo — e voltado para casa, para Chanda.

Ao subirem ao topo da colina, eles passaram por vários pavões que estavam exibindo as suas caudas, os imensos leques emitindo uma luz trêmula na escuridão já pálida.

Os dois homens desceram do outro lado, onde estavam os plátanos e pilriteiros, e quando chegaram aos fundos da casa de Jugnu e Chanda a mensagem de orvalho ainda estava lá, cada uma das gotas encerrando um brilho penetrante. A porta estava aberta. Eles entraram tentativamente e ouviram passos descendo a escada.

— Onde está ele? — Chotta perguntou a Chanda quando ela desceu.

— Lá em cima — respondeu ela silenciosamente após o choque inicial.

Ela se acordara pouco depois de Jugnu sair para *A Visão* e, chegando ao andar térreo, abriu a porta dos fundos para encher seus pulmões com o primeiro ar de uma aurora de verão. Ela viu as palavras escritas no orvalho e soube que Jugnu tinha saído para comprar o café-da-manhã. Ela deixou a porta entreaberta e começou a cuidar das malas, levando-as para cima e começando a guardar as coisas. Como tinha deixado o Paquistão inesperadamente, ela teve de tirar algumas das suas roupas do varal em Sohni Dharti e colocar na mala ainda molhadas. Ela tirou da mala algumas das peças úmidas — os *shalwar-kameezes*, os véus vermelhos transparentes, os xadors e agasalhos de algodão espesso — e as levou para baixo, para estendê-las na corda esticada através do cômodo contíguo à cozinha: o varal no quintal estava fora de uso desde a primavera por causa do ninho de cambaxirra na jaqueta de brim que estava pendurada lá. Ela encheu o cômodo de roupas coloridas e longas faixas de tecido tingido. Quando os irmãos entraram, ela estava passando óleo nos cabelos no andar de cima, entornando o fragrante líquido no couro cabeludo como se estivesse adicionando óleo a um caril — generosamente. Ela usou a mesma marca a vida inteira, a mesma marca que a mãe. O aroma era mais agradável que o das lendárias rosas de Quetta, que ela tivera a oportunidade de cheirar durante a visita ao Paquistão: ela visitara a cidade montanhosa com Jugnu, à cata de borboletas — eles viram a famosa silhueta da garota morta que surgia ao pôr-do-sol na cadeia montanhosa Koh-e-Murdar fora de Quetta, as tranças desgrenhadas, o rosto de perfil, seu torso de seios cônicos.

Seus irmãos a empurraram de volta ao andar de cima, mas Jugnu não estava lá.

— Onde ele está, menina? — sacudiu-a Barra. O mais novo cuspiu na cama que ela compartilhara com Jugnu, os lençóis em desalinho, e disse: — Onde ele está se escondendo?

Ela mentira aos dois irmãos, é claro: Jugnu ainda não tinha retornado da *Visão*, mas ela pensou que eles seriam menos abusivos se soubessem que seu homem estava no andar de cima.

— Saiam daqui — disse ela numa voz monocórdia quando viu Chotta cuspir na cama —, ou eu vou chamar a polícia.

— Está nos ameaçando, você sua prostituta sem-vergonha? — disse Barra ao esbofeteá-la.

— Acha que o mundo é um grande coração? — disse Chotta. — Algumas pessoas não têm tanta sorte quanto você, e têm problemas. Diga-nos onde está acuele hindu filho-da-mãe!

Os irmãos vasculharam os quartos, mas não encontraram Jugnu.

— Merda! — exclamou Chotta de repente. — Acho que não está aqui. Ele continua lá fora, sangrando. Escondeu-se atrás dos leques dos pavões quando nos viu e nós passamos direto.

— Sangrando? — O fato de seus irmãos terem tido um encontro violento com Jugnu nalgum lugar estava agora óbvio para Chanda e ela estava prestes a gritar em pânico quando todos ouviram o ruído do portão no quintal. O horror do que podia ter acontecido com Jugnu ficou claro para Chanda quando Chotta sacou a pistola e a encostou na cabeça dela. — Cale-se! — sussurrou ele. A caminhonete do leite passou chacoalhando na frente da casa.

Depois que o barulho sumiu, Chanda disse:

— Digam onde está Jugnu.

Eles disseram que não sabiam onde ele estava, que não o tinham visto desde que ele partira para o Paquistão, três semanas atrás.

Ela começou a chorar, consciente de que estavam mentindo, e deu um bote na direção das escadas, conseguindo chegar ao térreo em poucos segundos, mas logo eles estavam ao seu lado novamente, bloqueando o caminho para a porta. Ela gritou que ia telefonar para a polícia. A fim de parar os gritos, Barra tapou-lhe a boca com a mão enquanto eles a arrastavam para a porta do porão.

— A gente tinha que prendê-la lá enquanto saía atrás de Jugnu. Num instante ela estava brigando conosco nas escadas — contaria Chotta depois no Paquistão —, no outro ela começou a mancar. Eu não liguei a coisa ao estalo que tinha ouvido um instantinho atrás. Não entendi o que estava acontecendo e achei que Chanda tinha desmaiado. Mas então vi que seu pescoço tinha uma pequena saliência. Barra tinha quebrado o pescoço dela.

— O que está feito está feito — disse Chotta depois de uns poucos momentos seguintes terem passado em silêncio. — Vamos manter a calma.

Barra concordou com a cabeça, soltando o punho de Chanda. Flácida, a mão caiu no chão ao lado de onde ela jazia. Os olhos da moça estavam abertos, a cor mudando de segundo a segundo, muito rápido.

— Ele está em algum lugar aí fora — disse Chotta. — Pode ter chamado a polícia, e eles podem estar a caminho.

Houve então um ruído da boca de Chanda, o mais fraco dos gemidos. Barra abaixou-se perto do seu rosto e disse:

— Se estiver me ouvindo, implore o perdão de Alá por seus pecados antes de morrer. E não se esqueça dos seus maridos, peça perdão pelas vezes em que há de ter ignorado as preocupações e o conforto deles. A alma sairá do corpo mais facilmente se você se arrepender antes de morrer.

— Ela morreu — disse Chotta, que tinha procurado sinais de vida no corpo dela. — Que vamos fazer agora? Não quero ir para a cadeia. — Ele sacudiu e abriu uma lata numa prateleira do porão e, dando uma cheirada, descobriu que era óleo, usado como combustível para o *The Darwin*. Havia outra de gasolina, pois o Sheridan Multi-Cruiser andava com uma mistura meio a meio de óleo e gasolina. Ele contaria mais tarde no Paquistão que, naquele exato momento, fora dominado pela enormidade do que tinha acontecido, as grandes dificuldades que jaziam à frente:

— Eu me senti como uma aranha presa na sua própria teia. — Conforme se revelou, porém, as coisas se desenrolaram ao seu próprio modo. Barra diria:

— O que pareceu ser uma montanha impossivelmente enorme a distância mostrou-se cheio de passagens uma vez que chegamos mais perto.

Foi justo quando o sol estava se levantando acima das colinas que Barra deixou a casa para procurar Jugnu, o céu tornando-se o vermelho sangue das anêmonas a leste. Chotta ficou, caso o homem ferido aparecesse, Chanda jazendo no chão do porão, as duas latas ao seu lado, ainda cheias.

— Eu pensei que a polícia tinha chegado quando ouvi a porta abrir vinte minutos depois — contaria ele no Paquistão. Barra o interromperia e diria:

— Mas era só eu que estava voltando. Eu não o encontrei, mas ao passar por nossa loja vi que os jornais já tinham sido entregues e peguei dois pacotes no lugar onde estavam, no degrau da porta, e os levei para a casa de Jugnu, para embrulhar o corpo dela.

A mensagem no orvalho já estava começando a evaporar.

Eles decidiram deixá-la no porão até aquela noite: eles trariam a caminhonete e a carregariam para a floresta perto do lago.

A mãe de Chanda telefonou para os entregadores dos jornais ao abrir a loja logo depois das seis e meia, para queixar-se de que tinham se enganado, que alguns jornais não haviam sido entregues naquela manhã. Tanto Chotta quanto Barra estavam então de volta na loja. Barra ficou no balcão para ajudar sua mãe, pois sua esposa

— que geralmente era quem ficava com ela no balcão àquela hora — estava no hospital, recuperando-se do aborto.

Chotta foi para a cama. Ambos ficaram agitados durante o dia, e Chotta ficou ansioso para ir à casa de Shamas entregar a farinha de *chappati* que Kaukab tinha encomendado por telefone. A mãe lhe disse que isso podia esperar até o dia seguinte, quando ele faria a ronda de porta a porta com a caminhonete para entregar sacos de arroz, batatas e cebolas, mas ele se foi, apesar do fato de a loja estar cheia com as pessoas que tinham vindo fazer a oração fúnebre do clérigo-*ji*.

Chotta contaria no Paquistão que tivera esperanças de que Kaukab lhe contasse se houvesse algo suspeito, se Jugnu tivesse aparecido durante o dia.

— Mas a mulher não disse nada de extraordinário; só pegou a encomenda de farinha. Ela foi gentil e muito atenciosa comigo, pois estava do nosso lado na questão como um todo. Quer dizer que Jugnu ainda estava perdido nalgum lugar. Conforme planejado, e por volta da uma hora da manhã, eles pegaram duas das suas facas de açougueiro e um cutelo, uma serra, dois martelos, uma caixa grande de sacos de lixo pretos, uma pá e um machado Diamond Brand feito na China — um dos milhares importados todos os anos e vendidos nas lojas de ferragens por quatro libras e cinqüenta — e voltaram para a casa de Jugnu.

Eles ficaram na floresta até as cinco da manhã, usando as ferramentas, cavando, queimando com a ajuda dos combustíveis Sheridam, desmembrando e queimando os olhos mutáveis de Chanda, seus cabelos, a orquídea carnal do seu útero.

Eles não sabiam onde estava Jugnu. Dois dias depois de eles terem se desembaraçado dos despojos de Chanda, eles entraram na casa para ver se tinham limpado tudo da maneira certa, porque alguém na loja disse que seu filho pequeno tinha entrado no quintal para ver a cambaxirra na jaqueta de brim e notado um cheiro engraçado vindo da casa.

Kaukab também notou aquele leve odor, mas pensou que era provavelmente de uma das criaturas de Jugnu que tinha morrido na sua ausência, ou que a geladeira cheia de casulos de borboletas e mariposas tinha quebrado. Um ano ele tinha comprado um camaleão — contra os protestos dela, pois fora um camaleão que tinha mordido o odre de Hazrat Abbaas no deserto, fazendo ele andar sem água pelas areias escaldantes de Karbala — e o bicho se enfiou por baixo das tábuas do assoalho e morreu. A casa inteira ficou fedendo durante dias.

A casa cheirava a morte quandc Chotta e Barra entraram por volta das duas da madrugada — odor que eles conheciam por causa da sua atividade de açougueiro e das horas que tinham passado recentemente no lago do gigante afogado. Era um pavão morto. Os irmãos estavam atravessando um cômodo no andar inferior, a sala repleta das roupas molhadas da monção, quando o telefone tocou nalgum lugar atrás de um dos véus e xadors longos de um metro. Eles ficaram paralisados de choque. O telefone tocou duas ou três vezes antes que Chotta pudesse tirá-lo do gancho. Foi então que ele viu o corpo de Jugnu, no chão atrás do véu de pontinhos azuis-e-verdes que estava suspenso na corda, a ponta encostando no chão. Perto dele jazia o corpo brilhante do pavão.

Jugnu estivera na casa o tempo todo. Estava lá quando os irmãos entraram pela porta aberta na primeira manhã. Ele tinha conseguido chegar antes deles e passado pelas roupas coloridas para ligar o telefone. Morreu ali mesmo, antes de poder chamar a polícia. Não mais do que eles, Chanda tampouco sabia que ele estava lá.

Depois de a polícia britânica ter colhido o testemunho das pessoas em Sohni Dharti, eles verificariam para ver se telefonemas teriam sido dados da casa de Jugnu naquela hora particular naquele dia particular. Eles descobririam que o telefonema era do marido de Chanda. Bêbado no meio da noite, ele tinha decidido usar o número que Kaukab lhe tinha dado:

— Eu queria dizer a ela que a queria de volta. Mas ninguém respondeu, e eu me acordei com o fone nas mãos, o bocal cheio de bolhas da minha saliva, como se alguém estivesse tentando gritar através da água do outro lado da linha.

— Foi duplamente afortunado termos entrado, pois vimos uma outra coisa — diria Chotta no Paquistão. — Ao limpar uma prateleira com um trapo, para acabar com impressões digitais na madeira com que pouco antes tínhamos carregado o corpo de Chanda para fora, eu tinha deixado cair toda a poeira da prateleira sobre a mesinha que ficava debaixo. A arma estava nessa mesa. Eu a peguei logo antes de sairmos da casa com o corpo dela. Nessa visita de retorno à casa, eu vi que havia a perfeita silhueta da arma sobre a mesa. A fina lufada de poeira da prateleira caíra sobre a arma e a superfície em volta. Ficou igual a uma estampa.

— E quanto aos pavões que fugiram quando a polícia arrombou a porta na semana seguinte — Barra diria — nós não temos a menor idéia de quando *eles* entraram na casa.

Os pássaros urinaram num prato sobre a mesa, pegaram borboletas nas suas molduras para comer, cuspindo os alfinetes da mesma maneira que os humanos cospem espinhas de peixe, e a fêmea pôs um ovo numa mala aberta. Os machos entraram em briga, pela fêmea, ferindo um o outro com suas garras e bicos de matar cobra, e os líquidos que vazaram das suas feridas e cortes significariam que as amostras de sangue que encontraram no chão nunca se mostrariam conclusivamente humanas, conclusivamente de Jugnu.

A casa ela mesma — a casa do Pecado, a casa da Morte, a casa do Amor — cumpriu o seu próprio destino, fechada, abandonada à poeira e aos insetos. A polícia escavou o quintal.

Uma teia de aranha — arqueada sob o peso de uma centena de gotas de orvalho, nenhuma do mesmo tamanho — estivera estendida entre duas macieiras no jardim, e o sol da manhã era de um amarelo profundo e translúcido, como se o céu fosse visto através de um sabonete Pears no dia em que Chanda veio até a casa a primeiríssima vez. Os pardais estavam prestes a soltar as quinhentas penas extras que tinham desenvolvido no começo do inverno para mantê-los aquecidos, retornando à plumagem de três mil penas cada. As macieiras ainda não tinham posto as suas flores branco-concha (a floração seria em maio e Chanda estaria morta na hora em que aquelas mesmas flores se tornariam frutos no outono, maçãs que continuariam a jazer num círculo de pontos vermelhos brilhantes sob cada árvore até as neves siberianas do janeiro daquele ano).

O véu dela pegou num galho (como se ela estivesse sendo clarividentemente impedida pela árvore de avançar, como se a safra de frutas do ano passado não fosse maçã, mas bolas de cristal cheias de sangue, predizendo ódios rubros e morte rubra), mas ela soltou e avançou na direção da porta.

No seu lábio superior havia uma pinta do tamanho de uma semente de kiwi, e seus olhos mudavam de cor a manter o passo com as estações: na primavera, eles eram do verde brilhante das folhas novas em botão, mas no verão eram mais escuros, da cor de folhagem madura, e ao passo que eram de um amarelo-acastanhado-claro no começo do outono. Quando as folhas estavam começando a mudar, aqui e ali com sugestões de tons de rosa e vermelhos, eles tornavam-se e permaneciam totalmente castanhos pelo resto do outono e durante o inverno, iniciando-se o ciclo outra vez na primavera seguinte.

Ela bateu várias vezes na porta, mas não havia sinal de vida dentro da casa; ela hesitou e, então, entrou.

Lá dentro, as paredes eram decoradas com borboletas espetadas em molduras de vidro que davam a impressão de ser bandejas do paraíso. A moça — trazendo as estrelinhas de madeira — não sabia que algumas das borboletas que ela estava olhando tinham permanecido no centro do interesse dos homens desde a sua descoberta, criaturas resplandecentes nomeadas em referência a heróis e heroínas da mitologia grega e rainhas das grandes potências marítimas, que alguns espécimes raros outrora foram pagos em ouro, e outros usados como presentes reais. Ela andou pelo cômodo, lentamente, e então parou. Havia dez borboletas mortas na mesa azul-céu diante dela. Eram grandes e pertenciam à mesma espécie, seus corpos longos como palitos de fósforo, as asas lindas de tirar o fôlego, a seu ver, e ela — a moça da roupa amarelo-palha — baixou a cabeça para examiná-las. As asas dianteiras negro-carvão eram ovais arredondadas, enquanto o contorno de cada asa posterior era recortado e tinha três esporas projetando-se da base; as asas dianteiras eram marcadas por barras brancas, e cada asa posterior — embora da mesma cor e padrão que as dianteiras como um todo — tinha um círculo do tamanho de uma moeda de dez centavos, dividido em três faixas vívidas, uma vermelho-cereja, a intermediária azul e a mais baixa amarela, uma risca fina emergindo dessa faixa amarela e escorrendo profundamente em cada uma das três esporas.

Ela as contemplou com uma expressão séria e absorvida, como se estivesse prestes a sussurrar uma fórmula mágica para reverter a morte. E, inexplicavelmente, ao olhar para os dez insetos exuberantes, ela começou a pensar como a sua mãe, depois de ela lavar o cabelo dela, gostava de preparar um braseiro de incenso queimando lentamente, cobri-lo com uma pequena cesta de cabeça para baixo e então deitar-se por meia hora com a cabeça apoiada na base, os olhos fechados de cansaço, seus longos cabelos coletados em volta das laterais inclinadas da cesta, a fumaça fragrante escapando pela trama para simultaneamente perfumar e secar as mechas, uns poucos fios de fumaça subindo em sua testa e dançando lá como se, abaixo, seu cérebro e seus pensamentos estivessem em chamas.

Perguntando-se o que tinha desencadeado a memória dos cabelos da mãe, a moça compreendeu que as asas das borboletas mortas desprendiam um odor delicado, o aroma de roupas guardadas com jasmim e sândalo, de cabelos escuros secos ao incenso e suave almíscar.

O rosto da moça pairou sobre as dez borboletas e o retângulo azul celeste da superfície da mesa, e ela se perguntou onde estaria Jugnu. Ela tinha 8 anos quando Jugnu voltou dos Estados Unidos — 23 anos mais nova que ele — e cresceu pensando nele como um tio igual a quase todas as outras crianças da vizinhança. Ela ouviu pessoas dizerem que a família dele não era convencional. Uma vez, uma mulher disse que não ficaria surpresa se lhe dissessem que algum membro daquela família, depois de ter morrido e sido preparado para o enterro, levanta-se de repente para rasgar e tirar a mortalha, sem querer dobrar-se a nenhuma tradição ou costume, mesmo então. Ele amava as borboletas e as borboletas o amavam em retorno, juntando-se à sua volta como em volta de uma rosa e, diziam algumas crianças, embora elas fossem a sua paixão, sempre que seu adejar atrapalhava suas rotinas diárias e as recolhia na palma da mão e as engolia, mas logo ele sentia saudades e, ficando cada vez mais triste, as trazia para fora da sua boca uma por uma para voarem à sua volta de novo.

Pouco antes de Chanda entrar no quintal, Jugnu estivera estudando as borboletas negro-carvão que estavam na mesa. *Bhutanis lidderdalii*. Glória do Butão. Uma parente das borboletas Festão, a espécie era extremamente preciosa e estava listada no *Catálogo Vermelho: Borboletas de Cauda de Andorinha ameaçadas do mundo*. Ela vivia na parte oriental dos Himalaia, no Butão e no contíguo Assam, e também numa localidade em Burma, seu hábitat natural sendo as montanhas e os vales montanhosos onde crescem árvores altas. Elas gostam de adejar nas altas coroas e põem seus ovos sobre cipós venenosos. A Glória do Butão tinha uma fragrância tal que chegava a durar algum tempo após a sua morte, e Jugnu tinha mergulhado essas dez espécimes vivas em gelo seco para induzir sono profundo a fim de poder estudar os mecanismos relativos ao aroma. Tendo terminado, ele pôs de lado o microscópio e o caderno de anotações, deixando as borboletas reviver em seu próprio tempo, e foi para o andar de cima.

Enquanto estava lá em cima, o calor do rosto de Chanda tinha animado as Glórias do Butão.

Sem encontrar direito a voz, ela soltou um gritinho alarmado quando uma Glória do Butão morta teve um espasmo farfalhante, bateu as asas com listras brancas e — toda potência reunida — alçou vôo da superfície da mesa azul para — extraordinariamente, sem nada perder da sua elegância, apesar do seu estado sonolento recente — começar a mergulhar e girar no interior do cômodo, sendo seguida imediatamente por outra e depois, uma por uma, pelas restantes, como se estivessem todas amarradas a intervalos regulares numa linha invisível, fossem a rabiola arqueada de uma pipa invisível que se agitava e ondeava.

O saco de anis-estrelado caiu das suas mãos e o condimento — ingrediente para a comida de algumas das borboletas de Jugnu, pelo qual ele havia telefonado para a loja mais cedo, dizendo que era para enviar à sua casa se alguém estivesse vindo nessa direção — espalhou-se no chão.

— Eu não sabia que elas estavam vivas, que eu não as tinha simplesmente tirado do túmulo — explicou ela a Jugnu enquanto ele a ajudava a catar as estrelas de madeira poucos minutos depois, as dez Glórias batendo as suas asas contra a parede, examinando os objetos na sala e o teto acima delas, espanando lentamente um milhão de moléculas de perfume no ar.

A começar em cerca de um mês, eles — Chanda e Jugnu — se deitariam nos vários cômodos desta casa em encontros secretos, as cortinas fechadas e os relógios ousadamente deixados de lado, como nos cassinos — mas eles não saberiam a tempo que estavam jogando as suas próprias vidas.

Eles tramaram se encontrar em outros lugares também para brincadeiras sensuais, à velha maneira dos amantes, Jugnu contando-lhe sobre Keshav Das, o poeta cortesão do rajá Madhkar Shah de Orchcha, que escreveu no século XVI como todos os dias no verão os vaqueiros se encontravam às margens do Jamna, as moças de um lado, Krishna e a multidão de rapazes do outro: os dois grupos mergulhavam na água e após um instante emergiam outra vez do seu próprio lado do rio, cada amante tendo encontrado e se entrelaçado com o seu amado ou amada sob a superfície, o seu desejo por enquanto satisfeito, o mundo desaprovador sem saber que os contatos tinham ocorrido.

Fantasmas

Levando o jarro de moedas, Shamas se aproxima do lago. As faixas de areia à margem emitem o brilho pálido das manchas secas de amido granuloso que ficam na faca que foi usada para cortar batatas. É aqui que dizem que os fantasmas de Chanda e Jugnu vagam? O lago exala minerais, o centro profundo da massa subindo em resposta ao puxão da lua, levantando um monte repentino e momentâneo de água, que faz as folhas que estão flutuando na superfície descer na direção das margens, as folhas que se grudam frias aos corpos das crianças toda vez que elas enfrentavam o frio e iam nadar no começo do outono, deixando-as malhadas como corços, e que elas tirariam uma da outra quando emergissem na terra.

Parado ali na beira do lago com o longo jarro de moedas que brilham ao luar, ele poderia ser uma figura de conto de fadas publicado em *As primeiras crianças na lua* — talvez um pescador que estivesse devolvendo à água um peixe que na verdade é uma princesa marinha cujo pai grato lhe faria então um benefício, lhe concederia a habilidade de deixar a realidade de lado. Ele anda ao longo da borda da água até chegar a um ponto em que a água é profunda e joga o jarro no lago. Ele afunda, enviando para cima um barulho de bolhas. A água é cheia de grandes pedras neste ponto — cada uma do tamanho que seria o de um ovo de cavalo, se cavalos pudessem pôr ovos (conforme Ujala, quando criança, uma vez descreveu alguma coisa). Ele volta, atravessando aos saltos os trechos de areia molhada como se estivesse saltando de um quadrado a outro no jogo de amarelinha riscado no chão. Enquanto a lua dança nas ondas, ele passa pela *Safeena* e toma uma golada de uísque no píer de xilofone, onde amantes talharam iniciais em inglês, híndi, bengali e urdu na madeira. Quando Kaukab estava gritando com ele ainda há pouco esta noite, ele pensou, por um momento terrível, que, além de todo o mais, Kaukab tinha de algum modo descoberto sobre Suraya: rumores de fato começam e ampliam seus círculos com o tempo. Ele parte outra vez, sob os altos pinheiros em que as crianças gostavam de subir, Charag tendo dito uma vez que quando estava lá em cima se sentia como um pássaro agarrado ao pescoço de uma girafa. O ar noturno é sólido de tão gelado, mas enquanto ele anda o calor do seu corpo derrete uma toca para ele passar, o lago continuando a sonhar audivelmente no escuro. Ele pára onde o caminho se bifurca e, em vez de começar a jornada que o levará de volta para casa, toma o caminho que leva ao cemitério, a estreita passagem que no verão é margeada pelas dedaleiras, cujas flores em forma de dedal atraem diáfanas borboletas Pavão. Poderia Suraya estar visitando o lugar de descanso de sua mãe na escuridão — para evitá-lo? Subindo uma encosta plantada de pilriteiros que é cada vez mais íngreme sob seus pés, ele acaba repentinamente perdido na franja de uma samambaia de metro cujas pontas se curvam como cabos de violinos, sem saber quando ele saiu do caminho que no alto verão fica coberto pela pasta vermelha das bagas caídas dos pilriteiros. Ele está num ponto muito alto e pode ver uma extensão da margem do lago que tomaria cinco minutos para ser percorrida. Ele está perdido, sozinho aqui com seu espírito. A toda hora ele pisa sobre um fio d'água, um dos muitos que vão para o lago, cujos caminhos as crianças conhecem como as linhas das palmas das suas mãos.

Ele está perdido. Suas mãos estão tremendo de frio, e quando ele as põe no bolso descobre uma caixa de fósforos num deles. Charag pôs o casaco para sair no frio para fumar. Ele pega a caixa de fósforo, mas não tem nenhuma força em seus dedos para uma riscada vigorosa o bastante: ele apenas derrama uma pequena constelação tridimensional de fagulhas alaranjadas a cada tentativa. Ele consegue uma chama com um silvo ensurdecedor na sexta ou sétima tentativa, e ergue a luz no ar para ver onde está. A chama oval colore a fumaça que empluma o exterior do seu círculo de luz. Outros fósforos desfraldam um caminho de luz ao longo da grama encharcada e queimada pelo frio. Ele está tremendo. Decide não atarraxar a tampa e volta na garrafa depois de tomar uma golada. É difícil até acreditar na existência do sol numa hora dessas.

Ele pára: ali, diante dele, há um movimento na escuridão.

Ele fica parado — há uma palpitação de expectativa no ar, um tremor silencioso.

Ele anda na direção onde houvera o movimento e o rapaz se vira ao ouvir a sua aproximação. É o rapaz hindu cuja amante foi espancada até a morte ao ser purificada dos *djinns*. O branco dos seus olhos é brilhante ao luar: ele olha para o outro lado, na direção de ele onde estivera antes, arrebatado por alguma coisa.

Shamas pára onde está, sem querer assustá-lo avançando na sua direção.

— O senhor pode vê-la, tio-*ji*? Ela está lá, veja.

— O que está fazendo do lado de fora uma hora dessas?

Ele aponta para as árvores.

— Consegue ver o fantasma dela? Eu estou com ela também. Nós dois, lá.

Não há nada lá, é claro. O rapaz ficou perturbado.

— Fantasma? As pessoas dizem que era meu irmão Jugnu e a namorada dele, Chanda. As mãos de Jugnu brilhando como sempre. A barriga de Chanda brilhando intensamente por causa do bebê que ela está carregando. Três fantasmas. Dois adultos e um bebê não-nascido.

O garoto balança a cabeça.

— Eu ouvi falar. Mas não são eles. Sou eu e ela: a barriga dela está brilhando porque foi onde puseram a minha carta no corpo morto dela, a carta que lhe escrevi no dia do funeral. E minhas mãos brilham por causa das orquídeas que estou levando para ela.

O rapaz está tendo alucinações, talvez, ou sonambulando.

— Você devia voltar para casa, *put*. Está frio.

— Eu sei que não acredita em mim, tio-*ji*. Mas somos nós dois que estamos lá. — Ele está longe, olhando fixamente, cegamente.

Shamas se aproxima e manobra seu rosto para ficar de frente para o rosto do rapaz até os seus olhos finalmente se olharem.

— Você não está morto, você está vivo, de pé ao meu lado. Venha comigo; eu vou levar você para casa. Onde é mesmo que você mora?

O rapaz olha em volta para situar-se, e então parte, Shamas a acompanhá-lo em silêncio, sabendo que não deve abandoná-lo.

Eles emergem na estrada ao lado do lago, o rapaz tendo-o conduzido para fora da floresta onde ele se perdera. O rapaz faz um movimento com as mãos na direção de uma casa do outro lado da estrada:

— Ela era casada com o homem naquela casa. Ele era obcecado com a idéia de ter um filho, mas até então nenhuma das suas esposas tinha lhe dado um menino.

Está começando a nevar.

— Ele se casou novamente há pouco tempo. — Shamas olha para a casa. De pé na janela do andar de cima está Suraya.

Ela recua assim que seus olhos se encontram, mas ele tem certeza de que é ela, cujos olhos emitiram uma luz mais forte que o luar, do que a neve caindo. Lágrimas? Ela estava usando a sua jaqueta amarela. Os *paisleys* que as pegadas de Parvati formaram quando ela fugiu de Shiva depois de uma briga.

Havia uma curva em sua barriga — ou estava ele enganado?

Ele se vira, mas o rapaz sumiu do seu lado.

Shamas olha o número da casa e, afastando-se, lê o nome da estrada na placa da esquina. "Neela Pathar" Road. Os flocos de neve estão se assentando sobre ele, uma espessa camada formando uma crosta nos seus ombros. Saberá Suraya que o homem que ela conheceu não tem intenção de divorciar-se dela logo, que primeiro ele deseja ver se ela pode lhe dar um filho homem? Talvez ela não tenha lhe dito que tinha querido casar-se com ele antes, pensando que se recusaria a casar-se com ela sob tais condições. Ela própria não tem intenção de ter um filho dele — só quer que ele se divorcie para ela poder se casar com o marido original, estar com seu filho outra vez. Mas o homem so se casou com ela porque queria que ela tivesse um filho homem. Ele deve estar se impondo a ela toda noite, tomando-a violentamente. Pelo que estará ela passando?

Ele escuta passos atrás de si e, sem parar ou olhar para trás, sabe que Suraya o está seguindo pela neve que cai. Ele deve continuar, continuar, afastar-se dessa estrada onde alguém que a conheça poderia vê-los conversar. Ela faz a curva e se vê andando rumo ao lago, onde jaz o gigante enterrado sob a água, preso mas ainda vivo. Ele olha para trás, mas ela não está — ela não estivera mantendo o passo com ele. Mas ele continua, porque ela saberá onde encontrá-lo. Na *Safeena*. A *Safeena* deles. O Canto do Escândalo. Ele vai esperar por ela. Há tanto a lhe dizer. Na terceira vez em que se encontraram, eles conversaram sobre o fato de a gente do subcontinente gostar de jogos de palavras, trocadilhos, extrair grande prazer da língua. E há poucas horas ele teve oportunidade de lembrar-se disso: quando seu neto — que tem a mesma idade que o filho dela — queria beber alguma coisa e perguntou que opções havia, disseram-lhe que havia Vimto, mas ele fez uma careta e disse "Vômito!". Seguiu ela os detalhes do julgamento dos assassinatos? Ouviu ela os rumores de que os pais de Chanda tinham pago a um rapaz para ir à polícia e dizer que ele e sua namorada tinham comprado os passaportes de Chanda e Jugnu no Paquistão e entrado na Grã-Bretanha com eles? Mas que ele tinha pego o dinheiro e desaparecido, sem nunca chegar à delegacia de polícia? Agora há um novo boato de que os pais de Chanda receberam um pacote dos correios contendo o dinheiro que tinham pago ao rapaz: havia um bilhete dizendo que ele sentia muito por não ter encontrado coragem para fazer o que eles tinham pedido, mas não queria ficar com o dinheiro deles.

Ele chega à livraria e se vira. Ela ainda não está lá, mas ele sabe que está vindo — mesmo que tenha se perdido, mesmo se não tiver clareza de onde está, ela saberá finalmente encontrar o caminho até a *Safeena*, como ele soube no começo do verão que ela estaria aqui esperando por ele quando ele saiu da apresentação de Nusrat Fateh Ali Kahn. Ele fica em silêncio, sem saber o que ia dizer, como começar quando ela chegasse. Não havia som algum, exceto as ondas causadas pelas batidas do coração do gigante preso, e enquanto ele espera a neve se intensifica. Ele estende a mão para receber os pequenos e leves flocos na sua mão. Um hábito tão velho quanto a sua chegada neste país, ele sempre saudou a primeira neve da estação desse jeito, os flocos perdendo a sua brancura na palma da sua mão para se transformar em hóstias de gelo antes de fundir-se em água — cristais de neve transformados em pingos de chuva de monção.

E agora ele espera que *ela* tenha engravidado dele durante o verão, que o seu novo marido — pensando que ele próprio é o pai — a esteja deixando em paz por causa disso.

O filho de Shamas já a está salvando, já está minorando a dor nesta Dasht-e-Tanhaii chamada planeta Terra.

Os primeiros amantes na lua

Tão leves como mariposas Arminho, os flocos de neve flutuam em torno do garoto que deveria ter sido o dublê de Jugnu. Ele vai através do silêncio onisciente da manhã invernal.

Há um vento duro como pau. Ele se esconde dos seus golpes na entrada de uma loja, sentado agachado, como se dobram sobre si mesmas as abelhas mortas. Rico como tinta, ele sente uma gota de sangue escorrer da parte de trás do seu nariz para a garganta. Ele sonha com o sol, despejando raios como os aros de uma roda de bicicleta.

Ele se levanta e anda pelas ruas onde as lojas estão sendo abertas, mas pára e olha pela vitrine do jornaleiro. No jornal local há uma fotografia de um homem paquistanês que foi encontrado morto na neve perto do lago — alguém muito proeminente e respeitado, parece.

Segundo o *Livro dos Destinos, Ele vai olhar para a fotografia de Shamas só por uns poucos instantes antes de continuar seu caminho, mas este lapso significa que ele vai encontrar com uma garota paquistanesa com um medalhão contendo uma mecha dos cabelos de seu irmão, a garota que a cunhada de Chanda tinha conhecido na loja no verão passado. Caminhando através dos flocos de neve, a cabeça abaixada e o pescoço entre os ombros contra o frio, ela vai pegar a rua pelo outro extremo, o extremo para onde o garoto está andando.*

Eles trombariam na esquina em menos de um minuto, e isso não teria acontecido se a fotografia do homem morto não lhe tivesse chamado a atenção por aqueles poucos instantes — ela ainda não teria chegado na esquina...

Ela está andando perto da parede, abrigando-se contra o vento, aproximando-se da esquina. Ela observa para si mesma que a neve é tão brilhante quanto a lua cheia.

Ele olha para o rosto no jornal. É o primeiro dia depois de uma quinzena que ele ousa aventurar-se no centro, com medo das outras pessoas, de ser reconhecido. Alguém podia segui-lo e informar a família de Chanda sobre o seu paradeiro — eles devem estar muito zangados com ele por não ter ido até o fim com o que tinham planejado. Ele não tem conseguido dormir direito e fica pensando que alguma calamidade é iminente, sonhando recorrentemente com rochas e pedras sendo jogadas em borboletas. Mas ao raiar do dia, hoje, ele disse a si mesmo para sair no mundo outra vez. Se uma calamidade vai acontecer, onde mais pode ele estar senão com seus confrades humanos. O que mais há além deles?

Ele se afasta da vitrine do jornaleiro e retoma a sua jornada pela rua coberta de neve.

Londres — Dasht-e-Tanhaii
Outubro de 1991 — abril de 2003

Notas da Tradução

1) Os nomes desta e de diversas outras mariposas e borboletas que aparecerão subseqüentemente na história levaram a tradução a tomar uma liberdade que julgou... necessária.

Em razão da especificidade das suas respectivas áreas de incidência mundo afora, em sua absoluta maioria elas não têm nomes em português, e muitas vezes nem em outras línguas latinas que pudessem servir de referência. Num caso, as pesquisas realizadas através de vários motores de busca relevantes da internet não lograram sequer localizar o nome científico do lepidóptero em latim. Há também um caso, como o da *Tyria jacobaeae*, em que foram encontrados dois nomes brasileiros, um deles francamente divergente da carga semântica relevante para a história contida no seu nome em inglês.

Assim, como muitas vezes os nomes dos insetos citados desempenham na língua original do romance uma função retórica significativa, certa vez até de metonímia de um personagem central, a tradução optou por criar nomes fantasia em português passíveis de preservar os conteúdos indicados.

Ao fazê-lo, eu procurei ser o mais literal, na esperança de que o esforço não pareça desrespeitoso para com o trabalho dos entomologistas.

Eis a seguir uma tabela com os nomes do original em inglês, os nomes científicos em latim e os nomes fantasia em português.

Great Peacock	(*Saturnia Pyri*)	Grande Pavão Noturno
Garden Tiger	(*Arctia Caja*)	Tigre de Jardim
Cinnabar	(*Tyria jacobaeae*)	Cinábrio
Early Thorn	(*Selenia dentaria*)	Espinho da Manhã
Nail Mark	(*Aglia rope*)	Marca de Prego
Ghost	(*Hepialus humuli*)	Fantasma
Hummingbird Hawk	(*Macroglossum stellatarum*)	Falcão-Beija-Flor
Skippers	(família das *Hesperiidae*)	Saltadoras
Browns	(família das *Satyridae*)	Pardas
Apollo *ou* Mountain Apollo	(*Parnassius apollo*)	Apolo
Two-tailed Pasha	(*Charaxes jasius*)	Paxá de Duas Caudas
Gypsy	(*Lymatria dispar*)	Cigana
Sleepy Orange	(*Eurema nicippe*)	Laranja Adormecida
Map	(*Araschnia levana*)	Mapa
Atlas	(*Attacus atlas*)	Atlas
Figure of Eight	(*Diloba caeruleocephala*)	Número Oito
Figure of Eighty	(*Tethea ocularis*)	Número Oitenta
Kaiser-e-Hind	(*Teinopalpus Aureus*)	César da Índia
Large Emerald	(*Geometra papilionaria*)	Grande Esmeralda
Common Mormon	(*Papilio polytes*)	Mórmon Comum
Blue Tiger	(*Tirumala limniase*)	Tigre Azul
Pale Lemon White	-	Branca Limão-Claro
Common Guava Blue	(*Virachola isocrates*)	Azul Goiaba Comum
Bhutan Glory	(*Bhutanis lidderdalii*)	Glória do Butão
Festoon	-	Festão
Ermine	(família das *Yponomeutidae*)	Arminho

2) Trata-se de um verso da canção *I give to You*, de Jordan Knight, cantor e compositor estadunidense, líder do grupo adolescente New Kids on the Block, formado nos anos 1980.

3) Gíria adolescente referente ao *beatboxing*, que é uma forma de percussão vocal ligada à cultura "hip hop".

4) Germolene é o nome de uma gama de produtos anti-sépticos fabricados pela indústria farmacêutica Bayer.

5) Trata-se de uma rima infantil praticada nas creches e escolas maternais inglesas: "Pussy cat, pussy cat, where have you been? / I've been to London to look at the queen. / Pussy cat, pussy cat, what did you do there? / I frightened a little mouse under her chair."

6) Imram Khan é um lendário ex-jogador de críquete e ex-playboy que hoje é um importante político muçulmano de oposição no Paquistão.

Este livro foi composto na tipologia Electra LH,
em corpo 11,5/14,5, impresso em papel off-white soft 80g/m²,
no Sistema Cameron da Divisão Gráfica
da Distribuidora Record.